ULRIKE RENK

Träume aus Samt

atb aufbau taschenbuch

ULRIKE RENK, Jahrgang 1967, studierte Literatur und Medienwissenschaften und lebt mit ihrer Familie in Krefeld. Familiengeschichten haben sie schon immer fasziniert, und so verwebt sie in ihren erfolgreichen Romanen Realität mit Fiktion.

Im Aufbau Taschenbuch liegen ihre Australien-Saga, die Ostpreußen-Saga, die ersten drei Bände der Seidenstadt-Saga, »Jahre aus Seide«, »Zeit aus Glas« und »Tage des Lichts«, sowie zahlreiche historische Romane vor.

Mehr zur Autorin unter www.ulrikerenk.de

Ruth hofft, den Nazis und dem Krieg in Europa entronnen zu sein. Sie hat es geschafft, ihre Eltern Karl und Martha sowie ihre jüngere Schwester von England in die USA zu bringen. Doch wie schwer ist der Anfang für die Familie Meyer in dem neuen, fremden Land! Ruths Vater fällt zuerst auf Betrüger herein, und dann müssen sie in Chicago in einer sehr kleinen Wohnung den Neuanfang proben. Trotzdem macht sich Ruth sofort daran, ihre Träume von Freiheit und Glück umzusetzen, auch wenn sie dazu erst einmal in einer Fabrik arbeiten muss. Dann, während sie immer noch ein wenig Heimweh verspürt und sich um ihre Großeltern in Krefeld sorgt, von denen jede Nachricht fehlt, taucht ein junger Mann auf, der um sie wirbt. Doch Eddie ist Soldat, und ausgerechnet als Ruth sich in ihn verliebt, treten die Vereinigten Staaten in den Krieg ein.

ULRIKE RENK

Träume aus Samt

Das Schicksal einer Familie

ROMAN

atb aufbau taschenbuch

FSC
www.fsc.org
MIX
Papier aus verantwortungsvollen Quellen
FSC® C083411

ISBN 978-3-7466-3698-6

Aufbau Taschenbuch ist eine Marke
der Aufbau Verlag GmbH & Co. KG

1. Auflage 2020

Umschlaggestaltung www.buerosued.de, München
unter Verwendung eines Bildes von © Richard Jenkins
Gesetzt aus der Aldus durch die LVD GmbH, Berlin
Druck und Binden CPI books GmbH, Leck, Germany
Printed in Germany

www.aufbau-verlag.de

Für Claus

Zuhörer – Vorkoster – Mitesser – Aufbauer – Tröster –
Liebhaber – Witzemacher – Masseur – Gassigeher –
Hundebesitzer – Küchenbauer – Chauffeur – Vater –
und bester Ehemann von allen

Personenverzeichnis

Familie Meyer

Martha Meyer

Karl Meyer

Ruth

Ilse

Verwandtschaft in Deutschland

Wilhelmine (Omi) und Valentin Meyer (Opi) → Karls Eltern

Emilie Meyer (Großmutter) → Marthas Mutter

Hedwig Simons → Karls Schwester

Hans Simons

Verwandtschaft in Amerika

Irene

Töchter Doris und Regine

Fred (angeheiratet, Amerikaner)

Freunde der Familie in Amerika

Sofie und Walter Gompetz

Sarah und Heinrich Hirsch

Rachel → Tochter

Aaron → Cousin

Klara → Tante

Margret und Fritz Goldberg
Anna → Tochter

Else und Otto Hirsch
Inge → Tochter

Else und Albert Glimmich
Kurt → Sohn
Anne → Tochter

Freunde Ruths

Marcella, Franzisca, Julie → Kolleginnen bei »Fancy Frocks«
Andrew Silberstein → Freund Rachels
Eddie Elcott

Kapitel 1

New York, August 1940

»Dort?«, fragte Ilse aufgeregt. Sie kniff die Augen zusammen, schob ihre Brille fast bis vor die Augen und starrte nach rechts. »Ist sie dort?«

»Nein, Ilse«, sagte Ruth belustigt. »Schau nach links. Da ist sie – allerdings kann man sie bisher nur erahnen.« Sie wies ihrer Schwester die Richtung.

»Ich sehe nichts«, brummte Karl verdrossen. »Gar nichts.«

»Ich fürchte, in Chicago müsst ihr beide zum Augenarzt und werdet eine neue Brille brauchen«, meinte Martha nachdenklich. »Ich hoffe, wir können uns das leisten«, fügte sie fast tonlos hinzu.

»Mach dir keine Gedanken«, sagte Karl Meyer und legte seiner Frau den Arm um die Schulter. »Alles wird gut werden.«

Obwohl Ruth – im Gegensatz zu ihrer Schwester Ilse – die Augenkrankheit ihres Vaters nicht geerbt hatte, kniff auch sie die Augen zusammen. Heute Morgen schon war der Ruf »Land in Sicht« ertönt; alle waren an Deck geeilt und hatten in die Ferne gestarrt. Doch Ruth hatte nur eine Art Schatten am Horizont erkannt – das hätten auch niedrighängende Wolken sein können. Enttäuscht war sie zum Frühstück zurückgekehrt. Der Atlantik war ruhig, und fast alle Mitreisenden hatten sich von der Seekrankheit erholt, deshalb war der Speisesaal voller als in den letzten Tagen.

»Noch zwei Mahlzeiten an Bord«, hatte Mutti gesagt und aus dem Fenster geschaut – wo aber außer Wasser nichts zu sehen war. »Heute Abend sind wir endlich in Amerika.«

Ja, hatte Ruth gedacht – aber was dann? Vor mehr als einer Woche waren sie in Liverpool auf das Schiff gegangen. Die Überfahrt nach New York sollte nur sechs Tage dauern, doch die Scythia war von der normalen Linienroute abgewichen, nachdem sie den Konvoi, der sie begleiten sollte, verloren hatten. Die Gefahr, von deutschen U-Booten angegriffen zu werden, war groß, und der Kapitän hatte sich dazu entschlossen, im Zickzack zu fahren. Auch Funkverbindungen waren schwierig, die Deutschen versuchten jeden Funkspruch abzufangen, hatte Johnny, einer der kanadischen Soldaten, die mit auf dem Schiff waren, Ruth erklärt.

Dies war eigentlich ihre Fahrt in die Zukunft. Eine Fahrt, die sich die Familie Meyer so lange ersehnt, auf die sie hin gefiebert hatte. Es sollte die Reise in die Freiheit werden, weg von den Nazis und ihren lebensbedrohlichen Repressionen. Es sollte, so hatte es sich Ruth früher ausgemalt, eine glückliche, fröhliche Reise werden, aber das war es nicht. Die Angst saß ihnen immer noch im Nacken, und all die Meldungen über zivile Schiffe, die angegriffen wurden, machten es nicht leichter.

Nichts ist mehr unbeschwert, dachte Ruth, seit der Pogromnacht. Damals hat sich alles verändert, alles war schrecklich geworden, noch schrecklicher, als es zuvor schon gewesen war. Seit dieser Nacht hatte Ruth die Angst als ständigen Begleiter bei sich. Das hatte sich auch nicht geändert, als sie in England die Stelle als Haushaltshilfe auf der Farm der Sandersons antreten konnte, als sie endlich Nazideutschland verlassen hatte. Das war erst vor etwas mehr als einem Jahr gewesen, dennoch erschien es Ruth eine Ewigkeit entfernt zu sein. Auf dem Hof hatte sie hart arbeiten müssen. Olivia Sanderson, die Frau des Hofbesitzers, war streng und unnahbar gewesen. Damit hatte Ruth sich bald abgefunden – sie brauchte die Stelle, um in England bleiben und ihre Familie zu sich holen zu können. Doch die Angst um ihr Leben war zur Angst um das Leben ihrer Familie geworden. Lange hatte sie darum fürchten müssen. Würden sie es rechtzeitig schaffen auszureisen? Erst im letzten Moment war es tatsächlich wahr geworden, und sie hatte ihre Lieben wieder in die Arme schließen können. Doch dann war der Krieg ausgebrochen, und plötzlich bedrohte die Invasion Nazideutschlands England. Und sie, die Geflüchteten, wurden zu möglichen Feinden innerhalb des Landes.

Es war selten eine offene Feindseligkeit, die sie verspürten, es war eher ein unterschwelliges Grollen gegen sie. Sie waren Juden – verfolgt in Deutschland. Aber sie waren auch Deutsche – die Feinde Englands.

Mit der Ausreise nach Amerika, so hatte Ruth gehofft, würden alle diese Lasten von ihr abfallen. In Amerika würden sie neu anfangen, befreit von allen Vorurteilen, von allen Anfeindungen. Sie kämen als freie Menschen in ein freies Land.

Doch schon auf der Überfahrt war ihr klar geworden, dass dies eine Illusion war. Sie würden immer und immer ihre Vergangenheit mit sich tragen. Die Angst und die Last. Sie würden immer Juden für andere bleiben. »Juden« – als ob sie das zu anderen Menschen machte. Aber manche dachten eben so, andere zum Glück nicht. Vielleicht würde es mehr Menschen geben, denen ihre Herkunft und ihr Glauben egal wäre – dort, in Amerika.

Ruth schaute wieder aus dem Fenster, doch auch jetzt waren nur Wellen und der entfernte Horizont, der mit dem Atlantik verschmolz, zu sehen. Sie trank den letzten Schluck Kaffee, Bohnenkaffee – diesen Luxus hatte sie auf dem Schiff sehr genossen –, und stand auf.

Martha sah sie an. »Hast du alles gepackt? Nachher wird es vielleicht schnell gehen müssen.«

»Wieso?«, fragte Ruth irritiert.

»Setz dich wieder«, sagte Vati. Sein Tonfall ließ keinen Widerspruch zu. Dann beugte er sich zu ihr. »Ich habe jemanden getroffen«, wisperte er. »Er ist Amerikaner und hat Verbindungen.«

»Verbindungen?« Ruth schüttelte fragend den Kopf. »Was für Verbindungen?«

»Sei still und hör zu.« Ihr Vater sah sie an. »Alle wollen so schnell wie möglich vom Schiff. Alle wollen so schnell es geht an Land und weiter. Wir auch. Verstehst du?«

Ruth nickte. »Es wird Gedränge geben«, sagte sie beklommen.

»Nein«, sagte Martha lächelnd. »Nicht für uns. Vati hat vorgesorgt.«

»Wie das?«, fragte Ruth verblüfft.

»Ich habe Karten gekauft, Einreisekarten – damit wir unter den Ersten sind, die das Schiff verlassen dürfen. Unser Gepäck wird auch gesondert ausgeladen – vor allen andern.«

»Vor der ersten Klasse?«, fragte Ruth ungläubig.

Karl schüttelte den Kopf. »Natürlich nicht. Die erste Klasse geht immer vor. Aber direkt danach kommen wir. Wir müssen uns nur gleich in einen speziellen Raum begeben – mit unserem Handgepäck. Und unser anderes Gepäck muss schon abgegeben sein.«

»Du musst also jetzt packen«, bestätigte Martha die Worte ihres Mannes.

»Und dann kommen wir schneller von Bord?«, fragte Ruth noch einmal nach.

»Ja.«

»Was ist dann? Was machen wir an Land?«

»Wir müssen eine Droschke nehmen und zum Bahnhof fahren«, sagte ihr Vater. »Ich habe schon hier an Bord Bahnfahrkarten kaufen können, die uns schnell nach Chicago bringen werden.« Er lächelte. »Übermorgen werden wir hoffentlich da sein.«

»Sofie hat eine Wohnung für uns angemietet«, sagte Martha und strahlte glücklich »Eine Wohnung in Chicago. Dort wird unser neues Leben beginnen.«

»Sofie?« Ruth sah ihre Mutter fragend an.

»Sofie Gompetz, Schätzchen. Du wirst sie doch nicht vergessen haben?«

Natürlich hatte Ruth das Ehepaar Gompetz nicht vergessen. Die Freunde ihrer Eltern hatten bereits Ende 1938 aus Deutschland ausreisen können. Sie hatten sich schon früh um Visa für Amerika bemüht. Immer noch gab es die Quote von ca. 22 000 Einwanderern, die Amerika ins Land ließ; dies aber auch nur, wenn sie ein Affidavit – eine Bürgschaft von jemandem im Land – hatten. Wenn gewährleistet war, dass es genug Geld gab, damit sie nicht auf Staatskosten leben würden.

Obwohl die Meyers einige Verwandte in Amerika hatten, war keiner von ihnen bereit gewesen, das Affidavit für sie zu leisten. Erst nach vielen Briefen und auch einigem Geld, das geflossen war, hatte sich die entfernte Cousine von Martha dazu bereit erklärt. Sie hatte aber jede weitere Verantwortung abgelehnt und wollte auch keinen Kontakt.

So hatten die Freunde, Sofie und Walter Gompetz, den Möbelcontainer der Meyers angenommen und untergebracht und ihnen auch ein kleines Apartment in Chicago angemietet, wo sie selbst untergekommen waren.

Nach der Quote, die Amerika ausgegeben hatte, hätten die Meyers erst Ende 1941 nach Amerika einreisen dürfen, aber nach Kriegsbeginn waren die Grenzen Deutschlands geschlossen worden und kaum ein Jude durfte nun noch ausreisen. Deshalb rückten alle anderen nach, die inzwischen im Ausland saßen – so wie die Meyers. Sie nahmen die Plätze von anderen Leuten ein. Was mit diesen Menschen wurde, mochten sie sich kaum ausmalen; trotzdem ließen sie die Gedanken an diese Menschen nicht los.

»Ja, natürlich«, sagte Ruth leise. »Sofie. Ich freue mich, sie wiederzusehen.«

»Dann geh jetzt packen, Kind«, sagte Karl. »Gleich gehen wir nochmal an Deck, vielleicht können wir jetzt die Freiheitsstatue sehen.«

»Ich will unbedingt dabei sein, wenn wir an ihr vorbeifahren«, sagte Martha. »Es muss erhebend sein – dieses Gefühl, endlich anzukommen.«

Ja, dachte Ruth, das will ich auch. Schnell ging sie in die Kabine. Schon gestern hatte sie das meiste gepackt, jetzt gab es nur noch Reste zu verstauen und ihren Kulturbeutel zu füllen. Sie putzte sich die Zähne, kämmte sich die Haare und besah sich gründlich im Spiegel.

Ich bin gerade neunzehn. Ich habe meine Heimat verlassen,

wahrscheinlich für immer. Einige Monate habe ich in England gearbeitet, und jetzt werden wir gleich Amerika betreten, das Land, auf das ich so gehofft habe. Sie fühlte in sich hinein, erwartete das Gefühl der großen Erleichterung und Freude, aber es wollte sich nicht einstellen.

Gleich, sagte sich Ruth, gleich, wenn wir die Freiheitsstatue sehen, dann … dann wird die Freude groß sein.

Auch Ilse war in die Kabine gekommen und hatte die restlichen Sachen gepackt. »Es ist alles so aufregend«, sagte sie. »Was meinst du, werden wir andere Menschen sein, wenn wir in Amerika sind? Werden wir uns anders fühlen?«

»Wir werden sicherlich noch wir selbst sein«, sagte Ruth nachdenklich. »Ich hoffe allerdings sehr, dass wir uns anders fühlen werden – sicherer.«

»Oh, das tue ich jetzt schon«, meinte ihre Schwester fröhlich und ging nach oben an Deck.

Ruth sah sich noch einmal in der Kabine um. Zehn Tage lang hatten sie hier gewohnt. Es war eine luxuriöse Unterkunft, fast schon wie ihr Haus in Krefeld, und ganz bestimmt würden sie in nächster Zukunft so nicht mehr leben. Dennoch hatte Ruth das seltsame Gefühl nie ganz abstreifen können, das sie beschlichen hatte, als sie an die vielen tausend Meter Wasser unter dem Schiff dachte und an die drohenden U-Boote, die in der Dunkelheit des Atlantiks auf Opfer warteten. Diese Furcht zumindest würde sie an Land nicht mehr haben müssen.

Langsam ging Ruth die Treppe nach oben an Deck. Es war schon gut gefüllt, alle wollten die Freiheitsstatue sehen, die nun auch deutlich zu erkennen war. Erst war sie noch ein Schemen in der Ferne gewesen, aber jetzt sah man die kleine Insel und die Figur mit dem hochgestreckten Arm.

»Dort vorne«, rief jemand aufgeregt, »ist Ellis Island. Rechts von uns. Und dort links, da ist die Freiheitsstatue.«

Ellis Island, dort befand sich die Immigrantenaufnahme der Vereinigten Staaten. Dort wurden alle Einwanderer geprüft und untersucht, wusste Ruth. Auch Ilse hatte davon gehört.

»Legen wir dort an?«, fragte sie fast atemlos.

»Nein«, sagte der Mann und tätschelte ihre Schulter. »Wir nicht. Wir sind auf der Scythia, auf einem Linienschiff der Cunard Linie. Wir sind normale Reisende.« Er sah sich um und lächelte. »Nicht wahr?«

»Aber ... aber ... wir sind doch Emigranten«, sagte Ilse unsicher. »Wir wollen doch Amerikaner werden und sind keine Urlauber.«

Der Mann strafte Ilse mit einem strengen Blick. »Shhhh«, zischte er und schüttelte den Kopf. »Du solltest lernen, deine Zunge im Zaum und deine Gedanken bei dir zu behalten, kleines Mädchen. Das wird es für dich sehr viel einfacher machen.« Er lachte ein unangenehmes Lachen und wandte sich ab.

Ilse drehte sich zu Ruth. »Wie hat er das gemeint?«, fragte sie und schluckte. »Was habe ich falsch gemacht?«

»Du hast nichts falsch gemacht«, versuchte Ruth ihre kleine Schwester zu beruhigen. »Wir sind auf einem Linienschiff und müssen nicht durch die Einwanderungskontrollen auf Ellis Island. Wir müssen nicht dahin, weil wir alle unsere Unterlagen schon abgegeben haben und sie geprüft worden sind. Wir haben Affidavits für unsere Einreise.«

»Affi... ich höre das immer wieder, was ist das?«, wollte Ilse wissen.

»Das ist eine Bürgschaft für uns.« Ruth versuchte zu lächeln. »Tante Ingrid hat sie für uns gemacht.«

»Tante … wer?«

»Tante Ingrid. Sie ist entfernt mit Mutti verwandt und lebt schon eine Weile in Amerika«, versuchte Ruth leichthin zu sagen.

»Die kenne ich gar nicht.« Ilse kaute auf ihrer Lippe. »Warum kenne ich den Namen nicht?«

»Weil … weil … das ist alles schwierig, Ilse«, sagte Ruth und seufzte. »Schau!«, rief sie dann, »schau dort vorne, da ist die Freiheitsstatue.«

»Wo?«

»Komm, wir versuchen auf das Oberdeck zu kommen.« Ruth nahm Ilse an die Hand und schob sich durch die Menge bis zur Treppe, die zum Oberdeck führte. Dort waren jetzt nur die Passagiere der ersten Klasse erlaubt.

Auf der Treppe zum Oberdeck hielt sie eine Frau zurück. Sie trug einen Mantel aus Fuchspelz und ein Monokel, durch das sie die Mädchen scharf musterte.

»Was macht ihr hier? Und wer seid ihr? Ich habe euch bisher noch nicht gesehen«, fauchte sie.

»Wir … wir wollen die Freiheitsstatue sehen«, sagte Ruth.

»Grundgütiger, Elisabeth, das sind Kinder aus der zweiten Klasse. Lass sie hoch«, sagte ein Mann vom Oberdeck. Er kam ihnen ein paar Stufen entgegen. »Kommt, Kinder, kommt. Es ist erhebend. Jedes Mal wieder.«

»Sie waren schon mal in New York?«, fragte Ilse ungläubig.

»Natürlich. Ich bin alle paar Jahre hier. So eine aufregende Stadt. Das will man doch nicht verpassen«, sagte der Mann lächelnd und führte sie zur Reling. »Aus deinen Worten entnehme ich, dass ihr das erste Mal in den Staaten seid?«

»Wir sind gekommen, um zu bleiben«, sagte Ruth und biss sich auf die Lippen.

»Oh«, sagte der Mann und musterte sie. »Ihr seid Juden?«

»Sieht man das?«, fragte Ilse und versuchte, die plötzlich auftretenden Tränen wegzublinzeln. »Sieht man es wirklich?«

Der Mann schob sie von sich weg, schaute sie genau an. »Nun«, sagte er dann, »ich folge den Rassegesetzen der Nazis nicht. Sie haben so krude Einteilungen, die einfach lächerlich sind. Ihr beide aber habt herrliches Haar. Dunkle Locken. Wunderschön. So dunkle lockige, aber nicht krause Haare haben nur wenige Menschen auf der Welt, es macht euch einzig. Und dann eure Augen – so leuchtend und klar. Großartig. Ich sehe kein fliehendes Kinn, keine abartige Stirn – ich sehe schöne Gesichter. Es gibt blonde und blauäugige Idioten, die weitaus hässlicher sind, als ihr es seid.«

»Aber sehen wir für Sie aus wie Juden?«, fragte Ilse noch einmal und schluckte.

Der Mann überlegte. Dann legte er seine Hand auf ihren Kopf und streichelte sie sanft. »Nein. Ich habe aber kein Bild für ›den Juden‹. Was ihr nicht seid, ganz gewiss nicht seid – sind sture Arier, blond, blauäugig und blödsinnig. Ihr seid aufgeweckte Mädchen, egal, welcher Religion ihr angehört.« Er räusperte sich.

»Danke«, sagte Ruth leise. »Danke dafür, das wird meiner Schwester helfen.«

Er sah sie an, nickte kaum merkbar. »Und nun schauen wir nach rechts. Dort ist sie, die Statue of Liberty, die Freiheitsstatue. Seht ihr sie? Könnt ihr sie sehen?« Er nahm Ilse auf den Arm und trat an die Reling. »Jetzt fahren wir an ihr vorbei in den Hafen. Wir fahren in die Freiheit.«

Ruth stand hinter ihm, konnte die Statue aber deutlich sehen. Sie sah den hochgestreckten Arm, das Kleid, das in vielen

Falten zu Boden fiel, den Kranz um ihren Kopf. Die Sonne schien und beleuchtete die Statue.

Jetzt, dachte Ruth, jetzt muss es kommen. Das Gefühl der Freiheit, der Erleichterung, des Friedens, des Glücks.

Aber sie fühlte nur eine große Leere. Da war nichts – da war keine Erleichterung und kein Glück. Sie fühlte sich leer und ausgelaugt. Sie hatte das Ziel erreicht und gewonnen, aber Glück über den Sieg fühlte sie nicht.

»Ilse? Ruth? Wo seid ihr?« Martha lief über das Deck, rief immer wieder die Namen ihrer Töchter.

»Hier sind wir!«, rief Ilse zurück. »Hier oben!« Sie winkte ihrer Mutter fröhlich zu.

»Was macht ihr denn da?«, fragte Martha verblüfft. »Kommt sofort herunter, dieser Teil des Decks ist für die erste Klasse reserviert.«

»Komm«, sagte Ruth zu Ilse, »lass uns zu Mutti gehen.« Sie nahm die Hand ihrer Schwester.

»Aber hier haben wir einen so schönen Ausblick. Hast du die Häuser gesehen? Diese hohen, hohen Häuser? Gleich fahren wir daran vorbei. Und ich will sehen, wie das Schiff anlegt.«

»Wir haben genug gesehen, Ilse«, sagte Ruth freundlich, aber bestimmend. »Schau, wie aufgeregt Mutti ist. Lass uns zu ihr gehen. Auch von dort können wir das Anlegen sicherlich beobachten.«

Ilse verzog den Mund, aber sie folgte ihrer Schwester.

»Es dauert nicht mehr lange«, sagte Martha aufgeregt. »Gleich legen wir an. Vati hat jemanden getroffen, der Beziehungen hat. Er hat uns eine Möglichkeit vermittelt, unter den Ersten zu sein, die das Schiff verlassen können.« Sie sah ihre Töchter an. »Also holt euer Handgepäck.«

»Und dann?«, fragte Ilse.

»Dann gehen wir in einen Raum, hat uns der Mann erklärt. Dort warten wir, bis das Schiff angelegt hat, und dann dürfen wir bald an Land und müssen nicht so lange warten.«

»In einen Raum?« Ilse schüttelte den Kopf. »Ich will aber an Deck bleiben und sehen, wie wir anlegen.«

»Und dann eine der Letzten sein, die an Land gehen?«, fragte Ruth sie. »Sei keine Gans.«

»Aber … aber …«, wandte Ilse ein, doch Martha schnitt ihr das Wort ab.

»Keine Widerrede! Holt eure Sachen! Vati veranlasst gerade, dass unser Gepäck auch schnellstmöglich von Bord gebracht wird.«

Sie holten ihr Handgepäck, dann führte der Mann die Familie Meyer und einige andere in einen Raum auf dem Unterdeck. Sie alle hatten ihn dafür bezahlt, als Erste von Bord gehen zu können, und freuten sich nun darauf, bald schon das sichere Land betreten zu können. Der Raum hatte keine Fenster und nur zwei Glühlampen. Es gab einige Bänke, aber nicht genügend für alle. Unsicher schauten sie sich um. Der Mann nickte ihnen zu und trat zurück in den Gang, schloss die Tür. Sie hörten, dass ein Riegel vorgeschoben wurde.

»Was soll das?«, fragte jemand verunsichert. »Hat er uns etwa eingeschlossen?«

Ruth ging zur Tür, drückte den Griff hinunter – doch die Tür ließ sich nicht öffnen. Erschrocken drehte sie sich um.

»Das ist sicherlich nur eine Vorsichtsmaßnahme«, sagte jemand beruhigend. »Damit niemand, der nicht bezahlt hat, hier hereinkommt. Sobald das Schiff angelegt hat, wird uns geöffnet werden.«

»Ja«, sagten nun einige erleichtert und atmeten auf. »So wird das sein«, versicherten sie sich gegenseitig.

Es gab ein Fenster, aber das war sehr weit oben und klein, außerdem ging es zum Hafen und nicht zum Pier hinaus. Einige stellten einen Tisch unter das Fenster und kletterten darauf, um hinauszuschauen. Doch viel zu sehen war nicht. Die Motorengeräusche änderten sich, man hörte dumpfe Schläge.

»Jetzt hat das Schiff angelegt«, sagte jemand, und tatsächlich wurden die Turbinen nun ausgestellt. Immer noch konnte man dumpfe, aber sehr viel leisere Maschinengeräusche hören. Auch das Trappeln von Füßen war zu vernehmen.

Ruth fand die Geräusche, die sie nicht wirklich orten konnte, unheimlich. Ilse drückte sich an ihre Schwester, auch sie fürchtete sich.

»Wir sind in Amerika«, versuchte Ruth sie zu beruhigen. »Wir sind endlich in Amerika.«

Ich sollte jetzt erleichtert sein. Glücklich. Ich sollte unendlich glücklich sein, euphorisch. Aber ich bin es nicht, stellte sie fest. In mir ist eine große Leere, wie ein Vakuum. Ich fühle gar nichts, noch nicht einmal Traurigkeit.

»Wir sind in Amerika«, wiederholte Ilse. Ihre Stimme klang glücklich und erleichtert. »Jetzt wird alles anders. Unser ganzes Leben wird sich verändern.«

Ja, dachte Ruth, unser ganzes Leben wird sich wieder einmal verändern. Aber ob es besser wird? Sie hatte einige Zweifel.

Ihre Eltern saßen nebeneinander, hielten sich an den Händen. Martha wirkte befreit, sie lächelte – Karls Gesicht hingegen blieb angespannt. Immer wieder schaute er auf seine Uhr. Schließlich stand er auf.

»Jetzt müsste er doch endlich die Tür öffnen«, brummte er unzufrieden. »Wir sind doch schon angelandet.«

»Ach, so etwas kann dauern«, sagte ein Mann. »Das ist ja ein großes Schiff und keine Jolle.«

»Dennoch«, sagte ein anderer, »wir sind da, das Schiff steht, und wir sollen die Ersten sein, die von Bord gehen. Dafür haben wir bezahlt. Dann können sie uns auch jetzt die Tür öffnen.«

»Die erste Klasse ist noch vor uns dran«, meinte eine Frau und rümpfte die Nase. »Die Reichen und Schönen haben immer und überall Vorrang.«

»Aber nicht in Amerika«, sagte eine andere Frau. »Hier sind alle gleich. Und hier ist es auch egal, ob man Jude ist oder nicht.«

Martha sah sie an und lächelte. »Ja, so wird es sein«, sagte sie fast fröhlich. »Genau so. Deshalb sind wir hierhergekommen.« Sie schluckte, strich sich über die Haare. »Hier wird vermutlich alles anders werden.«

Die Frau stand auf, setzte sich neben Martha. »Hoffentlich. In Deutschland war es schlimm genug, schlimmer kann es hier ja nicht sein.« Sie reichte Martha die Hand. »Eleonore Grüneberg. Dort drüben ist mein Mann Friedrich und dort mein Sohn Hans.«

»Grüneberg?« Martha runzelte die Stirn. »Sind Sie aus Düsseldorf? Dort kenne ich Grünebergs.«

»Wir sind aus Brandenburg, haben zuletzt in Berlin gelebt. Von Verwandtschaft im Rheinischen weiß ich nichts.«

»Ach, aber das hätte ja sein können«, sagte Martha. »Ich bin Martha Meyer. Mein Mann Karl, meine Töchter Ruth und Ilse. Wir kommen aus Krefeld am Niederrhein.«

»Wir sind aus Wuppertal – ursprünglich«, sagte eine andere Frau und gesellte sich zu Martha. »Haben aber im letzten Jahr bei Verwandten in England gewohnt.«

»Ich bin aus Köln. Mein Mann ist schon in New York«, sagte eine weitere Frau.

Wie seltsam, dachte Ruth, wir sitzen hier seit mindestens drei Stunden in dem kleinen Raum, und jetzt, wo wir gleich gehen dürfen, bricht das Eis. Einige Leute kannten sich schon von den Mahlzeiten, andere hatten sich an Deck getroffen und stellten jetzt erst fest, dass sie ja vorher Kontakt gehabt hatten.

Hier zu sitzen und auf das gute Ende zu warten scheint uns blind gemacht zu haben, resümierte Ruth. Wir hatten uns nur selbst im Blick – uns und das Schiff. Wir wollen alle raus, wollen weg, dabei sitzen wir in demselben Boot und scheinen wieder einmal gefangen zu sein. Sie lauschte; immer mehr Schritte waren zu hören – irgendwo über ihnen. Neue Geräusche kamen auf, aber auch die waren für Ruth nicht genau zu orten. Ihre Mutter und die anderen Frauen unterhielten sich nun angeregt, und auch die Männer tauten langsam auf, fingen Gespräche an. Ruth war nicht auf Geplänkel und seichte Konversation aus. Sie wollte weg von dem Schiff, wollte an Land, selbst wenn ihr der Gedanke an das neue Leben Bauchschmerzen bereitete. Es würde nicht einfach werden – wie auch? Als sie nach England gekommen war, hatte sie einen festen Job – und somit Unterkunft, Verpflegung und eine kleine Entlohnung für ihre Arbeit. In Amerika hatte sie das nicht – keiner von ihrer Familie. Ruth wusste, dass es einige Rücklagen gab, aber die schrumpften täglich und würden nicht ewig halten. Hier in diesem Raum – sie sah sich noch einmal um – waren gut vierzig Menschen, etwa zehn Familien. Das war ein Bruchteil der Familien, die auf diesem Schiff waren – ein Bruchteil all der Einwanderer, die nach Amerika kamen. Gab es für alle Arbeit? Gab es neue Existenzmöglichkeiten? All das würde sich noch zeigen müssen.

»Wo wollen Sie hin?«, fragte ein dickleibiger Mann Karl. »Nach Chicago?«

»Ja, dort haben wir Freunde und Verwandte. Sie haben schon eine Wohnung für uns angemietet.«

»Und wie wollen Sie da hinkommen?«, fragte der Dicke und zündete sich eine Zigarre an.

»Mit dem Zug natürlich. Wieso fragen Sie?«

»Lieber Herr Meyer, waren Sie schon mal in den Staaten?«, fragte der Dicke. Er beugte sich zu Karl und klopfte ihm auf die Schultern. Ruth beobachtete das Geschehen und fühlte sich unwohl dabei. Der Mann wirkte freundlich, aber die Freundlichkeit erreichte nicht seine Augen. Ruth setzte sich neben ihren Vater, um das Gespräch weiter zu verfolgen.

»Nein, war ich noch nicht«, gestand Karl. »Aber wir haben Freunde und Verwandte hier.«

»Wenn wir gleich vom Schiff kommen, werden wir in die Aufnahmestation gelangen. Dort wird jeder von uns untersucht. Genau untersucht.«

Auch andere hatten dem Gespräch gelauscht. »Untersucht? Wieso? Wir sind doch nicht an Ellis Island angekommen, sondern am Terminal der Reederei«, sagte ein Mann.

Der Dicke stand auf. »Gestatten, mein Name ist Goldblum, Harry Goldblum. Meine Brüder wohnen in New York und haben dort einen Edelsteinhandel. Sie leben schon seit Jahren in New York, und sie haben mir geschrieben, dass alle Einwanderer trotzdem geprüft werden. Jetzt, wo so viele kommen.

Wenn jemand von Ihnen hier eine Reise mit Rückfahrt nach Europa gebucht hat, sieht das natürlich anders aus – diese Personen müssen nur ein, zwei Fragen beantworten. Der Rest wird untersucht und geprüft – wie auf Ellis Island, nur dass wir hier an einer anderen Stelle des Hafens sind.«

Ein Raunen ging durch den Raum.

»Aber man hatte uns doch versprochen, dass wir unkompliziert von Bord und an Land gehen können«, sagte Karl.

»Ja, genau«, stimmten andere ein.

»Ich glaube nicht, dass die Bedingungen in den letzten Wochen geändert wurden. Damit müssen wir uns einfach abfinden«, sagte Goldblum. Er sah in die Runde. »Selbst wenn wir jetzt schnell von Bord kommen, wird es eine Weile dauern, bis wir tatsächlich in der Stadt sind.«

»Aber … aber wir wollen noch weiter … wir wollen nach Chicago. So schnell es geht«, sagte Karl.

Goldblum nickte. »Das wird nicht so einfach werden, oder haben Sie Verwandtschaft in New York?«

»Eine entfernte Cousine«, antwortete Karl nachdenklich. »Ich hatte ihr vor unserer Abreise gekabelt, aber natürlich noch keine Antwort bekommen, wie auch? Allerdings habe ich eine Telefonnummer und wollte anrufen, sobald wir an Land sind.«

Goldblum nickte. »Das ist ein guter Plan. Und Ihre Cousine hat schon Bahnfahrkarten für Sie?«

»Nein, natürlich nicht«, sagte Karl. »Wir wollten eigentlich direkt zum Bahnhof.«

Nun seufzte Goldblum. »Das wird aber schwierig«, sagte er leise. »Wissen Sie«, er räusperte sich, »es fährt nicht jeden Tag ein Zug nach Chicago, und an Tagen wie heute, wenn ein großes Schiff angekommen ist, sind die Fahrkarten schnell weg. Tatsächlich fährt heute kein Zug mehr dorthin.«

»Woher wollen Sie das wissen?«, fragte ein anderer Mann.

»Das haben mir meine Brüder geschrieben«, sagte Goldblum. »Sie haben in den letzten Monaten so manches Elend und etliche Probleme jüdischer Einwanderer mitbekommen.« Er senkte den Kopf und seufzte wieder.

»Aber morgen fährt ein Zug nach Chicago?«, fragte Karl.

»Ja, das schon. Morgen fährt ein Zug.«

»Und nach Boston? Wann fährt ein Zug nach Boston?«, wollte jemand wissen.

»Wir wollen nach Tennessee, da haben wir Verwandtschaft«, fiel nun ein anderer ein. »Fahren denn Züge nach Tennessee?«

»Mein Bruder Joseph hat gute Verbindungen zur Bahn«, sagte Goldblum nun. »Sobald wir an Land sind, werde ich ihn anrufen. Soll er versuchen, Zugfahrkarten für Sie zu bekommen?«

Die Männer nickten, sie standen auf und gingen zu ihm. Schnell hatte Goldblum ein Notizheft gezückt und schrieb sich die Zielorte und die Anzahl der gewünschten Fahrkarten auf. »Preise kann ich Ihnen jetzt noch nicht nennen«, sagte er bedauernd.

»Das ist doch nicht wichtig. Die Karten müssten wir ja so oder so kaufen«, sagte jemand. »Aber nun können wir Zeit sparen, und Ihr Bruder weiß sicher besser über das Zugsystem hier Bescheid als wir.«

»Ja! Ja!«, stimmten ihm die anderen zu.

Es dauerte eine Weile, bis Goldblum alle Aufträge notiert hatte. Zufrieden steckte er das Notizbuch zurück in seine Tasche.

»Ich finde ihn merkwürdig«, flüsterte Ruth ihrer Mutter zu.

Martha nickte. »Ich auch, aber Vati scheint ihm zu vertrauen, und Vati wird schon wissen, was er tut.«

»Wenn wir erst morgen nach Chicago fahren können, was machen wir dann heute?«, fragte Ilse. »Wo werden wir schlafen?«

»Vati wird seine Cousine zweiten Grades anrufen. Sie wohnt in New York. Sicherlich wird sie uns für eine Nacht aufnehmen«, sagte Martha, aber Ruth hörte den Zweifel in ihrer Stimme.

»Was für eine Cousine ist das?«, wollte Ruth wissen.

»Irene. Erinnert ihr euch nicht an Tante Irene? Du zumindest, Ruth, könntest dich noch an sie erinnern. Sie hat zwei Töchter, die etwa so alt sind wie ihr. Sie sind vor sechs oder sieben Jahren nach Amerika gegangen.«

Ruth dachte nach. »Ich glaube, ich weiß noch, wer das ist. Die eine Tochter heißt Doris, nicht wahr?«

»Ja, das stimmt. Und die andere heißt Regine. Ihr habt euch früher gut verstanden, auch wenn wir uns nicht oft getroffen haben.«

»Warum bleiben wir dann nicht in New York, sondern gehen nach Chicago«, fragte Ilse. »Das ist doch Verwandtschaft …«

Martha verzog das Gesicht zu einem schrägen Lächeln. »Irene fand sich außerstande, uns zu helfen – auch nicht mit den Papieren und den anderen Sachen. Sie möchte … keine Verantwortung übernehmen, glaube ich.«

»Aber das muss sie doch nicht«, sagte Ilse empört, »das tut doch Vati.«

»Irene ist sehr eigen«, sagte Karl, der sich nun wieder zu seiner Familie setzte. »Das war sie schon immer. Das macht aber auch nichts, wir haben ja Freunde, die uns geholfen haben. Und diese Freunde wohnen in Chicago. Deshalb ziehen wir auch dort hin.« Er faltete einen Zettel sorgfältig zusammen und schob ihn in seine Brieftasche. »Immerhin werden wir wohl heute noch Zugfahrkarten haben. Es soll ein besonders schneller Zug sein und sehr komfortabel, deshalb sind die Fahrkarten auch etwas teurer.«

»Hauptsache, wir kommen bald hier heraus«, sagte Ruth voller Sorge. »Ich höre die ganze Zeit Schritte über uns, und ich meine auch Stimmen von draußen gehört zu haben. Viele Schritte und viele Stimmen. So viele Menschen waren doch gar nicht in der ersten Klasse.«

Auch die anderen wurden nun wieder unruhig. Inzwischen waren fast drei Stunden vergangen, seit das Schiff angelegt hatte.

Jemand stand auf und rüttelte an der Tür. »Hallo?«, rief er. »Hallo? Ist dort jemand?« Aber niemand antwortete.

»Sie haben uns hier eingesperrt«, sagte Ilse leise. Tränen stiegen in ihre Augen. »Was, wenn sie uns nicht mehr herauslassen?«

Martha wurde bleich und legte ihre Hand auf ihr Herz. Ihr Atem wurde schneller.

»Sie werden uns schon herauslassen«, sagte Ruth ruhiger, als sie sich fühlte. Es war beklemmend, eingesperrt zu sein; düstere Bilder wollten sich aufbauen. Ruth versuchte alles, um sie zurückzudrängen.

»Ist hier eine Toilette?«, fragte eine Frau zaghaft.

»Nein, ich habe vorhin schon gesucht. Dort hinten ist nur ein kleiner Abstellraum«, antwortete eine andere. »Dort sind Putzmittel … und ein Eimer.« Sie räusperte sich verlegen.

»Oh. Nun, in der Not …«

Nach und nach suchten etliche die Kammer auf, und der scharfe Geruch von Urin vermischte sich mit dem sauren des Schweißes, der den Raum mehr und mehr erfüllte.

Ich halte das nicht mehr lange aus, dachte Ruth. Was, wenn sie uns hier drin lassen und wieder zurück nach England bringen? War etwa alles umsonst gewesen?

Die Unruhe wurde lauter. Mehrere Männer versuchten, die Tür zu öffnen, sie pochten dagegen, riefen laut, suchten nach Werkzeug – doch es war nichts Brauchbares zu finden. Die Rufe wurden immer lauter, sie schlugen mit den Fäusten gegen die Tür, traten dagegen, und endlich hörten sie jemanden kommen.

»Was machen Sie denn hier drin?«, fragte ein Steward überrascht.

»Jemand hat uns hier eingeschlossen.«

»Dann sehen Sie zu, dass Sie von Bord kommen, es sind schon fast alle an Land«, sagte er und rümpfte die Nase. »Was stinkt denn hier so furchtbar?«

Sie antworteten ihm nicht, sondern drängten sich an ihm vorbei in den Gang.

»Der Kerl hat uns betrogen«, sagte Karl. »Er hat uns das Geld abgenommen und uns dann eingesperrt.«

»Nun gräm dich nicht«, versuchte Martha ihn zu trösten. »Schau, wie viele auf ihn hereingefallen sind.«

»Da sind wir Hitler, diesem Verbrecher, entkommen, er hat uns alles genommen, und nun gibt es auch hier Schmocks, die uns bestehlen und betrügen.« Karl war fassungslos. »Es sollte doch alles besser werden.«

»Es wird sicher besser, Vati«, sagte Ruth. »Aber wir werden

uns dennoch in Acht nehmen müssen. Böse Menschen gibt es überall auf der Welt.«

»Ob das ein Nazi war?«, fragte sich Karl. »Ob das ein Nazi war, der es gezielt auf uns abgesehen hat?«

»Diese Gedanken bringen doch nichts.« Martha fasste seinen Arm.

Sie stiegen die Treppe hoch und kamen an Deck. Nur kurz blieb Ruth stehen und sah auf die Stadt, die all ihre Vorstellungen übertraf. Natürlich hatte sie Bilder von New York gesehen, aber die Hochhäuser, die Skyscrapers, nun tatsächlich vor sich zu haben, ließen sie den Atem anhalten – jedoch nur kurz, dann sog sie die Luft ein, die von Rauch und Öl geschwängert, aber trotzdem doch so viel besser war als die unter Deck.

Skyscrapers, dachte sie – Wolkenkratzer – das Wort passt. Es sah tatsächlich so aus, als würden die Häuser den Himmel berühren.

Ihr Blick schweifte über den Hafen, der voller Betriebsamkeit war. In der Ferne konnte sie die Straßen voller Automobile sehen. Es war laut und hektisch. Und es machte ihr Angst.

New York ist noch viel größer als London, und ich dachte, London wäre riesig und voll – aber so etwas habe ich mir nicht vorstellen können. Ob Chicago auch so ist? Wie soll ich mich jemals in so einer Stadt zurechtfinden? Ach, wie schön doch unser beschauliches Krefeld war. Die Wehmut schwappte wie eine Welle über sie, aber Ruth wusste, für solche Gefühle war nun keine Zeit.

Sie gingen die Gangway hinunter und auf den Pier.

Karl machte einen großen Schritt, dann blieb er stehen. »Nun betreten wir das erste Mal amerikanischen Boden. Das ist unser gelobtes Land, das Land der Freiheit und der Hoffnung. Mögen sich unsere Wünsche und Gebete erfüllen.«

»Amen«, sagte Martha, und Ruth und Ilse schlossen sich dem an. »Amen.«

Es gab nur einen Weg, den sie gehen konnten – zu einem großen Gebäude aus grauem Sandstein. Dort mussten sie sich in einen großen Saal begeben. Hier drängelten sich die Leute dicht an dicht. Ruth stellte sich auf die Zehenspitzen und versuchte, über die Köpfe der Menschen hinwegzuschauen. Sie erspähte eine Art Tresen, vor dem die Menschen in drei Schlangen anstanden. Dahinter waren Vorhänge.

Es war laut in dem Saal, und die Luft war schlecht. Stühle oder Bänke gab es nicht, und so manch einer hatte sich auf den Boden gesetzt. Auch Martha schaute sich suchend um, dann wandte sie sich an eine Frau, die auf ihrem Koffer saß.

»Gibt es hier irgendwo Toiletten?«, fragte sie.

Die Frau nickte und zeigte zur linken Wand. Dort waren zwei weitere lange Schlangen.

»Und gibt es hier irgendwo etwas zu trinken?«, wollte Martha wissen. Die Frau schüttelte den Kopf.

»Das kann doch nicht sein«, sagte Martha zu Karl. »Es muss doch etwas Versorgung geben. Wenigstens Wasser.«

»Wahrscheinlich gibt es das draußen«, meinte Karl. »Es wird hier schon nicht so lange dauern.« Sein Gesichtsausdruck hingegen sprach andere Worte, fand Ruth.

»Wir warten hier schon seit drei Stunden«, sagte ein Mann neben ihnen. »Es wird sicher noch ewig dauern.«

»Gibt es hier wenigstens einen Fernsprecher?«, wollte Karl wissen.

»Dort vorne.«

Vor dem Fernsprecher standen nur wenige Leute. »Ich werde versuchen, Irene anzurufen«, sagte Karl. »Wartet hier.«

»Als ob wir irgendwo hingehen könnten«, maulte Ilse. »Ich habe Durst. Und Hunger.«

»Hast du nicht gefrühstückt?«, fragte Martha.

»Nur ein wenig, ich war zu aufgeregt«, antwortete Ilse. »Und wer konnte schon ahnen, dass Vati sich in eine Falle hat locken lassen und wir stundenlang eingesperrt waren, und jetzt werden wir weitere Stunden hier warten müssen, bis wir endlich in die Stadt können.« Sie schob die Unterlippe vor.

»Erst einmal müssen Sie durch die Kontrollen«, sagte der Mann neben ihnen. »Ich habe gehört, dass ein Arzt einen untersucht und man nur in das Land gelassen wird, wenn man gesund ist.«

Entsetzt sah Ilse erst ihn, dann ihre Mutter an. »Mutti, stimmt das?«

Martha seufzte. »Ich weiß es nicht.«

»Wahrscheinlich stimmt es«, sagte Ruth leise und beschwichtigend. »Aber wir sind ja gesund und haben nichts zu befürchten.«

»Was ist mit meinen Augen?«, fragte Ilse voller Angst. »Ich kann doch nicht gut sehen.«

»Ich wette, jede Menge Amerikaner können auch nicht gut sehen. Das werden sie sicher nicht meinen, Ilse. Es geht bestimmt eher um Krankheiten wie Krätze oder Tuberkulose. Schlimme und ansteckende Krankheiten.«

»Meinst du, dass sie die Kranken wirklich wieder zurückschicken? Obwohl Krieg ist?«, fragte ihre Schwester fast lautlos.

Ruth überlegte. »Ich weiß es nicht«, sagte sie dann. Ich

glaube jedoch, dass sie es tatsächlich tun, dachte sie. Menschen können grausam sein, wenn sie sich vermeintlich schützen wollen. Und auch Krankheiten sind Bedrohungen. Die Amerikaner waren da nicht anders als andere Völker, das hatte ja ihr Verhalten in den letzten Jahren gezeigt. Obwohl die Juden mehr und mehr verfolgt wurden, hatten sie ihre Quote nicht erhöht und nicht mehr Schutzsuchende aufgenommen.

Jetzt aber sind wir hier, sagte sich Ruth. Und wir haben die Chance, uns ein neues Leben aufzubauen, fern von den Nazis.

Doch zuerst mussten sie durch die Kontrollen, und das dauerte. Es dauerte auch, bis Karl zurückkam.

»Hast du Irene erreicht?«, fragte Martha. Karl nickte, er sah jedoch nicht zufrieden aus.

»Wir sollen uns melden, wenn wir hier fertig sind. Sie versucht, eine Unterkunft für uns zu bekommen. Erfreut klang sie nicht.«

»Und das nach allem, was Omi und Opi für sie getan haben«, meinte Martha und rümpfte die Nase.

»Irene hat es auch nicht einfach gehabt, das hat sie hart gemacht.«

»Warum hatte sie es nicht einfach?«, wollte Ruth wissen.

»Ihre Mutter, die Schwester von Omi, ist früh gestorben, deshalb war sie als Kind oft bei uns. Sie hat sehr getrauert und die Liebe, die ihr Omi schenken wollte, nicht angenommen. Und dann hat sie Helmut kennengelernt und ihn geheiratet. Sie hat ihn schon vor Jahren überredet, nach Amerika auszuwandern. Er wollte nicht, hat ihr aber nachgegeben. Sie bekamen die Papiere – damals war das alles noch einfacher –, aber eine Woche vor ihrer Abreise ist Helmut gestorben. Er hatte ein schwaches Herz«, erklärte Karl.

»Irene war sehr verbittert«, erinnerte sich Martha. »Sie meinte immer, er wäre gestorben, um nicht auswandern zu müssen.«

Karl nickte. »Sie ist mit den beiden Mädchen trotzdem gefahren und hat hier ihr Leben aufgebaut. Omi hat ihr immer geschrieben, aber Antworten kamen nur selten und in den letzten Jahren gar nicht mehr. Das hat unsere Omi sehr traurig gemacht.«

»Immerhin besorgt sie uns eine Unterkunft«, meinte Ruth und beschloss, sich auch auf den Boden zu setzen. Die Schlangen vor dem Tresen schienen gar nicht kürzer zu werden.

Kapitel 2

Die Zeit schien nicht zu vergehen. Sie saßen auf dem kalten Steinboden und warteten. Nur sehr langsam ging es voran. Am frühen Nachmittag hatte irgendwer Erbarmen und brachte Wasser, so dass sie wenigstens etwas trinken konnten. Zu essen gab es jedoch nicht. Die kleinen Kinder und auch manch alte Leute jammerten und weinten. So hatte sich bestimmt niemand die Einreise in das ersehnte Land vorgestellt.

Es dämmerte schon, als sie schließlich an die Reihe kamen – sie waren unter den Letzten, aber sie waren ja auch erst spät von Bord gekommen.

Tatsächlich mussten sie alle ihre Papiere vorlegen, wurden nach Schulabschluss und Berufen befragt, wohin sie gehen würden, und auch ihre finanziellen Belange wurden geprüft. Dann wurden sie einzeln hinter den Vorhang gewinkt.

»Ausziehen«, sagte eine Frau in einer Uniform. Ihr Gesicht war grau, und sie wirkte müde.

Sicherlich ist sie auch schon den ganzen Tag auf den Beinen, dachte Ruth und empfand etwas Mitleid mit ihr.

Schnell zog sie sich bis auf die Unterwäsche aus. Es war kalt hier in dem Gebäude, und auch Ruth war erschöpft. Zitternd legte sie die Arme um ihren Oberkörper.

»Nein«, sagte die Frau. »Arme ausstrecken und langsam umdrehen.«

Ruth folgte der Weisung. Dann wurde sie abgehört, ihr wurde in die Ohren geschaut und auch auf die Kopfhaut. Die Frau sprach kaum ein Wort, und wenn, waren es harsche Befehlstöne.

Sie macht nur ihre Arbeit, sagte sich Ruth, als sie sich endlich wieder anziehen durfte.

Die Frau wies auf eine Tür. »Dort hinein!«

»Ist dort meine Familie?«, wollte Ruth wissen, doch die Frau antwortete ihr nicht. »Der Nächste«, rief sie.

Schnell nahm Ruth ihr Handgepäck und ging durch die Tür. Dahinter war ein weiterer Wartesaal – aber er war kleiner und hatte große Fenster, die zur Straße zeigten.

»Ruth, endlich«, sagte Martha erleichtert und schloss ihre Tochter in die Arme. Auch Vati und Ilse waren schon da.

»Und?«, fragte Ruth bange. »Dürfen wir einreisen?«

»Offensichtlich sind wir das nun«, sagte Karl und lächelte müde. »Sobald wir auf die Straße treten, sind wir in Amerika und können so schnell nicht mehr abgeschoben werden.«

»Werden denn Leute wirklich zurückgeschickt?«

Martha wies auf einen Bereich, der durch ein Gitter von der Halle abgetrennt war. Dort saß eine kleine, jämmerliche Schar von Menschen.

»Ich glaube, diese hat man ausgenommen.«

»Müssen sie zurück?«, fragte Ruth erschrocken.

»Das kommt darauf an«, sagte eine tiefe Stimme hinter ihr. Abrupt drehte sie sich um und sah Herrn Goldblum. »Ich habe auf Sie gewartet«, erklärte er und lächelte breit. »Das hat ja lange gedauert.« Er hielt einen Umschlag in der Hand. »Hier sind Ihre Fahrkarten nach Chicago. Mein Bruder hat sie wie versprochen besorgt.«

Erleichtert nickte Karl und zückte seine Brieftasche. Nachdem sie das Geschäft abgeschlossen hatten und ihr Vater die Fahrkarten eingesteckt hatte, wandte sich Ruth an Goldblum.

»Worauf kommt es an?«

Verwirrt musterte er sie.

»Sie haben gesagt, es kommt darauf an, ob die Menschen zurückgeschickt werden oder nicht. Aber worauf kommt es denn an?«

»Ach so. Nun, darauf, weshalb sie nicht einreisen dürfen – es gibt verschiedene Gründe. Manche fälschen ihre Papiere oder stehlen Schiffskarten – die werden selten hineingelassen oder nur, wenn sie hier Bürgen haben. Andere sind krank, dann müssen sie eventuell in Quarantäne. Aber das muss dich ja nicht beschäftigen, denn ihr habt es ja schließlich geschafft, nicht wahr?« Er drehte sich zu Martha und Karl um. »Ich wünsche Ihnen einen wunderbaren Neuanfang hier in den Staaten und viel Glück.« Dann verschwand er so plötzlich in der Menge, wie er aufgetaucht war.

»Ich habe nicht damit gerechnet, dass er wirklich kommt und uns die Karten bringt. Ich dachte, er wäre auch ein Betrüger«, sagte Karl und wischte sich über die Stirn. »Und nun gehe ich Irene anrufen. Es wird Zeit, dass wir hier herauskommen.«

Ja, dachte Ruth, es ist es wirklich Zeit. Karl ging zum Fernsprecher und ließ sich mit seiner Cousine verbinden. Er war zu weit weg, so dass sie nicht hören konnten, was er sagte. Doch seine Körperhaltung und wie er mit der freien Hand fuchtelte, sprach Bände, fand Ruth. Das Gespräch lief nicht so, wie er es sich erhofft hatte. Auch Martha erkannte das und seufzte leise vor sich hin. Schließlich kehrte er zurück, das Gesicht voller Sorgenfalten.

»Kommt«, sagte er nur. Zum Glück hatten sie ihr Gepäck, das von Bord gebracht worden war, schon erhalten. Sie nahmen die Koffer und ihr Handgepäck und gingen zum Ausgang.

»Jetzt«, sagte Ruth und lächelte ihrem Vater zu, als sie nach draußen traten. »Jetzt erst ist es der Schritt in das neue Land.« Fest trat sie auf den Boden.

Über Karls Gesicht huschte ein Lächeln. »Du hast recht. Wir sind hier, wir haben Zugfahrkarten, und in Chicago haben wir eine Wohnung. Ein paar kleine Hürden müssen wir noch nehmen, dann aber können wir endlich ankommen und unser neues Leben beginnen.«

»Wo ist denn Tante Irene?«, fragte Ilse. »Ich habe Hunger und Durst. Und ich bin müde.«

»Sieh mal«, sagte Ruth und zeigte zu einem kleinen Stand auf Rädern, der am Straßenrand stand. »Ich glaube, dort bekommt man etwas zu essen.«

Karl nickte. »Komm, Ruth, wir schauen, ob wir etwas zu essen auftreiben können. Martha, du bleibst mit Ilse bei unserem Gepäck.«

»Holt uns Tante Irene ab?«, fragte Ruth, während sie zu dem Stand gingen. Es roch lecker, aber so ganz konnte sie den Geruch nicht einordnen.

»Wir nehmen uns gleich ein Taxi und fahren zu Irene«, sagte Karl grimmig. »Auch wenn sie gar nicht begeistert davon ist.«

»Sie will nicht, dass wir kommen?«

»Sie hat wieder geheiratet. Einen Amerikaner. Sie möchte mit ihrem alten Leben ganz abschließen, und nun kommen wir.«

»Was machen wir jetzt?«, fragte Ruth erschrocken.

»Nach einigem Hin und Her nimmt sie uns trotzdem auf. Nur für diese eine Nacht. Und ohne weitere Verpflichtungen, sollten wir hier Probleme haben.« Karl schnaufte. »Ich bin froh, dass meine Mutter damals nicht so gedacht hat wie Irene jetzt, sondern sie immer mit offenen Armen empfangen hat.«

Sie waren bei dem kleinen Stand angekommen. »Hot Dog« stand auf dem Schild, las Ruth verwundert. »Ich glaube nicht«, sagte sie leise, »dass das etwas für uns ist.«

»Wieso?«

»Da steht, hier gibt es heißen Hund. Wusstest du, dass Amerikaner Hundefleisch essen?«

»Nein, nein!«, rief der Mann hinter dem Stand und lachte laut. Er sprach Deutsch. »Es ist kein Hundefleisch. Es sind Wiener Würstchen in einem Brötchen. Schau, so sieht das aus.« Er hielt einen Hot Dog hoch. »Ich nehme an, dass ihr gerade erst angekommen seid? Herzlich willkommen in Amerika, dem Land der unbegrenzten Möglichkeiten.«

»Sie sind aus Deutschland«, sagte Ruth erleichtert.

»Seit wann sind Sie hier?«, wollte Karl wissen. »Und was hat das mit dem Hund auf sich?«

»Ich bin schon seit acht Jahren in New York«, antwortete der Mann. »Kann mir gar nicht mehr vorstellen, woanders zu leben.«

»Sind … sind Sie Jude?«, fragte Ruth leise.

Er schüttelte den Kopf. »Ich bin Kommunist«, sagte er leise. »Und ich habe hier für mich eine sicherere Zukunft gesehen als in Deutschland.« Er sah Karl an. »Die Würstchen sind wirklich lecker. Wollen Sie welche?« Er blickte über Karls Schulter. Ruth drehte sich um, hinter ihnen warteten inzwischen schon andere Passanten.

Karl war unschlüssig, wie Ruth bemerkte. »Ja«, sagte sie deshalb schnell. »Vier Würstchen.« Sie sah ihren Vater an, er nickte.

Schnell holte der Mann mit einer Zange die Würstchen aus einem dampfenden Behälter und legte sie in die aufgeschnittenen Brötchen. »Welche Zutaten? Ich habe Sauerkraut, rote Bohnen, geröstete Zwiebeln oder gepickeltes Gemüse?« Fragend sah er Ruth an.

»Wie isst man die denn hier?« Ruth war verwirrt.

»Wie man es am liebsten mag. Ich empfehle Sauerkraut und Röstzwiebeln.«

Ruth schaute auf das Brötchen, das nicht so aussah wie die Brötchen, die sie aus Deutschland kannte. Doch ihr Magen knurrte, und der Duft der gekochten Würste verlockte sie. »Das ist aber keine große Portion«, murmelte sie unentschlossen.

»Wir nehmen acht Würste«, entschied Karl. »Viermal mit Sauerkraut, viermal mit Bohnen und alle mit Röstzwiebeln.«

»Ketchup oder Senf?«

»Senf«, sagte Karl.

Sicher und geschickt bestückte der Mann alle acht Brötchen mit den gewünschten Zutaten. Ruth überlegte fieberhaft, wie sie die acht Brötchen denn transportieren sollten, da sie gesehen hatte, dass er den vorherigen Kunden das Brötchen mit einer Papierserviette in die Hand gedrückt hatte. Doch nun legte der Verkäufer die Hot Dogs in einen Pappkarton und reichte ihn Ruth. Karl nahm sein Portemonnaie hervor und bezahlte. In England schon hatte er Dollar eingetauscht, und nun war er froh darüber, Bargeld zu haben. Gerade als ihm der Mann das Wechselgeld reichen wollte, fiel Karl noch etwas ein. »Haben Sie auch Getränke?«

»Natürlich. Coke? Oder Limonade?«

»Coca-Cola«, seufzte Ruth verzückt.

»Vier Flaschen, bitte«, sagte Karl und lächelte seiner Tochter zu.

Und so aßen sie ihre erste und sehr amerikanische Mahlzeit auf dem Bürgersteig vor dem Terminal der Cunnard-Line in New York.

»Es schmeckt ... ungewohnt«, sagte Ilse. Sie wischte sich den Mund ab und nahm den zweiten Hot Dog. »Aber lecker.«

»Ja, es ist ungewohnt. Wahrscheinlich werden wir uns an so manch andere Sachen noch gewöhnen müssen«, seufzte Martha, aber auch sie aß mit großem Appetit. »Vielleicht hättest du lieber Wasser zum Trinken mitbringen sollen, die Coca-Cola ist natürlich lecker, allerdings auch sehr süß.«

Ruth schmunzelte. Irgendwas hat Mutti ja immer, dachte sie und nahm noch einen großen Schluck Cola. Sie liebte das Getränk, hatte es aber schon lange nicht mehr getrunken. Die jüdischen Geschäfte in Krefeld hatten es nicht im Angebot, und in England hatte sie keine Gelegenheit gehabt, es zu kaufen.

»Was machen wir jetzt?«, fragte Martha, nachdem sie aufgegessen hatten. »Kommt uns Irene abholen?«

»Wir nehmen ein Taxi und fahren zu ihr.« Karl sah sich um. Auf der anderen Straßenseite standen Taxis. Schnell hatte er ein freies Fahrzeug gefunden. Sie stiegen ein, und Karl nannte dem Mann hinter dem Steuer die Adresse. Doch der Fahrer sah ihn nur verständnislos an. Obwohl Martha und Karl sich in Slough bemüht hatten, Englisch zu lernen, war die Kommunikation noch sehr holprig. Martha nahm ihrem Mann den Zettel aus der Hand und reichte ihn dem Fahrer.

»Ah, Queens«, sagte er und fuhr los.

»Wo sind wir denn hier?«, fragte Ruth.

»Brooklyn«, antwortete er knapp und zündete sich eine Zigarette an.

Sie fuhren an Lagerhallen und Industriegebäuden vorbei und kamen in die Straßenschluchten. Ruth und Ilse sahen aus den Fenstern, sprachlos und überwältigt von den hohen Gebäuden, den vielen Menschen und dem Verkehr.

»Ist es immer so voll?«, wollte Ruth wissen.

»Heute geht's noch.«

»Wofür sind die Leitern an den Häusern?«, fragte Ilse erstaunt.

»Das sind Feuerleitern.« Der Fahrer drehte sich um, grinste. »Seid wohl gerade erst angekommen, was? Woher?«

»England«, sagte Ruth. »Davor Deutschland.«

»Dann seid ihr nicht zu Besuch, sondern für immer hier?«

Ruth nickte schüchtern.

»Willkommen in Amerika.« Er lachte, ein raues Lachen. »Aber Queens ist kein schlechter Stadtteil, um dort zu leben.«

»Wir fahren morgen weiter nach Chicago«, erklärte Ruth. »In Chicago werden wir leben.«

»Viel Glück.«

Mehr sagte er nicht, und obwohl Ruth über den Satz nachdenken musste, wollte sie nicht nachfragen, wie er das meinte.

Die Fahrt dauerte lange. Sie fuhren durch verschiedene Stadtteile – vom Hafen weg durch Straßen, die mit hohen Mietshäusern aus rotem Backstein gesäumt wurden, aber auch durch Straßen, in denen Einfamilienhäuser standen – das wirkte fast schon kleinstädtisch. Doch dann kamen sie wieder in ein Viertel mit dichterer Bebauung. Vor einem der Backsteingebäude blieb das Taxi stehen.

»Da wären wir«, sagte er und nannte Karl den Fahrpreis.

»Du liebe Güte«, sagte Martha. »Wie können sich das die Amerikaner leisten?«

»Die New Yorker fahren für solche Strecken mit der Bahn«, sagte der Taxifahrer und grinste. Er half ihnen noch, das Gepäck auszuladen, bevor er davonfuhr.

Karl hatte schon geklingelt, und eine Frau öffnete die Haustür. Ruth hielt den Atem an.

»Hallo, Irene«, sagte Karl und umarmte sie. Erst zögerte sie, doch dann erwiderte sie die Umarmung. Sie begrüßte Martha schon herzlicher und sah dann zu den Mädchen.

»Du musst Ruth sein? Du bist … so erwachsen. Und du bist sicher Ilse?«

Ihr Deutsch hatte schon einen leichten amerikanischen Akzent, stellte Ruth fest.

»Du bist … Filmschauspielerin?«, sagte Ilse zögernd und bewundernd. »Du bist berühmt?«

»Was? Grundgütiger, nein«, sagte Irene lachend. »Wie kommst du denn auf so eine absurde Idee?«

»Weil du … so aussiehst«, seufzte Ilse. »So wunderschön … deine Haare … und deine elegante Kleidung …«

Wieder lachte Irene. »Ach, das ist ganz normale Kleidung. Nun kommt erst einmal herein. Wir wohnen im ersten Stock.« Sie wandte sich zu Karl und Martha. »Fred, mein Mann, ist noch nicht da. Ich hoffe, er … nun ja, wir haben nicht mit eurem Besuch gerechnet. Du hast doch geschrieben, dass ihr nach Chicago zieht.«

»Es ist nur für diese eine Nacht«, sagte Martha. »Wirklich. Morgen fahren wir mit dem Zug weiter. Karl hat schon die Fahrkarten.«

»Na ja, Fred wird es schon verstehen«, murmelte Irene, doch es klang zweifelnd.

Sie gingen in den ersten Stock, und Irene schloss die Tür zur Wohnung auf.

»Doris ist noch unterwegs, aber das ist Regine«, erklärte Irene.

Das Mädchen war etwas jünger als Ruth – aber sie sah viel erwachsener aus.

Die Haare, oh, dachte Ruth, was für eine wundervolle Frisur. Und sie ist geschminkt. Ilse hat recht – sie sehen aus wie Filmstars. Verschämt biss sie sich auf die Lippe, sie kam sich vor wie eine Bauernmagd aus der Provinz.

»Hello«, sagte Regine und reichte ihnen die Hand. »Wie geht es euch?« Sie hatte einen sehr starken Akzent, und man merkte, dass sie schon lange nicht mehr deutsch gesprochen hatte.

»Legt ab«, sagte Irene, »und kommt herein. Möchtet ihr etwas trinken?«

Rechts vom Flur ging eine Tür ab in die Küche. Neugierig schaute Ruth hinein und staunte. Es war eine sehr moderne Küche, mit weißen Möbeln, einem Eisschrank und einem Herd, wie Ruth noch nie einen gesehen hatte. Überhaupt war sie überrascht von der Helligkeit und Großzügigkeit der Wohnung. Im Wohnzimmer waren moderne Möbel, es gab einen Gaskamin, an den Fenstern hingen weiße Vorhänge. Natürlich gab es elektrisches Licht – das hatten sie auch in Slough gehabt, aber die Lampen hier waren sehr schlicht und modern. Und im Vergleich zu dem Bauernhof der Sandersons in Frinton-on-Sea erschien es ihr, als wäre sie mit einer Zeitmaschine in die Zukunft gereist. Auch Karl und Martha sahen sich gespannt um.

»Das ist aber schön hier, Irene«, sagte Martha bewundernd.

»Dir muss es wirklich gutgehen, dass du dir eine so schöne Wohnung leisten kannst.«

»Wir wohnen noch nicht lange hier. Ihr hättet mal unser altes Zuhause sehen sollen, das war vielleicht schäbig«, sagte Regine. Irene warf ihr einen scharfen Blick zu, worauf das Mädchen den Kopf senkte.

»Uns geht es ganz gut. Dafür sorgt Fred, mein Mann«, erklärte Irene. »Auf der anderen Seite ist das Bad. Dort könnt ihr euch frisch machen. Und dann wollt ihr sicherlich einen Drink? Ich habe eine Kleinigkeit zu essen vorbereitet – allerdings keine große Mahlzeit, ich habe ja nicht mit euch gerechnet.« Sie lächelte, aber es war kein echtes Lächeln.

Ruth fühlte sich unwohl, sie sah ihrer Mutter an, dass es ihr ebenso ging.

Es ist nur für heute, nur für eine Nacht, sagte der Blick, den Martha ihrer Tochter zuwarf. Das schaffen wir. Ruth nickte kaum merklich und hob das Kinn an.

»Kann ich dir irgendwie helfen, Tante Irene?«, fragte sie. Karl machte sich frisch, und Martha hatte sich erschöpft auf das Sofa gesetzt.

Irene sah sich unschlüssig um. »Vielleicht kannst du mir in der Küche helfen. Regine – du und Ilse könnt im Mädchenzimmer schon mal die Betten für euch vorbereiten.« Sie sah Martha an. »Ein Gästezimmer haben wir – du und Karl, ihr werdet auf der Couch schlafen müssen.«

»Das ist wunderbar. Danke.« Martha lächelte. »Uns ist alles recht.«

»Möchtest du einen Kaffee?«, fragte Irene, die immer zwischen Freundlichkeit und Ablehnung zu schwanken schien, »oder lieber etwas Stärkeres? Sherry? Brandy?«

»Ein großes Glas Wasser wäre wunderbar. Und danach gerne einen Sherry.«

Ruth folge Irene in die Küche. Noch einmal bewunderte sie die sauberen weißen Schränke und den grauen Linoleumboden. Dieser Raum war sicher so viel einfacher sauberzuhalten als die riesige Küche im Farmhaus der Sandersons.

»Kannst du Brote schmieren?«, fragte Irene ein wenig zweifelnd.

»Selbstverständlich.«

»Gut.« Irene schien erleichtert. Sie holte Brot und Margarine hervor, Käse und Wurst nahm sie aus dem Eisschrank. »Dort in der Schublade ist Besteck.« Dann legte sie noch eingelegte Gurken und frische Tomaten auf den Küchentisch und sah Ruth wieder skeptisch an. »Wenn du die Brote schmierst, reicht das schon. Alles andere mache ich gleich.« Mit drei Gläsern verschwand sie, und bald schon hörte Ruth, wie Irene mit Martha anstieß.

»Auf eure Zukunft hier in Amerika!«

Behände schnitt Ruth das Brot, schmierte Margarine darauf und belegte die Schnittchen, die sie in mundgerechte Häppchen geschnitten hatte. Die Gurken und Tomaten zerteilte sie in dünne Scheiben und verzierte damit die Brote. Auf der Fensterbank stand ein Bund Petersilie, davon rupfte Ruth ein paar Blätter ab und streute sie auf die Brote. Sie war gerade fertig, als Irene in die Küche zurückkehrte.

»Grundgütiger«, sagte Irene erstaunt. »Hast du das ganz alleine gemacht?« Sie wartete nicht auf eine Antwort, sondern nahm die Platte. »Ich wollte noch Eier kochen – kannst du das auch?«

Ruth nickte. »Ja, aber ich weiß nicht, wie der Herd funktioniert.«

»Warte.« Irene brachte die Platte schnell ins Wohnzimmer. »Hier sind ein paar Häppchen ... es ist nicht viel ...«

»Das sieht wunderbar aus, herzlichen Dank«, sagte Martha.

Irene zeigte Ruth, wie man den Herd anschaltet, dann verließ sie die Küche wieder.

Ruth fand die Eier im Vorratsschrank. Eier zu kochen war keine Kunst, im letzten Jahr hatte sie das unzählige Male gemacht. Aber es verletzte sie, dass ihre Tante sie so schnell in die Rolle der Bediensteten gesteckt hatte.

Liegt es an mir, fragte sich Ruth. Strahle ich das jetzt aus? Vielleicht wirke ich unterwürfig. Oder, dachte sie, möglicherweise bin ich auch einfach nur hilfsbereit. Wir haben Tante Irene und ihre Familie ja quasi überfallen, da breche ich mir keinen Zacken aus der Krone, wenn ich etwas mithelfe.

Sie hörte Ilse und Regine im Zimmer der Mädchen lachen und reden und beneidete die beiden plötzlich. Ilse und Regine sind fast gleich alt – sie sind Jugendliche. Ich bin älter, gehöre nicht mehr richtig zu ihnen, aber zu den Erwachsenen gehöre ich auch noch nicht wirklich, dachte sie traurig.

Auf einmal wurde die Wohnungstür aufgeschlossen und fiel kurz darauf krachend ins Schloss.

»Ich bin zu Hause, Mommy«, rief eine weibliche Stimme in breitem Amerikanisch. Jemand kam um die Ecke in die Küche gestürmt und blieb erschrocken stehen und starrte Ruth an. »Huch!«

Irene kam aus dem Wohnzimmer geeilt. »Dolly, das ist Ruth, deine ... hmmm, Großcousine oder Cousine zweiten Grades aus Deutschland. Ruth, das ist Doris.«

»Dolly, nenn mich bloß nicht Doris«, sagte das Mädchen, das ungefähr in Ruths Alter war. Aber auch sie sah so ganz anders aus – sie trug sehr modische Kleidung, ein flottes kleines Hütchen, das schräg auf dem Kopf saß, ein geblümtes Kleid mit einem schmalen Ledergürtel in der Taille und Schuhe mit Absätzen. Ihre Lippen glänzten rot, und auch die Wangen hatten einen rötlichen Schimmer, dazu kamen die getuschten Wimpern und der Lidschatten. Ruth kam aus dem Staunen nicht mehr heraus.

»Ihr seid die Cousinen aus Deutschland? Onkel Karl und Tante Martha?«, fragte Dolly und lächelte.

Ruth konnte nur nicken.

»Mommy hat erzählt, dass ihr nach Amerika kommt, aber sie sagte, dass ihr nach Chicago gehen würdet.«

»Morgen«, erklärte Ruth. »Morgen nehmen wir den Zug nach Chicago.«

»Ach, das ist ja schade«, meinte Dolly. »Ich kann mich noch vage an euch erinnern. Wir haben fast gar keinen Kontakt mehr zur Familie.« Geschickt und nur mit einem Handgriff zog Dolly die Hutnadel aus dem Haar und setzte den entzückenden kleinen Hut ab. »Was machst du hier in der Küche?«, fragte sie dann verwundert. Auch ihr Deutsch hatte einen amerikanischen Akzent, aber er war bei Weitem nicht so ausgeprägt wie der ihrer Schwester.

»Ich koche Eier«, sagte Ruth und lächelte.

»Dolly, komm ins Wohnzimmer und begrüße deine Tante und deinen Onkel«, rief Irene, die inzwischen wieder bei Karl und Martha saß.

»Ich komm gleich wieder«, versprach Dolly und zwinkerte Ruth zu.

Endlich spürte Ruth so etwas wie Erleichterung. Es war, als sei ein Band, das um ihren Brustkorb gelegen hatte, gelöst worden. Dolly schien sich tatsächlich zu freuen, sie zu sehen, und ihre Freude schien echt, nicht vorgetäuscht wie bei Irene.

Ruth nahm die Eier aus dem Topf und schreckte sie ab. Sie öffnete die Schränke, nahm eine Schüssel heraus, fand einen Schneebesen und eine Flasche mit Pflanzenöl.

Dolly hatte inzwischen Martha und Karl sowie Ilse begrüßt und ein wenig Smalltalk gehalten, doch nun kehrte sie zurück in die Küche.

»Was suchst du?«, fragte sie Ruth.

»Senf. Ihr werdet doch Senf haben?«

»Dort oben, bei den Gewürzen. Wofür brauchst du Senf?«

»Ich will eine schnelle Mayonnaise machen – für die gekochten Eier.«

»So etwas kannst du?«, fragte Dolly verwundert.

»Ja, ich war ein paar Monate Haushaltshilfe auf einem englischen Bauernhof, da habe ich kochen gelernt.«

»Wirklich? Wie aufregend. Du musst mir alles erzählen, auch wie ihr aus Deutschland gekommen seid. Das ist ja heutzutage kaum noch möglich, habe ich gehört.«

»Was machst du denn?«, fragte Ruth neugierig. »Gehst du noch zur Schule?«

»Ich arbeite in einem Büro«, erklärte Dolly. »Aber drei Mal die Woche gehe ich zur Abendschule. Ich möchte Sekretärin werden.«

Ruth seufzte. »Ich würde auch gerne wieder zur Schule gehen«, gestand sie.

»Was willst du denn werden?«

»Das weiß ich gar nicht so genau. Eigentlich wollte ich immer etwas mit Mode machen, aber … wenn ich euch so sehe … dann komme ich mir so hinterwäldlerisch vor.«

»Ach«, winkte Dolly ab, »das gibt sich ganz schnell. Du wirst dich hier wunderbar eingewöhnen.«

»Hoffentlich.«

Staunend sah Dolly Ruth dabei zu, wie sie die Mayonnaise aufschlug.

»Es ist im Prinzip ganz einfach«, erklärte Ruth. »Man muss nur beständig schlagen und das Öl ganz langsam zugießen. Siehst du?«

»Willst du nicht Köchin werden?«

Ruth verzog das Gesicht. »Nein, auf keinen Fall. Die letzten Monate in Frinton-on-Sea haben mir gereicht. Köchin oder Bäuerin werde ich ganz sicher nicht.«

Beide Mädchen sahen sich an und lachten.

»Wird Amerika in den Krieg eintreten?«, fragte Karl Fred.

Irenes Mann war von der Arbeit gekommen. Zuerst war er über den Überraschungsbesuch nicht erfreut gewesen, beruhigte sich aber, als er erfuhr, dass die Meyers am nächsten Tag abreisen würden. Plötzlich war er betont freundlich.

Leider sprach er kein Deutsch, und Karls Englisch war noch sehr eingeschränkt, aber sie schafften es, sich zu verständigen.

»Ich glaube nicht, dass wir noch einmal in einen europäischen Krieg eintreten werden«, sagte Fred. »Schon während des Großen Krieges waren die meisten Amerikaner dagegen, jenseits des Atlantiks zu kämpfen – dennoch haben wir es getan und große Verluste erlitten. Das wird sicher nicht wieder geschehen.«

»Aber Amerika ist Englands Verbündeter«, wandte Karl ein. »Und Deutschland hat mit einer Luftschlacht begonnen und greift England an … Sollte Amerika seine Verbündeten nicht unterstützen und ihnen helfen?«

»Wir helfen ja. Wir schicken Güter und Waffen. Aber ansonsten … Nein, ich glaube nicht, dass wir wieder in einen europäischen Krieg eintreten.«

Martha nickte. »Ich kann das verstehen«, sagte sie leise. »Europa hat auch nicht eingegriffen, als die Verhältnisse in Deutschland immer schwieriger für uns wurden. Jeder schaut halt zuerst auf sein eigenes Haus, auch wenn es bei dem Nachbarn brennt.«

»Aber ihr seid hier, ihr konntet Deutschland doch verlassen«, sagte Dolly. »Darüber müsstet ihr doch froh sein.«

Ruth sah sie an und nickte. »Ja, darüber sind wir froh. Wir sind hier. Aber Omi und Opi sind noch in Deutschland, Tante Hedwig und Hans, Großmutter Emilie – sie alle sind noch in Krefeld. Und so viele andere auch.«

»Warum kommen sie nicht hierher?«, fragte Regine unschuldig.

»Weil sie das Land nicht mehr verlassen dürfen. Sie müssen in Deutschland bleiben.«

»Ich bin so froh, dass wir vor Jahren schon ausgewandert sind«, sagte Irene. »Dass uns das alles erspart geblieben ist.«

Karl sah sie an, sein Blick war bitter. »Damals war es ja noch einigermaßen einfach. Heute ist es unmöglich.«

»Aber ihr seid doch hier«, sagte Regine, »also kann es nicht unmöglich sein.«

»Davon verstehst du nichts«, sagte Irene.

»Das sagst du immer«, maulte Regine. »Dann erkläre es mir doch, damit ich es verstehe.«

»Manche Themen sind nichts für Kinder.« Fred klang streng und zog die Stirn in Falten. Sofort zog Regine den Kopf ein.

»Ihr solltet jetzt ins Bett gehen, Mädchen«, bestimmte Irene.

Regine stand auf. »Komm, Ilse«, sagte sie. »Gute Nacht, Tante Martha, gute Nacht, Onkel Karl.«

Auch Ruth wollte aufstehen, aber Dolly hielt sie unauffällig zurück. Ilse schlief heute Nacht in Regines Zimmer. Sie hatten sich ein Bettenlager gebaut. Ruth jedoch würde bei Dolly schlafen. Dolly hatte ein Zimmer im Anbau, der zum Hinterhof hinausging. Sie hatte ein breites Bett – breiter jedenfalls als ein normales Bett, allerdings nicht so breit wie ein Doppelbett. »Wir nennen es ›Frenchbed‹ – französisches Bett«, hatte Dolly Ruth erklärt. »Fast jedes moderne Mädchen hat so ein Bett, damit eine Freundin übernachten kann. Regine quengelt schon die ganze Zeit, dass sie auch eins haben will, aber noch erlaubt Fred es nicht.«

»Ich kann Regine verstehen«, meinte Ruth.

Fred schenkte Karl noch einen Bourbon ein, nachdem die Mädchen kichernd ins Bad gegangen waren, Irene holte die Sherryflasche und füllte Marthas Glas.

»Dürfen wir auch?«, fragte Dolly und lächelte. »Nur einen kleinen Schluck?«

Irene sah ihren Mann unsicher an, doch Fred nickte und lachte. »Na sicher«, sagte er und klopfte Dolly auf die Schulter. »Ihr beide seid ja fast erwachsen, und dies ist ein außergewöhnlicher Anlass, da kann man schon mal fünf gerade sein lassen, Darling.«

Dolly sprang auf und holte zwei Gläser, Irene schenkte ihnen ein.

»Wie siehst du denn Hitlers Chancen?« Fred wandte sich wieder an Karl. »Er kann doch nicht ganz Europa erobern. Wir denken, dass er sich bald müde gekämpft hat.«

»Das glaube ich nicht«, meinte Karl nachdenklich. »Wir haben am Anfang nicht geglaubt, dass er an die Macht kommen würde – aber das ist er. Dann haben wir gedacht, dass er sich der internationalen Diplomatie beugen muss und zur Vernunft kommt – da haben wir uns auch getäuscht. Wir hofften, dass all seine Sprüche nur Propaganda wären, doch das sind sie nicht. Niemand von uns hat jemals gedacht, dass die Deutschen ihm so folgen würden, all seinen kruden Ideen, aber sie tun es. Und sie sind ihm in den Krieg gefolgt. Sie werden kämpfen, bis zum letzten Mann, davon bin ich heute überzeugt.« Er nippte an seinem Glas. »Er will uns Juden vernichten, alle. Er wird alles daran setzen, damit es ihm gelingt. Und bisher stellt sich ihm niemand in den Weg. Aufgemuckt haben die anderen Staaten erst, als er die Grenzen Deutschlands ausweitete – nicht wegen verletzter Menschenrechte, das hat niemanden interessiert.« Karl sah Fred an. »Du bist kein Jude, nicht wahr?«

Fred schüttelte den Kopf. »Meine Eltern sind Christen, aber ich glaube nur an alles das, was ich selbst leisten kann. Das ist der beste Glaube, den man in Amerika haben kann.« Wieder lachte er laut.

»Und was ist mit dir?«, fragte Martha Irene. »Hältst du noch die Gebote ein? Feierst du Sabbat?«

»Schon lange nicht mehr. Ihr?«

Martha biss sich auf die Lippen. »Wir waren nie wirklich religiös. Aber nun finde ich doch Trost in der Thora und in den Ritualen. Orthodox werden wir allerdings bestimmt nicht werden. Doch ich hoffe, dass es eine Gemeinde in Chicago gibt. Meine Mutter ist ja sehr gläubig …«

»Wie geht es ihr denn?«

Die Männer sprachen über Politik, die Frauen tauschten Neuigkeiten über Verwandtschaft und Freunde aus. Da keiner auf Ruth und Dolly achtete, füllte Dolly ihre Gläser erneut und stieß dann Ruth an. »Komm, wir gehen«, wisperte sie ihr zu. »Es wird Zeit für uns«, sagte sie im nächsten Moment lauter. »Gute Nacht!«

Auch Ruth wünschte allen eine gute Nacht, gab ihrer Mutter einen Kuss und folgte dann Dolly in ihr Zimmer.

»Irgendwann endet jeder Abend so – ›Wie geht es Josephine? Was machen denn Gerdas Kinder? Hast du schon von XY gehört?‹ Das ist so ermüdend. Und Fred wird gleich anfangen, über den Präsidenten zu schwafeln und über die Gewerkschaften. Und was man alles besser machten könnte und sollte.« Sie seufzte.

»Magst du deinen Stiefvater?«

»Er ist nicht mein Stiefvater, ich sehe ihn jedenfalls nicht so«, antwortete Dolly und setzte sich auf ihr Bett. Ruth nahm auf dem kleinen Sessel, der an dem Schreibtisch stand, Platz. »Er ist der Mann meiner Mutter. Manchmal ist er nett, manchmal ist er ekelig. Viel sehe ich nicht von ihm, zum Glück. Ich bin arbeiten und danach oft in der Abendschule, oder ich treffe mich mit Freunden. Gina hat es da weitaus schlechter. Aber meist kommt sie ganz gut mit ihm aus, glaube ich.«

»Gina?« Dann ging Ruth ein Licht auf. »Regine, deine Schwester. Gina, natürlich.«

»Sie mag ihn irgendwie, und für sie ist er bestimmt auch ein Vaterersatz. An unseren Vati erinnert sie sich ja kaum noch. Ich schon, aber ich vermisse ihn nicht mehr so doll wie früher.«

Als sie an dem Zimmer der Mädchen vorbeigekommen war, hatte Ruth ihre Schwester und Regine kichern gehört. Das hatte sie froh gemacht – auch Ilse hatte eine Art von familiärem Willkommen.

»Vermisst du Deutschland?«

Dolly dachte nach, dann schüttelte sie den Kopf. »Früher schon. Ganz am Anfang. Aber wir hatten es auch nicht leicht. Vati war ja kurz vor unserer Ausreise gestorben. Ich habe meinen Vater und meine Heimat, meine Familie zur gleichen Zeit verloren. In den ersten beiden Jahren habe ich mich schwergetan, und ich fürchte, ich habe es meiner Mutter auch nicht leicht gemacht.« Sie zupfte an ihrer Unterlippe. »Dann aber fand ich Freundinnen und habe mich mehr und mehr eingelebt.« Sie sah Ruth an. »Man muss sich auf das Leben hier einlassen, weißt du? Man muss mitgehen, mitmachen.«

»O ja«, sagte Ruth schwärmerisch. »Ich möchte auch irgendwann einmal so schön sein wie du und deine Mutter. Ihr seht umwerfend aus. Aber auch so fremd.«

»Ach was, das meinst du nur. Du musst nur einmal zum Friseur und eine anständige Frisur bekommen, und natürlich musst du neue Sachen haben und dich schminken. Hast du kein Make-up?«

Ruth lachte, es klang nicht fröhlich. »Vati würde mich umbringen, wenn ich mich so schminken würde, wie du es tust.«

»Er wird sich daran gewöhnen müssen – hier schminkt sich jede Frau und ist keine Schickse. Ohne Make-up geht es nicht.«

»Ich hoffe, das begreift er bald«, seufzte Ruth. »Aber wir haben nicht mehr viel Geld, glaube ich. Meine Eltern sprechen nicht darüber, aber ich merke es. Die Ausreise, die Zeit in Slough, in England, die Überfahrt – alles war teuer und hat viel von Vatis Erspartem gekostet. Wir konnten auch nicht viel retten, das meiste haben uns die Nazis genommen.«

»Erzähl von den Nazis, erzähl von deiner Ausreise. Bitte. Ich kann mir das alles gar nicht vorstellen. Wir sind in den Zug gestiegen, in Hamburg sind wir an Bord des Schiffes gegangen, und nach zehn Tagen waren wir hier. Es gab schon eine Wohnung, und am Anfang hatten wir auch noch Geld. Bald hatte Mutti eine Arbeit gefunden, und Gina und ich sind zur Schule gegangen. Es war nicht immer einfach, doch ein Abenteuer war es nicht.«

»Meine Ausreise war ein Abenteuer, aber lustig war es nicht – eher nervenaufreibend.«

Bald schon lag Ruth neben Dolly auf dem Bett und erzählte. Sie erzählte von ihrer Flucht mit den gefälschten Papieren, von ihrer Angst, von der Pogromnacht und von der Gewalttätigkeit der Nazis.

»Es ging langsam los, und erst hatten wir auch keine Angst irgendwie«, sagte sie nachdenklich. »Ja, es gab die ersten Beschränkungen, doch wir dachten, das wird bald wieder, das ist nur für eine Weile, nur kurz. Hitler wird wieder verschwinden und dann … dann wird alles wie zuvor – oder wenigstens fast.« Sie schüttelte den Kopf. »Aber es wurde immer mehr, immer schlimmer. Wir durften nicht mehr ins Theater, in die Oper. Nicht mehr ins Schwimmbad und auch nicht mehr in Restaurants und Cafés. Keine öffentlichen Orte durften wir mehr betreten. Das Leben – das soziale Leben – stand plötzlich still. Dann durften wir uns nicht mehr treffen, es gab ein Versammlungsverbot, die Gottesdienste wurden untersagt – alles, was Trost spendet, alles war plötzlich verboten.« Sie schluckte. »Auf eine ganz seltsame Art hatte Hitler es geschafft, unser Leben – unser soziales Leben – zur Strecke zu bringen.« Sie sah Dolly an. »Und dann merkt man erst, wie wichtig es ist. Wie essentiell es ist, am kulturellen Leben teilzunehmen, an der Gesellschaft teilzuhaben.« Ruth schüttelte den Kopf. »Es ist schwer zu beschreiben.«

»Ihr durftet nichts mehr?«, fragte Dolly verblüfft. »Was habt ihr denn dann gemacht?«

»Wir durften nichts mehr in der ›arischen‹ Gesellschaft – aber wir in Krefeld haben uns, wenigstens für eine Weile, eine Art Parallelgesellschaft geschaffen – den jüdischen Kulturbund.«

Dolly hatte heimlich eine Flasche Sherry aus der Küche geholt und schenkte ihnen beiden nun noch einmal nach.

»Die jüdischen Künstler«, erklärte Ruth, »durften ja nicht mehr auftreten – also nicht mehr in den normalen Theatern und Opernhäusern und so –, sie waren ohne Beschäftigung. Deshalb gab es fast überall Kulturbünde, die sie engagiert haben. Wir hatten ein Haus angemietet – einfach, etwa wie eine Aula. Dort traten die Sänger und Schauspieler auf. Dort wurden Filme gezeigt, und es gab Debatten, Vorträge und Lesungen.«

»Das wusste ich alles nicht«, sagte Dolly. »Und ich kann es mir nicht vorstellen.«

»Ich war sehr sportlich, habe Tennis und Tischtennis gespielt, war viel schwimmen. Das alles ging erst nicht mehr. Aber dann hat die Gemeinde einen Tennisplatz angemietet und Räume mit Tischtennisplatten.« Sie biss sich auf die Lippe, trank dann noch einen Schluck Sherry. »Meine Eltern waren natürlich auch großartig. Sie haben ein Grundstück und ein Häuschen an den Niepkuhlen gekauft – dort haben wir die tollsten Sommer verbracht. Wir konnten schwimmen, paddeln und feiern. Es war phänomenal. Und ich«, sie musste sich räuspern, und ihre Stimme wurde eigenartig rau, »habe zum

Geburtstag eine eigene Tischtennisplatte bekommen.« Ruth schloss die Augen, aber das half nicht gegen die Tränen.

Der warme Arm ihrer Großcousine, den sie um Ruth legte, war tröstlich, doch die Bitterkeit blieb.

»Jetzt seid ihr hier« sagte Dolly. »Ihr dürft ins Schwimmbad, ins Lichtspielhaus und ins Theater. Uns ist alles hier erlaubt.«

»Ja«, sagte Ruth und spürte plötzlich ihre Mutlosigkeit. »Dennoch haben wir unser einstiges Leben verloren.«

Kapitel 3

»Ich verstehe nicht, warum du so traurig bist?«, sagte Dolly und drückte Ruth rührselig an sich, sie lallte etwas und schenkte sich nochmal nach. Ruth hatte ihr Glas versteckt und trank nun lieber Wasser. »Ihr seid jetzt in Amerika, alle Möglichkeiten stehen euch offen. Du hast dein ganzes Leben noch vor dir.«

»Ja, das habe ich«, sagte Ruth leise. »Aber es ist nicht das Leben, das ich mir erträumt habe.« Sie schaute Dolly an. »Ihr wolltet nach Amerika gehen, deine Mutter zumindest. Ihr hattet das lange geplant und alles in Ruhe in die Wege geleitet. Wir wollten das aber nicht – also jetzt schon … aber … Eigentlich hatten wir ein sehr schönes Leben in Deutschland, zumindest bis vor ein paar Jahren. Und auch nach 35, nach dem Erlass der Nürnberger Gesetze, war es irgendwie noch erträglich. Erst 1938 wurde uns klar, dass Hitler nicht abgesetzt und dass die Bedingungen nie mehr wie früher werden würden. Wir sind nicht ausgewandert, wir sind geflohen. Das macht einen großen Unterschied. Wir wollten kein neues Leben auf einem anderen Kontinent, wenn wir unser altes Leben, so wie es früher war, hätten behalten können.«

Dolly stand auf, sie schwankte ein wenig und kicherte. »Ich glaube, ich habe zu viel getrunken«, sagte sie und öffnete das

Fenster, atmete tief ein. »Kannst du in die Küche gehen und mir eine Coke holen? Aus dem Eisschrank?«

Ruth stand auf, ging vorsichtig den Flur entlang zur Küche. Ilse und Regine redeten immer noch miteinander. Was sie sich wohl zu sagen hatten?, fragte sich Ruth. Ob Ilse von Nazideutschland erzählte? Von den Repressalien und all den Ängsten? Ruth wusste, dass Ilse eine andere Sicht hatte als sie selbst. Ilse war viel jünger und erlebte die Dinge anders. Aber auch Ilse war voller Wut auf die Nazis und fühlte den erlittenen Verlust.

Regine war jünger als Ilse gewesen, als sie nach Amerika gekommen war. Ob sie sich überhaupt noch an ihr Leben in Deutschland erinnerte? Und selbst wenn, das war für die Familie nun Vergangenheit. Sie hatten sich hier eingelebt, hatten hier ein neues Leben begonnen – etwas, was den Meyers noch bevorstand.

Auch aus dem Wohnzimmer hörte Ruth noch lebhafte Stimmen. Sie wollte gar nicht wissen, worüber dort wohl diskutiert wurde. Schnell ging sie in die Küche, öffnete den tollen elektrischen Eisschrank. Im unteren Fach standen etliche Colaflaschen. Ruth nahm zwei und huschte wieder zurück zu Dolly.

»Ich habe mir auch eine Coke genommen«, sagte sie schüchtern. »Meinst du, das war in Ordnung?«

Dolly lachte. »Mommy sagt immer, die Sachen sind zum Essen oder Trinken da, nicht zum Anschauen.«

»Das ist eine gute Einstellung.« Ruth öffnete geschickt beide Kronkorken, dann nahm sie einen großen Schluck von der kalten und süßen Limonade. Auch Dolly trank durstig, setzte dann die Flasche ab und rülpste wenig damenhaft. Sie lachte. »Sorry – aber das passiert nun mal.«

Nachdenklich schaute Ruth nach draußen. Der Abend war weit fortgeschritten, aber es wurde kaum ruhiger in der großen Stadt. Dunkler schien es auch nicht zu werden. Die Sonne war untergegangen, aber überall waren nun Lichter an – nicht nur in den Wohnungen und an den Straßen, es leuchteten auch Reklametafeln und große Schilder überall.

»Unfassbar«, murmelte Ruth. »In Europa muss bei Einbruch der Dunkelheit alles verdunkelt werden. Es gibt kaum Licht auf den Straßen – nur die großen Flakscheinwerfer streifen über den Himmel.«

»Habt ihr Bombenangriffe erlebt?«, fragte Dolly fast atemlos. »Ich habe Berichte in der Wochenschau gesehen, die mir wie ein Spielfilm vorkamen …«

»Es ist aber echt«, sagte Ruth leise. »Zu echt.«

»Wie ist es denn?« Fast aufgeregt stellte Dolly die Frage.

»Wir hatten öfter Bombenalarm, als ich noch an der Küste gewohnt habe. Das Haus hat nur einen Kriechkeller, der nicht besonders sicher ist. Also sind wir nach draußen und haben uns in den Gräben versteckt. Zum Glück ist nie eine Bombe in unserer Nähe gefallen. Zuletzt bin ich auch gar nicht mehr nach draußen gegangen, wenn Alarm war.«

»Hattest du keine Angst?«

»Doch, natürlich. Aber die hatte ich draußen auch. Und in den Gräben im kalten Schlamm zu hocken lässt die Angst nicht weniger werden.« Sie setzte sich wieder auf das Bett. Dolly stand immer noch am offenen Fenster. »In Slough«, fuhr Ruth dann fort, »war es anders. Da gab es auch Bombenalarm, und wir sind in die Bunker gegangen. Wir hatten immer einen Notfallkoffer mit den wichtigsten Papieren an der Tür stehen – falls unser Haus getroffen würde.« Sie hielt inne. »Dann …

dann fielen die Bomben. Es ist ein Pfeifen in der Luft, wie ich es nicht beschreiben kann.« Sie stockte. »Dann ist es irgendwie kurz ruhig, ganz seltsam, und dann … dann bebt alles, und der Lärm ist unbeschreiblich.«

»Oh, du liebe Güte.«

»Am Schlimmsten waren aber die Feuer. Der beißende Rauch, die Hitze … und die Zerstörung. Es war alles immer furchtbar, und ich bin froh, das nicht mehr erleben zu müssen. Vergessen werde ich es wohl mein Lebtag nicht.« Ihre Stimme war fast tonlos.

»Wie habt ihr das bloß ausgehalten?«

»Wir hatten ja keine Wahl. Und ich glaube, das war erst der Anfang. Der Krieg wird nicht in ein paar Wochen vorbei sein. Überall herrscht Krieg in Europa, es ist einfach unvorstellbar schrecklich.«

»Hier in Amerika wird uns der Krieg nicht treffen«, sagte Dolly überzeugt. »Ihr seid jetzt in Sicherheit.«

»Ich hoffe es sehr.«

»Erzähl von Krefeld, erzähl von Omi und Opi. Ich finde es schade, dass wir keinen Kontakt mehr haben.«

Die Mädchen redeten und redeten. Sie zogen sich aus und die Nachtwäsche an, legten sich nebeneinander ins Bett, das Fenster war immer noch geöffnet, doch die Luft schien sich nicht abzukühlen. Es war eine unangenehme Hitze, die wie eine Glocke über der Stadt zu liegen schien. Kein Lufthauch regte sich, und der Gestank der Abgase durchzog jeden Winkel.

Dennoch war Ruth über das geöffnete Fenster froh – es war ein Lichtblick, ein Zeichen des Friedens und der Freiheit. Hier musste nicht verdunkelt werden, und hier musste auch niemand Angst vor einem Bombenangriff haben.

Der Morgen dämmerte schon, als die beiden Mädchen schließlich in den Schlaf fielen.

Ruth hatte das Gefühl, nur fünf Minuten geschlafen zu haben, als Tante Irene sie weckte.

»Du musst aufstehen, Dolly«, sagte sie mit rauer Stimme. Heute sah sie nicht aus wie ein Filmstar, und auch Dolly wirkte sehr zerknautscht.

»Muss ich wirklich?«, brummte Dolly.

»Natürlich, du musst zur Arbeit. Fred ist schon weg, es ist höchste Zeit.«

Murrend stand Dolly auf und verschwand im Bad. Als sie wiederkam, sah man ihr die vergangene, durchgequatschte Nacht und den Alkohol nicht an. Sie sah aus wie das blühende Leben.

»Wie … wie hast du das nur gemacht?«, fragte Ruth voller Bewunderung.

»Ein wenig Farbe und viel Erfahrung.« Dolly lachte. »Wie schade, dass ihr heute schon fahrt. Lass uns bitte in Verbindung bleiben.«

»O ja, das werden wir. Es war knorke, dich wiedergetroffen zu haben.«

»Super heißt das – nicht knorke.« Wieder lachte Dolly. »Du wirst es schon noch lernen, ziemlich schnell, da bin ich mir sicher.«

Die beiden umarmten sich herzlich, dann eilte Dolly in die Küche. Sie trank ein Glas Milch, nahm die Lunchbox, die ihre Mutter ihr hingestellt hatte, verabschiedete sich flüchtig und verließ die Wohnung.

»Hoffentlich kommt sie nicht zu spät«, murmelte Irene unwirsch. Dann lächelte sie Karl und Martha an, die bereits am Küchentisch saßen. »Möchtet ihr noch Kaffee?«

»Gerne.« Martha blickte zu Ruth, die in der Küchentür stand. »Liebes, du solltest dich schnell fertig machen, wir müssen gleich los.«

Ruth ging ins Bad und staunte wieder über die schöne weiße Keramik. Es gab eine Badewanne, die einen Vorhang aus Wachstuch hatte, den man rundherum ziehen konnte. An der Wand war ein Duschkopf. Es lag ein großer Stapel weißer, flauschiger Handtücher bereit, und auf dem Rand der Wanne standen etliche Flaschen und Fläschchen, die köstlich dufteten.

Muss ich fragen, ob ich duschen darf?, dachte Ruth unschlüssig. Dann drehte sie kurzerhand das heiße Wasser an und schlüpfte aus ihrem Nachthemd. Das heiße Wasser prasselte herrlich auf sie hinab, und die Seife roch so gut und schäumte noch besser. Doch allzu lange blieb Ruth nicht in der Wanne. Schnell trocknete sie sich ab und zog sich an. Am Waschtisch lagen Dollys Schminksachen. Sehnsüchtig starrte Ruth darauf, sie jedoch zu benutzen, traute sie sich nun doch nicht.

In der Küche brutzelte es, aber es roch nicht lecker. Der Speck war labberig, und die Eier hatten einen angebrannten Rand. Das machte allerdings nichts, Ruth aß mit großem Appetit.

Auch Gina und Ilse kamen nun aus ihrem Zimmer, beide sahen sehr zerknautscht und schläfrig aus.

»Du musst gleich zur Schule«, ermahnte Irene ihre Tochter.

»Muss ich wirklich? Mommy? Kann ich nicht heute zu Hause bleiben? Ausnahmsweise?«, fragte Regine mit einem treuen Augenaufschlag.

»Nein. Schule ist Schule – da gibt es keine Ausnahmen.«

»Bitte, Mommy.«

Das »Nein« von Irene war knapp und scharf. Regine trollte sich sofort ins Badezimmer.

»Schule ist wichtig«, erklärte Irene und klang fast entschuldigend. »Meine Töchter sollen eine gute Ausbildung machen und eine gute Grundlage für ihr Leben haben. Dolly hat eine Arbeit, aber sie geht noch zur Abendschule, um sich weiter zu qualifizieren, und das ist auch gut so.«

»Das verstehen wir, liebe Irene«, sagte Martha beschwichtigend. »Und es tut uns leid, dass wir so plötzlich in euren Alltag hereingebrochen sind. Wir sind sehr dankbar, dass du uns aufgenommen hast. Wirklich – sehr, sehr dankbar.«

»Ach, das ist doch nicht der Rede wert.«

Ihrem Verhalten war jedoch anzumerken, dass es genau so war.

Ruth aß schnell und wenig. Selbst Mrs. Sanderson, die nie großen Wert auf zusätzliche Esser gelegt und jede Unterbrechung ihres Alltags als Belästigung angesehen hatte, hatte nicht so eine Anspannung und Abneigung ausgestrahlt wie Irene, dachte Ruth. Aber das hatte sicher Gründe – waren die Gäste einmal da und hatte Ruth für das leibliche Wohl gesorgt, hatte sich Olivia Sanderson immer im Glanz der Gastfreundschaft gesonnt und war eine hervorragende Gastgeberin gewesen. Die Arbeit hatte schließlich ja Ruth übernehmen müssen. Tante Irene hatte kein Hausmädchen, sie würde nachher saubermachen und alles wieder in Ordnung bringen müssen. Kurz überlegte Ruth, ob sie schnell noch abspülen sollte, aber dann erinnerte sie sich daran, dass sie ja gestern schon die Küchenarbeit übernommen hatte.

Sie ging in Dollys Zimmer, packte ihre wenigen Sachen zusammen und half Ilse, auch schnell einzupacken und wenigstens ein wenig aufzuräumen. Als sie wieder in die Küche kamen, war Regine schon weg. Sie war spät dran, und Irene hatte sie mit einem Lunchpaket und ohne Frühstück aus dem Haus geschickt.

»Ihr geht zur Bahnstation am Ende der Straße«, erklärte Irene und schaute Karl an. »Dort nehmt ihr die Linie, die zum Hauptbahnhof führt. Und dann müsst ihr nur das passende Gleis suchen.«

»Du kommst nicht mit?«, fragte Martha leise und überrascht.

»Das muss sie doch nicht«, sagte Karl schnell.

Irene lächelte verlegen. »Es ist schon eine Strecke zu fahren und … und … ich habe zu tun.« Sie lachte, ein aufgesetztes Lachen.

»Wir schaffen das schon«, meinte Ruth sachlich. »Auch in Deutschland und England fahren Züge. Es ist ja nicht so, als ob wir das nicht könnten, Mutti, nicht wahr?« Ruth tätschelte die Hand ihrer Mutter.

»Natürlich, du hast so recht.« Martha nickte und stand auf. »Dann werde ich mal unsere Sachen zusammensuchen.«

»Ich helfe dir«, sagte Ilse und sprang auf.

Irene sah Karl an. »Ich werde deinen Eltern schreiben«, sagte sie nun mit ernster Stimme. »Ich weiß, was deine Familie für mich getan hat, und ich weiß auch, dass ich es nie so wirklich anerkannt habe.« Sie schluckte. »Ich war immer voller Bitterkeit.« Irene senkte den Kopf und fuhr fast flüsternd fort: »Vielleicht bin ich es noch.«

»Bitter? Wieso?«, fragte Karl.

»Weil … verstehst du das nicht?«

Karl schüttelte den Kopf.

»Meine Mutter starb, mein Vater war außer sich vor Kummer … ich kam zu euch und ihr … ihr wart die perfekte Familie. Voller Liebe und Harmonie. Deine Mutter war kein Mensch, sie war ein Engel. Egal, was ich gemacht habe, sie war immer liebevoll zu mir. Und ich habe viel gemacht – viele ungehörige Dinge, die man nicht tut. Ich war unverschämt zu ihr, bockig.«

»Ja, ich weiß, daran erinnere ich mich«, sagte Karl und lächelte milde.

Irene sah ihn an. »Ich habe sie für ihren Großmut gehasst. Und nun schäme ich mich dafür. Ich schäme mich so sehr, dass ich es einfach nicht schaffe, ihr zu schreiben.«

»Sie würde sich freuen, wenn du ihr schreibst, Das weiß ich«, sagte Karl. »Sie wusste immer, was dich umtreibt, dass du mit deiner Vergangenheit gehadert und uns beneidet hast. Sie hat dir immer Brücken gebaut, aber es dir nie übelgenommen, wenn du diese Brücken wieder eingerissen hast.«

»Wieso? Wie konnte sie das?«

»Das habe ich sie auch gefragt. Mehrfach. Du warst … anstrengend. Und dann aber wieder lieb. Ich konnte nicht begreifen, warum du den einen Tag so warst und den anderen ganz anders. Wie ein Pulverfass – man wusste nie, wie du reagierst. Mutti aber hat es verstanden, sie hat deinen Schmerz gesehen, sie wusste, du tust das nicht, um uns zu verletzen, du hast es getan, um dich selbst zu strafen. Und weil du unsicher warst.« Er nickte, atmete tief ein. »Und weil du uns prüfen wolltest.«

»Prüfen?«

»Du wolltest geliebt werden, egal, was du tust – bedingungslos. Und das wurdest du von meiner Mutter. Aber manchmal ist es zu schwer, so ein Geschenk anzunehmen, hat sie mir erklärt. Du konntest es nicht.«

Irenes Augen schwammen. Sie kniff die Lider zusammen, drehte sich weg. »Jetzt schäme ich mich noch mehr.«

Karl legte seinen Arm um sie. »Schäme dich nicht. Es ist, wie es ist, und Mutti liebt dich noch immer, so als wärst du ihr Kind. Schreib ihr. Es muss nur eine Postkarte sein – aber schreib ihr. Das würde sie sehr glücklich machen.«

Irene nickte und wischte sich die Tränen von den Wangen. »Vielleicht sollte ich doch mitkommen zum Bahnhof«, sagte sie unsicher.

»Nein«, sagte Karl entschieden. »Bleib du hier. Alles ist gut so, wie es ist.«

»Aber wir bleiben in Verbindung.«

»Das wäre schön.«

»Warum hast du Tante Irene nicht zum Bahnhof mitkommen lassen?«, fragte Ruth, als sie auf dem Bahnsteig warteten. Sie hatten schnell aufbrechen müssen, um den Zug zu bekommen. Irene hatte sich angeboten, ihnen Brote zu schmieren, aber dann hatte die Zeit dafür doch nicht gereicht. Der Abschied war hektisch, doch Irene versprach, mit ihnen in Kontakt zu bleiben, und bot auch Hilfe an. Karl bedankte sich freundlich.

»Sie wollte gar nicht, Liebes«, sagte er.

»Aber sie hat es doch angeboten?«

»Aus Höflichkeit und weil sie ein schlechtes Gewissen hat. Das muss man nicht noch unterstützen. Sie hat uns aufgenommen, und das war großartig von ihr.«

»Ihr werdet aber sicherlich in Kontakt bleiben?«, fragte Ruth nach.

»Das weiß ich nicht.«

»Es wird auf Fred, ihren Mann, ankommen«, sagte nun Martha.

»Er war doch freundlich«, sagte Ilse. »Regine mag ihn.«

»Das ist auch gut so. Ja, Schätzchen«, meinte Martha, »er war freundlich zu uns. Aber auch nur, weil wir heute wieder fahren. Und weil wir bis Chicago fahren und nicht in der Nähe wohnen werden.«

»Irene möchte ihre Vergangenheit, ihr Leben in Deutschland vergessen«, erklärte Karl. »Sie will Amerikanerin sein, durch und durch.«

»Wollen wir das nicht auch?«, wollte Ilse verwirrt wissen.

»Das wird sich noch zeigen«, sagte Martha nachdenklich. »Aber ich werde meine Heimat und meine Familie sicherlich niemals vergessen.« Eine Träne rollte über ihre Wange. »Wie es wohl meiner Mutter und Omi und Opi geht? Es ist so schrecklich, nichts zu hören.«

»Vielleicht können wir die Kruitsmans erreichen, wenn wir erst einmal in Chicago sind.« Karl studierte wieder die Zugfahrkarten und schaute auf die Fahrpläne, die im Bahnhof angeschlagen waren. »Ich verstehe das nicht«, murmelte er. »Ruth, schau mal.« Wieder starrte er auf die Tickets, die er vorab gekauft hatte.

»Unser Zug fährt in einer halben Stunde von Gleis zwei. Aber da fährt noch ein anderer Zug nach Chicago – zwei Stunden später. Doch es sieht so aus, als wäre der spätere Zug viel früher da.«

Ruth studierte den Fahrplan. »Das ist unser Zug?«, fragte sie dann und zeigte auf die Anzeige. »Wirklich?«

»Laut Zugnummer schon. Da stimmt alles überein.«

»Aber wir werden erst in vierundzwanzig Stunden in Chicago sein, in mehr als einem Tag.« Ruth sah ihn entsetzt an. »Und der andere braucht nur zehn Stunden.« Sie nahm die Fahrkarten und ging damit zum Schalter. Nach ein paar Minuten kam sie zurück. »Das ist unser Zug«, sagte sie und seufzte. »Er nannte es einen Milchkannenzug – hält wohl in jedem Dorf und jeder kleinen Stadt. Die Reise wird ewig dauern.«

»Aber …«

»Vati, der Kerl hat dich reingelegt. Was hast du für die Fahrkarten bezahlt?«

Karl nannte ihr leise den Preis und schüttelte den Kopf.

»Das Doppelte von dem, was wir hier bezahlt hätten«, sagte Ruth.

»Es ist jetzt nicht zu ändern«, meinte Martha resolut. »Wir müssen zum Gleis, sonst verpassen wir den teuren Zug auch noch und müssen weitere Fahrkarten kaufen.«

Sie nahmen ihr Gepäck und zogen los.

»Mutti«, sagte Ruth nachdenklich, »wenn wir einen ganzen Tag im Zug sitzen … dann brauchen wir etwas zu essen und zu trinken.«

Martha blieb abrupt stehen. »Darüber habe ich gar nicht nachgedacht, aber du hast natürlich recht.« Sie sah sich um.

»Erst zum Gleis«, befahl Karl. »Erst zum Zug. Alles Weitere werden wir dann klären.«

»Aber, Vati«, sagte Ilse jämmerlich, »ich habe Hunger …«

»Es gab Frühstück bei Irene«, sagte er barsch.

»Da hatte ich noch keinen Hunger …«

Ruth verdrehte die Augen. Ilse war stehen geblieben, sie verzog ihren Mund. »Ich will nicht so lange in einem Zug sitzen.«

»Dann bleib doch hier«, zischte Ruth ihr zu. »Bleib hier und heul. Oder reiß dich jetzt zusammen. Meinst du, es ist für unsere Eltern leicht? Meinst du, Vati hätte das mit Absicht gemacht? Er grämt sich sicherlich mehr als du, dass wir noch eine so lange Reise vor uns haben. Jetzt mach es ihm nicht noch schwerer, ich bitte dich.«

»Ich will aber nicht so lange hungern und dürsten«, sagte Ilse gequält.

»Du hast überhaupt keine Ahnung, was wirklicher Hunger ist. Und wahrscheinlich wirst du es auch nie erleben, weil sich unsere Eltern immer kümmern. Mal besser, mal schlechter. Aber Vati hat eine Reise von einem Kontinent auf den anderen für uns organisiert. In Chicago gibt es eine Wohnung, in die wir ziehen können. Uns könnte es weitaus schlechter gehen.« Ruth wurde wütend und ihre Stimme lauter.

Martha drehte sich ungehalten zu den Mädchen um. »Kommt ihr? Wir haben nicht mehr viel Zeit.«

Sie eilten zum Gleis, der Zug wartete schon dort. Bald hatte Karl das Abteil gefunden – es war die zweite Klasse. Die Bänke waren hart und unbequem. Martha sah sich ungläubig um.

»So lange in diesem Abteil?«, fragte sie Karl. »Einen Tag und eine Nacht? Wie soll das gehen?«

Er zuckte mit den Schultern. »Das weiß ich nicht. Es wird müssen«, sagte Karl und senkte den Kopf. »Ich habe es nur gut gemeint.«

Martha legte ihm die Hand auf den Arm. »Wir werden uns schon einrichten. Es ist nur ein Tag. Und am Ende steht unser neues Zuhause.«

Ein schriller Pfiff ertönte, und der Zug setzte sich langsam stampfend in Bewegung.

Sie verstauten ihr Gepäck, sahen sich um. Nur wenige andere Reisende waren in dem Zug. Ein Ehepaar saß wenige Plätze vor ihnen. Der Mann drehte sich um und lächelte freundlich.

»Sind Sie aus Europa?«, wollte er wissen.

»Gestern angekommen«, sagte Karl, ging zu ihm und reichte ihm die Hand. »Meyer, Karl Meyer.«

»Sam Smith. Und wo geht es hin?«

»Nach Chicago.«

»Ernsthaft?« Nun drehte sich die Frau auch um. »Mit diesem Zug? Kein Mensch fährt mit diesem Zug von New York nach Chicago, das dauert doch viel zu lange.«

»Nun, wir schon«, sagte Martha. Ihr Lächeln war dünn.

»Ich habe die Fahrkarten schon auf dem Schiff gekauft.« Karl zuckte bedauernd die Schultern.

»Es gibt immer irgendwo Betrüger«, sagte Smith. »Die wollen einem sogar die Brooklyn Bridge andrehen. Tut mir leid, dass Sie auf solche Leute hereingefallen sind. Nicht alle Amerikaner sind so.«

»Wo kommen Sie her?«, fragte Mrs. Smith. Sie sah sich um. »Wollen wir uns nicht dort vorne hinsetzen?« Alle paar Reihen gab es vier Sitze, die sich gegenüberlagen mit einem kleinen Tisch in der Mitte.

Martha schaute zu den beiden Mädchen. »Macht es euch schon mal bequem«, sagte sie.

Ruth schlüpfte auf den Fensterplatz.

»Da wollte ich sitzen«, maulte Ilse.

»Dann setz dich auf die andere Seite ans Fenster«, sagte Ruth. »Es sind doch genügend Plätze frei.« Sie nahm ihre Jacke, faltete sie zusammen und benutzte sie als eine Art Kissen. Langsam fuhr der Zug los. Sie waren immer noch auf dem Bahnhofsgelände, das ebenso riesig zu sein schien wie die ganze Stadt. Aber bald schon fuhren sie durch die ersten Häuserschluchten.

Wie viele Menschen hier leben, dachte Ruth. Abertausende

müssen es sein. New York war so viel größer als London, schien es ihr. Und die Höhe der Häuser beeindruckte sie. Ob Chicago auch so aussieht? Wie wird wohl unser Leben dort sein? Über diesen Gedanken schlief sie ein, die durchgequatschte Nacht forderte ihren Tribut.

Immer wieder wurde sie kurz wach, wenn der Zug anhielt, und er hielt tatsächlich oft an. Schnell aber döste Ruth wieder weg. Im Halbschlaf hörte sie, wie sich ihre Eltern angeregt mit den Smith' unterhielten, aber irgendwann stieg das Ehepaar aus. Neue Leute kamen hinzu, der Schaffner kam, kontrollierte die Karten. Auch er bedauerte die Meyers für ihre Fahrkartenwahl. Er versprach, Kissen und Decken für die Nacht zu organisieren, und erklärte Martha, an welchen Stationen sie längeren Aufenthalt haben würden und wo sie sich etwas zu essen und zu trinken kaufen könnten. Es gab zwar ein kleines Bistro im Zug; unglücklicherweise jedoch war es an diesem Tag nicht besetzt.

»Reisende, die längere Strecken fahren, nehmen den schnellen Zug«, sagte der Schaffner. »Der hat Pullmannwaggons, die sehr viel komfortabler sind. Dort gibt es sogar Schlafwagen und ein Restaurant. Auf dieser Strecke fahren meist nur Pendler ein paar Stationen oder Farmer – auch nur ein paar Stationen. Es tut mir sehr leid, dass Sie so hintergangen worden sind.«

»Wir machen das Beste daraus«, sagte Martha stoisch. Und das tat sie auch.

Irgendwann – es war schon am frühen Nachmittag – gab es einen längeren Halt. Martha eilte zusammen mit Ilse zum Bahnhofsgebäude, kaufte heiße Suppe, Kaffee, Brot und ein paar Flaschen Wasser. Damit kamen sie bis zum Abend hin.

Abends hielten sie wieder länger irgendwo im Nirgendwo an. Ruth hatte inzwischen die Orientierung verloren, auch wenn sie zuerst noch versucht hatte, die Strecke zu verfolgen. Sie hatte zwar eine grobe Karte von den Vereinigten Staaten, aber die Zugstrecke war nicht eingezeichnet und die meisten Orte, an denen sie hielten, auch nicht.

Wieder eilte Martha auf den Bahnsteig, diesmal begleitete Ruth sie. Es gab nur zwei Gleise, und der heiße Augustwind blies den Staub über den Bahnsteig. Dort stand eine Frau mit einem Karren. Sie hatte Obst geladen – Äpfel, Birnen und Weintrauben. Außerdem verkaufte sie selbstgebackenes Brot.

Dankbar kaufte Martha Obst und Brot.

»Haben Sie auch Wasser?«, fragte Martha.

»Dort drüben ist ein Wasserspender«, sagte die Frau freundlich. Sie hatte einen starken Akzent. »Dort können Sie Ihre Wasserflaschen kostenlos auffüllen.«

Ruth lief zurück in den Zug und holte schnell die Wasserflaschen.

»Immer mit der Ruhe, Mädel«, sagte die Frau lachend. »Der Zug muss Kohle und Wasser laden, das dauert.« Sie musterte Martha. »Sie sind neu im Land, das sehe ich sofort.«

Woran sieht sie das, woran sehen das alle Leute?, fragte Ruth sich. Es ist, als hätten wir ein Schild umhängen – aber das haben wir nicht. Unsicher betrachtete sie die Frau. Sie sah nicht aus wie ein Filmstar, eher wie eine einfache Bäuerin, was sie wahrscheinlich auch war. Dennoch hatte sie etwas an sich, was sie als Amerikanerin auswies – aber was war es? Ruth konnte es nicht ausmachen. Sie füllte die Wasserflaschen am Spender und lauschte der mühsamen Unterhaltung ihrer Mutter mit der Bäuerin.

»Wir sind gestern angekommen und fahren nach Chicago«, sagte Martha mit ihrem wenigen Englisch.

»Mit diesem Zug? Kein Mensch fährt so eine Strecke mit diesem Zug.« Die Frau lachte.

Ruth verdrehte die Augen. Alle sagten das, und natürlich stimmte es auch. Sie wünschte sich sehr, es wäre anders, sie könnten etwas Anderes sagen, etwas, was nicht so weltfremd klang. Vielleicht war es das – vielleicht merkte man ihnen an, dass sie mit all den Gepflogenheiten des neuen Landes nicht vertraut waren. Dass sie nicht wussten, welche Zugverbindung man wählte, welche Transportmittel man nahm. Dass sie nicht wussten, dass man Trinkwasser nicht kaufen musste, sondern dass es das kostenfrei an öffentlichen Stellen gab. Es waren immer nur Kleinigkeiten, aber die machten es aus.

So war das schon in England gewesen. Auch da hatte Ruth von ganzem Herzen gewünscht, dass man sie nicht als Flüchtling identifizierte. Am liebsten wäre sie mit der Masse verschmolzen, hätte sich unsichtbar gemacht und unauffällig. In England hatte sie aber wenig Kontakt zu anderen gehabt – zumindest in den ersten Monaten war sie fast nur auf der Farm der Sandersons gewesen. Und im Dorf war sie als das Hausmädchen der Sandersons, das aus Deutschland war, bekannt gewesen. Aber die paar Mal, die sie in London war, hatten ihr vor Augen geführt, wie anders sie sich zuerst verhalten hatte. Es waren nur Kleinigkeiten – die Kleidung und wahrscheinlich auch ihr furchtsamer Blick, mit dem sie die Menschen um sich herum beobachtet hatte. Es hatte gedauert, bis ihr klar wurde, dass in London keine uniformierten Nazis durch die Straßen liefen. Dennoch war die unterschwellige Angst geblieben. Auch die Frage, ob sie Jüdin sei, hatte sie jedes Mal in Panik versetzt. Mrs. Sanderson hatte bei Gesprächen mit Bekannten und Freundinnen mehrfach betont, dass Ruth Jüdin sei – als ob das ihre Art zu arbeiten ändern würde. Diese Aussagen hatten Ruth verletzt und misstrauisch gemacht. Sie hatte gehofft, dass ihre Religionszugehörigkeit außerhalb von Deutschland keine Rolle mehr spielen würde, aber da hatte sie sich offenbar getäuscht.

Wie es wohl hier in Amerika sein würde, fragte sie sich. Ob hier auch unterschieden wird? Aber selbst wenn, dann muss ich mir eben ein dickeres Fell zulegen, dachte sie und straffte die Schultern.

»Ich wünsche Ihnen eine gute Weiterfahrt, auch wenn sie lange dauern wird«, sagte die Bäuerin nun zu Martha. »Und herzlich willkommen in Amerika.«

Martha bezahlte und nahm das Obst. »Danke schön«, sagte sie.

Der Schaffner winkte schon. Schnell stiegen Ruth und Martha ein. Ein schriller Pfiff ertönte, und der Zug setzte sich ruckelnd in Bewegung.

Ihren Hunger und ihren Durst konnten sie stillen, aber die Bänke wurden nicht bequemer. Ruth und Martha liefen durch das Abteil nach hinten. Dort war eine kleine Plattform, auf der sie stehen konnten. Das Land zog an ihnen vorbei, auf den Feldern wurde geerntet, Milchkühe wurden zum Melken in die Ställe getrieben. Obwohl es eine typische landwirtschaftliche Umgebung war, wirkte sie doch fremd und neu auf Ruth. Es war die Größe der Felder und die Weite, irgendwie auch das Licht der Abendsonne und der blaue Himmel, der ihr hier größer erschien als in Europa.

Ich meine das nur, dachte Ruth, ich meine das, weil ich weiß, dass wir auf einem anderen Kontinent sind. Ganz sicher täusche ich mich.

»Es sieht so anders aus«, unterbrach Ilse ihre Gedanken. Ihre Schwester hatte die dicke Brille aufgesetzt und kniff dennoch die Augen zusammen, um etwas zu sehen. »Es ist alles so viel größer als in Deutschland oder in England. Und auch die Sonne scheint anders.«

»Findest du wirklich?«

Ilse nickte.

»Vielleicht hast du ja recht«, murmelte Ruth. Sie standen eine ganze Weile im Windzug und sahen in die Landschaft. Immer wieder hielt der Zug an kleinen Bahnhöfen an, mal länger, mal nur kurz. Nur wenige Leute stiegen ein oder aus – aber die hinteren Waggons, in denen Güter transportiert wurden, wurden häufig be- oder entladen. Manchmal waren es nur ein paar Kisten oder Säcke, manchmal aber auch größere Stückzahlen.

Die Sonne ging unter, eine riesige Sonne, die zu dem riesigen Land passte. Ruth fühlte sich plötzlich winzig. In ihrem Abteil waren sie nun ganz allein. Martha hatte die Mäntel aus den Koffern geholt und damit die Sitzbänke ein wenig gepolstert.

Sie fuhren weiter und weiter. Der Zug ratterte durch die zunehmende Dunkelheit. Je später es wurde, umso weniger hielt er an.

Irgendwann am späteren Abend kam der Schaffner nochmal durch ihr Abteil. Er hatte ein paar raue Decken dabei.

»Es ist zwar warm, aber nachts kann es dennoch abkühlen«, sagte er. »Wir fahren jetzt bis drei Uhr morgens durch – ohne Halt. Dann müssen wir neues Wasser tanken und auch Kohle nachladen. Aber wenn alles so weiterläuft, sind wir morgen

Vormittag in Chicago.« Er sah sie bedauernd und mitleidig an. »Leider kann ich nicht mehr für Sie tun.«

»Ganz herzlichen Dank, es ist alles gut so, wie es ist«, sagte Karl.

»Sie sind wirklich sehr freundlich«, fügte Martha hinzu.

Der Mann nickte. Sein Gesicht war mit Fältchen und Falten durchzogen, er war bestimmt schon fast sechzig Jahre alt. »Sehen Sie, meine Eltern sind damals aus Europa hierhergekommen. Ich bin hier geboren, aber sie haben immer von der Reise erzählt – schon damals waren Halunken unterwegs. Und auch sie mussten sich erst hier zurechtfinden. Sie haben es geschafft, und ich bin Amerikaner.« Stolz sah er sie an. »Ich habe einen guten Job, ein gutes Leben. Und das hatten sie nach anfänglichen Schwierigkeiten auch. Man kann es hier schaffen, man kann hier wunderbar leben, wenn man gewillt ist, hart zu arbeiten und einiges auf sich zu nehmen. Und Sie haben die richtige Einstellung.« Er wies auf die Sitzbänke, die Martha mit den Jacken und Mänteln ausgepolstert hatte. »Aus allem irgendwie das Beste machen, so muss das sein«, sagte er.

Ruth legte sich auf die Sitzbank und versuchte irgendwie, eine bequeme Stellung zu finden. Auch Ilse, Martha und Karl bemühten sich – aber so wirklich bequem war es trotz der improvisierten Polsterung nicht. Ruth hörte sie ächzen und stöhnen, hörte, wie sie sich von einer Seite zur anderen drehten, aber dann hörte sie mehr und mehr nur noch das Stampfen der Dampflok und das Rattern der Räder. Schließlich schlief sie ein.

Es war stockdunkel, als sie wieder aufwachte. Der Zug hatte angehalten – wahrscheinlich hatte sie das geweckt. Vorsichtig stand sie auf, ihr ganzer Körper schmerzte und war verspannt.

Sie reckte und streckte sich, erschauerte. Denn obwohl es am gestrigen Abend warm, fast heiß gewesen war, lag nun eine feuchte Kälte über dem Abteil. Sie hörte das sanfte Schnarchen ihres Vaters, auch ihre Mutter und Ilse schienen fest zu schlafen. Ruth nahm die kratzige, aber warme Decke, die der Schaffner gebracht hatte, und legte sie um ihre Schultern. Sie ging wieder zum Ende des Waggons und trat auf die Plattform. Der Zug stand an einem Bahnhof, der Bahnsteig wurde von einem schummerigen Licht erhellt. Ruth hörte das Stampfen der Lok und das Rauschen des Wassers, das in den Tank gefüllt wurde. Das hatte sie schon am Nachmittag beobachten dürfen – es war, als würde man einem aufgeregten Drachen etwas zu trinken geben, hatte sie gedacht und sich selbst ausgelacht. Drachen gab es nicht und selbst wenn, würden sie wahrscheinlich nicht aus einem großen Tank an einem Bahnhof trinken. Der Gedanke belustigte Ruth, und plötzlich merkte sie, dass eine gewisse Anspannung von ihr abfiel. Eine Anspannung, der sie sich vorher gar nicht so bewusst gewesen war. Sie spürte ihren Nacken und ihre Kiefermuskeln, die hart wie Stein zu sein schienen, öffnete den Mund weit, bewegte den Kiefer – es ging und wurde immer leichter. Sie hatten es geschafft. Sie hatten es tatsächlich nach Amerika geschafft. Und nun waren sie hier.

Leicht würde es nicht werden, aber leichter als zuvor.

Sie hörte leise Schritte hinter sich, die Tür öffnete sich, und Martha stand auf einmal neben ihr und legte den Arm um Ruths Schultern.

»Ich hatte dich gehört. Kannst du nicht schlafen, Liebes?«, flüsterte Martha.

»Ich habe tatsächlich tief und fest geschlafen, Mutti«, antwortete Ruth. »Bis der Zug hielt. Habe ich dich geweckt, als ich aufgestanden bin?«

»Nein, ich glaube, ich bin auch davon wach geworden, dass der Zug sich nicht mehr bewegte. Irgendwie hat das Stampfen und Schaukeln ja etwas Beruhigendes – fast so wie auf dem Schiff.«

»Nur … dass es hier sicherer ist als auf dem Schiff«, sagte Ruth nachdenklich.

»Sicherer?«

»Hattest du keine Angst, dass das Schiff torpediert werden würde? Dass die Nazis uns angreifen? Uns versenken? Mir hat das eine Heidenangst gemacht. Ich musste immer daran denken, dass da tausend Meter Wasser unter uns waren – und Haie, Fische … Kälte.«

»Nein, Schätzchen, daran habe ich nicht gedacht.« Martha zuckte zusammen und schüttelte sich.

»Ist dir kalt?« Ruth legte die Decke um sie beide, zog sie zusammen. Dicht an dicht standen sie auf der stählernen Plattform und sahen in die Nacht. Irgendwo bellte ein Hund, ein anderer antwortete.

»Danke«, sagte Martha leise und drückte sich an ihre Tochter. »Ich habe all diese Gedanken verdrängt – die Gedanken an die Nazis, die uns jagen, an den Krieg, an die Tiefe des Meeres … Ich habe das verdrängt, weil ich sonst verrückt geworden wäre vor Angst. Nun merke ich die Angst in meinen Knochen und in den hinteren Winkeln meiner Gedanken. Ich hatte gehofft, dass ich sie auf dem alten Kontinent lassen könnte, aber das war anscheinend nicht möglich. Ich fürchte, sie wird von nun an immer ein Teil unseres Lebens sein.«

»Ja, das glaube ich auch«, antwortete Ruth nachdenklich. »Es ist ein Neuanfang hier – ein neues Land, neue Leute, eine neue Umgebung und viele andere neue Dinge. Doch wir sind nicht neu, wir sind die Alten. Wir haben einen Rucksack an Gedanken, Ängsten und Befürchtungen. Den werden wir wohl immer mit uns tragen müssen.«

»Das stimmt. Ein Rucksack – was für ein gutes Bild du da gefunden hast«, sagte Martha. »Wegschmeißen werden wir ihn nicht können, aber vielleicht können wir ihn demnächst in die Ecke stellen. Dort steht er dann und ist immer noch Teil unseres Lebens. Wir sehen ihn, wissen, was in ihm steckt. Vielleicht setzen wir uns auch mal neben ihn, nehmen den einen oder anderen Gegenstand heraus, betrachten ihn, drücken ihn voller Wehmut an uns – andere betrachten wir eher mit Abscheu … aber dann packen wir alles wieder ein.« Sie sah Ruth an. Ruth nickte und versuchte erst gar nicht, die Tränen zu unterdrücken, die ihre Augen füllten und dann über die Wangen liefen. »All das gehört und wird immer zu unserem Leben gehören. Es liegt an uns, was wir mit dem Rucksack machen«, sagte Martha und drückte sich noch enger an Ruth. Ruth spürte ihre Wärme, ihre Liebe. »Wir können ihn tagtäglich mit uns herumtragen, unter dem Gewicht stöhnen und ihn verfluchen. Wir können ihn aber auch in die Ecke stellen und einfach wissen, dass er da ist – und unser Leben neu anfangen, neu gestalten. Es liegt an uns.«

Für eine Weile schwiegen sie. Der Wassertank des Zuges war gefüllt worden. Nun zogen die Arbeiter den Schlauch ab, dann gaben sie dem Zugführer ein Zeichen. Ein schriller Pfiff ertönte, und wieder setzte sich der Zug in Gang, stampfend, ächzend und dampfend.

»Wie wirst du es mit deinem Rucksack halten, Mutti?«, fragte Ruth leise.

»Das weiß ich noch nicht, mein Schatz, das wird sich erst zeigen. Mein Rucksack ist mit anderen Dingen gefüllt als deiner«, sagte sie und seufzte. Sie schaute zum Nachthimmel. »Es wird noch dauern, bis wir Chicago erreicht haben. Aber der morgige Tag wird sicher auch wieder aufregend und anstrengend sein. Wir sollten beide versuchen, noch eine Mütze Schlaf zu bekommen.«

Arm in Arm gingen sie zurück in den Waggon. Noch einmal drückte Martha ihre Tochter an sich. »Ich bin froh, dass ich dich habe. Du bist immer so zuversichtlich, das gibt mir Kraft.«

Das stimmt gar nicht, dachte Ruth. Ich habe Angst – Angst vor Chicago, vor dem neuen Leben, vor den Leuten – eigentlich habe ich Angst vor allem, aber ich mag es nicht zeigen. Vielleicht, dachte sie, ist das auch gut so. Es reicht ja, wenn Mutti glaubt, dass ich stark bin – das gibt ihr Hoffnung, und dann brauche ich gar nicht mehr so stark zu sein.

»Gute Nacht«, flüsterte sie und küsste Martha.

»Gute Nacht.«

Kapitel 4

Chicago, August 1940

Gegen Morgen wurden die Stopps wieder häufiger. Auch die Bebauung nahm zu – aus einzelnen Höfen wurden Dörfer, dann Kleinstädte, und schließlich fuhren sie durch die Vororte von Chicago.

Nach einem Halt kam der Schaffner und brachte den Meyers heißen Kaffee.

»Was bekommen Sie?«, fragte Karl und zückte seine Börse.

»Nichts«, sagte der Schaffner und lächelte. »Sehen Sie es als Service.«

»Oh, vielen, vielen Dank.« Martha hatte die Decken schon zusammengefaltet und reichte sie ihm. »Sie hatten recht, in der Nacht war es doch ziemlich kühl«, sagte sie.

Nun füllten sich die Abteile, immer mehr Menschen stiegen zu. Manche begrüßten sich freundlich, andere nickten sich zu – es schien, als würden sie täglich in die Stadt fahren.

Es sind Pendler, bemerkte Ruth, Leute, die in den Vororten wohnen und in der Stadt arbeiten. Aber sie sind alle so elegant gekleidet. Welche Arbeit sie wohl haben mögen, dass sie sich so geschmackvoll und schick anziehen, als würden sie gleich zu einer Einladung gehen?

Neugierig und bewundernd musterte Ruth die Kleider der Frauen, ihre kecken kleinen Hüte und hübschen Seidentücher.

Bald werde ich hoffentlich auch ein schönes, modernes Kleid haben. Und ich will mich schminken, dachte sie. Ich möchte mich auch so schminken können wie all die anderen.

Sie warf ihrem Vater einen verstohlenen Blick zu. Karl hielt nichts von Frauen, die sich schminkten. Hier wird er sich daran gewöhnen müssen, sagte sich Ruth zufrieden.

Ruth schaute aus dem Fenster, die Häuser wurden höher, standen immer dichter beieinander. Die Straßen waren voll mit Automobilen, und auf den Gleisen neben ihnen fuhren endlos lange Güterzüge. Immer mehr Gleisstrecken kamen dazu, als sie sich dem Bahnhof näherten.

»Wo müssen wir denn hin?«, fragte Ruth und sah Karl an. »Wir kennen uns in Chicago doch gar nicht aus.«

»Ich habe gestern Abend die Gompetz angerufen. Sie haben uns eine Wohnung angemietet und werden uns am Bahnhof abholen.«

Ruth nickte zufrieden und lehnte sich zurück. Die Gompetz, enge Freunde der Meyers, waren schon Anfang 1939 nach Chicago gekommen, also waren sie nun gut eineinhalb Jahre hier und kannten sich sicherlich aus.

Je näher sie dem Bahnhof kamen, umso nervöser wurde jedoch Martha. Immer wieder öffnete sie ihre Handtasche, wühlte dort nach etwas, schloss sie wieder; sie schaute aus dem Fenster, sah nach den Koffern, strich sich über die Haare und seufzte.

»Was hast du denn, Liebes?«, fragte Karl seine Frau.

»Ich hoffe, dass alles gutgeht«, sagte sie. »Was, wenn Sofie und Walter nicht am Bahnhof sind? Was ist, wenn etwas mit der Wohnung nicht geklappt hat? Meinst du, unsere Sachen sind wirklich nach Chicago geliefert worden? Sofie hat nichts dazu geschrieben … Ach, es ist alles so schwer …«

Karl legte seine Hand auf ihre, drückte sie sanft. »Mach dir keine Sorgen, alles wird gut werden. Und selbst wenn einige Dinge nicht so funktioniert haben, wie wir uns das vorstellten, wird es Lösungen geben. Es gibt immer Lösungen, das weißt du doch.«

»Wir sind bis hierhin gekommen, Mutti«, sagte Ruth. »Und wir werden auch alles Weitere schaffen, da bin ich mir sicher. Die Hauptsache ist doch, dass wir zusammen sind.«

»Du hast so recht, Schätzchen.«

»Pack die Sorgen in deinen Rucksack«, meinte Ruth und lächelte ihr zu.

Martha nickte. »Das ist eine gute Idee. Ich werde es zumindest versuchen.«

Der Zug wurde langsamer, die Menschen erhoben sich und standen schon an den Türen an. Schließlich rollte er in den Bahnhof ein und hielt am Gleis. Die meisten Menschen strömten nach draußen. Ilse blieb dicht hinter Ruth.

»Bitte, geh nicht so schnell, bitte, bleib in meiner Nähe, lass mich nicht alleine«, flehte sie.

»Sei kein Schaf, wir lassen dich doch nicht alleine«, sagte Ruth amüsiert.

»Für dich ist das lustig«, jammerte Ilse, »für mich aber nicht. Ich sehe doch so schlecht, und ohne dich bin ich in dem Gedränge verloren.«

»Daran habe ich nicht gedacht«, sagte Ruth bestürzt. »Entschuldige. Natürlich gebe ich auf dich acht, du muss dir keine Sorgen machen.« An die Hand konnte sie Ilse nicht nehmen, sie alle trugen das Gepäck, niemand von ihnen hatte eine freie Hand. Ruth achtete aber auch darauf, Martha und Karl nicht aus den Augen zu verlieren, denn wenn sie ehrlich war, machten ihr das Gedränge und die vielen Menschen auch Angst. Schließlich standen sie auf dem Bahnsteig, hielten ihre Koffer fest und sahen sich um. Von Sofie und Walter Gompetz war noch nichts zu sehen. Langsam verlief sich die Menschenmenge – diejenigen, die gewartet hatten, stiegen nun in den Zug; diejenigen, die ausgestiegen waren, eilten zu den Ausgängen.

»Da vorne«, sagte Martha schließlich erleichtert. »Da vorne ist Sofie.« Sie stellte ihren Koffer ab und winkte. »Sofie! Sofie! Hier sind wir!«

Die Freundin kam auf sie zugelaufen, fiel Martha um den Hals.

»Endlich, endlich, endlich«, sagte Sofie. »Endlich seid ihr hier. Ich bin so froh!«

»Und ich erst!«, antwortete Martha und wischte sich die Tränen von den Wangen.

Sofie begrüßte auch Karl und die Mädchen herzlich.

»Wo ist Walter?«, fragte Karl.

»Er wartet draußen im Auto. Da ist ein großer Parkplatz, aber der ist immer sehr voll, und deshalb steht er ganz hinten. Sobald er uns sieht, kommt er vorgefahren«, erklärte sie.

Sie nahmen ihre Sachen – Sofie half beim Tragen – und verließen das Bahnhofsgebäude. Oben auf der Treppe blieb Sofie stehen, hob ihren Arm und winkte wild. Ganz hinten auf dem Parkplatz setzte sich ein Wagen in Bewegung.

»Ihr habt ein Automobil?«, fragte Martha.

»Nein, wir haben es uns für heute geliehen. Das erschien uns praktikabler, als mit der Tram zu fahren. Und mit dem Taxi wäre es utopisch teuer geworden«, erklärte Sofie. Wieder sah sie Martha an. »Ich kann noch gar nicht fassen, dass ihr hier seid. Wie war die Fahrt?«

»Anstrengend«, seufzte Martha. »Sehr anstrengend. Und ich freue mich sehr, dass wir endlich angekommen sind.«

Nachdem sie das Gepäck im Wagen verstaut hatten und eingestiegen waren, fuhr Walter Gompetz los.

Ruth hatte sich nicht getäuscht, auch diese Stadt war riesig, und die Häuser waren hoch. Sie fuhren durch die Straßen, Walter und Sofie erklärten, wo sie waren und was das für Viertel waren, sie wiesen auf bestimmte Gebäude hin, zeigten auf die Strecke der Stadtbahn.

Es waren zu viele Informationen für Ruth, sie konnte sie weder filtern noch behalten, die Worte schienen genauso an ihr vorbeizurauschen wie die Gebäude und Straßen. Auch schien ihr die Fahrt endlos zu dauern. Doch schließlich hielt Walter vor einem Gebäudekomplex.

»Hier ist eure Wohnung«, sagte Sofie. »Wir wohnen nur einen Block entfernt die Straße herunter.«

»Block?«, fragte Ilse unsicher. Auch sie war von all den neuen Eindrücken völlig überwältigt.

»Ein Häuserblock. Schau – dies ist ein Block, dort vorne kommt die Querstraße, und auf der anderen Straßenseite beginnt der nächste Häuserblock.« Sofie bemerkte Ilses verwirrten Gesichtsausdruck und drückte das Mädchen an sich, fuhr ihr durch die Haare. »Du wirst das alles schnell lernen. Ihr alle werdet es schnell lernen, da bin ich mir sicher. Aber nun gehen wir erst einmal hinein.«

Sie schloss die Haustür auf. »Eure Wohnung ist im dritten Stock.«

Ilse stöhnte auf. »Im dritten Stock? So weit oben?«

Sofie lachte und führte sie durch die Eingangshalle, bog nach links ab. »Ja, so weit oben. Und hier ist der Aufzug.«

»Oh!«, machte Ilse begeistert. »Es gibt einen Aufzug, das ist ja phänomenal.«

»Das ist super«, sagte Ruth und grinste.

Martha schaute skeptisch. »Gibt es auch Treppen?«

»Natürlich. Hier hinter der Tür ist das Treppenhaus«, erklärte Sofie. »Aber jetzt nehmen wir den Aufzug.« Sie zog das Gitter zur Seite und stieg ein. »In den teureren Wohngebäuden gibt es Personal, Liftboys und auch einen Empfang. Aber das kostet eben auch.«

In Krefeld gibt es kein einziges Gebäude mit einem Aufzug, dachte Ruth und drückte sich ein wenig an die Wand. Sie war in Brüssel schon einmal mit einem Aufzug gefahren und auch in London – aber dennoch war sie ein wenig skeptisch.

»Dieses Haus hat wie alle in diesem Block sieben Stockwerke. Es sind also eher niedrige Gebäude. Die Häuser wurden Anfang der zwanziger Jahre erbaut.« Sofie schloss die Gittertür und drückte auf einen Knopf. Das elektrische Licht flackerte kurz, dann setzte sich der Aufzug ruckelnd in Bewegung. Ruth hielt für einen Moment die Luft an, sie schaute zu den anderen und sah, dass Ilse es ihr nachtat. Martha aber unterhielt sich weiterhin gelassen mit Sofie, und Karl redete mit Walter.

Ich werde mich daran gewöhnen, dachte Ruth und atmete aus, ich werde mich daran gewöhnen und an viele andere neue Dinge auch.

Mit einem weiteren Ruck blieb der Fahrstuhl stehen, Sofie öffnete die Gittertür und trat in den Flur. »Hier vorne ist euer neues Zuhause«, sagte sie und schloss die Tür der Wohnung auf. Martha und Karl traten zuerst ein, Ruth wartete bis ganz zuletzt, dann folgte sie den anderen. Zuerst schnupperte sie und stellte überrascht fest, dass es ein wenig nach Farbe, aber auch irgendwie wie Zuhause roch. Sie schloss die Augen und hatte das Haus auf der Friedrich-Ebert-Straße vor sich. So hatte es auch dort gerochen – vor der Pogromnacht.

»Wir haben die Wände streichen lassen«, erklärte Walter. »Und die Möbel so weit es ging aufgestellt, aber ihr müsst euch natürlich noch selbst einrichten. Selbstverständlich stehen wir euch mit Rat und Tat zur Seite.«

»Hier ist die Küche«, sagte Sofie. Sie ging zu dem Eisschrank, der auch elektrisch war, aber viel kleiner als der von Tante Irene, und holte eine Flasche heraus. »Zur Feier des Tages und weil wir so froh sind, euch hier zu haben, habe ich Sekt besorgt.« Knallend öffnete sie die Flasche und füllte die Gläser, die schon auf einem Tablett bereitstanden.

Alle stießen an, es war ein fröhliches Tohuwabohu. Ruth trank einen Schluck, schlich sich dann aus der kleinen Küche und drehte eine Runde durch die Wohnung. Das Wohnzimmer war hell, die Fenster waren groß. Überrascht blieb Ruth stehen. An der Wand stand die alte Anrichte, die Martha von ihrer Großmutter aus Anrath geerbt hatte. Die Anrichte aus dunklem Eichenholz war Marthas ganzer Stolz gewesen. Ruth konnte sich noch daran erinnern, als Hans Aretz das riesige Möbelstück zersägt hatte, damit es in den Container geladen werden konnte. Schon im Sommer 1938, vor der Pogromnacht, als die Meyers ihre Quotennummer für die Einreise in die Vereinigten Staaten bekommen hatten, hatte Martha Sachen eingepackt und weggeschickt. Damals hatte das gute Geschirr eine ganze Weile auf dem Boden des Esszimmers gestanden, nachdem die Anrichte abtransportiert worden war. Einer Eingebung folgend hatte Ruth das Geschirr und das gute Kristall ihrer Mutter am Nachmittag des neunten Novembers in dem kleinen Abstellraum in der Mansarde versteckt und einen Schrank vor die Tür geschoben. Nur deshalb hatte das Geschirr das Wüten der Nazis in ihrem Haus ohne Schaden überstanden. Zwei der Sessel aus dem Herrenzimmer ihres Vaters waren auch hier. Ruth öffnete die nächste Tür, die vom Flur abging. Dort standen zwei Betten aus hellem Kirschholz – Ilses Bett und ihr eigenes. Nur das jeweilige Betthaupt fehlte – das war in die Wand ihres Hauses eingebaut gewesen. Aretz hatte die Betten abgebaut und neue, allerdings kleinere Kopfteile angefügt. So konnten sie auch in ihren Betten schlafen, als sie nach der Kristallnacht bei den Gompetz' Zuflucht gefunden hatten. Mutti musste die Betten auch verschickt haben. Oh, wie ist das schön, dachte Ruth glücklich, ich kann heute Nacht in meinem eigenen Bett schlafen – ich habe ein Stück der alten Heimat in meinem neuen Zuhause. Auch die Bettwäsche kannte sie – es war die gute Leinenbettwäsche von Großmutter Emilie. Sie roch immer ein wenig nach Lavendel, weil Großmutter ständig Lavendelsäckchen in die Schränke tat.

Deshalb, wurde Ruth nun klar, riecht es hier wie Zuhause. Es sind die Möbel, die Mutti immer mit Bienenwachs pflegt und die Wäsche ... sie duften wie früher.

Neugierig ging sie weiter. Das nächste Zimmer war das Schlafzimmer ihrer Eltern, sie spähte nur hinein, schloss die Tür dann wieder. Es gab noch einen weiteren, kleinen Raum – er war bis oben mit Kisten und Kartons gefüllt –, alles Sachen, die Martha und Karl von Deutschland und dann von England aus nach Amerika hatten bringen lassen.

Die nächsten Tage werden wir viel zu tun haben, dachte Ruth. Aber das machte ihr nichts aus – im Gegenteil, sie freute sich darauf. Was hatten sie retten können? Was nicht? Wahrscheinlich fehlte eine ganze Menge, um den Haushalt wieder vernünftig zu führen.

Schließlich öffnete sie die vorletzte Tür – es war das Badezimmer. Nicht ganz so groß wie das von Tante Irene, aber auch hell, und es gab eine Badewanne. Und dann gab es noch eine Toilette neben dem Bad, sie mussten also nicht auf den Flur und eine Gemeinschaftstoilette benutzen.

»Die Wohnung ist natürlich nicht auf dem modernsten Standard«, hörte Ruth Walter sagen.

»Die Wohnung ist völlig in Ordnung, wir sind froh und dankbar, dass ihr euch darum gekümmert habt«, antwortete Karl.

»Dann gewöhnt euch etwas ein und kommt zur Ruhe«, meinte Sofie. »Auf dem Herd steht ein Topf mit Hühnersuppe, und ich habe euch Brot, Butter und ein paar andere Lebensmittel besorgt. Morgen komme ich wieder, dann können wir weitere Dinge klären.«

Die Gompetz' verabschiedeten sich. Nachdem sich die Tür hinter den Freunden geschlossen hatte, lag für einen Moment eine seltsame Stille über den Meyers. Sie sahen sich schweigend an, in allen Gesichtern war die große körperliche und emotionale Erschöpfung zu sehen.

»Hühnersuppe«, brach Ruth schließlich das Schweigen. »Hühnersuppe ist gut gegen körperliche und seelische Probleme, hat Omi immer gesagt.« Entschlossen ging sie zum Herd und stellte ihn an. »Das können wir jetzt gut gebrauchen.«

»Ja, mit etwas Warmem und Sättigendem im Bauch geht alles ein wenig leichter«, stimmte Martha ihr zu.

Karl und Ilse begaben sich auf Entdeckungstour durch die Wohnung. Lange dauerte es nicht, schnell hatten sie in jeden Raum gesehen.

»Heute packen wir nur die Koffer aus«, sagte Martha. »Morgen werden wir dann an die Kisten gehen.«

»Ich werde mir eine Arbeit suchen müssen, und das so schnell wie möglich«, meinte Karl. »Walter will mir helfen.«

»Sofie sagte, dass die Gemeinde gut vernetzt ist. Es sind auch noch andere aus Krefeld und Düsseldorf hier in Chicago – wir werden bestimmt bekannte Gesichter wiedersehen. Das macht es vielleicht ein wenig einfacher«, sagte Martha.

»Ich werde mir wohl auch eine Arbeit suchen«, sagte Ruth leise. Sie hatte immer davon geträumt, irgendwann einmal zu studieren. Aber das war im Moment utopisch. Die Familie brauchte ihre Unterstützung, und durch eine Arbeit würde sie vielleicht schneller Anschluss finden.

Die heiße Suppe duftete tröstlich; gemeinsam setzten sie sich an den kleinen Küchentisch.

»Sind alle unsere Sachen schon hier?«, fragte Ilse.

»Ich hoffe, dass noch eine Ladung aus England kommt«, antwortete Martha. »Die haben wir verschickt, als wir die Fahrkarten für das Schiff bekommen haben.«

»Das könnte noch dauern«, meine Karl. »Falls es das Schiff überhaupt schafft. Man hört ja von immer mehr Angriffen auf hoher See.«

Martha wurde blass. »Bei den Sachen ist auch meine Kristallschüssel«, sagte sie leise.

»Die Sachen werden schon heile hier ankommen«, versuchte Ruth sie zu beruhigen.

»So Gott will«, seufzte Martha.

»Es riecht ein wenig wie Zuhause«, sagte Ilse, als sie abends in ihren Betten lagen. Es waren die Betten aus Krefeld – aus ihrem wunderschönen Haus, das Karl hatte bauen lassen. Fast endlos lange schien es Ruth her, dass sie dort gewohnt hatten. Es war ein anderes Leben gewesen – sorglos und friedlich.

Ihre Probleme von damals erschienen ihr nun fast lächerlich. Sie hatte sich verliebt, hatte Liebeskummer gehabt. Ein Streit mit ihrer besten Freundin war damals einem Weltuntergang gleichgekommen.

Über welche Dinge ich mich damals aufregen und bittere Tränen vergießen konnte, dachte Ruth nun verlegen. Sie waren alle eher belanglos, aber das wusste ich ja damals noch nicht.

Ilse drehte sich um. »Können wir die Vorhänge auflassen?«

»Gerne«, sagte Ruth. Auch sie lag nun auf der Seite. Ihr Bett stand rechts, Ilses links vom Fenster. Man konnte die Häuser gegenüber, aber auch ein kleines Stück vom Nachthimmel sehen. In der Straße herrschte noch viel Verkehr, sie hörten Stimmen und Lachen. Im Haus gegenüber waren etliche Fenster beleuchtet.

»Seltsam«, sagte Ilse, »dass niemand verdunkelt. Mir macht das ein wenig Angst, nachdem wir so auf die Verdunkelungen eingeschworen waren.«

»Ja«, stimmte Ruth zu. »Sogar auf dem Schiff mussten wir darauf achten.« Sie erschauerte, obwohl es sehr warm in dem kleinen Zimmer war. Während der Fahrt hatte sie immer verdrängt, was passieren würde, wenn die Nazis sie entdeckten.

»Ich habe hier auch noch niemanden mit Gasmaske gesehen«, sagte Ilse nun. »Alles ist hier so anders.«

»Aber es riecht ein wenig wie Zuhause.«

»Ja, das ist irgendwie tröstlich.«

»Bist du nicht froh, hier zu sein?«, fragte Ruth ihre Schwester.

Ilse überlegte. »Doch, natürlich. Einerseits – aber andererseits wäre ich lieber wieder in Krefeld, in unserem Haus. Ich wünschte, es wäre alles so wie früher – so, wie es vor ein paar Jahren war.«

»Ja, das wünsche ich mir manchmal auch, aber es wird nie wieder so sein.«

Ilse bewegte sich unruhig in ihrem Bett, und Ruth spürte, dass ihre Schwester etwas auf dem Herzen hatte.

»Woran denkst du?«, fragte sie.

»Ach, ich weiß nicht – wie alles weitergehen wird. Früher war alles so klar – wir gehen zur Schule, danach studieren wir. Aber jetzt? Du wirst arbeiten müssen. Und ich? Werde ich mir auch eine Arbeit suchen können?«

»Herzchen, du bist erst fünfzehn, du wirst zur Schule gehen.«

»Ich war seit … seit November 1938 – also seit fast zwei Jahren – nicht mehr in der Schule. Außer in den paar Monaten in Slough – aber das war ja nur ein Sprachkurs. Dann müsste ich zusammen mit den ganzen kleinen Mädchen in eine Klasse – mit Zwölf- und Dreizehnjährigen«, stöhnte Ilse.

»Na, deine Sorgen möchte ich haben«, sagte Ruth und versuchte, nicht zu angesäuert zu klingen. »Ich würde viel darum geben, wieder zur Schule zu dürfen. Wissen ist ein hohes Gut – vielleicht das höchste.«

»Ja, ich weiß«, sagte Ilse leise. »Vielleicht habe ich auch einfach nur Angst vor all dem, was vor uns liegt. Vor den fremden Leuten, der Sprache – vor dem Leben hier, das so ganz anders zu sein scheint, als wir es kennen.« Sie stockte. »Hast du keine Angst, Ruth?«

»Nein. Nein, Angst habe ich nicht.« Ruth gähnte. »Vielleicht bin ich zu müde dafür.«

Ihr Gähnen war ansteckend. Ilse kuschelte sich in ihr Kissen.

»Ich vermisse Omi und Opi so sehr«, murmelte sie.

»Ich auch. Gute Nacht, Kleines.« Doch statt einer Antwort hörte Ruth nur den gleichmäßigen Atem ihrer Schwester.

Sie legte sich auf den Rücken, verschränkte die Arme im Nacken und dachte über Ilses Worte nach. Angst, richtige Angst hatte sie tatsächlich nicht. Wirklich gefürchtet hatte sie sich, als die Nazis die Synagogen abgebrannt hatten. Und in der Nacht, als Vati verhaftet worden war. Und dann später, als sie mit gefälschten Papieren aus Deutschland geflohen war. Auch im Bunker, bei den Bombenangriffen hatte sie Angst gehabt – Angst um ihr Leben und um ihre Familie.

Es war auf eine Art aufregend, ein neues Leben zu starten, aber natürlich war Ruth auch nervös. Würde sie eine Arbeit finden? Was würde das sein? Und würde sie die Leute verstehen können? Sie hatte gedacht, dass sie nach eineinhalb Jahren in England ein ganz passables Englisch sprach, aber während der Zugfahrt hatte sie erkannt, dass sie kaum jemanden verstand. Das Englisch hier war anders – sie sprachen Dinge anders aus, und es gab auch Begriffe, die ihr komplett neu waren.

Ich werde mich schon daran gewöhnen, sagte sie sich. Ich werde schnell lernen, schnell lernen müssen. Und sicherlich finde ich auch bald neuen Anschluss – das ist mir ja nie schwergefallen. Der Gedanke war aufregend, und sie verspürte ein leichtes Kribbeln im Bauch. Vielleicht würde es nicht so leicht werden, wie sie erhoffte, aber bisher hatte Ruth immer einen Weg gefunden. Auch Ilse würde ihren Weg gehen. Ihre Schwester war nicht so offen wie sie, aber sie hatte ein freundliches Wesen, und außerdem war sie klug und fleißig – das würde ihr helfen. Nur was war mit Mutti und Vati? Vor allem mit Vati, überlegte Ruth plötzlich sorgenvoll. In Deutschland war er ein sehr erfolgreicher Vertreter gewesen, mit seinem Charme und seiner Expertise hatte er viele Leute immer schnell überzeugen können – doch nun gab es diese Sprachbarriere. Auch Mutti und Vati hatten in Slough einen Englischkurs besucht, doch über allgemeine Floskeln und einfache Sätze waren sie noch nicht hinausgekommen. Sie konnten sich meist mit den wenigen Worten und Händen und Füßen ein wenig verständigen, aber das würde nicht ausreichen, um jemandem etwas überzeugend zu verkaufen. Was sonst sollte Vati machen? Er war kein Handwerker, noch nicht einmal besonders geschickt war er. Außerdem hatte er das Problem mit seinen schlechten Augen. Ruth sah ihn nirgendwo in einem Betrieb arbeiten – aber was für eine Arbeit außer als Hilfsarbeiter sollte er machen?

Schon die letzten Jahre in Deutschland, als er seiner Erwerbstätigkeit nicht mehr nachgehen konnte, waren hart für ihn gewesen. Dazu kamen der Verlust des Hauses und dann die Zeit im Gefängnis und zuletzt im Konzentrationslager.

Auch die beiden Vorkommnisse auf dem Schiff – die Sache mit der früheren Aussteigeoption und die Zugfahrkarten – hatten seinem angeschlagenen Selbstbewusstsein weitere Kerben zugefügt, das spürte Ruth.

Wenn er nun keine Arbeit fand, von der er die Familie einigermaßen über Wasser halten konnte, würde er bestimmt daran krank werden.

Doch wie kann ich ihm helfen?, fragte sich Ruth traurig. Was kann ich machen? Natürlich werde ich mir eine Stellung suchen und zum Familieneinkommen beitragen, das war ja klar – aber ich muss mich keinen Illusionen hingeben, als ungelernte Einwanderin werde ich keine Unsummen verdienen.

Ich werde einfach für ihn da sein, nahm sie sich vor und schloss nun auch die Augen. In Gedanken ging sie noch einmal durch die neue, noch ungewohnte Wohnung. Die Küche war klein, aber zweckmäßig, das Wohnzimmer würde Mutti sicher bald gemütlich eingerichtet haben. Und auch wenn sie sich das Zimmer mit Ilse teilen musste – hier würden sie es sich mit der Zeit schön machen – amerikanisch schön. Nun ja, ein paar Erinnerungsstücke an Deutschland würden nicht schaden. Ganz besonders hatte es ihr das Badezimmer mit der Wanne angetan. Es gab einen elektrischen Ofen, der das Wasser erhitzte – sie musste keine Kohlen schleppen und keinen Badeofen anheizen, es war purer Luxus.

Hoffentlich, dachte sie schon fast im Schlaf, träume ich etwas Schönes. Der erste Traum in einem neuen Zuhause ist doch so etwas wie ein Orakel.

Als Ruth aufwachte, konnte sie sich an keinen Traum erinnern. Sie fühlte sich endlich mal wieder ausgeruht und entspannt, hatte tief und fest geschlafen. Es war herrlich, im eigenen Bett zu liegen, in der Bettwäsche, die so sehr nach Heimat duftete. Irgendwoher müssen wir Lavendel bekommen, machte sie sich eine mentale Notiz. Ilse schlief noch und rührte sich auch nicht, als Ruth aufstand. Ruth schaute nach draußen, die Sonne schien an einem blauen Himmel. Auf der Straße war schon wieder viel Verkehr, offensichtlich schliefen die Städte in Amerika kaum. Aus der Küche hörte sie Klappern. Schnell streifte sie sich ihren Morgenmantel über, huschte zur Toilette – wie herrlich! – ein sauberes Wasserklosett nur für die Familie – und ging dann in die Küche. Martha hatte alle Schranktüren geöffnet, auf dem Herd stand ein Topf, in dem

Wasser kochte, viele Dinge lagen auf dem Küchentisch – es herrschte Chaos.

»Guten Morgen, Mutti«, sagte Ruth fröhlich.

Martha fuhr herum und hätte beinahe den Topf vom Ofen gestoßen. »Herrje, du hast mich erschreckt«, sagte sie, dann holte sie tief Luft. »Guten Morgen, Liebchen.«

»Was tust du hier in aller Frühe?«, fragte Ruth. Sie lachte leise und gab ihrer Mutter einen Kuss. Ruth hatte festgestellt, dass es noch keine sechs Uhr am Morgen war.

»Ich versuche, Frühstück zu machen – aber all die Dinge hier sind mir fremd, und ich finde mich gar nicht zurecht.«

»Es ist ja auch alles fremd, Mutti«, beruhigte Ruth sie. »Du wirst dich schon noch einfinden – so wie wir alle.«

»Das will ich doch hoffen«, seufzte Martha und straffte dann die Schultern.

»Lass mich mal schauen, vielleicht bekomme ich ja etwas fürs Frühstück zusammen.« Ruth ging an ihrer Mutter vorbei und begutachtete die Dinge, die auf dem Tisch lagen. »Wir haben Brot und Butter, das ist doch schon einmal ein guter Anfang. Und Eier sind auch da. Oh – schau mal, Mutti, ich glaube, das ist gemahlener Bohnenkaffee.«

»Da ist er«, sagte Martha erleichtert. »Sofie hatte mir gesagt, dass sie Kaffee eingekauft hätte. Aber ich konnte die Bohnen nirgendwo finden, das hat mich schier verrückt gemacht.«

»Ich koche Kaffee, Mutti. Du kannst dich in der Zeit schon mal fertig machen«, sagte Ruth. »Wenn du aus dem Bad kommst, ist der Kaffee fertig.«

»Was würde ich nur ohne dich machen?« Martha gab ihr einen Kuss und ging ins Bad.

Wieder sah sich Ruth um, begutachtete die Vorräte und

räumte die meisten Sachen wieder in die Schränke. Im Kühlschrank fand sie Speck, auf dem Tisch stand eine Dose gebackene Bohnen. Ruth setzte den Kaffee auf, briet ein paar Eier und Speck und erwärmte die Bohnen, dann schnitt sie das Brot und deckte den kleinen Küchentisch. Es gab Geschirr und Besteck – aber das kannte Ruth nicht von früher. Sofie musste es besorgt haben. Es waren auch nur sechs Teller und vier Tassen, stellte Ruth fest. Bestimmt war das Krefelder Geschirr in den Kisten in der kleinen Kammer. Sie war gerade fertig mit Tischdecken, als Martha zurückkam.

»Wie machst du das bloß?«, sagte Ruth bewundernd. »Du siehst immer gepflegt aus, mag kommen, was wolle. So als wärst du letzte Woche erst beim Friseur gewesen.«

»Unfug«, winkte Martha ab. »Das ist einfach die Erfahrung der Jahre. Dadurch, dass ich mir die Haare zusammenstecke, sieht es immer ordentlich aus.« Sie setzte sich an den kleinen Küchentisch. Ruth gab ihr eine Tasse Kaffee, die Martha dankbar trank. »Wie köstlich, echter Bohnenkaffee«, sagte sie wohlig. Dann sah sie sich um. »Alles ist so anders hier.«

»Wie hast du geschlafen?«, fragte Ruth. »Ich hatte gedacht, dass mich die neue Umgebung wachhält, aber dann habe ich tief und traumlos geschlafen.«

»Das ging mir auch so – aber das ist ja keine Überraschung nach den aufregenden Tagen, die wir hatten. Und heute steht viel Arbeit an.«

»Freust du dich, die Sachen auszupacken?«, wollte Ruth nachdenklich wissen. »Ich meine … es sind deine Sachen, unsere Sachen, aber …«

»Aber sie gehören in eine andere Zeit«, vervollständigte Martha ihren Satz. »Das stimmt. Sie gehören eigentlich nach

Krefeld, so wie wir auch. Aber nun sind wir hier, und die Dinge konnten wir retten.« Sie stockte, dachte nach. »Ja, ich freue mich irgendwie, dass ich noch einiges von früher habe. Einerseits. Anderseits macht es mich auch traurig. Wir haben so viel verloren …« Martha schluckte, dann sah sie Ruth an, lächelte, »aber wir haben immer noch uns. Die Sachen gehören zu unserem Rucksack, zu unserem Leben, nicht wahr?«

»Ich habe mich so gefreut, die alte Anrichte wieder zu sehen. Und man sieht kaum, wo Onkel Hans sie durchgesägt hat. Ich kann mich noch an den Tag erinnern und wie er geschimpft hat – aber wie immer hat er es geschafft.«

»Hans Aretz ist ein großartiger Mann«, stimmte Martha zu. »Wie es ihm jetzt wohl gehen mag?«

»Er wird sich schon durchkämpfen, dafür hat er Talent«, meinte Ruth.

Martha nickte gedankenvoll. »Dennoch mache ich mir Sorgen um alle, die wir zurücklassen mussten.«

»Zum Glück sind ja einige Bekannte und Freunde hier in Chicago«, versuchte Ruth ihre Mutter von den düsteren Gedanken abzulenken. »Ich wusste gar nicht, dass die Schwartz' auch hier sind, Sofie sagte es gestern.«

»Goldbergs, ein Teil der Familie Hirsch und die Weizmanns sind hier in der Stadt. Andere sind im Umkreis gelandet – die Glimmichs zum Beispiel.«

»Ach«, sagte Ruth nur leise.

»Sofie kommt nachher, und sicherlich kommen noch andere, oder wir gehen zur Gemeinde – es gibt eine Synagoge und ein Gemeindehaus im Viertel«, sagte Martha und klang plötzlich ganz euphorisch. »Wir haben einen Teil unserer Heimat auch hier.«

»Dennoch wird das Leben hier ganz anders sein«, mutmaßte Ruth. »Schon alleine, wie sich alle kleiden und zurechtmachen.«

»Ja, das ist mir auch aufgefallen – ganz anders als in Europa.«

»Sie sehen alle aus wie Filmstars. Auch Tante Irene und Tante Sofie.«

»Nein, nicht wie Filmstars.« Martha lachte. »Aber schon sehr elegant und schick.«

»Ich möchte auch so aussehen«, schwärmte Ruth.

»Irgendwann werden wir sicher neue Kleidung kaufen können, mein Kind. Aber schminken wirst du dich nicht. Du weißt doch, was Vati davon hält.«

»Alle schminken sich hier. Auch Doris und Regine schminken sich. Dazu hat Vati doch auch nichts gesagt.«

»Sein Gesicht hat Bände gesprochen.«

Er wird sich mit der Zeit daran gewöhnen, dachte Ruth. Er wird sich gewöhnen müssen. Ich will hier nicht schon wieder ein Außenseiter sein. Jetzt leben wir in Amerika, also sollten wir uns anpassen.

Kapitel 5

Am Vormittag machten sie sich daran, die Kisten und Kästen auszuräumen. Manche Sachen rochen ein wenig moderig und staubig, nur wenige Dinge waren zerbrochen. Aber jedes Mal, wenn Martha etwas fand, was die weite Reise, trotz all ihrer Bemühungen und unzähliger Lagen Zeitungspapier, nicht überstanden hatte, jammerte sie.

»Du liebe Güte, Martha«, sagte Karl schließlich genervt. »Es sind mehr Dinge heil geblieben als kaputtgegangen. Solltest du dich nicht lieber darüber freuen?«

»Du hast ja recht«, gab Martha zu. »Aber ich fürchte um meine Kristallschüssel. Sie ist doch noch zu uns unterwegs …«

»Du hast sie derartig dick eingepackt, dass ihr nichts passieren könnte, selbst wenn jemand mit einem Hammer darauf schlägt«, sagte Ilse grinsend.

»Ich hänge halt an ihr.«

Ein wenig konnte Ruth ihre Mutter verstehen. Sie hatte endlich die Kiste gefunden, in der ihre Fotoalben, ihre Kamera und andere persönliche Sachen waren. Auch ihre Gitarre hatte den Weg über den Atlantik unbeschadet überstanden. Sie brachte die Sachen in ihr Zimmer. Dort stand bisher nur eine kleine Kommode, in der Wand gab es einen Einbauschrank – und beides war schon mit ihren und Ilses Anziehsachen gefüllt.

Kurzerhand schob sie die Kiste unter das Bett und stellte die Gitarre in die Ecke.

Auf dem Küchentisch stapelte sich inzwischen Geschirr und Besteck. Auf dem Sofa und dem Tisch im Wohnzimmer lagen Bettwäsche und Handtücher. Ruth musste lächeln. Ihre Mutter hatte die ganze gute Wäsche in Koffern verstaut, als Ruth nach England abreiste. Damals hatte sie mit elf Koffern, ihrer Gitarre und ihrem Fahrrad auf dem Bahnsteig gestanden. Heute noch wunderte sie sich darüber, wie sie die Fahrt allein und mit dem ganzen Gepäck geschafft hatte.

Da in den meisten Koffern ja nur Wäsche gewesen war, hatte sie sie gar nicht erst ausgepackt, als sie auf dem Hof in England angekommen war. Martha, Karl und Ilse hatten es vor einem Jahr geschafft, Deutschland endlich zu verlassen und nach England zu gelangen. Ruths Mutter hatte die Koffer von Frinton-on-Sea nach Slough, wo sie eine Bleibe gefunden hatten, bringen lassen – aber auch dort waren die Koffer geschlossen geblieben und waren so in den Container gekommen, der nach Amerika verschifft worden war. Nun endlich – nach über zwei Jahren – hatte Martha die Tisch- und Bettwäsche aus gutem Leinen wieder ausgepackt.

»Bestimmt haben sie Stockflecken bekommen«, murmelte Martha. »Wahrscheinlich ist alles nicht mehr zu gebrauchen.«

Martha hatte damals Lavendelsäckchen zwischen die Laken gelegt, und nun strömte ein leichter Lavendelduft durch die Wohnung. Sie alle hoben die Köpfe, schlossen die Augen und schnupperten.

»Weißt du noch«, sagte Ruth sehnsüchtig, »der große Lavendelbusch hinten in unserem Garten? Du hast die Blüten immer gesammelt, Mutti.«

»So wie meine Mutter es auch ihr Leben lang getan hat.« Martha seufzte. »Ich hoffe, sie tut es immer noch.«

»Wo soll das alles nur hin?«, fragte Karl. »Weshalb hast du das mitgebracht? So viel Bettwäsche braucht kein Mensch.«

»Es war meine Aussteuer, und es wird die Aussteuer meiner Töchter werden«, gab Martha zurück. »Es ist gutes deutsches Leinen – so etwas bekommt man hier sicherlich nicht. Amerikaner benutzen doch nur Baumwolle, und das scheuert schnell durch.«

»Schon gut, schon gut«, murmelte Karl und sah sich hilflos in dem Chaos um. »Trotzdem müssen wir die Sachen verstauen.«

»Lass sie doch in den Koffern, Mutti«, schlug Ruth vor. »Bis wir eine bessere Lösung gefunden haben.«

»Wenn du meinst«, brummte Martha und begann, die Stapel wieder einzupacken. »Aber nicht alles. Wir brauchen Bettwäsche zum Wechseln, und ein paar schöne Tischdecken können die Wohnung auch heimeliger machen.«

Ruth ging in die Küche. Sie kochte eine weitere Kanne Kaffee. Außerdem wollte sie den Rest Hühnersuppe aufwärmen, der von gestern übrig geblieben war. Doch in der Küche war kein Platz auf dem Tisch, und auch im Wohnzimmer konnten sie im Moment nicht sitzen und essen.

Also ließ Ruth Wasser ins Waschbecken. »Ilse«, rief sie. »Komm und hilf mir. Du kannst abtrocknen.«

»Weshalb musst du denn jetzt spülen?«, fragte Ilse. »Ich hasse es abzutrocknen.«

»Wir können auch tauschen«, bot Ruth an.

»Abwasch hasse ich noch viel mehr«, gab Ilse zu und nahm das Trockentuch.

»Vorsichtig, das sind gute Gläser«, sagte Ruth.

»Ich passe schon auf – aber wo sollen sie hin?« Unschlüssig sah sich Ilse in der Küche um. »Hier ist alles so eng.«

»Stell sie dort vorne auf das Tablett, dann bringen wir sie ins Wohnzimmer. Ich denke, sie werden wieder in der Anrichte ihren Platz finden.«

»Dass Mutti die Anrichte hat hierher schicken lassen«, sagte Ilse und klang belustigt. »Von all den Dingen musste es die Anrichte sein.«

»Und Aretz musste sie vorher zersägen.« Ruth lachte leise. »Aber ich freue mich, dass sie hier ist – so sieht das Wohnzimmer ein bisschen wie Zuhause aus.«

»Ich weiß nicht, hier wirkt sie nicht richtig – nicht so wie in Krefeld. Da war das Esszimmer groß und geräumig, jetzt haben wir gar kein Esszimmer mehr, sondern nur einen kleinen Küchentisch, an den wir vier mit Mühe und Not passen.«

»Im Wohnzimmer wird auch ein Esstisch Platz finden, Ilse«, meinte Ruth. »Natürlich ist das hier kein Haus – es gibt keine weiten und lichten Räume. Es ist nur eine Wohnung, aber es könnte uns durchaus schlechter gehen. Immerhin ist diese Wohnung größer als die, die wir in Slough hatten.«

»Meinst du, wir werden hier wohnen bleiben?«

Ruth sah Ilse überrascht an. »Ja. Wieso fragst du so etwas?«

»Weil … weil …« Ilse stockte unsicher. »Vati hat immer alles irgendwie geregelt. Meinst du nicht, dass er uns hier ein schönes Haus bauen wird? So eins wie in Krefeld?« Ihre Stimme war immer leiser und dünner geworden.

Ruth runzelte die Stirn, dann sah sie kurz aus dem Küchenfenster nach draußen. Viel war da nicht zu sehen, das Fenster ging zum Hinterhof des Blocks. Die Häuserzeilen schienen alle gleich zu sein, nur die Feuertreppen unterschieden die Vorderseite von der Rückseite.

Sie drehte sich wieder um, zog einen Stuhl herbei und setzte sich, wies Ilse an, sich auch zu setzen.

»Ilschen, meine Süße, ich kann nachvollziehen, wie es dir geht.«

Ilse zog einen Flunsch. »Das glaube ich nicht. Du hast mich doch nie verstanden.«

Ruth musste lachen. »Doch, das habe ich. Wir beide sind sehr unterschiedlich, und ich bin älter als du, so dass wir nie wirkliche Freundinnen waren – ich hatte meine Freundinnen und Interessen und du deine, und das hat sich nie richtig überschnitten. Außerdem sind wir vom Charakter her sehr unterschiedlich.«

»Das ist wohl wahr«, seufzte Ilse. »Onkel Hans nannte mich immer einen Maulwurf und dich Hans-Dampf-in-allen-Gassen. Ich bin aber kein Maulwurf.«

»Und ich bin kein Hans, und Gassen gibt es hier auch nicht – aber im Prinzip hatte er gar nicht so unrecht, wie so oft. Onkel Hans ist ein kluger Mann.« Ruth dachte mit Wehmut an Hans Aretz, den ehemaligen Chauffeur ihres Vaters, der ein Freund der Familie geworden war und nun schmerzhaft fehlte. Jemand wie Hans hätten sie hier gut gebrauchen können – aber er war in Krefeld, und somit mussten sie alleine klarkommen.

»Ilse«, Ruth sah ihre Schwester an und versuchte, ihre Worte sorgfältig zu wählen, »Vati hat immer alles geschafft. Er hat uns in Krefeld ein Heim gebaut, uns eine tolle Kindheit und Jugend ermöglicht.«

»Das stimmt – bis die Braunen kamen.«

Ruth nickte. »Genau, bis die Braunen kamen. Dann wurde alles anders für uns Juden.«

»Das ist so ungerecht.«

»Das ist es«, stimmte Ruth ihr zu. »Aber nun sind wir hier, in Chicago, in Amerika. Auf einem anderen Kontinent und weit weg von den Nazis.«

»Und jetzt fangen wir von vorne an, ja, ich weiß«, sagte Ilse voller Ernst.

»Ja …«, Ruth zögerte, gab sich dann einen Ruck. »Wir fangen neu an – das bedeutet aber ganz neu. Wir knüpfen nicht an unser altes Leben in Krefeld an, das geht gar nicht. Und wir werden nie wieder so leben wie in Krefeld.«

»Aber Vati wird eine Anstellung finden und wieder Geld verdienen«, sagte Ilse. »So wie früher.«

Ruth schluckte. »Ich hoffe, er findet eine Anstellung – aber hier ist kein Onkel Hans. Vati hat kein Auto mehr und keinen Chauffeur. Er wird hoffentlich eine Arbeit finden, aber ob wir uns jemals wieder ein Haus leisten können? Das weiß ich nicht.«

Ilse sah ihre Schwester mit großen Augen an. »Meinst du nicht?«

»Vati ist nicht mehr der Jüngste«, sagte Ruth zögernd. Dann beschloss sie, ehrlich zu sein. »Du hast mal gesagt, dass ich dich auf Augenhöhe behandeln sollte – erinnerst du dich?«

Ilse nickte.

»Dann tue ich das jetzt. Also – wir waren mal recht wohlhabend, nicht reich wie unser Nachbar Richard Merländer – erinnerst du dich an ihn?«

»Onkel Richard? Ja, er war ein wenig seltsam, aber er hat uns immer Eis und Süßigkeiten spendiert.«

»Onkel Richard war richtig reich – er hatte eine Fabrik. Vati hatte ein gutes Auskommen und kann gut mit Geld umgehen. Das wird uns jetzt auch zugutekommen – aber er wird hier nie so viel Geld verdienen können wie damals in Deutschland. Er spricht nur schlecht Englisch, er hat nicht die Beziehungen wie damals und … und er ist schon alt.«

Ilse senkte den Kopf. »Wir werden also hier in dieser Wohnung bleiben müssen?«, murmelte sie verzagt.

»Nicht bis zum Ende unseres Lebens, denke ich«, sagte Ruth ein wenig belustigt. »Wir sind noch jung. Ich werde mir bald eine Arbeit suchen, und du wirst zur Schule gehen – und danach eine Ausbildung machen. Du musst lernen, lernen und nochmals lernen. Je mehr du weißt, umso besser sind deine Aussichten.« Sie sah Ilse an. »Wir beide sind keine kleinen Kinder mehr, wir sind beide fast erwachsen, aber das bedeutet auch, dass wir Verantwortung übernehmen müssen. Bisher haben Mutti und Vati für uns gesorgt, jetzt müssen wir unseren Teil zum Familienleben beitragen.«

Ilse nickte. »Dann sollte ich mir vielleicht auch eine Arbeit suchen.«

»Du wirst zur Schule gehen, Ilse – das werde ich auch tun, sobald ich es kann. Unsere Cousine Doris besucht Abendkurse – was sie kann, kann ich auch. Bildung – das ist das wichtigste Gut, das wir haben können, glaub mir.«

»Ich habe Angst«, gestand Ilse. »Vor allem. Vor all dem Fremden.«

»Bald wird es nicht mehr fremd sein. Wirklich! Ich weiß das – ich hatte auch Angst, als ich nach England gekommen bin. Und ich war damals alleine. Wir haben immer noch uns.« Ruth nahm Ilses Hände, drückte sie fest und sah ihr in die Augen. »Wir haben uns! Vergiss das nicht.«

Wieder nickte Ilse. »Ja, wir haben uns! Und das ist auch gut so! Danke, Ruth.«

»Wir dürfen Vati nicht gram sein, ich fürchte, er macht sich schon so genügend Vorwürfe. Natürlich würde er wollen, dass wir auch hier gut und bequem leben können – aber manchmal ist das Leben kein Zuckerschlecken. Vielen Menschen geht es schlechter als uns.« Ruth stand wieder auf und spülte weiter. »Aber erst einmal müssen wir Ordnung in dieses Chaos bringen«, murmelte sie.

Bald hatten sie alles Geschirr gespült und verstaut. Die guten Gläser wollte Martha, so wie Ruth es vermutet hatte, in der Anrichte haben. Auch das gute Geschirr kam dorthin. In der Küche blieb das Alltagsgeschirr. Martha und Ruth sortierten die wenigen Lebensmittel, die Sofie für sie besorgt hatte.

»Ich muss dringend einkaufen gehen«, sagte Martha, als sie alle zusammen an dem kleinen Küchentisch saßen und den Rest der Hühnersuppe verspeisten. »Wir haben ja kaum etwas im Haus. Aber … wo geht man hier am besten einkaufen?«

»Sofie hat doch versprochen, heute Nachmittag vorbeizukommen«, sagte Karl. »Sie wird dir deine Fragen sicherlich beantworten können.«

»Wir haben gar nichts, was wir ihr anbieten könnten«, seufzte Martha.

»Das wird sie sicher nicht erwarten, Mutti«, sagte Ruth und lachte. Dann wurde sie wieder ernst. »Was an Sachen fehlt noch? Was ist noch unterwegs?«

»Der Esstisch, den hatten wir ja in Slough. Ein paar Kommoden auch. Die Stühle nicht – sie waren so klapprig, der Schreiner konnte sie ja nicht mehr ordentlich reparieren, nachdem die Braunen sie zerschlagen hatten«, zählte Martha auf. »Noch einiges an Haushaltsartikeln.«

»Aber außer dem Esstisch und den Kommoden kommen keine Möbel mehr?«

»Nein. Viele Dinge habe ich schon in Deutschland lassen müssen. Dafür hätten wir gar keinen Platz in Slough oder hier gehabt. Eine Wohnung ist kein Haus.«

»Umso weniger Zeug kann sich ansammeln«, meinte Karl.

Ilse sah ihn an und nickte. »Ich finde es gut, dass du die positiven Dinge siehst, Vati«, sagte sie.

Martha lachte auf. »Das stimmt. Lasst uns die positiven Dinge sehen.«

Nach der kleinen Mahlzeit machten sie weiter, doch bald schon klingelte es. Sofie Gompetz und Sarah Schwartz standen vor der Tür. Jede von ihnen trug einen gut gefüllten Korb.

Es gab ein lautes und fröhliches Willkommen, Sofie schaute sich anerkennend um. »Ihr habt ja schon viel geschafft«, sagte sie und stellte den Korb auf dem Küchentisch ab.

»Wir haben euch etwas mitgebracht«, sagte nun Sarah, nachdem sie Martha und Karl herzlich umarmt hatte. »Wir haben uns gedacht, dass alles im Moment noch sehr neu für euch ist und ihr vielleicht auch gar keine Zeit habt, um einkaufen zu gehen.«

»Das ist so lieb von euch.« Martha wischte sich verstohlen eine Träne von der Wange. »Ich weiß gar nicht, wie ich euch danken soll.«

»Tatsächlich wäre es aber schön, wenn du uns zeigen könntest, wo man hier am besten einkauft«, warf Ruth ein.

»Aber natürlich, mein Kind«, sagte Sofie und tätschelte Ruths Arm. »Sollen wir das morgen machen?«

»Das klingt gut.«

Sie packten die Einkäufe aus, schwatzten munter miteinander – sie hatten sich viel zu erzählen. Ruth und Ilse verließen die enge Küche. Ilse ging in das Zimmer der Mädchen und sortierte dort weiter ihre Sachen. Ruth setzte sich zu Karl auf das Sofa – er wirkte ein wenig verloren.

»Sofie hat gesagt, dass Walter und Heinrich nachher kommen.«

»Ja«, brummte Karl. »Ich hoffe das sehr. Walter wollte mir Adressen geben, wo ich mich bewerben kann.«

Ruth spürte seinen Unmut. Sie verstand, dass er sich nutzlos vorkam. »Was wird eigentlich aus dem kleinen Zimmerchen, wenn wir es leergeräumt haben?«, fragte sie.

»Mutti wird das entscheiden«, sagte Karl. »Sie denkt darüber nach, den Raum Ilse zu geben, so dass ihr beiden jeweils ein eigenes Zimmer habt.«

Ruth schluckte. »Der Raum ist klein, auch wenn er ein Fenster hat. Da passt vielleicht gerade mal ein Bett hinein und eine Kommode. Ich könnte ihn ja nehmen – Ilse wird einen Schreibtisch brauchen, wenn sie wieder zur Schule geht.«

»Sie kann ihre Hausaufgaben in der Küche oder im Wohnzimmer machen, wenn wir dort wieder einen Esstisch haben«, meinte Karl. »Das wird schon gehen.«

»Aber warum soll ich das größere Zimmer bekommen?«

»Weil du die Ältere bist, mein Schatz.«

»Warum nimmst du das Zimmer nicht? Ilse und ich können uns das Kinderzimmer teilen, das ist kein Problem. Wir haben ja schon ein Zimmer geteilt, als wir zu den Gompetz' ziehen mussten, und auch in Slough haben wir nur ein Zimmer gehabt. Das war in Ordnung.«

Für einen Moment dachte Ruth darüber nach. Tatsächlich hatte sie ihr Zimmer in ihrem Krefelder Haus geliebt. Ihre

Mutter hatte ihr viel Freiraum gelassen, und sie hatte es liebevoll gestaltet – mit Bildern, Vorhängen und Kissen, die sie selbst genäht hatte. Aber als sie nach der Pogromnacht zu den Gompetz' fliehen mussten, war es tröstlich gewesen, Ilse bei sich zu haben, und genauso hatte sie es in Slough empfunden. Obwohl sie wenig Gemeinsamkeiten mit ihrer kleinen Schwester hatte, war es doch beruhigend, jemand in der Nähe zu wissen. Vielleicht lag das daran, dass sie zu viele unsichere und bedrohliche Momente erlebt hatte. Im Moment wollte sie diese Nähe jedenfalls nicht mehr missen.

»Was soll ich denn mit einem Zimmer?«, brummte Karl missmutig. »Ich brauche eine Arbeit, keine Kammer.«

»Vati, du hattest immer dein Arbeitszimmer in Krefeld. Ilse und ich haben unser Zimmer, Mutti wird die Küche und das Wohnzimmer für sich in Beschlag nehmen. In euer Schlafzimmer passt nicht viel mehr als euer Bett – aber in der Kammer, wie du sie nennst, könntest du einen Sessel, ein paar Regale und ein Tischchen haben. Ein winziges Herrenzimmer. Ich finde, das ist eine gute Idee.«

Karl zog nachdenklich die Stirn in Falten, dann stand er auf, streckte sich ein wenig und ging zu dem kleinen Raum, der nur wenig größer als eine Abstellkammer war. Er öffnete die Tür, sah hinein, grummelte leise vor sich hin. Dann schloss er die Tür wieder und kam zurück zu Ruth. Er zog eine Zigarre aus seiner Westentasche, köpfte sie und zündete sie umständlich an.

Dann schaute er zu Ruth. »Ein Sessel würde sich dort gut machen. Aber ich fürchte, deine Mutter wird von einem kleinen Herrenzimmer wenig halten.«

Ruth lächelte. »Ich werde mit ihr reden«, versprach sie.

Die Freundinnen waren nicht nur zum Plaudern gekommen.

Nachdem sie ein Tässchen Kaffee getrunken hatten, krempelten sie die Ärmel hoch, und gemeinsam wurde die kleine Kammer weiter ausgeräumt.

Ruth und Ilse nahmen ihre persönlichen Sachen in Empfang und brachten sie in ihr Zimmer. Doch zunehmend fehlten die Möglichkeiten, etwas unterzubringen.

»Wir brauchen Regale«, sagte Ilse. »Ich wusste gar nicht, dass ich so viel in Krefeld eingepackt habe. Ich hatte sogar vergessen, dass ich diese Sachen habe.«

»Sie haben dir also nicht gefehlt?«, fragte Ruth.

»Jetzt, wo ich sie sehe, bin ich doch froh, dass Mutti sie verschickt hat.« Ilse nahm einen Stapel Bücher und legte ihn auf ihr Bett. »Das sind meine Lieblingsbücher. Und dort – die Stofftasche, die Omi mir genäht hat. Einige der Fotografien von früher – und hier in der Kiste, da sind die Sachen aus meinem Freundschaftsclub.« Sie sah Ruth an. »Du weißt schon, mein Samstagsclub mit Ursula und Hilde.«

Ruth erinnerte sich. Ilse war schon immer introvertiert gewesen. Sie hatte keinen großen Freundeskreis gehabt, war wenig weggegangen, und auch Sport hatte sie kaum getrieben – ganz anders als Ruth. Ilse las gerne, eigentlich hatte sie in jeder freien Minute ein Buch in der Hand. Wenn sie in eine Geschichte vertieft war, vergaß sie die ganze Welt um sich herum. Manchmal beneidete Ruth ihre Schwester dafür, so selbstvergessen sein zu können.

Aber es hatte immer Ursula und Hilde gegeben – Ilses beste Freundinnen seit der Grundschulzeit. Am Samstag, nach dem Gottesdienst, hatten sich die drei Mädchen immer getroffen – meist bei Ilse, da sie ein großes Zimmer hatte und Martha sie mit Plätzchen, Kakao und Limonade versorgte.

»Was ist mit den beiden?«, fragte Ruth leise. »Hast du noch Kontakt?«

Ilse schüttelte traurig den Kopf. »Anfangs habe ich ihnen jede Woche geschrieben und die Briefe auch abgeschickt – aber der Krieg hatte ja begonnen, und ich habe keine einzige Antwort erhalten. Ursulas Eltern wollten nach Spanien auswandern, dort haben sie Verwandtschaft. Aber ich weiß nicht, ob sie es noch geschafft haben. Hildes Mutter wollte in Krefeld bleiben. Sie hoffte, die Zeit zu überstehen, weil sie ja nur Halbjüdin und Hilde somit nur Vierteljüdin ist.«

Ilse hatte nie engen Kontakt zu ihren nichtjüdischen Klassenkameradinnen auf dem Lyzeum gehabt – das unterschied sie ebenso von Ruth. Ruth hatte viele Freundschaften in Krefeld gepflegt – auch zu ihren Mitschülerinnen, obwohl sie die einzige Jüdin in der Klasse gewesen war. Niemand in ihrer Klasse hatte sich daran gestört, und Ruth war immer eingeladen worden, auch als es verboten worden war. Doch sie hatte ebenfalls zu keiner mehr Kontakt.

»Mir fehlen die beiden«, gestand Ilse, so als hätte sie Ruths Gedanken gelesen. »Wir waren immer ein Herz und eine Seele. Solche Freundinnen werde ich nie wieder haben.«

»Sag niemals nie«, meinte Ruth. »Ich bin mir sicher, dass du hier Freundinnen finden wirst. Auch wenn es anders sein wird.« Ruth setzte sich zwischen ihre Sachen auf ihr Bett und schaute ihre Schwester an. »Ich habe vorhin mit Vati geredet, er kam mir so verloren vor.«

Ilse setzte sich auch, sah ihre Schwester an.

»Er meinte, dass Mutti möchte, dass du das Kämmerchen als dein Zimmer bekommst.«

»Da, wo jetzt noch alle Sachen drin sind?« Ilse sah sich um.

»Das Zimmer hier ist zwar nicht sehr groß, aber doch um einiges schöner als das Kämmerchen.« Sie räusperte sich. »Aber du möchtest ein eigenes Zimmer haben, nicht wahr? So wie früher.«

Ruth schüttelte den Kopf. »Wenn es so wäre, würde ich das Zimmerchen nehmen. Du brauchst schließlich bald einen Schreibtisch.«

»Ein Tischchen passt noch unter das Fenster«, überlegte Ilse. Dann sah sie ihre Schwester an. »Ich weiß, ich bin so viel jünger als du … aber können wir uns nicht das Zimmer noch eine Weile teilen?« Sie schluckte, holte Luft, schluckte wieder. »Ich fühle mich so viel sicherer, wenn ich weiß, dass du auch hier bist«, flüsterte sie.

Ruth stand auf, ging die paar Schritte bis zu Ilses Bett, setzte sich neben sie und nahm ihre Schwester in die Arme. »Weißt du was? Das geht mir genauso.«

Für einen Moment hielten sie sich fest. Dann kicherte Ilse. »Ich wette, in ein paar Wochen wirst du mich hassen. Dann bin ich wieder deine lästige kleine Schwester.«

»Das kann sein, aber das würde bedeuten, dass wir uns eingelebt haben und dass wir uns sicher fühlen. Und wenn das so ist, werde ich versuchen, mich an das Hier und Jetzt zu erinnern. Daran, warum ich mich zusammen mit dir gut aufgehoben gefühlt habe.«

»Danke, Ruth«, murmelte Ilse.

Noch einen Moment saßen sie schweigend nebeneinander, hielten sich an den Händen, dann standen sie auf und sortierten weiter.

»Einiges von den Sachen wollte ich unbedingt mitnehmen nach England«, sagte Ruth nachdenklich. »Aber es ging nicht.

Ich hatte ja schon die vielen Koffer mit unserer Aussteuer. Mutti war es so wichtig, dass ich die gute Wäsche mitnehme, da konnte ich nicht widersprechen.«

»Was sollen wir nur damit? Was hat sie sich dabei nur gedacht? Olle Bettlaken und Tischdecken.«

»Hmm«, machte Ruth nachdenklich. »Ich glaube, es war pure Verzweiflung. Als ich nach England gegangen bin, saß Vati im Gefängnis. Wir haben damals in der Wohnung von Tante Sofie und Onkel Walter gewohnt.« Die Gompetz' waren die besten Freunde der Familie, aber nicht mit den Meyers verwandt. Dennoch waren sie immer »Nenntante« und »Nennonkel« gewesen und würden es auch bleiben. »Mutti hatte diese Nervenzusammenbrüche und glaubte, dass wir uns nie wiedersehen würden. Sie war froh, dass wenigstens ich es aus Deutschland heraus schaffen würde.« Ruths Mund wurde ganz trocken bei der Erinnerung. »Und deshalb sollte ich die Aussteuer mitnehmen. Laken und Bettwäsche, die sie schon von ihrer Großmutter bekommen hatte, die viele fleißige Hände an vielen dunklen Winterabenden gesäumt und bestickt hatten. Die mit Spitze versehen ist, die Großtanten von uns gemeinsam vor dem Kamin geklöppelt haben.« Ruth schaute Ilse eindringlich an. »Es geht nicht darum, Betten zu beziehen oder Tische abzudecken, es geht darum, einen Teil der Familie zu bewahren. Mutti war davon überzeugt, dass auch sie ins Konzentrationslager kommen würde. Sie glaubte, sie würde dort sterben. Oder in Krefeld.«

Ilse biss sich auf die Lippe. »Ja, das habe ich auch befürchtet. Ich dachte nicht, dass ich dich wiedersehe. Und du? Wusstest du, dass wir es nach England schaffen würden? Warst du davon fest überzeugt?«

»Nein«, gab Ruth ehrlich zu. »Als ich losfuhr, wusste ich ja noch nicht einmal, ob ich es bis nach England schaffen würde. Ich hatte Angst, dass meine gefälschten Papiere auffliegen und sie mich direkt ins Gefängnis stecken würden. Das wäre vermutlich mein Ende gewesen.« Ruth sah sich suchend um. Tante Sofie hatte ihnen Coca-Cola mitgebracht, Ruth nahm die Flasche und trank einen großen Schluck der süßen, klebrigen Limonade. »Ich habe lange überlegt, immer wieder und wieder. Und habe abgewogen – die Risiken und die Chancen.« Sie trank nochmal, reichte dann die Flasche ihrer Schwester. »Die Risiken waren hoch, aber es war das Einzige, was ich damals tun konnte – und es gab diese eine Chance, dass ich euch nachholen können würde. Und diese Chance musste ich nutzen, selbst wenn ich damit mein Leben aufs Spiel gesetzt habe.«

Ilses Augen waren immer größer geworden. »So habe ich das noch gar nicht gesehen«, gab sie zu. »In meinen Augen hattest du uns damals im Stich gelassen. Du warst nach England gegangen, und ich musste mit Mutti alleine in Krefeld bleiben. Ich war erst dreizehn und heillos überfordert. Wäre Tante Finchen nicht gewesen, wäre ich so manches Mal am liebsten weggelaufen.«

»Es tut mir leid«, sagte Ruth leise. »Ich habe wirklich mit mir gehadert, ob ich dich und Mutti zurücklassen sollte – aber da Vati ja im Gefängnis war, musste ich es tun. Ich habe jedenfalls keinen anderen Ausweg gesehen.«

»Es hat sich ja als richtig erwiesen«, sagte Ilse und lächelte. »Ohne dich hätten wir nie die Papiere für die Einreise nach England bekommen. Dann wäre Vati nicht freigekommen, und wir säßen immer noch in Krefeld.« Ihre Miene verdunkelte sich; sie sah zu Boden. »Wie es wohl allen dort gehen mag?«

»Das weiß ich nicht, aber ich hoffe, dass sie irgendwie durch diese Zeit kommen werden.«

Bevor die Schwestern noch trauriger werden konnten, wurde die Tür zu ihrem Zimmer geöffnet, und zwei Mädchen stürmten herein.

»Endlich, endlich seid ihr hier!«, rief Anna Goldberg. »Ich habe es schon gestern gehört, wollte es aber erst glauben, wenn ich euch sehe.«

»Jetzt siehst du sie ja«, sagte Inge Hirsch fröhlich. »Da sind sie – Ruth und Ilse –, lebendig und in alter Pracht. Willkommen im neuen Land!«

Die Mädchen fielen sich in die Arme. Anna war so alt wie Ruth und hatte mit ihr zusammen Tennis gespielt. Inge war ein Jahr jünger, aber auch sie war oft mit den beiden zusammen gewesen – meist hatten sie sich am Samstag an der Synagoge getroffen. Den Unterricht hatte keins der Mädchen besonders ernst genommen, es war wichtiger, die anderen zu treffen, als etwas aus der Thora zu lernen.

Sie hatten sich viel zu erzählen, redeten aufgeregt durcheinander, stellten sich Fragen, warteten aber gar nicht auf die Antworten. Doch Ruth stellte fest, dass Ilse beklommen am Rand stand. Sie hatte nie zu dem Kreis gehört, hatte sich am Samstag immer nur mit ihren beiden Freundinnen, Ursula und Hilde, getroffen.

Ruth drehte sich zu Ilse um, zog sie zu sich in die Mitte. »An meine Schwester erinnert ihr euch ja auch?«

»Natürlich, Ilse, hallo!«

»Du bist ganz schön groß geworden«, sagte Inge erstaunt und lachte dann los. »Jetzt klinge ich schon wie meine Großtante – wie grässlich!«

»Wie lange haben wir uns jetzt nicht gesehen?«, fragte Anna. »Mir kommt es vor, als wäre es eine Ewigkeit her.«

»Ihr seid schon früh ausgewandert«, sagte Ruth und versuchte sich zu erinnern.

»1936 war das«, sagte Anna. »Vor vier Jahren. Aber es scheint ein halbes Leben zu sein.«

»Warum?«, fragte Ilse und senkte dann den Kopf.

Sie hat Angst, nicht angenommen zu werden, merkte Ruth. »Ja, warum?«, fragte auch sie.

»Weil ... alles so anders ist hier. Mein ganzes Leben hat sich verändert. Ich kann mich kaum noch an unser Leben in Krefeld erinnern.«

»Ist es besser oder schlechter hier?«, fragte Ilse nun mit etwas sicherer Stimme.

Anna und Inge schauten sich an, zuckten dann mit den Achseln. Familie Hirsch war Anfang 1938 nach Amerika gekommen, beide Familien hatten die Pogromnacht nicht erlebt und auch nicht, wie rasant sich die Lebenssituation für die Juden verschlechtert hatte.

»Es ist völlig anders als in Deutschland«, sagte Inge. »Die Schule ist anders, das Leben an sich – viel schneller und lauter. Hier leben wir in einer Wohnung, nicht in einem Haus. Ich kenne niemanden, der ein eigenes Haus hat. Aber das ist hier normal. Man macht viel zusammen, die Schule geht bis nachmittags, und danach trifft man sich noch. Wir machen viel Sport und gehen in einen Debattierklub. Jugendliche machen viel gemeinsam – aber es ist anders als in Deutschland.«

»Wir haben doch auch Sport gemacht«, sagte Ruth. »Tennis, Tischtennis – wir waren schwimmen und rudern ...«

»Ja, das war von der jüdischen Gemeinde und vom Kulturkreis organisiert. Aber hier wird Sport in der Schule gemacht, nicht als Fach, sondern als Freizeitaktivität«, versuchte Anna zu erklären. »Du wirst es schon sehen.«

Ruth schüttelte den Kopf. »Ich werde nicht mehr zur Schule gehen. Ich werde mir eine Arbeit suchen.« Sie versuchte, das mit voller Überzeugung zu sagen. Die Mädchen sollten nicht mitbekommen, wie sehr sie es bedauerte, nicht mehr zur Schule gehen zu können.

»Wirklich?«, fragte Inge und klang fast ehrfürchtig. »Eine richtige Arbeit?«

»Gibt es unrichtige Arbeit?«, neckte Anna sie. »Natürlich wird sich Ruth eine Stelle suchen.« Sie sah Ruth an. »Du bist ja älter als wir. Ich werde erst im nächsten Frühjahr mit der Schule fertig.«

»Und was hast du dann vor?«, fragte Ruth.

»Ich hoffe, ich kann zum College gehen – also studieren. Aber das steht noch in den Sternen, es ist teuer und … na ja …« Sie senkte den Kopf.

»Man bekommt zwar eine Arbeit hier, aber meist wird das nicht gut bezahlt«, erklärte Inge. »Jedenfalls nicht, wenn man ungelernt ist.«

»Gibt es denn keine Ausbildungsstellen?«

»Doch, natürlich. Aber es ist alles ein wenig anders als in Deutschland. Man kann sich hier hocharbeiten, dazu muss man nur fleißig sein.«

»Ich bin fleißig«, sagte Ruth fast trotzig. »Und ich kann anpacken – das habe ich in England bewiesen.«

»Hast du denn eine Vorstellung, was du machen möchtest?«, fragte Anna.

»Es ist mir erst einmal egal. Ich möchte etwas tun und natürlich Geld verdienen.«

»Ja, das ist das große Problem. Meine Mutti hat eine Stellung«, sagte Inge. »Meine Mutter.« Sie schluckte. »Ich hätte nie gedacht, dass sie einmal arbeiten geht – gehen muss. Es sind nur ein paar Stunden, aber wir brauchen ihr Einkommen.«

Ruth und Ilse sahen sich an. Würde Martha auch arbeiten gehen müssen? Fassungslos schüttelte Ilse den Kopf, und Ruth strich ihr beruhigend über den Arm. Sie konnte sich das nicht vorstellen.

»Was macht sie …«, wollte Ilse fragen, aber Sofie öffnete die Tür zum Zimmer und schaute zu ihnen herein. »Habt ihr Hunger, Mädels? Wir haben ein paar Häppchen vorbereitet.«

Da ein großer Esstisch fehlte, hatten die Frauen alles auf dem Küchentisch und der Arbeitsfläche als Büfett angerichtet. Es gab kleine Teller und Servietten, sie konnten sich die Sandwiches, Hackbällchen und die anderen Leckereien auf die Hand nehmen.

»Mutzen«, schwärmte Ruth und nahm gleich drei der fettgebackenen Plätzchen. »Mutzen habe ich nicht mehr gegessen, seit ich Krefeld verlassen habe.«

»Ich habe sie gebacken«, erklärte Else Hirsch stolz. »Das Rezept ist von meiner Mutter, und die hatte es von der Köchin meiner Großmutter.«

»Köstlich«, sagte Ruth. »Hach, wie ich das deutsche Essen manchmal vermisse.«

»Man kann hier fast genauso kochen wie in Deutschland«, erklärte Else ihr. »Es gibt hier viele Lebensmittel, die wir auch haben. Einiges ist anders – aber daran gewöhnt man sich. Und es gibt im Viertel auch koschere Läden, wo man einkaufen kann.«

»Ach«, winkte Sofie ab, »wer will denn koscher kochen? Die Läden sind überteuert. Man bekommt alles auch in anderen Läden – dann ist es eben nicht koscher, aber dafür erschwinglich.«

»Am Samstag werden wir in die Synagoge gehen«, sagte Martha entschieden. »Und wir werden am Freitag die Sabbatkerzen anzünden – wenn ich sie finde.«

»Der Samstag ist hier ein regulärer Arbeitstag.« Sofie zog die Augenbraunen hoch. »Wir können hier den Sabbat nicht so einhalten. Aber es reicht ja, wenn man daran denkt und die Gebete spricht.«

»Geht ihr nicht in die Synagoge?«, fragte Martha. »Du hast doch gesagt, dass es hier eine gute Gemeinde gibt.«

»Doch, doch, wenn es geht, dann schon. Aber eben nicht immer.«

»Wir Frauen treffen uns oft in den Gemeinderäumen. Es gibt einen Chor, es gibt eine Thoragruppe und andere Aktivitäten.«

Ruth ging langsam durch das Wohnzimmer, in dem sich kleine Grüppchen gebildet hatten. Es gab nicht genügend Stühle, und kurzerhand hatte sie die großen Koffer und einige Kisten aus dem Kämmerchen geholt und umfunktioniert. Sie lauschte den angeregten Gesprächen und war froh, dass ihre Eltern plötzlich so befreit wirkten.

Die Freunde blieben lange, und so manches Glas Alkohol wurde geleert. Als sie gingen, blieben noch Sofie und Walter und halfen ihnen aufzuräumen.

Ruth hatte heißes Wasser in die Spüle gefüllt und spülte die

Gläser und das Geschirr. Ilse wollte ihr wieder beim Abtrocknen helfen, aber sie wankte fast vor Müdigkeit.

»Geh ins Bad und dann zu Bett«, sagte Ruth und lächelte. »Kann es sein, dass du etwas getrunken hast?«

»Hmmm« machte Ilse und grinste verschmitzt, »nur ein wenig.«

»Was denn? Sherry? Oder vom Sekt?«

»Von allem etwas«, nuschelte Ilse und kicherte.

»Dann solltest du jetzt schleunigst ins Bett gehen.«

Auch Sofie und Walter verabschiedeten sich. Ruth und Martha versicherten ihnen, dass sie den Rest ohne weiteres alleine schaffen würden.

»Morgen gehen wir einkaufen«, versprach Sofie.

Ruth folgte ihr bis in den Flur, hielt sie kurz zurück. »Hast du zufällig eine Kopfschmerztablette?«, flüsterte sie der mütterlichen Freundin zu.

Sofie langte in ihre Handtasche. »Ich habe immer Alka-Seltzer dabei, Schätzchen, aber ich bin mir sicher, deine Mutter hat auch welche.« Sie nahm ein Fläschchen hervor und schüttelte drei Tabletten in ihre Hand. »Warum fragst du sie nicht?«

»Es ist nicht für mich«, wisperte Ruth, »sondern für Ilse – für morgen früh. Ich fürchte, Ilschen wird einen Kater haben …«

Sofie nickte und drückte Ruth die Tabletten in die Hand. »Das kann ja mal passieren, und Martha muss es nicht wissen. Falls sie Verdacht schöpft, erzähl ihr etwas davon, dass sich deine Schwester erst noch daran gewöhnen muss, auf der anderen Seite der Erde zu wohnen.« Sofie zwinkerte Ruth zu und ging.

Kapitel 6

»Oh. Oh!«, stöhnte Ilse.

Ruth schaltete das kleine Nachtlicht an und schaute besorgt zu ihrer Schwester. Es war mitten in der Nacht, Ruth war wach geworden, weil sich Ilse plötzlich sehr unruhig im Bett hin und her wälzte.

»Ist dir schlecht?«, fragte Ruth sachlich.

»Hmmhmm«, murmelte Ilse.

»Neben deinem Bett steht ein Eimer«, flüsterte Ruth und stand auf. »Versuch möglichst leise zu sein, wir wollen die Eltern ja nicht unbedingt wecken.« Leise öffnete sie die Tür, huschte in den Flur und kam bald darauf mit einem Glas kaltes Wasser zurück.

»Hier, versuch, einen Schluck zu trinken und diese Tablette zu schlucken.«

»Mir ist schlecht«, jammerte Ilse. »Und alles dreht sich.«

Ruth stopfte ihr ein weiteres Kissen unter den Kopf, so dass Ilse etwas höher lag, und gab ihr die Tablette.

»Trink!«, sagte sie wieder. »Nur kleine Schlucke. Und versuch einen Punkt an der Wand zu finden, auf den du gucken kannst – da vorne ist ein Nagel, siehst du ihn?«

»Nein …«

Ruth fiel ein, dass ihre Schwester stark kurzsichtig war. Auch nüchtern hätte sie den Nagel nicht gesehen. »Schau zur Kommode, die siehst du doch?«

»Ja, ich glaube schon«, stöhnte Ilse. »Werde ich sterben?«

Ruth lachte leise. »Nein, aber vermutlich wirst du morgen höllische Kopfschmerzen bekommen.« Wieder reichte sie ihrer Schwester das Glas. Dann ging sie zum Fenster, schob es nach oben. Dass es hier Schiebefenster gab, fand sie faszinierend – so etwas gab es in Deutschland nicht. Es hatte sich etwas abgekühlt, und die Luft vom Michigansee zog durch die geraden Straßenzüge. Immer noch waren Leute unterwegs, das schien hier wohl Normalität zu sein, mutmaßte Ruth.

Ilse hatte die Augen gegen den Rat ihrer Schwester nun geschlossen und atmete unruhig.

»Versuch, ganz ruhig und tief Luft zu holen«, riet Ruth ihr.

»Wieso?«, murmelte Ilse.

»Weil es dann besser wird.«

»Woher …?«

»Woher ich das weiß?« Wieder lachte Ruth leise. »Aus Erfahrung, Schwesterlein, aus Erfahrung. Auch ich habe auf einem Fest heimlich die Reste aus den Gläsern getrunken – das habe ich einmal gemacht und dann nie wieder. Mir ging es ganz schrecklich danach.« Sie verschwieg Ilse, dass sie auf mancher Feier das eine oder andere Glas Wein, Sekt oder Likör getrunken hatte. Das war in ihrem Freundeskreis sehr schick gewesen. Doch Ruth hatte schnell gelernt, wie viel sie vertrug und wann sie besser aufhören sollte. Ein kleiner Schwips war ja lustig, aber betrunken zu sein war es nicht. Sie hatte ein paar sehr peinliche Situationen mit Freundinnen, die kein Maß halten konnten, erlebt und sich geschworen, dass ihr das nie passieren würde. Und genauso wollte sie dafür sorgen, dass ihre Schwester diese Einsicht auch bekam.

»Nie wieder …«, stöhnte Ilse. »Ich wusste nicht, dass es einem danach so schlecht geht.«

»Trink noch einen Schluck Wasser. Morgen wirst du Kopfschmerzen haben, aber ich habe noch Alka-Seltzer, das hilft.«

»Ich werde nie wieder aufstehen können«, jammerte Ilse.

»Das glaube ich nicht. Es wird besser – hol tief Luft.«

Nach einer Weile wurden Ilses tiefe Atemzüge, die sie erst hastig tat, immer ruhiger und entspannter. Sie schlief wieder ein.

Ruth legte sich in ihr Bett, löschte das Licht und lauschte den Geräuschen der Stadt. Morgen würde sie anfangen, die Nachbarschaft zu erkunden. Sie freute sich darauf.

Am nächsten Morgen lag Ilse zusammengerollt in ihrem Bett, hatte die Decke über den Kopf gezogen.

»Wie geht es dir?«, fragte Ruth leise und streckte sich. Obwohl es noch früh war, lag ein stickiger Dunst über der Stadt. Es würde wieder ein heißer Tag werden.

»Lass mich«, sagte Ilse leidend.

Ruth zuckte mit den Schultern. »Na gut. Ist dir noch schlecht?«

»Hmmm.«

»Ist das ein Ja-hmmm oder ein Nein-hmmm?«

»Es geht so.«

»Meinst du, du brauchst den Eimer noch? Sonst bringe ich ihn lieber schnell weg, bevor Mutti etwas merkt.«

»Kann weg.«

Mutti wird es merken, sagte sich Ruth. Ich werde versuchen, ihr irgendeine Geschichte zu erzählen.

Leise brachte sie den Eimer ins Badezimmer, schlich sich dann in die Küche. Doch Martha war schon wach und versuchte, die Aufschrift auf einem Karton zu entziffern.

»Guten Morgen, Mutti.«

»Du bist schon wach?« Martha gab Ruth einen Kuss. »Was ist das? Sofie hat es gebracht.«

Ruth nahm den Karton, schaute kurz darauf. »Das sind Cornflakes. Man isst sie zum Frühstück«, erklärte sie. »Zumindest hier und in England. So, wie wir Haferflocken essen. Nur anders …« Ruth musste selbst über ihre Erklärung lachen. Sie schaute sich um. Gestern Abend hatte sie zwar das meiste Geschirr gespült, aber einiges stand noch auf dem Küchentisch. Es sah fast so chaotisch aus wie am Tag zuvor.

»Wir brauchen dringend einen größeren Tisch, einen Esstisch.« Schnell begann sie die Sachen wegzuräumen, während Martha Kaffee aufsetzte.

»Ich hoffe, die Sendung aus England kommt bald. Aber wir können nicht wochenlang warten. Ich werde heute mit Sofie losgehen und einen Esstisch kaufen. Und einige andere Dinge auch. Wir müssen uns ja einrichten.«

»Darf ich mitkommen?«, fragte Ruth.

»Mir wäre es lieber, wenn du und Ilse die Kammer weiter ausräumt und die Sachen sortiert. Ilse soll das Zimmerchen haben.«

»Das hat Vati gestern schon gesagt«, meinte Ruth zögernd. Dann sah sie Martha an. »Ich habe mit Ilse darüber gesprochen – wir möchten im Moment das Zimmer weiter teilen.«

»Bitte? Das meinst du doch nicht ernst? Du bist erwachsen, Ilse ist noch ein Kind. Ihr werdet euch in Nullkommanichts streiten.«

»Wir haben in der Wohnung der Gompetz' ein Zimmer geteilt und in Slough auch – ja, wir haben uns manchmal gestritten, aber gar nicht so oft.«

»Ilse wird zur Schule gehen und braucht einen Schreibtisch.«

»Dann sollte ich lieber das Kämmerlein nehmen, viel mehr als ein Bett passt dort doch nicht hinein.«

»Aber … aber du bist älter«, sagte Martha und klang fast schon hilflos.

»Was hat das denn damit zu tun? Wir sind ja kein Königshaushalt, und ich bin keine Thronerbin, Mutti«, sagte Ruth und lachte. Dann sah sie ihre Mutter wieder ernster an. »Ich hatte eine andere Idee – kann nicht Vati das Zimmer haben?«

»Vati? Wofür?« Martha sah sie verdattert an.

»Wir könnten ihm dort ein kleines Herrenzimmer einrichten – du weißt schon – mit zwei Sesseln, einem Tischchen mit Aschenbecher und Zigarrenkiste, einem Regal für seine Bücher und … und vielleicht einer kleinen Bar?«

Martha runzelte die Stirn und wandte sich ab. »Darüber muss ich nachdenken. Ich glaube nicht, dass er das braucht. Wir haben ja das Wohnzimmer.«

Ruth sagte nichts weiter, sondern deckte den Tisch. Sie kochte Eier – zwei harte, eins für Martha und eins für Ilse, und zwei wachsweiche für Karl und für sie. So mochten sie ihre Eier am liebsten.

»Hast du irgendwo einen Zettel?«, fragte sie ihre Mutter.

»Im Wohnzimmer ist ein Notizblock. Warum?«

»Ich will eine Einkaufsliste schreiben, wir haben jetzt nur noch zwei Eier. Und nur dieses komische weiche Brot. Es wird hier doch sicherlich einen Bäcker geben.« Ruth holte den Notizblock, und gemeinsam überlegten sie, was noch eingekauft werden musste, und schrieben es auf.

Ilse erschien nicht zum Frühstück. Ruth ging in das Zimmer der Mädchen. Immer noch lag ihre Schwester zusammengekrümmt im Bett.

»Mein Kopf«, jammerte sie. »Ich glaube, er platzt.«

Ruth gab ihrer Schwester ein weiteres Alka-Seltzer. »Versuche viel zu trinken«, riet sie Ilse und stellte einen Krug mit Wasser auf das Nachttischchen. »Und schlaf noch ein bisschen, dann wird es nachher besser.«

»Ich glaube dir nicht, ich werde sterben.«

»Niemand stirbt an einem Kater.« Ruth schmunzelte und zog die Vorhänge zu.

»Was ist mit Ilse?«, fragte Karl, als Ruth in die Küche zurückkehrte.

»Ihr geht es nicht gut«, sagte Ruth. »Ihr ist schwindelig, und sie hat Kopfschmerzen. Ich habe ihr gesagt, dass sie versuchen sollte, noch ein wenig zu schlafen.«

»Sie wird doch nicht krank werden?«, fragte Martha besorgt.

»Das glaube ich nicht. Wahrscheinlich sind es nur die Aufregung und die ganzen Umstellungen der letzten Tage, die sich jetzt bei ihr bemerkbar machen.« Ruth überlegte kurz, ob sie nun gelogen hatte. Im Prinzip verschwieg sie nur einen Teil der Wahrheit, stellte sie erleichtert fest.

»Das kann gut sein«, brummte Karl. »Meistens kommt man ja irgendwie durch anstrengende Situationen hindurch, merkt aber erst, wie viel Kraft es gekostet hat, wenn die Anspannung nachlässt. Und wir hatten aufregende Tage.«

»Die sind ja noch nicht zu Ende«, sagte Ruth und nahm sich eine Scheibe Brot. »Ich hoffe, es gibt einen guten Bäcker in der Nähe. Das Brot ist so weich, man könnte es fast lutschen.«

Martha schaute Ruth nachdenklich an und kniff ein wenig

die Augen zusammen. »Erschöpfungszustand? Kopfschmerzen?« Sie klang skeptisch, und Ruth senkte schnell den Blick.

Nach dem Frühstück schaute Martha nach Ilse. Ruth räumte den Tisch ab und spülte das Geschirr. Nervös versuchte sie in Richtung Mädchenzimmer zu lauschen, aber sie konnte nichts hören. Schließlich kehrte Martha zurück.

Sie schaute Ruth an, räusperte sich. »Hättest du gestern nicht ein wenig mehr auf deine Schwester achten können?«, fragte sie. Ruth konnte den Vorwurf in ihrer Stimme nicht überhören.

»Ich habe es nicht mitbekommen«, gab sie zu. »Ilse ist fünfzehn, sie braucht doch kein Kindermädchen mehr.«

»Du bist ihre große Schwester und hast sehr viel mehr Lebenserfahrung als Ilse. Ich würde mir wünschen, dass du ein wenig mehr auf sie achtest. Vor allem jetzt und hier – in diesem neuen Land.«

Ruth verdrehte die Augen, jedoch so, dass es Martha nicht sah. »Ja, Mutti«, sagte sie ergeben. »Ich werde mir Mühe geben. Aber ich kann ja nicht immer hinter ihr herdackeln und schauen, was sie gerade macht.«

»Das weiß ich, ich möchte ja auch nur, dass du ein wenig auf sie achtgibst.« Martha tätschelte Ruths Arm versöhnlich. Dann schmunzelte sie. »Schließlich weißt du ja, was passiert, wenn man zu viel trinkt.«

Ruth drehte sich um und sah ihre Mutter erstaunt an. »Ich?«, fragte sie und hoffte, es klang unschuldig genug.

»Nun, ich kann mich an eine Feier in unserem Haus erinnern. Da hast du heimlich alle Reste aus den Gläsern genascht.«

»So heimlich war das dann wohl doch nicht, wenn du es weißt.«

»Ich habe dich beobachtet«, sagte Martha und lachte

»Warum bist du nicht eingeschritten?«, wollte Ruth wissen.

»Ich dachte, du solltest diese Erfahrung machen, dachte, es würde eine gute Lektion sein. Das war es wohl auch, ich habe dich danach jedenfalls nie wieder wirklich betrunken gesehen.«

»Ja, es war heilsam, und ich denke, das ist es nun für Ilse auch.«

Martha nickte. »Ja, aber sie ist … noch so jung. Und so anders als du. Ilse scheint sich durch ihr Leben zu träumen, während du dich der Realität stellst.«

»Mit fünfzehn habe ich mich auch noch durch mein Leben geträumt«, wandte Ruth ein.

»Nein, du warst immer anders. Offener. Damals hattest du Kurt und warst sehr in diese erste Liebe vertieft. Bei Ilse sehe ich so etwas noch nicht mal im Ansatz.«

»Ilse ist tatsächlich anders als ich – aber nicht unreifer. In wen hätte sie sich in den letzten anderthalb Jahren verlieben sollen und wie? Es gab ein Versammlungsverbot, der jüdische Kulturverein musste seine Arbeit einstellen, und noch nicht mal unser Häuschen an den Niepkuhlen konnte sie nutzen, um dort Freunde zu treffen. Und dann seid ihr nach England gekommen. Wir alle waren seit Monaten auf Abruf – wir sind erst jetzt angekommen. Es gab keine Freunde, keine Jungs, in die Ilse sich hätte verlieben können.«

»So habe ich das noch gar nicht gesehen«, sagte Martha nachdenklich. Dann sah sie Ruth an. »Aber vielleicht ist das auch gar nicht so schlimm. In dieser Zeit hätte Ilse den ganzen Herzschmerz, den du erlebt hast, nicht auch noch gebrauchen können.« Sie stockte kurz. »Hast du … eigentlich noch Kontakt zu Kurt?«

Ruth schüttelte den Kopf. Es hatte sie verwirrt zu hören, dass die Glimmichs, Kurts Familie, in einem Vorort von Chicago wohnten. Eigentlich hätte sie das wissen müssen, denn Glimmichs hatten immer vorgehabt, nach Chicago zu ziehen. Nur Kurts Traum war Kalifornien gewesen. Lebte Kurt, ihre einstige große Liebe, auch in Chicago? Ruth fühlte in sich hinein, ein wenig wummerte ihr Herz, aber im Bauch kribbelte es nicht. Sie erinnerte sich daran, wie sie sich früher gefühlt hatte, wenn sie an Kurt dachte. Das innige, vertraute Gefühl war verschwunden. Kurt war jemand aus ihrer Vergangenheit, der eine wichtige Rolle in ihrem Leben gespielt hatte, dies aber nun nicht mehr tat. Es beruhigte sie, als sie sich darüber klar geworden war. Nichts wäre schlimmer gewesen, als das neue Leben mit altem Liebeskummer zu beginnen.

»Darf ich denn wenigstens gleich mitkommen, wenn ihr Lebensmittel einkaufen geht?«, lenkte Ruth ab.

Martha überlegte nur kurz und schüttelte dann den Kopf. »Mir wäre es lieber, wenn du hier bleiben und auf Ilse aufpassen würdest. Und auf Vati. Ich glaube, er hat wirklich Schwierigkeiten damit, sich hier einzufinden.«

Ruth biss sich auf die Lippen und unterdrückte ein entnervtes Aufstöhnen. »Wir haben uns alle noch nicht eingefunden, wie auch, Mutti? Hier beginnt ein ganz neues Leben, in einer Stadt, die wir nicht kennen, mit einer Sprache, die wir noch nicht sicher sprechen. Alles hat sich für uns verändert. Nicht nur für Vati. Der Umzug hierhin war wie ein Sprung in eiskaltes Wasser. Es ist doch kein Wunder, dass wir alle Gänsehaut haben.«

»Damit hast du sicher recht«, sagte Martha resolut. »Deshalb müssen wir uns jetzt damit arrangieren, und ich fände es gut, wenn du deine Familie – deine Schwester und deinen Vater – dabei unterstützen würdest. Gleich kommt Sofie. Ich gehe jetzt und mache mich fertig.«

Ruth schaute ihr sprachlos hinterher. Dann schüttelte sie den Kopf und wischte mit dem Tuch über den kleinen Küchentisch und den Herd. Zufrieden schaute sie sich dann in der Küche um, endlich war der kleine Raum aufgeräumt und sauber. Zum Glück gab es hier keinen großen Holzofen, und es hingen auch keine Schweinehälften in der Ecke, so wie auf dem Hof der Sandersons. Bei dem Gedanken daran schauderte sie. Auf dem Herd stand noch die Kanne mit einem Rest Kaffee, den Ruth nun genüsslich trank. Der Kaffee aus dem gemahlenen Pulver, den man nur mit heißem Wasser aufgießen musste, war zuerst gewöhnungsbedürftig gewesen, aber er schmeckte tatsächlich nach Bohnenkaffee und nicht nach Muckefuck oder einem anderen Aufguss. Auch schien er die belebende Wirkung zu haben, die Kaffee nun einmal hatte. Nur dafür liebte sie es, in Amerika zu sein – obwohl ihr andere Aspekte inzwischen nicht mehr so glorreich erschienen.

In den letzten Tagen sind einfach zu viele neue und unbekannte Dinge passiert, die ich erst einmal einordnen und bewerten muss, analysierte Ruth ihre Gedanken. Manche Dinge verstehe ich noch nicht, vieles habe ich mir anders vorgestellt. Vom wahren Leben hier habe ich schlicht noch keine Ahnung, ich habe ja noch nicht einmal einen Fuß vor die Tür gesetzt, und so wie es aussieht, dachte sie missmutig, werde ich das heute auch nicht.

Dabei war sie so neugierig, so gespannt auf die Stadt, auf das Leben hier.

Es läuft mir ja nicht davon, sagte sie sich. Auch morgen wird die Stadt noch da sein, und Mutti wird mich nicht ewig einsperren können.

Aber einige Dinge, die ihre Freundinnen Ruth gestern erzählt hatten, machten sie sehr nachdenklich. Nach der Schule kam hier das College, und dafür musste man bezahlen. Im College erwarb man einen Abschluss und konnte danach noch speziellere Studiengänge besuchen. So zumindest hatte Ruth es verstanden. Es gab Stipendien, aber dafür brauchte man einen Schulabschluss. Ruth jedoch hatte keinen Abschluss. Ein Studium oder eine gute Ausbildung schienen ihr im Moment verschlossen zu sein. Andererseits war dies das Land der großen Möglichkeiten, und man konnte sich immer hocharbeiten, hatte Anna Goldberg ihr versichert.

»Wie sehe ich aus?«, unterbrach Martha Ruths Gedanken. »Ich wusste nicht so recht, was ich anziehen sollte«, sagte sie unsicher. Sie trug ein Sommerkleid. Ruth hatte vor einigen Wochen noch einen neuen Kragen angenäht, aber dennoch sah man, dass das Kleid nicht der neusten Mode entsprach.

»Gut siehst du aus.«

Martha sah sie an, kniff die Augen zusammen. »Du lügst, aber das machst du, um mich nicht zu verletzen«, stellte sie fest.

»Ich glaube, es ist nicht unsere größte Sorge, dass wir nicht nach der neusten Mode gekleidet sind, Mutti. Ich glaube auch nicht, dass jeder hier in Amerika immer neue Kleidung hat. Es ist doch egal – das Kleid ist sauber, es sitzt gut, und es steht dir.«

Nun lächelte Martha erleichtert.

Schon bald kam Sofie, und auch sie bestärkte Martha und meinte, dass Kleidung im Moment erst einmal nachrangig sei. Lachend und plaudernd verließen die beiden die Wohnung. Ruth hörte die Tür ins Schloss fallen. Ilse war noch im Bett,

Vati saß im Wohnzimmer und sortierte verschiedene Unterlagen. Ruth setzte sich auf den Küchenstuhl und sehnte sich danach, ebenfalls hinauszugehen. Aber auch sie hatte das Problem mit der Kleidung. Sie war im letzten Jahr noch ein wenig gewachsen, und die meisten Blusen und Kleider saßen nicht mehr wirklich gut. In England hatte sie das nicht wirklich gestört, dort galt es im Moment als schick, alte Kleidung mit einem neuen Kragen und ein paar kleinen Änderungen aufzutragen, aber in Amerika war der Krieg weit weg.

Es ist egal, sagte Ruth sich und straffte die Schultern. Ich werde eine Arbeit finden, und dann kann ich mir auch neue Kleider kaufen. Entschlossen stand sie auf, setzte Wasser auf und kochte neuen Kaffee. Als er fertig aufgebrüht war, brachte sie Karl eine Tasse, und dann ging sie in die kleine Kammer, um weiter aufzuräumen.

Ein paar Stunden später kehrten Sofie und Martha erschöpft zurück von ihrem Einkauf. Erleichtert stellte Ruth fest, dass Martha alles bekommen hatte, was auf ihrer Lebensmittelliste stand. Martha hatte aber auch Kuchen mitgebracht und ein paar Flaschen Coca-Cola und Limonade.

»Stell sie in den Kühlschrank«, bat sie Ruth. »Und hole uns einen Krug Wasser. Wir sind fast verdurstet.« Sie fächelte sich Luft zu. »Es ist unerträglich heiß in den Straßen.«

Karl räumte schnell den Wohnzimmertisch frei. »Und?«, fragte er dann. »Hast du etwas bekommen?«

»Wir haben eine Menge bekommen«, erzählte Sofie stolz. »Die Sachen werden morgen geliefert. Du wirst Augen machen.«

»Eine Menge?« Karl zog die Stirn in Falten.

»Nun schau nicht so«, sagte Martha vergnügt. »Du hättest

mitkommen sollen. Es ist phantastisch, was man hier alles bekommen kann. Es gibt so viele Geschäfte, ich konnte mich fast gar nicht entscheiden.«

»Was hast du denn gekauft?«, fragte Ilse neugierig. Sie war irgendwann aufgestanden, hatte ein Bad genommen und etwas gegessen. Nun war sie zwar noch ein wenig blass um die Nase, aber immerhin wieder munter.

»Einen Tisch und Stühle, einen Schreibtisch für dich, Ilse, zwei Sessel und ein paar Regale. Außerdem noch Lampen, Kissen und ein paar hübsche Bilder«, erzählte Martha stolz. »Wir brauchen natürlich noch mehr Sachen, aber ein Anfang ist gemacht.«

»Aber … wollten wir nicht auf die Sachen aus England warten?«, wandte Karl ein. »Du wolltest nur das Nötigste besorgen.«

»Das ist das Nötigste, mein Lieber.«

»Sie hat recht«, sagte Sofie. Sie trank ihr Glas leer und stand dann auf. »Ihr braucht doch Möbel. Ich muss jetzt gehen – wir sehen uns morgen. Es war ein schöner Tag, meine Liebe. Es ist so schön, dass ihr hier seid.« Sie nahm ihre Handtasche, küsste Martha und Karl auf die Wangen, winkte Ruth und Ilse zu und ging.

Karl saß schweigend auf dem Sofa, er runzelte erneut die Stirn und sah Martha an.

»Komm, Ilse«, sagte Ruth schnell. »Wir gehen in die Küche und schauen mal, was wir zu essen kochen können.«

Ilse schaute von Karl zu Martha und folgte dann ihrer Schwester eilig.

»Vati ist böse«, sagte Ilse verschüchtert. »Warum?«

»Das weiß ich nicht genau, und es geht uns auch nichts an«,

sagte Ruth und schloss die Küchentür. »Lass uns mal nachsehen, was Mutti eingekauft hat.«

Aber obwohl sie die Küchentür geschlossen hatte, konnten sie die lauten Stimmen hören.

»Wie konntest du nur so viel Geld ausgeben?«, fragte Karl empört. »Das hatten wir so nicht vereinbart.«

»Es ist nicht viel Geld, und wir brauchen die Sachen«, verteidigte sich Martha.

»Kissen? Wir brauchen keine Kissen. Und unser Esstisch wird doch noch kommen.«

»Natürlich brauchen wir Kissen. Es sieht hier aus wie in einem Wartezimmer und nicht wie in einem Wohnzimmer.«

»Martha, es kommen noch Sachen aus Europa. Du wirst noch alle Zeit der Welt haben, um es hier gemütlich zu machen. Wir brauchen im Moment weder Tische noch Kissen.«

»Woran sollen wir denn sitzen und essen?«

»Bisher ging das doch in der Küche.«

»Aber nicht, wenn wir Gäste haben. Ich weiß gar nicht, was das nun auf einmal soll? Du hast doch sonst nie etwas gesagt, wenn ich etwas gekauft habe. Du warst mit allem einverstanden. Denk doch mal an die Zeit, als wir in Krefeld gebaut haben – hätte ich da jedes Mal von dir eine Erlaubnis einholen müssen, wäre das Haus heute noch nicht eingerichtet.«

»Du hast das damals wunderbar gemacht. Das habe ich dir immer wieder gesagt. Und ja – ohne dich wäre das Haus nie so schön geworden, wie es war, Liebes. Aber das waren andere Zeiten.« Karl stockte, sammelte sich. »Jetzt ist alles anders. Wir haben nicht mehr viel Geld. Wir können nicht mehr einfach so darauf los leben. Das meiste unserer Ersparnisse ist inzwischen weg. Ein wenig Geld ist noch in Holland bei den Kruitsmans, aber ob wir das jemals sehen werden, steht in den Sternen.« Wieder holt er tief Luft. »Ich muss eine Arbeit finden, und zwar dringend. Hier müssen wir Miete bezahlen – jeden Monat. Und Wasser und Strom und andere Dinge. Wir haben laufende Kosten, und die werden mehr und nicht weniger werden. Uns steht das Wasser bis zum Hals. So sehr ich es dir gönne, hier ein Zuhause zu schaffen, eine neue Heimat, in der wir uns wohlfühlen können – so sehr muss ich dich jedoch bitten, das Geld zusammenzuhalten.«

Ruth und Ilse hörten Martha aufschluchzen. Die Mädchen sahen sich entsetzt an, und Ilse wollte zur Tür laufen, aber Ruth hielt sie zurück und schüttelte stumm den Kopf.

»Ach, Karl, das ist alles so schrecklich … ich gehe in die Läden und mache die Käufe rückgängig. Ich habe einfach vergessen, wie unsere Lage ist, und wollte ein Stück der alten Normalität – aber das ist ja nicht möglich«, sagte sie und weinte.

»Ist schon gut«, beruhigte Karl sie. »Ich bin dir ja nicht böse und weiß auch, dass du das für uns getan hast. Aber wir müssen nun wirklich rechnen und aufpassen. Ich hoffe sehr, dass ich schnell eine Anstellung finde und dass dann alles wieder einfacher wird. Und natürlich machst du die Einkäufe nicht rückgängig – aber bitte warte ab jetzt, bevor du etwas Neues kaufst, und besprich es mit mir.«

»Ich war so schrecklich gedankenlos …«

»Alles wird gut, Liebes. Wir schaffen das schon!«

Ruth glaubte, trotz der ermutigenden Worte Zweifel in Vatis Stimme gehört zu haben.

»Ich wusste nicht, dass wir jetzt arm sind«, flüsterte Ilse entsetzt. »Dass wir nicht mehr so viel Geld haben wie früher – das war mir schon klar, aber Vati sagte, wir sind fast mittellos.«

»Mach dir nicht so viele Gedanken, Ilse«, versuchte Ruth sie zu beruhigen. »Es wird sich alles finden.«

Aber vor allem, dachte sie, müssen wir Arbeit finden – Vati und ich.

Am Nachmittag kam Walter Gompetz und brachte Karl eine Liste. »Hier sind die Namen von einigen Firmen und Geschäften, die Leute einstellen.«

Ruth kam dazu. »Gibt es da auch etwas für mich?«

»Schau, ich habe dir auch ein paar Adressen aufgeschrieben«, sagte Walter. »Es werden immer Kräfte gesucht, die arbeiten können und wollen.«

»Ich kann und will arbeiten, ich will Geld verdienen«, sagte Ruth und straffte die Schultern.

Walter nickte, dann senkte er den Kopf. »Es gibt viele Arbeitssuchende in der Stadt. Es sind auch etliche Flüchtlinge hier, wie in fast jeder Großstadt im Land – das drückt natürlich die Preise.«

»Das ist egal«, sagte Karl. »Ich brauche eine Arbeit und nehme, was ich bekommen kann.« Er sah Ruth an. »Gehen wir zusammen?« Seine Stimme klang ein wenig unsicher.

Er hat Angst, dachte Ruth traurig. Angst vor der fremden Sprache, den Leuten. Vor der ganzen Situation. Mein starker Vater, der immer der Fels in der Brandung war, hat nun Angst.

»Ja«, antwortete sie nur und nahm seine Hand.

»Dann lass uns gehen.« Karl stand auf.

»Jetzt?«, fragte Ruth und spürte das Entsetzen, das wie eine kalte Hand ihren Rücken emporkroch. »Jetzt sofort?«

Karl nickte.

Darauf war sie nicht vorbereitet, nicht so schnell. Sie sah an sich herab, sah das alte Kleid, das sie trug, dachte an ihre Haare, die sie heute Morgen nur achtlos zusammengebunden hatte. »Ich kann so nicht gehen«, sagte sie dann leise. »Ich muss mich erst umziehen.«

»Dann tu das, aber beeile dich.«

Karl sah so makellos aus wie immer. Sein Bart war gestutzt, die Haare hatte er mit Pomade gelegt. Er trug Hemd, Weste, Anzug. Selbst seine Schuhe – nein, nicht selbst, korrigierte Ruth sich –, natürlich waren seine Schuhe mustergültig geputzt und gewienert und glänzten. Auf seine Schuhe legte er immer besonderen Wert.

»Ihr könnt jetzt noch nicht gehen«, sagte Martha. Sie war dem Gespräch gefolgt, dann aber in die Küche gegangen und kam nun mit einem Tablett und Kaffee zurück. »Gebacken habe ich noch nicht, ich muss mich erst mit dem Ofen vertraut machen, aber deine Frau hat mir einen wunderbaren Bäcker um die Ecke gezeigt. Dort gibt es nicht nur richtiges Brot, sondern auch Kuchen. Ich habe ausnahmsweise ein paar Stückchen mitgebracht.« Sie vermied es, Karl anzusehen.

»Richtiges Brot.« Walter lachte. »Ich weiß genau, was du meinst. Aber Sofie findet das weiche Weißbrot köstlich – vielleicht, weil es so anders, so amerikanisch ist. Wenn sie könnte, würde sie sich in eine geborene Amerikanerin verwandeln.«

Das würde ich auch gerne, dachte Ruth und eilte in ihr Zimmer. Auf das Brot kann ich verzichten, es schmeckt nach nichts und klebt an den Zähnen, aber aussehen wie eine Amerikanerin würde ich schon gerne sofort.

Ilse hatte einen Spiegel auf die Kommode gestellt, und Ruth öffnete den Zopf, bürstete ihre Haare aus.

Eine Frisur kann man das nicht nennen, dachte sie missmutig. Dann drehte sie sich um, öffnete die Türen des Einbauschrankes. »Closet« nannte man das hier, hatte Anna ihr erklärt. So etwas gab es in fast jeder Wohnung statt eines Schranks. Das machte die Auswahl, die ihr zur Verfügung stand, allerdings nicht leichter. Sie hatte nur eine halbe Handvoll Kleider, ein paar Röcke und Blusen. Alle diese Sachen waren schon mindestens zwei Jahre alt, wenn nicht älter. In England hatte sie sich nichts Neues gekauft – nicht kaufen können –, sondern Säume ausgelassen und Kragen umgenäht. Fast nichts passte mehr richtig, und keines der Kleider entsprach der hier gängigen Mode.

Ich werde aussehen wie der letzte Trampel vom Dorf, dachte Ruth ernüchtert. Sie hörte nicht, wie sich die Tür zu ihrem Zimmer leise öffnete und wieder schloss. Sie merkte erst, dass Ilse im Raum war, als ihre Schwester neben sie trat.

»Ich würde das blaue Kleid nehmen«, sagte Ilse und griff das Kleid aus dem Schrank.

Ruth zuckte zusammen. »Wo kommst du denn her?«

»Was denkst du?«, fragte Ilse grinsend. »Es gibt in der Wohnung nicht viele Alternativen.«

Die Aussage belustigte Ruth, und sie nahm ihre Schwester in den Arm. »Das blaue Kleid? Meinst du wirklich?«, fragte sie zweifelnd.

»Ja. Aus Mangel an sonstigen Alternativen«, seufzte Ilse. »Ich habe gestern Anna und Inge bewundert, habe heute sicherlich eine Stunde aus dem Fenster gestarrt und die Frauen bewundert, auch wenn ich von hier oben nicht viel sehen kann. Aber … was nutzt es? Du hast nicht viel Auswahl.«

»Leider.«

»Es könnte auch ein Vorteil sein. Die Leute sehen, dass du

wirklich eine Anstellung brauchst. Und nichtsdestotrotz – auch wenn das Kleid nicht nach der neusten Mode geschnitten ist – es ist ein ordentliches Kleid von guter Qualität. Mutti hat uns nie billigen Ramsch gekauft.«

»Ja, das stimmt.« Ruth schlüpfte aus ihrem Kleid, zog das blaue über, betrachtete sich im Spiegel. »Wenn man den Ausschnitt und die Ärmel ändern würde …«, murmelte sie.

»Dazu hast du aber jetzt keine Zeit«, ermahnte Ilse sie.

»Ich weiß. Vati will los. Jetzt …« Das letzte Wort schwebte wie eine leichte Wolke im Raum und schien dann zu Boden zu sinken – gleichsam mit Ruths Mut.

Ilse sah Ruth an. »Willst du nicht gehen?«

»Jetzt? Ich weiß nicht«, sagte Ruth leise. »Es kommt so … plötzlich.« Sie setzte sich auf ihr Bett, ließ die Arme hängen. »Ich hatte mit mehr Zeit gerechnet. Vielleicht morgen, vielleicht nächste Woche. Nicht … sofort.« Sie biss sich auf die Lippen. »Es ist ja nicht so, als hätte ich das nicht gewusst, aber … aber … es macht mir Angst.«

»Angst? Du hast Angst?«, fragte Ilse erstaunt. »Du, meine große Schwester, die immer mit geradem Rücken in jede Situation geht, die jedes Problem irgendwie löst, du hast Angst?«

»Natürlich habe ich Angst, was denkst du denn? Ich habe immerzu Angst und Sorgen.«

»Das merkt man aber nicht. Du bist den Nazis entgegengetreten, du bist furchtlos in unser zerstörtes Haus gegangen, obwohl du nicht wusstest, was du darin vorfinden würdest. Du hast deine Papiere gefälscht und bist nach England gegangen – ganz alleine. Du hast in England den Behörden so sehr Druck gemacht, dass sie uns schließlich die Einreisegenehmigung gegeben haben. Du scheinst nie Angst zu haben.«

Ruth dachte über Ilses Worte nach. »Ich habe immerzu Angst, aber was nützt das denn?«, gestand sie. »Ich kann doch nicht den Kopf in den Sand stecken.«

»Stimmt. Das kannst du jetzt auch nicht. Was für ein Unterschied ist es, ob du heute mit Vati losziehst oder erst nächste Woche?«

»Ich hätte innerlich noch Zeit, mich darauf vorzubereiten. Ich könnte vorher ein paar Mal nach draußen gehen und … und … die Straßen, das Leben hier erkunden. Wir haben die Wohnung noch nicht verlassen, seit wir angekommen sind.«

»Dann verlässt du sie eben jetzt.« Ilse legte den Kopf zur Seite. »Vielleicht ist auch das gut so. Du gehst zwar mit Angst, aber relativ unvoreingenommen los … verstehst du, wie ich das meine? Du hast gar keine Chance gehabt, irgendwelche echten Ängste aufzubauen. Noch ist alles in deinem Kopf – und bisher ist nie etwas so schlimm gewesen, wie du gedacht hast.«

Wieder dachte Ruth über die Worte ihrer Schwester nach. »Du hast recht.« Sie stand auf. »Was habe ich zu verlieren?« Sie schaute Ilse an. »Danke!«

Ilse senkte den Kopf, schniefte plötzlich.

»Was ist mit dir?«, fragte Ruth überrascht.

»Du hast mir gedankt. Du mir. Obwohl ich dir doch ständig danken müsste, für all das, was du tust.«

»Sei keine Gans, Ilse. Was ich tue, tue ich auch für mich – ich bin keine Samariterin, das stimmt nicht. Und deine klaren Worte haben mir gerade die Augen geöffnet – dafür gebührt dir mein Dank.«

Die Schwestern sahen sich an und lächelten im Einvernehmen, dann gingen sie ins Wohnzimmer, wo Vati schon ungeduldig wartete.

Kapitel 7

»Ich habe einige Adressen, die wir versuchen können. Walter hat mir auch eine Skizze gemacht, wohin wir gehen müssen«, sagte Karl, während er und Ruth auf den Aufzug warteten.

»Uhhuhh«, sagte Ruth, die nicht wirklich zugehört hatte und an ihrem Kleid zupfte. Sie lauschte auf die Geräusche, die aus dem Aufzugsschacht kamen, und sah sich um. »Sollen wir nicht die Treppe nehmen?«

»Die Treppe?«, fragte ihr Vater verblüfft.

»Das geht bestimmt schneller.« Ruth ging zur Flurtür, öffnete sie. »Hier geht es hinunter.«

Sie sah sich nicht um, hörte aber bald die Schritte ihres Vaters hinter sich. Er holte sie bald ein, seinen fragenden Blick ignorierte sie.

»Wo müssen wir lang?«, wollte sie wissen, als sie endlich auf der Straße standen. Ein wenig unsicher sah sie von links nach rechts. Autos rauschten auf der Straße vorbei. Hier unten auf der Straße stand die warme und stickige Luft. Ruth spürte, dass sich Schweiß in ihrem Nacken bildete. »Meine Güte, ist das heiß.«

In der Wohnung war es auch warm gewesen, aber nicht so stickig wie hier auf der Straße. Der Asphalt schien in der Hitze zu flimmern.

»Walter sagte, dass es ungewöhnlich warm sei. Es ist wohl der heißeste Sommer seit langem in Chicago.« Karl nahm seinen Hut ab und zog das gebügelte und gestärkte Taschentuch aus der Westentasche, um damit über die Stirn zu reiben.

»Dann müssen wir wohl da durch. Wo gehen wir zuerst hin?«

Karl nannte ihr einen Firmennamen und eine Adresse. »Das ist zwei Blocks weiter, hat Walter gesagt. Sie suchen wohl Vertreter.«

Ruth nickte. »Gut, dann gehen wir da hin«, sagte sie und schluckte ihre Zweifel hinunter. Karl stapfte los, sein Schritt war entschlossen.

Sie hatten etwa zehn Adressen, die ihnen Walter gegeben hatte. Alle suchten Handelsvertreter, aber schon nach wenigen Sätzen mussten sie wieder gehen. Die Gespräche verliefen immer gleich. Sie kamen in die Firma, fragten nach dem Personalchef, betraten dessen Büro. Karl brachte sein Anliegen in gebrochenem Englisch vor. Der Personalchef stellte zwei oder drei Fragen, die Ruth dann beantwortete, weil ihr Vater sie nicht verstand.

»Wieso sollte ich Ihren Vater einstellen?«, wurde Ruth dann gefragt. »Er kann kaum Englisch.«

»Wir sind gerade erst angekommen. Er lernt schnell, glauben Sie mir. Und in Deutschland war er ein erfolgreicher Vertreter. Er kann gut verkaufen.«

»In Deutschland mag das stimmen. Aber hier muss er erst die Sprache beherrschen. Kommen Sie wieder, wenn er sie kann.« Mit diesen Worten wurden sie jedes Mal zurück auf die Straße geschickt.

Ruth verzagte nach der zweiten Absage schon, aber Karl

straffte die Schultern und ging weiter. Acht Adressen hatten sie abgearbeitet, und immer nur gab es Absagen.

»Vati«, sagte Ruth ein wenig verzagt. »Hier vorne in der Straße ist eine Fabrik für Kleidung. Walter hat mir diese Adresse gegeben, er meinte, ich könnte dort eine Stellung bekommen.«

»Dann gehen wir dorthin«, sagte Karl und lächelte ihr zu.

»Ist das wirklich in Ordnung?«

Karl sah sie an, er lächelte immer noch, aber seine Augen waren traurig. »Mein liebes Kind, meine große Tochter, du weißt, wie sehr ich dich liebe – und wenn du es nicht weißt, dann sage ich es dir jetzt«, sagte er. Er sah sich um, an der Straßenecke stand eine Bank. Karl wies dorthin. »Lass uns eine Pause machen.« Er zog eine Flasche Wasser aus der Tasche, die Martha ihnen mitgegeben hatte. Vor einer Stunde war das Wasser noch kalt gewesen, aber nun war es warm, dennoch erfrischte es sie. Durstig tranken beide davon, als sie auf der Bank saßen.

»Ich liebe dich sehr, und ich finde keine Worte für das, was du für uns – für mich getan hast«, sagte Karl nachdenklich. »Ich weiß genau, dass ich ohne dich und deine Bemühungen jetzt in Dachau wäre – oder nein, vermutlich wäre ich schon tot, denn auf lange Sicht hätte ich das Arbeitslager nicht überstanden.« Er sah sie an, blinzelte, nahm ihre Hand und drückte sie. »Wir haben nie wirklich darüber gesprochen, aber ich möchte, dass du weißt, wie sehr ich alles schätze und anerkenne, was du für mich – für uns alle – Mutti und Ilse – getan hast.«

Ruth schüttelte den Kopf. »Nein, Vati, nicht …«, sagte sie fast tonlos. »Das war doch alles selbstverständlich …«

»Das war es nicht. Und ich will es einmal aussprechen. Du hast unsere Leben gerettet. Du hast uns nach England geholt, in der letzten Minute. Hättest du dich nicht so eingesetzt, wären wir noch in Deutschland, und wer weiß, was dann wäre.« Er räusperte sich. »Ich weiß das alles, und ich würde gerne alles geben, um es gutzumachen.«

»Ihr seid hier. Wir sind hier – wir sind zusammen, das ist alles, was zählt«, sagte Ruth.

»Es ist löblich, dass du das so siehst, aber das ist nicht das, was ich dir sagen will, mein Liebes. Ich würde dir gerne eine gute Zukunft ermöglichen, das wollte ich schon immer. Das war mein Motor, mein Antrieb – ihr alle, Mutti und ihr Kinder, solltet es guthaben. In Deutschland konnte ich dafür sorgen. Aber nun … nun kann ich das nicht mehr.«

»Vati …«

»Lass mich ausreden«, sagte Karl und sah sie an. »Wenn alles anders gekommen wäre, hättest du in Deutschland einen guten Schulabschluss gemacht und studiert. Leider war das nicht möglich. Also sitzen wir hier, in diesem heißen und stickigen Chicago. Und du bist so wie ich auf der Suche nach einer Anstellung. So sollte dein Leben nicht laufen. Aber ich kann es im Moment bei Gott nicht ändern. Ich weiß und ich will, dass du weißt, dass es mir klar ist, was du für uns auf dich nimmst.«

»Vati …«

Karl wischte ihren Einwand mit einer Handbewegung weg. »Lass mich ausreden«, sagte er wieder, diesmal strenger. »Ich weiß, was du auf dich nimmst, was du auf dich nehmen musst. Ich möchte aber, dass du weißt, wie sehr ich dich dafür liebe und schätze. Ich hoffe, dass ich eine Arbeit finde, damit ich euch alle ernähren und unterhalten kann, aber … ich würde mir so sehr wünschen, dass du wieder zur Schule gehen könntest.«

»Das geht jedoch nicht«, sagte Ruth leise. »Das weiß ich.« Sie setzte sich auf. »Aber weißt du was? Ich glaube, ich könnte gar nicht mehr zur Schule gehen. Ich bin es nun gewöhnt zu arbeiten und will das auch wieder tun. Ich will eine Stellung und Geld verdienen. Und ich möchte lieber in einer Fabrik arbeiten als noch mal bei solchen Leuten, wie die Sandersons es waren.«

Sie sahen sich an, und Ruth ahnte, dass ihr Vater wusste, dass sie log. Natürlich würde sie lieber wieder zur Schule gehen, würde lieber wieder lernen, als Verantwortung übernehmen zu müssen. Aber die Zeit schrieb ein anderes Diktat. Ihre Blicke trafen sich, und dann lächelten sie sich an, ein Lächeln des Vertrauens und Verstehens.

»Ach, mein Kind«, sagte Karl. »Ich bin so froh, dass ich dich habe.«

Ruth trank noch einen Schluck Wasser, stand dann auf. »Wollen wir weitergehen?«

Karl erhob sich ebenfalls. »Was ist das für eine Fabrik?«

»Das weiß ich nicht genau«, sagte Ruth. »Aber irgendetwas mit Kleidung, glaube ich.«

Sie kamen zu dem Gebäude, ein Backsteinbau mit großen Fenstern. Über dem Eingang hing ein Schild »Fancy Frocks« stand darauf.

»Frocks?«, fragte Karl. »Sind das nicht Frösche?«

»Frosch wird f-r-o-g geschrieben«, buchstabierte Ruth. »Ich glaube, dieses ›frocks‹ bedeutet Kleider.«

Sie betraten das Gebäude und gingen zum Empfang. Dort saß ein Mädchen und blätterte in einer Zeitschrift. Sie sah auf und lächelte ihnen entgegen.

»Wie kann ich Ihnen helfen?«, fragte sie.

»Ich suche Arbeit«, sagte Ruth und versuchte, den Kloß im Hals herunterzuschlucken.

»Schneiderin? Näherin?«

»Ich kann nähen.«

»An Maschinen?«

Ruth nickte, auch wenn sie nicht wusste, wie die Maschinen in Amerika aussehen mochten.

»Der Eingang für das Personal ist im Hof, einmal um das Gebäude herum. Dort ist auch der Personalchef, der die Einstellungen vornimmt.« Sie schaute die beiden an, zuckte dann mit den Schultern. »Aber bei der Hitze müssen Sie ja nicht unbedingt um den Block laufen. Wenn Sie den Gang entlang gehen, ganz bis zum Ende, und sich dann nach links wenden, kommen Sie auch da hin. Viel Glück.« Sie lächelte freundlich zum Abschied und beugte sich dann wieder über ihre Zeitschrift.

Ruths Herz klopfte so laut, dass sie sich sicher war, ihr Vater müsste es auch hören können. Sie gingen den kühlen Gang entlang. In der Eingangshalle und auch hier hingen Kleider in Glaskästen. Kleider, da war sich Ruth sicher, die hier hergestellt wurden. Am liebsten wäre sie vor jedem Kasten stehen geblieben und hätte die Ausstellungstücke eindringlich betrachtet und bewundert, aber dafür hatten sie keine Zeit.

Sie kamen zum Ende des Ganges, wandten sich nach links. Dort gingen mehrere Türen ab – eine stand offen. Eine junge Frau tippte etwas auf einer Schreibmaschine, sie war so sehr in ihre Tätigkeit vertieft, dass sie Ruth und Karl gar nicht bemerkte.

Ruth räusperte sich, aber auch das brachte nicht den gewünschten Erfolg, deshalb klopfte sie zögernd an die offenstehende Tür.

Erschrocken sah die Frau auf, rückte dann ihre Brille zurecht. »Wer sind Sie?«, fragte sie.

»Ich heiße Ruth Meyer und suche eine Arbeit«, sagte Ruth hastig.

»Da sind Sie hier falsch. Der Personalleiter hat sein Büro eine Tür weiter.« Sie sah Ruth an. »Aus Deutschland?«

Ruth nickte. »Wir sind erst diese Woche angekommen. Sind Sie auch Deutsche?«

»Meine Eltern – aber sie sind schon vor dreißig Jahren nach Amerika gekommen. Ich bin hier geboren.« Sie stand auf, strich ihren Rock glatt und kam zur Tür.

Auch sie war so elegant gekleidet, fand Ruth und fühlte sich kleiner und unerfahrener.

»Kannst du nähen?«, fragte die Frau.

»Ja. Auch mit einer Maschine – allerdings weiß ich nicht, wie die Nähmaschinen hier funktionieren …« Sie senkte den Kopf.

»Das Prinzip ist ja überall gleich.« Die Frau lächelte und klopfte an der Tür zum benachbarten Büro. »Mr. Esposito? Haben Sie einen Moment Zeit? Hier möchte sich jemand bewerben.«

Mr. Esposito war ein älterer Mann, der fast quadratisch erschien. Er hatte eine Glatze, aber ein gewinnendes Lächeln. »Hallo«, sagte er und musterte Ruth. »Komm herein.«

Schüchtern betrat Ruth den Raum, Karl folgte ihr. Er ging mit forschen Schritten auf den Personalchef zu und reichte ihm die Hand. »Meyer – Karl Meyer.«

»Sie wollen eine Stellung in der Fabrik?«, fragte Esposito erstaunt.

»Nein, ich kann nicht nähen«, radebrechte Karl. »Meine Tochter jedoch schon. Sie möchte sich bewerben.«

»Dann komm mal her. Wie alt bist du denn?«

»Neunzehn«, sagte Ruth, sie schluckte, aber da der Mann recht freundlich wirkte, kam ihr Selbstvertrauen allmählich zurück.

»Und du brauchst die Unterstützung deines Vaters?« Er runzelte die Stirn.

»Nein«, sagte Karl und lachte. »Ich brauche eher Ruths Unterstützung. Mein Englisch ist noch nicht so gut, und ich suche auch eine Anstellung. Ich war Vertreter für Schuhe in Deutschland.«

»Deutsche? So, so«, murmelte der Mann. »Die sind ja recht fleißig. Du kannst nähen?«

Ruth nickte. »Wir sind aus Krefeld, das ist bei Düsseldorf in Deutschland. Dort gibt es viele Stofffabriken, und ich habe als Kind schon genäht.«

»Krefeld – das sagt mir was. Dort werden Seidenstoffe hergestellt. Gute Stoffe. Allerdings … durch den Krieg beziehen wir nun unsere Stoffe nicht mehr von Übersee – zu unsicher, das Geschäft. Eigentlich ein Jammer.« Wieder musterte er Ruth. »Hast du schon einmal in einer Fabrik gearbeitet?«

Sie schüttelte den Kopf. »Ich bin letztes Jahr nach England gegangen und habe dort ein Jahr als Hilfe auf einem Bauernhof gearbeitet. Ich habe den Haushalt geführt – aber ich habe auch dort genäht. Meine Großmutter hat mir Nähen und andere Handarbeiten beigebracht.«

»Na, wir können es ja mal probieren. Du kannst morgen Probe arbeiten, und dann sehen wir weiter. Halb acht. Melde dich bei Mrs. Rossi.« Er nickte ihr zu, sah dann Karl an. »Einen

Vertreter brauche ich leider nicht.« Esposito nahm einen Zettel von seinem Schreibtisch, schrieb eine Adresse darauf. »Versuchen Sie es bei ›Fuller Brush‹. Das Firmengebäude ist zwei Blocks nach Süden. Melden Sie sich bei Mr. De Luca und bestellen Sie ihm einen schönen Gruß von mir.« Er reichte Karl den Zettel. »Viel Glück.«

»Herzlichen Dank«, sagte Ruth überschwänglich. »Ganz herzlichen Dank!«

»Noch hast du den Job nicht«, meinte Esposito. »Dank mir also nicht zu früh.«

»Danke«, sagte auch Karl.

Sie nahmen diesmal den Ausgang zum Hof. Ruth versuchte, sich den Weg genau zu merken. Doch erst einmal blieben sie draußen stehen und sahen sich an.

»Wenn ich die Stelle bekomme, wäre das wunderbar«, sagte Ruth. Ihr fiel ein, dass sie weder nach der Tätigkeit noch nach den Arbeitszeiten und schon gar nicht nach dem Gehalt gefragt hatte. Aber das war egal – die Aussicht auf eine Stellung war so etwas wie ein Sonnenstrahl nach einem heftigen Gewitter.

»Komm«, sagte Karl und schaute auf den Zettel, den Esposito ihm gegeben hatte. »Lass uns zu ›Fuller Brush‹ gehen. Vielleicht ist ja heute unser Glückstag.«

Sie gingen die Straße hinunter, erst etwas unsicher, ob dies wirklich die richtige Richtung war, aber nach zwei Blocks standen sie tatsächlich vor »Fuller Brush«.

Ruth fragte sich bis zu Mr. De Luca durch. Sie hatten Glück, er war noch in seinem Büro.

»Mr. Esposito schickt mich«, sagte Karl, nachdem er sich vorgestellt hatte.

»Danny? Aha. Kennen Sie ihn gut?«

»Gar nicht. Aber meine Tochter fängt morgen an, dort zu arbeiten. Ich suche auch eine Arbeit. In Deutschland war ich Vertreter, Handlungsreisender, für Schuhe.«

De Luca sah ihn eine Weile schweigend an. »Sie sind noch nicht lange im Land, Mr. … ähm?«

»Meyer. Karl Meyer. Nein, wir sind in dieser Woche angekommen.«

»Aus Deutschland?«

»Aus England. Wir haben es eine Woche vor Kriegsbeginn nach England geschafft. Und konnten jetzt weiterreisen – es war nicht so einfach, eine Schiffspassage zu bekommen.«

»Und Sie wollen hier als Vertreter arbeiten?«

Karl nickte. »Wissen Sie«, sagte er und lächelte. »Mir ist schon klar, dass ich die Sprache noch nicht gut spreche – aber ich lerne jeden Tag hinzu. Und ich weiß, wie man Dinge verkauft. Ob es nun Besen oder Schuhe sind – das sind Gebrauchsgegenstände, die muss man an den Mann – nein, an die Frau bringen. Solche Sachen entscheiden Frauen.«

»Sie sind ein Verkäufer«, sagte De Luca und grinste. »Sind Sie Jude?«

Ruth zuckte bei der Frage zusammen, aber Karl lächelte nur. »Ja, ich bin Jude.«

»Dann haben Sie ja erst recht Glück gehabt, noch aus Deutschland herausgekommen zu sein.« De Luca schien zu überlegen. »Wissen Sie«, fuhr er dann fort, »ich bin auch Jude – meine Großmutter war zumindest Jüdin. Wir kommen aus Italien, meine Familie – ich bin Amerikaner. Aber wir haben noch Kontakt zu unserer Familie in Europa.« Er schwieg kurz. »Es ist eine Schande, was dort passiert. Eine große Schande.« De Luca sah Karl an. »Von den Deutschen halte ich nicht viel, von den Nazis, meine ich. Deutsche an sich sind ja fleißig und pünktlich.« Wieder schien er zu überlegen, dann gab er sich einen Ruck. »Wissen Sie was? Sie können am Montag kommen und mit einem unserer Vertreter mitgehen. Wenn Sie sich ordentlich anstellen, könnten wir es mit Ihnen versuchen. Was meinen Sie?«

Karl streckte ihm die Hand entgegen. »Ich werde da sein. Fleißig und pünktlich, das kann ich Ihnen versprechen.«

»Nur … Sie müssen halt noch besser Englisch lernen, aber ich habe das Gefühl, dass Sie das hinbekommen werden.«

Beschwingt, geradezu euphorisch gingen sie nach Hause.

»Das müssen wir feiern«, sagte Karl und wischte sich wieder den Schweiß von der Stirn. Es schien noch heißer geworden zu sein, die Luft stand zwischen den Häusern.

Unruhig sah sich Ruth um. »Sind wir auf dem richtigen Weg? Geht es hier … zu unserer Wohnung?« Nach Hause wollte sie nicht sagen, konnte sie noch nicht sagen. Zu fremd war ihr die Stadt und die Wohnung. Noch, dachte sie und wusste, dass sie sich schnell einfinden würde – die Erfahrung hatte sie in den letzten beiden Jahren in England gemacht. Bald schon würde die Wohnung ihr Zuhause sein, aber sicherlich nie ihre Heimat. Zur Heimat gehörte mehr. Und ob sie sich irgendwann wirklich wieder heimisch fühlen würde, konnte sie im Moment noch nicht sagen. Aber sie hoffte es sehr.

»Ja, das ist der richtige Weg«, meinte Karl mit einer Sicherheit, die Ruth erstaunte.

»Aber die Häuserzeilen sehen irgendwie alle gleich aus«, wandte sie ein. »Und … und außerdem kannst du doch gar nicht richtig sehen«, fügte sie leise hinzu. »Entschuldigung.«

Karl nahm ihren Arm, zog sie zu sich und schmunzelte. »Du hast ja nicht unrecht. Ich bin blind wie ein Maulwurf – na ja, jedenfalls fast. Aber ich habe einen guten Orientierungssinn. Vermutlich so wie die Brieftauben. Ich weiß, in welche Richtung wir gehen müssen. Ich fühle es irgendwie. Als hätte ich einen inneren Kompass. Das hat mir schon immer sehr geholfen.« Er sah sie an, die Fältchen um seine Augen vertieften sich. »Aber das Haus selbst werde ich vermutlich nicht erkennen. Weißt du die Hausnummer noch? Wir müssten gleich da sein.«

Ruth lachte. »Ja, die weiß ich noch, und nun sehe ich es schon. Schau, da vorne ist der Bäcker, von dem Mutti erzählt hat. Und auf der anderen Straßenseite ist das Lebensmittelgeschäft, das aber viel zu teuer ist.«

»Solche Dinge kann ich mir nicht merken – wir ergänzen uns also perfekt.«

Sie kamen am Haus an, und Karl zog den Schlüssel hervor, schloss auf, ging zielstrebig zum Aufzug. Ruth biss sich auf die Lippe. »Sollen wir nicht die Treppe nehmen?«, fragte sie.

»Drei Stockwerke laufen? Nein.«

Ruth holte tief Luft, sie hörte das Rattern des Aufzugs und spürte, wie sich ihr Magen angstvoll zusammenzog. Karl schien ihre Unruhe zu bemerken.

»Hast du etwa Angst?«, fragte er erstaunt. »Vor einem Aufzug?«

»Was … wenn er steckenbleibt?«

»Dann muss man rufen, irgendwer hört einen schon.«

»Und was … wenn irgendetwas reißt und er herunterfällt?« Ruth war bleich geworden.

»Mein Töchterchen, meine Tochter, die die Nazis getäuscht

hat, die alleine nach England gereist ist, die so viele Dinge gemacht und überstanden hat, hat Angst vor einem Fahrstuhl? Das kann ich gar nicht glauben.«

»Aber Vati – was wenn? Er macht so komische Geräusche. Und er wackelt.«

Der Aufzug kam. Karl zog die Tür zur Seite und ging hinein. »Komm«, sagte er und streckte ihr die Hand entgegen. »Komm und habe keine Angst. Dies ist ein Käfig, der an sehr starken Stahlseilen hängt. Erinnerst du dich an die Stahltrosse auf dem Schiff? So ähnlich ist das hier auch. Und was ein Schiff halten kann, mit vielen hundert Leuten an Bord, wird auch einen Aufzug halten können.«

Unsicher nahm Ruth seine Hand und folgte ihm. Karl zog die Tür zu, drückte den Knopf zum dritten Stock.

»Es gibt schon lange Aufzüge. Und sie würden sie nicht einbauen, wenn ständig etwas passieren würde.« Er nahm ihre Hand. »Es gab doch auch Aufzüge auf dem Schiff.«

»Ich habe nie einen benutzt, habe immer die Treppen genommen.«

»Du wirst den Aufzug noch zu schätzen wissen, wenn du nach einem Tag Arbeit nach Hause kommst. Ich auch. Und ich bin froh, dass Mutti die Einkäufe nicht nach oben schleppen muss.«

»Das sind alles gute Argumente«, sagte Ruth, aber ihr Atem war immer noch flach. Sie war froh, als sie die dritte Etage erreicht hatten und aussteigen konnten.

»Hallo!«, rief Karl, als sie die Wohnung betraten. »Wo seid ihr denn? Ist noch etwas von dem Sekt da, den Sofie gestern mitgebracht hat?«

Martha kam ihnen aus der Küche entgegen und schaute sie fragend an. »Ihr seht aus, als hättet ihr gute Nachrichten.«

»Haben wir auch«, sagte Ruth und strahlte. »Ich kann morgen früh in einer Kleiderfabrik Probe arbeiten. Die haben so wunderschöne Kleider dort, es ist einfach herrlich und so schön, dass ich endlich wieder mit schönen Stoffen arbeiten kann.«

»Du kannst dort anfangen?«, fragte Ilse verblüfft. »Morgen schon?«

»Probe arbeiten – erst einmal nur Probe arbeiten.«

»Immerhin.« Martha klang erleichtert.

»Und ich kann am Montag auch Probe arbeiten«, erzählte Karl stolz.

»Wo denn?«

»Als Vertreter für Besen. Ich soll mir das allerdings erst einmal anschauen. Aber es ist eine Chance.«

»Das klingt ja alles ganz wundervoll.« Martha schlug die Hände zusammen. »Das sind großartige Nachrichten.« Sie eilte in die Küche. »Und zum Glück haben wir tatsächlich noch Sekt.« Mit vier gefüllten Gläsern kehrte sie zurück.

»Ich verzichte«, sagte Ilse leise, und Ruth musste sich ein Grinsen verkneifen.

Sie stießen an, dann ging Karl ins Bad, um sich frisch zu machen. Ruth wartete darauf, dass er fertig war, denn auch sie fühlte sich klebrig und verschwitzt.

»Was ist das für eine Fabrik?«, fragte Ilse sie aus. »Wie groß ist sie und was wird dort genäht?«

»Es ist ein großes Gebäude«, antwortete Ruth. »Die Fabrik heißt ›Fancy Frocks‹. Im Eingang waren einige Kleider ausgestellt. Herrliche Farben, du kannst es dir kaum vorstellen. Aber viel mehr weiß ich noch nicht, das werde ich dann wohl morgen erfahren.«

»Bist du sehr aufgeregt?«

Ruth dachte nach. Im Moment fühlte sie sich vor allem erschöpft. Die Lauferei und die Anspannung, die nun endlich von ihr abfiel, machten sich bemerkbar. Sie war froh gewesen, dass sie eine Chance bekam, hatte aber befürchtet, dass ihr Vater nicht so erfolgreich sein würde und deshalb geknickt gewesen wäre. Aber das hatte sich zum Glück ja nicht bewahrheitet, obwohl sie immer noch leichte Zweifel daran hatte, ob er für diese Arbeit geeignet war.

»Nein, noch bin ich nicht aufgeregt. Wahrscheinlich kommt das noch«, gestand Ruth. »Im Moment bin ich erst einmal froh.«

Am nächsten Morgen war sie schon sehr früh wach, sogar noch vor Martha. Ruth ging ins Bad und machte sich fertig. Obwohl sie so erschöpft gewesen war, hatte sie lange gegrübelt, was sie denn anziehen sollte, und sich dann für ein schlichtes Kleid entschieden. Viel Auswahl hatte sie ohnehin nicht. Schnell setzte sie Kaffee auf und schaute immer wieder auf die Uhr. Sie wollte auf keinen Fall zu spät kommen, doch es war noch vor sechs.

Martha kam in die Küche und nahm Ruth in den Arm. »Mein liebes Mädchen«, sagte sie und klang traurig. »Ich wünschte, du könntest zur Schule gehen und müsstest nicht arbeiten.«

»Ach Mutti, mach dir keine Gedanken, ich freue mich auf die Arbeit. Ich finde das alles im Moment sehr aufregend.«

»Ich bin froh, dass du das Leben immer so positiv siehst. Das ist eine wunderbare Eigenschaft.«

Ruth verriet ihrer Mutter nicht, dass sie oftmals nur nach außen hin so positiv war. Natürlich hatte sie auch Zweifel und

Ängste. An diesem Morgen waren es besonders viele, aber das wollte sie Martha nicht zeigen.

Sie hatte Angst, die Leute nicht zu verstehen und deshalb Fehler zu machen, sie fürchtete sich davor, ausgelacht zu werden – sei es wegen ihrer Frisur oder wegen ihrer Kleidung. Sie sorgte sich, dass man sie als Jüdin ablehnen würde – gerade davor hatte sie große Angst. Denn wenn das der Fall wäre, wäre die ganze Flucht umsonst gewesen.

Andererseits freute sie sich auch darauf, endlich das Leben in Amerika kennenzulernen, und hoffte, schnell Anschluss zu finden.

Die Zeit schien nicht zu vergehen, und dann war es plötzlich doch schon sieben Uhr. Ruth wollte möglichst früh los; sie hatte auch ein wenig Sorge, sich zu verlaufen.

»Es ist ganz einfach«, sagte Karl, der nun auch am Frühstückstisch saß und seine erste Tasse Kaffee trank. »Schau, wir sind die Straße hinuntergegangen. Das waren drei Blocks. Dann sind wir zwei Blocks nach rechts gegangen und einen nach links. Und da auf der Ecke war schon das Gebäude. Du kannst es gar nicht verfehlen, weil die meisten Straßen hier schnurgerade sind. Du musst nur die Blocks zählen.«

»Dass du dir das gemerkt hast«, sagte Ruth erstaunt. »Wir sind doch in einigen Gebäuden gewesen. Ich hätte nicht mehr gewusst, wann wir rechts abgebogen sind.«

»Schreib es dir auf und zähle einfach die Blocks, dann kannst du nichts verkehrt machen.«

Ruth folgte seinem Vorschlag. Mit dem Zettel in der Hand ging sie schließlich. Martha hatte ihr ein paar Brote geschmiert und auch einen Apfel eingepackt. Wasser, das hatte Ruth gesehen, gab es in der Fabrik aus einem der Spender, die sie auch schon am Bahnhof und am Hafen gesehen hatte. Es war nur noch ungewohnt, den Knopf zu drücken und sich so über den Spender zu beugen, dass man trinken konnte, ohne nassgespritzt zu werden. Aber auch das würde sie ganz sicher lernen.

Einen Moment zögerte sie vor dem Aufzug. Ich bin jetzt erwachsen, sagte sie sich. Ich gehe jetzt zur Arbeit. Vati hat mir erklärt, dass ich keine Angst haben muss. Dann holte sie tief Luft, drehte sich um und öffnete die Tür zum Treppenhaus. Schnell lief sie die Stufen nach unten. Irgendwann traue ich mich, Aufzug zu fahren, sagte sie sich.

Dank Karls Beschreibung fand sie den Weg ohne Problem und war lange vor Arbeitsbeginn da. Nach und nach kamen die Mädchen und jungen Frauen auf den Hof. Manche wirkten verschlafen, andere eilten aufeinander zu und begrüßten sich kichernd und mit viel Geplapper. Es gab auch ältere Frauen, die einen eher gesetzten Eindruck machten, aber dennoch nach links und rechts grüßten, und ein paar wenige Männer.

Ruth stand am Rande des Hofes, beobachtete alles ganz genau. Sie war aufgeregt, aber nicht ängstlich – es war eher eine freudige Aufregung. Sie wusste, dass sie sich an Mrs. Rossi wenden sollte, und sobald sich die Türen öffnen würden, würde sie Mrs. Rossi suchen. Eins war ihr aber schon bald klar – die meisten hier schienen italienischen Ursprungs zu sein. Zwar sprachen alle Englisch, aber das eine oder andere italienische Wort fiel immer wieder, und sei es nur ein »Si«. Das bedeutete »ja«, wusste Ruth von einigen der italienischstämmigen Soldaten, die auf dem Schiff gewesen waren. Auch ein oder zwei andere Wörter meinte sie zu verstehen, aber ganz sicher war sie sich nicht – sie verstand ja noch nicht mal alles, was auf Englisch gesagt wurde.

Endlich ging die Tür auf, und alle strömten in das Gebäude. Ruth mischte sich unter die Frauen. Die meisten gingen zielstrebig nach rechts, aber zu den Büros ging es nach links. Dorthin wandte sich Ruth und fand schnell die Tür von Mrs. Rossi, die auch gerade erst gekommen war.

»Ich bin Ruth Meyer und möchte heute Probe arbeiten«, sagte Ruth hastig. »Mr. Esposito schickt mich.«

»Oh, schon wieder ein neues Mädchen?« Mrs. Rossi musterte Ruth. »Hast du schon mal an der Nähmaschine gearbeitet?«

Ruth nickte.

»Gut, dann geh in die Halle zu Marcella. Frag einfach irgendjemanden nach ihr, alle kennen sie. Sie soll dich einweisen, und dann sehen wir weiter.« Kurz nickte sie Ruth zu und ging dann in ihr Büro. Sie wollte gerade die Tür schließen, als ihr noch etwas einfiel. »Zuerst gehst du in die Umkleide und lässt dir eine Haube und einen Kittel geben. Wir arbeiten hier nicht in Alltagskleidung.«

»Ist in Ordnung«, sagte Ruth. Schnell ging sie den Gang hinunter, die Umkleide konnte sie nicht verfehlen, es war ein großer Raum mit vielen Spinden aus Metall. Ein älterer Mann stand am Eingang.

»Wer bist du denn?«, fragte er und kaute auf einem Zahnstocher.

»Ruth Meyer. Ich darf heute hier zur Probe arbeiten.«

»Na dann.« Gelangweilt holte er einen Kittel aus einem Regalfach hinter ihm und eine Stoffhaube, reichte ihr beides. »Kannst dich da vorne umkleiden. Ziehst es einfach über deine Sachen. Wenn du die Stelle bekommst, kriegste auch einen Schrank, dann kannst du dich hier umziehen.«

Ruth nahm die Sachen. Inzwischen schlug ihr Herz bis in den Hals. Hoffentlich machte sie alles richtig. Der Kittel war schnell übergezogen, und auch die Haube saß, dann ging sie weiter in die Halle. Obwohl die großen Fenster gerade geöffnet wurden, war die Luft hier drin schon stickig, und es war heiß. Unsicher sah sich Ruth um, folgte dann aber Mrs. Rossis Rat. »Ich suche Marcella«, sagte sie zu einer jungen Frau, die sich Stoffe von einem übergroßen Tisch nahm.

»Marcy? Die muss da hinten sein.« Vage zeigte sie in die Halle. Nun begannen die ersten Nähmaschinen zu rattern, die Geräusche vermischten sich mit dem eifrigen Geplapper, das den Raum erfüllte.

Langsam ging Ruth weiter, schaute sich die Nähmaschinen an, die fest auf Tischen installiert waren. Die Maschinen waren größer als die, die sie zu Hause in Krefeld gehabt hatte. Aber solche Gerätschaften hatte sie auch schon bei Merländer und Strauß gesehen, der einstmals größten Stofffabrik in Krefeld.

»Ich suche eine Marcella«, fragte sie wieder und wurde hierhin und dahin geschickt. Schließlich stand sie vor einer jungen Frau, unter deren Haube sich kleine rote Löckchen vorwitzig herausstahlen. Ihr Gesicht war von Sommersprossen übersät, und sie hatte eine entzückende Stupsnase.

»Sind Sie Marcella?«, fragte Ruth und strich sich erschöpft über die Stirn.

»Ja, Herzchen. Was willst du denn?« Marcella kaute etwas, schob es dann in die Wange.

Das ist sicherlich Kaugummi, dachte Ruth. Sie hatte es schon ein paar Mal probiert, konnte dem Ganzen jedoch nichts abgewinnen.

»Ich heiße Ruth Meyer«, wiederholte sie ihren Spruch.

»Und soll heute hier Probe arbeiten. Ich habe schon Erfahrung mit Nähmaschinen.«

Marcella zog die Augenbrauen hoch und grinste. »Hast du, das ist großartig. Dann komm mal mit.« Sie führte Ruth zu einem Tisch, auf dem eine Nähmaschine stand, fädelte Faden ein, legte ein Stück Stoff darunter. Dann sah sie Ruth fragend an. Ruth setzte sich an den Platz, studierte die Maschine genauer, kontrollierte den Faden und die Spannung, ließ das Füßchen herab, tastete nach der Pedale. Kaum hatte sie diese mit ihrem Fuß berührt, ratterte die Maschine auch schon los, es klang ein wenig wie Gewehrfeuer. Erschrocken zuckte Ruth zurück, besann sich dann und versuchte es vorsichtig noch einmal. Ihr gelang eine glatte Naht.

»Du stellst dich gar nicht dumm an«, sagte Marcella anerkennend. »Hast du schon einmal in einer Fabrik gearbeitet?«

»Meine Großmutter hat mir das Nähen beigebracht. Ich hatte eine Nähmaschine zu Hause.«

»Eine elektrische?«

Ruth nickte.

»Du bist aber nicht von hier?« Marcella schob das Kaugummi von der einen in die andere Wange.

»Ich bin aus Deutschland. Wir sind diese Woche angekommen.«

»In Deutschland habt ihr elektrische Nähmaschinen? Ist ja 'n Ding.« Marcella nickte anerkennend. Dann sah sie auf die große Uhr, die an der Stirnseite der Halle hing. »Francy, komm mal her«, rief sie. Ihre Stimme übertönte den eintönigen Lärm der Maschinen.

Eine junge Frau stand von ihrem Tisch auf und kam zu ihnen.

»Dies ist …« Marcella sah Ruth fragend an, dann wischte sie mit der Hand durch die Luft. »Egal. Zeig ihr, wie die Nähmaschine funktioniert, und gib ihr dann etwas Einfaches. Sie kann Bänder säumen oder so etwas, Taschen nähen … irgendetwas.« Marcella nickte Ruth zu. »Wir sprechen uns später.«

»Ich bin Francesca Smith«, stellte sich die Frau vor. »Hast du das genäht? Das ist im Prinzip nicht schlecht, aber du musst die Spur anders einstellen. Warte, ich zeig es dir.«

Gut eine halbe Stunde dauerte Ruths Einweisung, dann gab Francesca ihr einen Stapel Stoffe. »Die musst du zusammennähen. Ich zeige es dir kurz, es ist im Prinzip nicht schwer, und du hast ja schon etwas Ahnung und stellst dich geschickt an.«

»Ich brauche diese Arbeit«, sagte Ruth und beugte sich über die Stoffmuster. »Was, wenn ich damit fertig bin? Was ist der nächste Schritt?«

Verwirrt sah Francy sie an. »Welcher nächste Schritt? Was meinst du?«

»Nun, dies sind Innentaschen für ein Kleid. Ich nähe sie zusammen – aber wann werden sie in das Kleid gefügt? Ich meine – irgendwann muss man das ja alles zusammensetzen.«

Francy lachte. »Nein«, sagte sie dann. »Jeder macht nur einen Schritt. Ich nähe zum Beispiel Ärmel. Julie näht Kragen, Stephanie näht Säume … und so weiter. Jeder hat eine Aufgabe. Das Kleid selbst wird von den Vorarbeiterinnen zusammengefügt. Und andere schneiden die Muster aus – das ist aber in der anderen Halle, nebenan.«

»Es gibt noch eine Halle?«, fragte Ruth verblüfft, die diesen Raum schon riesig fand.

»Es gibt sechs Hallen insgesamt.« Wieder lachte Francy.

»Aber jetzt musst du loslegen und arbeiten, sonst bekommst du den Job nicht.« Sie zwinkerte Ruth zu. »Aber du bist geschickt, du machst das schon. Wenn du Fragen hast oder irgendetwas schiefgeht, komm zu mir. Ich sitze dort vorne.«

Ruth sah ihr nach, bis Francesca sich an ihren Platz gesetzt hatte, dann nahm sie die zurechtgeschnittenen Stoffmuster, säumte sie und nähte sie zusammen. Die fertigen Taschen legte sie auf einen Stapel. Der Stapel wuchs und wuchs. Die Arbeit war nicht schwer, nur manchmal zickte die Nähmaschine, und als die Garnrolle leer war, brauchte sie Hilfe, um diese auszutauschen. Bereitwillig half Francesca ihr. Hin und wieder kam Marcella vorbei und sah Ruth über die Schulter. Sie sagte nichts, nickte nur anerkennend. Als die Glocke zur Mittagspause erklang, fühlte sich Ruth schon einigermaßen sicher, was die Arbeit anging. Was sie noch nicht wusste, war, wie die Pause hier verbracht wurde. Aber sie brauchte gar nicht lange zu warten, Francy kam zu ihr, zog sie mit sich.

»Komm, wir gehen in den Hof«, sagte sie. Dort hatten sich verschiedene Grüppchen gebildet. Die einen saßen in der Sonne, andere lieber im Schatten. Manche spazierten, Arm in Arm, über den Hof. Ein wenig wirkte es auf Ruth so wie die Pause auf dem Schulhof des Lyzeums.

»Dies sind Isabella, Julie und Marcella – die kennst du ja schon«, stellte Francy Ruth ihre Freundinnen vor. »Ruth wird hier arbeiten.«

»Noch habe ich keine Zusage«, wandte Ruth ein.

»Die bekommst du«, sagte Marcella und lächelte. »Du musst zwar noch schneller werden, aber du bist wirklich gut. Da habe ich hier so manch andere gesehen, die sich viel dümmer angestellt hat. Bei dir merkt man, dass du Erfahrung mit elektrischen Nähmaschinen hast. Du hast sicher schon für eine andere Firma gearbeitet.«

»Nein. Ich habe nur für mich genäht.«

Marcella kniff die Augen zusammen. »Wirklich?«

»Ja«, sagte Ruth und lächelte. »Wir sind doch erst in dieser Woche nach Amerika gekommen.«

»Wo kommst du denn her?«, wollte Francy wissen.

Ruth biss sich auf die Lippe. Wie würden die Mädchen reagieren? Würden sie weiterhin so freundlich bleiben? »Aus Deutschland«, sagte sie leise.

»Da ist doch jetzt Krieg.«

»Wie ist das im Krieg? Wie ist das überhaupt in Deutschland? Habt ihr dort richtige Häuser? Aus Steinen?«

Ruth sah das Mädchen verwirrt an. »Ja, natürlich haben wir Häuser.«

Marcella führte die Gruppe zu einer der Bänke, die im Hof standen. Die Mädchen packten ihre Essenspakete aus, Ruth folgte ihrem Beispiel.

»Wieso seid ihr nach Amerika gekommen?«

»Wir … wir sind Juden.« Ruth senkte den Kopf.

»Ach so«, sagte Marcella. »Die meisten von uns sind italienischer Abstammung. Haben wir hier auch Juden?«, fragte sie in die Runde.

»Das ist doch eine Religion, Marcy«, erklärte Francy. »Wir sind fast alle katholisch. Keine Ahnung, ob es hier auch Juden gibt.«

»Natürlich gibt es auch Juden in Chicago«, sagte Julie. »Ich habe gehört, dass die Deutschen keine Juden im Land haben wollen.«

»Das stimmt«, sagte Ruth. »Sie haben uns nach und nach

alle unsere Rechte genommen – ich durfte nicht mehr in die Schule, mein Vater nicht mehr arbeiten und vieles mehr.«

»Dann wäre ich auch gegangen«, meinte Marcella und biss in ihren Apfel.

»Was durftet ihr denn nicht mehr?«, wollte Francy wissen.

Ruth zählte auf: »Ins Kino, ins Schwimmbad, ins Café oder Restaurant, ins Theater – ach, eigentlich durften wir zum Schluss gar nichts mehr.«

»In Deutschland gibt es Kinos? Mit richtigen Filmen?«

»Ja, natürlich.« Ruth lachte. »Sogar mit amerikanischen Filmen – jedenfalls war das vor zwei Jahren so. Ich bin im April letzten Jahres aber nach England gegangen.«

»Warum?«

»Dort hatte ich eine Stellung auf einem Hof – als Hausmädchen«, erklärte Ruth.

Die Mädchen fragten, manchmal fand Ruth die Fragen lustig, manchmal skurril. Sie versuchte, alles zu beantworten, ohne jedoch allzu viel von sich preiszugeben, denn noch immer war sie sich nicht ganz sicher, wie die Mädchen zu ihr standen, auch wenn sie alle nett zu sein schienen.

Nach der Pause ging es weiter, und am Nachmittag merkte Ruth, dass die Arbeit, auch wenn sie nicht besonders aufwendig und anspruchsvoll war, sie doch ermüdete. Dem Feierabend sah sie mit gemischten Gefühlen entgegen. Zwar hatte ihr Marcella versichert, dass sie den Job bestimmt bekommen würde, aber das letzte Wort sprach Mrs. Rossi. Immer wieder schaute Ruth zu der Uhr, die an der Wand hing. Der Zeiger schien sich nur noch in Zeitlupe zu bewegen. Um sechs, das hatten ihr die Mädchen erzählt, war Feierabend.

Um zwanzig vor sechs kam Marcella zu Ruth und begutachtete ihre Arbeit. Sie nahm den Stapel mit den Taschen und nickte Ruth zu. »Wir sollen zu Mrs. Rossi kommen.«

Ruth schluckte und wischte sich die Hände an ihrem Kittel ab.

»Keine Sorge.« Marcella beugte sich zu Ruth und lächelte. »Du wirst den Job bekommen.«

Sie gingen an der Umkleide vorbei zum Flur mit den Büros und blieben vor der Tür von Mrs. Rossis Zimmer stehen. Marcella klopfte, öffnete dann die Tür.

»Hallo, ich komme mit Ruth, dem Neuzugang«, sagte sie, ihre Stimme klang fröhlich. Sie legte den Stapel an Arbeitsproben auf den Schreibtisch. »Die ersten drei oder vier kann man aussortieren, doch als sie sich mit der Maschine vertraut gemacht hat, lief es gut.«

»Wie viele sind es?«

»Um die fünfzig.«

»Zu wenig.«

»Für das erste Mal?« Marcella zog eine Augenbraue hoch. »Ich finde das ordentlich. Sie hat noch nie an einer Industriemaschine genäht, lernt schnell und arbeitet fleißig.«

Die beiden sprechen miteinander, als wäre ich gar nicht da, stellte Ruth verblüfft fest. Wie unhöflich. Aber dann lauschte sie weiter.

Mrs. Rossi überlegte, dann nickte sie und sah endlich Ruth an. »Dann kannst du ab morgen hier arbeiten. Sechs Tage die Woche, von acht bis sechs Uhr. Du solltest etwas früher da sein, um dich umzuziehen. Pro Woche bekommst du einen Kittel und eine Haube, die gibst du am Freitag ab und kriegst saubere. Die Wäsche übernimmt der Betrieb. Im Sommer gibt es zwei Hauben pro Woche. Hast du noch Fragen?«

Eingeschüchtert, aber glücklich schüttelte Ruth den Kopf.

Mrs. Rossi schob ihr ein Formular hin. »Ausfüllen und unterschreiben. Das ist dein Arbeitsvertrag. Einer für dich, einer für mich. Viel Glück hier und herzlich willkommen bei ›Fancy Frocks‹.«

Ruth überflog den Vertrag nur. Ihr Vater hatte ihr eingebläut, bloß nie etwas zu unterschreiben, bevor sie es nicht gründlich gelesen hätte, aber sie sah schon auf den ersten Blick, dass ihr einige Worte völlig unbekannt waren. Sie nahm den Stift, füllte das Formular aus – Name und Geburtsdatum – und unterschrieb. Dann nahm sie ihr Exemplar und sah Mrs. Rossi an. »Dank. Ganz herzlichen Dank«, sagte sie feierlich.

»Du hast einen Arbeitsvertrag unterschrieben und keine Schenkungsurkunde bekommen«, meinte Mrs. Rossi belustigt. »Nun, macht Feierabend und bis morgen.« Sie nickte ihnen zu, und Ruth wurde klar, dass das Gespräch hiermit beendet war.

Als sie wieder auf dem Flur waren, fiel Ruth Marcella um den Hals. »Ich habe die Stelle«, jubelte sie. »Ich habe die Stelle! Danke, danke, danke!«

»Bedank dich nicht zu früh«, sagte Marcella lachend. »Nach zwei Wochen wirst du den Job überhaben.«

»Das glaube ich nicht«, sagte Ruth nun wieder etwas ernsthafter und zog sich die Haube vom Kopf. Sie strich sich durch die verschwitzten Haare. »Ich möchte dazulernen und besser werden. Ich will nicht nur einfache Näherin sein.«

Marcella musterte sie und nickte dann. »Ja, das glaube ich dir. Du bist ehrgeizig. Aber erstmal wirst du stupide nähen müssen.«

»Immerhin ist es eine bezahlte Stelle.« Die beiden gingen zur Umkleide, wo sich die Mädchen inzwischen vor ihren Spinden tummelten, sich umzogen, sich schminkten und immer noch lebhaft miteinander plauderten. Fasziniert sah Ruth ihnen zu. Ab morgen würde sie auch dazugehören, wurde ihr klar, und die Freude kribbelte in ihrem Bauch. Sie zog den Kittel aus und legte ihn, ordentlich zusammengefaltet, gemeinsam mit der Haube auf das kleine Tischchen.

»Deinen Spind bekommst du morgen«, sagte Marcella. »Ich werde mich darum kümmern. Kommst du noch mit auf eine Coke? Hier um die Ecke gibt es die günstig.«

»Morgen vielleicht«, sagte Ruth, spürte aber das Verlangen, heute schon mit ihnen mitzugehen. Doch gleichzeitig wollte sie auch zurück zu ihrer Familie.

Marcella lächelte ihr zu. »Wir sehen uns dann morgen.« Sie drehte sich um und ging zu ihren Freundinnen.

Wir sehen uns morgen, wiederholte Ruth glücklich in ihren Gedanken. Ja, das werden wir.

Kapitel 8

Chicago, Mitte September 1940

Am nächsten Tag ging Ruth beschwingt zur Arbeit. Und am übernächsten auch, obwohl es Samstag war. Samstag galt als normaler Arbeitstag, Sabbat hin oder her. Aber an den Freitagabenden zündeten sie zusammen die Sabbatkerzen an, und nach der Arbeit am Samstag ging Ruth noch kurz zur Synagoge. Dort traf sie ihre Freundinnen und auch andere aus der Gemeinde. Meist sah man sich auch am Sonntag – denn fast alle mussten am Samstag arbeiten gehen.

Es dauerte nicht lange – nur ein paar Wochen –, dann hatte sich eine gewisse Routine eingestellt. Sie hatten Kontakte zu alten Freunden wiederaufgebaut, neue Freunde in der Gemeinde gefunden. Martha blühte auf.

Auch Karl hatte die Stellung bei »Fuller Brush« bekommen. Es war jedoch ein Knochenjob. Jeden Tag zog er mit seinen Besen und Wischmops, den Eimern und Fegern los, stieg in die dritten und vierten Etagen der Hinterhäuser, klingelte an den Türen. Oft wurde nicht geöffnet, manchmal wurde ihm die Tür vor der Nase zugeschlagen, bevor er nur ein Wort sagen konnte. Meistens kam er völlig erschöpft und verschwitzt am Abend nach Hause. Dann duschte er kalt und ließ sich auf das Sofa fallen.

Aber er beklagte sich nie und gab auch nie auf. Am Ende der

Woche legte er den Umschlag mit seinem Verdienst auf den Küchentisch. Er bekam ein kleines, festes Gehalt, der Rest war Provision und von seinem Verkaufserfolg abhängig. Fast jede Woche überstieg die Provision das Grundgehalt.

»Wie machst du das nur?«, fragte Walter seinen besten Freund. »Dein Englisch ist immer noch … nun …«

»Fehlerhaft«, sagte Karl und lachte. »Ja, das ist es. Ich werde sofort als Migrant erkannt. Aber meist ist das gar kein Nachteil. Vielleicht hat die eine oder andere Frau Mitleid, vielleicht ist es auch Anerkennung – jedenfalls kaufen sie. Neue Besen kehren gut.«

»Du bist eben der geborene Verkäufer«, sagte Martha nicht ohne Stolz. Sie wischte wieder mit einem feuchten Lappen über die Tischplatte, schaute den Tisch prüfend an. Endlich war die letzte Lieferung ihrer Sachen aus England gekommen. Das Schiff hatte zwar schon kurz nach ihrer eigenen Ankunft in New York angelegt, aber mit dem Löschen der Ladung und dem Weitertransport hatte es immer wieder Schwierigkeiten gegeben. Doch nun waren die Sachen endlich da. Und auch die Kristallschale, die kunstvoll verzierte Bowleschüssel, die Martha so liebte und die sie damals zu ihrer Hochzeit bekommen hatte, zierte nun wieder die Anrichte. Die Schüssel hatte nicht einen Kratzer oder Sprung, glänzte wieder wie neu, nachdem Martha sie vorsichtig in warmem Seifenwasser gespült und dann mit Papier poliert hatte.

Nur wenige Dinge waren beschädigt, trotz der langen Reise und des mehrfachen Umladens. Und nun stand der alte Esstisch in seiner vollen Pracht im Wohnzimmer. Karl hatte den Tisch, den Martha in der Zwischenzeit gekauft hatte, wieder veräußert – sogar mit Gewinn.

Martha sah sich um, ihr Blick blieb immer wieder an der Kristallschüssel hängen, und ihre Gesichtszüge wurden weich. »Langsam wird es ein Zuhause«, sagte sie.

»Du hast wirklich ein Händchen dafür«, lobte Ruth ihre Mutter und wollte die Gunst der Stunde nutzen. »Ich gehe gleich noch einmal weg.« Sie hoffte fast, dass Martha den letzten Satz nicht bemerken würde, hatte sich aber getäuscht.

»Heute? Es ist Sonntag. Wo willst du hin? Gleich kommen die Goldbergs zum Essen. Und Sofie und Walter sind doch auch da.« Martha schaute sie vorwurfsvoll an. »Außerdem kommt auch Ilse heute und bleibt bis morgen.«

»Ich wollte mich mit Marcella und Francy treffen …«

»Es gibt doch genügend Mädchen bei uns in der Gemeinde«, sagte Karl. »Musst du dich immer mit den Italienern herumtreiben?«

Ruth verdrehte die Augen. »Das sind meine Freundinnen.«

»Ihr seht euch jeden Tag auf der Arbeit, warum dann noch am Sonntag?«

»Weil wir auf der Arbeit arbeiten, Vati. Zum Essen bin ich zurück«, sagte Ruth und schlüpfte aus der Wohnung. Erleichtert lief sie die Treppen hinunter. Als sie die Eingangstür öffnete, kam ihr Ilse entgegen, das Gesicht tränenverschmiert.

Ilse würde in einer Woche mit der Schule anfangen. Da sie kein Schuljahr wiederholen durfte, kam sie mit den Kindern ihres Jahrgangs in die neunte Stufe – obwohl sie zwei Jahre lang keinen Schulunterricht gehabt hatte. Da die Familie im August angekommen war, es mit allen bürokratischen Dingen aber bis in den September gedauert hatte, bis Ilse die Schulzulassung bekam, hatte sie sich eine Stelle als Kindermädchen bei einer amerikanischen Familie ihrer Gemeinde gesucht. Sie sollte dort auf den zweijährigen Jungen aufpassen und schlief auch bei ihm im Zimmer. Ilse selbst hatte sich um den Job bemüht, denn auch sie wollte etwas zum Familieneinkommen beitragen, bevor sie wieder zur Schule ging. Nun stand sie in Tränen aufgelöst vor ihrer Schwester.

»Ilse?«, fragte Ruth überrascht. »Ist etwas passiert?«

»Ach, alles ist schrecklich.«

»Was denn genau?«

»Einfach all-ha-es«, schniefte Ilse.

»Komm«, sagte Ruth energisch und nahm sie am Arm, zog sie mit sich.

»Wohin ge-hest du?«

»Nur um die Ecke. Oben sind die Gompetz', und gleich kommen auch noch die Goldbergs. Mutti hat gekocht, und außerdem poliert sie die Möbel. Ich glaube kaum, dass du dort Trost finden wirst. Also gehen wir an einen ruhigen Ort, und du beruhigst dich jetzt erst einmal.«

Drei Blocks weiter war ein kleiner Park, in dem sich Ruth oft mit ihren Freundinnen traf. Auch heute warteten Marcella, Francy und Julie schon auf sie. Die Mädchen hatten Modezeitschriften dabei und suchten nach den neusten Trends.

Ruth trat zu ihnen. »Hallo«, sagte sie. »Es tut mir leid, aber meine Schwester hat ein Problem. Darum muss ich mich wohl kümmern.«

Marcella stand auf und umarmte Ruth, küsste sie rechts und links auf die Wange – das war bei ihnen so üblich, und wie selbstverständlich übten sie dieses Ritual auch bei Ruth aus.

»Ist das deine Schwester?«, fragte Marcy nun und schaute die verheulte Ilse an. »Darling, was ist passiert?«, fragte sie voller Mitgefühl.

Ilse sah Ruths Freundinnen heute zum ersten Mal. Sie kniff die Augen zusammen, langte dann in ihre Handtasche und zog ihre Brille hervor, um sie aufzusetzen.

»Das sind Marcy, Julie und Francy«, stellte Ruth vor. »Dies ist Ilse, meine Schwester.«

»Sie hat die gleichen schönen Haare wie du«, sagte Julie bewundernd. »Und ihr beide habt so tolle Haut.«

Ilse rieb sich die letzten Tränen von den Wangen, schaute die drei bewundernd an, sah dann zu Ruth. »Woher kennst du die?«, flüsterte sie ihr zu.

Ruth lachte. »Das sind meine Freundinnen aus der Näherei. Ich habe dir doch von ihnen erzählt.«

»Aber sie sind so wunderschön«, hauchte Ilse. Sie hatte mit Ruth auf Deutsch gesprochen.

»Was hat sie gesagt?«, wollte Francy wissen. »Spricht sie noch kein Englisch?«

»Doch ich spreche Englisch«, antwortete Ilse schüchtern.

»Sie findet euch genauso schön wie ich auch«, erklärte Ruth lachend.

Marcella sah sich um. Im Park gab es immer einen Hotdog-Verkäufer, der auch gekühlte Getränke anbot. Sie sah ihn und lief zu ihm, kehrte mit fünf Flaschen Limonade zurück und gab jeder eine Flasche. »Kommt, lasst uns hinsetzen, und dann erzählst du uns deinen großen Kummer, Ilsy. Geht es um einen Jungen?«

Ilse trank einen Schluck, ihr Kummer schien gar nicht mehr so groß zu sein, fand Ruth, und wahrscheinlich sonnte sie sich gerade in der Aufmerksamkeit der älteren Mädchen.

»Ja«, sagte Ilse dann. »Es geht tatsächlich um einen Jungen.«

Ruth riss die Augen auf. »Was?«

Ilse nickte. »Er heißt John.«

»Grundgütiger, lass das bloß nicht Vati wissen.«

Ilse sah ihre Schwester an und lächelte verschmitzt. »Er ist zwei Jahre alt und das Kind, das ich hüten soll.«

»Also wirklich, Ilse Meyer, wie kannst du mir nur so einen Schreck einjagen?« Ruth war empört.

Die anderen Mädchen lachten.

»Oje, ein Zweijähriger. Das stelle ich mir anstrengend vor. Ich habe einen Cousin in dem Alter – mal ist er ganz süß, aber die ganze Zeit möchte ich mich nicht um ihn kümmern«, sagte Julie.

»Ich habe auch eine Zweijährige gehütet«, sagte Ruth. »Die kleine Jill Sanderson, ein entzückendes Kind. Erinnerst du dich an sie?«

»Ich habe nie begriffen, wie du das alles geschafft hast«, sagte Ilse. »Haushalt und dann auch noch das Kleinkind. Ich musste ja nichts im Haushalt tun, sollte mich nur um das Kind kümmern – aber … aber ich weiß nicht, wie das geht. Er weint immerzu und immerzu.« Nun traten auch ihr wieder Tränen in die Augen. »Und ich weiß einfach nicht, was ich machen soll. Ich habe ihn herumgetragen, gesungen, ihn geschaukelt – aber er weint trotzdem.« Sie nahm ein Taschentuch hervor und putzte sich lautstark die Nase.

»Hast du Ärger bekommen?«, fragte Ruth.

»Deswegen nicht. Aber … aber«, sagte Ilse leise, »jetzt ist er wohl krank, und ich habe es nicht mitbekommen.«

»Was hat er denn?«, fragte Francy.

»Einen Husten … ich weiß nicht genau«, erzählte Ilse stockend. »Er muss in der Nacht ganz schlimm gehustet haben. Seine Mutter sagte, sie war immer und immer wieder im Zimmer und hat nach ihm gesehen und ihn versorgt …« Ilse senkte beschämt den Kopf.

»Ja und?«, fragte Marcy. »Deshalb musst du doch nicht weinen? Oder ist er sehr schlimm krank geworden? Er ist doch nicht … gestorben?« Das letzte Wort hauchte sie nur. Entsetzt sahen die Mädchen Ilse an.

»Er lebt«, antwortete Ilse, und alle atmeten erleichtert auf. »Aber ich habe es einfach nicht gehört. Habe ihn nicht husten und nicht weinen gehört, habe nicht mitbekommen, dass Mrs. Armstrong in das Zimmer gekommen ist, dabei habe ich doch auch dort geschlafen.«

»Du hast es nicht gemerkt?«, fragte Ruth erstaunt.

Ilse schüttelte den Kopf. »Nein. Gar nichts davon.«

Die Mädchen sahen sich an. Dann lachte Marcella los. »Sie hat halt einen gesegneten Schlaf. Sie ist noch jung, das kann man ihr ja nun weiß Gott nicht vorwerfen.«

»Haben sie dir gekündigt?«, fragte Ruth.

»Nein, sie waren noch nicht einmal böse, doch ich schäme mich so. Es sollte doch nicht so schwer sein, auf ein Kind aufzupassen – aber ich glaube, ich kann das nicht.«

»So etwas ist nicht angeboren«, versuchte Ruth sie zu trösten.

»Aber wie soll das werden, wenn ich einmal selbst Kinder habe? Höre ich die dann auch nicht? Merke ich dann nicht, wenn sie krank sind?«, fragte Ilse verzweifelt.

»Bis du Kinder bekommst, ist ja noch viel Zeit«, sagte Julie belustigt. »Bis dahin solltest du dich lieber mit wichtigen Dingen beschäftigen. Und vielleicht mit Jungs, die ein wenig älter sind als dieser John.«

»Nun gräm dich nicht, Ilsy«, meinte auch Marcella. »Du hast

dein Bestes gegeben. Und nicht jeder eignet sich dazu, Kindermädchen zu sein.«

»Aber ich möchte nicht mehr zu ihnen zurück«, wisperte Ilse. »Ich schäme mich zu sehr.«

»Wie lange sollst du den Job noch machen?«, fragte Ruth.

»Bis zum Ende der Woche – also noch sieben Tage.«

»Ich würde sagen, dann machst du das auch. Du gehst dort wieder hin, sagst noch einmal, wie leid es dir tut. Aber die Verantwortung für sein Leben kannst du nicht übernehmen. Du bist ja erst fünfzehn Jahre alt.« Ruth klopfte ihr auf die Schulter.

»Ich soll da wieder hin, obwohl ich mich so schäme?«

»Wenn man etwas anfängt, sollte man es auch vernünftig zu Ende bringen«, sagte Ruth.

»Das finde ich auch«, meinte Francy. »Wenn sie dir letzte Nacht nicht den Kopf abgerissen hat, wird sie es jetzt sicherlich auch nicht mehr tun.«

Ilse setzte sich auf und straffte die Schultern. »Gut, wenn ihr meint ... dann mache ich das.«

»Tapferes Mädchen«, lobte Marcella sie.

»Aber jetzt sollten wir nach Hause gehen«, sagte Ruth. »Mutti wartet sicher schon auf dich.« Sie verabschiedete sich von ihren Freundinnen und ging langsam mit Ilse durch den Park bis zur Straße.

»Du bist schon ein bisschen so wie sie«, sagte Ilse bewundernd. »Schon ein wenig amerikanisch.«

»Wirklich?«

»Ja, wirklich.«

»Dafür wird dein Englisch von Woche zu Woche besser«, lobte Ruth ihre Schwester. »Wie machst du das nur?«

»Ich lerne. Ich muss ja lernen. Trotzdem weiß ich nicht, wie ich mit den anderen Schülern mithalten soll – sie sind mir doch zwei Jahre voraus.«

»Aber es sind nicht nur die Vokabeln«, meine Ruth. »Auch deine Aussprache klingt schon sehr echt.«

»Bei den Armstrongs läuft den ganzen Tag das Radio. Zuerst hat mich das sehr gestört, immer Gedudel und Stimmen, immerzu. Aber dann habe ich angefangen zuzuhören – Werbung und auch Liedtexte, alles. Ich habe versucht, es zu verstehen, und es wird immer leichter. Vielleicht nehme ich deshalb den amerikanischen Dialekt an.« Sie lächelte. »Und du wirst, wenn du weiter mit den Mädchen befreundet bist, wahrscheinlich eher Italienisch lernen.«

»Sie sprechen doch alle Englisch, sind alle hier geboren. Nur in ihren Familien wird noch Italienisch gesprochen. Schimpfen können sie besser auf Italienisch.« Ruth kicherte. »Das klingt auch viel dramatischer, finde ich.«

Sie hatten das Mietshaus erreicht, in dem sie wohnten. Ilse hielt Ruth am Arm fest. »Bitte sag Mutti und Vati nichts von meinem Missgeschick bei den Armstrongs.«

»Aber was, wenn Mrs. Armstrong Mutti in der Gemeinde darauf anspricht?«

»Dann ist das so – aber dann arbeite ich auch schon gar nicht mehr da. Es sind ja nur noch ein paar Tage.«

Ruth nickte verstehend. »Mach dir keine Gedanken – du kannst doch nichts dafür, dass du so einen festen Schlaf hast. Hätte Mrs. Armstrong deine Hilfe gebraucht, hätte sie dich ja wecken können.«

»Mutti und Vati trauen mir eh nie so viel zu wie dir – und das wäre jetzt ein weiteres Zeichen meiner Unfähigkeit.«

»Unfug, Ilschen. Du bist jünger als ich, und die Eltern wollen dir nicht zu viel aufbürden, zumal du ja schon einen Teil deiner Kindheit verloren hast dank den Nazis.«

»Das hast du doch auch.«

»Nein, ich hatte meine Kindheit und Jugend viel, viel unbeschwerter als du. Ich habe mehr erlebt, mehr erfahren dürfen. Ich kann mich noch gut an die Zeiten vor den Nürnberger Gesetzen erinnern, du auch?«

Ilse schüttelte den Kopf.

»Siehst du.«

»Die Deutschen bombardieren London Tag für Tag seit dem 7. September«, hörte Ruth Walter Gompetz sagen, als sie die Wohnung betraten. »Was wird nur aus der armen Stadt?«

»Wir haben ja auch Bombenangriffe mitbekommen«, sagte Karl. »Aber nicht so massiv.«

»Ich werde diese Geräusche und die Druckwellen nie vergessen«, meinte Martha leise. »Und den Staub.«

»Ihr Armen, was ihr habt mitmachen müssen«, sagte Sofie.

»Wie es wohl unseren Familien in Deutschland geht?«, fragte Margret Goldmann. »Man hört ja nichts mehr.«

»Ich habe unsere Freunde in Amsterdam telefonisch erreicht«, erzählte Karl. »Aber die Leitung war sehr schlecht, und mir schien es so, als würden sie nicht mit der Wahrheit herausrücken.«

»Vielleicht werden die Leitungen abgehört?«

»Das werden sie ganz sicher«, meinte Walter. »Vor allem bei Gesprächen nach Übersee. Die Braunen wollen bestimmt wissen, was hier vor sich geht und wie Amerika zum Krieg steht.«

»Die Amerikaner werden sich nicht einmischen, nicht diesmal«, meinte Karl.

»Aber das haben sie doch beim Großen Krieg getan, warum nicht jetzt?«, fragte Sofie. »Viele Amerikaner – fast alle – haben ja europäische Wurzeln, ihnen müsste doch das Wohl ihrer Heimatländer am Herzen liegen.«

»Es wird darüber gesprochen, dass hier die Wehrpflicht eingeführt wird«, sagte Walter. »Das wäre das erste Mal, dass so etwas in Friedenszeiten beschlossen würde.«

»Friedenszeiten?« Martha schnaubte.

»Nun, die Amerikaner sind ja nicht primär bedroht. Und Hitler wird nicht über den Atlantik kommen und hier eine weitere Front eröffnen. Er hat ja noch nicht einmal England erobert.«

»Aber fast alles andere. Und Mussolini ist auch nicht besser. Da haben sich zwei gesucht und gefunden. Männer mit einer grauenvollen Selbstüberschätzung und einer schrecklichen Verachtung Schwächeren gegenüber.«

»Auch Mussolini sieht die Juden als minderwertig«, fügte Fritz Goldstein hinzu. »Ein Teil meiner Familie ist nach Italien gegangen – aber dort wird es ihnen nicht besser ergehen als in Deutschland.«

»Hast du etwas von ihnen gehört?«, fragte Martha.

Fritz schüttelte den Kopf. »Nichts. Ich versuche es nun über das Rote Kreuz – aber von hier aus ist das schwierig.«

»Ich mache mir so Sorgen um unsere Familie, um meine Mutter und Karls Eltern.«

»Meine Eltern meinten, sie hätten nichts zu befürchten, weil sie so alt sind. Ich habe da inzwischen große Zweifel«, sagte Karl verzagt. »Und dann ist da noch meine Schwester und ihr Sohn. Hans ist so alt wie Ruth. Wir würden sie so gerne zu uns holen – aber selbst wenn wir ein Affidavit für sie übernehmen, kommt nun niemand mehr aus Deutschland heraus.«

»So geht es uns mit unseren Eltern auch«, sagte Margret. »Sie fanden die Nürnberger Gesetze und alles, was dann folgte, zwar grässlich, aber sie waren davon überzeugt, dass es irgendwann wieder besser werden würde. Wir haben auch schon lange nichts mehr von ihnen gehört – seit Kriegsausbruch. Und was sie uns davor geschrieben haben, klang nicht gut.« Sie wischte sich die Tränen von den Wangen.

»Ihr seid vermutlich die Letzten, die aus Krefeld herausgekommen sind. Wir sind ja schon viel länger hier in Amerika«, meinte Fritz nun. »Die Briefe unserer Eltern waren zum Teil sehr vage – vermutlich hatten sie Angst, dass sie gelesen und zensiert werden. Sie schrieben davon, dass sie in ›Judenhäuser‹ umziehen mussten. Ich habe das nie so ganz verstanden. Was sind ›Judenhäuser‹?«

»Das sind Häuser, Mietshäuser mit mehreren Wohnungen, die Juden gehören – na ja, gehörten, denn fast jeder von uns musste ja sein Haus ›Deutschstämmigen‹ zu lächerlichen Preisen überlassen. In diese Wohnungen mussten wir alle nach der Pogromnacht ziehen, meist mehrere Familien in eine Wohnung«, erklärte Karl mit belegter Stimme. »Wir durften in die Bismarckstraße zu den Gompetz ziehen, sie haben uns aufgenommen.« Karl sah zu Walter und Sofie und nickte ihnen zu. »Nach und nach zogen immer mehr Juden in das Haus – es waren drei große Wohnungen und die Mansarde.«

»Karls Eltern haben ein kleines Haus in der Klosterstraße. Sie haben meine Mutter und Karls Schwester mit ihrem Sohn Hans dort aufgenommen. Das Haus ist wirklich sehr klein, aber immerhin mussten sie nicht ausziehen.«

»Soweit du weißt«, sagte Ruth düster.

»Als wir Krefeld verließen, wohnten sie noch dort.«

»Das war im August des letzten Jahres.« Ruth sah sie an. »Wer weiß, was in der Zwischenzeit alles passiert ist.«

Martha kniff die Lippen zusammen und schluckte, nickte dann. »Wir können es nicht wissen, solange wir keinen Kontakt haben.«

»Meine Eltern waren zuversichtlich«, sagte Fritz. »Ich bin es nicht mehr.«

»Ja, wie sollen sie ihren Lebensabend verbringen, wenn sie so zusammengepfercht sind. Und warum machen die Nazis das überhaupt? Meine Eltern haben für ihr Haus redlich gearbeitet und es bezahlt. Sie wollten dort ihren Lebensabend verbringen. Bisher habe ich auch immer geglaubt, dass sie dort noch wohnen.«

Martha schüttelte den Kopf. »Niemand, den ich kenne und der Eigentum hatte, wohnte noch darin, als wir gingen. Niemand. Noch nicht mal so Leute wie Richard Merländer, die ja reich sind.«

»Richard war reich«, sagte Karl. »Ich bezweifle, dass sie ihm sein Geld gelassen haben. Ich hoffe, er ist auch ins Ausland gegangen, er hatte ja genügend Beziehungen und sollte es vielleicht geschafft haben.«

»Merländer ist doch ein 175er, ein warmer Bruder«, sagte Walter.

»Na und?«, gab Martha zurück. »Es ist doch egal, wen er liebt und warum – er ist ein sehr netter Mensch. Immer höflich und zuvorkommend.«

»Er ist Jude, auch wenn er vermutlich mit dem Glauben nicht viel am Hut hat, und zudem noch … nun ja. Ich glaube kaum, dass ihm da seine Beziehungen etwas nützen«, versuchte Walter zu erklären. »Ich habe ihn nur ein paar Mal getroffen – auch bei euch – und ja, er schien ein angenehmer Mensch zu sein. Aber das hilft einem heute in Deutschland nicht mehr«, brummte er.

Martha stand auf und ging in die Küche, Sofie und Margret folgten ihr. Die Männer beugten sich über die Zeitung und versuchten, herauszufinden, wo welche Front war. Karl hatte eine Karte besorgt, dort zeichnete er mit Bleistift den Verlauf der Fronten ein und radierte ihn aus, sobald sich etwas änderte.

»Du wirst bald eine neue Karte brauchen«, sagte Fritz. »Man kann ja kaum noch etwas erkennen.«

Ruth zog Ilse mit sich in ihr Zimmer. Leise schloss sie die Tür hinter sich und ließ sich dann auf ihr Bett fallen. »Mich macht das so müde«, gestand sie.

»Was?«, fragte Ilse und guckte zur Tür. »Sollten wir nicht … Mutti in der Küche helfen?«

»Sie sind da zu dritt. Da passen wir beide doch gar nicht mehr rein.«

»Aber wir sollten den Tisch decken.«

»Das machen wir auch, wenn es so weit ist.« Ruth streifte die Schuhe von den Füßen, drehte sich auf den Bauch und stützte den Kopf mit den Händen ab. »Ich mag das nicht, wenn sie zusammen sind und darüber sprechen. Ich habe dann immerzu Angst, dass Mutti wieder einen Nervenzusammenbruch bekommt, so wie damals.«

»Mutti macht doch einen ganz guten Eindruck.«

»Außer wenn man über Krefeld oder über die Familie spricht.«

»Hast du nicht Margret Goldberg gesehen? Sie sah schlimmer aus als Mutti, sie hatte lauter hektische Flecke im Gesicht.« Ilse überlegte kurz. »Und Sofie kommen auch ständig die Tränen. Ich glaube, das ist normal.«

»Das mag sein.« Ruth seufzte. »Ich wünschte nur, es wäre alles anders.«

»Du? Du bist doch die, die immer alles pragmatisch sieht, die mit allen Schwierigkeiten klarkommt.«

»Das täuscht, Ilse. Manchmal wäre ich gerne jemand ganz anderes.«

»Das wünschen wir uns doch alle manchmal, ich wette, sogar Mutti wünscht sich das.«

Ruth lachte leise und drehte sich zu Ilse um, die auf ihrem Bett auf der anderen Seite des Zimmers saß. »Was glaubst du, wer sie sein wollte?«

Ilse überlegte. »Das weiß ich nicht, aber sicherlich nicht die Frau eines Besenverkäufers.«

Ruth kniff die Augen zusammen. »Mutti wäre gerne die Frau eines erfolgreichen Autoverkäufers, vielleicht sogar die des Verkaufsleiters oder gar die vom Chef des Autohauses.«

»Und ihr Mann müsste natürlich immer den allerneuesten Wagen fahren. Und jeden Tag käme ein Junge aus der Nachbarschaft und müsste den Wagen polieren«, spann Ilse den Gedanken weiter.

»Sie hätte wieder eine Köchin und eine Zugehfrau. Und natürlich ein wunderschönes Haus – hier irgendwo am Lake Michigan.«

»Sie würde wohltätige Arbeiten machen und wäre in der örtlichen Theatergruppe.«

Die beiden Mädchen sahen sich an und lachten dann.

»Aber was, wenn wir sie ganz falsch einschätzen? Was, wenn sie früher ganz andere Träume gehabt hat? Immer etwas ganz anderes sein wollte, als sie jetzt ist – Ehefrau und Mutter«, mutmaßte Ruth.

»Was könnte denn das gewesen sein? Nein, Mutti wollte schon immer heiraten und Kinder haben.«

»Woher willst du das wissen? Vielleicht gibt es da einen Bereich in ihr, den wir einfach gar nicht kennen? So etwas wie ein Schatzkästchen, das sie irgendwann geschlossen und versteckt hat? Ein Schatzkästchen voller unerfüllter Träume.«

Ilse sah Ruth nachdenklich an. Aber bevor sie etwas sagen konnte, hörten sie Martha rufen: »Ruth, Ilse, deckt den Tisch!«

»Ich wusste, dass das irgendwann kommt.« Ruth grinste und stand auf.

»Nehmt ein Bettlaken aus dem Schrank«, wies Martha sie an. »Das legt ihr auf den Tisch. Und auf das Laken kommt die Tischdecke, die ich auf die Anrichte gelegt habe.«

»Warum muss noch ein Laken unter die Tischdecke?«, fragte Ilse verblüfft.

»Jetzt haben wir den Tisch von Deutschland nach England und von England nach Amerika bekommen«, erklärte Martha. »Und er hat keinen Kratzer abbekommen – oder jedenfalls so gut wie keinen –, und das soll auch so bleiben. Deshalb kommt das Laken unter die Tischdecke.«

»Jetzt wird sie schrullig«, wisperte Ruth ihrer Schwester zu.

Martha drehte sich zu ihrer Tochter um. »Das habe ich gehört, Fräulein«, sagte sie und wackelte drohend mit dem Zeigefinger, lächelte aber dann verzeihend. »Irgendwann wirst du begreifen, wie wichtig einem manche Gegenstände sein können.«

Später, nachdem die Gäste gegangen waren, lagen Ruth und Ilse zusammen in ihrem Zimmer. Obwohl Martha noch einmal vorgeschlagen hatte, dass Ilse das kleine Räumchen nehmen sollte, nachdem sie alles ausgeräumt und einsortiert hatten, wollten sich die Mädchen ihr Zimmer weiterhin teilen. Und jetzt, da auch die letzten Möbel und Dinge angekommen waren, standen in dem kleinen Raum nur ein Schränkchen und zwei Regale sowie Karls Sessel.

Ilse hatte die Arme unter dem Kopf verschränkt und schaute zum Fenster. Immer noch zogen sie die Vorhänge wieder auf, nachdem sie bettfertig waren, und schauten in den Himmel. Auch nach einigen Wochen war es phantastisch, dass sie nicht verdunkeln mussten und dass es keine Bombenangriffe geben würde. Die Angst davor saß tief in ihren Knochen und in ihrem Gedächtnis. Das merkten sie dann, wenn irgendwo die Sirene eines Polizeiautos aufheulte oder es Feueralarm gab. Dann schauten sie sich hektisch um, suchten innerlich die wichtigsten Sachen zusammen und überlegten, wo der nächste Bunker sein könnte. Erst wenn sie diese Gedanken zu Ende gedacht hatten, atmeten sie auf, und manchmal lachten sie dann auch – es gab keine Bunker, und man brauchte auch keine. Die Nazis waren weit weg.

»Ich habe darüber nachgedacht«, sagte Ilse. Ihre Stimme klang schon leicht schläfrig.

»Worüber?«

»Ob Mutti vielleicht doch etwas ganz anders hatte sein wollen. Früher, bevor sie Vati getroffen hat.«

»Und?«

»Vielleicht hatte sie Träume, Träume, die sie uns nie eingestehen würde. Sie geht doch so gerne ins Theater und in die Oper. Sie kennt die Geschichten der Opern alle – bis ins kleinste Detail.«

»Das stimmt«, sagte Ruth überrascht. »Darüber habe ich noch gar nicht nachgedacht. Du könntest recht haben.« Sie überlegte. »Vielleicht wollte Mutti ja früher Schauspielerin werden. Oder Sängerin? Nein, dafür singt sie nicht gut genug …« Ruth schaute zu Ilse, doch die hatte sich zur Seite gedreht und schlief – tief und fest.

Sie hat einen gesegneten Schlaf, dachte Ruth amüsiert und schloss auch die Augen.

Mit Sorge verfolgten sie in der nächsten Zeit die Nachrichten. Karl kaufte fast jeden Tag eine Zeitung. An den Wochenenden gingen er und Martha nun oft zu den Gompetz', denn die hatten ein Radio. Dort hörten sie die Nachrichten und Berichte der Reporter aus London. »Here is London«, war eine Sendung, die zum Teil direkt aus der Stadt sendete, auch wenn Bombenangriffe waren. Und die Deutschen griffen England Tag und Nacht an – »The Blitz« wurde es umgangssprachlich genannt. Ein fürchterlicher Luftkrieg, der über dem Land tobte.

Sie hatten nur kurze Zeit in England gewohnt, und eine wirkliche Heimat war es nie geworden, aber dennoch fühlten die Meyers sich mit den Engländern verbunden. Schließlich schien England das einzige Land zu sein, das Hitler noch die Stirn bot. Und England hatte sie aufgenommen, ihnen eine Weile Schutz geboten.

Aber sie waren nicht die Einzigen, die plötzlich anders über den Krieg dachten, und das lag zum Teil wohl auch an der Berichterstattung. Vor wenigen Wochen noch hatte fast jeder abgewinkt, wenn es um Europa ging. Aber nun kamen andere Stimmen auf. Man las nicht nur von den Kampfhandlungen, man konnte sie hören. Das Radio trug den weit entfernten Krieg in die Wohnzimmer der Amerikaner.

Auch auf Ruths Arbeit wurde manchmal darüber geredet. Allerdings war man bei »Fancy Frocks« doch eher an anderen

Themen interessiert – die neuste Mode, die neusten Filme und höchstens noch ein wenig der Wahlkampf zur Präsidentschaftswahl im November.

Ruth hatte sich inzwischen sehr mit Marcella angefreundet, obwohl Marcy drei Jahre älter war als sie. Manchmal lud Marcella Ruth am Sonntag zu sich nach Hause ein. Sie wohnte noch bei ihren Eltern, ihr Bruder mit Frau und Kind wohnte nebenan – überhaupt schien die gesamte Familie den Wohnblock zu bevölkern. Es war immer voll, immer laut und immer lustig. Gegen Nachmittag wurden die Tische zusammengeschoben, und große Schüsseln und Töpfe wurden aufgetragen. Jeder bekam etwas zu essen – meist Nudeln mit einer schmackhaften Soße.

Gesprochen wurde ein Mischmasch aus Englisch und Italienisch, was Ruth sehr witzig fand. Sie hatte Marcella und ihrer Familie Fotografien aus Deutschland gezeigt – ihr Elternhaus in Krefeld, das Automobil, Bilder von den Urlauben an der See.

»Wieso hattet ihr einen Wagen, wenn dein Vater gar nicht Auto fahren kann?«, fragte Marcella verblüfft.

»Er hatte einen Chauffeur«, erklärte Ruth.

»Personal – ihr hattet also Personal?«, wollte Maria, Marcellas Mutter, wissen. »Mama mia, dann müsst ihr ja sehr reich sein.«

»Reich waren wir nicht«, versuchte Ruth zu erläutern. »Wohlhabend vielleicht, aber nicht reich.« Sie suchte in ihrem Fotoalbum und fand ein Bild von der Villa Merländer. »Das war eins der Nachbarhäuser. Der Besitzer war wirklich reich.«

»Das sieht aus wie ein Palast. Ich kenne niemanden, der ein eigenes Haus hat und schon gar nicht so eins«, sagte Marcella ehrfürchtig. »Warum musst du denn dann arbeiten gehen? Und warum bei ›Fancy Frocks‹?«

»Wir durften unser Geld nicht mitnehmen. Die Nazis haben uns das Haus weggenommen.«

»Und nun sie machen Krieg überall«, tönte Marcellas Großvater, der immer noch einen schweren italienischen Akzent hatte. »Unser Duce ist nicht besser, macht gemeinsame Sache mit Hitler. Schlimm isses alles in Heimat.«

»Ach, Grandpa, du warst ein Kind, als du nach Amerika gekommen bist.« Marcella lachte. »Du kannst dich doch an Italien gar nicht mehr erinnern. Und unser Präsident heißt Roosevelt, nicht Duce.«

»Mussolini hat viel für Italien getan, aber er ist machthungrig«, sagte nun Marcellas Vater Bruno. »Das wird noch einen schlimmen Ausgang nehmen. Ich bin froh, dass Roosevelt ein weiteres Mal kandidiert. Er wird das Land weiter stabil machen und uns schön aus dem Krieg heraushalten.«

»Warum hat er denn dann den Wehrdienst wieder eingeführt? Lorenzo wird zur Armee gehen müssen.«

»Das ist nur eine Vorsichtsmaßnahme.« Marcellas Vater winkte ab. »Zwölf Monate lang müssen sie eine Grundausbildung machen und dem Land zur Verfügung stehen. Und es sind ja nur ein paar Tausend, die einberufen werden.«

»Einberufen? Es ist ein Losverfahren. Und das Los ist seltsamerweise auf viele hier im Viertel gefallen. Ich kenne mindestens drei. Aber ich glaube nicht, dass die Jungs aus den reichen Vierteln eingezogen werden.« Maria stieß einen lauten italienischen Fluch aus.

Marcella wurde rot. »Mama!«, sagte sie entsetzt. »Wir haben doch Besuch.«

Marcellas Mutter schaute zu Ruth. »Hast du verstanden, was ich gesagt habe?«, fragte sie.

Ruth verstand noch nicht einmal alles, was sie auf Englisch sagten, von den italienischen Wörtern ganz zu schweigen. Aber der Tonfall hatte gereicht, um zu verstehen, dass es nicht ganz anständig gewesen war. »Nein«, sagte sie und setzte ihr freundlichstes Lächeln auf.

»Siehst du?«, sagte Maria und nickte zufrieden.

»Der Krieg wird nie und nimmer hierherkommen. Und falls doch, dann müssen Deutschland und Italien wirklich sehr stark sein. Immerhin hätten wir dann einen Vorteil durch unsere Herkunft«, meinte Bruno. »Aber so weit wird es nicht kommen. Roosevelt rasselt nur ein wenig mit den Säbeln, damit die Deutschen wissen, dass wir nicht ganz unvorbereitet sind.«

Sie diskutierten noch den ganzen Abend. Ruth schwirrte der Kopf, als sie nach Hause ging. Sie mochte die Familie, sie liebte den Trubel dort und die Herzlichkeit. Und jedes Mal, wenn sie wieder in die elterliche Wohnung kam, fiel ihr der Unterschied zu der Stimmung bei ihnen auf.

Selbst wenn Besuch da war, war es doch bei ihnen geordneter und ruhiger. Bisher hatte sie Marcella noch nicht zu sich nach Hause eingeladen, obwohl sie das schon gerne wollte. Aber sie war sich nicht sicher, ob sich Marcella bei ihnen so wohlfühlen würde, wie Ruth es bei ihrer Familie tat.

Woran mochte das liegen? Ihre Eltern hatten früher viel und oft gefeiert, hatten oft Gäste gehabt. Und auch die Wochenenden in ihrem Häuschen an den Niepkuhlen waren legendär in Krefeld gewesen.

Wir sind innerlich noch nicht angekommen, wurde Ruth klar. Die Wohnung ist eingerichtet, wir finden uns in den Alltag ein, aber Mutti geht es bestimmt so wie mir – ich denke immer daran, wo die wichtigsten Sachen sind, wenn wir schnell fliehen müssten. Ob sich das jemals geben wird?

Als sie an diesem Abend nach Hause kam, hatte sie jedoch einen Entschluss gefasst.

»Mutti, darf ich nächstes Wochenende meine Freundin Marcella zu uns einladen?«

»Marcella, was ist das denn für ein Name?«, brummte Karl missmutig und blätterte die Zeitung geräuschvoll um.

»Das ist ein italienischer Name«, sagte Martha und schmunzelte. »Du weißt doch, dass viele in ihrer Firma italienische Wurzeln haben.«

»Mussolini«, grummelte Karl.

»Hör nicht auf ihn, er hat schlechte Laune«, sagte Martha und lachte leise. »Das gibt sich bald wieder. Natürlich darfst du sie einladen. Ich dachte, du fragst nie.«

Kapitel 9

Der Herbst kam mit aller Macht. Es war zwar nicht so kalt wie gewöhnlich, versicherten alle Ruth, aber es war sehr windig und regnerisch.

Ruth fühlte sich immer noch wohl in der Fabrik, kannte viele der Gesichter, freute sich darauf, ihre Freundinnen zu sehen. Inzwischen musste sie nicht mehr nur Innentaschen zusammennähen. Die Vorarbeiterin hatte bemerkt, wie geschickt Ruth an der Maschine war und wie gut sie mit Stoff umgehen konnte, deshalb durfte sie nun anspruchsvollere Stücke zusammennähen.

Dennoch blieb es eine eintönige Arbeit. Jetzt im Herbst nähten sie die Frühjahrs- und Sommerkollektion des nächsten Jahres. Dünne, bunte Stoffe, der Schnitt ein wenig frecher noch als im vergangenen Jahr.

An einem Abend nach ihrer Schicht ging Ruth mit Francy an den fertigen Kleidern vorbei zum Ausgang.

Ruth seufzte beim Anblick der hübschen Röcke und Blusen. »Ich hoffe, ich kann mir so etwas im nächsten Jahr leisten.«

»Warum solltest du nicht?«, fragte Francy. Dann sah sie Ruth prüfend an. »Aber vorher solltest du dir vielleicht noch einen vernünftigen Wintermantel anschaffen. Und Nylons. Und deine Kleider …«

Ruth biss sich auf die Lippen. »Was ist mit meinen Kleidern?«, presste sie hervor.

»Ich weiß ja nicht, wie das Wetter bei euch zu Hause war, aber die Winter hier sind kalt. Sehr kalt. Und es schneit. Es schneit oft und viel. Du trägst immer so dünne Kleider – frierst du nicht?«

»Ich … ich habe nichts anderes mehr, was mir passt«, stammelte Ruth verlegen. »Und wir müssen sparen. Meine Schwester wächst, als würden sie ihr in der Schule an Kopf und Füßen ziehen. Sie braucht als Erste neue Sachen.«

»Du bist doch so geschickt mit Nadel und Faden«, sagte Francy und schüttelte den Kopf. »Das dürfte doch für dich kein Problem sein. Ich mache nur meine Arbeit, das, was mir gezeigt wurde. Aber nähen würde ich das nicht nennen. Ich füge Stoffteile zusammen. Das könnten aber auch Zelte sein oder Bettwäsche. Ich nähe jeden Tag eine bestimmte Naht – das kann ich, aber was daraus wird, davon habe ich keine Ahnung und dafür auch kein Gefühl. Aber du?« Sie sah Ruth an. »Du siehst schon immer, was das werden soll. Du hast eine Vorstellung davon. Und du kannst es umsetzen. Hast du nicht eine Nähmaschine zu Hause?«

»Eine kleine Maschine. Die reicht für den Hausgebrauch.« Ruth lachte, es klang bitter. »Aber an Ilses Kleidern gibt es keine Nähte mehr, die ich auslassen könnte.«

»Du Dummerchen«, sagte Francy und blieb stehen. Sie sah ihre Freundin verwirrt an. »Weißt du das wirklich nicht? Komm.« Sie nahm Ruth bei der Hand, zog sie wieder ins Gebäude und zur Kellertreppe.

Im Keller – das wusste Ruth – befanden sich verschiedene Lagerräume. »Was willst du hier unten? Dürfen wir überhaupt hier hin?«

»Ich will dir etwas zeigen. Normalerweise muss man Mrs. Rossi fragen, aber die ist ja jetzt nicht mehr da. Die Keller sind abgeschlossen, aber ich weiß, wo der Schlüssel ist.« Sie lächelte verschmitzt. »Hier unten liegen auch Reste der alten Kollektion. Manchmal auch Fehlproduktionen, wenn Nähte nicht richtig genäht wurden oder jemand etwas falsch ausgeschnitten und man das erst am Ende registriert hat. Ich würde das nie merken, wenn mir jemand zwei verschieden lange Ärmel zum Annähen gibt – ich mache einfach meinen Job. Meist fällt das nach dem ersten Durchgang auf. Manchmal werden die Nähte aufgetrennt und neu gemacht, manchmal aber auch nicht.« Sie hatte schnell geredet, holte nun Luft und ging um eine Ecke, stellte sich an einem Vorsprung auf die Zehenspitzen und zog einen großen Schlüssel hervor. »Ich wusste doch, dass der hier ist. Nun, hier unten liegt also B- und C- Ware. Oder unverkäufliche Fehlproduktion. Auch noch von dieser Saison – also Wintersachen.«

»Oh!«

»Wir können sie zum Vorzugspreis und billiger kaufen – meist zum Saisonwechsel. Aber du bist ja erst später dazugekommen. Dennoch bin ich mir sicher, dass noch einiges da ist. Wir können die Sachen also kaufen, und so geschickt, wie du bist, kannst du sicherlich etwas daraus machen, egal, wie verkorkst es ist.«

Ruth war sprachlos. Das hatte sie nicht gewusst, und es eröffnete ihr Möglichkeiten, von denen sie nicht zu träumen gewagt hatte.

Zwei Kellerräume musste Francy aufschließen, bis sie das gesuchte Lager endlich fand. Sie schaltete das Licht ein.

Tatsächlich lagen hier noch einige Stapel Winterware, die

nicht in den Verkauf gekommen war. Es gab Mäntel mit schräg angesetzten Krägen, verschnittenen Ärmeln und ungleichen Seitenteilen. Zudem gab es auch Kleider, die falsch zugeschnitten oder genäht worden waren. Die Stoffe waren in Ordnung, obwohl Ruth natürlich wusste, dass in dieser Fabrik die Quantität eine viel größere Rolle spielte als die Qualität. Dennoch lagen hier Schätze vor ihr.

»Sprich morgen mit Mrs. Rossi«, sagte Francy, »wenn du meinst, dass du irgendetwas gebrauchen kannst.«

»Das werde ich tun«, sagte Ruth dankbar.

An diesem Abend war sie unruhig. Nach dem Essen holte sie ihre alte kleine Nähmaschine hervor, die ihr Omi geschenkt hatte, und überprüfte alles. Sie brauchte neues Nähgarn und neue Nadeln – Maschinennadeln für diese Maschine. Aber sie wusste nicht, ob es die in Amerika gab.

Ich werde es herausfinden, dachte sie, als sie zu Bett ging. Hier gibt es alles, es wird auch irgendwo Nadeln für die alte Maschine geben. Jemand in der Gemeinde wird es wissen. Bis zu diesem Moment war sie nur mit gemischten Gefühlen zu den Versammlungen in der Synagoge gegangen. In Krefeld war sie fast jeden Samstag zur Synagoge gegangen – aber nicht wegen des Gottesdienstes, sondern um ihre Freundinnen zu treffen. Ihre Familie hatte selten die Feiertage eingehalten, einen Sederabend hatten sie zuletzt gefeiert, als Ruth ein kleines Mädchen gewesen war. Ilse würde sich daran gar nicht mehr erinnern, war sich Ruth sicher. Ihre Mutter ging jeden Samstag zur Synagoge, traf sich auch an den Wochentagen mit den Mitgliedern der Gemeinde. Es gab Sprachkurse, Thoratreffen und vieles andere mehr. Karl, Ruth und Ilse hatten in der Woche dafür keine Zeit. Und Ruth hatte bei den wenigen Treffen noch keine engen Kontakte aufgebaut. Ja, da waren Inge Hirsch und Anna Goldberg, Lisa Weizmann und Sarah Friedmann. Es gab einige Mädchen in ihrem Alter, aber befreundet war sie mit Marcella, Francy und Julie. Mit ihnen verbrachte sie ihre Freizeit, ihre Pausen und vor allem die Arbeitszeit.

»Woran denkst du?«, fragte Ilse Ruth leise, als sie so nebeneinander im Zimmer lagen. Immer noch waren die Vorhänge nachts geöffnet, aber inzwischen zog der kalte Wind durch die Fensterritzen.

»Macht es dir etwas aus, wenn ich die Vorhänge zuziehe?«, fragte Ruth verzagt. »Es ist kalt ...«

»Ich habe mich nicht getraut, dich zu fragen«, gestand Ilse.

Ruth stand auf, zog die dicken Vorhänge zu und legte sich wieder ins Bett. Es war plötzlich sehr dunkel, aber auch der unangenehme Windzug hatte aufgehört.

»Weißt du noch«, sinnierte Ilse, »vor ein paar Wochen hast du mich gefragt, ob ich mir vorstellen könnte, dass Mutti etwas ganz Anderes hätte sein wollen als Mutti.«

»Hmmhmm.«

»Was willst du sein? Was willst du werden?«

Ruth hielt den Atem an, die Frage traf sie unverhofft. Doch andersherum auch wieder nicht. Ständig machte sie sich darüber Gedanken, schob sie weg, machte sie sich wieder. Es war alles nicht so einfach, hatte sie festgestellt.

»Ich weiß es nicht«, gab sie zu. »Ich möchte einerseits so viel, aber dann auch wieder – gar nichts. Das ist schwer zu erklären.«

»Gar nichts? Du? Das glaube ich nicht.«

Ruth seufzte in die Dunkelheit. Irgendwie schien es plötzlich einfacher zu sein, über solche Dinge zu reden, während das

Licht der Nacht, der Straße, der Stadt nicht mehr in das Zimmer schien. Es war plötzlich eine andere Art von Abgeschiedenheit, von Intimität, aber auch von Anonymität – selbst unter den Schwestern. Manche Dinge, die man sonst nur dachte, konnte man nur so aussprechen – im Dunkeln.

»Weißt du, die Arbeit, die ich mache, ist stupide, einfach, simpel. Jeder kann das – auch du würdest es in drei Tagen lernen.« Sie stockte, kaute auf ihrer Wange. »Will ich das bis zu meinem Lebensende machen? Nein! Auf keinen Fall! Es wäre aber machbar – ich könnte das tagaus, tagein tun, wenn ich müsste. Aber da muss doch noch mehr sein. Mehr Leben.«

Ilse wälzte sich unruhig in ihrem Bett. Ruth schaltete das Nachtlicht auf ihrer Kommode an und schaute zu ihrer Schwester. »Ist das was, was du nicht hören willst?«, fragte sie unverblümt.

»So ist das nicht«, sagte Ilse. »Aber ich habe mir eine andere Antwort von dir erwünscht.«

»Welche?«

Ilse zog die Stirn kraus. »Du warst immer so klar, hattest Plan A, B und C. Wenn A nicht klappt, mache ich B, und wenn das nicht klappt, dann … Aber jetzt … jetzt scheinst du unsicher zu sein.«

Ruth merkte, dass sie ärgerlich wurde. Sie versuchte jedoch, ihren Ärger hinunterzuschlucken. »Hast du einen Plan? Hast du Vorstellungen? Wünsche? Was willst du werden?«, fragte sie stattdessen.

»Ich will die Schule schaffen«, sagte Ilse; ihre Stimme klang gepresst.

Sofort hatte Ruth ihren Ärger vergessen. »Aber das wirst du doch.«

»Ich weiß nicht, ich habe so viel verpasst. In manchen Fächern scheine ich mehr zu wissen als die anderen ... aber sicher bin ich mir da nicht. Und in anderen, Himmel hilf – da hänge ich so etwas von hinterher.«

»Du sitzt jeden Tag über deinen Büchern. Wenn ich von der Arbeit komme, sitzt du über den Büchern, du stehst mit mir auf, auch wenn du es nicht müsstest, und lernst – wie kannst du da Zweifel haben?«

»Weil ich so viel verpasst habe, Ruth. Zwei Jahre Unterricht. Geometrie und Algebra – das hatten sie noch nicht so wie ich. Aber in Englisch ... da lesen wir Texte und sollen sie interpretieren – ich versteh den Text ja noch nicht einmal ganz. Und Chemie ... puhhhh. Ich versuche das aufzuholen, aber ich weiß nicht, ob ich das schaffe.«

»Und nach der Schule? Ich meine, du musst doch inzwischen Wünsche haben, Vorstellungen – etwas, was du werden willst?«

»Hast du das?«

Ruth schluckte. »Irgendwann, als ich klein war, hatte ich diesen Wunsch, Medizin zu studieren. Ich wollte Ärztin werden. Davon habe ich nie jemandem erzählt. Aber ich wollte immer unbedingt Leben retten.«

»Wegen Leni?«

Ruth schnappte nach Luft. »Du erinnerst dich an Leni?«, fragte sie fast tonlos.

»Natürlich. Leni war mehr für uns da – im Alltag – als Mutti. Leni war immer da. Und dann nicht mehr. Von einem Tag auf den anderen. Wir sind zu einer Wohnung gefahren – mit der Straßenbahn. Mutti, du und ich. Es war ganz komisch. Und dann war da Leni, unser Kindermädchen, das immerzu und immer da war – immer. Sie war so lieb, auch wenn sie manchmal mit uns geschimpft hat – aber wenn sie das tat, dann zu Recht.« Ilse schniefte plötzlich. »Sie war warm und weich und hat immer so gut geduftet. Und sie hatte immer Trost, egal, welchen Kummer man hatte.«

»Leni war eine wunderbare Frau«, sagte Ruth leise. »Aber sie musste sterben. Das fand ich schrecklich. Und deshalb wollte ich Ärztin werden. Ich wollte Leben retten.«

»Wollte … willst du das nicht mehr?«

Ruth lachte, ein bitteres Lachen. »Ich habe keinen Schulabschluss, ich kann hier nicht studieren.«

»Du kannst doch den Schulabschluss nachholen … das geht, es gibt Abendklassen.«

»Das weiß ich, Ilse«, sagte Ruth, und ihre Stimme klang bitter. »Aber nach der Arbeit zur Schule gehen und einen Abschluss machen? Ich glaube nicht, dass ich das schaffe. Und ich weiß auch nicht, ob ich jetzt noch Ärztin werden wollte.«

»Was dann?«

»Ich weiß es nicht, aber mein Leben lang an einer Industrienähmaschine will ich nicht sitzen.«

»Was ist denn mit deinen Freundinnen? Mit Marcy und Francy? Welche Träume haben sie?«

Ruth lachte auf. »Sie wollen an der Nähmaschine sitzen, bis sie heiraten.«

»Wie meinst du das?«, fragte Ilse verunsichert.

»Nun, ihr Lebenstraum ist es, zu heiraten. Einen Mann zu finden, Kinder zu bekommen. Einen Mann, der sie versorgt …«

»Ach so«, sagte Ilse und dachte nach. »Aber … willst du das nicht?«

»Nein. Doch. Nein – ich will heiraten. Natürlich. Ich will den Mann meiner Träume finden. Ich will jemanden finden, der mich auffängt und liebt. Natürlich will ich das«, sagte Ruth mit Nachdruck. »Aber ich will nicht heiraten um des Heiratens willen. Nur weil mir ein Mann Avancen macht. Was, wenn keiner kommt, der meinen Vorstellungen entspricht? Da werde ich lieber alte Jungfer.« Sie nickte energisch, stieß den Atem aus. »Dann will ich aber eine Arbeit haben, die mich erfüllt, die mich glücklich macht.«

»Etwas mit Stoffen, mit Kleidung. Du solltest Designerin werden und Kleider entwerfen.«

»Wenn wir noch in Europa wären, würde ich das vielleicht tun. Nach Paris gehen und die Haute Couture erlernen. Ja, das könnte ich mir vorstellen. Aber nicht hier, nicht in Amerika.«

»Warum nicht? Du kannst so gut nähen, du kannst hässliche Kleider zu wunderschönen machen, du hast ein Gefühl für Stoffe und Schnitte.«

»Das mag sein«, sagte Ruth nüchtern. »Aber das bringt mich nirgendwo hin.«

»Aber ... aber du könntest doch versuchen, bei ›Fancy Frocks‹ Kleider zu entwerfen.«

Ruth lachte auf, kurz und bitter. »Sie entwerfen keine Kleider, sie kaufen Schnittmuster und nähen sie nach. Wie Schafe. Auch wenn der Kragen anders genäht viel besser passen würde – sie bleiben bei den Mustern. Ich habe mit der Vorarbeiterin gesprochen, mehrfach. Es ist nicht so, als wenn sie es nicht wollen, aber sie dürfen es nicht. Sie haben die Muster von einer anderen Firma gekauft, und laut Vertrag müssen sie so nähen, wie es vorgegeben ist. Und nur das nehmen die Geschäfte ab, mit denen sie Verträge haben.« Ruth seufzte. »Amerika ist frei – aber nicht so frei, wie man denkt. Es gibt Konzerne, große Gesellschaften, Geschäfte, die machen die Verträge und letztendlich das Geld. Es ist eine Kette von Dienstleistungen. Um selbst etwas zu machen, braucht man Geld, viel Geld. Möglich ist das – aber … es kann dauern. Und ich kann das nicht.«

»Warum nicht?«

»Ach, Ilse.« Ruth schaute im Dunkeln zu ihrer Schwester. »Weil wir das Geld brauchen, das ich verdiene. Mutti und Vati …«

»Aber Vati hat doch Arbeit. Er bringt doch Woche für Woche einen Gehaltscheck nach Hause.«

»Ja, das tut er. Und er verdient nicht schlecht. Aber wir haben keine Rücklagen mehr. Dafür aber ständige Ausgaben – Miete, Strom und Lebensmittel.« Sie schluckte. »Dein Schulgeld …«

Ilse räusperte sich, dann setzte sie sich in ihrem Bett auf, Ruth konnte es hören.

»Du gehst nicht arbeiten, damit ich zur Schule gehen kann. Das lasse ich nicht zu. Dann suche ich mir lieber selbst einen Job.«

Ruth konnte Empörung und Verzweiflung in der Stimme ihrer Schwester vernehmen. Sie stand auf, tastete sich zu Ilses Bett. »Rutsch mal«, murmelte sie.

»Hör zu, dich trifft keine Schuld. Sei nicht wütend auf mich oder die Eltern, sei wütend auf die Nazis, die uns vertrieben haben, die unser Leben … verändert haben.«

»Sie haben es nicht verändert, sie haben es umgestoßen, beseitigt und für null und nichtig erklärt. Sie haben uns alle Grundlagen genommen – die Häuser und Einkommen, die Rechte –, aber unsere Pflichten haben sie beibehalten und erhöht.« Ilse schnaufte, kuschelte sich aber an ihre Schwester. »Ich würde gerne später, wenn ich fertig bin mit der Schule, einen Beruf ergreifen, der für die Rechte anderer kämpft und einsteht.«

»Du willst Anwältin werden?«

»Würde ich gerne, aber dafür müsste ich studieren, und wie du schon gesagt hast … Geld spielt plötzlich in unserem Leben eine Rolle.« Sie schnaufte wieder. »Unsere Eltern haben sich das für uns auch anders vorgestellt, sie tragen keine Schuld, auch wenn sie es so sehen und es bedauern.«

»Wenn du die Schule gut abschließt, würde Vati sicher alles dafür tun, damit du studieren kannst«, sagte Ruth.

Ilse schwieg erst, dann drehte sie sich zur Wand. »Ich lerne, so gut ich kann. Ich lerne immer und überall. Ich versuche es zumindest, aber Vati wird mir kein Studium finanzieren. Das kann er nicht.«

»Woher willst du das wissen?«

»Er … hat es mir gesagt. Er fühlt sich schon schuldig genug, dass du arbeiten gehst und ich zur Schule …«

»Schuld. Das ist ein urjüdisches Gefühl. Es wird uns angeboren, wir saugen es mit der Muttermilch auf und erleben es als Kind. Und im Nazideutschland noch einmal mehr. Schuld, jüdisch zu sein.« Ruths Stimme zitterte vor Wut. »Es ist unfassbar. Warum? Warum ist dieses Gefühl immer da? Ich will das nicht. Ich will frei sein, aber es gelingt mir nicht.«

»Wenn alles anders gelaufen wäre, wenn die Nazis nicht die Macht ergriffen hätten, wenn alles so wäre wie früher, dann würdest du jetzt den Abschluss der höheren Schule haben und studieren.« Ilse drehte sich wieder zu ihrer Schwester.

»Wenn, wenn, wenn … ja, womöglich wäre das so. Aber vielleicht auch nicht. Hat es einen Sinn, sich darum Gedanken zu machen? Ich glaube nicht. Ich will meinen Weg gehen, meinen ganz eigenen. Das geht auch ohne Studium.«

»Und was willst du machen?«, fragte Ilse wieder.

»Das wird sich finden, Ilschen, das wird sich sicherlich finden.«

»Ich wünschte, ich wäre so optimistisch wie du.«

Manchmal bin ich gar nicht so optimistisch, dachte Ruth, aber das muss ja keiner wissen.

Am nächsten Morgen ging Ruth vor der Arbeit zu Mrs. Rossi und fragte wegen der Kleidung nach.

»Die besten Sachen sind schon weg«, sagte Mrs. Rossi nachdenklich. »Viel ist nicht mehr da, und ich weiß nicht, ob du davon etwas gebrauchen kannst.«

»Dürfte ich denn wenigstens schauen? Vielleicht ist ja doch etwas dabei, was ich nutzen könnte«, bat Ruth. Francy hatte ihr eingebläut, nicht zu sagen, dass sie schon im Keller gewesen waren, denn offiziell hatte nur Mrs. Rossi einen Schlüssel.

»Die Sachen gibt es nicht umsonst«, sagte Mrs. Rossi streng. Dann musterte sie Ruth, sah den viel zu kurzen und inzwischen fadenscheinigen Mantel und das dünne Kleid. »Ich habe gehört, dass du ganz gut an der Maschine bist. Vielleicht kannst du ja wirklich etwas mit den Sachen anfangen.« Sie stand auf. »Du bist Flüchtling, nicht wahr?«, fragte sie, als sie gemeinsam in den Keller gingen.

»Ja, wir sind aus Deutschland geflohen.«

»Ein angeheirateter Onkel von mir ist Deutscher. Er ist ganz entsetzt von dem, was in Übersee passiert.«

»Es ist ja auch entsetzlich.«

»Warum können sich die Länder nicht einigen? Wir hatten schon genug Krieg. Zum Glück sind wir ja hier nicht betroffen und werden es nie sein.«

Hoffentlich, dachte Ruth. Sie hatte nicht vor, eine politische Diskussion mit Mrs. Rossi zu führen.

Mrs. Rossi schloss die Tür auf und schaltete das Licht an. Sie sah sich prüfend um. »Wie gesagt, die besten Stücke sind schon weg. Du kannst dir raussuchen, was du haben willst, und bringst es dann zu mir nach oben. Ich schaue dann, was es kosten wird.«

»Was kostet denn ein Mantel ungefähr?«, fragte Ruth unsicher. Sie hatte zwar ein wenig Geld sparen können, aber viel war es nicht.

»Das kommt darauf an. Wir werden uns schon einig.« Freundlich nickte Mrs. Rossi ihr zu und ging dann nach oben.

Ruth hatte nicht viel Zeit, ihre Schicht würde gleich beginnen. Aber gestern schon hatte sie einige Dinge ins Auge gefasst. Sie nahm einen Mantel, zwei Kleider und zwei Röcke mit. Einen weiteren Mantel, der nicht zu sehr verschnitten war, legte sie ganz unten unter einen Stapel. Vielleicht konnte sie ihn später kaufen, wenn sie wieder Geld hatte. Bis dahin sollte ihn aber niemand anderes nehmen. Sie brachte die Sachen in Mrs. Rossis Büro.

»Komm nach der Arbeit wieder, dann kann ich dir sagen, was das kostet«, sagte Mrs. Rossi.

Den ganzen Tag überlegte Ruth, ob sie nicht zu viel genommen hatte. Dann dachte sie wieder, dass sie noch mehr hätte nehmen sollen. Es waren zwei Kleider dort gewesen, die Ilse sicher gut gepasst hätten.

Ich werde sie fragen, ob ich nach und nach noch etwas kaufen kann, beschloss Ruth.

»Was machst du heute nach der Arbeit?«, fragte Marcella Ruth in der Mittagspause.

»Ich werde nach Hause gehen. Wie jeden Tag.« Ruth lachte.

»Magst du nicht mit uns in die Stadt kommen? Sie haben die Innenstadt jetzt geschmückt. Und wir wollen durch die State Street gehen und die Schaufenster bewundern.«

»Ich freue mich jedes Jahr darauf, wenn endlich die Weihnachtsfenster bei ›Marshall Fields‹ enthüllt werden«, seufzte Francy verzückt.

»Ich auch. Dann fühle ich mich wieder so wie damals, als ich noch klein war und mit meiner Mom in die Stadt gegangen bin. Die Schaufenster machen die Vorweihnachtszeit immer zu etwas ganz Besonderem«, sagte Julie.

»Wie ist denn die Stadt geschmückt?«, fragte Ruth unsicher. »Und was sind Weihnachtsfenster?«

»Feiert ihr kein Weihnachten in Deutschland?«

»Doch«, sagte Ruth. »Natürlich.« Ihr lag auf der Zunge, dass ihre Familie allerdings kein Weihnachtsfest feierte, sondern Chanukka – was meist in dieselbe Zeit fiel wie das christliche Weihnachtsfest. Aber dann hätte sie wieder erwähnen müssen, dass sie ja Jüdin war, und hätte erklären müssen, weshalb sie Weihnachten nicht feierten. Dazu hatte sie keine Lust.

»Hier und in allen großen Städten werden die Straßen im November geschmückt. Jedes Mal ein wenig anders, deshalb ist es so spannend. Und die großen Kaufhäuser wie ›Marshalls‹ schmücken die Fenster – oft sind es Motive aus Märchen.« Julie sah Ruth an und zog die Stirn nachdenklich in Falten. »Kennst du Märchen? Cinderella? Little red riding hood?«

Ruth lachte. Sie kannte die englischen Namen der deutschen Märchen, weil sie sie der kleinen Jill Sanderson vorgelesen hatte. »Wisst ihr nicht, dass es deutsche Geschichten sind?«, fragte sie zurück. »Die Gebrüder Grimm haben sie gesammelt und aufgeschrieben.«

»Wirklich?«, fragte nun Marcella überrascht. »Nein, das wusste ich nicht. Ich dachte, das wären englische Geschichten.«

»Pinocchio ist eine italienische Geschichte«, sagte Francy.

Der Zeichentrickfilm war gerade in die Kinos gekommen und erfreute sich großer Beliebtheit.

»Vielleicht gibt es ja ein Pinocchio-Fenster bei ›Marshalls‹? Hach, ich bin so gespannt«, sagte Julie.

»Du musst mit uns mitkommen, Ruth«, meinte Marcella. »Du musst wirklich mit uns mitkommen.«

Ruth überlegte, schüttelte dann aber den Kopf. »Heute geht es nicht«, sagte sie traurig. »Ich war bei Mrs. Rossi und hoffe, dass ich nachher ein paar der Kleidungstücke mitnehmen kann. Die muss ich nach Hause bringen. Außerdem kann ich nicht einfach so viel später kommen, meine Mutter würde Zustände kriegen.«

»Meine Güte, du bist wie alt? Neunzehn? Du bist doch kein Kind mehr«, sagte Francy empört. »Ich gehe arbeiten und unterstütze die Familie, deshalb bestimme ich auch über mein Leben und frage meine Mama nicht mehr um Erlaubnis, wenn ich nach der Arbeit noch in die Stadt gehe.«

»Wir essen abends zusammen«, war Ruths fahle Entschuldigung. Sie merkte selbst, wie seltsam das klang, und holte tief Luft. Dann sah sie ihre Freundinnen an. »Ihr könnt das nicht verstehen«, versuchte sie zu erklären. »Ihr habt das alles nicht erlebt, das, was wir erlebt haben. Wir haben Dinge erlebt, die ihr euch nicht vorstellen könnt.« Sie schluckte, nickte dann. »Ich will das nicht, ich will da nicht immer drüber sprechen, ich will nicht immer erklären müssen, warum das so ist – aber ich tue das jetzt.« Sie schaute in die Runde. »Wir sind Juden. Ich, meine Eltern, meine Schwester. Meine ganze Familie – wir sind alle Juden. Wir sind nicht hier in Amerika, weil wir Amerika so großartig finden – das mag sein, Amerika ist großartig –, aber wir sind hier, weil wir keine große Wahl hatten.« Sie räusperte sich, kam sich albern vor, fuhr dennoch fort. »Wir haben in einem schönen Haus gelebt, mein Vater hatte ein gutes Einkommen, wir hatten eine Köchin, einen Chauffeur, ein Auto, ein Wochenendhaus am Fluss – wir hatten ein schönes Leben. All das haben uns die Nazis genommen – mit Gewalt. Wir wurden gedemütigt, verfolgt, entmachtet, enteignet – unser Leben wurde von Angst und Schrecken überschattet. Man musste nichts tun, sondern nur Jude sein, damit sie einen von uns ins Gefängnis steckten. Sie haben uns verprügelt – wegen nichts. Sie haben unser Haus demoliert, nur weil es unser Haus war – ein Haus in jüdischem Besitz.« Wieder holte sie tief Luft und bemerkte die entsetzten Gesichter der Freundinnen nicht. »Meine Eltern haben Angst um mich. Sie haben Angst, weil wir schreckliche Dinge erlebt haben. Und wenn ich nicht pünktlich nach Hause komme, malt sich meine Mutter schlimme Dinge aus – auch wenn sie weiß, dass das hier nicht passiert, nicht passieren wird. Aber die Bilder in ihrem Kopf kann sie nicht löschen, genauso wenig wie ich.« Ruth hielt inne, wischte sich mit den Händen über das Gesicht. »Entschuldigt«, sagte sie dann. »Entschuldigt diesen Ausbruch bitte.«

»O Ruth«, sagte Marcella leise. »Das wusste ich alles gar nicht so. Ich meine … ich wusste, dass du Jüdin bist … aber ich dachte immer, das bedeutet, dass deine Familie aus einem bestimmten Land kommt. So wie wir aus Italien. Und die Juden eben aus … aus … Judistan?« Fragend sah sie sich um.

»Ja, das dachte ich auch. Aus welchem Land kommen denn die Juden?«, fragte Julie nun.

»Wir – meine Familie und ich – kommen aus Deutschland.«

»Dann seid ihr aber Deutsche und keine Juden, oder?«

»Sei nicht doof«, raunte Francy. »Jüdisch – das ist ein Glauben. Wie katholisch. Oder reformiert. Sie glauben eben an den jüdischen Gott.«

Ruth schmunzelte. »Ihr seid alle katholisch, nicht wahr?«

Die drei Freundinnen nickten.

»Dann glauben wir alle an denselben Gott.«

»Was?«

»Wirklich?«

Ruth nickte. »Wir haben sogar dieselbe Bibel. Nur den ersten Teil. Ihr kennt doch eure Bibel?«

»Natürlich. Nonna liest ständig in der Bibel«, sagte Julie seufzend.

»Meine Nonna auch«, sagte Francy.

»Ich glaube, das tun alle Nonnas.« Marcella sah Ruth an. »Und deine Nonna?«

»Was bedeutet Nonna?«, fragte Ruth unsicher.

»Großmutter.«

Jetzt nickte Ruth. »Meine Großmutter kennt das Alte Testament auswendig, glaube ich. Sie hat immerzu daraus zitiert. Und das Alte Testament eurer Bibel ist unsere Thora – es sind dieselben Überlieferungen und Geschichten. Jesus war Jude.«

»Wirklich? Bist du dir da sicher?«, fragte Francy.

»Frag deine Nonna«, sagte Ruth schmunzelnd. »Es gibt Prophezeiungen, dass der Messias kommt und die Welt erlöst – seit Tausenden von Jahren gibt es diese Vorhersage. Und dann kam Jesus. Manche glaubten, er sei der Messias, und folgten ihm. Die alten Gelehrten des Judentums glauben das aber nicht. Wir warten immer noch auf den Erlöser.« Sie sah die Freundinnen an. »Der Ursprung unseres Glaubens beruht auf derselben Geschichte. Für euch ist Jesus Christus der Messias, wir Juden warten noch …«

»Ach, das wusste ich gar nicht. Es ist also eine Religion?«, sagte Francy.

»Dann seid ihr ja die Vorgänger von uns Christen?« Marcella runzelte die Stirn. »Aber warum verfolgen euch dann die Nazis?«

»Das weiß ich auch nicht«, sagte Ruth, die merkte, wie sehr sie das Gespräch anstrengte.

»Wir könnten auch morgen alle zusammen zur State Street gehen«, sagte nun Julie. »Muss ja nicht heute sein. Heute wird es eh sehr voll werden in den Straßen. Dann könnte Ruth mitgehen.«

Sie sahen sich an, aber Marcella schüttelte den Kopf. »Morgen kann ich nicht. Da hat mein Großvater Geburtstag.«

»Geht ihr doch heute«, sagte Ruth. »Und vielleicht habt ihr Lust, nächste Woche noch einmal zu gehen – dann könnte ich mitkommen«, schlug sie vor.

»Das ist eine gute Idee.«

»So machen wir das.«

»Man muss sowieso mehr als einmal gehen, finde ich.«

»Ja, man sieht jedes Mal etwas Neues. Es ist immer so wunderhübsch.«

Dann sprachen die Mädchen über die Schaufenster der vergangenen Jahre und über die Straßendekorationen. Ruth hörte nur noch mit halbem Ohr zu, ihre Gedanken waren woanders.

Nach ihrer Schicht ging sie mit gemischten Gefühlen zu Mrs. Rossi. Würde sie sich die Kleidung leisten können? Hatte sie zu viel ausgesucht? Sie hätte ja gerne noch viel mehr mitgenommen, hatte sich das aber nicht getraut.

Für einen Moment blieb sie vor der Tür zu Mrs. Rossis Büro stehen. Alle anderen Arbeiterinnen strömten aus dem Gebäude, die meisten machten sich auf in die Innenstadt. Vielleicht war es ganz gut, dass Ruth heute Abend nicht mitkonnte, in der Stadt war sicherlich viel los, und auf das Gedränge hatte sie keine Lust.

Aber nun stand sie vor der Bürotür und traute sich nicht anzuklopfen. Mittlerweile war Ruth davon überzeugt, dass sie sich die Sachen nicht würde leisten können. Mrs. Rossi würde sie auslachen.

Schließlich gab Ruth sich einen Ruck, klopfte an und öffnete die Tür.

»Ruth, ich habe schon auf dich gewartet«, sagte Mrs. Rossi. »Ich habe nicht viel Zeit, will nachher noch in die Stadt.«

»Zu den Schaufenster von ›Marshall Fields‹?«

Mrs. Rossi zog die Stirn kraus. »Ja. Woher weißt du davon?«

»Den ganzen Tag gab es kaum ein anderes Gesprächsthema hier im Haus. Die Fenster müssen spektakulär sein.«

»Das sind sie. Und dann kommt auch ein weihnachtliches Gefühl bei mir auf.«

»Aber es sind noch sechs Wochen bis Weihnachten …«

»Vorfreude ist die beste Freude, hat meine Großmutter gesagt. Und sie hatte immer recht.« Mrs. Rossi lächelte. Dann wandte sie sich zu dem Stapel Kleidung, der auf einem Stuhl lag. »Ich habe das durchgesehen und nachgerechnet. Dich würden die Sachen einen Wochenlohn kosten.«

Ruth schnappte nach Luft. Das konnte sie sich nicht leisten.

Mrs. Rossi sah sie an. »Aber ich kann mir denken, dass das zu viel für dich ist. Du unterstützt deine Familie?«

Ruth konnte nur nicken, ihr Hals war zu trocken, ihr Mund fühlte sich plötzlich an, als wäre er voller Staub.

»Das habe ich mir gedacht.« Sie wandte sich um, schaute aus

dem Fenster. »Ich hätte eine andere Lösung. Du nimmst die Sachen mit nach Hause, und ich ziehe dir für die nächsten Wochen ein Viertel deines Lohnes ab.«

Ruth überlegte. Ein Viertel pro Woche – das war so viel, wie sie als Taschengeld von ihrem Lohn behalten durfte. Dann blieb ihr kein Geld mehr für Getränke, für Treffen und Ausgehen … es blieb kein Geld für Geschenke.

Dieses Jahr fiel der erste Tag des achttägigen Chanukkafestes auf den Heiligen Abend, auf den vierundzwanzigsten Dezember. Sie feierten zwar nicht das Weihnachtsfest, sondern das Lichterfest, aber Geschenke tauschte man auch. Ein paar Sachen hatte Ruth schon besorgt, aber noch nicht für jeden. Ihr würde dann das Geld für weitere Geschenke fehlen.

Andererseits brauchte sie dringend neue Kleidung. Sie nickte also.

Prüfend sah Mrs. Rossi sie an. »Es ist immer noch viel Geld für dich, nicht wahr?«

»Ja«, sagte Ruth beklommen. »Aber ich … nun …« Sie sah an sich herab.

»Ich hätte noch einen Vorschlag. Schau, die beiden Blusen – du müsstest die Ärmel abtrennen und neu machen, sie sind nicht symmetrisch und außerdem zu kurz.«

»Das habe ich gesehen«, sagte Ruth. »Aber auch das Rückenteil ist nicht passend – es ist viel zu groß, oder die beiden Vorderteile sind zu klein. Da hat jemand zwei verschiedene Größen zusammengenäht. Ich könnte aus dem Rückenteil Stoff nehmen und damit die Ärmel verlängern.«

Mrs. Rossi nickte anerkennend. »Du hast ein gutes Auge für Proportionen. Aber was wäre, wenn ich dir statt der Bluse Stoff geben würde? Ich habe im Keller noch Stoffreste vom letzten

Jahr. Inzwischen sind andere Farben die neuste Mode, aber die Stoffe sind völlig in Ordnung – nur sollen wir sie nicht mehr verwenden. Den Stoff könnte ich dir viel günstiger geben.«

Ruth sah sie mit großen Augen an. »Wirklich?«

Mrs. Rossi lächelte. »Ja, wirklich.«

Und so ging Ruth an diesem Abend mit zwei kleinen Stoffballen und etlichen anderen Stoffresten nach Hause. Ihr Herz hüpfte, und auf einmal fühlte sie sich frei und leicht. Es gab immer noch gute Menschen auf der Welt.

Zu Hause legte sie die Stoffe auf ihr Bett und überlegte, wie sie am besten zuschneiden konnte, damit sie möglichst wenig Verschnitt haben würde. Mrs. Rossi hatte ihr auch Reststücke von Futterstoffen geschenkt – es war Taft, keine Seide, aber die Stoffe glänzten wunderschön und fühlten sich weich und glatt an. Daraus würde sie für Ilse ein Nachthemd nähen. Und für Mutti konnte sie zwei Halstücher machen. Für Vati konnte sie neue Krawatten und passende Einstecktücher nähen, er legte immer großen Wert darauf, ordentlich gekleidet zu sein. Damit, davon war er fest überzeugt, hatte er größeren Erfolg beim Verkaufen.

Schnell versteckte Ruth die Stoffe unter ihrem Bett, nahm nur den Mantelstoff mit ins Wohnzimmer und breitete ihn auf dem Esstisch aus.

»Das ist ein herrlicher Wollstoff«, sagte Mutti.

»Es ist Mischgewebe, keine reine Wolle«, sagte Ruth. »Aber dennoch warm genug.«

»Aber die Farbe.« Ilse rümpfte die Nase. »Keiner trägt einen Mantel in diesem Farbton. Taubenblau oder Petrol sind gerade groß in Mode. Nicht dieses Braun.«

»Nein, dieses Braun war vor ein paar Jahren aktuell«, gab

Ruth zu. »Aber einen modernen Mantel kann ich mir nicht leisten. Irgendwann werde ich nach der neusten Mode gekleidet sein – doch jetzt steht der praktische Aspekt im Vordergrund.«

»Eine sehr kluge Entscheidung«, sagte Karl.

»Darf ich nächste Woche nach der Arbeit mit meinen Freundinnen in die Stadt?«, fragte Ruth und erzählte von den Weihnachtsschaufenstern.

»Davon hat auch Sofie geschwärmt«, sagte Martha.

»Ich habe in der Schule davon gehört.«

»Wir könnten am Sonntag ja einen Ausflug in die Stadt machen«, schlug Karl vor.

»Das wäre super!«, rief Ilse.

»Super?« Martha sah sie erstaunt an.

»Das sagt man hier so.« Ilse kicherte.

Ja, das wäre super, dachte Ruth. Wir alle als Familie zusammen – ein Ausflug zum Schaufensterbummel, ganz so wie früher und ohne Angst vor Nazis oder Bomben. Trotzdem möchte ich auch mit meinen Freundinnen in die Stadt.

Kapitel 10

Am Sonntag fuhren sie mit dem Bus in die Innenstadt, vorbei an den Backsteingebäuden, den immer größeren und imposanteren Gebäuden, die mit Stuck verziert waren, und auch vorbei an den großen Reklametafeln, auf denen allerlei angepriesen wurde. Je näher sie der Innenstadt kamen, um so dichter wurde der Verkehr. Doch der Bus fuhr nicht bis zur State Street, denn die Straße, wie sie dort erfuhren, war für den Verkehr gesperrt, weil darunter Tunnel für die U-Bahn gebaut wurden.

Ilse und Ruth bestaunten die vielen Girlanden aus Tannengrün, die riesigen künstlichen Zuckerstangen, welche die Laternenpfähle schmückten, die Lichter und den Glanz.

Es mussten Tausende in der Stadt unterwegs sein. Vor dem großen Kaufhaus »Marshall Fields« drückten sich die Kinder die Nasen an den Schaufenstern platt, laute »Ahs« und »Ohs« waren zu hören, und schon bald wussten sie auch, warum. Tatsächlich waren die Schaufenster wunderbar geschmückt. Szenen aus dem Märchen »Aschenputtel« waren mit fast lebensgroßen Figuren nachgestellt worden. In einem Schaufenster saß ein Mann mit einem weißen Bart, einer roten Mütze und einem roten Mantel aus Samt in einem Sessel und las in einem Buch. Auch dies war kein echter Mensch, sondern eine lebensgroße Puppe. Neben ihm stand ein Sack mit verpackten

Geschenken, und hinter dem Sack befand sich ein weiteres Männlein in einem roten Mantel und mit einer Mütze, die mit einem Mistelzweig geschmückt war.

»Das ist Onkel Mistletoe«, las Ruth vor. Auf einem Stativ stand ein Plakat, in dem erklärt wurde, wer dieser Onkel war – er arbeitete für den Weihnachtsmann und verwaltete die Wunschlisten aller Kinder, stand dort.

»Mistletoe«, sagte Ilse, »das heißt Mistelzweig. Den hängen die Amerikaner über ihre Türen, und wenn man sich unter dem Zweig trifft, muss man sich küssen.«

Karl sah seine Tochter entsetzt an. »So etwas kommt gar nicht in Frage, was sind denn das für Sitten?«

»Das ist hier so gebräuchlich«, erklärte Ilse wieder. »Es geht doch nur um ein Küsschen – auf die Wange.«

»Das ist mir egal, solche Sitten erlaube ich nicht. Das ist wie dieses Schminken – warum müssen sich Frauen anmalen?«

Ruth und Ilse warfen sich einen Blick zu und verdrehten die Augen.

»Reg dich nicht auf«, sagte Martha heiter. »Lasst uns lieber weitergehen.«

Es gab viel zu sehen und zu bestaunen. Sie kamen zum anderen großen Kaufhaus, dem »Montgomery Ward«. Dort stand in fast jedem Schaufenster ein Rentier mit einer dicken roten Nase.

»Was ist das denn?«, fragte Martha verblüfft.

»Das ist ein Hirsch«, meinte Ilse und kniff die Augen zusammen.

»Das sind Rentiere. Sie ziehen den Schlitten von Santa Claus, dem Weihnachtsmann«, erklärte Ruth. Martha, Karl und Ilse sahen Ruth verständnislos an. »Der Mann in dem roten Samtmantel, der mit dem Rauschebart – das ist der Weihnachtsmann.«

»Weihnachtsmann?« Karl schüttelte den Kopf.

»Vati, den gab es auch letztes Jahr in England.« Ruth versuchte ruhig zu bleiben.

»Da war Krieg. Davon habe ich nichts mitbekommen.« Er schüttelte brummig den Kopf. »Weihnachtsmann, was für ein Unfug!«

»Weihnachten ist doch ein christliches Fest. Da wurde ihr Messias geboren – Jesus. Woher kommt dieser Mann mit dem roten Mantel?«, fragte nun auch Martha verwirrt.

»Das ist Werbung«, erklärte Ilse sachlich. »Zu Weihnachten gibt es doch Geschenke bei den Christen. Und der Weihnachtsmann bringt sie. Er wohnt irgendwo im Norden.«

»Am Nordpol«, ergänzte Ruth schmunzelnd. »Dort lebt er, und am Weihnachtsabend belädt er seinen Schlitten und spannt die Rentiere davor, fliegt mit ihnen über den Himmel und verteilt die Geschenke.«

»Was?« Karl sah sie entsetzt an.

»Und offensichtlich hat eines der Rentiere eine rote Nase und heißt Rudolph«, sagte Ilse lachend. »Und es gibt einen Helfer, der heißt Onkel Mistelzweig.«

»Das Weihnachtsfest ist ein christliches Fest. Ein religiöses Fest.« Karl war empört. »Aber das hier … das ist bigott.«

»Vati, mach dir keine Gedanken. Auch in Deutschland ging es mehr und mehr um die Geschenke und das Schmücken.«

»Und das war ja auch immer ganz schön«, sagte Martha nun. »Ich werde auch wieder Tannenzweige besorgen.«

»Einen Baum wird es in meinem Haus nicht geben.« Karl schnaufte. »Nicht, solange ich lebe.«

»Von einem Baum hat niemand gesprochen, mein Lieber«, sagte Martha versöhnlich und hakte sich bei ihm unter. »Schau doch nur die schönen Lichter überall. Alles ist so nett geschmückt und beleuchtet. Es ist nicht unser Fest, aber das Schöne daran können wir doch genießen.«

Und das taten sie. Sie gingen die Straßen entlang, bewunderten die geschmückten Schaufenster, hatten ein wenig Sehnsucht nach schönen Dingen – aber vertrösteten sich auf später.

Karl lud sie in einer günstigen Gaststätte zum Essen ein. Es war das erste Mal seit dem Hot Dog in New York, dass sie auswärts aßen. Diesmal saßen sie sogar an einem Tisch, es war kein Essen auf die Hand.

»Zu Hause machen wir uns eine Flasche Wein auf«, sagte Karl. »Zur Feier des Tages.«

Martha lächelte ihm zu und drückte seine Hand. Zum ersten Mal schienen die beiden glücklich und entspannt zu sein, fand Ruth.

»Das war so schön«, sagte Ilse, als sie nachts endlich im Bett lagen. Aus der einen Flasche Wein waren zwei geworden, und auch Ruth und Ilse hatten mehr als ein Glas trinken dürfen. Ilse hatte sich aber sehr zurückgehalten und den Wein mit Wasser verdünnt und immer nur an ihrem Glas genippt. »Ich finde Weihnachten in Amerika super. All die Lichter und die geschmückten Straßen. Man muss keine Angst haben … Ach, das ist so schön.«

»Weihnachten ist nicht unser Fest«, sagte Ruth.

»Ist das nicht egal? Es ist einfach schön. Sollten wir das nicht genießen?«

»Wir sind Juden.«

»Ach, komm, Ruth«, sagte Ilse. »Wir sind natürlich jüdisch, aber wir leben doch nicht nach der Thora.«

»Würdest du das wollen?«, fragte Ruth nachdenklich.

»Nein. Du etwa? Würdest du nach der Thora und all den Gesetzen leben wollen? Ich nicht.«

»Ich weiß nicht.«

»Was? Was ist plötzlich mit dir los? Bist du krank?« Ilse setzte sich im Bett auf und sah zu ihrer Schwester. Es war kalt, und inzwischen zogen sie jeden Abend die Vorhänge zu. Durch einen kleinen Spalt schien das Mondlicht in das Zimmer der Mädchen.

Ruth biss sich auf die Lippen und seufzte auf. »Nein, ich will auch nicht koscher leben, will keine zwei Küchen haben. Viele Dinge würden auch nicht gehen. Wie sollte ich den Sabbat einhalten, wo doch hier der Samstag ein Arbeitstag ist? Soll ich zur Chefin gehen und sagen: Tut mir leid, aber Gott erlaubt mir am Samstag nicht zu arbeiten? Dann wäre ich meine Stelle los.« Wieder atmete sie tief ein. »Ich finde dennoch, dass ich mich ein wenig mehr mit dem Glauben beschäftigen sollte. Ich bin Jüdin, und das werde ich immer sein, mein Leben lang. Ich bin durch Geburt Jüdin, so sagt es die Thora und das Gesetz. Sollte ich Kinder haben, wären sie auch Juden. Wegen unseres Glaubens wurden wir verfolgt. Die Nazis haben uns vertrieben, haben uns alles genommen.«

»Aber nun sind wir in Amerika.«

»Das macht es aber nicht ungeschehen, und vielleicht ist es wichtig, zu wissen, weshalb wir verfolgt und gehasst werden. Es gibt auch Menschen hier in Amerika, die Juden hassen und die Nazis gut finden.«

Ilse schnaubte.

»Weißt du, ich denke, es wäre wichtig, zu wissen, was das ist – was unsere Wurzeln sind. Ich will auch nie meine Wurzeln in Deutschland vergessen. Einerseits. Andererseits will ich auch irgendwie nie wieder deutsch sein. Es fühlt sich alles so zerrissen an. Ich habe keine Heimat mehr – aber ich muss wissen, wer ich bin und warum. Verstehst du das?«

»Nein«, sagte Ilse. »Vielleicht bin ich zu jung, es zu verstehen, vielleicht bin ich aber nur müde.« Sie gähnte herzhaft. »Nicht böse sein«, murmelte sie und drehte sich um, kuschelte sich in ihr Kissen.

Ruth lachte leise. Sie wusste, Ilse war direkt eingeschlafen – ihre Schwester hatte einen begnadeten Schlaf.

»Am Donnerstag ist die große Weihnachtsparade«, sagte Marcella aufgeregt am nächsten Tag, als sie zusammen in der Pause im Hof standen. Es war kalt und windig, unter den Regen mischten sich die ersten Schneeflocken. Trotzdem gingen sie auf den Hof, um ein wenig frische Luft zu schnappen, denn in der Halle war es stickig. Die Fenster waren geschlossen, und es wurde geheizt, die Nähmaschinen ratterten ununterbrochen und liefen auch schon mal heiß. Es roch immer nach Öl und Schweiß, nach Talkum und nach den Stoffen, die einen sehr eigenen Geruch hatten.

»Was ist denn die große Weihnachtsparade?«, fragte Ruth und biss in ihren Apfel.

»Du kennst keine Weihnachtsparade?« Julie sah sie erstaunt an.

»Stell dir vor«, sagte Ruth und schmunzelte, »das kenne ich tatsächlich nicht. In Deutschland haben wir Häuser aus Stein, wir essen von Porzellantellern und mit Besteck, wir haben Toiletten im Haus mit Wasserspülung und viele andere Dinge mehr. Auch Weihnachten wird dort gefeiert. Es gibt Weihnachtsbäume und Geschenke – aber Paraden zur Weihnachtszeit haben wir nicht. Paraden macht nur das Militär. Deshalb bin ich gar nicht erpicht auf so etwas.«

Die Mädchen sahen sich an und kicherten. Auch sie erinnerten sich an die vielen Fragen, die sie Ruth zu Anfang über das Leben in Deutschland gestellt hatten. Nun waren ihnen die meisten Fragen peinlich. Ruth hatte ihnen Fotos gezeigt, und sie hatten begriffen, dass das Leben in Europa gar nicht so anders war als in Amerika.

»Das ist keine Militärparade«, sagte Marcella. »Überhaupt nicht. Es ist eine … Weihnachtsparade.« Hilflos sah sie ihre Kameradinnen an, sie wusste nicht, wie sie etwas erklären sollte, was für sie so selbstverständlich war.

»Da sind Gruppen, die sich verkleiden, und Wagen – Motivwagen«, versuchte nun auch Francy zu erklären. »Es gibt immer ein Motto, und die Wagen, die Leute … die verkleiden sich nach diesem Motto.«

»Es ist eine Weihnachtsparade – der Weihnachtsmann fährt mit. Es gibt Rentiere und Elfen.«

Ruth lachte. »Das klingt wie Karneval bei uns im Rheinland. Aber Karneval wird immer vor der Fastenzeit gefeiert.«

»Du musst mit uns mitkommen, Ruth. Es ist so wunderschön. Es ist immer etwas ganz Besonderes«, sagte Marcella.

»Und an dem Tag haben wir frei – alle haben frei. Es ist ein staatlicher Feiertag. Die ganze Stadt wird da sein.«

»Wirklich, du musst mit uns kommen.«

Ruth nickte. »Ja, ich glaube, das werde ich tun.«

Auf dem Heimweg überlegte sie, ob sie Ilse mitnehmen

sollte. Sie müsste sich eigentlich mehr um ihre Schwester kümmern, dachte sie, aber dann wiederum wollte sie diesen Tag für sich haben – zusammen mit ihren Freundinnen und ohne die Verantwortung für die kleine Schwester. Nachdenklich schloss sie die Tür zur Wohnung auf und begrüßte ihre Mutter, die in der Küche das Essen zubereitete.

Ilse saß so wie fast immer am Esstisch im Wohnzimmer und lernte. Als sie Ruth sah, sprang sie auf. »Am Donnerstag ist hier ein Feiertag, hast du das schon gehört?«, fragte sie eifrig. »Da gibt es in der Stadt eine Parade. Eine Art Umzug. Einen Weihnachtsumzug. Ich möchte mit meinen Klassenkameradinnen hin.« Sie wirkte ganz aufgeregt.

Ruth atmete erleichtert auf. »Ja, das habe ich auch erfahren. Meine Freundinnen gehen auch und wollen mich mitnehmen.«

Sie schaute sich um. Karl war noch nicht zu Hause, meistens kam er erst nach ihr zurück. Sein Arbeitstag war lang und anstrengend. Ruth sah Martha an. »Wir dürfen doch hingehen, Mutti?«

»Das letzte Wort hat immer Vati, das wisst ihr doch«, sagte Martha lächelnd. »Aber ich wüsste nicht, was dagegenspricht. Es klingt so nett, und Sofie will auch gehen … Sie meint, ich solle mit ihr und den anderen Frauen mitgehen.«

»Dann dürfen wir also?«, fragte Ilse, und ihre Wangen glühten.

»Ich denke schon.«

Karl hatte tatsächlich nichts dagegen, solange er nicht mitgehen musste. Also machten sich die drei Meyer-Frauen am letzten Donnerstag im November auf und fuhren in die Innenstadt. Dort trennten sich Ruth, Ilse und Martha, um sich mit ihren jeweiligen Freundinnen zu treffen.

Alle drei hatten einen unvergesslichen Tag. Mit den Karnevalsumzügen im Rheinland hatte diese Parade wenig zu tun – sie war größer, fast schon pompös und zum Teil auch sehr kitschig, fand Ruth. Aus großen Lautsprechern wurden Weihnachtslieder gespielt – »Winter Wonderland« und »Santa Claus is coming to town« und andere Weihnachtslieder übertönten fast schon den Jubel auf der Straße. Aber egal wie kitschig es war, Ruth war ergriffen. Die Atmosphäre beeindruckte sie, die Menschen waren alle so fröhlich und gut gelaunt, die Kinder strahlten um die Wette, und viele sangen die Lieder mit.

Ihr traten die Tränen in die Augen.

»Was hast du denn?«, fragte Marcella besorgt.

»Es ist so schön. Du ahnst gar nicht, wie schön es ist. Alle Leute freuen sich, bejubeln die Parade. Die letzte Parade, die ich gesehen habe, bestand aus Hitlerjugend und Soldaten. Sie gingen strammen Schritts durch die Straßen, die Schuhe knallten auf das Pflaster. Es wurde auch gejubelt, aber es war eine andere Art von Jubel. Es war eher eine Art Anfeuern als gelöste Begeisterung. Und ich hatte Angst. Ich hatte jahrelang immerzu Angst.«

»Aber hier brauchst du keine Angst mehr zu haben«, sagte ihre Freundin und nahm sie in den Arm. »Hier bist du frei und sicher.«

»Das ist es ja – es ist so unfassbar.«

Obwohl sie nicht Weihnachten feierten, genossen sie doch die Adventszeit mit all den bunten Lichtern und den geschmückten Fenstern. Martha stellte wieder Tannenzweige in einer

Vase auf, und die Mädchen durften die Zweige schmücken. Als sie fertig waren, wurde Martha ganz still.

»Gefällt es dir nicht?«, fragte Ruth besorgt.

»Doch, ihr habt das wunderschön gemacht. Es ist nur … Ich musste an früher denken. Weißt du noch, wann wir das erste Mal Tannenzweige bei uns aufgestellt haben?«

»Ja«, sagte Ruth. »Ich hatte den wunderschönen Tannenbaum bei Merländer gesehen, den er für seine Angestellten hat aufstellen lassen. Ich habe Rosi so beneidet, weil alles an dem Baum glitzerte und funkelte – wie in einem Märchen. Und dann bist du losgegangen und hast eine große Bodenvase mit Tannenzweigen gefüllt und Kugeln und Prismen aufgehängt. Ich war verzückt und gar nicht mehr neidisch auf Rosi.«

»Daran kann ich mich gar nicht mehr erinnern«, sagte Ilse. »In meiner Erinnerung hatten wir immer geschmückte Tannenzweige zur Weihnachtszeit. Und Großmutter Emilie war jedes Mal erbost.«

Martha zog ein Taschentuch hervor und schnäuzte sich ausgiebig, ihre Augen glänzten feucht. »Meine Mutter und ich waren oft nicht einer Meinung«, sagte sie leise. »Viele Dinge, die ich getan habe, hat sie missbilligt. Dennoch fehlt sie mir unendlich, und ich hoffe und bete, dass es ihr gutgeht und ich sie irgendwann wiedersehe.«

»Ach, Mutti!« Ruth umarmte ihre Mutter.

»Ich fürchte mich fast vor Chanukka, es wird so anders werden. Letztes Jahr waren wir in England, und da habe ich noch nicht realisiert, dass keiner mehr aus Deutschland rauskommen wird, dass wirklich Krieg herrscht. Aber jetzt …« Martha schniefte. »Ich habe Chanukka immer geliebt. Das Zusammensein mit der Familie, die Kerzen und ... die Herzlichkeit und Fröhlichkeit.«

»Wir werden hier die Kerzen anzünden. Wir werden Chanukka mit unseren Freunden feiern«, versuchte Ruth sie zu trösten. »Und dann hoffen wir, dass dieser Krieg ganz schnell vorbeigeht und wir bald wieder mit unserer Familie vereint sind.«

Der Herbst und der frühe Winter in Chicago waren nass und kalt; dann begann es zu schneien. Da der Wind oft vom Michigansee in die Stadt zog, schienen die Schneeflocken beinahe waagerecht zu fliegen. Ruth hatte fast jeden Abend nach der Arbeit an der Nähmaschine gesessen, und endlich war ihr Mantel fertig. Stolz trug sie ihn. Sie hatte mit Bedacht und gutem Kalkül den Stoff zurechtgeschnitten, so dass noch genügend übriggeblieben war und sie Ilse eine warme Jacke nähen konnte.

Zwei Blusen, ein Kleid und einen Rock hatte sie sich auch nähen können – außerdem ein Kleid für Martha. Da hatte sie aber so getan, als ob es für sie selbst wäre, denn Martha sollte es erst zum Lichterfest bekommen.

Etwas schwieriger war es, die anderen Geschenke zu nähen und zu basteln.

Das kleine Zimmerchen hatten sie tatsächlich für Karl als »Herrenzimmer« eingerichtet; die ersten Wochen hatte er es auch genutzt, doch nun saß er lieber im Wohnzimmer und rauchte dort eine seiner seltenen Zigarren.

»Ich bin lieber bei euch«, sagte er und zuckte mit den Schultern. Also hatte Ilse dort ein kleines Tischchen stehen und lernte dort an den Wochenenden oder abends, wenn sie Besuch hatten.

Ruth hatte keinen wirklichen Rückzugsort, und das fehlte

ihr. Immer öfter ging sie nun nach der Arbeit mit zu Julie, die ein großes Zimmer für sich alleine hatte, seit ihre Schwester geheiratet hatte und ausgezogen war. Dort konnte sie die Geschenke für das Lichterfest nähen und basteln. Sie hatte ihre Kamera aus Deutschland retten können und wollte nun neue Fotos in Passepartoutrahmen einfassen. Fotos von Martha, Karl, Ilse und sich – die sie nach Deutschland schicken wollte, obwohl die Chance gering war, dass das Paket sein Ziel erreichte.

»Das ist so toll«, sagte Julie, »dass du Geschenke bastelst und nähst. Auf die Idee wäre ich gar nicht gekommen.«

»Ich auch nicht. Das ist wunderbar. Aber du hast auch ein Händchen dafür«, sagte Marcella, die auch oft kam. Sie saßen dann zu dritt in dem Zimmer, tranken Tee oder frische Limonade, die Julies Mutter ihnen brachte.

»Was schenkt ihr denn?«, fragte Ruth erstaunt.

»Ich schenke nur meiner Mom etwas. Meist Parfüm«, gestand Julie. »Wir Kinder bekommen Geschenke, die Eltern bekommen von uns Karten … Weihnachtskarten.«

»So ist das bei uns auch. Mein Vater bekommt von uns Kindern allen zusammen eine Schachtel Zigarren«, sagte Marcella. »Aber etwas basteln? Darauf bin ich noch nicht gekommen.«

»Das Lichterfest, Chanukka, das wir feiern, ist ja nicht mit eurem Weihnachtsfest gleichzusetzen«, versuchte Ruth zu erklären. »Auch wenn es oft in dieselbe Zeit fällt.«

»Ist das bei euch nicht an ein Datum gebunden? So wie Weihnachten bei uns? Weihnachten ist immer am 25. Dezember.«

Ruth lachte. »Doch, aber die jüdischen Feiertage werden nach dem jüdischen Kalender berechnet, und der ist nicht so wie der normale Kalender. Der jüdische Kalender ist auch viel älter. Das ist aber egal.«

»Was genau feiert ihr eigentlich, und warum gibt es auch bei euch Geschenke?«

Ruth überlegte, ob sie den beiden das Fest erklären sollte und wie, entschied sich dann für eine kurze Version. »Vor langer, langer Zeit wurden die Juden von einem anderen Volk in Jerusalem vertrieben – auch aus dem Tempel. Die Juden kämpften und gewannen den Tempel zurück. Dort war ein Leuchter – wie eine alte Petroleumlampe …« Sie sah ihre Freundinnen unsicher an. In Amerika schien alles so modern zu sein, überall gab es Elektrizität. Kannten sie so etwas überhaupt?

Doch Marcella nickte. »Wir hatten bis vor kurzem noch Petroleumleuchter. Meine Mutter bewahrt sie auf, sie hat Angst, dass es irgendwann keinen Strom mehr gibt …«

»Meine Großmutter traut sich nicht, den Schalter umzulegen«, sagte Julie lachend. »Sie hat überall Kerzen. Dabei ist offenes Feuer so viel gefährlicher.«

Ruth war erleichtert und fuhr mit der Geschichte fort. »Dieser bestimmte Leuchter, der mit Öl gefüllt war, durfte nach unseren Gesetzen nie ausgehen.« Sie sah die anderen an. »Das war vor Tausenden Jahren, lange bevor Jesus geboren wurde.«

»Das haben wir schon verstanden – aber wie ging es weiter?«, fragte Julie neugierig.

»Dieser Leuchter hatte sieben Arme, und es durfte nur eine bestimmte Sorte Öl verwendet werden. Aber von dem Öl war nur noch ein kleiner Rest da – nur genug für einen Tag. Es dauerte aber eine Woche, um weiteres geweihtes Öl herzustellen.« Wieder sah sie zu ihren Freundinnen, die beide aufmerksam lauschten. »Also entzündete man den Leuchter und machte sich an die Herstellung. Und der Leuchter brannte acht Tage – so lange, bis neues Öl hergestellt worden war. Deshalb hat der Chanukkaleuchter heute acht Arme.«

»Gut, aber warum gibt es bei euch Geschenke? Wir feiern Weihnachten. Das ist der Geburtstag von Jesus, und zum Geburtstag gibt es Geschenke«, sagte Julie.

»Früher gab es wohl keine Geschenke bei uns, aber die Kinder bekamen Geld – Spielgeld oder echtes Geld. Sie wurden aber aufgefordert, dieses Geld zu verschenken oder zu spenden.« Ruth überlegte. »Ich glaube, das hat sich dann irgendwann vermischt mit den christlichen Gebräuchen.« Sie runzelte die Stirn. »Schenken – andere zu beschenken gehört zur jüdischen Kultur, zum Glauben. Eigentlich gibt es andere Feste, an denen man schenkt, aber das hat sich alles vermischt.«

»Wieso gehört das zu eurem Glauben?«, fragte Julie. »Bitte erzähle weiter. Ich finde das spannend. Ich weiß ja fast gar nichts von euch Juden. Du bist … na ja, du bist eher deutsch als jüdisch. Wir haben ein Viertel hier in Chicago, in dem Juden wohnen, so wie man sie sich vorstellt – mit Hut und Locken und Bart und schwarzen Mänteln. Die bleiben aber unter sich. Aber du und deine Familie – ihr seid ja fast wie wir.«

»Das sind dann orthodoxe Juden«, sagte Ruth. »Die kenne ich auch, sie befolgen alle Gebote – oder fast alle – so gut sie es können. Der Glauben steht bei ihnen im Mittelpunkt. Bei uns ist das anders.« Sie biss sich auf die Lippen. »Früher war ich einfach nur Deutsche – habe gelebt wie alle anderen, bin zur Schule gegangen, habe Sport gemacht – all das. Mein Vater ist arbeiten gegangen, meine Mutter hat den Haushalt geführt – so wie unsere christlichen Nachbarn auch. Uns hat wenig unterschieden.«

»Was hat euch denn tatsächlich unterschieden? Gab es etwas?«, fragte Marcella.

Ruth runzelte die Stirn. »Die orthodoxen Juden – also die mit den Schläfenlocken, den Hüten und den schwarzen Mänteln – leben koscher. Koscher bedeutet rein. Das alles zu erklären würde Stunden dauern. Und um ehrlich zu sein – ich weiß es gar nicht wirklich. Es fängt damit an, wie Tiere geschlachtet werden und wie man kocht – Milch und Fleisch nie zusammen und solche Dinge. Das hat meine Familie schon lange nicht mehr gemacht. Schon meine Großeltern nicht mehr. Ich kenne keinen Juden, der so lebt.« Sie seufzte. »Ihr geht sonntags in die Kirche und feiert Gottesdienst. Wir gehen samstags – das nennt man bei uns Sabbat. Unsere Tage fangen abends an und enden am folgenden Nachmittag. Sabbat beginnt für uns also am Freitagnachmittag oder -abend – dann, wenn die Sonne untergeht. Dann zünden wir bestimmte Kerzen an, sprechen ein Gebet.«

»Ob nun Samstag oder Sonntag? Was spielt das für eine Rolle?«

»Es ist ein wenig komplizierter. Die Thora – das ist unsere Bibel – gibt Gesetze vor. Wie wir uns verhalten müssen. Die Thora ist übrigens euer Altes Testament in der Bibel, zumindest zum größten Teil.«

»Wie kann das denn sein?«, fragte Julie überrascht.

»Du Gans, du musst das wissen.« Marcella lachte. »Jesus Christus war Jude.«

»Ach ja. Das habe ich mal gehört. Aber die Juden haben ihn getötet, deshalb sind sie böse oder so in etwa …«, murmelte Julie.

Ruth verdrehte die Augen. »Die Römer haben Jesus getötet,

aber darum geht es doch nicht, oder? Also, am Sabbatabend zünden wir Kerzen an. Am nächsten Tag, dem Samstag, beten wir – und wir dürfen eigentlich keine Tätigkeit ausüben, sondern sollen den Tag ganz damit füllen, Gott zu loben und zu beten. Der Tag ist der Tag, an dem alles ruht und wir Gott preisen.« Sie schüttelte den Kopf. »Nur macht das kaum einer. Es ginge ja auch gar nicht. Hier ist Samstag ein ganz normaler Arbeitstag.«

»Aber für euch ist es der Sonntag? Wie macht ihr das dann?«

»Wer kann, geht tagsüber in die Synagoge – das ist unsere Kirche –, dort gibt es Gottesdienste. Es wird gebetet und gesungen. So ähnlich wie bei euch auch. Man kann auch abends noch beten gehen, aber nach Sonnenuntergang fängt für uns der neue Tag an – das ist dann der Sonntag. Doch das macht alles nichts, weil Gott nicht zählt, sagt mein Vater. Wer glaubt, glaubt an jedem Tag. Und wer nicht glaubt, den sieht Gott sofort, da braucht er auch nicht zu beten und in die Synagoge zu gehen.«

»Und ihr? Als Familie? Was macht ihr?«

»Früher habe ich den Freitagabend, den Beginn des Sabbats, immer sehr geliebt. Das Kerzenanzünden, das besondere Essen – wie euer Sonntagsbraten –, und meine Mutter hat uns immer Geschichten erzählt. Wir haben zusammengesessen und waren uns nahe.« Sie senkte den Kopf. »Ich habe das sehr geliebt«, sagte sie leise und sah dann ihre Freundinnen wieder an. »Aber ich habe mich nicht anders gefühlt als meine Klassenkameradinnen. Ich war immer zuerst deutsch, dann irgendwann Jude. Nur der deutsche Staat sieht das anders.«

»Ich verstehe immer noch nicht, warum das so ist«, seufzte Julie. »Aber wir können die Welt wohl nicht ändern.«

»Was schenkst du deiner Familie?«, fragte Marcella. »Vielleicht kann ich ja auch etwas basteln?«

Ruth schluckte. Ihre Freundinnen lächelten sie an, völlig entspannt. Die Informationen über das Judentum hatten sie aufgenommen, aber anscheinend hatte es sie nicht beeinflusst oder anderweitig nachdenklich gemacht, sie hatten es einfach hingenommen. Dabei hatte Ruth solche Angst vor einem Gespräch wie diesem gehabt. Vor Vorurteilen, vor Verurteilungen, vor Entsetzen und Unverständnis. Nichts davon war jedoch eingetreten. Sie hatten die Erklärungen angehört und genickt. Ruth schien es nicht so, als ob sie dadurch plötzlich für ihre Freundinnen zu einer anderen Person geworden wäre, und davor hatte sie sich gefürchtet. Offenbar völlig unnötig.

Sie schaute auf den Tisch. Vor ihr lagen die Bilder, die Fotografien, die sie mit ihrer Kamera aufgenommen und dann im Laden hatte entwickeln lassen. Lange hatte sie gebraucht, um die richtigen Bilder auszuwählen. Ruth hatte während ihrer Zeit in England nur wenige Fotos gemacht, dafür auf der Überfahrt umso mehr. Sie hatte drei Filme gehabt und versucht, diese mit Verstand und Überlegung einzusetzen. Dennoch waren einige Bilder nichts geworden, andere aber umso schöner. Tatsächlich waren es eher die Schnappschüsse, die nicht geplanten und gestellten Fotos, die Momentaufnahmen, die am schönsten geworden waren. Aufnahmen der Familie. Es gab ein Bild von Martha, als sie entspannt auf den Atlantik schaute und völlig gelöst zu sein schien – ohne Angst und Sorge. Nur selten hatte ihre Mutter so einen entspannten Eindruck gemacht in den letzten Jahren, wurde Ruth klar. Es gab ein Familienbild, das einer der Matrosen von ihnen allen geschossen hatte. Eine vorwitzige Möwe flog über sie hinweg, sie schien zu winken. Ein Gruß an die Familie? Oder an die alte Welt, die sie verließen?

Sie hatte eine Aufnahme von ihrem Vater – er saß in der Bibliothek des Schiffes und las, völlig gedankenverloren. Sogar die Sorgenfalten um den Mund und auf der Stirn schienen für einen Moment verschwunden zu sein.

Ruth hatte auch Fotografien hier in Chicago gemacht – die Häuserschluchten, der Lake Michigan, die wundervollen Schaufenster von »Marshalls Fields«. Das große Backsteingebäude von »Fancy Frocks« hatte sie ebenso abgelichtet wie den kleinen Fahrstuhl mit den wackeligen Gittertüren, den sie inzwischen todesmutig benutzte – jedenfalls wenn sie nach oben wollte. Runter lief sie immer noch lieber.

Sie suchte aus, verwarf, nahm andere hinzu. Schließlich war sie mit der Auswahl zufrieden. Dann nahm sie das schöne, eierschalenfarbene Briefpapier, das ihr Großmutter Emilie zum Abschied geschenkt hatte, und legte es vor sich. Zu jedem Bild schrieb sie, so schön sie konnte, etwas. Ihre Gedanken, ihre Hoffnungen und Wünsche, aber natürlich beschrieb sie auch, was auf den Bildern zu sehen war. Dann bezog sie zwei Stücke Karton mit festem Stoff, klebte die Bilder auf Karton und auf die andere Seite die Beschreibung, fasste alles sorgfältig ein und machte daraus ein kleines Fotobuch.

Liebe Großmutter, liebe Omi, lieber Opi, schrieb sie, *wir sind so weit weg von Euch, aber in Gedanken immer bei Euch. Ihr fehlt uns. Zu gerne würden wir Euch wiedersehen, Euch in die Arme schließen, mit Euch lachen und weinen, reden und schweigen. Wir schön wäre es doch, wenn wir in dieser Zeit, die sicherlich für Euch sehr viel schwerer ist als für uns, zusammen sein könnten.*

In Amerika ist gewählt worden. Der Präsident wurde ge-

wählt. Zum ersten Mal habe ich das erlebt, und ich bin immer noch beeindruckt davon. Ja, ich weiß, früher gab es bei uns auch Wahlen, aber an freie Wahlen kann ich mich nicht mehr erinnern.

Hier haben die Menschen die Möglichkeit mitzubestimmen, wer ihr Land regiert und wie es regiert werden soll. Es gibt zwei große Parteien, die unterschiedliche Ansichten haben und darüber diskutieren und gemeinsame Entscheidungen treffen. Das ist so großartig, dass ich es kaum fassen kann. Auch wenn die Menschen nur alle vier Jahre ihre Stimme abgeben, können sie doch das Geschehen mitbestimmen.

Das war bei uns (in Deutschland – ja, es ist immer noch meine Heimat) auch einmal so, und irgendwann hoffentlich wird es wieder so sein.

Wir durften natürlich nicht wählen, haben aber alles genau verfolgt. Vati hat viel darüber in den Zeitungen gelesen, und wir haben diese Dinge diskutiert.

Obwohl einige Amerikaner entsetzt sind, dass Roosevelt ein drittes Mal gewählt wurde, obschon das nicht üblich ist, sind die meisten doch der Meinung, dass er Amerika gut durch diese Zeit führen wird.

Bisher sieht es nicht so aus, als ob Amerika in den Krieg eintreten wird – es betrifft sie zu wenig –, aber Roosevelt hat seine Meinung schon ein wenig verschoben. Er will England und Frankreich im Kampf um die Freiheit unterstützen – und sei es nur mit Material. Das macht uns Hoffnung.

Man hört so wenig aus Deutschland. Man hört nichts von Euch. Diese Ungewissheit ist schrecklich, und dennoch glauben wir fest daran, dass Ihr diese Zeiten überstehen werdet. Es gibt keine Alternative dazu – Ihr müsst sie einfach überstehen.

Bald schon werden wir die erste Chanukkakerze anzünden – diesmal ohne Euch. Wir werden die Gebete sprechen und den Dreidl drehen, und in Gedanken werdet Ihr bei uns sein. Wir werden alle acht Kerzen anzünden – an jedem Abend eine weitere, und Ihr werdet das im fernen Deutschland sicherlich ebenso machen – das wird uns verbinden, so innig, als wären wir zusammen.

Mein größter Wunsch – unser aller größter Wunsch – ist es, Euch wieder in die Arme schließen zu können.

Bitte gebt auf Euch acht.

In inniger Liebe

Eure Enkelin Ruth

Sie las den Brief zwei Mal, faltete ihn sorgfältig zusammen und schob ihn unter das Futter des Bucheinschlags. Dann nahm sie ein weiteres Blatt Papier.

Liebe Großmutter, liebe Omi und lieber Opi,

wir senden Euch ganz herzliche Grüße aus dem fernen Amerika und wünschen euch ein gesegnetes Chanukkafest.

Ich muss oft an zwei Sprichworte denken, die Opi immer gesagt hat – ›Shtil vaser grobt tif‹ und ›A seyfer on a hakdome iz vi a guf on a neshome‹.

In Liebe

Eure Ruth

Ihr war klar, dass das Päckchen kaum eine Chance hatte, Deutschland zu erreichen. Und wenn, würde es sicherlich geöffnet und gelesen werden. Kritik am Deutschen Reich würden die Braunen nicht zulassen, und deshalb hoffte sie, dass der zweite Brief unauffällig genug sein würde und die Großeltern ihre Hinweise dennoch verstehen würden. Die Sprichworte bedeuteten: »Stille Wasser sind tief« und »Ein Buch ohne Vorwort ist wie ein Körper ohne Seele.«

Auch Karl, Martha und Ilse hatten Briefe geschrieben – ebenso harmlos und hoffentlich ohne Beanstandung. Karl hatte Kontakt zum Roten Kreuz aufgenommen, das eine Stelle in der Schweiz hatte und versuchte, von dort Post nach Deutschland zu leiten.

Kapitel 11

Chicago, Dezember 1940

»Kennst du die HIAS?«, fragte Rachel Schwartz und schaute Ruth an. Die Familien hatten sich zum Entzünden der ersten Chanukkakerze bei Gompetz' getroffen. Es duftete herrlich nach fettgebackenem Gebäck, nach der Gans, die im Ofen brutzelte, und den Reibeküchlein, die in der Pfanne ausgebraten wurden.

Die Männer saßen vor dem Radio und lauschten den Berichten, zwischendurch wurde immer wieder amerikanische Weihnachtsmusik gespielt.

Tische waren zusammengeschoben, Stühle mitgebracht worden. Es war eng, aber gemütlich, und alle warteten auf den Moment, an dem sie die erste Kerze anzünden würden. Walter Gompetz schaute immer wieder auf die Uhr, er hatte sich genau erkundigt, wann in Chicago an dem heutigen Tag die Sonne unterging. Endlich war es so weit, die Sonne war untergegangen, und die ersten Sterne zeigten sich am Nachthimmel. Das Radio wurde ausgeschaltet, sie sprachen das Abendgebet und dann die drei Segenssprüche.

Sofie zündete die erste Kerze an.

»Gepriesen sei'st du, ewiger Gott, König der Welt …«

Der Leuchter stand im Fenster, so dass er von draußen zu sehen war und allen das Wunder zeigte – so war es schon immer Brauch gewesen.

Im Haus gegenüber stand auch ein Chanukkaleuchter, einen weiteren entdeckte Ruth ein Haus weiter. In ihr breitete sich ein warmes Glücksgefühl aus, als Martha »Maos Zur« anstimmte und sie alle erst zögerlich, dann mit immer mehr Inbrunst einstimmten. Weitere Chanukka-Lieder wurden gesungen. Ruth, die Gefallen an der amerikanischen Weihnachtsmusik gefunden hatte, stellte plötzlich fest, wie sehr sie die hebräischen Lieder auf einmal berührten.

Eine halbe Stunde lang brannte die Kerze, dann wurde sie gelöscht, und man setzte sich zu Tisch. Die Frauen trugen die Speisen auf – ein Festmahl. Sie beteten und dachten an all ihre Lieben, die nicht bei ihnen waren.

Ruth hatte sich neben Rachel gesetzt, auch Anna Goldberg und Inge Hirsch saßen bei ihnen.

»Du hattest mich vorhin etwas gefragt?«, wandte sich Ruth an Rachel.

»Ja, ob du schon von der HIAS gehört hast?«

»Das ist die ›Hebrew Immigrant Aid Society‹, die Hilfsorganisation für Juden, die immigrieren wollen oder es schon getan haben. Ich hatte mit ihnen in London Kontakt«, sagte Ruth, die nur ungerne an diese Zeiten zurückdachte.

»Es gibt sie auch in Amerika«, sagte Rachel und nahm sich zwei weitere Reibekuchen. »In New York haben sie ein Büro. Aber auch hier in Chicago sind sie tätig.«

»Vati tut alles, um Kontakt zu meinen Großeltern zu bekommen«, sagte Ruth. »Bisher ohne Erfolg.«

»Darum geht es nicht, Ruth«, sagte Rachel. »Es geht um dich.«

»Aber ich bin doch schon hier?«

Rachel lachte. »Du dumme Gans«, neckte sie Ruth. »Natürlich bis du hier. Aber … es geht um deine Zukunft. Du warst immer so gut in der Schule, so fleißig. Ich weiß, du wolltest immer studieren.«

»Die Zeiten ändern sich«, sagte Ruth und seufzte. Dann lächelte sie. »Aber wir sollten nicht das sehen, was wir verloren haben, sondern das, was vor uns liegt, und das Beste daraus machen.«

»Genau«, sagte Rachel. Sie nickte und nahm sich noch einen weiteren Reibekuchen.

»Du wirst platzen«, ermahnte Anna sie, »wenn du so weitermachst.«

»Es ist doch nur heute«, meinte Rachel. »Und diese Reibeküchlein sind die besten, die ich seit Langem gegessen habe.« Sie schaute sich um. »Wenn meine Mutter sie macht«, flüsterte sie dann ihren Freundinnen zu, »sind sie meist außen verbrannt und innen noch roh.«

Ruth kicherte. »Das ist bei uns ganz genauso. Deshalb weigert sich meine Mutter, sie zu backen.«

»Um zurück zu dir zu kommen«, sagte Rachel, »du versuchst ja immer alles positiv zu sehen. Und vielleicht gibt es etwas, was dir dabei hilft.«

»HIAS?«, sagte Ruth skeptisch.

»Für junge Erwachsene wie dich – für Juden und Jüdinnen, die wegen der Nazis keinen Schulabschluss machen konnten und nun wenig Aussicht auf eine akademische Laufbahn haben, haben sie Stipendien eingerichtet. Sie bezahlen das Studium.«

Ruth blieb fast der Bissen Gänsebrust im Hals stecken. »Wirklich?«

»Ja, wirklich. Es gibt allerdings ein Aber – du musst nämlich einen Test machen. Einen langen Test. Das dauert einen ganzen Tag. Da wird alles Mögliche getestet – intellektuelle Fähigkeiten, aber auch Motorik und solche Sachen.«

»Was genau?«

»Das weiß ich nicht. Ich weiß aber, dass Aaron an dem Test teilgenommen hat und durchgefallen ist. Er sagte, es wäre sehr schwer gewesen.«

»Wer ist Aaron?«, fragte Ruth verwirrt.

»Mein Cousin. Die Familie lebt in New York.« Rachel sah Ruth an. »Ich kann ihm schreiben und ihn fragen, was das für Aufgaben waren.«

»Das wäre super.«

»Du solltest das machen«, meinte Anna. »Du willst ja nicht dein Leben lang in einer Kleiderfabrik arbeiten. Wobei ich dich ja für deine tollen neuen Kleider fast schon beneide.«

Ruth lächelte, sie sagte nicht, dass sie die Kleider selbst genäht hatte. Am ersten Abend des Lichterfestes, das über acht Tage ging, traf man sich meistens mit der Familie und mit Freunden. Es wurde geschlemmt und gefeiert. Auch der letzte Abend wurde oft so zelebriert. Auch hier hatten sie beschlossen, den letzten Abend wieder gemeinsam zu feiern. Da die Gompetz' die größte Wohnung und außerdem ein Radio hatten, verabredete man sich wieder dort.

Lange saßen sie an diesem Abend zusammen. Natürlich wurde vor allem das Kriegsgeschehen in Europa mit Sorge diskutiert. Niemand hatte Kontakt zur Familie in Deutschland, und alle waren in großer Sorge. Dennoch waren auch alle froh, in Amerika zu sein.

Trotzdem war nicht alles Sonnenschein und gut. Zum Teil gab es große finanzielle Probleme – fast niemand hatte Geld oder Vermögen retten können. Ihre Häuser hatten sie den Nazis zu Schleuderpreisen verkaufen müssen, und jede Familie hatte bald alle Reserven, die sie hatten retten können, aufgebraucht. Die Wirtschaft in Amerika hatte sich nur schwerfällig nach der großen Krise erholt, und sie als Zugezogene, als Flüchtlinge standen ganz unten in der Hierarchie. All das war Thema und vor allem auch Roosevelt und wie er mit der Situation umging.

»Er will keinen Krieg, er wird ihn nie wollen«, sagte Karl und klang enttäuscht, als sie nach der Feier zurück nach Hause liefen. Es waren nur zwei Blocks, doch an diesem Heiligabend war es kalt, und der Wind zog vom großen See in die Stadt.

»Ich will auch keinen Krieg«, sagte Ilse. »Nicht hier.«

»Hierhin wird der Krieg nie kommen.« Martha drückte Ilse an sich. »Nicht hierher. Niemals. Da liegt der Atlantik zwischen uns und Europa, und du weißt doch, wie lange es dauert, den Atlantik zu überqueren.«

»Bist du dir da sicher?«, fragte Ilse ängstlich.

»Wie ist das eigentlich?«, unterbrach Ruth das Gespräch und lächelte. »Feiern wir jetzt zu Hause weiter?«

»Jetzt?« Martha sah sie überrascht an.

»Wir … haben doch noch keine Geschenke getauscht, oder?« Sie schaute Martha an und lächelte. »Auch wenn wir in Amerika sind, es ist Chanukka.«

Karl blieb abrupt stehen, drehte sich zu Ruth um. Er schnaufte, und es klang nicht so, als ob er belustigt wäre. »Das Wunder des zweiten Tempels bedeutete, dass das heilige Öl acht Tage lang brannte. Sieben Tage länger, als es eigentlich hätte brennen sollen. Das war ein Geschenk Gottes an die Juden. Und deshalb essen wir fettige, ölige Speisen, und wir verschenken Geld, um dies zu spenden – so war das früher zumindest. Kinder bekamen Schangelgeld, das sie dann anderen geben durften.« Er holte tief Luft. »Meine und damit auch deine Familie hat etwa seit fünfhundert Jahren im Rheinland unter den Christen gelebt. Mal wohlgelitten, mal nicht. Wir haben unsere jüdischen Gebräuche nach und nach abgelegt, sind Rheinländer geworden. Chanukka fällt immer in den Winter, in die Zeit, die die Christen Weihnachten nennen. Und nach und nach haben die Christen zu diesem Fest in ihrer Familie Geschenke verteilt. Diese Tradition gibt es noch nicht so lange, nicht so lange wie unser Lichterfest.« Er wandte sich um und stapfte weiter über den gefrorenen Bürgersteig nach Hause. »Aber, Ruth, es ist keine jüdische Tradition, Geschenke zu verteilen an Chanukka. Es ist die Tradition, Gutes zu tun – anderen Gutes zu tun.«

»Geschenke bedeuten doch aber, dass man anderen etwas Gutes tun will«, sagte Ilse und klang ein wenig empört und gleichzeitig auch etwas hilflos. Warum war Vati plötzlich so wütend? Ruth fasste ihren Arm und zog sie zurück.

»Ja, ja«, schimpfte Karl nun. »Geschenke, Geschenke, Geschenke. Ihr habt alle Ansprüche. Pah!« Er stapfte weiter, Martha eilte ihm hinterher, warf Ruth einen bittenden Blick über die Schulter zu.

Ruth hielt Ilse zurück.

»Was ist denn los? Warum seid ihr denn alle plötzlich so komisch? Habe ich etwas falsch gemacht? Etwas Falsches gesagt?« Ilse schnaubte unglücklich. »Ich verstehe das alles nicht.«

»Du hast gar nichts getan. Es liegt doch nicht an dir, Liebes«, versuchte Ruth sie zu beruhigen. »Es ist … alles nicht so einfach. Vor allem für Vati.«

»Warum denn?« Ilse war wirklich verzweifelt, verstand die Welt nicht mehr. »Der Abend war so schön und nun?«

»Ich habe einen Fehler gemacht«, sagte Ruth. »Ich habe die Schuld. Es tut mir leid.«

»Schuld? Welche Schuld?« Sie hielt Ruth am Ärmel fest. »Mach das nicht. Bitte. Fühl dich nicht schuldig für etwas, was anders läuft, als du es gedacht hast. Welchen Fehler hast du denn gemacht?«

»Ach, hast du das nicht gehört?« Ruth wischte sich über die Augen. »Ich habe nicht darüber nachgedacht, aber es ist Chanukka – und … und … und wir haben uns immer etwas geschenkt.«

»Ja?« Ilse schüttelte verständnislos den Kopf. »Und?«

»Wir haben immer schöne Geschenke bekommen«, stammelte Ruth. »Weißt du das nicht mehr?«

»Doch! Natürlich weiß ich das. Und?«

»Ilse, sei nicht so naiv. Vati hat kein Geld. Es wird in diesem Jahr keine großartigen Geschenke geben.«

»Ach!« Ilse riss die Augen auf, drehte sich um, ging ein paar Schritte, kehrte dann zurück zu ihrer Schwester. »Darüber habe ich nicht nachgedacht. Ich will keine teuren Geschenke. Du?«

Ruth schüttelte den Kopf. »Nein. Ich weiß doch, wie es um uns steht … aber ich habe Geschenke für die Eltern und dich.«

»Wirklich?« Ilse grinste. »Was denn?« Dann wurde sie wieder ernst. »Ich habe auch etwas. Nur Kleinigkeiten.«

Die Schwestern sahen sich an.

»Dann lass uns versuchen, den Familienfrieden zu retten«, sagte Ruth.

»Aber wie? Wenn Mutti und Vati jetzt keine Geschenke für

uns haben, wird es sie beschämen, wenn wir ihnen etwas schenken«, meinte Ilse nachdenklich.

»Scham, beschämen, sich schämen … ich mag das alles nicht mehr hören und fühlen. Vielleicht müssen sich Mutti und Vati nun daran gewöhnen, dass alles anders läuft. Auch mit uns. Ich gehe arbeiten, ich habe ein wenig Taschengeld, nicht viel, aber immerhin.« Ruth sah ihre Schwester an. »Was hast du für Geschenke? Du hast doch kein Geld.«

»Man braucht kein Geld für Geschenke. Oder nur wenig. Ein wenig braucht man schon«, gab Ilse zu. »Ich habe Sachen in der Schule eingetauscht. Sachen, die ich nicht mehr brauche. Und ich habe anderen Schülern geholfen – bei ihren Aufgaben.«

»Du hast anderen geholfen? Du?«, fragte Ruth ungläubig. »Du hast doch die ganze Zeit gejammert, dass alle viel weiter sind als du.«

»Sind sie ja auch. Außer in Mathematik. Da hatte ich schon mehr Stoff, als sie jemals haben werden. Und ich kann gut lernen …«

»Du hast deine Fähigkeiten … verkauft?«

»Das wollte ich gar nicht.« Ilse senkte den Kopf. »Das kam quasi von selbst. Sie haben mich gefragt und haben mir Geld geboten dafür, damit ich ihnen helfe. Da konnte ich doch nicht nein sagen …« Sie legte den Kopf schief und lächelte.

»Du bist echt eine Marke«, sagte Ruth lachend. »Aber pass bloß auf, nicht, dass du einen Ruf bekommst.«

»Was für einen Ruf?«

»Du weißt schon: Die kleine Jüdin ist so wie alle Juden …«, seufzte Ruth.

»Ich weiß gar nicht, ob meine Klassenkameraden wissen,

dass wir jüdisch sind. Ich bin als deutscher Flüchtling schon exotisch genug. Und mir ist es egal, was sie von mir denken.« Ilse hob das Kinn.

»Das nehme ich dir nicht ab. Hast du keine Freunde in der Schule?«

»Margret. Aber sie ist auch aus Deutschland. Sie sind schon länger hier.«

»Und sonst?«

»Ich bin nicht so wie du«, sagte Ilse plötzlich leise. »Dir fliegen immer die Herzen zu, du bist so schnell Mittelpunkt, und alle lieben dich. Ich kann das nicht so. Judith ist noch meine Freundin, aber sie ist nicht auf meiner Schule, sie ist in unserer Gemeinde. Mit ihr zusammen habe ich die Chanukkageschenke gebastelt.«

»Manchmal ist es besser, wenn man eine oder zwei wirklich gute Freunde hat als ein Dutzend Bewunderer.« Ruth nahm Ilses Arm. »Und jetzt gehen wir nach Hause.«

»Und was machen wir dann?«

»Mutti wird eine Lösung wissen.«

An diesem Abend gab es keine Lösung, denn Karl hatte sich mit seiner Zigarre und einer Flasche Bourbon in das kleine Herrenzimmer verzogen, das er ja sonst nicht nutzte. Martha war froh, dass er heute diese Rückzugsmöglichkeit hatte. Sie schaute ihre Töchter bedauernd an. »Er meint es nicht böse, wisst ihr?«

»Das wissen wir«, sagte Ilse und schlang die Arme um ihre Mutter, drückte sie an sich.

Ruth ging in die Küche. Sie alle waren satt, aber im Kühlschrank stand noch eine Flasche Wein, die Sofie ihrer Mutter geschenkt hatte. Ruth füllte drei Gläser und ging zurück ins Wohnzimmer. Dann zündete sie einige Kerzen an und löschte das Deckenlicht.

»Mutti, weißt du noch früher? An Sabbat? Du hast uns immer eine Geschichte erzählt. Es war so schön und so innig. Immer am Freitagabend. Ilse und ich hatten gebadet, dufteten noch nach dem Badeschaum und fühlten uns ganz rosig und sauber. Vati war meist noch nicht da, aber es wurde dunkel, und du hast die Kerzen entzündet, die Gebete gesprochen.«

»Wenn das Streichholz im Aschenbecher ganz verkohlt war, lag ein besonderer Geruch über dem Raum«, erinnerte sich Ilse.

»Das waren andere Zeiten.« Martha seufzte. »Ganz andere Zeiten.«

»Aber wir sind noch da. Wir sind noch zusammen«, sagte Ruth leise. »Erzählst du uns eine Geschichte?« Sie rückte näher an ihre Mutter. »Bitte.«

»Wollt ihr eine traurige oder eine lustige Geschichte?«, fragte Martha ganz so wie früher.

Sie hatten sich meist eine traurige Geschichte gewünscht, weil Martha sie immer so wundervoll erzählen konnte. Bis dann die Nazis mehr und mehr überhandnahmen, ab da wollten sie lieber lustige Geschichten hören – traurig war es um sie herum schon genug.

Doch nun, wie war das nun?, fragte sich Ruth. Sie spähte an Martha vorbei zu ihrer Schwester, und auch Ilse schien zu überlegen.

»Ich würde lieber eine traurige Geschichte hören«, sagte Ilse, aber sie klang unsicher. »Doch nur, wenn es dir nichts ausmacht.«

»Ja, ich auch«, stimmte Ruth zu.

Martha lachte leise, legte ihre Arme um die beiden Mädchen und drückte sie an sich. Dann atmete sie tief ein und schloss kurz die Augen.

»Es war einmal vor langer, langer Zeit ein Geschwisterpaar – Bruder und Schwester. Sie lebten in einem kleinen Haus nicht weit von einem See …«

Ruth lehnte sich zurück und lauschte den Worten ihrer Mutter. Es war so schön, so innig. Wir sollten wieder den Sabbat feiern, dachte sie. Nicht so wie früher, das geht ja nicht hier. Aber wir sollten uns auf einige Rituale besinnen und auf die Familie.

Als sie später im Bett lagen, hörte Ruth bald den tiefen und regelmäßigen Atem ihrer Schwester. Ilse hatte wie immer keine Probleme einzuschlafen. Sie hatten beschlossen, die Geschenke erst am nächsten Abend zu verteilen, und da in Amerika Feiertag war, hatten sie auch keine Zeitnot.

Ruth dachte über das nach, was ihr Rachel erzählt hatte, und ein leichtes Ziehen machte sich in ihrem Magen bemerkbar. Es war eine Begehrlichkeit, ein Wunsch, den Ruth eigentlich verdrängt hatte. Doch Rachel und Anna hatten recht – sie wollte nicht ihr Leben lang an einer Maschine sitzen und billige Kleidung zusammennähen. Sollte sie es tatsächlich wagen und sich für dieses Stipendium bewerben?

Wer nicht wagt, der nicht gewinnt, dachte sie. Was kann ich schon verlieren? Ich werde niemandem davon erzählen, dann ist die Enttäuschung auch nicht so groß, wenn es nicht klappt. Aber … vielleicht schaffe ich es ja auch.

Sie drehte sich auf den Bauch, knüllte das Kissen unter sich zusammen und schaute durch den Spalt in den Vorhängen in den Himmel. Es schneite, und die Straßenbeleuchtung machte aus den Schneeflocken kleine Diamanten, die funkelten und glitzerten. Ein wunderschöner Anblick, etwas, was ihr Hoffnung gab.

Am nächsten Tag schlief Karl ungewohnt lange. Martha bat die Mädchen leise zu sein. »Je länger er schläft, umso besser«, sagte sie und schmunzelte. »Er hat gestern ganz sicher ein wenig über den Durst getrunken.«

»O je«, sagte Ilse entsetzt und voller Mitgefühl. »Dann geht es ihm jetzt sicher ganz schlecht.«

Ruth schaute in den Kühlschrank. »Wir haben noch Rollmöpse und Tomatensaft. Vielleicht sollten wir auch eine gute, gehaltvolle Brühe kochen. Das hilft. Und ein Spaziergang an der frischen Luft. Es ist so kalt, die Kälte wird den Kopfschmerz vertreiben.«

»Wer hat dir das erzählt?«, fragte Ilse neugierig.

Martha und Ruth sahen sich über ihren Kopf hinweg an und grinsten.

»Oh, das sind Erfahrungswerte. Ich glaube, ich habe das Ruth erzählt.« Auch Martha kontrollierte die Vorräte. »Ich habe nichts, woraus ich eine Brühe kochen könnte. Kein Fleisch, keine Knochen.«

»Soll ich schnell zu Gompetz' laufen? Sie wird noch die ganzen Karkassen von den Gänsen haben, die wir gestern gegessen haben. Die kann man nehmen und auskochen«, sagte Ruth.

»Aus gebratenen Gänsen?« Martha schaute ihre Tochter nachdenklich an.

»Das habe ich in England dauernd getan – aus allen Knochen, die übrig blieben: Geflügel, Rind oder Schwein. Ich habe alles ausgekocht. Mit Gewürzen und Suppengrün.«

»Hat es geschmeckt?«, wunderte sich Martha.

»Mal so, mal so«, gab Ruth lächelnd zu. »Es schmeckt nicht, wenn das Gericht vorher stark gewürzt war – manche Gewürze jedenfalls nicht. Ich bin dann dazu übergegangen, die Knochen einmal kurz abzubrühen und das Wasser wegzuschütten. Dann ging es eigentlich immer. Wichtig ist, dass man gut salzt und die Knochen mit einem Beil anschlägt, damit das Mark auskochen kann.«

»Du solltest wirklich zu Gompetz' gehen, bevor sie alles wegwerfen«, meinte Martha.

Ruth lachte und zog sich an. Sie genoss den Spaziergang durch die leeren Straßen und die kalte Luft. Es war der 25. Dezember; heute feierten die Amerikaner ihr Weihnachtsfest. Es gab bei ihnen ein reichhaltiges Frühstück und den Strumpf, der am Kamin aufgehängt wurde. Wer keinen Kamin hatte – und Ruth kannte hier niemanden mit Kamin –, fand einen anderen Platz, meist im Wohnzimmer. Es waren keine normalen Strümpfe, sondern dick gestrickte mit bunten Mustern. Gefüllt wurden sie mit Leckereien, Äpfeln, Orangen, Zuckerstangen und oft auch mit einem kleinen Geschenk. Erst am Abend wurden dann unter dem Weihnachtsbaum, der hier so viel bunter war als der in Deutschland, die Geschenke ausgetauscht.

Ein langer Tag voller Vorfreude und viel Essen, hatte Ruth erfahren.

Es war nicht viel anders als bei den Christen in der Heimat – vielleicht ein wenig bunter, lauter und größer wie so viele andere Dinge hier.

Manchmal gefiel Ruth, wie die Amerikaner mit Sachen umgingen, mit ihrem Leben und mit Schwierigkeiten. Sie schienen alle sehr offen zu sein, sehr herzlich – aber so waren sie zu allen gleichermaßen. Sie betrachtete Marcella, Julie und Franzi als ihre Freundinnen, aber innige Freundschaften, so wie sie sie zu Hause gehabt hatte, waren dies nicht. Nie würde sie Marcella ihre Ängste und wahren Träume anvertrauen. So gerne sie die Mädchen auch hatte, bisher blieb alles eher oberflächlich.

Dennoch war sie froh über die Kontakte. Doch auch die Mädchen aus der Gemeinde waren nett, und vor allem über Rachels Tipp freute Ruth sich. Es war eine Chance, sich für ein Stipendium zu bewerben, und zu verlieren hatte sie ja nichts.

Noch nie zuvor hatte sie die Straßen so leer erlebt. Nur wenige Menschen gingen die Bürgersteige entlang – die meisten zielstrebig und mit Paketen beladen, wohl auf dem Weg zu Verwandtschaftsbesuchen.

Für einen Moment zögerte Ruth, als sie das Wohnhaus erreicht hatte, in dem die Gompetz' wohnten. Vielleicht hatten sie ja auch gestern noch lange zusammengesessen und waren noch gar nicht auf? Sie ging auf die andere Straßenseite und spähte nach oben. In der Küche war Licht. Erleichtert schellte Ruth.

»Liebchen, was machst du denn hier?«, fragte Sofie erstaunt und schloss sie in die Arme. »Ist etwas passiert?«

»Nein, alles ist gut«, sagte Ruth und lächelte. Sie würde Sofie nichts vom Zustand ihres Vaters erzählen. »Mutti lässt nur fragen, ob wir die Gänseknochen haben dürfen? Vom Essen gestern.«

»Aber da ist so gut wie kein Fleisch mehr dran«, sagte Sofie.

»Das macht nichts«, meinte Ruth. »Wir brauchen nur die Knochen.«

Sofie sah sie an und verzog das Gesicht. »Mein Kind, mein

liebes, liebes Kind, das habe ich ja nicht gewusst, dass es euch so schlecht geht. Ojemine. Warum hat deine Mutter denn nichts gesagt? Wir sind doch Freunde, fast schon Familie.« Tränen füllten ihre Augen. »Natürlich könnt ihr die Knochen haben. Und noch mehr. Warte – ich habe bestimmt noch Fleisch.«

»Tante Sofie«, sagte Ruth sachlich und versuchte, ihr Lachen zu unterdrücken. Dabei war es gar nicht so lustig. »Wir brauchen nur die Knochen. Ich will daraus eine Brühe kochen – eine gute, gehaltvolle Brühe. Und da man heute nicht einkaufen kann, kam ich auf die Idee, dich zu fragen.«

»Brühe? Aus gebratener Gans?«

»Knochen sind Knochen, und man kann sie immer noch verwenden. Das habe ich in England gelernt. Ich will wirklich nur eine Suppe kochen.«

Sofie sah sie an, durchbohrte sie fast schon mit ihren Blicken und runzelte die Stirn. »Da ist doch etwas im Busch«, sagte sie leise. »Nun rück schon damit raus. Ihr habt so große finanzielle Probleme, dass du Knochen auskochen musst, weil deine Mutter keine Lebensmittel mehr hat …? Mir kannst du es doch sagen.«

Ruth seufzte. Sie sah sich um – die Gompetz' hatten Geld und davon schon einiges rechtzeitig nach Amerika transferiert. Sie hatten auch Verwandtschaft in den Staaten, die für sie bürgte und ihnen die Affidavits besorgte – dafür mussten sie nicht zahlen. Auch hatten sie keine Kinder, dafür aber gute Beziehungen, so dass Walter – er war Akademiker – schnell einen guten Job gefunden hatte.

Ob Geld in der Freundschaft der beiden Familien früher eine Rolle gespielt hatte, wusste Ruth nicht. Aber sie glaubte es nicht. Die Beziehung der Meyers zu den Gompetz' war immer herzlich gewesen, voller Freundschaft und ohne Neid – dachte Ruth.

Jetzt aber war der Unterschied sehr viel deutlicher. Gompetz' hatten sich eingelebt, hatten eine schöne, große Wohnung, in die auch viele der alten Möbelstücke passten, die sie mit nach Amerika genommen hatten. Walter hatte eine gutbezahlte Arbeit, und Sofie schien es an nichts zu mangeln.

Vati, da war sich Ruth sicher, fühlte sich deshalb schlecht. Er konnte die Familie nur gerade so über Wasser halten, und ein sorgenloses Leben, so wie sie es früher gehabt hatten, schien weit entfernt. Er wird sich schämen, vermutete Ruth. Und Mutti geht es sicher nicht anders, fiel ihr nun auf. Darüber wollte sie mit Sofie aber nicht reden, es stand ihr nicht zu. Doch irgendwie musste sie sich ja nun aus der Situation herausmanövrieren, ohne dass irgendwer das Gesicht verlor.

»Tante Sofie«, sagte sie freundlich, »es ist einfach so – wir haben gestern hier viel zu viel gegessen. Diese ganzen guten und leckeren Sachen. Und das Essen war … nun ja … fettig.«

»So wie es Brauch ist.«

»Ja, so wie es der Brauch vorschreibt. Aber … bitte rede mit niemandem darüber … Ilse hat viel zu viel gegessen. Sie hat sich den Bauch vollgeschlagen, als gäbe es kein Morgen. Ich weiß nicht, wie viele Reibekuchen sie verschlungen hat. Tja.« Ruth schlug die Augen voller Unschuld auf. »Und nun hat sie sich den Magen verdorben.«

»Ach, das arme Kind.«

Ruth nickte bedauernd. »Ja, sie hat Krämpfe und so. Ich möchte da nicht ins Detail gehen.«

»Ich kann es mir schon vorstellen.«

»In England habe ich gelernt, wie man aus Karkassen eine heilsame Brühe kocht, und das würde ich nun gerne machen. Für Ilse …«

Sofie ging in die Küche. »Aber natürlich«, sagte sie. »Ich packe dir die Knochen ein. Wir hatten drei Gänse – ist das zu fassen? Und es ist so gut wie kein Fleisch mehr an den Knochen.«

»Das macht nichts, es soll ja eine Brühe werden.«

Sofie sah sich um. »Brauchst du sonst noch etwas? Gemüse?«

»Hast du eine Möhre und etwas Sellerie?«

»Nur Staudensellerie. Und Möhren habe ich auch noch – schon etwas schrumpelig, fürchte ich.«

»Perfekt. Mehr brauche ich auch nicht. Herzlichen Dank.«

»Sag mir bitte Bescheid, wie es sich entwickelt. Und wenn es Ilse nicht besser geht, rufen wir einen Arzt. Scheu dich nicht – wir sind doch Freunde.«

»Das weiß ich doch, Tante Sofie. Herzlichen Dank.«

Schmunzelnd ging Ruth nach Hause. Man sollte nicht lügen, aber man sollte auch Mutter und Vater ehren – also war dies gar keine Lüge gewesen, höchstens eine Schwindelei, um den Eltern ein wenig Scham zu ersparen, sagte sich Ruth.

Die Brühe war heilsam. An diesem Abend war Karl sehr ruhig, aber seine Laune hatte sich deutlich gebessert. Martha hatte den Kerzenleuchter mit den acht Armen und den kleinen Zusatzarm für die Dienerkerze ans Fenster gestellt. Als die ersten Sterne am Himmel zu sehen waren, zündeten sie erst eine, dann die zweite Kerze an und sprachen gemeinsam die Gebete. Es war nicht so ausgelassen und so stimmungsvoll wie am gestrigen Abend bei den Gompetz', dennoch breitete sich eine harmonische Stimmung aus.

»Dieses Jahr«, sagte Karl nachdenklich, »können wir nicht so feiern wie früher. Gerne hätten wir unsere Familie bei uns, wären fröhlich und voller Hoffnung. Hoffnung haben wir, aber die Familie ist weit weg.« Er sah seine Töchter an. »Auch ist nichts mehr so, wie es einmal war.«

»Aber wir haben uns«, sagte Ilse voller Inbrunst.

»Das stimmt.« Karl räusperte sich. »Wir haben uns, wir haben ein Dach über dem Kopf, und genügend zu essen haben wir auch.« Dann seufzte er. »Allerdings kann ich euch nicht so beschenken, wie das früher der Fall war.«

»Aber, Vati …«, sagte Ruth, doch Karl hob die Hand.

»Lass mich ausreden, bitte.« Er schluckte. »Da nun alles anders ist, habe ich gedacht, dass es ein Geschenk für uns alle gibt.« Er sah sie an, und Ruth meinte, Unsicherheit in seinem Blick zu sehen. Dann stand Karl auf und ging ins Schlafzimmer. Er kam mit einem Paket zurück und stellte es auf den Tisch.

»Was ist das?«, fragte Ilse neugierig.

»Es ist ein Radio«, sagte Karl.

»Oh wow! Für uns?«

Er nickte.

»Das ist großartig, Vati«, meinte Ruth begeistert. »Das ist wirklich ein wunderbares Geschenk.«

»Siehst du.« Martha lächelte. »Ich wusste doch, dass die Mädchen sich freuen werden.«

Und tatsächlich waren sie begeistert von dem Geschenk. Das Radio wurde vorsichtig ausgepackt und bekam einen Ehrenplatz auf der Anrichte. Ein wenig mussten sie noch nach den Sendern suchen und herausfinden, wo es den besten Empfang gab, aber dann saßen sie alle um das Gerät und lauschten verzückt.

Tatsächlich veränderte das Gerät einiges im Leben der Meyers. Vor allem Martha genoss es sehr, dass sie tagsüber Unterhaltung hatte, wenn alle anderen außer Haus waren. Sie war fest davon überzeugt, dass sich ihre Sprachkenntnisse deutlich verbesserten. Ilse liebte es, nach der Schule Musik zu hören. Und Ruth fand einen Sender, der Schönheitstipps gab. Vati hörte natürlich abends die Nachrichten. Bisher mussten sie dazu immer zu Gompetz' gehen, aber nun hatten sie ihr eigenes Radio.

Dennoch trafen sie sich häufig mit den Freunden.

Am achten und letzten Tag des Chanukkafestes fanden sich alle wieder bei Sofie und Walter ein. Auch diesmal wurde geschlemmt – aber die Speisen waren nicht so fetthaltig wie am ersten Tag.

Trotzdem ermahnte Sofie Ilse. »Pass schön auf, dass du nicht zu viel isst.«

Ilse nahm Ruth beiseite. »Sag mal, denkst du, dass ich fett werde?«, fragte sie nervös und fast mit Tränen in den Augen. Sie erzählte von Sofies Ermahnung.

Ruth lachte und flüsterte Ilse dann zu, was sie geflunkert hatte.

Ilse boxte ihr auf den Arm. »Unverschämtheit. Wie konntest du so etwas nur erzählen? Jetzt glaubt Tante Sofie, dass ich verfressen bin.«

»Sie wird es wieder vergessen. Und ist es nicht besser, sie denkt das, als wenn sie denken würde, dass Vati zum Trinker wird?«

Ilse nickte. »Da hast du recht.«

So schön die Feiern auch waren, eine dunkle Wolke lag über dem ersten Tag des Jahres 1941 – denn trotz aller Bemühungen hatten sie immer noch nichts von ihren Familien in der Heimat gehört. Düstere Gerüchte darüber, dass die Juden in Europa immer schlechter behandelt wurden, dass es Ghettos gab, in denen sie unter furchtbaren Bedingungen leben mussten, machten die Runde. Aber so wirklich glauben wollte dies niemand – der Gedanke alleine war zu schrecklich.

Kapitel 12

Chicago, Januar 1941

Der Winter war kalt, manchmal nass, manchmal eisig, in Chicago aber es war immer windig. Ein schneidender Wind, der unter die Haut zu gehen schien. Diese Abende verbrachte man am besten zu Hause, fand Ruth. Sie hatte sich inzwischen bei der HIAS-Organisation informiert und wusste, dass es im Februar eine der Prüfungen geben würde. Noch war sie sich nicht sicher, ob sie sich anmelden sollte. Rachel hatte ihrem Cousin geschrieben, doch seine Antwort war sehr vage gewesen, so dass Ruth nicht wirklich wusste, wie die Prüfungen abliefen und was überhaupt geprüft wurde. »Alle Fähigkeiten«, hatte er geschrieben. Ruth hatte bei Aaron noch einmal nachgefragt, allerdings keine weitere Antwort erhalten.

»Aaron ist ein wenig seltsam, schon immer gewesen«, versuchte Rachel ihren Cousin zu entschuldigen. »Das meint er nicht böse.«

»Trotzdem wüsste ich ja gerne, worauf ich mich einlasse.« Rachel war die Einzige, mit der Ruth darüber sprach.

»Es wird wie eine Zulassungsprüfung sein. Ich habe ja hier eine für das College gemacht.«

»Und?«

Rachel senkte den Kopf. »Durchgefallen. Viele Dinge wusste ich nicht, die geprüft wurden. Ich habe hier mein Abschlussjahr in der Schule gemacht, kam von dem Lyzeum, aber … na ja, du weißt, wie das alles war.«

»Ihr seid vor uns hier angekommen.«

»Nur zum Teil. Wir haben vor euch Deutschland verlassen, waren erst bei Verwandten in Frankreich, dann in Holland. Wir hatte eine Quotennummer für die Einreise – aber erst für 1939 oder 1940. Und dann wurde alles immer schlimmer und schlimmer. Mein Vater hat noch Verwandtschaft in Chile. Da sind wir hin – das war dann 1938. Dort bin ich zwar zu einer Schule gegangen, aber gelernt habe ich nichts.« Sie seufzte. »Schließlich hatte unsere Nummer eine Gültigkeit, und wir konnten einreisen, und zwar noch schneller als gedacht.«

»Da seid ihr weit herumgekommen.«

»Schön war das nicht, und wirklich angekommen fühle ich mich nur manchmal. Ich träume oft von zu Hause. Du nicht?«

Ruth dachte nach. Sie träumte viel und wild, erinnerte sich aber meist nicht an die Träume. Und wenn sie von zu Hause träumte, dann war es der Schrecken der Pogromnacht und des folgenden Tages. Nichts, was sie wirklich nach Deutschland zurückzog.

»Ich denke lieber nach vorne«, sagte sie. »Und nicht zurück.«

»Uns bleibt auch nichts anderes übrig«, meinte Rachel und klang mutlos.

»Willst du den Test auch machen? Für das Stipendium?«

Rachel schüttelte den Kopf. »Meine Ambitionen waren nie so groß. Ich wollte irgendeinen normalen Beruf, dann heiraten und Kinder bekommen – was man so tut.«

»Und jetzt? Was sind jetzt deine Pläne?«

Rachel grinste. »Die Pläne sind geblieben.« Sie schaute sich um, ob auch keiner lauschte. »Ich habe jemanden kennengelernt. Ein wirklich netter Junge. Amerikaner und Jude.«

»Wo hast du ihn kennengelernt?«, fragte Ruth überrascht.

»Es gibt seit Neuestem ein Programm, was jüdische Soldaten unterstützt. Du weißt doch – jetzt gibt es die Wehrpflicht hier.« Sie sah Ruth an. »Es werden auch Juden eingezogen. Jüdische Jungs, zwischen zwanzig und dreißig, glaube ich.«

»Wo kommen die denn her?«

»Na, aus Europa, du Dummerchen.« Rachel lachte. »Manche Familien sind schon ein oder zwei Generationen hier, andere sind erst so wie wir jetzt gekommen.« Wieder sah sie Ruth an. »Wenn die jungen Männer, die dafür natürlich auch irgendwelche Prüfungen ablegen müssen, in die Armee gehen, können sie schneller die Staatsbürgerschaft bekommen, habe ich gehört. Deshalb tun das viele. Und natürlich träumen sie auch davon, gegen unsere Feinde, die Deutschen, zu kämpfen.«

»Die Deutschen sind nicht unsere Feinde – es sind die Nazis. Wir sind Deutsche, Rachel. Wir sind keine Amerikaner, noch nicht. Und wer weiß, ob wir es jemals werden.«

»Ich will Amerikanerin werden. Ich will das so sehr. Egal wie.«

»Aber du träumst von Deutschland?«

»Weil es meine Heimat ist – noch. Wenn ich hier heirate, einen Amerikaner, mit ihm hier lebe, mit ihm hier ein Leben aufbaue und hier Kinder bekomme, dann werde ich Stück für Stück Amerikanerin werden. Willst du das nicht?«

»So weit kann ich im Moment nicht denken«, gab Ruth zu. »Und wo hast du den Soldaten getroffen?«

»Es gibt ein Gemeindehaus in der Innenstadt. Von der Jüdischen Vereinigung. Da werden an den Wochenenden Tanztees und so etwas gemacht. Man kann sich bewerben und wird natürlich geprüft. Und dann kann man dort hingehen und so … tanzen, sich unterhalten. Es soll eine Unterstützung für die jüdischen Soldaten sein, die ja nun plötzlich nicht mehr bei ihrer Familie sind. Wir backen Kuchen und laden sie zum Essen nach Hause ein. Alles gute Taten.«

»Und du hast schon einen Kandidaten für deine Pläne gefunden?«, fragte Ruth amüsiert.

»Ich bin mir nicht sicher. Es gibt mehrere nette Jungs. Ich habe ja auch noch Zeit und muss nichts überstürzen.« Sie schmunzelte.

»Zur Schule gehst du nun nicht mehr?«

Rachel winkte ab. »Ich könnte noch Kurse an der Abendschule machen – jeder kann das. Aber wozu? Ich habe nun eine Stellung bei Konrad Strauss, er hat eine Schuhfabrik. So habe ich mein Einkommen, bis sich die Verhältnisse geklärt haben.« Sie sah Ruth an. »Möchtest du nicht mal mitkommen zu den Treffen? Dazu musst du dich bewerben, aber ich könnte für dich sprechen.«

Ruth schüttelte den Kopf. »Eins nach dem anderen. Mir steht gerade nicht der Sinn nach Flirten. Erst einmal möchte ich meine Zukunft in den Griff bekommen.«

»Also wirst du dich bei HIAS bewerben?«

»Ich weiß es noch nicht, Rachel.«

Tatsächlich quälten Ruth Zweifel, vor allem, weil sie so wenig von dem wusste, was abgefragt werden würde. Es waren Sprachkenntnisse, das hatte sie herausgefunden – aber auch Kenntnisse im Sprachverstehen. Und bei Letzterem nahmen die Prüfer wohl Rücksicht darauf, dass Englisch nicht ihre Muttersprache war. Auch Kenntnisse in Mathematik, Physik und Chemie wurdem geprüft. Allerdings hatte sie auch erfahren, dass es zudem noch psychologische Tests gab. Charakterstärke, das Verhalten in einer Gruppe und andere Begabungen schienen genauso wichtig zu sein sowie motorische Fähigkeiten und körperliche Ausdauer.

Abends nahm sie heimlich Ilses Schulbücher, sie übte wieder rechnen und arbeitete ihr Wissen in Physik und Chemie auf. Aus der Bücherei besorgte sie sich Bücher, las abends im Bett, bis ihr die Augen zufielen.

»Warum machst du das?«, fragte Ilse verwirrt.

»Ich will nicht einrosten, will nicht dumm bleiben.«

»Du bist doch nicht dumm. Du bist viel schlauer als ich.«

»Das glaube ich nicht, Ilse«, seufzte Ruth.

»Doch, bist du«, beharrte Ilse auf ihrer Meinung. »Das warst du schon immer. Ich bin nur fleißiger als du. Aber ich muss dafür lernen, und dir fliegen die Sachen nur so zu.«

»Rede keinen Unfug!« Ruth winkte ab.

»Selbst wenn es Unfug ist – magst du mich abends abhören? Mit mir lernen?« Ilses Stimme war plötzlich sehr schüchtern geworden.

»Ja«, sagte Ruth und lächelte. Das war eine gute Gelegenheit, Schulmaterial aufzuarbeiten und aufzuholen. So saßen sie nun an den kalten und windigen Abenden zusammen, gingen Ilses Hausarbeiten und Aufgaben durch, während Martha strickte und Karl dem Radio lauschte.

Obwohl Ruth auch fleißig sein konnte, merkte sie doch, wie müde sie am Ende des Arbeitstages war. Sie meldete sich nicht zur Prüfung im Februar an, sondern lernte weiter mit Ilse.

Das gemeinsame Lernen tat ihnen beiden gut, es schuf eine

weitere Verbindung zwischen ihnen, obwohl Ruth immer noch nicht sagte, weshalb sie lernte. Im März war der nächste Termin für die Prüfung. Es war an einem Samstag; Ruth meldete sich mit klopfendem Herz an. Anschließend ging sie zur Personalleitung in der Firma. Mrs. Rossi war seit einigen Wochen krank, und eine junge Frau hatte ihre Stelle übernommen.

Ruth klopfte an, betrat den Raum. »Ich habe einen wichtigen Termin am nächsten Samstag«, sagte sie unsicher. »Und kann deshalb nicht zur Arbeit kommen.«

»Ihr Name?«

»Ruth Meyer.«

»Personalnummer?«

Ruth nannte die Nummer, schaute die junge Frau, die nur wenige Jahre älter war als sie selbst, verstohlen an. Sie war hübsch, aber nicht schön. Dennoch wusste sie genau, wie sie ihre Vorteile hervorheben konnte – ihre Wangenknochen hatte sie mit Rouge betont, die sinnlichen Lippen sorgfältig mit Lippenstift nachgezogen. Sie trug Mascara, aber keinen Lidschatten, denn sie hatte Schlupflider. Ruth war beeindruckt, wie geschickt sich die Frau geschminkt hatte. Sie selbst war noch sehr unsicher, was das anging, zumal Vati es nicht tolerierte, wenn sie sich auffällig schminkte. Aber Ruth las viel darüber und kaufte sich, wenn es möglich war, die gängigen Zeitschriften.

Inzwischen hatte die Frau ihre Akte hervorgesucht.

»Sie wollen Samstag Ihren Job quittieren?«, fragte sie emotionslos.

Ruth kannte das Wort nicht. »Ich kann am Samstag nicht arbeiten – ich habe da einen Termin.«

»Das habe ich mir notiert. Einen schönen Tag.«

Erleichtert verließ Ruth den Raum, jetzt musste sie nur noch bis zum Samstag überleben, denn der Gedanke an die Prüfung raubte ihr den Schlaf.

»Was ist nur los mit dir?«, fragte Ilse ihre Schwester abends, als sie zu Bett gingen. »Du bist gereizt, antwortest nicht auf Fragen oder wenn doch, dann pampig. Welche Laus ist dir über die Leber gelaufen?«

»Tut mir leid«, sagte Ruth geknickt. »Ich bin nur im Moment etwas … durcheinander.«

»Aber wieso?«, wollte Ilse wissen. »Hast du Ärger auf der Arbeit oder Streit mit deinen Freundinnen?«

»Ich erkläre es dir später«, versuchte Ruth Ilse zu vertrösten.

»Das sagst du immer, wenn es um etwas Wichtiges geht«, maulte Ilse.

»Lass mich in Ruhe«, ranzte Ruth ihre Schwester an. Am liebsten wäre sie aus dem Zimmer gerannt und hätte die Tür hinter sich zugeknallt. Aber es gab keinen Ort, an den sie fliehen konnte. Selten hatte sie ein eigenes Zimmer so sehr vermisst wie jetzt.

Ilse sah sie an, drehte sich dann um und löschte ihr Nachtlicht. »Gute Nacht.«

Auch Ruth schaltete ihre Lampe aus, schaute zum Fenster. Immer blieb ein kleiner Spalt zwischen den Vorhängen, eine kleine Aussicht nach draußen.

Sie hörte, dass Ilse ihr Kissen zurechtstopfte, sich unruhig hin und her drehte, und plötzlich hatte sie ein schlechtes Gewissen. Nicht nur mit Ilse war sie in der letzten Zeit harsch umgegangen, sondern auch mit ihrer Mutter. Alle wunderten sich über Ruths Unausgeglichenheit, denn niemand wusste, was mit ihr los war.

Martha hatte sie schon mehrfach zur Seite genommen und versucht, ein vertrauliches Gespräch zu führen, doch Ruth hatte jedes Mal abgewinkt und fadenscheinige Entschuldigungen vorgebracht.

»Es tut mir leid«, flüsterte sie nun in die Stille des Zimmers. »Das war nicht gerecht von mir.«

»Ist schon gut«, murmelte Ilse versöhnlich.

»Nein, das ist es nicht. Ich benehme mich scheußlich euch gegenüber, und das ist ziemlich blöd von mir.«

»Aber du willst nicht sagen, was mit dir ist?«

Ruth schüttelte den Kopf und seufzte. Sie wusste natürlich, dass Ilse sie nicht sehen konnte. »Es ist … privat«, sagte sie schließlich.

»Wir sind doch Schwestern …«

»Ja, Ilse, das sind wir. Aber manchmal gibt es Dinge, über die man mit niemandem reden will, selbst mit der eigenen Schwester nicht.«

»Ist es … etwas Schlimmes?« Ilses Stimme hörte sich erstickt an, so als würde sie Tränen unterdrücken. »Bist du krank?«

»Ach herrje, nein. Ich erzähle es dir am Wochenende, versprochen«, sagte sie. »Du brauchst dir wirklich keine Sorgen zu machen.«

»Na gut.« Ilse schwieg eine Weile, dann flüsterte sie, kaum hörbar: »Bist du verliebt?«

»Was?«, fragte Ruth überrascht und auch belustigt.

»Ich weiß noch, wie du warst, als Kurt nach Amerika ging. Da hattest du großen Kummer und hast dich auch so ähnlich verhalten wie jetzt.«

»Damals war ich eine dumme Gans.« Ruth lachte leise. »Ich habe es neulich noch in meinem alten Tagebuch nachgelesen.

Meine Güte, war das eine furchtbare Zeit voller aufgewühlter Gefühle. Ich muss ganz grässlich gewesen sein.«

»Das warst du.« Ilse schmunzelte. »Aber ist das nicht normal? Ist man nicht so als Backfisch?«

»Du bist nicht so.«

»Weil ich so eine Zeit nie erlebt habe. So eine unbeschwerte Zeit mit Freunden, so wie du.« Nun klang Ilse auf einmal traurig.

»Du hast doch jetzt Freunde.«

»Ich habe Schulfreundinnen, ja. Und Freundinnen in der Gemeinde. Aber es ist ja alles nicht so wie zu Hause.«

»Wir sind jetzt hier zu Hause, Ilse.«

»Fühlst du dich hier zu Hause?«

»Ein wenig. Aber du hast natürlich recht.«

Sie hingen beide ihren Gedanken nach und schliefen darüber ein.

In den nächsten Tagen bemühte sich Ruth, freundlicher zu sein, doch ihre Nervosität stieg. Immer noch wollte sie niemandem aus der Familie erzählen, was sie vorhatte. Doch ihr fehlte jemand, mit dem sie reden, dem sie sich anvertrauen konnte. Früher wäre sie zu Omi gegangen und hätte sich dort Rat geholt. Omi konnte so wunderbar zuhören und hatte die passenden, tröstenden Worte.

Was würde Omi wohl jetzt zu mir sagen, fragte sich Ruth, als sie sich am Samstagmorgen auf den Weg zur Prüfung machte. Sicherlich würde sie mir Glück wünschen und mir sagen, dass ich es schon schaffen werde. Und selbst wenn ich durchfalle, dann hat es nicht mit mir als Mensch zu tun.

Diese Gedanken beruhigten sie ein wenig. Dennoch klopfte

ihr Herz wie wild, ihre Hände waren schweißfeucht. Mit ihr waren noch fünf andere Bewerber gekommen. Sie musterten sich verstohlen. Ruth kannte die eine junge Frau und einen der Jungs aus der Gemeinde vom Sehen, aber sie wusste nicht, wie sie hießen, und hatte auch noch nie ein Wort mit ihnen gewechselt. Die drei anderen hatte sie noch nie gesehen.

Eine Frau verteilte Klemmbretter und führte sie alle in einen Raum, in dem zwanzig Pulte standen. Sie wies jedem einen Platz zu mit gebührendem Abstand zu den anderen.

Zuerst mussten sie einen allgemeinen Fragebogen zur eigenen Person ausfüllen. So einen hatte Ruth zwar schon ausgefüllt, doch dieser war ausführlicher. Nach den Namen und Geburtsorten ihrer Eltern und Großeltern wurde ebenso gefragt wie nach der Heimatgemeinde und nach der Schulausbildung.

Sie hatten eine halbe Stunde Zeit, um alle Fragen zu beantworten. Dann sammelte die Frau die Klemmbretter wieder ein und verteilte neue. Es gab Fragebögen zu allen Bereichen – Mathematik, Chemie, Physik, Geschichte und Erdkunde. Aufgaben wurden gestellt und mussten bearbeitet werden. Die Zeit verging, und Ruth wurde immer ruhiger. Nicht jede Aufgabe konnte sie lösen, aber den größten Teil. Ob ihre Antworten richtig waren, wusste sie allerdings nicht.

Mittags hatten sie eine Stunde Pause. Zusammen gingen sie in den Hof. Der Schnee war inzwischen geschmolzen, und die Frühlingssonne hatte schon etwas Kraft. Das erste zarte Grün zeigte sich an den Bäumen und Sträuchern. Doch der Wind, der vom See her blies, hatte auch jetzt nicht nachgelassen.

Ruth hatte am Morgen ihr Lunchpaket gepackt, so wie jeden Tag, wenn sie zur Arbeit ging. Sie nahm den Apfel heraus, den ihr Martha immer hinlegte, und begann zu essen.

»Ich kenne dich aus der Gemeinde«, sagte die junge Frau, die Ruth erkannt hatte. Sie hatte einen starken bayrischen Akzent. »Du bist auch aus Deutschland.«

»Ruth Meyer«, stellte Ruth sich vor und reichte ihr die Hand. »Aus Krefeld, das ist bei Düsseldorf.«

»Hilde Klein. Ich komme vom Ammersee.«

»Oh, da ist es schön, da war ich mal vor ein paar Jahren.«

»Wirklich? Ich vermisse das so. Es war dort viel schöner als hier am Lake Michigan. Es ist wohltuend, mal wieder mit jemandem aus der Heimat zu sprechen.«

Ruth schaute sich um. »Sind wir nicht alle deutsche Juden hier?«

»Iwo«, sagte Hilde. »Dort drüben, das ist der Pawel. Er kommt aus Polen. Seine Familie hatte Glück, dass sie es noch aus Warschau heraus geschafft haben.«

Auch Ruth hatte gehört, dass im letzten Jahr die Juden in Warschau in einen Bezirk ziehen mussten, der nur für sie bestimmt war. Im November wurden Berichte bekannt, dass um das Viertel eine hohe Mauer gebaut worden war. Aber auch aus Polen hörte man wenig; es gab kaum noch Kontakte. Briefe wurden nicht beantwortet, niemand wusste, ob sie überhaupt ankamen.

»Dort drüben ist Dawid, er kommt aus Russland, glaube ich. Er spricht nicht viel. Das Mädchen mit dem gepunkteten Rock ist seine Schwester Wanda. Die anderen kenne ich nicht, sie sind wohl nicht aus Chicago, sondern extra für die Prüfung hier angereist.«

»Woher weißt du das alles?«

Hilde zuckte mit den Achseln. »Ich habe sie halt gefragt. Ich war heute Morgen so nervös und bin es jetzt immer noch – da rede ich viel und lenke mich ab.«

»Ich bin auch nervös. Und ich hätte nicht gedacht, dass es so anstrengend ist.«

»Dass es anstrengend sein wird, wusste ich schon. Ich habe auch versucht, in den letzten Wochen noch einmal mein altes Schulmaterial durchzugehen. Aber die Schulzeit ist schon so lange her. Vor drei Jahren musste ich das Lyzeum verlassen.«

Ruth seufzte. »Ich auch. Aber es wäre dennoch traumhaft, wenn ich das Stipendium bekommen würde.«

»Was würdest du studieren?«

»Ich wollte eigentlich Ärztin werden, aber ganz sicher bin ich mir nicht. Darüber mache ich mir Gedanken, wenn es so weit ist. Und du?«

»Ich will Technik studieren. Mein Vater baut Radios, und das hat mich schon immer fasziniert.«

»Technik? Als Frau?«, fragte Ruth verblüfft.

»Warum denn nicht?« Hilde lachte. »Wir sind doch im Land der unbegrenzten Möglichkeiten.«

Das stimmt wohl, dachte Ruth. Aber es war keine Zeit, sich weitere Gedanken zu machen oder die Unterhaltung fortzuführen, denn nun standen die praktischen Prüfungen an. Motorik und Geschick wurden ebenso untersucht wie das Auffassungsvermögen und räumliche Denken. Diesmal wurden sie einzeln geprüft in unterschiedlichen Räumen. Anschließend gab es noch ein persönliches Gespräch. Auch dies dauerte seine Zeit, und Ruth merkte, wie erschöpft sie war. Die Prüfer waren alle durchweg freundlich, allerdings auch streng, fand Ruth. Falls sie bestehen würde, dann nicht wegen ihres Aussehens oder weil sie nett lächeln konnte, das hatten sie Ruth schon vor den Prüfungen gesagt. Auch familiäre Geschichte schien keine ausschlaggebende Rolle zu spielen, denn Pawel, der seine ganze

Familie hatte zurücklassen müssen, wurde nicht anders behandelt als die anderen auch.

Zum Schluss sollten sie zusammen in einem Aufenthaltsraum warten. Dort gab es Kaffee und Tee und einen Imbiss. Endlich fiel die Anspannung von ihnen allen ab; Erschöpfung machte sich breit, und nun hatten sie die Gelegenheit, sich untereinander auszutauschen.

»Wir erfahren die Ergebnisse noch heute«, sagte Hilde. »Sie haben die schriftlichen Tests ausgewertet, während wir die praktischen Übungen gemacht haben.«

»Bist du dir sicher?«, fragte die sommersprossige Judith, die aus Österreich gekommen war.

»Ich habe gefragt«, sagte Hilde und lächelte.

»Es ist auch gut so, dass es die Ergebnisse jetzt schon gibt, denn noch ein weiteres Warten könnte ich schwer ertragen«, meinte Pawel, und Ruth wusste genau, wie er sich fühlte. »Mir ist es im Moment sogar egal, ob ich durchgefallen bin oder nicht – ich bin nur froh, dass es vorbei ist.«

»So ganz glaube ich dir das nicht. Wenn es dir egal wäre, hättest du die Prüfung gar nicht gemacht.«

»Ich habe gelernt, Chancen zu nutzen – oder es zumindest zu versuchen«, sagte er. »Und da wir ja alle wohl keine abgeschlossene Schulausbildung haben, wisst ihr sicher, was ich meine.«

»Dies ist eine Chance«, sagte Dawid. Er hatte einen starken Akzent, aber sein Englisch war gut. »Eine Chance, die wir nutzen müssen, wenn wir sie bekommen.«

»Und wenn nicht?«, fragte Judith. »Was, wenn wir durchfallen? Wenn ich durchgefallen bin?«

»Dann hast du es wenigstens versucht. Es wird weitere

Chancen geben, man muss nur danach schauen und sie dann ergreifen«, meinte er und nickte ernst.

Die Tür öffnete sich. Ruth schlug das Herz wieder bis zum Hals. Nacheinander wurden sie gerufen. Es war eine Kommission von drei der Vorsitzenden der HIAS-Organisation – zwei Männer und eine Frau. Sie saßen hinter einem Tisch, davor ein Stuhl. Ruth nahm Platz und war froh, sitzen zu können. Ihre Beine schienen butterweich zu sein, und ihre Hände zitterten. Sie faltete die Hände im Schoß, holte tief Luft und versuchte zu lächeln.

»Ruth Meyer aus Krefeld, Deutschland?«

»Das bin ich.«

Die Prüfer raschelten mit den Unterlagen, holten eine Akte hervor, in der die Prüfungsblätter abgeheftet waren.

Es ist immer so, sagte sich Ruth. Es sind immer Prüfer, die vor einem sitzen, die ernst gucken, die nachdenklich erscheinen und streng. Aber es sind auch nur Menschen. Egal, wie sie geurteilt haben, es sind nur Menschen, die ihre Arbeit tun. Und vielleicht machen sie es manchmal gar nicht gerne. Man kann nicht nett und fröhlich Absagen erteilen, das geht nicht. Also schützen sie sich mit einer Maske. Vermutlich war der Tag für sie auch anstrengend, und sie freuen sich darauf, gleich nach Hause zu können.

Diese Gedanken beruhigten sie.

Außerdem, dachte sie weiter, was kann schon passieren? Der Drops ist gelutscht. Entweder habe ich es geschafft oder eben nicht. Ich habe mein Bestes gegeben, mehr geht nicht.

Und nun konnte sie entspannter und ehrlicher lächeln, musste es nicht erzwingen.

»Ihre schriftlichen Ergebnisse hatten einige sprachliche Mängel«, sagte die Frau. »Wie lange leben Sie schon hier?«

»Seit August letzten Jahres.«

»Haben Sie einen Sprachkurs gemacht?«

»Hat sie bestimmt nicht«, sagte einer der Männer und wies auf eine Stelle in den Unterlagen. »Sie arbeitet doch in einer Fabrik.«

»Ach ja. Natürlich.« Nun lächelte die Frau. »Abgesehen von den kleineren grammatikalischen Mängeln haben Sie bestanden, Miss Meyer. Wir können Ihnen ein Stipendium anbieten.«

Ruth schnappte nach Luft. Am liebsten wäre sie aufgesprungen und allen dreien um den Hals gefallen.

»Ich habe bestanden?«

»Ja«, sagte nun der Dritte und lächelte – ein freies Lächeln, das sogar seine Augen erreichte. »Sie haben eine gute Auffassungsgabe. Wir sind davon überzeugt, dass Sie eine akademische Laufbahn meistern würden. Die sprachlichen Defizite haben Sie sicher schnell aufgeholt.«

»Ja, ja! Ganz bestimmt«, sagte Ruth euphorisch.

»Wir würden Ihnen die Studiengebühren bezahlen, den Steuerzuschlag und Versicherung für die Dauer Ihres Studiums.«

Ruth nickte.

»Wenn Sie mit dem Studium fertig sind und eine Anstellung haben, spätestens aber zehn Jahre nach Abschluss des Studiums, sind Sie verpflichtet, uns die Kosten in Raten zurückzuzahlen.«

»Das weiß ich.«

»Es gibt Möglichkeiten, die Rückzahlungssumme zu mindern – wenn Sie größere Summen an einem Stück zahlen und so weiter –, aber das liegt ja nun alles in ferner Zukunft.«

»Darüber machen Sie sich jetzt auch erst einmal keine Gedanken«, sagte der erste Mann und stand auf. Er kam um den Tisch herum und reichte Ruth die Hand. »Meinen Glückwunsch! Es schaffen nur wenige. Aber bei Ihnen sind wir uns sicher, dass es eine gute Investition ist.« Die beiden anderen folgten seinem Beispiel.

»Im Laufe der nächsten Woche schicken wir Ihnen die Unterlagen zu.«

»Und jetzt gehen Sie nach Hause und erholen Sie sich. Haben Sie einen schönen Abend.«

Es folgten noch einige höfliche, aber auch herzliche Floskeln, doch schließlich verließ Ruth das Gebäude. Sie schaute sich um, konnte aber von den anderen niemanden mehr entdecken.

Beschwingt und überglücklich lief sie nach Hause.

»Na endlich!«, rief Martha, als Ruth die Wohnung betrat. »Wo warst du denn? Wir haben schon gegessen.«

»Guten Abend, Mutti«, sagte Ruth und küsste ihre Mutter auf die Wange. Dann schaute sie ins Wohnzimmer – Vati saß auf der Couch und hörte Nachrichten. Er sah auf und stellte das Radio aus.

»Guten Abend, Vati.«

»Es ist spät, Fräulein«, sagte Karl streng. »Es ist spät, und das passt mir nicht. Treibst du dich etwa herum? Ist ein Junge im Spiel?« Er klang sehr verärgert. »Ich möchte hier keine dummen Geschichten mit dir erleben!«

»Ach, Vati, ich mache doch keinen Unfug«, erwiderte Ruth lachend. »Ganz im Gegenteil. Ich muss euch etwas erzählen.«

»Erst musst du essen«, sagte Martha. »Es ist nicht gut, wenn du so spät isst. Setz dich an den Tisch.« Sie hatte schon den

Teller mit der Suppe aufgetragen und ging zurück in die Küche.

»Aber … ich muss euch etwas sagen.«

»Du hörst auf deine Mutter und isst jetzt erst. Und ich höre die Nachrichten«, brummte Karl.

Ruth schluckte enttäuscht, dann folgte sie jedoch der Aufforderung und setzte sich an den Tisch. Die Grießklößchensuppe war heiß und köstlich, und erst jetzt bemerkte Ruth, wie ausgehungert und ausgelaugt sie war.

Martha trug den Braten auf, dazu gab es Kartoffeln und Karotten. »Es ist inzwischen verkocht«, sagte sie missbilligend. »Vorhin war es noch tadellos, aber eine Stunde auf dem Herd war einfach zu viel für das gute Essen.«

»Es ist köstlich, Mutti. Du hast dich mal wieder selbst übertroffen«, lobte Ruth und langte hungrig zu.

»Na endlich!« Karl klatschte in die Hände. »Der Pakt mit England ist nun rechtsgültig. Das wurde ja auch Zeit.« Im Radio lief wieder Musik; er schaltete es aus.

»Welcher Pakt?«, fragte Martha.

»Darüber haben sie doch nun seit Wochen diskutiert. Im Februar wurde es beschlossen, aber ich hatte immer Sorge, dass noch irgendetwas dazwischenkommen würde. Aber nun ist alles unter Dach und Fach. Es ist das Leih- und Pachtgesetz. Endlich befreit sich Amerika aus dem neutralen Status. Das hätten sie schon viel früher machen sollen, England steht das Wasser bis zum Hals.«

»Tritt Amerika nun in den Krieg gegen Deutschland ein?«, fragte Ilse, die sich auf dem Sessel zusammengerollt hatte und Vokabeln lernte.

»Nein, mein Kind, noch nicht. Aber sie leihen England und

dem Widerstand in Frankreich Geld und kriegswichtige Güter, so dass es in Europa weitergehen kann. Fünfzig Zerstörer werden an die Briten übergeben. Das kommt gerade rechtzeitig.«

»Ich wünschte, es gäbe endlich gute Nachrichten aus Europa«, seufzte Martha.

»Die wird es schon bald geben«, sagte Karl zuversichtlich.

Ruth hatte aufgegessen, ihren Teller in die Küche gebracht und abgewaschen und kehrte nun ins Wohnzimmer zurück.

»Was hast du uns denn zu berichten?«, fragte Ilse neugierig.

»Also«, erklärte Ruth, »Es gibt diese Organisation – sie nennt sich HIAS – Hebrew Immigrant Aid Society –, eine Organisation, die schon seit Jahrzehnten Juden hier in Amerika hilft. Die gibt es auch in England, das wisst ihr doch noch? Sie haben mir mit den Formularen geholfen ...« Ruth räusperte sich. Sie hatte ihren Eltern nie erzählt, wie unfreundlich sie zum Teil dort behandelt worden war.

»Und was ist damit?«, fragte Karl und runzelte die Stirn. »Wir brauchen nun keine Hilfe mehr. Wir sind ja jetzt hier und haben Papiere.«

»Das ist richtig, Vati. Diese Organisation hilft nicht nur bei der Immigration selbst, sie helfen auch danach noch. Es gibt mehrere Stiftungen, die sie unterstützen. Und mit dem Geld fördern sie junge Juden.«

»Fördern?«, fragte Karl misstrauisch. »Wer von uns muss denn gefördert werden?«

»Ich war heute den ganzen Tag da«, fuhr Ruth unbeirrt fort, »ich habe dort mehrere Prüfungen abgelegt.«

»Wieso das denn?«

Ruth verdrehte die Augen. »Nun lass mich bitte ausreden!

Ich habe doch keinen Schulabschluss und somit auch keine Möglichkeit, hier zu studieren. Mit der Prüfung heute habe ich eine Zulassung für das College bekommen. Ich muss erst noch einen Sprachkurs machen, kann dann aber zum Semesterbeginn ans College gehen und studieren.«

Erwartungsvoll sah sie ihre Eltern an. Beide schwiegen.

»Das … das ist wundervoll«, sagte Martha schließlich und warf Karl einen unsicheren Blick zu. »Nicht wahr, Vati? Es ist doch großartig, dass sie die Prüfung geschafft hat?«

»Ja«, sagte er, aber in seiner Stimme lag keine Freude. »Du weißt aber schon, dass wir uns das College für dich nicht leisten können? Im Moment jedenfalls nicht.«

»Ja, Vati, das weiß ich. Aber das müsst ihr jetzt doch gar nicht mehr. Es wird mir ja bezahlt. Ihr müsst gar nichts zahlen – keine Gebühren, keine Bücher.« Sie strahlte.

»Das ist wundervoll, einfach super!«, rief Ilse nun und sprang auf, um zu ihrer Schwester zu laufen. »Das war es also, was dich bedrückt hat? Warum hast du nichts gesagt?« Sie fasste Ruths Hände. »Das sind doch mal die aller-allerbesten Neuigkeiten, die es geben kann.«

»Ich konnte nichts sagen. Die Prüfungen waren sehr schwer, das wusste ich vorher, und ich hatte Angst durchzufallen.«

»Aber das bist du nicht! Super!« Ilse schaute sich zu den Eltern um, die beide immer noch auf der Couch saßen und kaum eine Miene verzogen.

»Ilse, bitte geh in dein Zimmer«, sagte Karl dann.

»Warum?«, fragte Ilse erstaunt.

»Weil ich es sage!« Sein Ton ließ keinen Widerspruch zu. Ilse zog erschrocken den Kopf ein und fügte sich.

Wie versteinert saß Ruth am Tisch, schaute von Martha zu

Karl und wieder zurück. »Freut ihr euch denn gar nicht für mich?«, fragte sie und versuchte die Hilflosigkeit und die Tränen zu unterdrücken, die über sie zu schwappen drohten.

»Doch, Kind, wir freuen uns für dich – einerseits. Wir sind froh, dass du so mutig warst und diese Prüfung gemacht hast. Und dazu noch mit einem so guten Ergebnis, aber nichts anderes hätte ich von dir erwartet.«

»Aber?«

»Du kannst nicht zum College gehen.«

»Doch, natürlich. Ich kann jetzt zum College gehen. Nächste Woche schicken sie mir die Unterlagen und …«

Karl hob die Hand und unterbrach sie. »Nein! Du wirst nicht zum College gehen«, sagte er streng.

»Wa … rum?«

»Weil niemand, niemals jemand aus der Familie Meyer Almosen annehmen wird. Das erlaube ich nicht.«

»Aber Vati, das sind keine Almosen. Schau, wenn ich fertig bin und eine Arbeit habe, muss ich das Geld nach und nach zurückzahlen. Es ist nur ein Darlehen.«

»Wir machen keine Schulden. Und wir bauen unser Leben auch nicht auf der Wohltätigkeit anderer auf.«

»Vati, es ist eine jüdische Organisation, die …«

»Nein!« Karl stand auf und wurde laut. »Ich erlaube es nicht. Ich werde es niemals erlauben. Meine Tochter ist nicht auf Almosen angewiesen, und sie wird auch keine Schulden machen. Und überhaupt – College. Wozu musst du auf das College? Deine Mutter und ich haben auch nicht studiert. Sind wir deshalb dumm?«

»Natürlich nicht, aber …«

»Ruth, ich will kein weiteres Wort mehr von dir hören.

Schlag es dir aus dem Kopf! Für hochtrabende Pläne haben wir keine Zeit.«

Ruth schaute Martha an, doch ihre Mutter hatte den Kopf gesenkt und erwiderte den Blick nicht.

»Mutti …«, flüsterte Ruth bittend.

»Du hast gehört, was dein Vater gesagt hat. Und nun solltest du zu Bett gehen. Gute Nacht, Ruth.«

Sie stolperte mehr, als dass sie ging, zu ihrem Zimmer. In ihr war eine große Verzweiflung, gemischt mit Wut und Gefühlen, die sie überhaupt nicht einordnen konnte. Was war nur passiert? Ruth hatte sich den Abend so schön ausgemalt, hatte gedacht, dass sie feiern würden, dass sich alle mit ihr freuen würden. Doch das, was geschehen war, hätte sie sich nie und nimmer vorstellen können.

Tränen füllten ihre Augen, blind ertastete sie den Türknopf, drehte ihn und trat in das Zimmer. Sie ließ sich auf ihr Bett fallen, nahm das Kissen und stopfte es sich gegen den Bauch, umarmte es.

Ilse saß in ihrem Bett. Schließlich stand sie auf, ging zur schluchzenden Schwester und setzte sich vorsichtig neben sie. Eine ganze Weile saß sie dort, ohne ein Wort zu sagen. Dann, ganz langsam, schob Ilse ihre Hand über die Bettdecke zu Ruth. Schweigend saßen sie nebeneinander, Hand in Hand. Es gab nichts zu sagen.

Der Schock über den Ausgang des Tages saß tief in Ruth. Ihr war übel – vor Trauer und Wut. Es gab aber keine Worte dafür. Neben Ilse zu sitzen war ein kleiner Trost, doch ihre jüngere Schwester war auch schockiert und würde Ruth nicht helfen können, damit fertigzuwerden.

Omi, dacht Ruth, wärst du nur jetzt hier! Vielleicht könntest du sogar Vati umstimmen. Oder Edith Nebel, die Frau, die Ruth in England so geholfen hatte. Sie hatte für fast jede Gelegenheit einen guten Ratschlag gehabt.

Durch die Tür hörten sie Martha und Karl miteinander reden. Zuerst war es nur Marthas leise Stimme, die sie wie Gemurmel hörten, ohne die Worte zu verstehen. Hin und wieder erwiderte Karl etwas. Doch dann wurde er immer lauter, schien durch das Wohnzimmer zu laufen.

»Es geht nicht, Martha, verflixt, es geht doch einfach nicht!«, rief er.

Martha sagte etwas, aber es war zu leise. Ruth putzte sich die Nase, setzte sich auf und spitzte die Ohren. Würde Mutti es schaffen, Vatis Meinung zu ändern?

»Doch, ich würde es ihr gönnen – mehr als alles in der Welt. Ich würde es ihr von Herzen gönnen, Liebes. Darum geht es nicht, und das weißt du genau.«

Auch diesmal war Marthas Antwort nicht zu verstehen.

»Herrje!«, schrie Karl nun. »Ich kann es doch nicht ändern. Auch wenn das Studium uns nichts kosten würde – kostet Ruth uns aber Geld. Essen, Wäsche – all die Dinge. Und du weißt genau, ohne ihr Einkommen würden wir nicht über die Runden kommen.«

Das war es also. Ruth schloss die Augen und ließ sich zurücksinken. Tief in ihrem Inneren hatte sie es gewusst. Sie brauchten ihren Lohn. Sie brauchten ihren Lohn so sehr, dass Ruth nicht aufhören durfte zu arbeiten. Der Gedanke tat weh, aber er schmerzte nicht so sehr wie all die Gefühle vorher – das Gefühl, es nicht wert zu sein, und auch, dass es Vati nichts bedeutete, was mit ihr war und aus ihr wurde.

Es lag nicht an ihr, es lag auch nicht daran, dass Vati es nicht billigte – es lag einfach daran, dass sie es sich nicht leisten konnten.

Vielleicht, dachte Ruth, vielleicht ist es ja nächstes Jahr besser. Vielleicht haben wir dann mehr Geld, weil Vati besser verdient. Und vielleicht kann ich ja dann zum College gehen.

Ich hatte eine Chance, ich habe sie genutzt, und nun habe ich eine Zulassung – aber diese Chance kann ich nicht nutzen, jetzt nicht. Im Moment. Doch das heißt nicht, dass es für immer so sein wird. Es gibt immer einen Weg, manchmal braucht man nur etwas länger.

Kapitel 13

Am nächsten Morgen war die Stimmung gedrückt. Keiner mochte den anderen wirklich anschauen, und auch ein Gespräch kam nicht auf. Martha buk Kuchen, denn am Nachmittag kamen Freunde zu Besuch. Ilse lernte, und Karl las die Zeitung. Ruth verzog sich in ihr Zimmer. Sie legte sich auf das Bett und schaute in den Himmel. Passend zu ihrer Stimmung hatte es sich zugezogen. Die Wolken hingen so tief, dass sie die Dächer der Hochhäuser zu berühren schienen.

Alles war umsonst, dachte Ruth. Auch in ihr selbst schienen dicke und dunkle Wolken zu hängen. Alle Sorgen, alle Hoffnungen. Vati hätte mich heute Morgen doch in den Arm nehmen und es mir erklären können. Er hätte wenigstens ein wenig Anerkennung für meine Leistung zeigen können, dachte sie verbittert. Ich habe alles für meine Familie getan, und das ist nun der Dank dafür.

Mit der Zeit wurde ihr aber klar, dass Karl sich schämte. Er konnte nicht auf sie zugehen, sein Stolz und seine Scham erlaubten es nicht. Früher war er der Ernährer der Familie gewesen, hatte für ein sehr sorgenfreies Leben gesorgt. Keine ihrer amerikanischen Freundinnen hatte jemals in so einem Haus gelebt wie die Meyers in Krefeld. Keine hatte einen Chauffeur gehabt.

Wenigstens habe ich die Erinnerung daran, dachte Ruth. Das Gefühl der vollkommenen Sicherheit, das ich während meiner Kindheit gehabt habe. Das hat mich stark gemacht.

Gegen Mittag stand sie auf, ging in das Wohnzimmer. Wie immer lief das Radio, und Karl lauschte den Nachrichten. Als sie vorbei waren und wieder Musik gespielt wurde, setzte sich Ruth neben ihn und nahm seine Hand. Er sah sie an, zwinkerte mit beiden Augen mehrfach. Seine Augen wirkten feucht.

Ohne etwas zu sagen, umarmte Ruth ihn, dann stand sie auf und ging in die Küche, um ihrer Mutter zu helfen.

»Danke«, sagte er so leise, dass sie es kaum hören konnte. Doch sie hörte und verstand es.

Zuerst war Martha sehr zurückhaltend Ruth gegenüber, aber bald schon plauderten sie, als wäre nichts gewesen. Nur in Ruths Bauch grummelte es noch ein wenig. Die Enttäuschung ließ sich nicht so schnell vergessen.

»Die Hirschs kommen nachher zum Kaffee«, erzählte Martha. »Und natürlich Sofie und Walter.«

»Natürlich«, sagte Ruth und musste schmunzeln. Sofie und Walter gehörten fast schon zur Familie. Ein Sonntag ohne die beiden war kaum noch vorstellbar.

Als sie später den Tisch für das Kaffeetrinken deckten, wandte ihre Mutter sich Ruth zu. »Ich möchte dich um etwas bitten«, sagte sie leise und stockend. »Bitte erwähne den Test nicht vor den anderen.«

Ruth sah sie an, schluckte. »Ich bin stolz auf mich«, sagte sie dann. »Und ich könnte sicherlich noch einiges erreichen im Leben. Schade, dass es totgeschwiegen werden muss.«

»Bitte versteh doch …«, sagte Martha hilflos.

»Ich verstehe es ja, Mutti. Aber traurig macht es mich dennoch.«

»Der Kuchen ist köstlich, Martha«, lobte Sofie. Tatsächlich hatten sich Marthas Koch- und Backkenntnisse deutlich verbessert.

»So etwas bekomme ich nicht hin«, sagte auch Sarah Schwartz voller Bewunderung. »Ich hätte auch gar keine Zeit dazu. Seit ich bei ›Sweet Cherry‹ arbeite, ist alles viel anstrengender geworden.«

»Du arbeitest?«

»Ja, es ist nur eine kleine Stelle – vormittags. Aber es bringt uns doch einen kleinen Zugewinn. Das Leben wird ja nicht billiger.«

»Was machst du denn?«, fragte Martha.

»Es ist die Fabrik meines Cousins. Dort werden Cocktailkirschen hergestellt. Du weißt schon, diese sehr süßen, kandierten Kirschen. Ich arbeite in der Verpackung. Anstrengend ist das nicht, aber ich muss die Tage jetzt ganz anders organisieren.«

»Ich weiß nicht, ob ich das schaffen würde«, sagte Martha nachdenklich. »Arbeiten zu gehen und auch noch den ganzen Haushalt zu machen. Das muss doch sehr belastend für dich sein.«

»Mit dem zusätzlichen Geld können wir uns aber das eine oder andere leisten«, sagte Sarah lächelnd. »Wir haben jetzt auch ein Radio, und demnächst möchte ich mir einen Staubsauger kaufen.«

»Einen Staubsauger? Wirklich? Die Dinger sind doch riesig. Und ob sie tatsächlich den Dreck aus den Teppichen bekommen? Ich weiß nicht. Da trage ich die Teppiche lieber in den Hof und klopfe sie aus.«

»Ich liebäugle auch mit einem Staubsauger«, gestand Sofie. »Ich habe neulich bei ›Marshall Fields‹ eine Vorführung gesehen, die mich beeindruckt hat. Man hatte das Gefühl, die Maschine würde sogar noch mehr Dreck aus den Textilien bekommen. Alles, was tief sitzt, saugt sie auf. Und sie sind auch deutlich handlicher geworden.«

Während die Frauen sich über Haushaltsdinge ausließen, diskutierten die Männer das Kriegsgeschehen in Europa.

»Die Sowjetunion muss sich vorsehen«, sagte Walter. »Hitler wird nicht immer ruhig halten.«

»Nie im Leben wird er eine Ostfront aufmachen«, meinte Heinrich Schwartz entschieden. »Niemals. Das wäre doch Irrsinn.«

»Im Moment haben die Sowjets große Truppenverbände im Osten stehen. Die Gefahr, dass Japan angreift, ist durchaus gegeben. Der Kaiser ist machthungrig.«

»Das haben sie doch schon 1938/39 versucht und sind gescheitert.«

»Dennoch – alle Welt sieht nach Westen, den Osten scheint man zu vergessen. Das lässt sich der japanische Kaiser bestimmt nicht entgehen. Und das wissen die Sowjets auch. Deshalb haben sie dort Truppen aufgestellt. Und das wiederum weiß Hitler. Dieses Jahr wäre in seinen Augen sicherlich ein gutes Jahr, um eine Ostfront zu eröffnen«, sagte Karl. »Ich habe dazu einen ausführlichen Artikel in der New York Times gelesen, der mir sehr schlüssig erscheint.«

»Italien ist in Afrika gebunden, die Sowjets halten die baltischen Länder. Der Krieg gegen England stagniert. Ich glaube nicht, dass Hitler im Moment über eine Invasion im Königreich nachdenkt.«

»Sollte er nicht zufrieden sein mit dem, was er bisher hat?«

»Er scheint niemals zufrieden zu sein. Man erfährt ganz schreckliche Dinge aus Polen.«

Sie sahen sich betroffen an. In Warschau war ein Ghetto errichtet worden, das hatten sie gehört. In anderen Städten sollte Ähnliches geschehen sein. Aus Deutschland gab es nur wenige Nachrichten. Die Meyers hatten immer noch nichts von ihrer Familie gehört.

»Immerhin ist nun endlich das neue Gesetz in Kraft getreten«, sagte Karl und lehnte sich zurück. »Das Leih- und Pachtgesetz wird den Krieg verändern.«

»Glaubst du wirklich?«, fragte Heinrich skeptisch.

»Damit wurden die Neutralitätsgesetze aufgehoben. Faktisch dürfen die USA nun Waffen verleihen oder mit Darlehen verkaufen. England ist am finanziellen Limit, sie brauchen dringend militärische Unterstützung, und sei es nur durch Darlehen und Güter.«

Ruth war dem Gespräch aufmerksam gefolgt. Ach, dachte sie nun, sind das etwa keine Almosen? Sind das nicht etwa Schulden, die England macht? Das alles ist erlaubt und sogar erwünscht, aber ich darf mein Stipendium nicht annehmen. Es stieß ihr bitter auf. Doch bevor sie diesem Gedanken weiter nachhängen konnte, zog Rachel sie zur Seite.

»Wie war es?«, fragte sie aufgeregt. »Wie war die Prüfung? Die war doch gestern, nicht wahr? War es so schwer, wie Aaron gesagt hat? Und hast du bestanden?«

Ruth schaute zu Martha, die die Worte auch gehört hatte und nun ihre Lippen zusammenkniff.

»Ich … ich …«, stotterte Ruth verlegen, »ich bin nicht hingegangen.«

»Du hattest dich doch angemeldet?«

Ruth senkte den Kopf. »Ja, aber ich bin trotzdem nicht gegangen.«

»Warum nicht, Ruth Meyer? Warum das denn nicht? Ich kann es nicht fassen«, sagte Rachel laut.

»Ein wenig leiser, Fräulein«, zischte Martha und wies auf die Männer, die immer noch heftig diskutierten.

Ruth zog Rachel mit sich in das Herrenzimmer, das nun ein kleiner Rückzugsort war. Doch dort saßen Ilse und Inge Hirsch, die beide in derselben Jahrgangsstufe waren, und verglichen ihr Unterrichtsmaterial. Ruth machte kehrt und ging in ihr Zimmer, setzte sich auf das Bett. Rachel nahm neben ihr Platz.

»Wenn die erst mal diskutieren, die Väter«, sagte Rachel lachend und verdrehte die Augen. »Es geht immer nur um das eine – Krieg, Krieg, Krieg. Und ob Hitler gewinnt. Als ob das für uns eine Rolle spielen würde. Meine Eltern würden nie im Leben wieder zurück nach Deutschland gehen. Deine etwa?«

»Ich weiß es nicht«, gab Ruth zu. »Vermutlich nicht, solange wir dort keine Perspektive hätten. Aber dort sind meine Großeltern …«

»Meine auch. Wir werden sie hierherholen, sobald der Krieg beendet ist.«

»Meine wollten Deutschland nicht verlassen. Aber vielleicht denken sie inzwischen anders darüber.«

»Und jetzt sag schon – bist du wirklich nicht zur Prüfung gegangen?«

Ruth schluckte. Sollte sie lügen oder die Wahrheit sagen? Sie könnte Rachel alles im Vertrauen erzählen, aber so gut kannte sie das Mädchen nicht, um beurteilen zu können, ob sie wirklich schweigen würde. Ein wenig kämpfte sie mit sich, dann fasste sie einen Entschluss.

»Kannst du schweigen?«, fragte sie Rachel und sah ihr in die Augen.

»Natürlich. Aber was ist denn so schlimm an dem Thema? Bist du durchgefallen? Das ist doch nicht tragisch. Ich glaube, die meisten fallen durch. Die Prüfungen sollen wirklich schwierig sein.«

Ruth senkte den Kopf. »Ja, sie sind schwierig.«

»Du warst also doch da? Das habe ich mir gedacht. Es ist nicht schlimm, dass du durchgefallen bist. Gibt es nicht noch eine zweite Chance?«

»Ich bin nicht durchgefallen«, sagte Ruth langsam.

»Nicht? Das ist doch toll«, jubelte Rachel. »Ruth! Ruth! Das ist super. Warum feiern wir das nicht? Warum haben deine Eltern noch nichts gesagt? Das ist doch grandios.«

»Meine Eltern erlauben es nicht.«

»Was erlauben sie nicht?« Rachel, die aufgesprungen war, ließ sich nun wieder auf dem Bett nieder. »Dass wir das feiern?«

»Sie erlauben nicht, dass ich das Stipendium annehme.«

»Wie bitte? Warum …?«, fragte Rachel betroffen.

»Weil wir keine Almosen annehmen.«

»Aber … das ist doch ein Stipendium, auf Grund deiner guten Leistung. Es ist doch keine Sache der Wohltätigkeit.«

»Das sieht mein Vater anders. Er will es nicht. Und er will auch nicht, dass es irgendwer erfährt.« Ruth nahm Rachels Hände in ihre. »Rachel, du hast es mir versprochen«, sagte sie eindringlich. »Bitte sprich mit niemandem darüber. Vergiss es einfach wieder, sobald wir diesen Raum verlassen. Ich war nie da, habe nie die Prüfung abgelegt. Ja?«

»Wie hältst du das aus?«, flüsterte Rachel und schüttelte den Kopf.

»Er ist mein Vater.« Ruth zuckte mit den Schultern. »Was soll ich tun? Ich kann ja nicht weglaufen.«

Ruth würde Rachel nie den wahren Grund sagen, würde ihr nie anvertrauen, dass die Familie auf Ruths Einkommen angewiesen war. Dadurch hätte Karl noch mehr an Ansehen verloren – das durfte keiner erfahren.

»Ich darf es wirklich keinem sagen?«, fragte Rachel nach einer Weile. »Auch Aaron nicht? Er hat mir gesagt, dass kaum einer die Prüfungen bestehen würde. Ich würde ihm gerne das Gegenteil unter die Nase reiben, er ist immer so arrogant.«

»Bitte nicht«, sagte Ruth ernst. »Wirklich. Ich hätte es dir erst gar nicht anvertrauen dürfen.«

»Doch. Es ist gut, dass du es mir gesagt hast.« Rachel nickte ernst. »Sehr gut sogar. Denn nun kann ich mich wenigstens mit dir mitfreuen. Auch wenn deine Eltern es anders sehen – es ist ein Erfolg. Dein Erfolg! Es ist großartig, dass du dich das getraut hast, und noch großartiger, dass du bestanden hast. Wir beide sollten das feiern. Warte.« Sie stand auf und ging ins Wohnzimmer, kam bald darauf mit zwei Gläsern Sherry zurück. »Ich habe auf die Schnelle nichts Anderes gefunden. Irgendwann werden wir mit Champagner anstoßen. Auf dich, Ruth. Prost!«

Ruth sah ihr an, dass sie die Worte genauso meinte, wie sie sie gesagt hatte. In diesem Moment ging ihr das Herz auf. »Danke, Rachel«, sagte sie. »Ich danke dir von Herzen. Du bist eine wahre Freundin.«

An diesem Nachmittag und am Abend redeten die beiden viel miteinander. Und als die Gäste gegangen waren, die Küche aufgeräumt war und alle zu Bett gingen, hatte Ruth das Gefühl, endlich wieder eine richtige Freundin zu haben. Es war ein gutes Gefühl.

Am nächsten Morgen ging sie wie immer zur Arbeit. Doch als sie in die Fabrikhalle kam, saß eine Frau an ihrem Platz, die Ruth noch nie zuvor gesehen hatte.

»Das ist mein Platz«, sagte sie freundlich. »Sie müssen sich vertan haben.«

In diesem Moment kam Marcella um die Ecke und blieb wie angewurzelt stehen. »Ruth, was machst du denn hier?«, fragte sie überrascht.

»Arbeiten?« Ruth lachte irritiert. »Was soll ich sonst hier machen?«

»Aber … aber du hast doch gekündigt.«

»Was?«

»Du hast gekündigt. Die Personalleiterin hat uns gesagt, dass du gekündigt hast. Zu Samstag. Wir waren alle böse und enttäuscht, weil du uns gar nichts gesagt hast. Das macht man so aber nicht«, sagte Marcella vorwurfsvoll.

»Ich … habe nicht gekündigt.« Ruth war entsetzt. »Wie kommt sie darauf?«

»Sie hat gesagt, dass du ab Samstag nicht mehr kommen wolltest, und hat deine Stelle weitergegeben. Dies ist Doris – sie hat nun deine Stelle.« Marcella zuckte mit den Achseln.

»Ich habe aber nicht gekündigt. Ich habe nur gesagt, dass ich am Samstag nicht kommen kann …«

»Nun, für sie klang das nach Kündigung, und da deine Stelle nun weg ist, kann man da nichts mehr machen. Melde dich mal bei uns, ich würde mich freuen.« Marcella drehte sich um und ging zu ihrem Tisch, um sich an die Nähmaschine zu setzen. Es war heiß und stickig in der Halle, und die Maschinen ratterten schon eifrig. Niemand beachtete Ruth; sie stolperte wie betäubt nach draußen.

Was hatte die Personalleiterin noch zu ihr gesagt? Ob sie quittieren wollte. Das musste etwas ganz Anderes bedeuten, als Ruth gedacht hatte.

Was sollte sie jetzt nur tun? Sie hatte ihre Arbeit verloren, weil sie am Samstag zu der Prüfung gegangen war. Sie hatte ein Stipendium bekommen, das sie nicht annehmen durfte, weil die Familie den Lohn ihrer Stelle brauchte. Und jetzt hatte sie weder das Stipendium noch eine Arbeit.

Vati wird mich umbringen, dachte sie verzweifelt. Er wird es nicht verstehen. Und Mutti wird ganz traurig sein. Sie setzte sich auf eine Bank und brach in Tränen aus. Das Leben war plötzlich so furchtbar. Alle Träume, Hoffnungen und Wünsche platzten wie Seifenblasen.

Was soll ich nur tun? Ich kann nicht nach Hause – was soll ich dort sagen? Wie soll ich es erklären? Wo soll ich nur hin? Die Fragen spielten Fangen in ihrem Kopf.

Ich dachte, Marcella, Julie und Franzi seien meine Freundinnen, aber sie haben sich noch nicht einmal richtig umgeschaut, als ich gegangen bin, dachte Ruth. Das sind keine Freundinnen. Ich habe niemanden, zu dem ich kann, ich bin ganz alleine. Ihr Magen zog sich zusammen.

Dann fiel ihr Rachel ein. Rachel war ihre Freundin, sie würde ihr helfen oder ihr zumindest zuhören.

Rachel arbeitete in einer Schuhfabrik, das wusste Ruth. Es war die kleine Fabrik von Konrad Strauss. Auch er war Jude und ein Flüchtling und lebte schon seit ein paar Jahren in Chicago. Sie wusste, wo die Fabrik war, und machte sich auf den Weg dorthin. Gegen Mittag hatte sie das Gebäude endlich gefunden. Es war Mittagspause, und da es zwar noch kühl, aber sonnig war, waren die meisten der Arbeiterinnen und Arbeiter im Hof. Schon bald hatte sie Rachel entdeckt und winkte ihr unsicher zu.

»Ruth, was machst du denn hier?«, fragte ihre Freundin überrascht. Dann sah sie sie an. »Hast du geweint? Ist etwas passiert?«

Ruth stiegen wieder die Tränen in die Augen. »Ich habe meine Arbeit verloren«, schluchzte sie. »Ich habe einfach meine Stelle verloren. Das ist so furchtbar. Ich weiß gar nicht, was ich machen soll.«

Rachel drückte sie an sich. »Du wirst sicher etwas Neues finden«, versuchte sie zu trösten.

»Ich wollte doch nur für Samstag frei haben und habe die Chefin um den freien Tag gebeten. Sie sagte: Du willst also quittieren? Ich kenne das Wort gar nicht.«

»To quit? Das bedeutet ›aufhören‹«, sagte Rachel betroffen. »Ach, kannst du ihr das nicht erklären? Vielleicht versteht sie, dass es ein Missverständnis war.«

Ruth schüttelte den Kopf. »Sie haben schon jemand Neues eingestellt. Ich kann nicht zurück.«

Rachel überlegte, dann sah sie sich um. »Schau, da hinten, siehst du den Mann mit dem dicken Bauch und der Halbglatze? Das ist Konrad Strauss. Er ist nett, aber man muss hier ordentlich arbeiten. Er zahlt auch nicht besonders gut. Wir fragen ihn, ob er dich einstellt.« Rachel wartete gar nicht auf eine Antwort, sondern nahm Ruth bei der Hand und zog sie zu ihm. »Guten Tag, Mr. Strauss. Das ist Ruth Meyer«, sagte sie. »Sie ist aus Deutschland und braucht ganz dringend eine Arbeit.«

Strauss musterte Ruth. »Was kannst du? Hast du schon mal in einer Schuhfabrik gearbeitet?«

»Ich kann nähen«, sagte Ruth.

»Mit einer Maschine?«

Sie nickte. Strauss überlegte nicht lange. »Dann komm mal mit in mein Büro, und erzähl mir ein wenig von dir.«

Sie kamen an einer Reihe von Damenschuhen vorbei, die auf einer Auslage standen. Strauss hielt kurz an und zeigte auf die Schuhe. »Welche davon würdest du produzieren?«

Ruth musterte die Schuhe, dachte kurz nach und zeigte auf zwei Modelle. »Diese beiden auf jeden Fall. Sie sind gefällig in Form und Farbe, haben eine gewisse Leichtigkeit, ohne billig auszusehen. Und das Modell dort drüben noch, das ist eher ein Abendschuh, aber er wirkt nicht protzig oder zu auffällig.«

Überrascht sah Strauss sie an. »Und warum diesen Schuh nicht?«

»Wenn man sich die kommende Mode ansieht, die ja praktischer zu werden scheint, aber dennoch gefällig sein soll, passt er nicht. Das wäre allerdings ein Schuh, den einfache Frauen bei der Arbeit gut tragen könnten. Er wirkt dennoch etwas klobig.«

»Woher hast du dein Urteilsvermögen?«

»Mein Vater war Schuhvertreter in Deutschland. Und ich habe bis letzte Woche in einer Kleiderfabrik genäht. Bei ›Fancy Frocks‹.«

»Wieso arbeitest du da nicht mehr?«

»Sie haben meine Stelle einer anderen Frau gegeben.«

Strauss nickte. »Das passiert. Aber du hast nicht geklaut oder so?« Nun wurde sein Blick stechend.

Ruth errötete. »Natürlich nicht«, sagte sie empört.

»Wir sind Juden. Und ich stelle fast nur Juden ein, damit habe ich gute Erfahrungen gemacht. Du kannst heute und morgen Probe arbeiten. Wenn du dich geschickt anstellst, hast du den Job.«

»Danke, Mr. Strauss«, sagte Ruth und kämpfte schon wieder mit den Tränen.

Die Arbeit war ähnlich wie in der Kleiderfabrik – eintönig, immer dieselben Handgriffe, aber nicht allzu schwer. Die Räume waren kleiner, es war auch lauter, fand Ruth. Nicht nur junge Mädchen arbeiteten hier, sondern auch ältere Frauen und Männer. Doch die Atmosphäre gefiel ihr.

Und überhaupt, dachte sie, als die Pfeife zum Feierabend erklang, es ist egal, Hauptsache, ich habe Arbeit.

»Du hast dich gut gemacht«, lobte Rachel sie. »Ich denke, du wirst den Job bekommen.«

»Ich hoffe es so sehr.« Ruth sah ihre Freundin an. »Bitte erzähl noch keinem von meinem Missgeschick.«

»Mach dir keine Sorgen.« Rachel umarmte sie herzlich. »Wir sehen uns morgen – darauf freue ich mich.«

Es war ein Tag mit vielen verschiedenen Gefühlen gewesen. Von hoffnungslos zu hoffnungsvoll, von Verbitterung zu Freude. Sie hatte Freundinnen verloren, die gar keine Freundinnen waren, aber sie hatte auch eine Freundin gefunden, die sich als hilfsbereit und unterstützend entpuppte.

Rachel ist Deutsche, so wie ich, sinnierte Ruth. Marcella und die anderen sind Amerikanerinnen. Sie gehen anders miteinander um als wir. Sie sind offener, aber die Gefühle scheinen eher oberflächlich zu sein. Ich muss mir das merken, sagte sie sich.

Während sie nach Hause ging, fragte sie sich, ob und was sie ihren Eltern erzählen sollte. Sollte sie überhaupt darüber sprechen oder lieber abwarten, bis sie die Stelle fest hatte, bevor sie etwas sagte?

Ich werde alles erzählen, beschloss Ruth. Ich möchte ehrlich sein und will nicht, dass sich zwischen uns Misstrauen aufbaut.

»Guten Abend«, begrüßte sie Martha. Karl war noch unterwegs.

»Wie war dein Tag?«, fragte Martha.

»Ich habe meine Stelle verloren.«

Martha ließ den Teller fallen, den sie gerade auf den Tisch stellen wollte. »Was?«

»Oh, Mutti – es tut mir leid, ich wollte dich nicht so erschrecken.« Ruth hob die Scherben auf.

»Hast du einen Scherz gemacht?«, fragte Martha unsicher.

»Nein, leider nicht. Komm, setz dich. Es ist wahrscheinlich alles nicht so schlimm. Ich habe schon Aussicht auf einen neuen Job.«

Sie setzten sich an den Küchentisch, und Ruth erzählte ihr in aller Ruhe alles, was an diesem Tag geschehen war. Natürlich floss auch die ein oder andere Träne, aber dann seufzte Martha erleichtert auf und küsste ihre Tochter.

»Es ist alles nicht so einfach in diesem Land, mein Kind. Ich bin jedoch froh, dass du es so gut meisterst.«

»Ich hatte es mir auch leichter vorgestellt«, gestand Ruth. »Viel leichter. Aber man wächst ja mit seinen Aufgaben.«

Etwas Angst hatte Ruth davor, es ihrem Vater zu sagen, aber Karl nahm die Nachricht viel gelassener auf, als sie gedacht hatte.

»Manchmal passiert das. Man verliert seinen Job, dann muss man sich einen neuen suchen. Das hast du gut gemacht.«

Ruth bekam die Stelle. Nun arbeitete sie von morgens acht bis abends um sechs bei »Strauss Shoes«. Nach der Arbeit verbrachte sie oft noch ein oder zwei Stunden mit Rachel und Gloria, einem weiteren jüdischen Mädchen, das dort angestellt war.

Die drei freundeten sich an, und diesmal, das fühlte Ruth, war es eine echte Freundschaft. Die beiden wohnten nur zwei Blocks entfernt, und somit war es leicht, sich zu treffen oder nach der Arbeit Zeit miteinander zu verbringen.

Diesmal waren auch Martha und Karl verzückt von den neuen Freundinnen. Martha forderte Ruth immer wieder auf, sie doch auch zu ihnen nach Hause einzuladen, sich mit ihnen hier zu treffen. Ein paar Mal machte Ruth das auch, aber sie hatten keinen Ort, um sich zurückzuziehen. Im Wohnzimmer dudelte das Radio, im Herrenzimmer saß meist Ilse und lernte, und das Zimmer, das sich die Schwestern teilten, hatte nur die beiden Betten, aber sonst keine Sitzgelegenheiten und war somit für Besuch ungeeignet.

Rachel hatte ein eigenes Zimmer. Dort war ein Tisch, auf dem ein großer Spiegel stand. Und es gab etliche Proben und Pröbchen von den verschiedensten Make-ups, Cremes und Lippenstiften.

»Meine Tante arbeitet als Vertreterin für Kosmetikartikel von Helena Rubinstein und manchmal auch von Produkten von Elisabeth Arden. Sie schenkt mir immer die Proben, die sie nicht mehr braucht.«

»Rubinstein und Arden sind die größten Feindinnen«, sagte Gloria. »Wie kann es sein, dass sie Artikel von beiden vertritt? Das ist doch sicherlich nicht erlaubt.«

»Ist es nicht. Aber es muss ja keiner wissen«, sagte Rachel

und zwinkerte ihnen zu. »Mir kann es egal sein, solange ich all die schönen Sachen bekomme. Meine Tante ist echt die Wucht, ihr müsst sie kennenlernen.« Rachel schaute Ruth an. »Du siehst aus, als wärst du noch nie in einem Kosmetikinstitut gewesen.«

»Natürlich nicht. Was ist das überhaupt?«, fragte Ruth.

»Du weißt nicht, was ein Kosmetiksalon ist?« Gloria sah sie überrascht an.

»Eine Art Friseur? Dort kann man sich die Haare machen lassen und ... so?« Ruth zog fragend die Augenbrauen hoch.

Rachel und Gloria sahen sich an und lachten. Dann klopfte Rachel Ruth auf die Schulter. »Tut mir leid«, sagte sie. »Ich will dich nicht auslachen, aber wie kann es sein, dass du das nicht weißt?«

»Mein Vater hasst alles, was mit Schminke zusammenhängt.« Ruth verzog das Gesicht. »Ich darf noch nicht einmal Lippenstift tragen. Wenn ich es tue, dann nur, sobald ich außer Haus bin, und bevor ich wieder nach Hause gehe, wische ich ihn ab.«

»Das ist ja grauenvoll. Hast du ihm schon gesagt, dass du nun in Amerika lebst?« Gloria schüttelte den Kopf. »Hier ist man ja ohne Lippenstift nahezu nackt.«

Ruth prustete vor Lachen. »Das werde ich ihm bei Gelegenheit sagen, aber ich fürchte, er wird es nicht verstehen.«

»Ich mag deine Eltern.« Rachel schenkte ihnen allen ein Glas Limonade ein. Ihre Mutter hatte ihnen einen Krug gebracht. »Ich mag sie wirklich, aber dein Vater ist ein wenig altbacken.«

»Er ist nicht altbacken.« Ruth nippte an dem Glas, die Limonade war herrlich frisch und angenehm sauer. »Er ist tatsächlich alt. Er ist schon zweiundfünfzig. Meine Eltern haben spät geheiratet.«

»Das erklärt einiges.« Gloria nickte. »Ich dachte immer, mein Vater wäre alt, aber er ist erst vierundvierzig.«

»Er ist herzlich, er achtet auf uns, er ist gebildet … aber ich weiß nicht, ob er innerlich hier angekommen ist.« Ruth schaute nachdenklich zu Boden. »Ich glaube, in seinen Träumen ist er immer noch in der Weimarer Republik, in der Zeit vor Hitler. Da ging es uns gut.«

»Uns auch.« Rachel lachte bitter auf. »Wem nicht von uns Juden?«

Gloria schnaufte. »Ich bin ja nicht aus Krefeld, sondern aus Düsseldorf. Wir sind schon lange hier, fast sieben Jahre. Und das aber nur, weil ein Onkel meines Vaters uns hergeholt hat. Wir haben in Düsseldorf schlechter gelebt als jetzt hier.«

»Wirklich?« Ruth sah sie erstaunt an.

»Ja. Auch wenn du es nicht glaubst.« Gloria klang ein wenig trotzig. »Mein Vater war Chauffeur für einen Fabrikanten. Wir hatten eine Kellerwohnung, die kalt und nass war. Zwei Zimmer für uns alle fünf. Es war grässlich.« Sie biss sich auf die Lippe, schauderte. »Die Überfahrt war auch schlimm damals. Dritte Klasse, im Unterdeck. Das war noch schlimmer als die Kellerwohnung. Und dann sind wir hierhergekommen und haben diese Wohnung bekommen – mit Bad in der Wohnung und nicht im Flur. Fließendes Wasser. Elektrizität. Es ist so herrlich. Ich würde niemals nach Deutschland zurückgehen.«

»Das hatten wir alles auch in Deutschland«, sagte Ruth leise.

»Nun lasst uns mal zu anderen Themen zurückkehren.« Rachel war sehr pragmatisch. Sie hing nicht gerne Erinnerungen nach, denn auch die Hirschs hatten ein schönes Haus in Krefeld gehabt. »Ein Kosmetikstudio kümmert sich natürlich auch um deine Haare, aber es ist nicht einfach nur ein Friseur. Schau, hier sind verschiedene Produkte für dein Haar. Zum einen haben wir hier ein gutes Shampoo, und hier ist eine Pflegespülung. Das Shampoo ist zum Waschen – aber ich denke, das weißt selbst du.« Sie zwinkerte Ruth zu.

»Du blöde Gans«, sagte Ruth lachend und boxte sie leicht in die Seite. »Zeig mal! Was macht man mit einer Pflegespülung?«

»Die macht das Haar geschmeidiger nach dem Waschen.«

»So etwas hat meine Omi immer selbst gemacht«, sagte Ruth leise. »Aus Kräutern aus dem Wald und aus ihrem Garten. Sie wollte es mir immer zeigen, aber ich habe nicht zugehört.«

»Wald und Gärten gibt es hier nicht, aber man kann die Sachen kaufen. Man könnte – aber da ihr mit mir befreundet seid und meine Tante Klara mir all diese Pröbchen schenkt, seid ihr privilegiert.« Rachel strahlte. »Denn ihr beiden könnt an meinen reichhaltigen Vorräten teilhaben.«

Und so wuschen und spülten sie sich die Haare, legten Masken auf, massierten sich gegenseitig die Kopfhaut und das Kinn und probierten Cremes und Lotionen aus.

Meistens belegten sie das Badezimmer, wenn sie sich bei Rachel trafen, was zu einem gewissen Unmut der Familie Hirsch führte.

Ruth nähte Rachel eine geräumige Tasche mit vielen Fächern und Unterteilungen, so dass all die Proben und Pröbchen nun auch problemlos mitgenommen werden konnten. Und so veranstalteten sie reihum »Beautypartys«.

Nur an manchen Samstagabenden oder Sonntagnachmittagen konnte Rachel nicht, dann ging sie zur jüdischen Gemeinde, um Soldaten zu treffen und sie zu unterhalten.

»Was ist denn eigentlich mit deinem Verehrer geworden?«,

fragte Ruth sie im Mai. Inzwischen arbeitete Ruth schon seit fast zwei Monaten bei »Strauss Shoes« und hatte den Wechsel nicht bereut.

»Welchen denn?«, fragte Rachel lachend. »Sie wechseln ja ständig. Mal sind welche hier stationiert, dann werden sie woandershin versetzt. Es ist nett, manchmal aber auch anstrengend. Ich habe mich von dem Gedanken verabschiedet, dort einen Ehemann zu finden.«

»Aber du gehst weiterhin zu den Treffen?« Ruth war verblüfft.

»Ja.« Rachel biss sich auf die Lippe. »Sie dauern mich. Viele machen einen verlorenen Eindruck und wissen gar nicht so recht, was das alles soll. Die Army – das bedeutet Drill und Disziplin, das ist ihnen schon klar. Nicht klar ist ihnen, wofür sie das machen. Denn Einsätze sind ja nicht vorgesehen.«

»Mein Vater sagt, dass Amerika in den Krieg eintreten wird, über kurz oder lang. Sie hätten gar keine andere Wahl.«

»Mein Vater fürchtet das auch. Er glaubt, dass Japan uns angreifen wird.«

»Wäre das nicht verrückt? Ein so kleines Land will die Vereinigten Staaten angreifen? Wie soll das gehen? Sie laufen sich ja tot in der unendlichen Weite.«

»Sie werden die Schiffe angreifen, sagt mein Vater. Die Stützpunkte im Pazifik.«

»Sollen sie doch, das ist so weit weg.« Ruth zog einen Flunsch. Doch dann besann sie sich. »Allerdings wäre das auch schrecklich – ein Seekrieg in der Ferne. Aber ich glaube, auch Roosevelt sorgt sich deshalb.«

»Ich hoffe, Amerika unterstützt einfach weiter England und hilft ihnen, Europa zu befreien. Das ist auch weit weg, aber gefühlsmäßig für mich immer noch näher als der Pazifik.« Sie sah Ruth an. »Nächste Woche kommt meine Tante Klara aus New York zu Besuch – du musst sie unbedingt kennenlernen.«

Ruth lachte. »Du verstehst es, Themen zu wechseln. Aber ja – deine Tante Klara wollte ich schon immer treffen. Sie muss eine beeindruckende Frau sein.«

»Du wirst staunen.«

Die Hirschs hatten eine nette Wohnung im Erdgeschoss, drei Blocks von Meyers entfernt. Der Wohnblock war niedriger, hatte aber Hinterhäuser, und in einem der Hinterhäuser wohnten Hirschs. Sie hatten eine Art kleine Terrasse, die an den Hof angrenzte. Da das Wetter nun immer besser wurde, stellten sie Tische und Stühle draußen auf. Jemand hatte die ersten frischen Erdbeeren mitgebracht, es gab Kuchen und Waffeln, frisch geschlagene Sahne und süße Erdbeeren.

Die Männer tranken Bier; noch hatten sie allerdings keines gefunden, das mit dem niederrheinischen Bier mithalten konnte, aber sie gaben nicht auf.

»Gleumes ist das beste Bier«, sagte Heinrich entschieden und öffnete eine weitere Flasche. »Das hier ist nicht annähernd so gut wie unser Gleumes.«

»Dafür trinkst du aber reichlich«, zog ihn Karl auf.

»Es ist ja auch eher Wasser mit Geschmack als Bier«, verteidigte sich Heinrich.

»Rhenania braut das beste Bier am Niederrhein«, meinte Walter Gompetz.

»Zu schade nur, dass wir keine Flaschen zum Vergleich haben«, sagte Fritz Goldberg lachend.

»Vielleicht wird das irgendwann wieder möglich sein, aber

im Moment sieht es nicht so aus, als ob die Blockaden wieder aufgehoben werden«, meinte Heinrich.

»Jetzt haben die Braunen schon ein ziviles Schiff der USA vor Brasilien versenkt. Demnächst werden sie die Navy aufs Korn nehmen.«

»Immerhin durfte sich die Besatzung vorab retten. Sie haben niemanden getötet.«

»Schiff und Fracht sind versenkt«, sagte Karl nachdenklich. »Aber das Militär werden sie nicht angreifen. Das wäre ja wie eine Kriegserklärung.«

»Da die Staaten seit einigen Wochen China mit militärischen Gütern versorgen, wird es nicht lange dauern, bis Japan eingreift. Und Japan wird gnadenlos sein.«

»Japan ist gegen die Staaten doch machtlos. Was sollen sie schon anrichten?«

»Ein Großteil der Flotte steht im Pazifik. Die werden sie angreifen.«

»Das wäre doch Selbstmord. Nie und nimmer traut sich der Kaiser das. Die Frage ist eher, wann Hitler Russland angreifen wird?«

»Nicht, bevor er nicht England erobert hat, und das wird nie geschehen. Vor allem nicht, seit die Staaten eingreifen und Waffen nach drüben liefern. Was hat Churchill noch gesagt: ›Liefert uns das Material, wir machen dann den Rest.‹ Das traue ich den Engländern und Franzosen durchaus zu.«

Ruth hatte den Männern Kuchen gebracht, aber sie waren eher an ihrem Bier interessiert und an den Würstchen, die auf dem Grill lagen.

»Ruth! Ruth, wo bist du?«, hörte sie plötzlich Rachels aufgeregte Rufe. »Komm her.«

Suchend sah sie sich um, Rachel stand an der Wohnungstür und winkte ihr. Schnell lief sie zu ihrer Freundin.

»Dies ist meine Tante Klara. Tanta Klara – Ruth.«

Die Frau, die Ruth anstrahlte, sah nicht so aus, wie Ruth sie sich vorgestellt hatte. Sie war nicht groß und blond, trug keine glamouröse Kleidung, und nicht einmal die Absätze ihrer Schuhe waren besonders hoch. Auf den ersten Blick wirkte Klara Hirsch eher durchschnittlich. Nicht dick, aber auch nicht dünn, keine schwingenden Hüften. Sie war nicht groß, aber auch nicht klein, ihre Haare eher dunkel. Sie war auch nicht auffällig geschminkt. Ruth musterte sie aufmerksam, dann lächelte sie.

»Du bist also Ruth«, sagte Klara. »Ich habe schon viel von dir gehört. Rachel schreibt mir regelmäßig.«

»Das wusste ich gar nicht«, sagte Ruth überrascht.

»Ich lebe schon fast mein ganzes Leben hier in den Staaten«, erklärte Klara. »Ich bin hier aufgewachsen, und mein Deutsch ist schlechter als mein Englisch. Als Rachel mit ihrer Familie endlich hierherkam, haben wir zu Anfang viel Zeit miteinander verbracht. Aber nun muss ich viel reisen. Außerdem lebe ich jetzt in New York – da ist unser Hauptsitz. Ich arbeite für Elisabeth Arden, aber das weißt du ja sicherlich.«

Ruth konnte nur nicken. Plötzlich sah sie, dass diese Frau keinen Glitzer, keine hochhackigen Schuhe und auch kein auffälliges Make-up brauchte. Sie hatte eine Art von natürlicher Schönheit. Doch auf den dritten Blick entdeckte Ruth, dass Klara durchaus geschminkt war. Allerdings so dezent, dass es kaum auffiel und ihre Vorzüge geschickt unterstrich.

»Wir haben damals angefangen, uns zu schreiben. Ich habe auf Deutsch geschrieben und Rachel mir auf Englisch, und dann haben wir gegenseitig die Briefe korrigiert. So hat sie ihr Englisch verbessert und ich mein Deutsch aufgefrischt. Eine Win-win-Situation.«

»Eine was …?«, fragte Ruth etwas sprachlos.

»Wir haben beide dadurch gewonnen, bedeutet das«, erklärte Klara mit einem kleinen Lächeln. »Holst du uns etwas zu trinken, Liebes?«, fragte sie Rachel und führte Ruth zu einer der Gartenbänke. »Wie gesagt, Rachel hat mir schon etwas über dich berichtet, und das hat mich neugierig auf dich gemacht.«

»Warum?«, fragte Ruth erstaunt.

»Weil du ein sehr kluges Mädchen zu sein scheinst und weil meine Nichte dich mag. Rachel hat sehr gute Menschenkenntnis.«

»Sie ist super, und ich bin froh, dass wir uns hier haben.«

»Freunde sind immer wichtig«, sagte Klara. Sie sah auf, denn nun kam ihre Nichte mit einem Krug Wasser und drei Gläsern. In zwei der Gläser war Limonade.

»Klara trinkt immer nur Wasser«, erklärte Rachel.

»Nein.« Klara lachte. »Wenn ich nur Wasser trinken würde, könnte ich in der Geschäftswelt nicht überleben. Hin und wieder muss man anstoßen, aber meistens reicht mir Wasser. Es ist auch so viel besser für den Körper und die Haut.«

»Woher weißt du das?«, fragte Ruth und nippte an ihrer Limonade.

»Dazu gibt es Untersuchungen. Aber schau meine Haut an – ist sie nicht das beste Beispiel?« Tatsächlich war Klaras Haut makellos.

»Liegt es nicht auch an den Cremes und Masken?«, wollte Ruth wissen.

»Nur zum Teil. Sie helfen eher, wenn es schon Schäden gibt. Wobei eine gute Creme nie schaden kann.«

»Und darüber gibt es Untersuchungen?«

»Ja. Auch von uns. Wir halten unsere Beschäftigten an, Protokolle zu führen, damit wir sehen, was wirkt und was nicht.«

»Das klingt spannend«, meinte Ruth voller Interesse. »Und was ist, wenn etwas nicht wirkt?«

»Dann versuchen wir, es zu ändern. Wir forschen die ganze Zeit an unseren Wirkstoffen. Aber Mrs. Arden hat ein weitreichendes Konzept erarbeitet – es geht nicht nur um Mittel, es geht um ganzheitliche Methoden. Es ist eine komplexe Sache. Schönheit ist vergänglich, und das wollen wir ändern oder wenigstens aufhalten.«

Lange sprach Klara Hirsch mit den Mädchen, und zum Schluss machte sie ihnen ein Angebot. »Wir bilden Kosmetikerinnen aus. Nach unseren Methoden. Wollt ihr das nicht lernen?« Lächelnd sah sie Ruth und Rachel an.

»Lernen?«

»Wir haben Unterlagen ausgearbeitet. Es gibt zu den verschiedenen Themen Lektionen, die man lernen muss, und Fragebögen zum Ausfüllen. Alle paar Wochen wird das dann geprüft, und es gibt auch eine große Abschlussprüfung. Aber lernen müsstet ihr zu Hause. An zwei Wochenenden gibt es auch Lerneinheiten in der Stadt. Wenn ihr es schafft, seid ihr geprüfte Kosmetikerinnen. Hättet ihr Interesse daran?«

Die beiden sahen sich an.

»Was kostet das denn?«, fragte Ruth.

»Nichts. Ihr verpflichtet euch aber, das erste Jahr in einem Elisabeth-Arden-Salon zu arbeiten.«

»Ich muss darüber mit meinen Eltern sprechen«, sagte Ruth verzagt. Sie wusste nicht, was Karl dazu sagen würde.

»Mit deinen Eltern habe ich schon gesprochen, Rachel. Sie wären einverstanden.«

»Oh, das ist ja wundervoll!«, rief Rachel.

»Aber ihr müsst wirklich lernen. Es ist nicht leicht. Wir bieten Massagen an – darin würdet ihr auch geschult werden, wenn ihr den theoretischen Teil bestanden habt. Aber dafür müsst ihr Anatomiekenntnisse haben. Und etliches andere auch. Eine Kosmetikerin hat einen verantwortungsvollen Job, deshalb wollen wir eine fundierte Ausbildung entwickeln.«

Den ganzen Tag und den ganzen Abend gingen Ruth Klaras Worte nicht mehr aus dem Kopf. Sie wusste, sie würde mit ihren Eltern darüber sprechen müssen. Und sie wusste, sie würde die Ausbildung nebenbei machen müssen – nach der Arbeit. Ob sich das wirklich lohnte?

Kapitel 14

Chicago, Sommer 1941

»Sarah Schwartz ist ganz begeistert von der Idee.« Martha stellte die Kaffeekanne auf den Tisch. »Aber stell dir vor, Rachel hat Zweifel.«

Ruth schenkte allen ein. »Ich habe mir die ersten Lektionen angesehen. Es ist wirklich viel zu lernen. Manche Dinge verstehe ich ohne Wörterbuch gar nicht.«

»Dann willst du diese Ausbildung auch nicht machen?«, fragte Karl.

»Doch, ich will es zumindest versuchen. Aber ich glaube nicht, dass es so einfach wird. Und Rachel sieht den Sinn nicht. Es kostet Zeit.«

»Sarah und ich haben uns umgehört und auch noch mal mit ihrer Schwägerin Klara gesprochen. Kosmetiksalons sind sehr gefragt, und wenn man so eine Ausbildung hat, bekommt man auf jeden Fall eine Stelle, wurde uns gesagt. Ich dachte, ihr beide wollt das unbedingt machen?«

»Ich will es versuchen«, erklärte Ruth ihren Eltern. »Aber ich kann nicht garantieren, dass ich auch bestehe.«

»Du musst mit Rachel reden – sie wird doch nicht ewig in der Schuhfabrik arbeiten wollen«, meinte Karl.

»Es ist ihre Entscheidung, nicht meine«, sagte Ruth. Auch sie war enttäuscht. Mit Rachel zusammen zu lernen wäre sicherlich einfacher, als alleine das Material durchzunehmen. Doch Rachel hatte Angst vor der Menge an Stoff, den sie zu lernen hatte.

»Das bestehe ich nie und nimmer«, gestand sie Ruth. »Ich war nie so gut in der Schule wie du.«

»Aber wir könnten zusammen lernen. Du weißt viel mehr über Kosmetik als ich.«

»Hast du gesehen, was man alles wissen muss? Die Namen der Knochen, Muskeln und Nervenstränge von Brust bis zum Kopf. Den Wirbelaufbau im Nacken. Ich will doch keine Ärztin werden.«

»Ich denke, es ist wichtig, dass man grundsätzlich weiß, was wie und wo ist. Die Namen brauchst du dir sicher nur bis zur Prüfung zu merken, hinterher wird kein Hahn mehr danach krähen.« Sie grinste. »Gnädige Frau, ich werde jetzt ihren Musculus scalenus posterior massieren. Oh, ich glaube, Ihr Musculus levator scalpulae ist ziemlich verspannt – da könnte eine warme Packung helfen.«

Jetzt kicherte Rachel auch. »Aber die Namen sind grässlich«, sagte sie dann und verzog das Gesicht.

»Bitte, überlege es dir. Gemeinsam wäre es so viel einfacher.«

Es hatte Ruth überrascht, wie positiv ihre Eltern dieser Ausbildung gegenüberstanden, dass sie sie sogar drängten, es zu machen. Allerdings war auch klar, dass Ruth ihren Job in der Schuhfabrik nicht aufgeben konnte.

»Die Wohnung der Hirschs ist so schön«, wechselte Martha nun das Thema. »Im Erdgeschoss und mit der kleinen Terrasse.«

Karl nahm sich noch ein Stück Kuchen, den Ruth gebacken hatte.

»Findest du nicht, Vati?«, hakte Martha nach.

»Doch, doch.« Er klang abwesend, so als würde er gar nicht richtig zuhören. Ruth spitzte die Ohren. Sie kannte ihre Mutter – Martha hatte etwas vor.

»Sarah hat mir erzählt, dass nebenan eine Wohnung frei wird – auch im Hinterhof und mit vier Zimmern.«

»So, so.« Karl nahm seinen Teller und wollte damit zum Sofa gehen. Gleich kamen die stündlichen Nachrichten.

»Nun bleib doch mal sitzen«, sagte Martha energisch. »Hörst du mir überhaupt zu?«

»Natürlich. Die Wohnung von Sarah und Heinrich ist tatsächlich schön.« Fragend sah er seine Frau an. »Und?«

»Ich könnte mir vorstellen, dass wir die Wohnung nebenan mieten. Sie hat vier Zimmer, dann hätte jedes der Mädchen ein eigenes Zimmer.«

»Wie bitte? Du willst umziehen? Wir wohnen noch nicht einmal ein Jahr hier. Und wenn die Mädchen getrennte Zimmer haben wollen, kann eine doch den kleinen Raum nehmen.«

»Du weißt doch selbst, dass er zu klein ist, Karl.«

»Wir können uns nun mal keinen großen Luxus mehr leisten.«

»Aber die Wohnung dort wäre wirklich ideal. Jedes Mädchen hätte ein Zimmer, das Wohnzimmer wäre größer als dies hier, und wir könnten im Sommer den Hof nutzen. Außerdem müsste ich die Einkäufe nicht immer nach oben schleppen.«

»Es gibt doch einen Aufzug hier.«

Martha seufzte. In den letzten Wochen war der klapperige Aufzug ein paar Mal zwischen den Stockwerken stehen geblieben. Es hatte zum Glück nicht lange gedauert, und er war auch von selbst wieder angesprungen, aber seitdem vermieden sie den Aufzug. Da sie im ersten Stock wohnten, war es nicht so schlimm, aber für alle anderen, die in den Stockwerken über ihnen lebten, war es schon eine Herausforderung. Die meisten benutzten den Aufzug stoisch weiter. »Solange er irgendwann wieder losfährt«, war ihre lapidare Antwort.

Die Hausverwaltung hatte versprochen, sich darum zu kümmern, bisher war jedoch nichts passiert.

»Du willst umziehen, weil der Aufzug manchmal nicht funktioniert?« Karl schüttelte den Kopf.

»Wenigstens ansehen könntest du dir die Wohnung ja mal«, sagte Martha.

»Aber warum? Ein Umzug kostet Geld. Und wie hoch ist dort die Miete überhaupt?«

Es wunderte Ruth nicht, dass ihre Mutter bestens vorbereitet war – wie meistens in solchen Fällen. Sie holte ein Blatt Papier hervor, auf dem alle maßgeblichen Angaben standen.

»Die Miete ist höher«, brummte Karl.

»Aber nicht viel. Dafür sind die Nebenkosten niedriger – schau mal, was alleine die Wartung und Instandhaltung des Aufzugs hier kostet, und dann funktioniert er noch nicht einmal richtig.«

»Hmm. Dennoch kostet ein Umzug Geld.«

»Sarah arbeitet doch bei ›Sweet Cherry‹ – dort könnte ich auch anfangen. Als Saisonarbeiterin. Sie suchen gerade, und ich habe es mir schon angeschaut.«

»Du willst … arbeiten?«, sagte Karl entsetzt. »Meine Frau arbeitet nicht.«

»Sarah arbeitet auch dort. Sie sagt, es mache ihr Spaß. Ich würde es versuchen. Wir sind in Amerika – hier arbeiten viele Frauen.«

»Und es werden mehr werden«, sagte Ruth, »falls du recht hast, was den Krieg angeht. Dann werden noch mehr Männer zum Wehrdienst verpflichtet.«

»Ohio«, murmelte Ilse.

»Was?« Karl sah seine Tochter irritiert an.

»OHIO – das ist eine Abkürzung, die viele der jetzigen Wehrpflichtigen auf ihren Rucksack schreiben«, erklärte Ruth. »Hast du noch nicht davon gehört?«

»Es bedeutet ›Over the hill in October‹ – über den Hügel im Oktober. Im Oktober endet die Wehrpflicht der ersten Einberufenen, und sie wollen dann desertieren, falls die Wehrpflichtzeit verlängert wird, so wie Roosevelt es vorschlägt«, sagte Ilse.

»Warum das denn?«, wollte Martha wissen.

»Weil die meisten nicht einsehen, wieder für etwas zu kämpfen, was weit weg ist«, sagte Ilse und beugte sich dann wieder über ihr Buch.

»Jedenfalls möchte ich bei ›Sweet Cherry‹ anfangen – nur ein paar Stunden die Woche.« Martha hob das Kinn. »Und du solltest dir auf jeden Fall die Wohnung ansehen. Dann kannst du ja immer noch nein sagen.«

»Ich will sie auch sehen«, kam es hinter Ilses Buchrücken hervor.

Ruth schmunzelte. Sie wusste, wenn ihr Vater sich bereit erklärte, die Wohnung zu besichtigen, waren sie schon so gut wie umgezogen.

»Das Wetter ist gut«, sagte Martha strahlend. »Wir können doch einen Spaziergang dorthin machen.«

»Heute?«, fragte Karl überrumpelt.

Die beiden sind schon so lange verheiratet, dachte Ruth amüsiert, und er kann sie immer noch nicht durchschauen. Liegt das an ihm, oder ist Mutti einfach so geschickt? Es muss an ihm liegen, denn ich durchschaue das doch.

»Jetzt!« Martha stand auf und räumte das Kaffeegeschirr ab. »Das passt doch gut, denn wir wollten doch gleich zu Gompetz' gehen. Wir laufen jetzt einfach einen Block weiter, schauen uns die Wohnung an und gehen dann zu Gompetz', meinst du nicht?« Sie lächelte entwaffnend.

»Wenn du meinst«, sagte Karl verdattert, und Ruth wusste, dass ihre Mutter so gut wie gewonnen hatte. Wenn die Wohnung jetzt nicht sehr schäbig oder feucht war, würden sie umziehen. Und tatsächlich fand sie die Idee gar nicht schlecht. Die letzten Monate in einem Zimmer mit Ilse hatten die Schwestern zwar emotional nähergebracht, doch inzwischen zeigte sich ihr Altersunterschied wieder deutlicher. Ilse war in ihrer Klasse, in der Schule und in der Gemeinde angekommen. Nie würde sie viele Freundschaften pflegen – dazu war sie zu introvertiert. Aber sie hatte zwei Freundinnen gefunden, mit denen sie sich regelmäßig traf. Auch ging sie gerne zu Aktivitäten der Gemeinde und engagierte sich dort, wenn es ihre Zeit zuließ. Den Hauptteil ihrer freien Zeit bestritt sie jedoch mit Lernen. Sie hatte viel nachzuholen, und nichts flog ihr einfach zu, aber sie war sehr fleißig und gründlich. Und sie lernte jeden Tag nach der Schule und fast das ganze Wochenende.

Ruth arbeitete sechs Tage die Woche – von montags bis freitags von acht bis achtzehn Uhr. Danach brauchte sie Zeit, sich zu erholen. Sie wollte sich auch mit ihren Freundinnen treffen, einfach nur in Zeitschriften lesen oder Tagebuch schreiben, und manchmal wollte sie einfach nur alleine sein.

Ilse störte jedes Geräusch beim Lernen, Ruth liebte Musik und summte oft vor sich hin. Es gab diesen kleinen Raum, den sie nutzen konnten, aber dort saß Vati oft und rauchte seine Zigarre, hing seinen eigenen Gedanken nach, wenn er nicht vor dem Radioapparat saß und den neusten Nachrichten lauschte.

Oft schlichen sie um sich herum, versuchten Rückzugsmöglichkeiten und Nischen zu finden, Plätze, an denen sie sich wohl fühlten.

Andere Familien lebten schon immer beengt und kamen damit aus. Aber das war es eben – sie kannten es nicht anders, Ilse und Ruth schon.

Ich muss bescheidener werden, sagte sich Ruth immer wieder, doch das war nicht so leicht.

Gemeinsam machten sie sich auf den Weg, auch wenn Karl die ganze Zeit vor sich hin brummelte und grummelte.

»Du immer mit deinen Ideen, wir sind jetzt so viel herumgekommen. Was ist denn falsch an der Wohnung, die wir haben?«

Martha hakte sich bei ihm unter und lächelte fröhlich. »Du wirst schon sehen, es wird dir gefallen.«

»Wir werden umziehen«, sagte Ilse, die neben Ruth ging – etwa drei Schritte hinter den Eltern. »Das steht doch jetzt schon so fest wie Großmutters Wackelpeter.«

Ruth sah sie erst entgeistert an, dann prustete sie los.

»Warum lachst du so?« Ilse sah sie verwundert an.

»Großmutters Wackelpeter. Wie lange habe ich schon nicht mehr daran gedacht. Aber früher war das bei uns doch eine feste Redewendung, und tatsächlich war Großmutter Emilies Wackelpeter immer … nun ja – fest.«

»Er war ungenießbar, keine Ahnung, was sie da hineingetan

hat. Beton?« Nun lachte Ilse auch. »Zucker war es auf jeden Fall nicht.«

»Wackelpeter mit gezuckerter Milch«, schwärmte Ruth nun. »So wie ihn Omi immer gemacht hat – fest, aber doch eben wackelig. Und sie hatte immer diesen selbstgemachten Waldmeistersirup.«

»Köstlich«, seufzte Ilse nun. »Und ihre Püfferchen. Mit Rosinen.«

»Und mit Staubzucker – damit hat Omi nie gespart. Köstlich.«

Ilse schmunzelte. »Das wird Mutti nie so hinbekommen, aber ihre Kochfähigkeiten sind erstaunlich gewachsen, findest du nicht?«

»Sie hat sich sowieso gemacht«, sagte Ruth leise. »Gar kein Vergleich mehr zu der Zeit, als wir in der Bismarckstraße gewohnt haben.«

»Erinnere mich nicht daran«, stöhnte Ilse auf. »Ich hatte immer Angst, dass sie durchdreht.«

»Und ich hatte immer Angst, dass sie sich umbringt«, sagte Ruth düster. »Deshalb ist es mir so schwergefallen, nach England zu gehen. Hätte sie sich etwas angetan, hätte ich es mir nie verzeihen können.«

»Das hätte sie nie gemacht!«, sagte Ilse voller Inbrunst.

Wenn du wüsstest, dachte Ruth, aber sie würde Ilse nicht ihrer Illusionen berauben. Wenigstens diesen Teil der kindlichen Unschuld sollte ihre Schwester behalten, alles andere hatten ihr schon die Nazis geraubt.

»Wie … wie findest du den Gedanken, umzuziehen?«, fragte Ilse nun zögerlich. »Ich meine, wir fanden es doch gut, ein Zimmer zu teilen.«

Ruth nahm Ilses Hand, drückte sie. »So wie Mutti haben

auch wir uns hier entwickelt, sind an diesem neuen Leben gewachsen. Und mach dir nichts vor«, sagte sie und grinste, »ich werde immer drei Jahre älter sein als du.« Dann wurde sie wieder ernst. »Wir werden älter und größer, haben unterschiedliche Bedürfnisse und Interessen. Es gut zu finden, ein eigenes Zimmer zu haben, bedeutet ja nicht, dass ich es nicht auch gut finde, dich zur Schwester zu haben.«

Ilse stieß den Atem aus, sie klang sehr erleichtert. »Ja«, sagte sie. »Ja.« Dann erwiderte sie den Händedruck. Die beiden sahen sich für einen Moment an und spürten ihre Verbundenheit.

»Solange Mutti glücklich ist …«

Karl sah sich die Wohnung an, lauschte den Vorzügen, seufzte, stöhnte ein wenig, aber letztendlich stimmte er zu.

»Das habe ich gewusst«, sagte Ruth zu Rachel, wo sie nach der Wohnungsbesichtigung eingekehrt waren. Sie hatten kurz auf die neue Nachbarschaft angestoßen und gingen nun gemeinsam zu den Gompetz', die schon auf sie warteten.

Ruth merkte, dass Sofie und Walter im Gegensatz zu Karl schon eingeweiht gewesen waren. Sie hatten zumindest Sekt kaltgestellt, und nach einem Blick in Marthas Gesicht wurde der Sekt aus dem Kühlschrank geholt und angestoßen.

»Ihr werdet es nicht bereuen«, sagte Sofie zu Karl. »Die Wohnung ist besser für euch. Als wir damals gesucht haben, haben wir keine Wohnung mit vier Zimmern gefunden.«

»Ich bin ganz zufrieden mit dem, was wir haben«, sagte Karl. »Aber wenn es Martha glücklich macht …«

»Für die Mädchen wird das auch besser sein«, meinte Walter, dann sah er Rachel an. »Und du, Fräulein, hast du dich jetzt entschieden, ob du die Ausbildung zur Kosmetikerin machst?«

»Ich denke noch darüber nach.« Rachels Stimme klang spitz. »Es ist zum Mäusemelken, dass sie immer über alles reden – als wären wir eine große Familie. Es gibt gar keine Privatsphäre mehr«, flüsterte sie Ruth zu und zog sie in eine Ecke des Raumes. »Alle setzen mich unter Druck. Meine Mutter, deine Mutter, jetzt auch noch die Gompetz'. Je mehr sie das tun, umso weniger will ich diese Ausbildung machen. Ich bin doch ganz zufrieden bei ›Strauss Shoes‹.«

»Es ist deine Entscheidung«, sagte Ruth.

»Sie werden alle auf mich einreden.« Rachel senkte den Kopf. »Und lange halte ich das nicht mehr aus.«

»Steh zu deiner Entscheidung. Es ist dein Leben, nicht ihres. Du musst das nicht machen, wenn du es nicht willst. Es wird andere Gelegenheiten geben, andere Dinge, die du machen kannst, die dich vielleicht erfüllen.« Sie sah Rachel an. »Nur weil ich es mache, musst du es nicht auch machen.«

»Du hast dich dazu entschieden?«

»Ich wollte auch schon absagen, aber aus ähnlichen Gründen wie du – meine Eltern finden die Idee grandios, finden es super. Plötzlich soll ich etwas aus meinem Leben machen. Sie sehen mich als die nächste Elisabeth Arden oder Helena Rubinstein.« Ruth schnaubte. »Sie sehen mich mit meinem eigenen Beautysalon und Angestellten und wer weiß was noch.« Sie biss sich auf die Lippe. »Ich wollte es plötzlich nicht mehr machen, auch aus Angst zu versagen. Aber dann wurde mir klar – vorhin war das, als ich merkte, wie Mutti Vati um den Finger gewickelt hat, dass ich es vor allem nicht mehr wollte, weil sie es wollten. Verstehst du? Es war eine Trotzreaktion.« Sie atmete tief ein und langsam wieder aus, weil ihr Herz so wild pochte. »Ich wollte es nicht mehr wollen, damit sie nicht ihren Willen bekommen. Und wie unsinnig ist das? Ich meine, ich bin ja doch keine fünf Jahre mehr alt, ich bin so gut wie erwachsen. Und … und das ist mir heute dann klar geworden … ich will es wirklich. Ich will es versuchen.« Sie stieß die Luft aus, sah Rachel an. »Verstehst du mich?«

»Du bist wirklich erwachsen«, sagte Rachel leise. »Ich wünschte, ich wäre auch so weit wie du und könnte mich so selbstständig entscheiden. Aber immer habe ich meine Eltern im Nacken, scheint es mir. Und ich habe Angst, sie zu enttäuschen.«

»Ich habe mir etwas überlegt«, sagte Ruth langsam. »Ich mache die Kurse, und du lernst mit mir mit. Wenn es zu schwer ist, was du ja befürchtest, lässt du es einfach wieder sein. Da du dich nicht anmeldest, erfährt es niemand. Wenn du es aber doch packst, kannst du dich immer noch anmelden. Was meinst du?«

Rachel sah sie an, überlegte, dann umarmte sie Ruth. »Du bist eine wirkliche, wirkliche Freundin. Ich bin so froh, dass es dich gibt.«

Und so machten sie es dann auch. Erleichternd kam hinzu, dass die Meyers tatsächlich im Juli in die Erdgeschosswohnung zogen. Der Umzug war ein wenig abenteuerlich, weil der Aufzug auf halber Höhe stehen blieb, als ausgerechnet die gute Anrichte, das geliebte Erbstück, darin war. Sie hatten sie wieder auseinandernehmen müssen, dort, wo Hans Aretz, ihr ehemaliger Chauffeur, sie in zwei Stücke gesägt hatte. Nur eins der Teile passte jeweils in den Aufzug. Der erste Teil gelangte problemlos nach unten, aber als sie den zweiten hochkant eingeladen hatten und den Knopf drückten, ächzte der Fahrstuhl schon bedenklich, und nach zwei Metern hielt er an und tat keinen Mucks mehr.

Martha drohte schier zu verzweifeln, aber Sofie beruhigte sie lachend. »Es wird gleich weitergehen. Die Dinger haben ihre Tücken, aber missen möchte man sie doch nicht.«

»Da bin ich mir nicht so sicher«, sagte Martha und schnäuzte sich die Nase. »Ich für meinen Teil bin jedenfalls froh, dass wir jetzt im Erdgeschoss wohnen.«

»Und was ist mit uns anderen?«, fragte Sofie belustigt. »Mit all den vielen Leuten, die in den Hochhäusern leben? Stell dir vor, du müsstest bis in den vierzehnten Stock laufen, wäre das nicht grauenvoll?«

»In solch schwindelerregenden Höhen würde ich gar nicht wohnen wollen«, gab Martha zurück.

»Manche Menschen haben aber keine Wahl, Mutti«, sagte Ilse. »Sie sind froh, wenn sie überhaupt eine Wohnung haben, egal wo. Und ich finde den Gedanken, so weit gucken zu können, eigentlich schön. Auch wenn ich nicht wirklich etwas sehen würde.«

Sie hatten ein wenig sparen müssen, dann waren Ilse und Karl endlich bei einem Augenarzt gewesen. Er hatte ihnen neue Brillen verpasst, und nun konnte Ilse tatsächlich besser sehen, aber sie hasste die Brille.

»Ich sehe aus wie ein Uhu«, vertraute sie Ruth an. »Oder als ob ich dicke Glassteine vor den Augen hätte. Ich werde nie einen Mann finden, solange ich diese Brille tragen muss.«

»Es kommt auf die inneren Werte an«, sagte Ruth beruhigend. »Und davon hast du mehr als mancher Filmstar.«

»Die inneren Werte … die inneren Werte«, sagte Ilse bitter. »Na sicher. Deshalb wirst du ja auch Kosmetikerin, weil alle nur auf die inneren Werte achten und nicht auf das Aussehen.«

Ruth nahm ihre Schwester in den Arm. »Oh, meine Süße«, sagte sie. »Bitte glaub mir – du bist schön. Du hast wundervolle Haare, eine reine Haut, lange Wimpern, und deine Lippen haben einen Schwung, den ein Künstler nicht besser malen könnte. Ja, du trägst eine Brille – aber das müssen ganz viele Menschen. Immerhin ist es besser, mit Brille zu sehen, als ohne Brille fast blind zu sein. Und kein Kosmetiksalon könnte dich schöner machen, als du jetzt schon bist.«

»Ich werde versuchen, deine Worte zu glauben, aber das wird mich viel Zeit und Kraft kosten«, sagte Ilse ernst.

In diesem Moment setzte sich der Fahrstuhl wieder in Bewegung und kam schließlich unten an.

»Immerhin haben wir die Anrichte.« Ilse schaffte es, wieder zu lächeln. »Wäre sie für immer im Fahrstuhlschacht stecken geblieben, wäre das eine große familiäre Katastrophe gewesen. Und hoffentlich übersteht auch die Kristallschüssel diesen Umzug ohne Schaden – auch wenn Scherben Glück bringen. Mutti würde es umbringen, wenn ihr etwas zustößt.«

»Du hast einen wirklich feinen Humor«, sagte Ruth anerkennend. »Dafür – unter anderem – liebe ich dich.«

Ilse sah sie an und blinzelte die Tränen weg, nickte nur dankend.

Die Kristallschüssel überstand den Umzug und alle anderen Sachen auch. Sie setzten die Anrichte wieder zusammen, räumten alles ein. Gut zwei Wochen dauerte es, bis alles seinen Platz gefunden hatte, aber dann schaute sich Martha um und nickte zufrieden. »Ich glaube, wir haben eine gute Entscheidung getroffen.«

Inzwischen stimmte ihr auch Karl zu, der am Anfang eher skeptisch gewesen war. Sie hatten etwas mehr Platz, da die Wohnung größer war. Jetzt im Sommer war der Innenhof fast so etwas wie ein zusätzlicher Wohnraum. Eine Bank stand an der Mauer in der Sonne, und Karl gewöhnte sich an, dort seine Zeitung zu lesen.

Am Anfang war es seltsam für die Mädchen, in getrennten Zimmern zu schlafen, aber es dauerte nicht lange, da genossen sie es, ihren eigenen Rückzugsort zu haben.

Doch es gab durchaus noch Nächte, wo die eine zur anderen ging. Sie konnten flüsternd ihre Sorgen teilen oder miteinander schweigen.

Martha hatte tatsächlich angefangen, halbtags bei »Sweet Cherrie« zu arbeiten. Sie entsteinte Kirschen im Akkord zusammen mit zehn anderen Frauen. Trotz Karls anfänglichem Widerstand und seiner Unbill darüber, dass seine Frau arbeiten ging, bekam Martha der Job gut. Sie blühte fast auf, auch wenn sie mittags oft erschöpft war.

»Ich habe das Gefühl, etwas Sinnvolles zu unserer Familie beizutragen«, sagte sie voller Stolz.

»Du hast schon immer etwas Sinnvolles für die Familie getan«, murrte Karl. »Du führst den Haushalt, und wenn ich merke, dass das unter der Arbeit leidet, wirst du den Job wieder aufgeben.«

Da er aber immer erst am Abend nach Hause zurückkehrte, bekam er das Mittagsschläfchen, das Martha nun brauchte, gar nicht mit.

Als die Sommerferien begannen, fing auch Ilse an, für »Sweet Cherrie« zu arbeiten. An den Nachmittagen saß sie wie gewohnt über den Büchern, denn sie wollte im nächsten Jahr auf jeden Fall ihren Abschluss schaffen.

Auch Ruth lernte. Meist saß sie abends nach der Arbeit und dem Essen noch eine Stunde mit Rachel über den Unterlagen. Gegenseitig hörten sie sich ab, suchten unbekannte Wörter im Wörterbuch und schlugen immer wieder Begriffe in einem medizinischen Fachbuch nach, das ihnen Walter Gompetz besorgt hatte. Tanta Klara schickte ihnen ein anatomisches Poster, auf dem Nerven- und Muskelstränge eingezeichnet waren.

Dennoch fiel es den Mädchen nicht leicht, sich jeden Abend hinzusetzen und zu lernen. Manchmal gähnten sie nur, die Augen fielen ihnen zu. An manchen Tagen klappte es gut, an anderen überhaupt nicht. Oft versuchte Ruth noch abends im Bett, Begriffe zu lernen, aber darüber schlief sie meist ein.

Besonders anstrengend waren die Seminare, die sie an den Wochenenden besuchen mussten. Konrad Strauss gab ihnen am Samstag eher frei, damit sie teilnehmen konnten. Aber auch an den Sonntagen war Unterricht, und somit blieb keine Zeit zur Erholung.

»Ich mache drei Kreuze, wenn das endlich vorbei ist«, seufzte Ruth mehr als ein Mal.

Auch Rachel hatte die Ausbildung schließlich angefangen, auch sie stöhnte immer wieder über die große Belastung, aber auch sie hielt durch. Die beiden munterten sich gegenseitig immer wieder auf, spornten sich an, und vor allem lernten sie gemeinsam.

Die Zwischenprüfung im Herbst bestanden sie – nicht mit Auszeichnung, aber auch nicht als die Schlechtesten.

»Wir sind nicht durchgefallen«, sagte Ruth. »Nur das zählt.«

»Wir sind noch nicht fertig.« Rachel stöhnte. »Das zählt auch. Wir haben gerade mal die Hälfte geschafft.«

»Das mag sein«, sagte Ruth. »Aber so wie bisher geht es nicht weiter.«

»Wie meinst du das?«

»Wir arbeiten, wir lernen. Wir schlafen und essen und lernen und arbeiten ... seit Wochen. Aber wir leben nicht. Ich habe mich erkundigt – wir müssen nicht in drei Monaten fertig sein, auch wenn es die Module so vorsehen. Wir können das auch alles ein wenig ziehen – ein halbes Jahr, ein Jahr, das ist egal.«

»Ich weiß«, sagte Rachel und senkte den Kopf. »Aber ich fürchte, wenn wir das nicht so weitermachen wie bisher, machen wir es gar nicht mehr.«

»Da kennst du mich aber schlecht.« Ruth schmunzelte. »Ich entlasse dich nicht aus der Verantwortung. Aber ich entlasse uns beide aus dem Zwang, und heute Abend gehen wir als Erstes ins Lichtspielhaus. Ich war ewig nicht im Kino, und es gibt so viele schöne neue Filme – eigentlich will ich sie alle auf einmal sehen, aber das geht natürlich nicht.«

»Kino.« Rachel lächelte glückselig. »Ja, und dann gehen wir tanzen. Bitte, lass uns tanzen gehen.«

»Tanzen klingt nach einem guten Vorschlag. Und ich weiß auch schon, was ich anziehe. Und ...«, sie sah Rachel an, »wir werden uns gegenseitig schminken. So, wie wir es bisher gelernt haben. Das wird grandios, und wir werden die hübschesten Mädchen überhaupt sein.«

Rachel lachte. »Das werden wir.«

Ruth holte die Zeitung. »Was läuft denn überhaupt an Filmen? Ist das möglich, dass wir so sehr den Blick für das Leben verloren haben, dass ich noch nicht einmal mehr weiß, welche Filme herausgekommen sind?«

Sie stöberten in den Anzeigen, entschieden sich dann für »Citizen Kane«, einem Drama mit Orson Welles und Joseph Cotton.

»Falls wir keine Karten mehr bekommen, gehen wir in den Hitchcock, da spielen Joan Fontaine und Cary Grant mit«, beschloss Rachel. »Die sind beide toll.«

»Und wo gehen wir anschließend tanzen?«, fragte Ruth.

»Na, im Zentrum für jüdische Kultur. Da ist doch jeden Samstag Tanztee.« Rachel sah Ruth an. »Ach herrje, da kannst du gar nicht mitkommen. Dafür brauchst du doch erst eine Zulassung.« Sie schluckte. »Ich war auch schon Monate nicht mehr dort, vielleicht komme ich ja auch nicht mehr rein.«

»Dann schaust du erst einmal, ob du überhaupt noch hinein darfst, und wenn das so ist, kann ich mich ja bewerben. Doch jetzt will ich ins Kino!«

Sie zogen sich ihre besten Kleider an. Auch Rachels Familie hatte nicht so viel Geld, dass es für die neueste Mode reichte, aber Ruth hatte immer gute Ideen und fand oft einen Weg, ein älteres Kleid auf modern zu trimmen. Davon profitierte auch Rachel. Nachdem die beiden sich an diesem Sonntagnachmittag im Spätsommer zurechtgemacht hatten, gingen sie zuerst ins Kino und nach dem Film zum jüdischen Gemeindezentrum in der Innenstadt.

»Haben Sie Ihren Ausweis?«, wurde Rachel gefragt, woraufhin sie ihn lächelnd aus der Tasche zog.

»Der ist nicht mehr gültig«, wurde ihr beschieden. »Sie müssen ihn neu beantragen. Jetzt braucht man einen Anstecker mit Lichtbild und Namen.«

»Warum?«, fragte Ruth. »Was hat das denn für einen Sinn?«

»Sie sind aus Deutschland, Fräulein?«, fragte der Mann, der

einen sehr starken osteuropäischen Akzent hatte. Er lächelte, aber das Lächeln erreichte nicht seine Augen. »Oder sind Sie amerikanische Staatsangehörige? Und sind Sie Jüdin? Können Sie das beweisen?«

»Ich muss beweisen, dass ich Jüdin bin?«, fragte Ruth und schüttelte den Kopf. »Weshalb? Bisher kannte ich es nur so, dass ich beweisen musste, keine Jüdin zu sein, um an irgendetwas teilzuhaben. Ich bin Deutsche. Und Jüdin.« In Deutschland, das hatte sie gehört, mussten nun alle Juden einen gelben Davidsstern auf ihrer Kleidung tragen. Ein Zeichen, das sie als Juden auswies. Der Gedanke daran war schon erniedrigend, als wären die Juden Aussätzige. »Muss ich jetzt hier auch einen Stern an meiner Kleidung tragen«, sagte Ruth und hob ihr Kinn.

Rachel wollte sie zur Seite ziehen, aber Ruth ließ das nicht zu und schüttelte ihre Hand ab.

»Ich habe gedacht, dass wir hier in den Vereinigten Staaten in einem freien Land sind, ohne religiöse Verfolgung. Deshalb sind wir nämlich aus Deutschland hierhergekommen.«

»Immer mit der Ruhe, Fräulein«, versuchte der Mann sie zu beschwichtigen. »Sie wissen vermutlich auch, dass wir kurz vor einem Kriegseintritt stehen. Und hier ist die jüdische Gemeinde, die jüdische Soldaten der US-Army aufnimmt. Diesen Soldaten müssen wir einen besonderen Schutz angedeihen lassen. Sie sind Deutsche, richtig? Damit sind Sie ein ›enemy alien‹ – ein feindlicher Ausländer.«

»Ist es zu fassen?«, rief Ruth entsetzt. »Da flieht meine Familie vor den Nazis, die unser Haus zerstört haben, nach Amerika. Wir fliehen hier hin, weil die Nazis uns verfolgen, uns verhaften und uns töten. Und nun sind wir hier und gelten als feindliche Ausländer? Womöglich als Nazis?« Sie lachte bitter auf.

Der Mann wurde rot. »Vorschriften sind Vorschriften«, stotterte er. »Ich habe hier einen Anmeldebogen, den können Sie ausfüllen.«

Nun schritt Rachel ein, die merkte, wie kurz Ruth vor einer Explosion stand. »Wir nehmen zwei. Danke«, sagte sie zuckersüß und mit ihrem schönsten Lächeln. Dann zog sie Ruth mit sich.

»Reg dich nicht auf.«

»Das ist eine bodenlose Frechheit. So etwas sollte man der Presse mitteilen.«

»Nein, das sollte man nicht«, beschwichtigte Rachel sie. »Überleg doch mal – wir sind tatsächlich Deutsche. Und man sieht uns nun wirklich nicht an, egal, was die Nazis sagen, ob wir Juden sind oder nicht. Es gibt auch Nazis hier in Amerika. Denk nur an Lindbergh – er spricht vehement gegen die Unterstützung Europas, obwohl seine Familie aus Polen und Schweden kommt.«

Ruth hatte sich von Rachel mitziehen lassen und lachte nun. »Jeder Amerikaner hat eine Familie irgendwo in Europa. Selbst die ältesten Familien hier stammen aus England oder Deutschland – sie sind mit der Mayflower oder mit der Concord gekommen – mit Schiffen von Übersee. Die Amerikaner, die keinen europäischen Hintergrund haben, sind die Indianer. Oder die ehemaligen Sklaven. Das heißt doch alles nichts.«

»Aber versteh doch, wir sind keine Amerikaner. Wir könnten genauso gut Spione sein. Wir könnten die armen, jungen Soldaten ausspionieren wollen – die vielleicht redseliger sind, weil wir ja alle Juden sind. Und wenn du keine Jüdin wärst, könntest du ja einfach sagen, dass du es bist. Verstehst du?«

Ruth hatte inzwischen ihren Widerstand aufgegeben und ging neben Rachel her. »Es ist Krieg, du hast recht. Alles ist irgendwie schwierig. Selbst Jude zu sein ist schwierig. Da muss man in dem einen Land beweisen, dass man keiner ist, um Privilegien zu haben, und in dem anderen ist es genau andersherum. Verrückte Welt!«

»Lass uns die Anträge ausfüllen, dann können wir auch tanzen gehen.«

»Will ich das?«, sagte Ruth zweifelnd.

»Ja, das willst du. Ganz sicher. Ich habe dich tanzen gesehen.« Rachel boxte ihr lachend in die Seite.

Kapitel 15

Chicago, Winter 1941/1942

Der siebte Dezember 1941 war ein schöner Sonntag. Am Samstag war es noch nebelig und nasskalt gewesen, aber nun war der Himmel blau. Es war kalt, klirrende Winterkälte, aber die Luft war trocken. In der Woche vorher war die jährliche Weihnachtsparade gewesen. Auch in diesem Jahr war die State Street wegen der Bauarbeiten immer noch gesperrt, aber das tat dem Trubel in Ruths Augen keinen Abbruch.

Ganz besonders schön fand sie die Ausstellung des Rosenwald Museums, das in diesem Jahr eine Schau mit internationalen Weihnachtsbäumen veranstaltete. Es gab mehrere Tannenbäume mit traditionellem Schmuck der jeweiligen Länder, und auch Weihnachtslieder aus diesen Ländern wurden gesungen. Es gab sogar einen deutschen Weihnachtsbaum, und ein Chor sang deutsche Weihnachtslieder. Obwohl die Meyers kein Weihnachten feierten, sondern Chanukka, waren sie mehrfach im Museum, um die Lieder zu hören. Sie sahen sich an, ohne etwas zu sagen; alle hatten Heimweh.

Doch nun war Amerika ihre neue Heimat, und an diesem Sonntagmorgen briet Ruth Eier und Speck, machte amerikanische Pancakes, die sie mit Ahornsirup zum Frühstück servierte.

»In einer Woche beginnt Chanukka«, sagte Martha. »Diesmal feiern wir den ersten Abend nicht bei den Gompetz', sondern hier, das habe ich mit Sofie vereinbart.«

»Willst du dir das wirklich antun?«, fragte Karl und nahm sich noch einen weiteren Pancake. »Die sind wirklich sehr gut«, lobte er Ruth. »Fluffig und weich, aber außen knusprig. An dir ist eine Köchin verlorengegangen.«

»Ich kann das als Nächstes versuchen, wenn es mit der Kosmetikerin nichts wird.« Ruth schmunzelte.

»Hast du Bedenken?«, fragte Martha besorgt. »Oder sogar Schwierigkeiten?«

»Nein, Mutti«, sagte Ruth und seufzte. »Das war ein Scherz. Obwohl die Ausbildung nicht einfach ist, werde ich es wohl schaffen.« Sie trank noch einen Schluck Kaffee. Ihr Vater hatte seinen Teller leergegessen, nahm das letzte bisschen Sirup mit einer Ecke Brot auf, füllte seine Tasse und linste schon über die Schulter zum Sofa.

Martha hatte die Regel eingeführt, dass beim Essen das Radio ausblieb, damit sie sich unterhielten. Eine schmerzliche Regel für Karl, aber er hielt sich daran; er war nur froh, wenn er endlich den Tisch verlassen konnte.

Auch Martha war der Blick nicht verborgen geblieben. »Nun geh schon«, sagte sie zu ihm.

Karl lachte leise, nahm seine Kaffeetasse und ging zum Sofa, um das Radio anzustellen. Es lief Musik, und er nahm sich die New York Times, für die er nur am Sonntag wirklich Zeit fand.

Ruth und Martha räumten den Tisch ab, Ilse verzog sich mit ihren Büchern in ihr Zimmer.

»Ich will auf jeden Fall eine Gans machen zu Chanukka. Oder meinst du, es müssten zwei Gänse sein?«, fragte Martha ihre Tochter.

»Das kommt darauf an, wie viele Leute du einlädst«, meinte Ruth schmunzelnd. Dann wischte sie sich die Hände an ihrer Schürze ab. »Ich helfe dir natürlich.« Sie stockte kurz, sah ihre Mutter an. »Heute Nachmittag gehe ich mit Rachel ins Gemeindezentrum zum Tanztee.«

»Schon wieder? Du warst doch erst letzte Woche dort.«

»Und es war nett, Mutti.« Ruth biss sich auf die Lippe. Eigentlich wollte sie nicht um Erlaubnis fragen, schließlich war sie schon alt genug, um eigene Entscheidungen zu treffen.

»Wenn du meinst …«

»Rachel überlegt, ob wir vielleicht einen oder zwei der Soldaten zum Chanukkaessen einladen sollten. Schließlich sind sie hier, weit weg von ihrer Familie …«

Martha schaute sie überrascht an. »Bestimmte Jungs?«, fragte sie dann und runzelte die Stirn.

»Nein. Nein, es ist nicht das, was du denkst«, sagte Ruth schnell. »Es ist nur – man soll doch zum Lichterfest anderen Freude machen, und es hat sich etabliert, dass die Soldaten hin und wieder privat eingeladen werden. Wir wollten uns auch daran beteiligen. Die armen Jungs hocken doch sonst nur zusammen und haben gar kein Familienleben mehr.«

»Ach, darüber habe ich gar nicht nachgedacht. Die lieben, armen Jungs! Natürlich wirst du jemanden einladen, und Rachel wird das auch. Bitte, habt keine Hemmungen.«

Ruth lächelte zufrieden, sie wusste, wie sie die Beschützerinstinkte ihrer Mutter wecken konnte.

Rachel hatte sie vor einigen Wochen schließlich doch dazu überreden können, sich bei dem Programm zu bewerben. Ruth musste etliche Fragebögen ausfüllen, Angaben über sich und ihre Familie machen, behördliche Unterlagen beibringen und dann zu einem Fototermin kommen, wo ein offizielles Porträt von ihr aufgenommen wurde – ein Bild für die Akte, ein weiteres wurde auf ein Schild mit ihrem Namen laminiert, das sie anstecken musste, wenn sie zu den Treffen ging. Alles hatte einen hochoffiziellen Charakter und wirkte sehr förmlich und steif. Allerdings nur, bis es in den Saal ging, wo die Soldaten schon warteten. Ab dort war es laut, fröhlich und lustig. Es gab Tee und Kaffee, und so mancher Flachmann fand seinen Weg in den Raum. Später wurden Kuchen und Sandwiches gereicht. Es wurde getanzt, geplaudert und auch gespielt – lustige Gruppenspiele oder auch Brett- und Kartenspiele.

Ruth amüsierte sich dort meistens köstlich. Sie tanzte gerne und gut und liebte es, wieder ein wenig zu flirten. Aber sie war noch nicht bereit, sich in irgendetwas Anderes einzulassen, sondern ließ sich lieber lustig treiben, ohne zu weit zu gehen. Ein Küsschen auf die Wange war in Ordnung, eine Umarmung ebenfalls – aber nicht mehr. Das machte sie immer deutlich klar, und alle Soldaten akzeptierten es.

Rachel allerdings hatte seit ein paar Wochen ein Auge auf einen jungen Soldaten geworfen, der in Chicago an der Universität im Rahmen seiner Ausbildung Kurse belegt hatte. Er tat immer sehr geheimnisvoll um das, was er für die Army lernte. Vielleicht machte das seinen Reiz für Rachel aus, denn Ruth fand ihn ansonsten nicht besonders anziehend.

»Wir sind die besten Freundinnen«, hatte Rachel eines Abends nach ein paar Gläsern Wein zu Ruth gesagt. »Wir können, nein, wir müssen uns alles anvertrauen und alles teilen.« Ihre Stimme klang glücklich, aber auch ein wenig verwaschen. »Alles – nur die Männer nicht. Wir dürfen uns nie, nie, nie in denselben Mann verlieben. Das macht jede Freundschaft kaputt.«

Ruth hatte es ihr lachend versprochen, und jetzt, wo Rachel Gefallen an diesem Andrew gefunden hatte, sah sie noch weniger eine Gefahr darin, dass es passieren würde.

»Du musst deine Mutter dazu bringen, ihn zu Chanukka einzuladen«, hatte Rachel sie angefleht.

Habe ich erfolgreich gemacht, dachte Ruth nun zufrieden.

»Lass uns gleich eine Liste machen, wen wir einladen und wer was zum Essen mitbringt und was wir noch besorgen müssen.«

Die Meyers stellten keinen Weihnachtsbaum auf, auch wenn das viele ihrer Freunde und Bekannten inzwischen taten. Stattdessen besorgte Martha immer einige große Tannenzweige, die sie in eine Bodenvase stellte. Die Zweige wurden mit Lichtern, Kugeln und Prismen geschmückt – Engel fehlten. Aber dieses Jahr hatten es auch ein kleiner Uncle Mistletoe und etliche geschnitzte Rentierschlitten in die Zweige geschafft.

Ruth schaute nun wieder zu dem großen Arrangement. »Es ist eine gelungene Mischung aus Europa und neuer Welt.«

»Findest du?«

»Ja, auf jeden Fall – die Glaskugeln sind zum Teil noch aus Krefeld, glaube ich. Die Prismen auch. Was habe ich das früher geliebt – diesen Glanz und den Glitzer, der einfach nur schön, aber nicht kitschig ist. Hier in Amerika muss es nicht schön, sondern vor allem bunt sein. Bunt und auch ein wenig überladen – das scheinen sie zu lieben.«

»Ist es überladen?« Martha kniff die Augen zusammen.

»Nein, Mutti.« Ruth lachte. »Das habe ich doch gesagt – es ist die perfekte Balance.«

Nachdem sie das Fest am fünfzehnten Dezember geplant und Listen geschrieben hatten, holte Ruth ihre Mappe aus ihrem Zimmer, setzte sich an den Tisch und lernte.

Da sie in der Woche immer erst abends warm aßen, gab es auch am Sonntagmittag nur eine Kleinigkeit – Sandwiches oder eine Suppe. Oft waren sie sonntags verabredet und trafen sich mit oder bei Freunden und aßen dann gemeinsam zu Abend. Auch heute wollten Sofie und Walter vorbeikommen, und Martha stand schon wieder in der Küche.

Diese ruhigen Stunden, wenn jeder ein wenig mit sich selbst beschäftigt war, wenn es aus der Küche köstlich zu duften begann und das Radio im Hintergrund dudelte, liebte Ruth besonders.

Doch dann wurde das Programm unterbrochen.

»Sondermeldung. Wir unterbrechen unser Programm für eine Sondermeldung.« Karl schreckte von seinem Kreuzworträtsel hoch.

»Sondermeldung. Wir unterbrechen das Programm für eine Sondermeldung.« Die Stimme des Sprechers klang merkwürdig ernst. Ruth sah Karl an, sie kannten diese Art der Ernsthaftigkeit. Etwas war passiert. Karl drehte das Radio lauter.

»Sondermeldung. Heute Morgen um acht Uhr Ortszeit haben japanische Bomber den Marinestützpunkt Pearl Harbor auf der Insel O'ahu, Hawaii, angegriffen. Nach bisherigen Meldungen sind mehrere der dort stationierten Kriegsschiffe getroffen worden. Wir halten Sie mit weiteren Meldungen auf dem Laufenden.«

Martha kam aus der Küche, erschrocken sahen sie sich an.

»Was hat das zu bedeuten?«, fragte Martha und war den Tränen nahe. »Wie weit ist das weg? Hawaii gehört doch zu den Vereinigten Staaten …«

»Hawaii ist eine Inselgruppe im Pazifik«, sagte Karl und stand auf. Er holte einen Atlas aus dem Regal, blätterte und fand schließlich die Inselgruppe. »Das ist hier, und Japan ist …«, er blätterte wieder, »hier. Japan ist etliche tausend Kilometer von Hawaii entfernt. Das ist kein spontaner Angriff gewesen.« Er nahm seine Brille ab, um sie umständlich zu putzen.

»Und was bedeutet das nun?«, fragte Martha leise.

»Das wird sich zeigen. Es ist auf jeden Fall kein gutes Zeichen.«

Die Musik im Radio hatte sich geändert. Waren vorhin noch seichte und fröhliche Weihnachtslieder gespielt worden, waren es jetzt nun ruhige Instrumentalstücke, getragen und meist klassisch.

Das kannte Ruth schon von der BBC. Immer wenn es schlechte Nachrichten gab, hatten sie das Musikprogramm umgestellt. Auf ihrem Rücken hatte sich eine Gänsehaut gebildet, ein unheilvolles Gefühl machte sich in ihr breit – die Vorahnung von etwas Schrecklichem, etwas Großem.

Martha putzte sich die Nase. Keiner sagte etwas, denn es gab nichts zu sagen. Sie hätten nur spekulieren können.

»Im Kühlschrank ist noch ein Huhn«, sagte Martha dann. »Ich glaube, es ist Zeit, eine gute Hühnersuppe aufzusetzen.«

»Mach einen großen Topf«, murmelte Ruth. »Wir werden ihn brauchen.«

Bald schon standen die Schwartz' bei ihnen vor der Tür – sie hatten es ja nicht weit, wohnten im Hinterhof des Nebenhauses.

»Habt ihr schon Radio gehört?«, fragte Heinrich aufgeregt. »Die Nachbarn haben es uns gesagt.«

»Legt ab und nehmt Platz«, sagte Karl. »Ja, wir haben es gehört und warten jetzt auf weitere Nachrichten. Was da wohl passiert sein mag?«

Sarah hatte frisches Brot und gekochte Kartoffeln mitgebracht. Sie stellte die Sachen in die Küche zu Martha. »Hier ist auch noch ein Päckchen Kaffeebohnen. Ich denke, du kannst sie heute brauchen.«

Die erste Kanne Kaffee stand schon auf dem Herd, aber dabei würde es sicher nicht bleiben, dachte Ruth.

Rachel streifte ihren Mantel ab und zog Ruth dann zur Seite. »Aber wir gehen trotzdem gleich?«

»Wohin?«, fragte Ruth irritiert.

»Ins Gemeindezentrum zum Tanztee.«

»Glaubst du wirklich, dass er stattfindet? Meinst du nicht, dass alle Soldaten jetzt in Alarmbereitschaft versetzt werden?«

»Wieso?«

»Weil … herrje, Rachel – die Vereinigten Staaten sind von Japan angegriffen worden.«

»Aber das weiß man doch nicht so genau. Vielleicht war es … ein Versehen. Ist nicht neulich versehentlich ein Frachter versenkt worden?«

Ruth sah sie entsetzt an. »Bist du wirklich so naiv, oder tust du nur so?«, fragte sie schärfer als beabsichtigt.

Rachel senkte beschämt den Kopf. »Ich weiß, etwas Schreckliches ist in Hawaii passiert – aber das ist so weit weg. Warum sollte es die Soldaten hier berühren?«

»Weil es Soldaten sind, Rachel«, sagte Ruth. »Du kennst das nicht. Du hast das nie wirklich erlebt. Ich schon. Wir haben es erlebt – wir haben Angriffe erlebt. Bomber, die plötzlich über uns flogen, Bomben, die fielen. Es ist furchtbar. Und das ist nun den Soldaten in Hawaii auch passiert. Und alle werden nun in Alarmbereitschaft versetzt werden. Alle. Egal wo in diesem Land. Vielleicht ist es ein Missverständnis, vielleicht kann man es diplomatisch klären – aber erst einmal gehen nun die Verantwortlichen von dem Schlimmsten aus. Es wird keinen Tanztee geben heute.«

»Ja, du hast sicher recht.« Rachel klang enttäuscht. Dann sah sie Ruth an. »Meinst du, es gibt Krieg?«

»Rachel!« Ruth konnte es nicht fassen. »Es ist doch schon Krieg. In den meisten Ländern der Welt ist Krieg.«

»Aber doch nicht hier, nicht hier bei uns.«

»Nein«, sagte Ruth und schluckte. »Nein, zum Glück nicht.«

»Meinst du denn, der Krieg kommt hierher? Zu uns? Nach Chicago?«

»Das ist er schon längst, auch wenn nicht so, wie du es meinst. Aber so, wie du es meinst – mit Bomben und Angriffen und Kämpfen –, ich hoffe nicht. Und vielleicht ist das jetzt nur ein Missverständnis, ein Zwischenfall oder wie auch immer es die Verantwortlichen nennen mögen, aber es macht mir Angst.«

»Weil du schon so viel erlebt hast«, sagte Rachel und nickte. »Es tut mir leid, ich wollte nicht … blöd sein.«

»Ach, vergiss es«, sagte Ruth versöhnlich. »Vermutlich hätte ich wie du reagiert, wenn ich nicht diese Erfahrungen schon gemacht hätte. Ich wünschte, ich hätte sie nie machen müssen und könnte so denken wie du.«

Es dauerte nicht lange, da kamen auch die Gompetz'. Walter hatte Bier mitgebracht, Sofie trug einen kalten Braten in die Küche. Martha kochte Eier, und Sarah schnitt die Kartoffeln klein. Ruth und Rachel stellten Teller und Gläser auf den Tisch. Bald schon duftete die Hühnersuppe, ein tröstender Duft. Doch die Nachrichten wurden immer beklemmender.

»Etliche Schiffe wurden beschädigt. Die Oklahoma ist gesunken. Offensichtlich hat eine Bombe das Munitionslager und die Treibstofftanks der USS Arizona getroffen. Laut Augenzeugenberichten gab es eine große Explosion, und die Arizona steht in Flammen und droht zu sinken.

Nach Berichten kommt eine zweite Angriffswelle auf Hawaii zu.

Der japanische Botschafter hat sich bisher nicht geäußert.«

Bei jeder weiteren Nachricht wurden sie fassungsloser. Es war einfach nicht zu begreifen, was dort passierte – das dachte jedenfalls Ruth.

Sie brachte Kaffee ins Wohnzimmer, wo die Männer gebannt um das Radio saßen. Doch Walter hatte schon das Bier aufgemacht.

»Schwere Zeiten erfordern schwere Maßnahmen, Ruth«, sagte er mit einem Augenzwinkern. Dann wurde er wieder ernst. »Eigentlich ist es kein Wunder, dass Japan die USA angreift. Roosevelt hat dem Kaiser ja kaum eine andere Wahl gelassen.«

»Bitte was?«, sagte Karl empört. »Wie kannst du so etwas sagen? Roosevelt besteht seit Jahren darauf, alles diplomatisch zu lösen. Er will kein Kriegsgeschehen.«

»Das vielleicht nicht«, sagte nun Heinrich, »aber Japan ist nach dem ersten großen Krieg doch einiges an Territorium versprochen worden, bekommen haben sie nur ein paar kleine Inseln im Pazifik. Ehemalige deutsche Kolonien.«

»Ich verstehe nicht, warum niemand mit dem zufrieden sein kann, was er hat«, sagte Martha. Die Frauen setzten sich nun auch ins Wohnzimmer. »Amerika will doch auch nicht expandieren.«

Walter lachte auf. »Schau dir an, wie groß die Vereinigten

Staaten sind. In diesem Land ist noch nicht alles erschlossen. Und es gibt hier Rohstoffe. Außerdem haben wir Zugang zu Rohstoffen zum Beispiel auf den Philippinen. Japan hat so gut wie keine Rohstoffe – keinen Stahl, kein Öl, keine Kohle. Heutzutage sind das aber die Stoffe, die man braucht, um die Industrialisierung voranzutreiben – das ist der heutige Motor der modernen Welt. Deshalb und wegen etlicher Streitigkeiten, die schon Jahrhunderte alt sind, wollen sie sich China einverleiben.«

»Was als Idee schon mal größenwahnsinnig wirkt«, sagte Walter. »Schaut euch den kleinen Inselstaat Japan an und dann das große chinesische Reich.«

»Deutschland will die Sowjetunion erobern – ist das nicht ebenso größenwahnsinnig?«, fragte Sofie. »Aber sie haben Russland angegriffen und Erfolge erzielt. Es ist erschreckend, wie Hitler vorgeht und Erfolg hat.«

»In China herrschte lange ein Bürgerkrieg in den vergangenen Jahren. Erst jetzt hat man sich gegen den Gegner zusammengeschlossen, aber es ist fast zu spät«, erklärte Walter. »Ich habe mich lange mit dem Thema beschäftigt und viel dazu gelesen.«

»Warum?«, fragte Martha. »Was hat dein Interesse auf den Konflikt gelenkt?«

»Um ehrlich zu sein, habe ich erst damit begonnen, als Japan Hitlers Verbündeter wurde. Wir haben die drei Achsenmächte – Deutschland, Italien und Japan. Sie wollen im Grunde die Welt untereinander aufteilen. Jedes der Länder hat einen totalitären Machthaber – Hitler, Mussolini und der Kaiser Hirohito. Hitler will Europa und den Osten, Mussolini will den Süden bis Afrika und Hirohito will China und Asien.«

»Aber warum?«

»Wegen der Rohstoffe. Alle wollen Öl, Erze und natürlich auch Land mit den entsprechenden Nahrungsgrundlagen. Reis oder Weizen. Kornkammern im Prinzip.«

»Was ist dann mit Amerika?«, fragte Martha. »Wer will Amerika?«

»Der Happen ist noch zu groß, meine Liebe. Doch Roosevelt hat über Japan ein Embargo verhängt – sie bekommen kein Öl mehr. Weder aus den Vereinigten Staaten noch von anderen Quellen. Und Roosevelt unterstützt seit diesem Jahr, seitdem das Land-Lease-Gesetz in Kraft ist, China mit Waffen und mit Treibstoff. Gleichzeitig schneidet er Japan von diesen Quellen ab. Was kann Japan also tun? Die Verhandlungen sind bisher gescheitert, und Hirohito weiß, dass er seine Stellungen in China nicht ohne Treibstoff und Waffen halten kann. Also was tut der Kaiser? Er greift die Vereinigten Staaten an.«

»Er will Krieg mit Amerika? Das glaube ich nicht«, sagte Karl. »So verrückt kann er nicht sein.«

»Ich glaube nicht, dass er Krieg will. So wie ich den Nachrichtensprecher verstanden habe, hat Japan nicht den Krieg erklärt. Das wollen die auch gar nicht. Es soll ein Bis-hierhin-und-nicht-weiter-Zeichen sein. Sie wollen Roosevelt nur warnen.«

»Wird er damit durchkommen?«, fragte Ruth. »Ich meine – wird Roosevelt das als ein Zeichen sehen und es akzeptieren? Churchill würde das nicht.«

Walter sah sie an. »Das ist eine kluge Frage. Bisher haben die Amerikaner alles getan, damit sie offiziell nicht ins Kriegsgeschehen hineingezogen werden konnten. Niemand hier will wieder auf anderen Kontinenten für andere Länder kämpfen und dabei amerikanische Soldaten verlieren. Und das ist es, was den Krieg ausmacht – Menschen sterben. Soldaten sterben. Andere Länder mit Waffen und Geld zu unterstützen, das war noch in Ordnung, selbst kämpfen aber bisher nicht.«

»Bisher«, sagte Karl nachdenklich. »Ja, bisher nicht. Aber heute sind amerikanische Soldaten gestorben. Wenn Schiffe versenkt worden sind, sind auch Soldaten gestorben. Und die Japaner haben ja auch die Stützpunkte an Land angegriffen.«

»Ja. Und das wird wahrscheinlich die Einstellung der Menschen hier ändern. Da kommen die Japaner an und töten Soldaten. Einfach so. An einem Sonntag. Sie kommen mit Flugzeugen quasi aus dem Nichts, so wie ich es bisher verstanden habe, und bombardieren Schiffe, die friedlich in einem Hafen liegen, schießen auf Menschen, die nur ihrem Job nachgehen. Es gab keine Konfrontation, keine Grenzüberschreitung, keine Situation, die man als aggressiv werten könnte – nicht auf amerikanischer Seite. Und das war ein Fehler, den Japan noch sehr bereuen wird.«

Ruth holte tief Luft. »Du glaubst also, dass Amerika nun in den Krieg eintreten wird?«

»Ja. Gegen Japan schon. Krieg im Pazifik. Ja, ich glaube, das ist unausweichlich.«

»Und was ist mit Europa? Mit Deutschland?«

»Deutschland und Japan haben Abkommen. Sie sind Verbündete. Aber Hitler bricht Verträge, wenn sie ihm nicht mehr passen. Er hatte ja auch einen Pakt mit Stalin, und nun stehen die Deutschen in Russland und führen dort eine gewaltige Schlacht. Hitler wird kein Interesse daran haben, auch noch gegen Amerika zu kämpfen. Vielleicht lässt er Hirohito nun fallen.«

»Das glaube ich nicht«, sagte Heinrich. »Nein, das kann ich

nicht glauben. Irgendwann wird Hitler sowieso gegen Amerika kämpfen müssen. Das weiß er.«

»Hier?«, fragte Rachel furchtsam. »Hier in Amerika?«

»Nein. Das zum Glück eher nicht. Der Atlantik und der Pazifik sind zu groß.«

»Zum Glück«, sagte Ruth.

»Ich bin davon überzeugt«, sagte Walter, »dass Amerika Japan den Krieg erklären wird. Ich glaube aber nicht, dass sie auch Deutschland den Krieg erklären.«

»Das gilt es abzuwarten.«

Im Laufe des Nachmittags kamen immer mehr Berichte über das Kampfgeschehen im Pazifik.

»Japanische Truppen sind in Thailand einmarschiert«, gab der Nachrichtensprecher bekannt. »Japanische Truppen greifen die Philippinen an.«

Mehr und mehr schreckliche Details zu dem Angriff auf Pearl Harbor wurdem im Laufe des Nachmittags und des Abends bekannt. Bis spät in die Nacht saßen sie zusammen, hörten die Beiträge und diskutierten.

Die Frauen servierten Essen – Hühnersuppe, Kartoffelsalat, gefüllte Eier, kalten Braten, und noch so dies und das tischten sie auf. Zuerst schien niemand Hunger zu haben, aber im Laufe der Stunden leerten sich die Schüsseln und Töpfe.

Es war schon spät, als die Gäste das Haus verließen. Die Stimmung war nicht nur bei ihnen angespannt, die Atmosphäre über Chicago, vermutlich sogar über den gesamten Vereinigten Staaten schien zu knistern.

Alle wussten, dass in den nächsten Stunden in Washington weitreichende Entscheidungen gefällt werden würden.

»Aber ich kann doch heute nicht zur Schule gehen«, jammerte Ilse am nächsten Morgen. »Dies ist ein besonderer Tag.«

»Du wirst zu Schule gehen«, sagte Karl, »genauso wie wir anderen zur Arbeit gehen werden. Sobald etwas Wichtiges passiert, wirst du es mitbekommen, selbst in der Schule.«

Auch Ruth wäre an diesem Tag lieber zu Hause geblieben und hätte dem Radio gelauscht. Aber natürlich kam das nicht in Frage, das Leben musste weitergehen, auch wenn es sich vielleicht an diesem Tag grundlegend ändern würde.

Bei »Strauss Shoes« und überall sonst gab es nur ein Thema – den Angriff der Japaner. Zum Teil wurde hitzig diskutiert, zum Teil schienen die Menschen wie erstarrt zu sein. Der Krieg war bisher weit weg und kein Teil ihres Lebens gewesen, auch wenn es die Wehrpflicht gab und man vermehrt Soldaten in ihren Uniformen auf den Straßen sah. Aber das war so abstrakt und so weit weg von dem normalen Leben der Amerikaner gewesen – ein Krieg, mit dem sie nichts zu tun hatten, der in fernen Ländern unter fremden Völkern ausgetragen wurde.

Nun jedoch war alles anders – amerikanische Soldaten waren getötet worden. Und das bei einem heimtückischen Angriff, ohne jede Vorwarnung. Im Laufe des Tages wurden die Opferzahlen immer wieder nach oben korrigiert, Tausende waren in Pearl Harbor gestorben, viele von ihnen waren grausam verbrannt.

Es gab nur wenige bei »Strauss«, die bisher so wie Ruth Kriegsgeschehen erlebt hatten. Es gab zwar einige, die den Großen Krieg in Europa mitgemacht hatten, aber das schien inzwischen so weit her, so lange vergangen zu sein. Doch sie und auch Ruth, die ja die ersten Bombenangriffe auf London erlebt hatte, erinnerten sich plötzlich deutlich an die Schrecken des Krieges.

Das Radio lief die ganze Zeit im Hintergrund, man erwartete die Ansprache des Präsidenten. Als sie schließlich angekündigt wurde, stellten alle die Arbeit ein. Konrad Strauss drehte die Lautstärke so hoch, wie es nur ging. Es rauschte und knisterte, man konnte leise Stimmen und verhaltenes Husten hören.

Dann kündigte der Sprecher Roosevelt an: »Der Präsident der Vereinigten Staaten.«

Ruth erschauerte. Sie hatte so eine Rede schon einmal gehört, hatte schon einmal vor dem Radio gesessen und mit Bangen den Worten gelauscht. Damals hatte Churchill gesprochen, nun war es Roosevelt.

Applaus brandete auf, beruhigte sich wieder.

»Mr. Vizepräsident, Mr. Sprecher, Mitglieder des Senats und des Hauses der Repräsentatives«, sprach Roosevelt die Anwesenden an. Er schien kurz zu zögern, fuhr aber dann fort. »Gestern, am siebten Dezember 1941, einem Datum, das von nun an mit Schande behaftet sein wird, wurden die Vereinigten Staaten von Amerika überraschend und vorsätzlich von den See- und Luftstreitkräften des japanischen Kaiserreichs angegriffen.

Die Vereinigten Staaten waren in Frieden mit dieser Nation und – auf die Bitten Japans hin – immer noch in Verhandlungen mit der Regierung und dem Kaiser, um den Frieden im Pazifik weiterhin aufrechtzuerhalten.

Tatsächlich haben der japanische Botschafter und sein Kollege eine Stunde, nachdem die japanische Luftwaffe die amerikanische Insel O'ahu bereits bombardiert hatte, unserem Staatssekretär noch eine formale Botschaft überbracht, als Antwort auf eine Nachricht Amerikas.

Und obwohl diese Botschaft deutlich machte, dass es unsinnig erscheint, weitere diplomatische Verhandlungen zu führen, enthielt sie doch keine Kriegserklärung oder einen Hinweis auf einen Angriff.«

Ruth hatte die Augen geschlossen und konzentrierte sich auf die Worte. Im ganzen Raum war es so ruhig, dass man jedes Knistern des Radios hörte.

Roosevelt fuhr fort.

»Der gestrige Angriff auf Hawaii hat schwere Schäden bei den amerikanischen Truppen verursacht. Es tut mir leid, Ihnen mitteilen zu müssen, dass viele Amerikaner ihr Leben verloren haben.

Außerdem wurde berichtet, dass amerikanische Schiffe zwischen Honolulu und San Francisco torpediert wurden.

Gestern haben die Japaner zudem Malaya angriffen.

Letzte Nacht haben japanische Truppen Hongkong angegriffen.

Letzte Nacht haben japanische Truppen Guam angegriffen.

Letzte Nacht haben japanische Truppen die Philippinen angegriffen.

Letzte Nacht haben japanische Truppen Wake Island angegriffen.

Und an diesem Morgen haben japanische Truppen die Midway-Inseln angegriffen.«

Es waren kurze, harte Sätze. Aber Roosevelt brauchte nicht viel mehr zu sagen, um das ganze Ausmaß der Angriffe deutlich zu machen. Er bat das amerikanische Volk um Zusammenhalt und verdammte den hinterhältigen Angriff. Immer wieder brandete Applaus auf.

Schließlich sagte er: »Ich bitte den Kongress, nach dieser

grundlosen und heimtückischen Attacke einen Kriegszustand zwischen den Vereinigten Staaten und dem Japanischen Kaiserreich zu erklären.«

Ein Aufseufzen ging durch den Raum, im Kongresssaal brauste tosender Applaus, zustimmende Rufe waren zu hören.

»Nun also«, sagte Konrad Strauss und sah seine Belegschaft an, »nun also sind wir im Krieg mit Japan.«

»Wir werden siegen!«

»Aber was ist mit Deutschland? Wird Amerika auch England weiterhin helfen, vielleicht sogar dort in die Kampfhandlungen einsteigen?«

Es gab viele Fragen, viele Unsicherheiten und nur wenige Antworten.

An diesem Tag arbeiteten sie nicht mehr viel, und Strauss schickte sie schon früher nach Hause.

Seltsam gehetzt erschienen Ruth die Menschen in den weihnachtlich geschmückten Straßen. Wo sonst fröhliche Lieder dudelten, wurden nun die Nationalhymne und andere klassische Musik gespielt. Viele Leute hatten die Schultern hochgezogen, den Kopf gesenkt oder schauten sich besorgt um.

Das würde wieder vergehen, da war sich Ruth sicher. Einen Angriff hier im Herzland von Amerika konnte sie sich nicht vorstellen. Dennoch schaute sie hin und wieder zum Himmel. Zu frisch waren noch ihre Erinnerungen aus Slough.

Wir sind im Krieg, dachte sie. Bin ich auch im Krieg? Ich habe nur eine Aufenthaltsgenehmigung, ich habe nicht die amerikanische Staatsbürgerschaft. Dennoch fühlte sie sich von dem Geschehen im Pazifik betroffen. Nun gab es nicht nur die bösen Deutschen, jetzt gab es auch die bösen Japaner.

Und wo stand sie? Sie war Deutsche, fühlte sich aber nicht mehr so. Amerikanerin war sie noch nicht und wusste auch nicht, ob sie es jemals sein würde.

Sie schloss die Haustür auf, ging durch den Hausflur des Haupthauses und dann durch die Hoftür zum Hinterhaus. Das Licht in der Wohnung schien warm in den Hof. Es versprach Geborgenheit.

Martha stand in der Küche und kochte. Ilse spülte das Geschirr vom vergangenen Abend, das liegen geblieben war.

»Was machst du denn schon hier?«, fragte Martha und sah Ruth fragend an.

»Strauss hat uns allen früher frei gegeben. Wir haben Roosevelts Rede gehört.«

»Uns wurde gesagt, dass wir nun im Krieg sind. Aber vorhin wurde im Radio die Rede wiederholt«, erzählte Ilse aufgeregt. »Das ist alles so seltsam …«

»Was ist daran seltsam?«, fragte Martha.

»Ach Mutti – das Gefühl … überleg mal, der Krieg verfolgt uns«, sagte Ilse. »Nur einige Tage, nachdem wir aus Deutschland geflohen waren, hat England Deutschland den Krieg erklärt. Dann waren wir in England, wir waren mit die Letzten, die fliehen konnten, bevor die Grenzen dicht waren. Dann hat Deutschland Frankreich erobert und England angegriffen.«

Ruth nickte. »Wir sind auf die Scythia und waren fast die letzten Passagiere eines Linienschiffes. Noch einmal ist sie gefahren, dann wurde sie von den Deutschen torpediert, und die meisten Passagiere sind ertrunken. Wir hatten es also wieder gerade so eben geschafft.«

»Und jetzt leben wir hier in Amerika, und nun hat Japan Amerika angegriffen. Eigentlich gibt es auch kein Land mehr, in das wir fliehen könnten und das nicht in diesen Weltkrieg involviert ist.«

»Das klingt ja fast so, als würdest du glauben, dass wir verteufelt wären«, sagte Martha.

»So fühlt es sich doch irgendwie an.« Ilse biss sich auf die Lippen. »Findest du das denn nicht?«

»Man kann es auch anders sehen. Wir hatten großes Glück – jedes Mal. Erinnert ihr euch noch an den Urlaub am Meer in Belgien? Als es zwar warm, aber so windig war?«

Ilse schüttelte den Kopf.

»Ich erinnere mich«, sagte Ruth, »an die hohen Wellen.«

»Ja. Und du und Hans – ihr wart immer im Wasser. Ihr hattet einen Heidenspaß, vor den Wellen wegzulaufen, habt daraus einen Wettstreit gemacht. Wer ist zuerst am Ufer – die Welle oder einer von euch. Und meist hast du es vor der Welle geschafft. Hans war da nicht so geschickt.« Martha lächelte, aber dann sah sie Ruth an, und beide wurden ernst.

»Wir sind vor der Welle geflüchtet«, sagte Ruth leise. »Und wir haben es geschafft … Hans aber nicht …«

Martha wischte sich über die Augen. »Lass uns nicht das Schlimmste denken«, sagte sie. »Vielleicht geht es ihnen ja gut. Und vielleicht nimmt dieser dumme Krieg nun endlich eine andere Wendung.«

»Ja, er breitet sich nach Asien aus«, antwortete Ruth beklommen. »Und somit wird Amerika dort kämpfen müssen, aber nicht in Europa helfen können.«

»Denk an das, was Churchill gesagt hat: ›Gebt uns die Mittel, dann erledigen wir den Rest.‹ Und Amerika gibt ja – Waffen und Rohstoffe. Dieser Krieg kann nicht ewig dauern.«

England schloss sich Amerika an. Die britischen Stellungen im Pazifik wurden von Japan genauso angegriffen wie die amerikanischen. Zwei Tage später, am 10. Dezember 1941, erklärten Deutschland und Italien den USA den Krieg. Nun war es tatsächlich ein weiterer Weltkrieg, der fast alle Nationen einschloss.

Japanische Bomber zerstörten zwei Schlachtschiffe der britischen Armee im Pazifik und eroberten innerhalb von zwei Tagen Guam. Die Lage im asiatischen Raum schien plötzlich aussichtlos, aber die Vereinigten Staaten ließen sich davon nicht beeindrucken – im Gegenteil. War vorher über die Wehrpflicht gewettert worden, stürmten nun Freiwillige die Rekrutierungsbüros.

Dennoch ging das normale Leben erst einmal weiter, auch wenn die Stimmung gedrückt war.

Am 15. Dezember war der erste Tag des Chanukkafestes, und wie Martha gewünscht hatte, traf man sich diesmal bei den Meyers.

»Lasst uns zusammenstehen und den Moment erwarten, da die Sterne am Himmel aufleuchten«, sagte Karl an diesem Abend.

Im Hof stand ein Tannenbaum, der von einigen der Hausbewohner gemeinsam geschmückt worden war. Die meisten waren Christen und feierten den Advent und das kommende Weihnachtsfest, auch in dieser schwierigen und bedrückenden Zeit voller Ungewissheit.

Hirschs und Meyers nahmen es nicht so genau und hatten den Baum mitgeschmückt. Martha hatte auch dieses Jahr wieder eine große Bodenvase mit Tannenzweigen gefüllt, und die Mädchen hatten sie mit reichlich Kugeln und anderem geschmückt. Dennoch stand auch die Chanukkia, der achtarmige Leuchter, bei beiden Familien im Fenster. Walter Gompetz schaute auf die Uhr, gab dann das Zeichen. Ilse durfte zum ersten Mal die Segenswünsche und Gebete sprechen, bevor das erste Licht angezündet wurde.

Ruth schloss die Augen. Wie so oft waren ihre Gedanken bei ihrer Familie in Deutschland – bei Omi und Opi und bei Großmutter Emilie. Grausame Gerüchte erreichten sie, aber persönlichen Kontakt zu den Verwandten hatten sie nicht. Sollten tatsächlich alle Juden aus Deutschland deportiert werden? Selbst die Alten und Kranken? Menschen, die ihr Leben lang in Deutschland gelebt, lange auch für Deutschland gelebt hatten? Die Gerüchte nahmen zu, aber vorstellen konnte es sich keiner hier.

Wir haben es gut, dachte Ruth bedrückt. Wir haben ein Dach über dem Kopf, haben Essen, haben Freunde um uns. Wir haben Arbeit und müssen wenig darben. Es ist nicht wie früher, aber vielen Menschen auch hier geht es schlimmer als uns.

Ich mache eine Ausbildung, kann mich weiterbilden. Ilse wird nächstes Jahr die Schule abschließen. Vati arbeitet hart, aber er verdient gutes Geld. Er ist ein geborener Vertreter und somit verdienter Bezirksleiter bei »Fuller Brush« geworden. Mutti geht in ihrem Job bei »Sweet Cherries« auf, auch wenn wir ihr Zubrot im Moment gar nicht brauchen, wir kämen auch so über die Runden. Es geht uns gut, aber wie mag es der Familie in Übersee gehen? Es waren beklommene Gedanken. Und dann war da noch der Krieg. Was mochte er für Amerika bringen?

»Ruth, komm!«, rief Martha. Sie standen alle zusammen, das elektrische Licht war gelöscht, und nur die Dienerkerze brannte. Ilse sprach das Gebet, zündete die erste Kerze an, alle sangen die Chanukkalieder. Aus der Küche kam der köstliche und verlockende Duft der Reibeplätzchen, und auch dieses Jahr gab es eine gebratene Gans.

»Ist es nicht seltsam«, sagt Rachel zu Ruth, »wie sich manche Traditionen gleichen? In Deutschland isst man die Martinsgans zu Sankt Martin – das ist auch in der Chanukkazeit, je nach Kalender. Aber sie wird gegessen zu Ehren von dem Bischof Martin, weil die Gänse ihn vor irgendetwas gewarnt hatten. Und wir essen seit Ewigkeiten gebratene Gans zu Chanukka, weil sie fettig ist – und weil Fett für das Öl steht, das die Chanukkialeuchter speist.«

Ruth runzelte die Stirn. »Ja, du hast recht. Und wir bekommen Geschenke, weil Chanukka das Fest des Teilens ist, die Christen beschenken sich, weil es für sie der Geburtstag ihres Messias ist.«

»Ganz früher«, erklärte Karl, »gab es das Fest der Lichtmess – zur Weihnachtszeit. Vor den Christen und vielleicht auch vor den Juden. Wintersonnenwende. Das ist Mitte Dezember. Da werden die Tage endlich wieder länger, und das Frühjahr kommt. Man hat die längste Nacht des Jahres mit Feuer bekämpft, damit die Dämonen nicht überhandnehmen. Ich glaube, das alles spielt ineinander. Ja, wir feiern den Sieg über unsere Feinde und das Wunder des Öls – aber vielleicht haben auch andere, ältere Riten mit in diese Rituale hineingespielt. Und die Gans – nun, in Europa war um diese Zeit die Gans fettiger als ein Huhn, und Schweine, die ja auch im Herbst geschlachtet werden und die ordentlich Fett haben, sind nicht koscher. Rinder sind nicht so fettig – da kommt eins zum anderen.«

»Koscher«, sagte Rachel. »Das sind so Regeln, die schwer zu befolgen sind.«

»Gott gibt uns immer eine Wahl«, sagte Karl lächelnd. »Man kann, man muss nicht – man muss es nur vor sich selbst vertreten.«

»Wir haben nie wirklich koscher gelebt«, sagte Ruth. »Du liebst Blutwurst mit Kartoffelpüree.«

»Kartoffelpüree konnte es im alten Israel gar nicht geben«, sagte Karl mit einem Augenzwinkern, »weil die Kartoffel aus Südamerika kommt und erst mit Kolumbus den Atlantik überquerte. Hätten unsere Ältesten, die damals die Gesetze gemacht haben, die Kartoffel gekannt, hätten sie das Püree zur Blutwurst erlaubt.«

»Kartoffelpüree wird mit Milch und Butter gemacht«, mischte sich nun Walter Gompetz ein. »Das ist ein koscheres Gericht, solange man es nicht mit Fleischigem mischt. Du kannst es jederzeit essen. Blutwurst, so wie wir sie aus dem Rheinland kennen, wird mit Schweineblut gemacht und ist per se verboten – nach den alten Gesetzen –, weil Schweine unrein sind.« Er räusperte sich. »Aber was gibt es Besseres als ein gutes ›Himmel an Ärd‹ – Blutwurst mit Kartoffelstampf und Schmoräpfeln?« Er zwinkerte Ruth zu, dann wandte er sich wieder an Karl. »Hitler hat gedacht, dass er gegen die Sowjetunion auch einen Blitzkrieg führen kann. Aber offensichtlich hat er sich da vertan. Und jetzt hat er auch noch Amerika den Krieg erklärt.«

»Wie vermessen ist der Gedanke! Jetzt führen sie einen Zwei-Fronten-Krieg in Europa. Gut, es hat mich überrascht, wie schnell sie im Frühjahr im Balkan gewonnen haben, aber Russland ist doch eine andere Nummer. Und wie will er Japan unterstützen? Will er etwa auch Truppen in den Pazifik senden?«

Ruth verdrehte die Augen, sie konnte diese ewigen Diskussionen nicht mehr hören. Tag und Nacht wurde nur noch darüber gesprochen. Ja, es beschäftigte sie auch, aber heute war der erste Abend des Lichterfestes. Sie zog Rachel am Arm mit sich zum Esstisch. Noch brannte das Chanukkalicht, und solange es brannte, würde kein Essen serviert werden. Aber Ilse stand neben dem Leuchter und schaute auf ihre Armbanduhr. Dreißig Minuten musste die Kerze brennen, danach sprach man noch ein Gebet, und dann endlich durfte serviert werden.

»Kommt er noch?«, fragte Ruth Rachel.

Rachel seufzte. »Ich hoffe es. Aber seit wir im Krieg sind, sind natürlich auch die Auflagen strenger. Er wusste noch nicht, ob sein Offizier es ihm erlaubt. Zum Lichtanzünden hat es jedenfalls nicht mehr gereicht.« Sie senkte den Kopf. »Das wirft direkt ein schlechtes Licht auf ihn. Ich habe gesehen, wie meine Mutter auf ihre Uhr geschaut und den Kopf geschüttelt hat. Das habe ich mir alles anders vorgestellt.«

»Es ist alles anders, wir sind im Krieg.«

»Ja, umso schrecklicher. Was, wenn er in den Pazifik muss, bevor wir uns so richtig kennengelernt haben?«

»Er ist doch noch gar nicht fertig mit seiner Ausbildung.«

Sie sprachen über Andrew Silberstein, einen amerikanischen Juden russischer Herkunft, der in Chicago stationiert war und den Rachel beim Tanztee der jüdischen Organisation kennengelernt hatte. Sie hatte ihn für heute Abend zum Essen einladen dürfen, auch wenn ihre Mutter sehr skeptisch war. Doch nun war er noch nicht gekommen.

»Bringt er denn noch jemanden mit?«, fragte Ruth.

»Auch das konnte er mir gestern noch nicht sagen. Es ist alles so kompliziert im Moment. Sie waren bisher nie im Kriegszustand seit dem großen Krieg. Und das ist mehr als zwanzig Jahre her.«

»Es wird sich alles noch einspielen«, versuchte Ruth ihre Freundin zu beruhigen. »Jetzt feiern wir erst einmal das Lichterfest.«

Andrew kam an diesem Abend nicht. Und auch in den nächsten Tagen hörte Rachel nichts von ihm, was sie fast an den Rand der Verzweiflung brachte. Ruth versuchte, sie wieder auf den Boden der Tatsachen zu holen. »Es ist nun mal Krieg, und er ist ein Soldat. Wenn du damit nicht umgehen kannst, such dir einen anderen Verehrer.«

»Du hast ja leicht reden, du bist ja nicht verliebt«, jammerte Rachel. »Weißt du überhaupt, wie schrecklich das ist? Wenn man so wirklich, wirklich verliebt ist und nicht weiß, ob und wie es weitergeht?«

»Ja«, sagte Ruth nüchtern. »Ich weiß ganz genau, wie das ist. Ich habe es schon erlebt.«

»Das weiß ich ja gar nicht.« Rachel riss die Augen auf. »Erzähl!«

»Kannst du dich noch an Kurt Glimmich erinnern?«

Rachel sah Ruth nachdenklich an. »Ja. Er war der Schwarm aller Mädchen in Krefeld – ob jüdisch oder nicht. So gutaussehend, so charmant und gewitzt. Ja, ich kann mich daran erinnern, dass ihr etwas miteinander hattet, kurz bevor wir ausgewandert sind.«

»Er war meine große, große Liebe. Und dann ist die Familie

auch ausgewandert. Und Kurt ist natürlich mitgegangen. Es hat mir schier das Herz gebrochen.«

»Hattet ihr denn keinen Kontakt mehr?«

»Doch, wir haben eine Weile noch geschrieben, aber dann … Unsere Leben wurden immer unterschiedlicher. Er schrieb nur, wie groß und toll und abenteuerlich hier alles sei, und bei uns wurden die Beschränkungen immer stärker und schlimmer. Ich musste die Schule abbrechen, während ihm hier alle Möglichkeiten offenstanden. Ich bin nach Bayern gegangen, auf eine Hachscharaschule in Wolfratshausen, die mich auf das ländliche Leben in Israel vorbereiten sollte. Ich habe es dort gehasst, auch wenn ich immer wieder zu meiner Tante nach München konnte. Geholfen hat mir die Ausbildung dort dennoch, denn in England musste ich ja Hauswirtschaft können. Mein Wissen war rudimentär, aber immerhin wusste ich das ein oder andere und konnte ein wenig kochen.«

»Und Kurt?«

»Kurt lebte hier sein Leben. Unsere Briefe wurden immer unpersönlicher, weil der eine den anderen nicht verstand. Irgendwann haben wir einfach aufgehört, uns zu schreiben.«

»Weiß er, dass du inzwischen in Amerika bist?«

Ruth zuckte mit den Achseln. »Keine Ahnung. Vielleicht hat es ihm jemand erzählt. Seine Eltern wohnen in der Nähe von Chicago. Als ich das letzte Mal von ihm gehört habe, war er in Ohio oder Nebraska oder … sonst wo. Es ist Jahre her. Wahrscheinlich ist er inzwischen verheiratet.«

»Und was, wenn nicht? Wäre es nicht romantisch, ihn hier wieder zu treffen? Vielleicht würde eure Liebe wieder aufflammen.«

»Das glaube ich eher nicht«, sagte Ruth und lachte. »Nein. Es ist müßig, sich darüber Gedanken zu machen.«

»Aber sehnst du dich denn nicht nach einer großen Liebe?«

Ruth dachte kurz nach, schüttelte dann den Kopf. »Nicht jetzt. Jetzt möchte ich mein Leben in den Griff bekommen, die Ausbildung fertigmachen und eine neue Stellung finden. Ich will arbeiten und Geld verdienen. Und außerdem möchte ich endlich in Frieden leben.«

Kapitel 16

Chicago, Frühjahr 1942

Im Januar hatten sich die Vereinten Nationen gegründet, aber der Krieg im Pazifik war bisher ein Desaster. Auf Hochtouren wurde daran gearbeitet, die Flotte, die die Japaner fast zerstört hatten, wiederaufzubauen. Während die Japaner scheinbar ohne Probleme eine Schlacht nach der anderen im Pazifik gewannen, ein Land nach dem nächsten einnahmen, wurden die ersten amerikanischen Truppen nach Europa geschickt.

Die ganze Welt befand sich im Krieg. Ruth aber lernte wie besessen. Im Februar waren die Abschlussprüfungen ihrer Ausbildung zur Kosmetikerin. Vorher musste sie noch einige Wochenendseminare absolvieren. Rachel, die bisher immer tapfer mitgelernt hatte, wurde nun des Lernens überdrüssig.

»Hat das überhaupt einen Sinn?«, fragte sie Ruth und gähnte. »Ich will am Samstag lieber tanzen gehen.«

Ruth warf ihr einen amüsierten Blick zu. »Hat Andrew endlich wieder frei?«

»Lach du nur. Ja, er hat frei. Und wir sehen uns so selten. Die Zeit, die wir haben, will ich nutzen.«

»Wozu?«

»Sei keine dumme Gans, um ihn besser kennenzulernen, um Zeit mit ihm zu verbringen. Wer weiß, was alles noch geschieht. Stell dir vor, er wird versetzt – in den Pazifik oder gar nach Europa. Dann sehe ich ihn vielleicht nie wieder.« Sie verzog das Gesicht.

»Jetzt fang bloß nicht an zu heulen«, warnte Ruth sie. »Das gibt Falten.«

Rachel sah sie entsetzt an, lachte dann aber. »An diesem Wochenende ist kein Kurs. Kommst du endlich mal wieder mit mir zum Tanzen? Du warst schon ewig nicht mehr dort.«

»Ewig? Drei Wochen ist das her. Ich war zur Silvesterfeier mit dir im Zentrum.« Ruth dachte nach. Sie war müde – sie war des Lernens müde und auch, sich ständig Sorgen zu machen. Aber sie wollte endlich die Ausbildung abschließen, und die Sorgen ließen sich nicht einfach so abstellen.

»Nun zier dich doch nicht so. Hast du nicht gesagt, dass wir auch leben müssen? Das Leben genießen müssen?«

»Du hast recht«, gab Ruth klein bei. »Ich komme mit. Aber vielleicht ein wenig später.«

»Solange du nicht über den Unterlagen einschläfst und gar nicht kommst.« Rachel lachte. »Am Freitag kommt Andy zu uns zum Essen. Endlich konnte ich meine Mutter überreden. Er bringt noch einen Freund mit. Magst du nicht auch kommen?«

Ruth schüttelte den Kopf. »Es geht nur eins – tanzen oder essen. Zwei Abende kann ich nicht verschenken. In fünf Wochen ist die Prüfung. Machst du dir darüber keine Gedanken?«

»Nein. Ich habe jetzt fast ein ganzes Jahr Dinge gelernt, die ich sowieso wieder vergessen werde – lateinische Namen von Muskeln und Nerven, irgendwelche Wirkstoffe und Anwendungen. Das ist alles gut und schön, aber die Frauen, die in den Kosmetiksalon kommen, wollen eine Dauerwelle, wollen Maniküre und dass man ihnen die Augenbrauen zupft. Kaum eine investiert Geld in eine Massage oder in Fangopackungen. Sie wollen Schminktipps, und wir sollen ihnen zeigen, wie sie ihre Schlupflider am besten kaschieren, die Augenringe und die Falten am Mund. Und das alles kann ich, und du kannst es auch.«

Ruth lachte. »Ich will trotzdem mein Zertifikat. Du nicht?«

»Doch schon, irgendwie.« Rachel verzog das Gesicht. »Lieber hätte ich aber mehr Zeit mit Andy.«

»Worüber denkst du nach?«, fragte Ilse Ruth an diesem Abend. Ihre Eltern saßen im Wohnzimmer und lauschten den neusten Nachrichten, während die beiden Schwestern spülten und die Küche aufräumten.

»Ach, nichts Wichtiges«, meinte Ruth.

»Das stimmt nicht«, sagte Ilse. »Ich merke das doch.«

»Warst du schon mal verliebt?«, fragte Ruth schließlich.

Ilse sah sie erstaunt an. »Darüber denkst du nach? Über die Liebe?«

»Rachel lässt mir keine Wahl.« Ruth lächelte verlegen. »Bei ihr geht es seit Wochen nur noch um Andy. Andy hier, Andy da.«

»Bist du eifersüchtig?«

»Wie kommst du denn darauf?«

»Schließlich war sie in den letzten Monaten deine beste Freundin. Ihr wart wie siamesische Zwillinge. Ruth ohne Rachel gab es nicht.«

»Da hast du sicherlich recht«, sagte Ruth leise. »Aber ich glaube nicht, dass ich eifersüchtig bin. Ich verstehe es nur nicht. Nicht in diesen Zeiten. Liebe ist toll, das weiß ich ja, und irgendwann will ich mich auch wieder verlieben, aber jetzt sind doch andere Dinge wichtiger.«

»Was kann wichtiger sein?«, fragte Ilse so leise, dass es kaum zu hören war.

»Du bist verliebt«, stellte Ruth überrascht fest. »Du auch! So was!«

»Was ist daran merkwürdig? Ich bin sechzehn.«

»Wer ist es?«

»Ach«, sagte Ilse und senkte den Kopf. »Vergiss es. Es ist hoffnungslos.«

»Warum?«

»Weil … weil … weil er Amerikaner ist. Weil er toll ist. Weil er mich gar nicht sieht. Ich wette, er weiß noch nicht einmal, dass ich existiere.«

»Ist er aus der Gemeinde?«

»Nein, das kommt noch dazu. Er ist Christ. Wahrscheinlich sind seine Vorfahren mit der Mayflower nach Amerika gekommen.«

»Woher kennst du ihn?«

Ilse sah Ruth an, schüttelte dann den Kopf. »Was glaubst du denn? Ich kenne ihn aus der Schule.« Sie schluckte. »Aber er kennt mich nicht, wird mich niemals sehen. Ich bin nicht der Cheerleadertyp.«

»Schule ist hier so anders, als ich das kenne«, sagte Ruth und nahm ihre Schwester in den Arm. »Vielleicht kennt er dich nicht und sieht dich auch nicht, aber dann ist er es auch nicht wert.«

»Du weißt nicht, wie das ist«, sagte Ilse bitter. »Du hast noch nie für einen Jungen geschmachtet. Dir sind alle immer hinterhergelaufen, und das tun sie auch jetzt noch, auch wenn du das nicht sehen willst. Mich sieht keiner. Oder wenn, dann sehen sie nur meine dicke Brille.«

»Ach, Ilse, das glaube ich nicht. Ja, die meisten Jungs in dem Alter sind oberflächlich und schauen auf unwichtige Dinge, auf das Aussehen und so. Aber auch mit Brille bist du schön. Und auch mit Brille wirst du jemanden finden, der dich liebt.«

»Aber was, wenn ich ihn dann nicht liebe?« Ilse seufzte. »In der Gemeinde ist dieser Jakob, er geht mir so auf die Nerven. Ständig ist er an meiner Seite, quatscht auf mich ein, will meine Bücher tragen.« Sie verdrehte die Augen. »Aber ich kann gar nichts mit ihm anfangen.«

»Das ist das schlimme Schicksal der meisten Verliebten – sie wählen den Falschen«, erwiderte Ruth und lachte. »Aber irgendwann wird der Richtige kommen.«

»Werde ich das merken?«

»Ganz sicher, Schwesterchen, ganz sicher.«

Ilse lächelte nun wieder zuversichtlich. »Danke, dass du mir so beistehst.«

Am Samstag auf der Arbeit schwebte Rachel zehn Zentimeter über dem Boden.

»Ich brauche gar nicht fragen, der Abend war ein Erfolg?«, sagte Ruth amüsiert.

»Es war ein Traum. Andy hat mir Blumen mitgebracht, und er war so nett zu meiner Mutter, dass sie ganz angetan ist. Wir haben uns gut unterhalten, und auch mein Vater scheint ihn zu mögen.«

»Und alles ist glatt gelaufen? Deine Eltern haben sich mit ihm unterhalten?«

»Ja, die ganze Zeit. Sie haben von ihren Studien erzählt und was sie noch machen müssen. Sie studieren ja beide Elektrotechnik hier in Chicago für irgendwelche militärischen Anlagen, die sie noch bauen sollen … oder so. Ich habe nicht wirklich zugehört, ich musste immerzu Andy anschauen, wie schnieke er aussieht in seiner Uniform und wie gebildet er ist.«

Ruth prustete los. »Du hast nicht zugehört? Grundgütiger, Rachel! Du bist doch keine dumme Gans, du kannst dich doch an Gesprächen beteiligen.«

Rachel senkte den Kopf. »Das nächste Mal.«

»Das solltest du tun. Wenn dein Andy so klug ist, wie du immer erzählst, dann will er zu Hause kein Gänschen, sondern eine Frau, die sich mit ihm unterhält.«

»Aber ich versteh doch nicht ein Piep von dem, was sie sagen.« Rachel verzog verschämt das Gesicht.

»Dann fragst du halt nach. Du fragst, was er macht, was das bedeutet, wie das geht. Frag ihn, zeig Interesse. Er wird das ja nicht studieren, weil er Langeweile hat, sondern weil es ihn interessiert.«

»Das stimmt!«, sagte Rachel nun und nickte. »Du hast ja so recht.« Sie umarmte ihre Freundin, fing dann den ermahnenden Blick vom Vorarbeiter ein und beugte sich wieder über ihren Arbeitstisch. »Du musst aber morgen unbedingt zum Tanztee kommen und endlich Andy kennenlernen. Du bist meine beste Freundin, und er ist vielleicht mein zukünftiger Mann. Du musst ihn treffen«, flüsterte sie.

»Und wenn ich morgen komme, ist er nicht da, weil er Dienst hat«, stänkerte Ruth mit gesenktem Kopf.

»Er hat mir geschworen, dass er kommt.«

»Dann schwöre ich das auch. Ich komme morgen und schau ihn mir an.«

Am Sonntag stand Ruth erst spät auf. Normalerweise frühstückten sie gemeinsam, aber an diesem Tag waren Mutti und

Vati zum Frühstück bei Freunden eingeladen, daher beschloss Ruth auszuschlafen. Erst mittags ging sie ins Bad, aß dann eine Kleinigkeit und nahm sich wieder ihre Unterlagen vor. Es waren nur noch wenige Wochen bis zur Prüfung.

Auch Ilse lernte. Draußen schneite es – ein harter, körniger Schnee, der manchmal durch den Wind wie Sand an die Fenster getrieben wurde. Die beiden Mädchen hatten jede einen Schreibtisch in ihrem Zimmer, aber das Wohnzimmer war der wärmste Raum in der Wohnung. Hier gab es einen kleinen Gasofen, der zusätzliche Wärme ausstrahlte.

»Es ist ein bisschen wie ein Kamin«, sagte Ilse.

»Aber nur ein ganz kleines bisschen.« Ruth lächelte. »Kein Vergleich zu dem Kamin früher in unserem Haus.«

»Meine Erinnerungen an das Haus verblassen«, gestand Ilse. »Nur den Anblick des Hauses, nachdem die Nazis dort gewütet haben, werde ich wohl niemals vergessen.«

»Ich auch nicht, und das ist auch gut so.« Ein harter Ton lag in Ruths Stimme.

»Warum?«, fragte Ilse dennoch. »Was ist daran gut? Wir sind ihnen doch entkommen.«

»Weil ich nie die Wut vergessen will, nie das Gefühl der furchtbaren Ohnmacht und des Ausgeliefertseins«, sagte Ruth voller Bitterkeit. »Nie, niemals will ich vergessen, was sie uns angetan haben, was sie uns genommen haben.«

»Du willst mit all dieser Verbitterung leben?«, fragte Ilse verblüfft. »Du? Du bist doch immer so positiv und schaust in die Zukunft.«

»Das eine schließt das andere nicht aus. Ich lebe mein Leben hier, gehe in die Zukunft, aber den Nazis vergebe ich nicht. Sie haben uns alles genommen – unsere Heimat, unser Leben dort.

Und das ohne Grund. Wir sind Juden, aber das macht uns nicht automatisch zu schlechteren Menschen, einer minderwertigen Rasse, zu Opfern, nur, weil sie es so wollen.« Ruth spie diese Worte aus, und ihre Schwester sah sie erschrocken an.

»Aber … aber …«, stotterte Ilse verwirrt.

Ruth holte tief Luft, winkte dann ab. »Das sind nur so Momente. Tut mir leid. Manchmal kommen halt die Erinnerungen hoch.«

»Fühlst du dich als Deutsche?«, fragte Ilse leise.

Ruth dachte nach. Sie legte ihre Unterlagen auf den Tisch und verschränkte die Arme vor der Brust, ein wenig so, als würde sie sich selbst festhalten.

»Das weiß ich nicht«, gestand sie dann. »Ich bin Deutsche, und du bist es auch. Wir sind in Deutschland geboren. Nun haben Kräfte unsere Heimat übernommen und uns jede Grundlage der Existenz entzogen. Aber haben sie uns nur Rechte genommen oder unsere ganze Geschichte und Vergangenheit? Das können sie ja gar nicht.« Ruth stockte, rang mit ihren Gedanken und den Worten. »Das wollen sie. Die Nazis wollen uns alles nehmen – unsere Rechte, unsere Heimat, unsere Geschichte in Deutschland. Sie sagen, wir wären eine minderwertige Rasse, wir wären Menschen zweiter Klasse. Aber unsere Eltern und Großeltern, unsere Familien haben schon immer in Deutschland gelebt und das Land aufgebaut, gestaltet und geformt. Wir sind ein Teil davon. Das wollen uns die Nazis nicht zugestehen. Sie nehmen uns nicht nur das Eigentum, sondern auch unsere Wurzeln.« Ruth musste innehalten. Dann fuhr sie leise fort. »Ich denke, es liegt an uns, wie wir damit umgehen. Ich für meinen Teil wäre gerade lieber Amerikanerin. Ich würde mich so gerne mit diesem Land identifizieren, für es brennen und glühen. Zum Teil tue ich das, weil die Vereinigten Staaten uns eine Heimat gegeben haben, Hoffnung und die Möglichkeit, hier zu leben.« Wieder stockte sie. »Aber dann bin ich ja doch noch nicht wirklich Amerikanerin. Ich habe die Staatsangehörigkeit nicht und werde sie vorläufig nicht bekommen. Fünf Jahre Wartezeit sind viel. In fünf Jahren werde ich jemand anderes sein als jetzt. Aber hoffentlich werde ich diese fünf Jahre hier in Amerika verbringen können. Amerika ist im Krieg, aber Amerika ist groß. Weitere Bombenangriffe muss ich nicht mehr haben, aber wenn … wenn ich Bomben ertragen muss, dann lieber hier als in irgendeinem anderen Land.« Sie sah Ilse an. »Ich bin eine Deutsche, die Amerikanerin werden möchte. Besser kann ich das nicht erklären«, fügte sie entschuldigend hinzu.

»Wow«, sagte Ilse und schwieg für einen Moment. »Das sind viele Gedanken.« Sie hielt kurz inne. »Ich muss darüber nachdenken, aber ich glaube, du hast es geschafft, meine Gefühle in Worte zu fassen. Fast alle zumindest.«

»Welche nicht?«

»Ich schwöre jeden Morgen in der Schule mit allen anderen den Fahneneid, die Hymne wird gesungen, und ich singe mit. Ich kann mich daran erinnern, dass es in Deutschland in der Schule ein ähnliches Ritual gab, aber ich als Jüdin durfte nicht teilnehmen. Es macht einen Unterschied. Hier bin ich eigentlich die Fremde, werde aber angenommen, aufgenommen und darf und soll – vielleicht muss ich auch teilnehmen, ich habe es nie in Frage gestellt. In Deutschland durfte ich nicht, obwohl ich dort geboren und aufgewachsen bin. Mein Herz schlägt inzwischen für die Vereinigten Staaten mehr als für Deutschland.«

»Das kann ich verstehen, und ein wenig beneide ich dich dafür, dass du so fühlst. Ich bin noch zerrissen, gehöre nirgendwo wirklich hin.« Ruth seufzte und nahm wieder ihre Unterlagen.

»Du wirst deinen Weg finden«, sagte Ilse. »Aber solltest du dich nicht langsam fertigmachen? Ich meine, du hast noch deinen Pyjama an … und so …«

»Es ist doch Sonntag«, murmelte Ruth und blätterte ihre Unterlagen um, suchte den Teil, den sie noch nicht bearbeitet hatte.

»Du wolltest doch zum Tanztee, hast du gesagt.«

Ruth schaute auf die Uhr, die auf der Anrichte stand. Es war schon lange nach Mittag, sie hatte die Zeit völlig vergessen. Rachel würde es ihr nie verzeihen, wenn sie nicht kam.

»Ach du Schande!«, stöhnte Ruth auf und lief ins Badezimmer. Sie duschte, wusch sich die Haare, legte Lockenwickler ein. Dann suchte sie nach einem passenden Kleid und Schuhen.

Sie hatten keinen Haartrockner, und bis ihre Locken auf den Wicklern getrocknet wären, wäre der nächste Tag angebrochen, deshalb zog Ruth die Wickler wieder heraus, kämmte ihre widerspenstigen und feuchten Haare.

Sie hätte sie gar nicht erst waschen sollen, fiel ihr nun zu spät ein.

Der Hut muss es richten. Und alles andere, dachte sie stoisch, ist egal.

Sie zog das Kleid an, die Schuhe, schlüpfte in den Mantel und setzte den Hut auf. »Grüß die Eltern«, sagte sie atemlos zu Ilse. »Sag ihnen, dass ich beim Tanztee bin.«

Dann verließ sie eilig die Wohnung. Der Wind pfiff durch die Straße, und sie fühlte unangenehm ihre noch feuchten

Haare. Sie nahm die Hochbahn bis in die Innenstadt, lief dann zum Gemeindezentrum. Der Tanztee hatte schon vor einer Stunde begonnen, aber das machte ja nichts, dachte Ruth. Keiner würde großartig bemerken, dass sie dazukam.

Ihr Ausweis wurde – so wie immer – geprüft, dann durfte sie in den großen Saal gehen. Schon im Eingang hörte sie die Musik, aber als sie eintrat, war alles anders als zuvor. Sie war einige Wochen nicht beim Tanztee gewesen. Damals hatten die Mädchen mit den Soldaten getanzt – ein wildes Durcheinander. Am Kopfende des Raumes waren Tische aufgebaut, an denen es Kuchen und Häppchen gab, Kaffee und Tee ausgeschenkt wurden. Diese Tische gab es immer noch, aber das wilde und lustige Durcheinander der Tanzenden nicht mehr.

Überrascht schaute Ruth sich um. Die Mädchen standen auf der einen Seite, die Jungs – alles Soldaten in Uniform – auf der anderen. In der Mitte des Raumes tanzte ein Paar. Ein Soldat mit einem der Mädchen. Als die Musik zu Ende war, verabschiedete er sich von dem Mädchen, ging zum nächsten und nahm sie an den Händen. Dann setzte die Musik ein, und das Paar tanzte. Ruth sah sich das Geschehen überrascht an. Was war hier los? Sie suchte Rachel und fand sie, aufgereiht mit den anderen Mädchen, die alle mit glühenden Wangen auf die Tanzfläche starrten und das Paar verfolgten.

»Was ist hier los?«, fragte Ruth ihre Freundin. »Was ist das für ein Theater?«

»Das ist Eddie, Andrews Freund. Ich habe dir doch von ihm erzählt«, sagte Rachel, ohne den Blick von der Tanzfläche zu nehmen. »Tanzt er nicht wunderbar?«

»Wer?«, fragte Ruth verwirrt. »Es tanzt doch nur der eine Kerl. Aber das ist doch nicht Andy …?«

»Nein, das ist Eddie, das habe ich doch gesagt.« Rachel seufzte und sah nun endlich ihre Freundin an. »Ich habe schon nicht mehr mit dir gerechnet.«

»Dabei hatte ich doch versprochen, dass ich komme«, sagte Ruth lächelnd. »Und ich halte meine Versprechen.« Sie sah sich wieder um. »So war das aber das letzte Mal nicht hier.«

»Da gab es ja auch noch nicht Eddie«, säuselte Rachel.

»Jetzt sag mir nicht, dass du dich neu verliebt hast. Soll ich jetzt Eddie kennenlernen oder Andrew?« Ruth verdrehte genervt die Augen.

Rachel lachte. »Komm«, sagte sie und zog Ruth mit sich. »Da vorne ist Andy. Das ist mein Liebster. Das hat sich nicht geändert. Eddie ist der Mann, der mit allen Mädchen einmal tanzt, das musste er versprechen. Er tanzt einfach wundervoll, findest du nicht? Alle finden das.«

»Und deshalb darf nur er tanzen?«

»Ja, im Moment, weil keins der Mädchen zu kurz kommen will. Jede will mindestens einmal mit ihm tanzen.«

»Du etwa auch?«, fragte Ruth verblüfft.

»Ich habe schon«, sagte Rachel schmunzelnd. »Und es war toll. Er hat am Broadway getanzt. Kannst du dir das vorstellen?«

»Das ist mir egal. Auf mich wirkt er wie ein eingebildeter Schnösel.«

»So ist er nicht, das täuscht. Er ist Andrews Freund. Und hier ist Andrew.« Sie hatten die andere Seite des Saals erreicht.

Ruth hatte Andrew früher schon ein paar Mal gesehen, hatte wenige Worte mit ihm gewechselt. Er war nett, aber nicht jemand, der ihr aufgefallen wäre. Rachel aber schaute ihn an, als wäre er der schönste Mann auf der Welt. Sie strahlte und wirkte mit einem Mal so glücklich, dass es ansteckend war. Plötzlich fand Ruth, dass es keinen passenderen Mann für ihre Freundin gab. Sie freute sich für Rachel.

Der Tanz endete, und der nächste begann. Mehrere Mädchen riefen: »Tanz mit mir, Eddie. Mit mir hast du noch nicht getanzt.«

»Gleich«, rief Eddie, nahm eines der wartenden Mädchen an die Hand und begann den nächsten Tanz. Sein Blick wanderte über die Gesichter und blieb dann bei Ruth hängen. Über die Schulter seiner Tanzpartnerin hinweg musterte er sie und grinste.

Ein freches Grinsen, fand Ruth, die ihn mit jeder Runde und mit jedem weiteren Tanz unmöglicher fand.

Und wieder hatte er die Runde beendet, ging nun auf Ruth zu. Er hatte sie die ganze Zeit kaum aus den Augen gelassen.

»Möchtest du tanzen?«, fragte er sie.

»Nein, auf keinen Fall«, sagte Ruth. »Ich wollte mir gerade einen Kaffee holen.«

»Das trifft sich gut, ich habe nämlich auch keine Lust mehr zu tanzen.« Wie selbstverständlich ging er neben ihr her.

Enttäuschung machte sich breit. »Eddie, du musst noch mit mir tanzen!«, rief eins der Mädchen. »Und mit mir auch!«, schloss sich ein anderes an. »Und mit mir!«

Eddie drehte sich um, lächelte und winkte. »Ein anderes Mal, Ladys«, sagte er und verbeugte sich leicht.

Was für ein alberner Affe!, dachte Ruth entsetzt und versuchte Abstand zu gewinnen. Doch Eddie ließ sich nicht abschütteln.

»Ich heiße Eddie Elcott«, sagte er. »Und du?«

»Ich heiße nicht Eddie«, erwiderte Ruth und hoffte, ihn damit abzuschrecken.

»Natürlich nicht, aber wie heißt du?«

»Ruth.«

»Hallo, Ruth. Wo kommst du her? Du bist keine Amerikanerin.«

»Deutschland.« Ihm musste doch auffallen, dass sie nichts mit ihm zu tun haben wollte.

»Oh, ich kann ein wenig Deutsch«, sagte er begeistert. »Nur ein paar Sätze. ›Guten Tag, gnadiges Fraullein‹ und ›Wie geht es Sie?‹«

»Hmmhmm«, machte Ruth. Sie sah sich um, jetzt tanzten wieder einige Paare, andere standen zusammen und redeten. Sie nahm sich eine Tasse Kaffee und wollte Eddie stehen lassen, doch er folgte ihr weiterhin.

»Dort drüben sind noch ein paar Stühle frei«, sagte er. »Willst du dich nicht setzen?«

»Nein.« Ruth nippte an ihrem Kaffee. Er war heiß und viel zu stark. Eigentlich hätte sie ihn gerne weggestellt, aber so konnte sie sich wenigstens mit der Tasse beschäftigen. Irgendwann, dachte sie, wird der Schnösel ja wohl merken, dass ich mich nicht mit ihm unterhalten will.

»Tanzt du nicht gerne?«, fragte Eddie nun.

»Doch.«

»Vielleicht magst du ja gleich einmal mit mir tanzen. Ich liebe es zu tanzen. Leider komme ich in der letzten Zeit nicht oft dazu. Aber hier ist es super.« Er wartete kurz auf eine Antwort oder irgendeine Regung von Ruth, aber als die nicht kam, redete er einfach weiter. »Ich studiere Elektrotechnik und besuche einige Kurse hier in Chicago. Wir entwickeln ganz neue Methoden, die uns hoffentlich bei der Kriegsführung helfen werden. Ich kann es gar nicht erwarten, endlich zum Einsatz zu kommen.«

»Ist es denn bald so weit? Wirst du bald ausrücken müssen?« Ruth konnte sich ein kleines Grinsen nicht verkneifen, und sie hoffte, dass er ihren Hinweis verstand.

»Vorläufig wohl noch nicht. Wir werden erst noch an diesen Geräten unterwiesen. Aber das ist alles sehr geheim, darüber darf ich gar nicht reden.«

»Dann lass es auch«, sagte Ruth.

»Es ist aber so nett, mit dir zu plaudern.«

Dieser Typ versteht aber nun wirklich so gar nicht, dachte Ruth und verdrehte die Augen.

»Was machst du?«, fragte er.

»Ich trinke Kaffee.« Um ihre Worte zu unterstreichen, trank sie einen weiteren Schluck, verzog dann jedoch das Gesicht. Der Kaffee war einfach viel zu bitter.

»Der schmeckt nicht wirklich gut, nicht wahr?«, sagte Eddie. »Ich glaube, das waren die letzten Reste unten aus der Maschine. Sie haben ja hier diese großen Kessel, und unten sammelt sich immer Kaffeesatz, das macht es dann bitter.« Er nahm ihr die Tasse ab, brachte sie weg und kehrte mit zwei neuen Tassen zurück. »Ich hoffe, dieser ist besser.« Er lächelte sie an, ein gewinnendes Lächeln.

»Danke«, sagte Ruth.

»Gern geschehen. Ich liebe Kaffee. Du auch?«

Ruth trank einen Schluck, diesmal war er wirklich besser und nicht bitter. »Ja«, sagte sie dann.

Die Musik spielte wieder, und Ruth zuckte es in den Füßen. Sie schaute zu den Tanzenden und sah, wie viel Spaß sie hatten.

»Sollen wir nicht auch?«, fragte Eddie sie. »Ich verspreche auch, dass ich dir nicht auf die Füße trete.«

Ruth überlegte, dann gab sie sich einen Ruck, stellte ihre Tasse ab. »Na gut«, sagte sie. »Ein Lied.«

Eddie strahlte. Und dann tanzten sie. Ruth merkte schnell, dass er tatsächlich ein hervorragender Tänzer war, sicher und mit einem sehr guten Gefühl für Rhythmus. Er kam ihr auch nicht zu nahe, wahrte den Tanzabstand zwischen ihnen. Seine Hand, die ihre umfasste, war warm und fest und nicht schwitzig und schlaff, wie sie vermutet hatte. Die andere Hand, die auf ihrem Rücken lag, hielt und führte sie, aber er versuchte keine unanständigen Berührungen, wie sie das manchmal bei anderen Soldaten erlebt hatte.

»Du bist gut«, lobte er sie nach dem Lied. Er sah sie an und zog fragend die linke Augenbraue hoch. »Noch eins?«

Ruth nickte. Es machte Spaß, mit ihm zu tanzen. »Wo hast du das gelernt?«, fragte sie ihn.

»Ich komme aus New York«, sagte er mit einem schiefen Lächeln. »Wir hatten nie viel Geld, deshalb musste ich mir immer etwas dazu verdienen. Da habe ich getanzt.«

Seine Antwort klang vage, und Ruth wusste, dass mehr dahintersteckte, dass er aber nicht darüber reden wollte. Nun verschob sich sein Lächeln wieder, so als könnte er es bewusst gerade rücken.

»Und du? Wo hast du es gelernt?«

»Meine Freundinnen haben es mir beigebracht. Ich durfte nicht in die Tanzstunde so wie sie. Aber sie haben es mir dann gezeigt.«

»Wieso durften sie und du nicht? Sind deine Eltern so streng?«

Ruth sah ihn erstaunt an. »Nein. Ich durfte nicht, weil ich Jüdin bin. Du bist doch auch Jude, du musst das doch wissen.«

»Ich glaube nicht, dass im Talmud steht, dass wir nicht tanzen dürfen«, sagte Eddie amüsiert, nickte dann aber ernster. »Du bist aus Deutschland. Dann bist du noch gar nicht so lange hier? Ich habe davon gehört, von den Gesetzen und so. Aber verstehen kann ich es nicht.« Er zuckte mit den Schultern. »Und ich kenne auch niemanden, der in den letzten Jahren erst aus Deutschland hierhergekommen ist.«

»Im August 1940 sind wir nach Amerika gekommen. Das sind jetzt fast eineinhalb Jahre«, sagte Ruth versonnen. »So lange schon, aber es kommt mir viel kürzer vor.«

Diesmal fragte Eddie erst gar nicht, als das Lied endete und das nächste begann, er tanzte einfach weiter mit ihr.

»Dann seid ihr nach Kriegsbeginn hierhergekommen. Erstaunlich. Ich dachte, das sei nicht mehr möglich.«

»Wir waren vorher in England. Wir haben es nur ganz knapp aus Deutschland heraus geschafft, bevor dann der Krieg begann. Du bist hier geboren?«

Eddie nickte. »Meine Eltern sind aus Russland nach Amerika gekommen. Lange vor meiner Geburt.« Wieder schien er etwas sagen zu wollen, verkniff es sich aber dann.

Ein Mann mit Geheimnissen, dachte Ruth amüsiert.

Nach dem vierten oder fünften Tanz führte Eddie sie zum Rand und holte ihnen beiden etwas Kaltes zu trinken.

Sie hatten sich die ganze Zeit unterhalten, es waren nur oberflächliche Gespräche gewesen, aber Eddie hatte Humor, das gefiel Ruth. Nun schaute sie auf ihre Armbanduhr.

»So spät schon«, sagte sie erschrocken. »Ich muss gehen.«

»Warum schon jetzt?«

»Weil ich noch lernen muss. Ich habe im nächsten Monat eine Prüfung, und die will ich bestehen.« Ihr Blick suchte Rachel. Ihre Freundin stand an der Seite und himmelte Andrew an. »Da ist sie ja«, sagte Ruth erleichtert und lief hinüber.

»Es ist schon spät, ich muss gehen, Rachel.«

»Jetzt schon? Wirklich?«, sagte Rachel ungehalten, doch dann schaute sie auf ihre Uhr und zog die Luft ein. »Du hast recht, wir müssen gehen. Es tut mir so leid, mein Liebster.«

Eddie sah von einer zur anderen. »Du bist die Ruth«, sagte er dann. »Rachels Freundin?«

Ruth nickte. »Ja, wieso?«

»Weil Andrew mein Freund ist.« Eddie lachte.

»Das ist ja schön für euch.« Plötzlich war Ruth wieder reserviert. Dieser Eddie war zwar amüsant, aber auch ein wenig seltsam, fand sie.

»Sollen wir euch nach Hause begleiten?«, fragte Eddie und sah Andrew an. »Das machen wir, oder?«

»Nein«, sagte Ruth etwas schärfer, als sie es beabsichtigt hatte. Aber sie hatte keine Lust auf große Diskussionen. »Wir finden den Weg auch alleine, und wir haben denselben Heimweg.«

»Lass sie doch mitkommen«, bat Rachel und setzte ihren Rehblick auf. Ruth konnte da nicht anders, als lachend zuzustimmen.

Daher machten sie sich zu viert durch die verschneiten Straßen auf.

Andrew hatte seinen Arm um Rachel gelegt, die beiden redeten leise miteinander, und Ruth wollte sie keinesfalls stören. Andererseits kam es ihr komisch vor, jetzt neben Eddie herzugehen – sie kannte ihn ja kaum. Er machte zum Glück keine Anstalten, ihre Hand zu nehmen oder ihr zu nahe zu kommen. Stattdessen plauderte er nett mit ihr. Es waren Belanglosigkeiten, über die sie sprachen – das Wetter, die neue U-Bahn in der Innenstadt, Eddie erzählte irgendetwas über Baseball, aber Ruth gestand ihm, dass sie davon keine Ahnung hatte.

»Baseball ist wichtig in Amerika«, sagte Eddie amüsiert. »Wenn du willst, erkläre ich es dir.«

»Jetzt?«, fragte Ruth irritiert.

»Nein, natürlich nicht. Das kann ich dir nicht einfach so erklären. Dafür brauche ich ein großes Blatt Papier und Stifte, vielleicht eher eine Kreidetafel ... und wir brauchen Zeit, viel Zeit. Es ist ein kompliziertes Spiel.«

Ruth blieb stehen und sah ihn entsetzt an. Eddie erwiderte ihren Blick, lachte dann leise los. »Ich nehme dich auf den Arm. Es tut mir leid.«

»Ich habe wirklich gedacht, du meinst es ernst«, schimpfte Ruth, war aber gleichzeitig erleichtert.

»Natürlich kann ich dir das Spiel erklären, und leider geht das nicht mal eben so im Vorübergehen, aber ...« Er stockte, räusperte sich dann.

»Aber was?«

»Aber ich hoffe doch sehr, dass wir uns wiedersehen?« Es war eine Frage, keine Annahme. Und er schien tatsächlich ein wenig unsicher zu sein, was ihn in Ruths Augen gleich noch etwas sympathischer machte.

»Beim Tanztee? Sicher«, sagte sie leichthin.

»Ich dachte, vielleicht kann ich dich ja mal auf einen Drink einladen oder zu einem Burger ...« Er warf ihr einen unsicheren Blick zu. »Lebt ... ihr koscher? Ich kenne auch hervorragende koschere Geschäfte.« Dann seufzte er auf. »Allerdings sind die in New York. Für einen Imbiss nach New York zu fahren ist vielleicht doch etwas übertrieben.«

Ruth lachte. »Wir leben nicht koscher«, beruhigte sie ihn. »Und ja – wir können uns gerne treffen. Allerdings muss ich im Moment noch lernen. Ich will diese Prüfung wirklich schaffen.«

»Das ist die Prüfung, die auch Rachel ablegt?«

Ruth nickte.

»Rachel … lernt nicht so viel wie du, oder täusche ich mich?«, fragte er leise. »Woran liegt das?«

»Was glaubst du denn?«, fragte Ruth zurück.

»Ich kann mir drei Gründe vorstellen.«

»Drei?« Ruth war verblüfft. »Welche?«

»Erstens – sie muss nicht lernen, alles fliegt ihr zu. Bei dir ist das anders, du musst dich reinknien.«

»Also wirklich …«, fauchte Ruth.

»Ich bin noch nicht fertig. Zweitens – sie müsste lernen, tut es aber nicht, weil es ihr egal ist und sie eher gleichmütig durchs Leben geht – wenn es klappt, ist es gut, wenn es nicht klappt, ist es auch nicht schlimm.«

»Hmmm – und drittens?«

»Drittens – sie hat aufgehört zu lernen und sieht die Prüfung als zwar wichtigen Schritt an, aber nicht so wichtig wie der weitere Verlauf ihres Lebens, und der hängt mit Andy zusammen. Du aber willst die Prüfung unbedingt bestehen, um im Leben weiterzukommen, unabhängig von anderen.«

»Aha«, sagte Ruth nachdenklich. »Und welcher Grund ist es in deinen Augen?«

»Das ist ein wenig schwierig«, gestand Eddie. »Eins ist es auf keinen Fall. Da bin ich mir sicher. Du bist zielstrebig, und du bist keinesfalls dumm. Rachel ist auch nicht dumm, aber sie ist auch nicht wirklich zielstrebig – jedenfalls nicht, was diese

Prüfung angeht.« Er runzelte die Stirn. »Andy liebt sie wirklich – das sage ich dir jetzt im Vertrauen, und ich weiß es, weil er mein bester Freund ist. Er liebt sie und kann sich eine Zukunft mit ihr vorstellen – oder könnte es zumindest.«

»Könnte?«

»Wir sind im Krieg. Andy und ich sind Soldaten. Wir werden eingesetzt werden, und wenn man sich das Kriegsgeschehen im Pazifik anschaut, dann sind da jede Menge Fragezeichen, was die Zukunft angeht.«

»Viele Soldaten heiraten im Moment«, sagte Ruth leise.

»Ja.«

Ruth musterte ihn von der Seite. »Aber Andy zieht das nicht in Betracht?«

»Ich kann seine Gedanken nicht lesen, ich weiß nur, dass er deiner Freundin sehr, sehr zugeneigt ist. Viele Soldaten heiraten – aber machen sie sich wirklich Gedanken über die Zukunft? Über das, was kommen könnte? Andrew denkt darüber nach. Was, wenn sie heiraten, er aber in den nächsten Monaten weggeschickt wird? Dann sind sie zwar verheiratet, aber dennoch wäre Rachel alleine – vielleicht über Monate. Und wir alle sind jung … darüber denkt er nach.«

»Tatsächlich?«, sagte Ruth leise. »Das hätte ich ihm gar nicht zugetraut.«

»Was hast du ihm denn zugetraut?« Eddie war stehen geblieben und sah sie nun an.

»Ich … ich habe gar keine Ahnung«, sagte Ruth und kam sich plötzlich dumm vor. »Ich kenne ihn ja gar nicht. Rachel ist furchtbar verliebt, ich will nur das Beste für sie …« Sie schluckte. »Aber ich bin nun doch sehr beruhigt, denn anscheinend ist es ihm ja ernst mit ihr.«

Ruth war froh, dass sie den Block erreicht hatten, wo Rachel und sie wohnten. Andererseits hatte sie die Gespräche mit Eddie anregend gefunden, und sie hatte sich an diesem Abend deutlich mehr amüsiert, als sie gedacht hatte.

»Da vorne wohnen wir. Im Hinterhaus.«

»Ja, ich weiß«, sagte Eddie und schmunzelte. »Ich war vorgestern noch dort – zum Essen bei Rachels Familie. Du solltest auch kommen, hatte Rachel gesagt, aber du hast lieber gelernt. Sonst würden wir uns schon zwei Tage länger kennen.«

»Ach, du bist der Freund … ja, natürlich bist du das.« Jetzt lachte Ruth auch. »Dann hätte ich aber noch nicht herausgefunden, wie wundervoll du tanzen kannst. Ich musste mich entscheiden – essen oder tanzen, beides ging nicht …«

»Verstehe«, sagte Eddie, »weil du ja noch lernen musstest. Nun ja, ich würde mich aber sehr freuen, wenn du irgendwann noch einmal ein wenig Zeit für mich abzwacken könntest. Ansonsten sehen wir uns hoffentlich beim Tanztee.« Er zwinkerte ihr zu – es war ein nettes, ein freundliches Zwinkern, nicht anzüglich, dachte Ruth.

Sie schloss die Tür zum Haupthaus auf, sah zu Rachel.

»Geh schon vor«, sagte Rachel, die Andrew in die Augen sah, sich an ihn lehnte. »Ich brauche noch einen Moment.«

Ruth schaute zu Eddie. Was würde der arme Kerl nun tun? An der Seite stehen und abwarten, bis Andrew und Rachel sich verabschiedet hatten? Die Küsse und Liebesschwüre übersehen und überhören? Er war jetzt das fünfte Rad am Wagen, wie unangenehm für ihn.

Eddie fing Ruths Blick auf, und er schien ihre Gedanken zu erraten. Lächelnd klappte er den Kragen seines Mantels hoch, tippte an seinen Hutrand und drehte sich um, ging ganz, ganz langsam zurück. Nach drei Schritten legte er einen kleinen Steppschritt ein. Ruth schmunzelte. Eddie hatte Humor, soviel war sicher.

»Gute Nacht«, sagte sie so laut, dass es sowohl Rachel und Andrew als auch Eddie hören konnten. Dann eilte sie zum Hinterhaus.

Kapitel 17

Ein paar Tage später stand Eddie vor »Strauss Shoes«, als Ruth Feierabend hatte.

»Magst du mit mir etwas trinken gehen? Ich lade dich auf eine Coke ein.«

Er lächelte, biss sich dann aber auf die Lippe, so als würde er eine Abfuhr erwarten.

»Woher weißt du …?« Dann drehte Ruth sich um und funkelte Rachel an, die ihr lächelnd gefolgt war.

»Er hat gefragt«, sagte Rachel lachend. »Ich konnte doch nicht lügen.«

»Aber – ich muss zu Hause Bescheid sagen«, druckste Ruth unsicher herum.

»Unfug. Ich lauf schnell rüber und sage deiner Mutter, dass du später kommst. Habt Spaß«, rief Rachel und eilte davon, ohne auf eine Antwort zu warten.

Ist das jetzt das, was alle hier ein Date nennen? Eine Verabredung, ein Treffen zwischen Mann und Frau … ein Treffen, das dem Kennenlernen dient? Ist es das? Oder ist er nur nett und will Zeit mit mir vertreiben, bevor er weiter versetzt wird?, dachte Ruth.

»Was macht die Prüfung?« Eddie ging neben ihr.

»Oh, frag lieber nicht.« Ruth spürte die Nervosität wie ein

unangenehmes Kribbeln in ihrem Bauch. Tausend Ameisen im Magen.

»Tut mir leid«, sagte Eddie mit ehrlichem Bedauern. »Das Thema ist ab jetzt tabu.«

»Es sind noch zwei Wochen. Zwei Wochen – das klingt viel, aber es ist so wenig. Ständig sage ich mir all die Dinge auf, die ich unbedingt wissen muss. Immer und immer wieder. Und dann wache ich nachts auf und habe alles, alles, alles vergessen.«

»Und was machst du dann?«

»Ich will mich umbringen, will sofort wieder alles lernen, will verzweifeln, aber im Grunde schlafe ich dann wieder ein.« Ruth sah ihn an und biss sich auf die Lippe. »Ich klinge wie ein hysterischer Teenager. Das ist so peinlich.«

»Du klingst wie jemand, dem etwas wichtig ist und der sich mit der Materie beschäftigt«, sagte Eddie ernst. »Mir geht es vor Prüfungen ähnlich.«

»Dir? Du machst immer so einen lockeren Eindruck, das hätte ich nicht gedacht.«

»Wir sehen uns heute das zweite Mal«, sagte Eddie. »Wie willst du das beurteilen?«

Er hat recht, dachte Ruth. Natürlich hat er recht.

»Das war mein Eindruck von dir«, gab sie offen zu. »So, als würde dich nie etwas kratzen können. Als würdest du über den Dingen stehen.«

»Das täuscht. Mich berühren Dinge wie dich auch. Aber nun sag: Wie schätzt du deine Chancen bei der Prüfung ein? Ach, nein, nein – wir wollten ja über etwas Anderes sprechen.« Er überlegte nicht lange. »Bald wird das Frühjahr kommen. Freust du dich darauf? Oder bist du eher der Wintertyp?«

»Was ist denn der Wintertyp?«

»Es gibt Leute, die mögen den Schnee, die kalte, klare Luft und verdammen den Sommer mit der Hitze und der stickigen Luft.«

»Ich mag … hmmm«, sagte Ruth nachdenklich. »ich glaube, ich mag beides. Ich mag alle Jahreszeiten irgendwie. Was ich nicht mag, sind Tage mit viel Regen, mit kalter und feuchter Luft. Usselig nennen wir das. Der Frühling hat wunderschöne Tage, und da mag ich auch den Regen, wenn er lange und weich fällt, wenn danach die Luft frisch und rein ist und die Knospen aufgehen. Und im Sommer mag ich die heißen Tage – natürlich nicht in der Innenstadt, wo die Hitze zwischen den Häusern steht und die Luft flirrt und man glaubt, keine Luft mehr zu bekommen. Aber in Chicago scheint ja immer ein Lüftchen zu gehen. Und dann der Herbst mit seinen bunten Blättern, der Luft, die sich verändert, und dem Licht, das klarer zu werden scheint – ja, den Herbst mag ich auch.«

Sie hatten die Bar erreicht, zu der Eddie mit ihr gehen wollte. Er blieb vor der Tür stehen. »Englisch ist nicht deine Muttersprache, das hört man. Aber du hast ein gutes Gefühl für Wörter und Ausdrücke. Ich hatte direkt Bilder vor meinem inneren Auge – bei jeder Jahreszeit.«

»Danke«, sagte Ruth. »Ich bemühe mich, die Sprache zu beherrschen. Einfach ist das nicht. Habt ihr zu Hause immer Englisch gesprochen?«

»Meistens«, sagte er und öffnete die Tür. »Aber geflucht wurde auf Russisch, und meine Mutter kennt viele, viele Flüche.« Er grinste; es war wieder dieses schiefe Grinsen, als ob ihm das Gesprächsthema irgendwie unangenehm wäre.

Er kaufte ihr eine Coke, und sie unterhielten sich, es war

kein tiefschürfendes Gespräch, es war eher ein Herantasten. Ein Austarieren der Möglichkeiten. Eddie brachte sie nach Hause und verabschiedete sich artig, ohne eine neue Verabredung zu vereinbaren.

An diesem Abend kam Rachel rüber zu Ruth. Seit sie nebeneinander wohnten, war es viel leichter, mal eben vorbeizukommen, aber in der letzten Zeit hatte es für Rachel nur Andy gegeben.

»Willst du mit mir lernen?«, fragte Ruth verblüfft.

»Nein. Ja. Weiß nicht. Nein, eigentlich will ich mit dir quatschen. Das fehlt mir so, Ruth, dass wir einfach nur miteinander reden. Du hörst mir gar nicht mehr zu, wenn ich dir etwas erzähle«, maulte Rachel und warf sich auf Ruths Bett. »Du interessierst dich gar nicht mehr für mich.«

»So ein Unfug«, sagte Ruth und verzog das Gesicht. »Du interessierst dich nur noch für Andy.«

»Das ist nicht wahr. Jedenfalls nicht ganz.«

»In zwei Wochen ist die Prüfung. Wirst du überhaupt hingehen?«

»Das weiß ich noch nicht«, gestand Rachel.

»Wovon hängt es ab?«

Rachel dachte nach. »Von mir, schätze ich«, sagte sie schließlich. »Ob ich es mir zutraue oder nicht. Im Moment sind meine Zweifel groß. Warum soll ich hingehen, wenn ich sowieso durchfalle?«

»Warum solltest du durchfallen?«

Rachel schnaubte. »Schau dich an. Du bist so viel klüger als ich, aber du lernst ständig. Das schaffe ich nicht, nicht in dem Ausmaß. Wenn du schon so lernst, dann müsste ich das verdoppeln … aber das kann ich nicht. Ich schaffe das nicht mehr nach der Arbeit und zusätzlich zu Andy.« Sie sah Ruth an. »Sag jetzt bitte nichts gegen Andrew.«

»Das tue ich doch gar nicht«, empörte sich Ruth.

»Das denkst du aber. Sei ehrlich!«

»Nein … nein … vielleicht ein wenig. Du tust nichts mehr für die Prüfung, seit Andy so präsent in deinem Leben ist, und das finde ich schade. Ich meine – es sind nur noch ein paar Wochen, Tage … danach hast du alle Zeit der Welt für ihn und mit ihm.«

»Er ist Soldat, Ruth. Er kann jederzeit an die Front gerufen werden. Alle Zeit der Welt – das gilt nicht mehr in diesen Tagen.«

»Ja, ich weiß«, stimmte Ruth zu, »aber es ist doch wirklich nur eine kurze Zeit und dann … dann hast du ganz andere Möglichkeiten als jetzt. Mach die Prüfung. Versuch es wenigstens.«

»Andy will mich heiraten.«

»Was?«

»Er will mich heiraten. Er will, dass ich seine Frau werde.«

»Wie lange kennt ihr euch? Zwei Monate? Drei?«

»Vier.«

»Na gut. Vier. Aber du willst doch nicht jemanden heiraten, den du erst vier Monate kennst, oder?«

»Wie lange muss man jemanden kennen, bevor man heiratet? Vor allem jetzt, wo das ganze Leben so ungewiss ist?«

»Ich glaube nicht, dass es dafür eine Zeitangabe gibt, etwas, was man als Kriterium nehmen kann. Aber – wir sind noch so jung … Willst du dich wirklich jetzt schon so binden?«

»Das würdest du auch, wenn du jemanden so lieben würdest, wie ich Andy liebe. Das tust du aber nicht, deshalb verstehst du es auch nicht.«

»Möglich, Rachel«, sagte Ruth ein wenig entnervt. »Aber willst du nicht trotzdem die Prüfung versuchen? Ich meine – gerade wenn du ihn heiraten willst, wäre es ja nicht so schlimm, wenn du durchfällst, aber umso besser, wenn du bestehst.«

»Wieso?«, fragte Rachel. »Warum wäre es besser, wenn ich bestehen würde?«

»Denk doch mal nach. Andy ist bei der Army. Er hat hier eine Schulung, die dauert aber nicht ewig. Danach wird er sonst wohin versetzt werden. Vielleicht an die Front, vielleicht aber auch nur in einen anderen Bundesstaat. ›Strauss Shoes‹ gibt es nur hier in Chicago, als Kosmetikerin kannst du überall arbeiten. Es gibt überall Schönheitssalons, und es werden immer mehr werden. Kosmetikerinnen sind gesucht. Oder willst du als Ehefrau nur zu Hause sitzen und Däumchen drehen? Vor allem, wenn dein Mann ständig versetzt wird oder an der Front ist.«

»So habe ich das noch gar nicht gesehen«, sagte Rachel langsam und nachdenklich. Dann sah sie Ruth an. »Wie klug du bist und wie sehr du alles durchdenkst! Das tue ich nicht. Aber du hast recht, ich sollte es wenigstens probieren, sollte die Prüfung ablegen. Immerhin habe ich dafür monatelang gelernt.«

Erleichtert atmete Ruth auf. »Gut.«

»Aber jetzt zu dir«, sagte Rachel und lächelte. »Zu dir und Eddie. Was ist mit euch?«

»Was soll mit uns sein?«, fragte Ruth. »Ich habe ihn zwei Mal gesehen. Zwei Mal. Es gibt kein uns.«

»Noch nicht. Aber was noch nicht ist, kann ja noch werden. Was denkst du über ihn?«

»Das weiß ich nicht«, gestand Ruth ehrlich. »Er ist … nett. Interessant. Ein wenig geheimnisvoll. Aber er ist auch ein kleiner Angeber – und das mag ich nicht.«

»Weil er mit allen tanzt?«

»Ja. Und wie er dann posiert. Das finde ich albern.«

»Er hat mit Tanzen sein Geld verdient, hat Andrew mir erzählt. Seine Familie ist wohl ziemlich arm.«

»Das sind wir ja inzwischen auch«, sagte Ruth und rümpfte die Nase.

»Aber wir waren es nicht immer. Wir sind beide aus der gehobenen Gesellschaftsschicht. Wir waren in guten Schulen, bis wir nicht mehr durften, haben eine Menge an Erziehung erlebt, die wir natürlich grässlich und altmodisch fanden – aber wir können mit Messer und Gabel umgehen, wissen, welches Besteck man für welchen Gang benutzt.« Rachel lachte auf. »Wir kennen mehrgängige Menüs und ihre Reihenfolge. Andrew kennt das nicht, und ich könnte darauf wetten, dass Eddie es noch viel weniger kennt.«

»All das kann man lernen«, sagte Ruth. »Wir haben es gelernt.«

»Wir sind damit aufgewachsen, Ruth. Und wofür sollen sie es lernen, wenn sie eh keine Gelegenheit haben, es anzuwenden?«

Ruth sah ihre Freundin an. »Das weiß ich nicht, aber ich habe immer gedacht, dass Manieren einfach wichtig sind.«

»Sie haben ja Manieren, oder nicht? Vielleicht nicht unsere, weil sie unsere Gepflogenheiten nicht kennen, aber sie sind ja keine Affen oder so etwas. Andrew hat mir jetzt zwei Mal Blumen mitgebracht. Das fand ich sehr berührend.«

»Über Eddie mach ich mir Gedanken, wenn es Zeit dafür ist. Im Moment sind aber für mich andere Dinge wichtiger.«

»Ja, ich weiß. Die Prüfung. Zum Glück dauert es nicht mehr so lange bis dahin.« Rachel stand auf und ging zu Ruths Schreibtisch. »Was lernst du gerade?«

»Es ist ja jetzt nur noch Wiederholung. Ich versuche immer noch, mir die Namen der Muskeln und Nerven zu merken. Etwas, was ich nie wieder im Leben brauchen werde.«

»Lass uns die Liste noch einmal gemeinsam durchgehen. Erst höre ich dich ab und dann du mich.«

Am Sonntag gingen sie wieder zum Tanzen in das jüdische Zentrum. Diesmal musste Rachel Ruth gar nicht überreden. Als sie ankamen, waren Andrew und Eddie nicht da. Wirklich zuverlässig einen Termin einhalten konnten sie nicht immer – es konnte ständig ein Befehl oder Kommando dazwischenkommen, schließlich waren sie im Krieg, und der verlief vorerst nicht gut.

Rachels größte Angst war, dass Andy an die Front gerufen wurde und abreisen musste, bevor sie sich verabschieden konnten. Auch an diesem Abend blieb sie nervös in der Nähe der Tür stehen.

Ruth wollte sich nicht eingestehen, dass sie auf Eddie wartete. Eddie war ein Schnösel, ein netter Kerl, aber dennoch ein Schnösel. Er war vielleicht ein guter Zeitvertreib, und vielleicht könnte sie an ihm das Flirten üben, denn tatsächlich tickten die Amerikaner anders als die europäischen Jungs, und es gab etliche Fallstricke, in die Ruth sich nicht verheddern wollte. Doch mehr als das gestand sie diesem Eddie nicht zu.

Als Andrew und Eddie dann endlich doch kamen, pochte Ruths Herz ein wenig schneller, und sie fühlte eine gewisse Erleichterung.

Sofort bildete sich ein Pulk Mädchen um Eddie. »Tanzt du heute mit mir?« »Ich möchte auch mit dir tanzen.« »Mit mir musst du auch tanzen.«

Er lachte freundlich. »Mal sehen«, sagte er dann und bahnte sich einen Weg zu Ruth.

»Und?«, fragte er sie, nachdem sie sich begrüßt hatten. »Steigt die Aufregung vor der Prüfung?«

»Das wechselt«, gestand Ruth. »Mal denke ich, dass ich alles getan habe, was ich konnte, und mehr halt nicht geht. Dann wieder habe ich das Gefühl, viel zu wenig getan zu haben. Ich bin jedenfalls froh, wenn es vorbei ist.«

»Das müssen wir dann feiern. Egal, wie es ausgeht«, meinte Eddie.

»Ja, das sollten wir«, sagte auch Andrew.

Es war ein netter Nachmittag, und erneut genoss es Ruth, mit Eddie zu tanzen.

Die beiden jungen Soldaten brachten sie wieder nach Hause, verabschiedeten sich artig an der Haustür.

»Und?«, fragte Rachel lachend, als sie durch den Flur zum Hinterhaus gingen. »Hältst du Eddie immer noch für einen Schnösel?«

»Ein wenig«, sagte Ruth und hob das Kinn. »Aber er ist ein netter Schnösel.«

Die nächsten Tage vergingen zum einen viel zu schnell, zum anderen schienen sie sich hinzuziehen. Die Aufregung bei Ruth und Rachel wuchs. Konrad Strauss hatte ihnen den Samstagnachmittag frei gegeben; zusammen fuhren sie mit der Hochbahn zur Prüfung. Es regnete in Strömen, und der Wind pfiff durch die Häuserschluchten.

Drei Stunden dauerte der Test. Sie wurden schriftlich und mündlich geprüft und mussten ihr praktisches Können an den anderen Teilnehmern zeigen.

Dann endlich war es vorbei. Es war nicht so anstrengend

gewesen wie der HIAS-Test, aber dennoch hatte es beiden Kraft gekostet. Das Ergebnis würde ihnen in der nächsten Woche per Post mitgeteilt werden.

»Wieder warten«, sagte Ruth und seufzte.

»Ich bin einfach nur froh, dass es vorbei ist«, meinte Rachel erleichtert. »Ich weiß jetzt schon, dass ich zwei Aufgaben falsch gelöst habe, ich bin ganz sicher durchgefallen.«

»Das glaube ich erst, wenn ich es schriftlich gesehen habe, Rachel«, meinte Ruth. »Da waren andere, die waren viel, viel unsicherer als wir. Diese Michelle, wie ungeschickt sie sich angestellt hat, als sie dir die Gesichtsmaske machen musste.«

»Sie hat kein Händchen dafür«, meinte auch Rachel.

Die beiden traten hinaus auf die Straße, es regnete immer noch – ein trüber, grauer Abend.

Plötzlich kamen zwei Männer um die Ecke – es waren Andrew und Eddie.

»Herzlichen Glückwunsch«, riefen sie und umarmten die beiden Mädchen. Ruth, die bisher eher reserviert Eddie gegenüber gewesen war, ließ sich nun in die Umarmung sinken. Durch die Mäntel hindurch verspürte sie seine Wärme und roch das bisschen Aftershave, nach dem er immer leicht duftete. Ein frischer und sauberer Duft.

»Wir laden euch zum Essen ein«, sagte Andrew.

»Das Ergebnis erfahren wir erst nächste Woche«, meinte Ruth. »Noch gibt es nichts zu feiern.«

»Doch. Ihr habt durchgehalten, obwohl ihr jeden Tag zur Arbeit geht – und habt zusätzlich abends noch gelernt. Ihr habt die Prüfung abgelegt, trotz eurer Zweifel. Ich finde, das ist Grund genug, um zu feiern«, sagte Eddie und nahm Ruths Hand. »Es ist ein kleines Lokal, aber sehr gemütlich. Lasst uns gehen.«

Ruth zögerte nur kurz, dann aber fasste sie sich ein Herz und nickte. Sie ließ ihre Hand in seiner. Erst war es ungewohnt, die Wärme und der leichte Druck seiner Finger verursachten ein deutliches Kribbeln in ihrem Bauch, dann jedoch ließ sie das Gefühl einfach zu und genoss es.

Es wurde ein lustiger Abend; beschwingt machten sie sich auf den Heimweg.

»Sehen wir uns morgen?«, fragte Eddie Ruth, als sie am Haus angekommen waren.

»Aber natürlich. Bis morgen.«

»Und?«, fragte Rachel auch diesmal, als sie im Hausflur standen. »Ist er immer noch ein Schnösel?«

»Ich werde meine Meinung gründlich überdenken«, sagte Ruth und schmunzelte.

Von nun an trafen sich Eddie und Ruth regelmäßig. Manchmal holte er sie von der Arbeit ab, und sie gingen ins Kino, eine Kleinigkeit essen oder einfach nur spazieren. Ihren Eltern erzählte Ruth nichts davon. Inzwischen wusste sie, dass Eddie aus sehr einfachen Verhältnissen stammte und sich langsam, aber sicher hochkämpfte. Er hatte eine Technikerschule besucht und dort mit seinen Leistungen geglänzt, so dass er ein Studienstipendium von der Armee bekommen hatte und nun an den neusten Geräten ausgebildet wurde.

Sie war stolz auf ihn und seine Leistungen, dennoch war sie unsicher darüber, wie ihre Eltern ihn sehen würden.

Es dauerte mehr als eine Woche, bis endlich die Prüfungsergebnisse kamen. Der Brief lag auf dem Tisch, als Ruth von der Arbeit kam. Martha hatte schon ungeduldig auf sie gewartet.

»Nun mach schon auf!«

Ruth legte den Mantel ab und nahm den Umschlag. Einen

Moment lang hielt sie ihn in den zitternden Händen, dann öffnete sie vorsichtig das Kuvert und nahm den Brief heraus. Zuerst verstand sie nicht ganz, was dort geschrieben stand, aber dann las sie die entscheidenden Worte: *Herzlichen Glückwunsch zur bestandenen Prüfung. Sie sind nun eine anerkannte Elisabeth-Arden-Kosmetikerin.*

Ruth schaute auf, sah ihre Mutter an. Tränen füllten ihre Augen – es waren Tränen der Erleichterung, aber das konnte Martha ja nicht wissen.

»Schätzchen«, sagte sie tröstend und wollte Ruth in den Arm nehmen, »es ist doch nicht schlimm. Du hast es zumindest versucht.«

»Ich … ich habe bestanden, Mutti. Ich bin jetzt eine Kosmetikerin.«

»Zum Glück«, sagte Ilse, die auch gespannt gelauscht hatte. »Dann muss ich ja nicht mehr für deine Übungen herhalten.« Sie grinste breit.

»Als ob du das nicht genossen hättest«, sagte Ruth lachend und knuffte sie in die Seite.

Es klopfte aufgeregt an der Tür, und Ilse lief hin, um zu öffnen. Rachel kam hereingelaufen, sie schwenkte ihren Brief triumphierend. »Ich habe bestanden. Ich habe bestanden. Wer hätte das jemals gedacht?«, jubelte sie. Dann sah sie Ruth an, sah die Tränenspuren. »Du etwa nicht?«, fragte sie entsetzt.

»Doch, ich habe auch bestanden.« Nun fielen sie sich um den Hals und tanzten durch das Wohnzimmer. »Wir haben bestanden, wir haben bestanden!«

Dann kam auch Rachels Mutter herüber.

»Das müssen wir feiern«, sagte sie.

Ruth hatte fast hundert Punkte erreicht, Rachel etwas weniger. Spontan warfen Martha und Sarah ihre Vorräte zusammen und kochten ein kleines Festessen. Es wurde ein langer und feucht-fröhlicher Abend, auch wenn alle am nächsten Morgen wieder früh aufstehen mussten.

»Sarah Schwartz hat erzählt, dass sie jetzt schon einige Male jüdische Soldaten zum Essen eingeladen haben. Ich denke, das sollten wir auch mal machen«, sagte Martha ein paar Tage später zu Ruth. »Du gehst doch immer zum Tanztee zu den Soldaten. Da sind doch bestimmt ein paar nette Jungs dabei, denen man etwas Gutes tun kann.«

Ruth versuchte, ein Grinsen zu unterdrücken. »Ja, natürlich«, sagte sie. »Allerdings sind diese amerikanischen Jungs ein wenig anders, als du es dir vielleicht vorstellst.«

»Inwiefern?«, fragte Martha erstaunt.

»Sie haben vielleicht nicht alle die Tischmanieren so gelernt, wie wir es gewohnt sind …«

»Papperlapapp. Wenn jemand die Gabel nicht richtig halten kann, ist das ja kein Beinbruch. Immerhin ziehen diese Jungs auch für uns in den Krieg.« Dann sah Martha Ruth an. »Rachel trifft sich wohl regelmäßig mit einem dieser Jungs. Sarah ist ein wenig in Sorge.«

»Andrew ist ein netter Kerl und hat nur gute Absichten.«

»Hmm. Gibt es da auch jemanden, mit dem du dich triffst?«

Ruth biss sich auf die Lippe. »Da ist einer, mit dem ich öfter tanze. Er ist ein wirklich guter Tänzer …«

»Tanzt du etwa nur mit ihm?« Martha kniff die Augen zusammen.

»Natürlich nicht«, log Ruth. »Ich tanze immer mit verschiedenen Jungs, aber mit Eddie macht es besonders viel Spaß.«

»Eddie?«

»Edward Elcott«, sagte Ruth. »Er kommt aus New York.«

Wieder musterte Martha ihre Tochter. »Ihr seid befreundet?«

»Ja, aber ich bin auch mit Andrew befreundet. Nicht so wie Rachel … aber …«

»Aha«, sagte Martha nur. »Dann lad mal die beiden ein. Freitag wäre ein guter Termin.«

An diesem Abend konnte Ruth nur schlecht einschlafen. Eddie würde zu Besuch kommen. Was würden ihre Eltern von ihm denken? Ruth war sich ziemlich sicher, dass sie von seiner lockeren Art entsetzt sein würden. Aber es half ja nichts.

Sie trafen sich immer öfter und »gingen« nun fest miteinander, wie es hier genannt wurde. Bisher hatte Ruth ihm zwei Mal einen leichten Kuss auf die Wange gegeben, mehr an Intimitäten erlaubte sie nicht. Aber ihr wurde klar, dass sie sich eindeutig in ihn verliebte, egal wie unpassend die Beziehung in den Augen ihrer Eltern auch sein mochte.

»Hast du keine Angst?«, fragte sie Rachel am nächsten Tag.

»Weshalb?«

»Dass Andrew versetzt wird, dass er wegmuss und ihr den Kontakt verliert?«

»Nein. Wir lieben uns. Und wir wollen heiraten.«

»Was sagen denn deine Eltern dazu?«

»Sie wissen es noch nicht. Mutti mag ihn, Vati ist noch ein wenig zurückhaltender. Er findet Andy zu jung.«

»Was machst du, wenn sie es nicht erlauben?«

Rachel schaute Ruth an. »Ich bin doch volljährig. Das kann ich alleine entscheiden.«

»Du würdest ihn gegen den Willen deiner Eltern heiraten?«, fragte Ruth entsetzt.

»Wenn es sein muss. Aber ich hoffe, dass sie zustimmen werden. Wir wollen uns nächste Woche verloben.«

»Grundgütiger, das ist ja aufregend!«

»Weißt du, was noch aufregender ist«, sagte Rachel und schmunzelte, dann zog sie ein Blatt Papier aus ihrer Handtasche. »Das hat mir meine Tante Klara geschickt. Das ist eine Liste mit Elisabeth-Arden-Salons hier in Chicago. Wir sollen uns da bewerben. Sie meinte, die meisten würden Kosmetikerinnen suchen.«

Ruth nahm die Liste und studierte sie. »Das sollten wir wirklich machen. Ich mag schon keine Schuhe mehr sehen.«

»Ich habe meine Tante angerufen. Sie hat mir drei Salons empfohlen. Dort sollten wir uns zuerst bewerben.«

»Wie macht man das?«, fragte Ruth ein wenig hilflos.

»Wir gehen hin und halten denen unser Zertifikat unter die Nase«, sagte Rachel.

»Das klingt gut, aber wann machen wir das?«

»Morgen. Ich habe Rudy gesagt, dass sie uns bei Mr. Strauss entschuldigen soll.«

»Rachel!«, rief Ruth aus. »Aus welchem Grund denn?«

»Wir sind krank, zumindest soll Rudy das sagen.«

»Wir beide? Zugleich? Das wird er sicher glauben.« Ruth schnaubte.

»Es ist egal, was er glaubt oder nicht, wenn wir eine andere Arbeit bekommen.«

Ruth sah sie an, nickte dann. »Da hast du natürlich recht.«

»Strauss ist bewusst, dass wir bald weggehen, er weiß ja, dass wir die Prüfung zur Kosmetikerin bestanden haben. Und er weiß auch, dass wir das nicht zum Spaß gemacht haben. Er ist ja nicht dumm.«

»Das stimmt auch wieder«, gab Ruth zu. »Na gut, dann gehen wir morgen zu diesen drei Salons und bewerben uns.« Plötzlich war ihr ganz warm vor lauter Aufregung. »Unser Leben wird sich verändern.«

»Das will ich doch hoffen.« Rachel lächelte.

»Deines wird sich grundlegend verändern, sobald du mit Andrew verlobt bist. Kennst du eigentlich seine Eltern?«

»Nein. Er kommt aus Nebraska und … redet nicht viel über sein Elternhaus.«

»Aber willst du sie nicht erst kennenlernen, bevor ihr euch verlobt?«

»Warum? Ich will ja ihn heiraten und nicht seine Familie.«

»Es wird auch deine Familie.«

»Ich heirate ihn. Wir lieben uns.«

»Aber es sind seine Eltern, seine Geschwister, Tanten und Onkel – er ist mit ihnen aufgewachsen. Und – ganz ehrlich – die Amerikaner sind anders als wir. Sie haben eine andere Kultur, gehen anders miteinander um.«

»Aber er liebt mich und ich ihn, das ist alles, was zählt.«

»Und … und wenn deine Eltern der Heirat nicht zustimmen, wirst du ihn trotzdem heiraten? Und in Kauf nehmen, dass du mit deinen Eltern brichst? Wirklich? Könntest du das?«

Rachel dachte nach. »Nein. Aber das werden sie auch nicht tun, sie werden sich nicht dagegenstellen, wenn sie merken, wie ernst es uns ist. Sie werden sich mit uns freuen.«

»Hmm«, sagte Ruth nachdenklich. »Hoffentlich.«

»Wissen deine Eltern von Eddie?«

»Was sollen sie von ihm wissen?«

»Du bist sein Mädchen, ihr geht miteinander.«

»Und?«

»Wissen sie es?«

»Nein.«

»Und warum nicht?«

»Das weißt du ganz genau, Rachel«, sagte Ruth ungehalten. »Ich weiß nicht, wie sie auf Eddie reagieren werden. Ich habe ihnen gesagt, dass ich ihn nett finde, aber mehr auch nicht, und das soll auch erst einmal so bleiben.«

»Weil? Du bist doch in ihn verliebt.«

»Schon. Aber ich bin noch lange nicht mit ihm verlobt.« Ruth zog einen Flunsch. »Ich weiß doch selbst noch nicht, was ich empfinde, da muss ich doch meine Eltern nicht mit hineinziehen. Sie würden es erst einmal ablehnen.«

»Wäre das für dich denn ein Grund, Eddie nicht mehr zu treffen?«

»Das … das weiß ich nicht«, sagte Ruth unsicher. »Wahrscheinlich nicht. Hey – ich gehe nur mit ihm aus. Ins Kino, mal etwas essen oder auf einen Drink. Manchmal gehen wir bummeln. Und wir treffen uns in der jüdischen Organisation und tanzen. Das ist alles nur ein harmloser Flirt.«

»Ist es das wirklich? Was wäre, wenn er versetzt würde? Wenn er zu einem Einsatz abkommandiert würde? Wäre es dir egal?«

Ruth dachte nach. »Das weiß ich nicht. Nein, egal wäre es mir wahrscheinlich nicht, aber es würde mir auch nicht das Herz brechen. Noch nicht. So gut kenne ich ihn ja noch gar nicht.«

»So ging es mir am Anfang mit Andy auch. Und nun möchte ich ihn nicht mehr missen. Ich möchte ein Teil seines Lebens sein, und er ist Teil meines Lebens. Und ja – ich würde das auch machen, wenn meine Eltern nicht ihren Segen geben. Ungerne … aber letztendlich muss ich doch mein Leben leben und nicht ihres.«

»Ach, so weit mag ich noch gar nicht denken. Doch dass er Soldat ist, macht mir wirklich zu schaffen«, gestand Ruth. »Weißt du, ich habe so viel verloren. Die Nazis haben uns so viel genommen – unsere Jugend, unsere Schulausbildung, unsere Heimat, unser Haus und viele andere Dinge. Verlust macht mir Angst, dir nicht?« Sie sah Rachel an.

»Wir sind ja früher nach Amerika gekommen. Wir wurden nicht so sehr vertrieben wie ihr. Meine Eltern wollten nicht unter Hitler leben, aber das war zu einer Zeit, als die Nürnberger Gesetze noch nicht so einschränkend waren. Damals hat keiner wirklich damit gerechnet, dass es wird, wie es gekommen ist. Deshalb habe ich vermutlich nicht so sehr das Gefühl von Verlust.«

»In England war es ganz schlimm. Wir saßen zwischen den Fronten. Der Krieg und die Nazis, denen wir gerade entkommen waren, standen plötzlich vor unserer Tür. Die Bombennächte waren furchtbar. Und dann die Überfahrt … wir waren uns nie sicher, ob die Nazis das Schiff nicht aufgespürt hatten und uns torpedieren würden. Immer diese Angst. Immer das Gefühl, dass sie einem im Nacken sitzen. Ich denke, ich habe in der Zeit mein Vertrauen verloren, verstehst du, wie ich das meine?«

Rachel schüttelte den Kopf.

»Es ist so ein Gefühl – wenn ich mich auf etwas Gutes einlasse, werde ich es wieder verlieren. Wenn ich mich zu sehr freue, wird mir die Freude wieder genommen werden. Wenn ich mich auf etwas einlasse, wird es schiefgehen.«

»Aber du hast so viel geschafft, Ruth. Es ist doch nicht alles schiefgegangen, im Gegenteil. Eine Menge ist wie durch ein Wunder gutgegangen. Du hast die Stelle in England bekommen. Du konntest deine Eltern zu dir holen – im allerletzten Moment. Ihr habt eine der letzten zivilen Überfahrten nach Amerika gehabt und das Land sicher erreicht. Du hast hier Arbeit gefunden und die Ausbildung absolviert. Wir werden einen guten Job als Kosmetikerinnen finden, da bin ich mir sicher. Und du hast Eddie kennengelernt.«

»Ja, ich weiß, dass ich das so sehen sollte – aber tief in mir tue ich es nicht. Und Eddie – er ist Soldat. Er macht hier zwar im Moment seine Ausbildung, doch irgendwann ist er damit fertig, und dann wird er versetzt werden. Und vielleicht wird er auch in den Kriegseinsatz müssen – sehr wahrscheinlich sogar. Wenn ich mich jetzt in ihn verliebe, so wirklich – wenn ich das zulasse – und er fällt, dann würde ich das nicht überstehen. Ich könnte nicht noch einen Verlust ertragen.«

»Ja, der Krieg ist natürlich ein großes Risiko«, sagte Rachel leise. »Aber ich versuche das anders zu sehen. Ich sehe es als Geschenk, dass wir uns kennengelernt und uns ineinander verliebt haben. Wir haben diese gemeinsame Zeit, auch wenn sie vielleicht nur kurz ist. Und ich will das genießen und ausleben. Ich will diese Liebe spüren. Was kommen wird, weiß man nicht. Und wenn Andy in den Krieg muss, dann wird das für mich sicherlich schrecklich sein, aber wir hatten diese gemeinsame Zeit.«

»Ich wünschte, ich könnte so denken wie du«, sagte Ruth traurig. »Aber ich glaube, das schaffe ich nicht.«

»Dann aber solltest du dich von Eddie fernhalten.«

»Warum?«

»Wenn du es nicht ernst meinst und auch die Gefühle nicht

wirklich zulässt, er sich aber in dich verliebt, dann ist das unfair ihm gegenüber.«

Darüber musste Ruth nachdenken.

Ist es tatsächlich unfair Eddie gegenüber, wenn ich nur mit ihm flirte, dachte sie, als sie nachts im Bett lag. Verliebt er sich in mich, oder ist es für ihn vielleicht auch nur ein netter Zeitvertreib? Ja, es macht Spaß, Zeit mit ihm zu verbringen, und ja, er bringt mich zum Lachen. Natürlich ist das inzwischen mehr als nur eine Freundschaft. Aber wie ernst mag es ihm sein? Und muss ich das jetzt schon entscheiden? Ich will ihn noch ein wenig besser kennenlernen. Wenn ich dann merke, dass er nur Spaß haben will, dann ist es ja in Ordnung, wenn ich mich nicht wirklich verliebe, denn dann tut er es auch nicht. Aber falls ich feststelle, dass er sich in mich verliebt – so wirklich und richtig, dann muss ich mein Verhalten sicherlich überdenken.

Doch sie hatte jetzt schon ein schlechtes Gewissen Eddie gegenüber.

Am nächsten Tag fuhren Rachel und Ruth mit der Hochbahn in die Innenstadt. Sie hatten sich vier Adressen von Kosmetiksalons aus der Liste herausgesucht. Vor dem ersten blieben sie zögernd stehen. Durch das Fenster konnte man eine Frau sehen, die sehr elegant wirkte, aber einen Kittel trug und einer anderen Frau die Haare wusch. Große Spiegel, glänzende Stühle und Tischchen, Glasvitrinen mit vielen Flakons und Tiegeln füllten den Raum.

»Das sieht so … extravagant aus«, wisperte Rachel. »Ich glaube nicht, dass wir hier hineinpassen.«

Auch Ruth hatte Zweifel, aber sie gab sich einen Ruck und

öffnete die Tür. Ein Glöckchen erklang. Die beiden betraten den Salon, blieben allerdings am Eingang stehen.

»Guten Tag«, sagte die Frau mit dem Kittel. »Wie kann ich Ihnen helfen?« Sie musterte Ruth und Rachel, verzog dann ein wenig das Gesicht.

»Wir … wir sind ausgebildete Elisabeth-Arden-Kosmetikerinnen«, sagte Ruth. »Wir haben letzte Woche unsere Prüfung abgelegt und nun aus New York eine Liste mit Salons bekommen …«

»Ach herrje«, seufzte die Frau. »Ihr sucht einen Job. Wir sind zwar ein Arden-Salon, aber für solche Mädchen wie euch haben wir hier keine Stelle. Hier gibt es nur gehobenes Publikum.« Sie wandte sich ihrer Kundin zu. »Nicht wahr, Mrs. Sullivan?«

»Aber auf jeden Fall«, antwortete diese und rümpfte auch die Nase, als sie Ruth und Rachel ansah.

»Wollen Sie unser Zertifikat sehen?«, fragte Ruth dennoch.

»Nein, Kindchen. Ich glaube euch ja, dass ihr bestanden habt. Aber hier seid ihr an der falschen Adresse. Versucht es woanders.« Ihre Worte waren endgültig.

Ruth drehte sich um und ging, Rachel folgte ihr.

»Gehobenes Publikum«, äffte Ruth die Frau nach. »Mädchen wie euch. Pah!«

»Vielleicht hat sie recht. Ich hätte mich da nicht wohlgefühlt. Aber wir haben ja noch weitere Namen auf der Liste«, sagte Rachel gutmütig.

Auch bei der nächsten Adresse hatten sie kein Glück – nicht wegen des gehobenen Publikums, sondern weil dort keine Stelle frei war. Sie gingen weiter. Weder Nummer drei noch Nummer vier brachten ihnen einen Job.

»Ich hoffe, wir finden etwas«, sagte Rachel, die inzwischen

etwas mutloser geworden war. »Ich möchte nicht mehr in der Schuhfabrik arbeiten.«

»Zumal zu dem Lohn. Ja, ich bin Mr. Strauss dankbar, dass er mich eingestellt hat. Ja, ich brauchte den Job wirklich dringend, und ja, er hat mir in den vergangenen Monaten auch sehr geholfen, aber eigentlich ist das ein Hungerlohn für die Arbeit, die wir machen.«

»Ich hoffe, als Kosmetikerin wird man besser bezahlt.«

»Deine Tante Klara sagte, dass die Bezahlung auf jeden Fall höher ist. Und außerdem gibt es auch manchmal Trinkgeld.«

»Ein wenig mehr Geld wäre so schön … ich möchte sparen, damit Andy und ich eine Hochzeitsreise machen können.«

Ruth lächelte. »Aber Andy bekommt doch Geld von der Army.«

»Im Moment sind sie ja noch in der Ausbildung, da erhalten sie keinen vollen Lohn.«

»Aber viele Ausgaben haben sie auch nicht.« Ruth blieb stehen und runzelte die Stirn. Sie waren in einer kleinen Seitenstraße gelandet. Auf dem Schild des Geschäfts stand »Friseur«. Einen Hinweis auf Schönheitsbehandlungen oder Werbung zu Elisabeth-Arden-Produkten sah sie nicht. »Bist du dir sicher, dass dies die richtige Adresse ist?«, fragte sie Rachel.

Ihre Freundin holte die Liste aus der Handtasche, verglich sie mit der Adresse, vor der sie standen. »Ja, das ist hier.«

»Seltsam«, sagte Ruth, öffnete dann aber die Tür. Der Raum war nicht groß, es gab zwei Kopfwaschbecken und zwei Friseurstühle. Ein Mann kam aus einem Nebenraum. »Guten Tag«, sagte er freundlich. »Was kann ich für die Damen tun?«

Unsicher sah Ruth sich um. »Wir haben Ihre Adresse von dem Elisabeth-Arden-Büro in New York«, sagte sie dann.

»Oh, wirklich?«, sagte er erfreut. »Das ist gut, sehr gut. Mein Name ist Herbert Wilson.« Er kam auf sie zu, reichte ihnen die Hand und schüttelte sie kräftig. »Ich freue mich, Sie kennenzulernen.«

»Ruth Meyer.«

»Rachel Schwartz.« Rachel sah sich um. »Aber dies hier ist doch kein …«

»Richtig, richtig«, unterbrach er sie. »Dies ist bisher nur ein Friseur und kein Schönheitssalon. Aber das soll er werden. Deshalb hatte ich mich bei der Elisabeth-Arden-Gesellschaft gemeldet. Sie haben beide die Ausbildung?«

Ruth und Rachel nickten.

»Wunderbar. Das finde ich großartig. Legen Sie doch ab und kommen sie mit.«

Herbert Wilson war noch jung, Mitte zwanzig schätzte Ruth ihn. Er hatte den Laden vor wenigen Monaten von seinem Vater übernommen, der einen Herzinfarkt gehabt hatte.

»Früher war das ein reiner Barbershop gewesen – Sie verstehen? Haare schneiden und Bart stutzen, rasieren. Nur Männer. Und dann kamen die Wasserwellen und die Dauerwellen, und mein Vater hat angefangen, auch Frauen die Haare zu machen. Aber ich will mehr, ich will investieren, und was wäre besser, als einen Schönheitssalon aufzumachen? Wir könnten dann alles anbieten. Zu moderaten Preisen, versteht sich. Das Publikum hier ist nicht so exklusiv wie auf der State Street. Aber auch die Frauen hier wollen schön sein.« Er sah sie voller Erwartung an. »Was meinen Sie?«

»Sie wollen also das Geschäft erst aufbauen?«, fragte Ruth und sah sich skeptisch um.

»Ja. Genau.«

»Und wie viele Kosmetikerinnen wollen Sie einstellen?«, fragte Rachel nach.

»Ich dachte, erst einmal zwei. Können Sie frisieren? Haare schneiden?«

»Nein, wir sind keine Friseurinnen. Wir können allerdings Haarpackungen machen und auch Wasserwellen legen«, sagte Ruth.

»Haare schneiden ist nicht so schwer, ich bringe es Ihnen bei«, sagte er. »Wichtig wären natürlich die anderen Dinge – Gesichtsbehandlung, Augenbrauen zupfen, Massagen, Packungen – das ganze Programm.«

»Aber dafür müsste hier einiges anders werden«, sagte Ruth immer noch skeptisch. »Man braucht einen Raum mit einer speziellen Liege und einen Bereich für die Pflege …«

»Ja, ja, ich weiß!« Er strahlte sie an. »Aber das wird alles geschehen. Ich will hier umbauen, will alles neu und hübsch machen.«

Ruth sah Rachel an, dann wieder Wilson. »Aber nicht alles in Gold?«

»Ich weiß nicht … dafür habe ich kein Händchen. Das können Damen ja besser. Haben Sie Vorschläge?«

»Es muss heller werden, freundlicher«, sagte Ruth. »Spiegel müssen auch her. Ein abgeteilter Raum für die Massagen. Stühle und Tische. Zeitschriften und Magazine und ein Wasserspender. Aber nicht zu übertrieben fein. Pastelltöne eher als Silber und Gold. Sauber und nett sollte es aussehen, jedoch nicht zu gediegen.«

Wilson nickte und reichte ihr die Hand. »Ich stelle Sie sofort ein. Auf der Stelle.«

Ruth lachte. »Und meine Freundin?«

»Die auch.« Nun reichte er auch Rachel die Hand. »Deal?«, fragte er.

»Können Sie sich das überhaupt leisten?«, meinte Rachel vorsichtig. »Einen Umbau, zwei Angestellte und eine Art Neueröffnung? Sie wissen ja nicht mal, wie das in der Nachbarschaft angenommen wird, ob Kunden kommen.«

»Kunden werden kommen, da bin ich mir sicher. Meine Tanten werden dafür sorgen.« Er biss sich kurz auf die Lippe. »Wir sind Juden … das sollte ich vielleicht auch erwähnen.« Dann schwieg er betreten.

»Das ist wunderbar«, sagte Ruth. »Wir auch.«

»Ach wirklich? Das ist ja super. Famos. Ja, ich kann es mir leisten. Ich habe nämlich … ein wenig geerbt.« Er zog die Augenbrauen und die Schultern hoch. »Gott liebt die Armen, aber er hilft den Reichen.«

Ruth lachte. »Das Sprichwort hat auch immer mein Großvater gesagt.«

»Dann sind wir uns also einig?«

Und das waren sie. Noch an diesem Tag unterschrieben Ruth und Rachel die Verträge.

Kapitel 18

Chicago, Frühjahr 1942

»Sei so wie immer«, sagte Ruth nervös. »Aber versuch dich trotzdem zu benehmen.«

Eddie sah sie an und schüttelte lachend den Kopf. »Warum bist du so unruhig? Ich komm doch nur zum Essen zu deiner Familie.«

»Du kennst sie nicht. Mein Vater ist manchmal … seltsam und ruppig, auch wenn er es nicht so meint. Und meine Mutter – sie ist oft aufgeregt und nervös und sagt dann Dinge, die sie vielleicht sonst nicht gesagt hätte.«

»Ruth, mach dir keine Sorgen«, sagte Eddie und nahm ihre Hände in seine. Er sah ihr in die Augen. »Es ist dir wichtig, nicht wahr?«

»Ja, natürlich. Ich meine – nein, es ist nicht … weißt du«, stotterte sie. »Ich will nur, dass der Abend gut verläuft.«

»Das wird er. Mach dir keine Gedanken.«

»Ich will nur nicht, dass du einen falschen Eindruck von meinen Eltern bekommst oder … oder sie von dir.«

»Besteht die Gefahr?«

Ruth stieß die Luft laut aus. »Das weiß ich nicht. Schau, du sagst, wir gehen miteinander …«

»Ja, du bist mein Mädchen.«

»Es wäre aber besser, wenn meine Eltern das nicht erfahren

würden«, sagte sie endlich. Sie hatte lange mit sich gerungen, hatte überlegt, wie sie ihm das sagen sollte.

Eddie sah sie an, runzelte die Stirn, und ein Muskel an seiner Wange zuckte. Dann lächelte er wieder, aber Ruth war sich nicht sicher, wie echt das Lächeln war.

»Mach dir keine Gedanken«, sagte er nur.

Am nächsten Abend war es dann so weit. Rachel war auch eingeladen, sie kam schon früher rüber, und gemeinsam deckten sie den großen Tisch. Martha hatte ein üppiges Menü gekocht. Rinderbrühe mit Grießklößchen als Vorspeise, geräucherte Forelle mit Meerrettichcreme als Zwischengang, Braten mit Kartoffeln und Rotkohl als Hauptgang und Bayrische Creme als Nachspeise. Die gute Damast-Tischdecke lag auf dem Tisch, das gute Geschirr war sorgfältig gespült und poliert worden, und das Silberbesteck, das sie zum Glück rechtzeitig nach Amerika geschickt hatten, war von Ilse poliert worden. Die Kristallgläser blitzten und glitzerten. Zu gerne hätte Martha auch die Kristallschüssel zur Geltung gebracht, doch Bowle passte nicht zu diesem Menü, fand sie, und so wurde sie nur gespült, poliert und wieder auf ihren Ehrenplatz auf der Anrichte gestellt.

Ruths Hände waren schweißfeucht, und ihr war abwechselnd zu warm oder zu kalt. Immer wieder schaute sie auf die Uhr, da klingelte es endlich. Sie warf noch einen Blick in den Spiegel, bevor sie zur Tür ging.

»Guten Abend«, sagte Eddie. »Bin ich hier richtig?« Er zwinkerte ihr zu. In seinen Händen hielt er einen Strauß Rosen. Ruth schluckte. Rosen, er hatte ihr Rosen mitgebracht – wie überaus romantisch.

»Guten Abend.« Karl war neben Ruth getreten und begrüßte den Gast. »Nanu, wollten Sie nicht zu zweit kommen?«

»Mein Kamerad Andrew verspätet sich leider etwas. Ich soll ihn deshalb schon im Voraus entschuldigen«, sagte Eddie charmant. »Ich bin Eddie Elcott.« Er drückte Karls Hand, sah dann über Ruths Schulter hinweg. »Und wo ist deine Mutter?«, fragte er sie.

»Hier bin ich.« Martha hatte schnell die Schürze abgelegt und kam nun auch in den Flur.

Eddie ging auf sie zu und reichte ihr die Rosen. »Herzlichen Dank für die Einladung, Mrs. Meyer.«

»Oh. Oh!«, sagte Martha und nahm die Blumen entgegen. »Wie außerordentlich entzückend! Herzlichen Dank.«

Ruth schaute zu Rachel. Sie hatte gedacht, dass die Blumen für sie waren, und nun hatte er sie ihrer Mutter gegeben. Hatte man so etwas schon gesehen?

Rachel grinste.

Karl führte Eddie in das Wohnzimmer, wo auch der große Esstisch stand. Er schenkte ihm einen Bourbon ein.

»Nun, Mr. Elcott, Sie haben sich also verpflichtet, um Ihrem Land zu dienen. Das finde ich großartig.«

Martha und die Mädchen waren gefolgt. Martha hatte für sie einen kleinen Sherry vorbereitet, selbst Ilse bekam ein Glas.

»Wir sollten öfter Soldaten einladen«, sagte sie zufrieden. »Es gibt ein wunderbares Menü und sogar einen Sherry.«

Ruth zog die Augenbraue hoch. »Aber für dich nur einen«, sagte sie mahnend. Ilse verdrehte die Augen.

»Ganz so ist das nicht«, antwortete Eddie ihrem Vater nun. »Ich habe mich nicht zum Dienst an der Waffe gemeldet.«

»Nicht?« Karl war überrascht.

»Nein, ich habe ein Stipendium der Armee erhalten. Dafür musste ich mich natürlich auch verpflichten.«

»Warum haben Sie das gemacht, Mr. Elcott?«, fragte Martha.

»Nennen Sie mich Eddie.« Er lächelte sie an. »Die Army hat sehr gute Möglichkeiten. In den technologischen Gebieten ist sie weit vorne. Ich habe somit die Möglichkeit, neue Geräte mit zu entwickeln und zu benutzen. Meine Ausbildung habe ich jedoch vor Kriegseintritt angefangen.«

»Würden Sie das jetzt nicht mehr machen?«, fragte Karl.

»Da bin ich mir nicht so sicher.«

In diesem Moment schellte es. Rachel strahlte. Endlich kam auch Andrew. Er hatte den Meyers eine Flasche Wein mitgebracht.

»Dann darf ich nun zu Tisch bitten«, sagte Martha, nachdem einige höfliche Floskeln getauscht worden waren. Die Stimmung war merkwürdig angespannt, es war wie ein gegenseitiges Abtasten. Nur Andrew und Rachel schienen dies nicht mitzubekommen. Sie schauten sich lächelnd an. Martha schüttelte darüber kaum merkbar den Kopf, aber Ruth hatte es gesehen. Sie blickte zu Eddie, der sich jedoch in einem Gespräch mit Karl befand.

»Natürlich sollten demokratische Staaten für andere demokratische Staaten einstehen, dagegen sage ich nichts«, meinte Eddie. »Aber dass wir nun erst in den Krieg eingetreten sind, hat ja Gründe. Japan hat uns direkt angegriffen, Deutschland nicht.«

»Deutschland und Japan sind Verbündete.«

»Deshalb wird Deutschland dennoch keine Möglichkeit haben, uns hier in unserem Land anzugreifen. Die Japaner haben uns angegriffen, und das, ohne dass wir sie provoziert hätten.«

»Das sehen sie aber anders«, meinte nun Andrew. »Sie sehen ihre Rechte und Möglichkeiten durch das Embargo schwer beeinträchtigt – und so war das ja von Roosevelt auch gemeint. Während Deutschland und Italien in Europa Diktaturen errichten und andere Länder unterwerfen, macht Japan das seit Jahren mit China. Ein Krieg, der weitgehend unbeachtet geblieben ist. Was haben wir mit den Chinesen zu tun? Wenig. Aber auch hier wird ein ganzes Volk unterworfen und geknechtet. Erst jetzt, wo es uns selbst getroffen hat, gehen wir dagegen an.«

»Wobei wir im Moment schlechte Chancen haben«, sagte Eddie nachdenklich. Er löffelte den letzten Rest der Suppe aus dem Teller und sah Martha freundlich an. »Das war ausgesprochen köstlich, Mrs. Meyer.«

»Danke.« Martha strahlte. Ruth half ihr, die Teller abzuräumen und den nächsten Gang, die Forelle, aufzutragen.

»Ich hoffe, Sie mögen Fisch, Eddie?«

»Ich mag alles an Essen«, sagte er.

»Das stimmt«, meinte Andrew. »Er ist im Wachstum. Nicht mehr in die Höhe, sondern jetzt in die Breite.«

Eddie lachte amüsiert und klopfte sich auf den flachen Bauch. »Noch geht es.«

Martha verwickelte Andrew in ein Gespräch über sein Elternhaus. Er kam aus New Jersey, war gutbürgerlich aufgewachsen.

Nach dem Zwischengang half Ruth abermals, das Geschirr abzutragen. Der Braten kam angeschnitten auf eine der schönen Servierplatten, die Kartoffeln und der Rotkohl in die passenden Schüsseln und die Soße in die dazugehörige Sauciere.

»Dieser Andrew ist ein netter Kerl«, flüsterte Martha Ruth zu. »Aus ganz gutem Haus, scheint mir.«

»Ja.«

»Ich finde ihn nett.«

»Rachel auch«, sagte Ruth und seufzte. »Ich mag ihn, aber das ist alles.«

»Hmm, hmm«, machte Martha und schmunzelte.

Sie trugen den Hauptgang auf, und alle langten ordentlich zu.

»Und was sagen Sie zum Kriegsverlauf, Eddie?«, fragte Karl. Die ganze Zeit hatte er sich schon mit ihm über verschiedene Dinge unterhalten, aber Ruth wusste nicht, wie er Eddie wirklich beurteilte. Karl war höflich und zuvorkommend und schenkte den beiden jungen Männern Wein nach. Er sprach auch mit Andrew, aber weniger als mit Eddie.

»Im Moment sieht es nicht gut aus«, gab Eddie zu. »Die Japaner haben uns kalt erwischt, haben den Großteil unserer Flotte im Pazifik zerstört und uns somit vorerst fast handlungsunfähig gemacht. Sie rücken erbarmungslos vor und erobern eine Insel nach der anderen. Die Briten, die Holländer und die Australier haben ihnen wenig entgegenzusetzen, und wir haben kaum Schiffe, um überhaupt an die Kampforte zu kommen. Sie werden uns die Philippinen abnehmen, das steht fest. Und wir können nur hoffen, so wenig Leute wie möglich zu verlieren.« Er sah Karl an. »Der Krieg ist kein Spiel. Es geht um Macht, um Strategien, heutzutage geht es auch um Technik – aber am Ende des Tages sterben Menschen. Und es sterben auch Amerikaner.« Er holte tief Luft. »Wenn es nach mir ginge, bräuchte es keinen Krieg auf dieser Welt. Und ja – ich weiß, warum wir das machen, und es ist auch richtig so. Aber ich weiß nicht, ob ich persönlich wirklich für eine große Sache, die Staaten und Politiker untereinander ausmachen, sterben will. Doch«, sagte er dann, »ich weiß es wohl. Ich will nicht sterben, nicht, bevor ich nicht gelebt habe.« Nur kurz sah er Ruth an. Sein Blick war ernst, aber warm.

»Ein Krieg fordert immer Opfer.«

»Das ist richtig. Aber ich möchte nicht unbedingt das Opfer sein, Mr. Meyer.« Eddie lächelte bei diesen Worten; es war allerdings ein trauriges Lächeln.

»Sie stehen also nicht für den Krieg ein?«

»Nein, nein, das habe ich nicht gesagt. Ich habe gesagt, dass ich nicht für Ziele anderer sterben möchte. Ich finde, das ist ein Unterschied.«

Martha räusperte sich und schaute auf die Teller. »Sind alle satt geworden? Hat es geschmeckt?«

»Es war wunderbar, außerordentlich köstlich«, sagte Eddie. »Ich verstehe gar nicht, warum Ihre Töchter nicht dick und fett sind, so wie Sie kochen können, Mrs. Meyer. Das müssten sie sein, aber beide sind rank und schlank.«

Martha lachte ein kleines, glückliches Lachen.

»Ich fand es auch wunderbar. So einen leckeren Rotkohl habe ich noch nie gegessen. Welche Marke ist das? Ich muss das meiner Mutter sagen, die, die sie nimmt, schmeckt bei weitem nicht so gut.«

»Oh, das ist keine Marke. Den Rotkohl mache ich immer selbst«, sagte Martha.

Andrew sah sie erstaunt an. »Aber das ist doch eine unglaubliche Arbeit. Muss man den nicht stampfen? Und in Tonfässern aufbewahren?«

»Das ist Sauerkraut, du Dummkopf.« Rachel lachte. »Sauerkraut wird eingelegt. Rotkohl wird fein geschnitten und gekocht.«

»Wirklich? Das wusste ich auch nicht«, gestand Eddie. »Bei uns gab es meist etwas aus Gläsern oder Dosen.«

»Kocht deine Mutter nicht gerne?«, fragte Ruth. Bisher war er Fragen nach seinem Elternhaus meist ausgewichen.

»Nein.« Mehr kam nicht von ihm.

»Ich konnte früher auch nicht kochen«, sagte Martha jetzt. »Ich musste es auch nicht, wir hatten eine Köchin.«

»Frau Jansen«, schwärmte Ilse. »Sie hat das beste Gebäck gemacht.«

»Frau Jansen war eine wunderbare Köchin, ja.« Nun nickte Martha auch traurig. »Ich hoffe, es geht ihr gut.«

»Ist sie auch geflohen?«, fragte Andrew mitfühlend.

»Sie war keine Jüdin«, antwortete Karl knapp. »Deshalb durfte sie auch irgendwann nicht mehr für uns arbeiten.«

»Personal zu haben – das klingt so ... fremd«, sagte Andrew. »Meine Mutter hatte noch nie Personal, und ich kenne auch kaum jemanden, der eine Köchin hat.«

»Jeder, der im Süden wohnt, hat Personal. Das ist dort immer noch so«, meinte Eddie. »Aber die Schwarzen haben sonst auch keine Chance. Sie müssen jeden Job annehmen, auch wenn sie nur einen Hungerlohn dafür bekommen.« Er räusperte sich. »Aber wir wollen jetzt nicht über Rassenprobleme in den USA reden.«

»Warum eigentlich nicht?«, fragte Ilse. »Ihr seid doch beide Juden, nicht wahr?« Sie sah von Eddie zu Andrew.

»Ja, das sind wir«, sagte Andrew.

»Juden haben keine großen Probleme in Amerika. Sie gelten nicht als schwächere Rasse.«

»Doch, Ilse«, sagte Eddie ernst. »Es gibt auch Antisemitismus in Amerika. In manchen Staaten mehr, in anderen weniger. Dieses Land ist groß. Und nicht alles ist überall gleich – im Gegenteil. Jeder Staat hat seine eigenen Gesetze.«

»Aber es gibt einen Präsidenten für alle.«

»Ja, das ist Roosevelt.«

»Ist er Antisemit?«

Andrew zuckte mit den Schultern. Eddie schaute auf den Tisch. »Nicht so wie Hitler«, sagte er schließlich. »Es gibt in Amerika jedoch eine weiße Schicht, gutbürgerlich, christlich, mit britischer Abstammung, die sich für besser als andere hält. Dabei gibt es ja kaum noch wahre Amerikaner – die Indianer wären das, aber sie sind Farbige und somit eine … ja, eine minderwertige Rasse. So wie die Schwarzen. Und die Latinos.«

»Es gibt auch eine Schicht sehr reicher weißer Juden«, fügte Andrew hinzu. »Aber sie haben wenig Einfluss. Dennoch geht es den Juden oft besser als den Schwarzen.«

»Weil man uns ja nicht ansieht, wer wir sind«, sagte Eddie; es klang bitter. »Zumindest nicht an der Hautfarbe.«

»Im deutschen Reich müssen nun alle Juden einen gelben Stern auf ihrer Kleidung tragen, damit man sie erkennt. Es ist Pflicht.« Karl schüttelte den Kopf. »Es ist kaum zu glauben. Und wenn ich mir vorstelle, dass meine Eltern so gekennzeichnet durch die Stadt gehen müssen und vielleicht angepöbelt werden … dann macht mich das fassungslos.«

»Ich will das ändern«, sagte Ilse entschlossen. »Ich will für Recht und Freiheit eintreten. Für Gerechtigkeit und dafür, dass alle Menschen überall auf dieser Welt gleich behandelt werden.«

»Das ist ein großartiges Ziel«, lobte Eddie sie.

»Das ist es, aber erst einmal musst du die Schule abschließen, und dann werden wir weitersehen«, meinte Martha und begann die Teller abzuräumen. »Wollt ihr jetzt gleich den Nachtisch, oder sollen wir erst eine Pause einlegen?«

»Eine Pause«, sagte Karl. »Möchte jemand einen Drink? Bourbon? Einen Bitter oder einen Martini?«

»Ja, eine Pause klingt gut«, schloss sich Andrew an. »Und ein Martini klingt noch besser.«

Rachel half Karl die Drinks zu mixen, während Ilse und Ruth den Tisch abräumten.

»Früher wären wir jetzt ins Herrenzimmer gegangen«, sagte Karl und lächelte. »Um eine Zigarre oder Zigarette zu rauchen. So etwas wie ein Herrenzimmer haben wir nicht mehr. Ich hoffe, die Damen nehmen es uns nicht übel, wenn wir hierbleiben und rauchen.« Dann sah er wieder Eddie an. »Wird dieser Krieg nicht die Ungerechtigkeiten beenden?«

»Das wäre zu hoffen. Und das wäre auch ein Ziel, für das ich stehe. Dennoch …« Er zuckte mit den Schultern. »Wie gesagt, im Moment ist der Krieg recht schwer für Amerika. Und jetzt gilt es durchzuhalten.«

»Aber das betrifft euch doch gar nicht. Dich und Andrew.« Rachel sah sie strahlend an. »Ihr braucht doch nicht an die Front.«

»Im Moment, Rachel, im Moment nicht. Aber wer weiß, wie lange der Krieg dauert.« Andrew zog bedauernd die Schultern hoch.

»Du hast mir gesagt, dass du nicht an die Front musst.« Nun war Rachel doch erschrocken. »Hast du mich angelogen?«

»Es kommen ständig neue Meldungen. Man kann das gar nicht so sagen, Rachel«, versuchte Eddie sie zu beschwichtigen. »Wir haben uns verpflichtet. Möglicherweise, je nachdem, wie lange dieser Krieg noch dauert, müssen wir auch ran. Wahrscheinlich müssen wir beide aber nicht aufs Schlachtfeld.«

»Wahrscheinlich?«, unterbrach Andrew ihn. »Ach komm,

die werden doch nicht so viel Geld in unsere Ausbildung stecken, um uns dann zu Kanonenfutter zu machen. Nein, an der Front haben wir nichts verloren. Da werden wir nicht eingesetzt.«

»Was genau beinhaltet denn Ihre Ausbildung?«, fragte Martha nun.

»Öh … nun … wir …«, die beiden sahen sich an. »Es ist technisches Zeugs, schwer zu erklären«, meinte Andrew.

»Wissen Sie, was Radar ist?«, fragte Eddie.

»Ich habe davon gehört.« Karl nickte. »Die Briten setzen es ein, um Flugzeuge aufzuspüren und vor einem Luftangriff warnen zu können. Durch elektromagnetischen Funk.«

»Ja, so ähnlich funktioniert das«, sagte Eddie. »Wir arbeiten an Maschinen, die das verbessern. Und an anderen Dingen, technischen Dingen. Aber vor allem rechnen wir.« Er lächelte.

»Und wir dürfen gar nicht darüber reden«, sagte nun Andrew und lächelte auch. Ein gezwungenes Lächeln.

»Dann sind Sie beim Geheimdienst?«, fragte Martha erschrocken.

»Nein. Wir sind bei der Army, doch es ist eine Abteilung, über die wir nicht weiter berichten dürfen. Wir mussten dazu einiges unterschreiben. Technologische Entwicklung ist wichtig in diesen Tagen, wenn wir den Krieg gewinnen wollen.«

»Roosevelt hat die meisten Japaner, die an der Westküste lebten, in Lager bringen lassen«, sagte Karl nachdenklich. »Aus Angst vor Spionage oder Sabotage. Es soll auch solche Pläne für Deutsche an der Ostküste geben.«

»Es gibt viele unterschiedliche Pläne.« Andrew winkte ab. »Aber man wird nicht alle deutschen Flüchtlinge internieren. Das wäre Wahnsinn. Bei den Japanern mag das anders sein.«

»Was unterscheidet die Japaner, die in Amerika leben, von den Deutschen?«, fragte Ilse.

»Die meisten Deutschen sind doch vor der deutschen Regierung geflüchtet. Die Japaner leben aus wirtschaftlichen Gründen hier.«

»Manche allerdings schon seit Generationen.«

»Ich hoffe, wir werden nicht verhaftet«, sagte Ilse ein wenig ängstlich. »Dann würde sich ja alles wiederholen.«

»Ihr habt euch doch gut eingelebt, und die Kulturen sind auch nicht so unterschiedlich. Die meisten Amerikaner haben europäische Wurzeln. Ich jedoch nicht«, sagte Eddie und lachte. »Ich habe russische Wurzeln. Dennoch – die japanische Kultur unterscheidet sich doch maßgeblich von der unsrigen.«

»Ob sie das aber dann auch zu Spionen oder Verrätern macht?«, fragte Ruth nachdenklich.

»Roosevelt hat diese Entscheidung sicher nicht leichtfertig getroffen«, meinte Eddie. Dann sah er Martha an. »Sagten Sie nicht, dass es noch Nachtisch gibt?«

Ruth schnappte nach Luft. Was für ein ungehobeltes Verhalten, dachte sie erschrocken. Hat er denn gar keine Manieren? Als Gast fragt man nicht nach einem weiteren Gang, man wartet, bis er angeboten wird. Meine Eltern werden entsetzt sein. Das war Eddies erste und letzte Einladung in diesem Haus. Der Gedanke machte sie ganz betroffen.

»Aber sicher«, sagte Martha. »Ich habe Bayrische Creme gemacht. Mögen Sie das?«

»Ich habe keine Ahnung, was das ist, aber es kann nur lecker sein, so wie alles, was Sie heute aufgetischt haben.«

Ruth folgte ihrer Mutter etwas kleinlaut in die Küche, um ihr zu helfen, die Schüsseln zu füllen und Kaffee aufzusetzen.

»Es tut mir leid«, sagte Ruth, sobald sie in der Küche waren. »Er weiß es wahrscheinlich nicht besser.«

»Was tut dir leid?«, wollte Martha verblüfft wissen.

»Dass er nach dem Nachtisch verlangt hat. Das tut man doch nicht.«

»Ach was«, sagte Martha zu Ruths großer Überraschung. »Dies ist ein anderes Land, hier ist man nicht so formell wie bei uns. Ich finde das gar nicht so schlimm.«

Ruth war wie vom Donner gerührt. Damit hatte sie nicht gerechnet. Sie setzte den Kaffee auf, brachte die Tassen zum Tisch. Dort wurde weiterhin lebhaft diskutiert.

Natürlich war der Krieg das Hauptthema, aber auch andere Bereiche wurden angeschnitten. Während Andrew immer wieder offen und zum Teil auch sehr amüsant über seine Familie erzählte, waren Eddies Antworten knapp und einsilbig.

Schließlich sah Martha auf die Uhr. »Ilse, du musst ins Bett.«

»Es ist Zeit für uns zu gehen«, sagte Eddie. »Wir hatten einen wunderbaren Abend bei Ihnen. Das Essen war sensationell gut, in keinem teuren Restaurant hätte es besser sein können. Und die Krönung war Ihr wundervolles Porzellan, Mrs. Meyer.« Er zeigte auf die Anrichte. »Die Bowleschüssel gehört sicher auch dazu. Ich habe noch nie etwas so Wundervolles gesehen.«

»Sie sind ein Schmeichler«, sagte Martha amüsiert, aber auch entzückt. »Die Schüssel und das dazugehörige Geschirr sind aus echtem Kristall. Wir haben es zur Hochzeit bekommen.«

»Wie gut, dass Sie es mitnehmen konnten, es verleiht diesem Raum einen besonderen Glanz.«

Die beiden jungen Männer verabschiedeten sich; auch Rachel ging nach Hause.

Ruth half ihrer Mutter, den Tisch abzuräumen, und füllte heißes Wasser in die Spüle.

»Lass uns nur die Teller grob abwaschen und alles andere morgen in Ruhe machen«, sagte Martha zu Ruth. »Du hast mir sehr geholfen heute Abend, das war fein von dir.«

»Dein Essen war köstlich«, sagte Karl, der ihnen in die Küche gefolgt war. »Was für ein anregender Abend! So etwas müssen wir öfter machen.«

Ruth traute ihren Ohren nicht. Sie war sich sicher, dass das dicke Ende noch folgen würde. Die beiden waren bestimmt begeistert von Andrew, aber entsetzt über Eddies Verhalten.

Karl sah Ruth an. »Das zwischen Andrew und Rachel scheint ernst zu sein.« Es war keine Frage.

Ruth nickte. »Sie sagen, sie lieben sich.«

»Er scheint ein netter Kerl zu sein«, meinte Martha. Auch sie sah Ruth an. »Und was ist mit Eddie und dir?«

Ruth biss sich auf die Lippen.

»Du brauchst gar nicht zu schwindeln, Fräulein«, sagte Karl. »Dass ihr euch besser kennt, als du uns hast glauben machen, sieht ein Blinder mit dem Krückstock.«

»Ich … ich mag Eddie. Wir gehen manchmal zusammen aus.«

Ihre Eltern sahen sie an, dann wechselten sie einen Blick.

»Ich möchte nicht, dass du dich und uns in Schwierigkeiten bringst«, sagte Karl streng. »Auf keinen Fall.«

»Nein, Vati.«

»Gut, dann bring ihn demnächst wieder mit. Er ist intelligent, das merkt man.«

»Eddie darf wiederkommen?« Ruth konnte es kaum glauben.

»Natürlich«, sagte nun auch Martha. »Ihr könnt euch auch treffen und ins Kino gehen. Es ist auch in Ordnung, wenn er dich auf eine Limonade einlädt und mit dir in der jüdischen Organisation tanzen geht. Aber«, sie hob den Zeigefinger, »du machst nichts Unanständiges.«

»Natürlich nicht, Mutti.«

»Dann ist das ja geklärt.« Sie drehte sich um und tauchte weitere Teller zum Einweichen in das Spülwasser. »Er hat mir Rosen mitgebracht«, sagte sie schwärmerisch. »Rosen!«

»Ich finde, drei Sessel reichen«, sagte Ruth und schaute sich kritisch um. Vor zwei Wochen hatten sie und Rachel den Vertrag mit Herbert Wilson unterschrieben. Seitdem hatte sich in dem einst dunklen Friseurladen viel getan. Die Wandpaneele waren herausgerissen worden, das Fenster hatte man vergrößert. Die Wände und die Decken wurden gestrichen, und drei große Spiegel warteten im Hof darauf, dass man sie aufhängte. Den kleinen Rezeptionstresen hatte Wilson abschleifen und weiß lackieren lassen, außerdem hatte er zwei kleine Vitrinen besorgt.

»Lieber nur drei Sessel für die Behandlung und drei Stühle dort drüben, wo man sitzen und warten kann. Da muss auch der Wasserspender hin.«

»Aber wenn wir vier Sessel aufstellen, kann man mehr Kunden behandeln«, wandte Wilson ein. »Der Platz wäre da.«

»Sicher, doch die Frauen möchten das Gefühl haben, exklusiv behandelt zu werden und nicht im Akkord. Dort drüben können sie sitzen, ein Glas Wasser trinken – vielleicht bieten wir auch Kaffee an –, sich unterhalten oder in den neusten Modemagazinen stöbern.«

Wilson dachte nach, dann nickte er. »Wahrscheinlich hast du recht, Ruth. Dann also drei von jedem.« Er schaute auf seine Liste. »Die Wände werden morgen weiß gestrichen, und dann kann die Einrichtung aufgebaut werden. Nächste Woche können wir eröffnen.«

»Weiß?« Ruth schüttelte entsetzt den Kopf. »Dann sieht es hier ja aus wie beim Zahnarzt. Nein, die Wände dürfen nicht weiß gestrichen werden. Bei den Möbeln ist es in Ordnung – das sieht sauber aus, aber nicht die Wände auch noch.«

Rachel drehte sich im Kreis, kniff die Augen zusammen. »Ein Altrosa wäre gut. Als Grundfarbe. Und dann an der einen Wand ein Streifen in dem Rot, in dem auch die Tür gestrichen wird. Schließlich wird dies ein Elisabeth-Arden-Red-Door-Salon.«

Tatsächlich hatte Wilson einen Vertrag mit dem Unternehmen Elisabeth Arden geschlossen; sie hatten ihm ein zinsloses Darlehen und zwei Kisten mit kostenlosen Proben gegeben. Allerdings musste er den Namen und die rote Tür, die für das Unternehmen stand, auch übernehmen. Das fiel ihm nicht schwer. Die rote Tür stand für Schönheit, denn das war es, was Elisabeth Arden propagierte – das Recht auf Schönheit für jede Frau.

»Rachel hat recht. Wir müssen die Farbe aufgreifen. Vielleicht sogar die Sessel mit Stoff in dieser Farbe beziehen lassen«, sagte Ruth und drehte sich auch noch einmal um, um den ganzen Raum anzuschauen. »Es muss jeder Frau – und sei es die ältere jüdische Mutti – ein Versprechen gegeben werden – hier kann sie ein wenig Schönheit erlangen. Die Arden-Schönheit.«

»Ja … aber«, sagte Wilson zögerlich, »seid ihr mal durch die

Straße gegangen? Habt ihr in die Gesichter der Frauen hier geschaut? Das sind verhärmte Gesichter. Gesichter voller Sorgenfalten. Die Haare strohig, die Hände rau.«

»Und genau deshalb, Herbert, werden sie hierherkommen, in diesen Salon. Sie wissen selbst, dass wir keine Wunder vollbringen können, niemand kann das, auch Elisabeth Arden oder ihre Produkte nicht. Aber sie können sich hier eine Stunde oder zwei, einen Vormittag oder einen Nachmittag gönnen. Einen Tag nur für sich selbst. Sie können sich hier von uns die Haare machen, die Hände baden, den Kopf massieren lassen. Sie können sich die Augenbrauen zupfen und Masken auflegen lassen. Wir werden sie pflegen und schminken. Wir geben ihnen ein paar Stunden, in denen sie ihr Zuhause, ihre Arbeit und ihr Leben vergessen können. Ein paar Stunden, in denen sie die Königinnen oder Stars sind. Und das nehmen sie mit. Und genau das wird sie schön machen – innerlich. Für eine kurze Zeit.«

Rachel lächelte. »Und weil das so guttut, werden sie wieder kommen und ihre Schwester mitbringen, ihre Nachbarin und ihre Tante.«

»Grundgütiger«, sagte Wilson und lachte, »diese Rede musst du auf der Eröffnungsfeier halten, Ruth. Unglaublich. Du bist so überzeugend.«

»Ja, das haben wir im Kurs gelernt, wieder und wieder. Aber oft funktioniert es«, sagte Ruth.

»Dann wollen wir hoffen, dass es auch hier funktioniert.« Wilson nickte. »Also altrosa und eine rote Wand. Am Montag ist dann die Eröffnung. Wir werden Proben verteilen.«

»Und Gutscheine für eine kostenlose Behandlung. Vielleicht als Los. Fünf Freilose und der Rest sind Nieten«, meinte Rachel.

»Und es muss etwas zu trinken geben. Sekt. Und Orangensaft. Vielleicht auch Cracker. Häppchen wären zu übertrieben«, sagte Ruth.

»Ihr seid super. Spitze! Mit euch wird das hier die Wucht!« Wilson klatschte beglückt in die Hände. Er nahm seinen Notizblock heraus und notierte sich ein paar Dinge. »Sehen wir uns dann morgen?«

Ruth und Rachel hatten bei Strauss gekündigt. Nun hatten sie bis Montag frei, auch wenn sie jeden Tag bei Herbert Wilson waren, um die Fortschritte zu begutachten. Von Montag an würde sich ihr Arbeitsleben verändern. Ruth sah dem mit einem lachenden und einem weinenden Auge entgegen. Zwar würde sie auch hier sechs Tage in der Woche arbeiten, aber sie musste erst um neun anfangen. Manchmal würden sie länger als bis um achtzehn Uhr bleiben müssen. Die Bezahlung war aber besser, und die Arbeit würde sicherlich nicht eintönig sein.

Kapitel 19

»Hey«, sagte Ruth, als sie am Sonntag Eddie beim Tanztee begrüßte.

Hey – das war so ein amerikanischer Ausdruck, und Ruth fand sich so amerikanisch, als sie es sagte.

Eddie lachte nur. »Hey? So wie du es aussprichst, klingt es wie ›Heu‹.«

Sie boxte ihn leicht in die Seite. »Mach dich nur lustig über mich und versuch dann einmal, Deutsch zu sprechen.«

»Wie geht es Sie, Fraulein?«

»Siehst du? Das ist auch nicht besser. Es sollte heißen: Wie geht es Ihnen, Fräulein?«

Eddie zog sie zur Seite, sah ihr in die Augen. »Und?«, fragte er, sie spürte plötzlich seine Nervosität. »Was haben deine Eltern gesagt? Bin ich durchgefallen?«

»Ich dachte, dass du dir darüber keine Gedanken machst, dass es dir egal ist«, neckte sie ihn leichthin.

Eddie senkte den Kopf. »Komm schon, Ruth. Du weißt, dass das nicht so stimmt. Ich … ich möchte dich weiterhin sehen und wenn … wenn deine Eltern mich nun verdammen …«

Erst jetzt merkte Ruth, dass es ihn wirklich belastete, dass er sich tatsächlich Sorgen machte. Das berührte sie tief.

»Meine Mutter liebt dich, wie auch immer du das gemacht

hast. Noch nicht einmal Kurt hat das so hinbekommen. Du hast sie irgendwie total begeistert.«

»Rosen«, sagte er und sah Ruth nun wieder an, lächelte, aber er wirkte immer noch unsicher. »Frauen lieben Rosen.«

»Woher weißt du so etwas? Ich glaube, du hast ganz viele dunkle Geheimnisse, von denen ich gar nichts weiß.« Es sollte lustig klingen, aber als Ruth es aussprach, wusste sie plötzlich, dass es die Wahrheit war.

»Aber du schwindelst, oder? Deine Eltern ...« Und da war sie wieder, die große Unsicherheit, die er sonst immer gekonnt überspielte.

»Nein.« Ruth legte ihre Hand auf seine Wange, spürte die raue Haut. Er hatte sich sicherlich am Morgen rasiert, aber nun spross der Bart wieder. »Nein, ich schwindele nicht. Du darfst gerne wieder zum Essen kommen. Es wird jedoch nicht jedes Mal so aufgetischt werden wie vorgestern. Mein Vater findet dich interessant, intelligent. Damit hast du die Minuspunkte ausgeglichen.«

»Welche Minuspunkte?« Seine Augen waren dunkel geworden.

Ruth zögerte nur kurz, dann beugte sie sich zu ihm, küsste ihn auf die Lippen. Ein Schmetterlingskuss, leicht wie ein Hauch. »Es gibt keine Minuspunkte. Du hast dich tapfer geschlagen, Soldat. Und das in einer fast aussichtslosen Schlacht. Aber du hast gewonnen – die Zuneigung meiner Eltern.«

»Wirklich?« Er schluckte. »Ihr seid so ganz anders. Eine andere Klasse. Essen mit mehreren Gängen. Kristallbowlen, handgeschnitzt, Tischdecken aus einem dicken Stoff – es ist keine Baumwolle, das habe ich gespürt. Und Herrenzimmer ... ein Herrenzimmer? Wer hat denn so etwas?«

»Andere nennen es Bibliothek. Es ist halt ein altmodischer Begriff.«

»Aber allein das schon … wir kommen aus verschiedenen Welten.«

»Ja«, sagte Ruth und spürte seine Unsicherheit. Plötzlich bildete sich ein Knoten in ihrem Bauch. »Ja, doch jetzt lebe ich in deiner Welt. Ohne Herrenzimmer und ohne Personal. Ich lebe in Amerika und will Amerikanerin werden. Das andere sind alles Relikte. Erinnerungen. Überbleibsel einer vergangenen Zeit, die so nie wiederkommen wird.« Sie nahm seine Hände, schaute in seine Augen. Erst wich er ihrem Blick aus, dann sah er sie an. Sie tauchten die Blicke ineinander, es war Unsicherheit auf beiden Seiten zu sehen.

Ruth holte tief Luft. »Komm«, sagte sie dann und zog ihn mit sich.

»Wohin willst du?«

»Lass uns die Mäntel holen. Ich will dir etwas zeigen.«

»Du willst gehen?«

»Mit dir, ja.«

Eddie hob die Augenbrauen, aber er folgte ihr. Sie holten ihre Mäntel von der Garderobe, denn abends war es noch empfindlich kalt, und verließen das Gebäude. »Willst du Rachel nicht Bescheid geben?«

»Sie hat doch nur Augen für Andrew und wird mich schon nicht vermissen.«

Hand in Hand, aber schweigend gingen sie durch die Straßen.

»Wo führst du mich hin?«, fragte Eddie schließlich doch.

»Warte«, sagte Ruth nur wieder. Sie kamen in ein Viertel abseits der Innenstadt. Ruth blieb vor einer Tür neben einem großen Schaufenster, das zugeklebt war, stehen.

»Neueröffnung am Montag«, stand dort in großen Buchstaben.

»Sie ist rot«, sagte Ruth zufrieden und nahm einen Schlüssel aus ihrer Handtasche.

»Wer ist rot?«

»Die Tür. Schau doch!« Ruth lachte und schloss auf. Drinnen roch es nach frischer Farbe und Leim. Sie suchte den Schalter, drehte, und das Licht ging an. Es waren Wandleuchten mit roten Schirmen. Die Wände waren in einem schönen Altrosa gestrichen, bis auf die Stirnwand, die leuchtete in dem satten Arden-Rot. Die drei Frisier- und Behandlungsstühle, die man mechanisch in der Höhe verstellen und nach hinten kippen konnte, standen an ihren Plätzen, und sie waren wie auch die gemütlichen Sesselchen mit rotem Stoff bezogen.

»Er hat es tatsächlich geschafft«, sagte Ruth atemlos. »Er ist mein Held.«

»Wer?« Eddies Stimme war dunkel geworden.

»Na, Herbert Wilson, mein neuer Chef.«

Eddie sah sich um. »Das sieht alles gut aus«, sagte er bewundernd. »Sie werden euch die Bude einreißen.«

»Hoffentlich. Na ja«, sagte Ruth.

»Was heißt na ja?«

»Also, hoffentlich werden sie uns die Bude einrennen, und das Geschäft wird laufen. Aber – na ja, ich habe das noch nie gemacht. Nicht so wirklich. Nicht den ganzen Tag und auch nicht … so richtig, weißt du? Ich habe an Ilse und meiner Mutter geübt, an Rachel und Rachel an mir. Wir haben es theoretisch gelernt, hatten ein paar Stunden Praktikum – aber da haben wir auch nur an den anderen Schülerinnen geübt. Mit echten Kunden hatte ich es noch nie zu tun.«

»Hast du etwa Angst?«, fragte Eddie nun wieder souverän. »Du? Ruth Meyer? Du hast Angst?«

»Natürlich habe ich Angst«, sagte Ruth entwaffnend ehrlich. Sie hatte das Gefühl, das erste Mal wirklich ehrlich zu ihm zu sein. Aus irgendeinem Grund waren Wände in ihr gefallen, innere Wände, die sie hochgezogen hatte. Jetzt fühlte sie sich schutzlos, aber nicht ausgeliefert. Es gab irgendetwas, was sie Eddie vertrauen ließ.

»Ich habe Angst zu versagen, ich habe Angst, nicht gut genug zu sein. Ich habe Angst, dass ich dieses Leben hier nicht packe, nicht schaffe. Ich habe Angst, dass irgendwer endlich feststellt, dass ich gar nicht die bin, die ich immer vorgebe, dass mich jemand als Heuchlerin entlarvt.« Sie schluckte.

»Was gibst du denn vor zu sein, was du nicht bist?«

»Tapfer. Stark. Wissend.« Sie sah ihn an. »Bin ich alles nicht.«

»Doch, das bist du.«

»Nein, Eddie, du täuschst dich. Alle Welt will mich so sehen, deshalb tue ich so, als wäre ich stark. Aber in mir drin bin ich es nicht. Da habe ich Angst. Ständig und immer.«

»Wovor?«

»Vor anderen. Vor dem Leben. Vor dem Schicksal. Vor den Nazis. Vor mir selbst«, stürzte es aus Ruth heraus.

Eddie kam zu ihr, zog sie in seine Arme. »He.« Er drückte sie an sich, nicht zu fest, aber doch so, dass es ihr Halt gab. »Du bist die tapferste, stärkste Frau, die ich kenne, gerade weil du Angst hast und es dir eingestehst«, sagte er leise. Dann drehte er sacht ihren Kopf zu sich und sah sie an, ihre Blicke tauchten ineinander, und aus dem Blick wurde ein warmer, sanfter, inniger Kuss. Schließlich rückte er wieder ein wenig von ihr ab, doch ohne sie loszulassen. »Ich liebe dich, Ruth Meyer.«

Ruth schluckte. »Du kennst mich doch gar nicht. Nicht wirklich.«

»Das stimmt. Aber du hast mir manchmal und gerade wieder einen kleinen Blick auf dein Ich gewährt. Und deshalb weiß ich, dass ich dich liebe.«

»Ich … ich …«, stotterte Ruth unsicher.

»Du brauchst gar nichts sagen, Ruth. Jetzt nicht. Das musst du wirklich nicht.« Ganz sacht und zart küsste er sie wieder, Ruth erwiderte den Kuss, wurde dann hungriger und fordernder. Sie hielten sich fest, spürten einander, die Hitze, die sich zwischen ihnen aufbaute. Schließlich ließ Eddie sie los und ging einen Schritt zurück.

Ruth sah ihn verwirrt an. »Eddie?«

Er schüttelte den Kopf. »Ich liebe dich. Und ich liebe es, dies mit dir zu tun. Aber ich gehe keinen Schritt weiter. Nicht jetzt. Nicht so.«

Jetzt musste Ruth erst einmal tief Luft holen, dann nickte sie. »Danke.«

Eddie sah sich noch einmal um. »Das wird ein schöner Salon. Hier steckt Herzblut drin. Ich bin mir sicher, es ist auch dein Herzblut. Und deshalb wird es ein Erfolg werden. Du wirst es gut machen.«

»Ich werde Fehler machen.«

»Wer macht die nicht?« Eddie lachte leise. »Du darfst dich nur nicht erwischen lassen.«

»Morgen ist die Eröffnung.« Ruth seufzte. »Morgen Nachmittag. Ich werde schon ganz früh am Morgen hier sein, denn es wird noch mächtig viel zu tun geben.«

»Dann bringe ich dich jetzt nach Hause.« Er half ihr in den Mantel, nahm ihre Hand. Ruth löschte das Licht, schloss hinter sich ab. Wieder war seine Hand warm und fest und auf einmal so unglaublich vertraut. Sie ging dicht neben ihm, spürte seine Gegenwart.

Er liebt mich, dachte sie, als sie abends im Bett lag. Er liebt mich, und das ist nicht nur eine Floskel. Jetzt ist der Punkt, an dem ich mich entscheiden muss. Entweder lasse ich mich darauf ein, oder ich darf ihn nicht mehr treffen. Das wird ihm für einen Moment weh tun, aber er wird darüber hinwegkommen.

Der Gedanke verursachte ein Ziehen in ihrem Bauch, ein unangenehmes Ziehen. Sie wollte ihm nicht wehtun, sie wollte ihn nicht verletzen, und vor allem wollte sie nicht mit ihm brechen.

Es ist zu spät, dachte sie erstaunt, aber irgendwie auch voller Glück. Es ist ja längst zu spät. Ich habe mich schon verliebt, es ist noch mehr, als nur verliebt sein. Liebe ich ihn? Diese Worte sind so groß. Darüber muss ich noch nachdenken.

Bei Kurt war ich mir so sicher. Kurt habe ich geliebt – aber es war eine Jugendliebe, und ich hatte nicht das Wissen vom Leben, das ich jetzt habe. Diese Liebe macht mir Angst – eine weitere Angst. Denn wenn ich mich darauf einlasse und ihn verliere, dann wird es tausend Mal schlimmer als bei Kurt. Lange noch dachte sie darüber nach, aber irgendwann holte der Schlaf sie ein.

»Du warst gestern Nachmittag auf einmal verschwunden«, sagte Rachel vorwurfsvoll, als sie am nächsten Morgen in der Hochbahn saßen, um zum Salon zu fahren. Beide hatten neue Kleider dabei, die Ruth günstig erstanden und für sie umgearbeitet hatte. Es waren Kleider in einem altrosa Ton, Ruth hatte weiße Kragen und Manschetten an die Ärmel genäht, die Taille ein weniger enger gemacht und die Knöpfe mit solchen aus imitiertem Perlmutt getauscht. Sie hatte vier dieser altrosa Kleider gekauft und geändert – zwei für Rachel, die etwas kleiner und auch etwas fülliger als Ruth war, und zwei für sich selbst. Dazu gab es ärmellose Kittel in dem Arden-Rot, welches die Company ihnen gestellt hatte. So hatten sie beide die gleiche adrette Arbeitskleidung. Jede hatte nun eins der Kleider dabei – gehüllt in ein altes Bettlaken. Noch trugen sie schlichte und ältere Kleidung, erst zur Eröffnung würden sie sich umziehen.

»Ich habe mit Eddie ein wenig geredet, dann war ich müde«, wich Ruth aus.

»So, so.« Rachel grinste. »Das kannst du deiner Mutter erzählen, aber nicht mir.« Sie stupste Ruth an. »Meine Mutter hat mir erzählt, dass deine Mutter Eddie ganz nett findet.«

»Überraschenderweise ist das so«, sagte Ruth und schmunzelte.

»Und du darfst ihn weiterhin treffen.«

»Aber nur ganz anständig«, fügte Ruth hinzu und konnte ein Kichern kaum unterdrücken.

»Immerhin. Aber du bist doch sowieso immer ganz anständig«, sagte Rachel.

Ruth sah sie fragend an.

»Das meine ich so«, sagte Rachel ernsthaft. »Du machst dir viele Gedanken und würdest bestimmt nichts tun, was unüberlegt ist.«

»Ich bemühe mich sehr.« Jetzt lachte Ruth. »Und du?«

»Ich fürchte«, flüsterte Rachel, »ich handele nicht immer so überlegt. Und vielleicht bin ich auch nicht immer so … anständig …«

»Rachel!«, rief Ruth ehrlich entsetzt. »Du wirst doch … nichts … getan haben?«

Rachel senkte den Kopf. »Wir wollen doch sowieso heiraten.«

»Aber doch erst nach dem Krieg?«

»Nein, sobald er seine Ausbildung fertig hat.«

»Wissen das deine Eltern schon?«

Rachel schüttelte den Kopf.

»Aber … wenn nun etwas … passiert?«, flüsterte Ruth kaum hörbar.

»Wir passen auf. Und er hat … diese Dinger«, hauchte Rachel ihr ins Ohr.

»Dinger?«

»Aus Gummi.« Rachel senkte beschämt den Kopf.

Ruth war für einen Moment sprachlos. Ihre liebe und ein wenig naive Freundin entpuppte sich nun als ein stilles Wasser. Und plötzlich hatte Rachel mehr Erfahrung als Ruth. Aber die Hochbahn war nicht der richtige Ort, um darüber zu sprechen. Dennoch musste Ruth fragen.

»Wie … ist es?«

»Das erzähle ich dir in Ruhe«, sagte Rachel und setzte sich nun wieder auf, um aus dem Fenster zu schauen. Aber ihre Wangen waren röter als sonst.

Sie stiegen an der üblichen Haltestelle aus, inzwischen war ihnen der Weg vertraut, und bogen in die Gasse ein. Die dunkelrote Tür stand schon auf.

»Wer hätte gedacht, dass Herbert vor uns da ist«, sagte Ruth.

Doch als sie in den Salon kamen, war dort eine verhuschte junge Frau, die eifrig den Boden wienerte. Sie trug einfache, sehr fadenscheinige Kleidung und ein Kopftuch. Überrascht schaute sie auf, als die beiden jungen Frauen eintraten.

»Die Eröffnung ist erst heute Nachmittag«, sagte sie und lächelte, ein zaghaftes Lächeln.

»Wir kommen, um hier zu arbeiten«, sagte Ruth. »Aber es sieht schon viel besser aus, als ich gedacht hätte. Bist du als Putzfrau angestellt?«

Die junge Frau lief rot an. »Ich bin hier, um zu helfen. Mein Mann hat mir gesagt, dass noch so viel zu tun ist. Er macht noch Besorgungen für nachher.«

»Dein … Mann?« Ruth biss sich auf die Lippe. »Verzeihung. Sie sind die Frau von Herbert Wilson? Oh, wie dumm von mir.«

»Ich wusste gar nicht, dass Herbert verheiratet ist«, sagte Rachel nun erstaunt. »Davon hat er nie etwas gesagt.«

»Ich … ich war länger außerhalb der Stadt«, sagte Mrs. Wilson. »Ich habe meinen Vater gepflegt, er war sehr krank, und dann ist er gestorben.« Sie hatte plötzlich Tränen in den Augen und wischte sich mit beiden Händen über die Wangen. »Seit seinem Tod bin ich … ein wenig indisponiert.«

»Mein Beileid«, sagte Ruth und ging auf sie zu, streckte ihr die Hand entgegen. »Ruth Meyer.«

»Rachel Schwartz«, folgte Rachel ihrem Beispiel. »Wir bringen mal eben unsere Sachen ins Hinterzimmer und helfen dann.«

»Melanie Wilson. Alle nennen mich Melly.« Sie schüttelte schüchtern die Hände der beiden und beugte sich dann wieder über den Eimer mit dem Wischwasser.

Schnell gingen die Freundinnen durch den hinteren Behandlungsraum, wo eine Massageliege stand, in das Hinterzimmer. Dort gab es eine Garderobe, einen Tisch und Stühle, eine Kaffeemaschine und einen kleinen Kühlschrank sowie einen großen Schrank, in dem diverse Dinge untergebracht waren. Hier stapelten sich auch die Kartons mit den Pflegemitteln und den Pröbchen.

»Meine Güte«, flüsterte Rachel Ruth zu. »Das ist ja ein richtiges Aschenputtelchen.«

»Ihr Vater ist gestorben. Ob das wohl die Erbschaft ist, von der Herbert sprach?«

»Ihre Erbschaft – und er steckt sie in seinen Laden. Großartig. Hast du gesehen, wie sie aussieht? So kann sie doch heute Nachmittag nicht bei der Eröffnung erscheinen.«

»Nein, auf keinen Fall. Aber um aus dem Entlein einen Schwan zu machen, werden wir mehr brauchen als nur ein paar Stunden. Und dafür haben wir heute keine Zeit.« Ruth wies auf die Kartons. »Das müssen wir alles noch ausräumen, nachdem wir die Vitrinen ausgewischt haben – und es gibt noch weitaus mehr zu tun.«

»Aber ein wenig können wir schon nachhelfen. Und in den nächsten Tagen wird sie eine Sonderbehandlung von uns bekommen. Dabei wirkt Herbert so nett …«

»Ich denke, er ist schon nett. Aber eventuell braucht er ein wenig Nachhilfe dabei, wie man mit einer Ehefrau umgehen muss.« Ruth lachte leise. »Das bekommen wir schon hin.« Sie hatte den Mantel abgelegt und das gute Kleid in den Schrank gehängt, nahm nun einen der Kartons und ging wieder nach vorne.

Sie hatten nur ein paar Stunden, aber zu dritt brachten sie den Salon auf Hochglanz, füllten die Vitrinen und legten die Pröbchen bereit.

Herbert Wilson brachte Sekt und Orangensaft, Cracker und Salzstangen, Gläser und Servietten. Außerdem hatte er Blumen besorgt, die seine Frau geschickt in Vasen arrangierte und in den beiden Räumen verteilte.

Schließlich waren sie fertig und sahen sich zufrieden um. Es roch noch nach Farbe, aber dadurch auch frisch und neu. Der Boden war abgeschliffen und versiegelt worden, ein Teppich in Arden-Rot führte vom Eingang zu dem kleinen Empfangstresen. Die alten Kopfwaschbecken hatte Wilson austauschen lassen, die Stühle waren neu bezogen, die Beine und Gestelle hatte er neu verchromen lassen.

Er rieb sich die Hände. »Sollen wir schon vorab anstoßen?«

»Nein«, sagte Ruth. »Wir müssen nüchtern bleiben, schließlich wollen wir doch Kunden gewinnen. Dies ist einer der besten Schönheitssalons in Chicago und keine Bar.«

»Ich gehe dann mal nach Hause«, sagte Melly Wilson.

Ruth schaute auf die Uhr. »Wir haben noch ein wenig Zeit. Komm mit nach hinten«, sagte sie. Melly war schüchtern, und man merkte ihr die Trauer um den Tod ihres Vaters noch an, aber sie war eine freundliche Person mit einem feinen Witz, hatten Ruth und Rachel festgestellt.

»Was soll sie denn hinten?«, fragte Herbert. Dann schaute auch er auf die Uhr. »Es ist zu spät für das Mittagessen, oder Melly? Hast du etwas vorgekocht?«

»Nein. Das habe ich nicht geschafft«, gestand seine Frau.

»Dann werde ich etwas holen gehen. Ihr habt doch bestimmt auch Hunger, Mädels?« Er wartete gar nicht auf die Antwort, sondern stiefelte los.

»Komm«, sagte Ruth zu Melly. »Lass uns nach hinten gehen. Ich habe da etwas vorbereitet.«

»Aber … aber was denn?«

»Lass dich überraschen«, sagte Rachel lachend und gab ihr einen kleinen, freundschaftlichen Stups.

»Du kannst doch unmöglich heute so zur Eröffnung kommen«, sagte Ruth lächelnd. »Ich meine – fraglos wirst du dich gleich noch umziehen. Aber dies ist ein Schönheitssalon, und du bist die Ehefrau des Inhabers. Du bist also auch sein Aushängeschild.«

Melly blieb abrupt stehen. »Ich komme nicht zur Eröffnung.«

»Was?«

»Ich werde nicht zur Eröffnung kommen. Ich gehe jetzt nach Hause, wasche mich und werde dann Essen zubereiten. Für morgen. Und ich muss doch zu Hause noch den Haushalt machen, das habe ich heute ja noch nicht.« Sie klang fast panisch.

»Nun, darüber können wir ja noch reden«, sagte Ruth beruhigend und warf Rachel über Mellys Kopf hinweg einen irritierten Blick zu. »Schau mal, wir haben hier ein Handbad für dich. Darin ist ein Pflegemittel. Das Wasser ist angenehm lauwarm. Du setzt dich hier in den Stuhl und lehnst dich entspannt zurück.« Im hinteren Zimmer hatte Herbert den vierten Stuhl aufbauen lassen. »Nur für den Fall, dass zu viele Kunden kommen. Hier ist auch ein Haarwaschbecken auf Rädern, das kann man also flexibel einsetzen.« Er hatte Ruth zugezwinkert, und sie hatte sich geschworen, den Stuhl und das Becken nie zu benutzen, aber nun kam es ihr doch sehr gelegen.

Melly sah die beiden unsicher an. »Herbert wird das nicht gutheißen«, sagte sie.

»Er ist nicht da«, meinte Rachel und drückte sie sanft in den Sessel, schob die Tischchen so, dass sie ihre Hände in die vorbereiteten Schalen mit der Handlotion legen konnte.

»Ich wasche dir die Haare«, sagte Rachel, »und Ruth wird dein Gesicht behandeln. Entspann dich einfach.«

»Herbert will das nicht …«

»Ach, Unfug. Es kostet ihn ja nichts«, erklärte Ruth lachend. »Und ganz sicher will er eine schöne Frau, um die ihn jeder beneidet.«

Melly fügte sich, setzte sich, lehnte sich zurück, tauchte ihre Hände in das Bad und schloss die Augen. »Das will er eben nicht«, flüsterte sie dann. Sie riss die Augen auf, sah die beiden an. »Er liebt mich, ganz ohne Zweifel liebt er mich. Aber er will nicht, dass ich … dass ich so etwas mache …«

»Warum?«, fragte Rachel und goss vorsichtig warmes Wasser über Mellys Haare, wusch sie gründlich, aber sanft, massierte ihr die Kopfhaut und den Nacken, so wie sie es gelernt hatte.

»Das ist nicht seine Schuld«, sagte Melly fast tonlos. »Es liegt an seiner Mutter. Sie war – sehr lebenslustig. Sehr fröhlich. Ich mochte sie sehr.«

»Sie ist tot, oder?«, fragte Ruth und trug eine Maske auf Mellys Gesicht und Hals auf. Dann fing sie an, ihr die Augenbrauen zu zupfen.

»Nicht zu viel«, warnte Melly Ruth. »Bitte. Er wird es hassen.«

»Warum?«

»Ja, seine Mutter ist tot. Aber sie war schön, hat sich immer geschminkt, wusste, wie sie sich in Szene setzen konnte. Sie war bekannt hier im Viertel. Als Schönheit …«

»Daran ist doch nichts verkehrt.«

»Sie war auch bekannt für ihr … leichtes Leben«, sagte Melly nun und schien erleichtert zu sein, dass sie es ausgesprochen hatte.

Ruth und Rachel sahen sich an, nickten. »Ach so. So war das.«

»Ja, so war das. Und Herbie hat wirklich sehr darunter gelitten. Sehr. Deshalb will er nicht, dass ich … auffalle. Dass ich … schön bin.«

»Dagegen wird er wohl nicht viel machen können, denn du bist schön«, sagte Ruth trocken. »Er kann dich in hässliche Kleider stecken und dir den Besuch beim Friseur untersagen, aber deine wahre Schönheit wird er nicht verbergen können.«

»Und er wäre auch dumm, wenn er das macht. Wer glaubt schon einem Inhaber von einem Schönheitssalon, dass sein Geschäft erfolgreich ist, wenn seine Frau aussieht wie ein Wischmopp?«, fügte Rachel hinzu und spülte Mellys Haare aus. »Wir haben noch Zeit für eine Kur, aber nicht für eine Packung, die müsste länger einwirken. Das machen wir dann beim nächsten Mal.«

»Beim nächsten Mal machen wir auch ein ordentliches Peeling und werden deinem Dekolletee etwas mehr Aufmerksamkeit schenken. Aber auf die Schnelle wird das auch so gehen«, sagte Ruth, die mit den Augenrauen fertig war. Jede der beiden widmete sich nun einer von Mellys Händen. Ruth rechts, Rachel links.

»Auch hier könnten wir noch ein wenig mehr Zeit investieren, aber die haben wir nicht«, sagte Ruth. »Was ziehst du gleich an?«

»Anziehen? Gleich?«, fragte Melly verwirrt.

»Du wirst doch zur Eröffnung kommen«, sagte Rachel.

»Du musst. Du bist Herberts Frau. Wie sieht das denn aus, wenn du nicht kommst? Und du musst dir etwas Nettes anziehen. Und immer lächeln, weißt du?« Ruth klopfte ihr auf die Schulter. »Du machst das schon.«

»Aber … aber …«

»Kein Aber«, sagte Ruth. »Du musst kommen. Und du wirst bezaubernd aussehen.«

»Dann denkt Herbie, dass ich ihn betrüge. So wie seine Mama seinen Papa …«

»Das denkt er nicht«, sagte Ruth nun ein wenig lauter. »Herbert ist kein dummer Mann.« Sie hatte die Türschelle und die Schritte im Vorraum gehört. Noch hatte sich Wilson nicht bemerkbar gemacht. »Dein Mann wird zu schätzen wissen, dass du ihn und seinen Salon repräsentierst, und das musst du. Wie sieht das denn sonst aus? Die Frau des Inhabers ist ein graues Mäuschen? Das geht nicht. Dann denken alle, dass die Produkte gar nicht wirken. Nein, nein! Du musst kommen. Und wir sorgen dafür, dass du gut aussiehst.«

»Gut auszusehen bedeutet ja nicht gleich, dass man ein leichtes Mädchen ist«, sagte nun auch Rachel ein wenig lauter. »Schließlich sehen wir beide ja auch nicht schlecht aus und treiben uns dennoch nicht herum. Also – was ziehst du gleich an? Welche Farbe hat dein schönstes Kleid?«

»Türkis«, hauchte Melly geschlagen.

»Wunderbar. Das passt zu deinen Augen. Dann weiß ich auch, welchen Lidschatten wir nehmen, und die Fingernägel lackieren wir in Arden-Rot. Dazu bekommst du natürlich auch den passenden Lippenstift.«

»Sensationell wirst du aussehen«, prophezeite Rachel, die nun schnell die Spülung auswusch und den Haartrockner holte. »Du solltest dir dringend die Haare schneiden lassen. Das kann ich nicht, aber dein Mann wird schon wissen, was zu tun ist. Aber du hast schöne leichte Naturlocken, die werden wir ein wenig legen, und dann passt das schon.«

»Was wird Herbert nur dazu sagen?«, fragte Melly angstvoll.

»Er wird es großartig finden.« Herbert Wilson kam hinter

dem Vorhang hervor, der den vorderen Raum von dem Hinterzimmer abtrennte. »Du hast doch hoffentlich keine Angst vor mir?« Er klang ehrlich betroffen.

»Herbie …«

»Liegen bleiben«, befahl Ruth strikt. »Ich muss noch deine Maske abwaschen. Danach solltest du nach Hause gehen und dich umziehen. Wenn du wiederkommst, werde ich dich schminken. Vielleicht sogar vorne, vor Publikum? Ich glaube, das wäre eine gute Sache. Dann können die ersten Besucher sehen, was wir hier machen. Aber jetzt musst du noch stillhalten, ich habe gerade deine Fingernägel lackiert, und der Lack muss noch trocknen.«

»Vor dem Publikum. Natürlich!«, rief Herbert begeistert. »Was für eine gute Show! Das wird grandios. Schätzchen, Melly, ich würde dich ja jetzt küssen, aber du hast lauter Creme im Gesicht.«

»Das ist keine Creme, das ist eine Maske«, erklärte Ruth.

Sie taten, was sie konnten. Mit gewaschenem und gelegtem Haar, mit gezupften Augenbrauen und frischer Haut sah Melly gleich ganz anders aus. Nicht mehr so ausgelaugt und gräulich. Überrascht sah sie sich im Spiegel an.

Ruth zwinkerte ihr zu. »Warte ab, bis du erst geschminkt bist. Du wirst dich nicht wiedererkennen.«

»Jetzt essen wir aber erst einmal«, sagte Herbert. Er hatte Hamburger mitgebracht, so nannte man hier Frikadellen in den weichen Brötchen, die sie hier hatten, belegt mit Gurken, Tomaten, Salat und Speck.

Beherzt langten alle zu. Dann ging Melanie nach Hause – sie wohnten nur drei Häuser weiter auf der Straße, und Ruth und Rachel verwiesen Herbert des Raumes, um sich umzuziehen.

Schon mehrfach hatten sie die altrosa Kleider angehabt, weil Ruth hier und da noch etwas ändern musste. Dann hatte Martha die Kleider gewaschen, gestärkt und gebügelt, und nun zogen sie sie an. Der Stoff knisterte. Zuerst war es unangenehm auf der Haut, aber schnell schmiegte sich der Stoff an ihre Körper. Dann zogen sie die roten Kittel über, schlossen die Knöpfe, legten die roten Haarbänder an.

»Oh, wow«, sagte Rachel zu Ruth. »Du siehst umwerfend aus.«

»Du auch. So professionell. So überzeugend. So befähigt.«

»Gut, dass wir so wirken, da sieht niemand unsere Unsicherheit.«

»Das darf auch niemand sehen. Und nun stellen wir uns dem, was da kommt.«

Sie waren beide sehr aufgeregt, aber bevor sie auf Kunden trafen, mussten sie erst noch etwas mit Herbert klären.

»Ihr seht großartig aus«, lobte er. »Sehr gut.«

»Bist du uns böse?«, fragte Ruth, aber es war nicht wirklich eine Frage. »Ich wusste bis heute Morgen gar nicht, dass du verheiratet bist.«

»Und dass du so eine reizende Frau hast«, fügte Rachel hinzu.

»Eine Frau, die frühmorgens in den Laden kommt, um zu putzen.«

»Die abgebrochene Fingernägel und ungeschnittene Haare hat. Die Frau eines Friseurs und nun Inhabers eines Schönheitssalons.«

»Ja, ja, ja«, er winkte ab, »ich habe eure Worte gehört. Aber ihr habt ja auch gehört, weshalb … ich ein wenig verhalten bin.«

»Liebst du deine Frau?«, fragte Ruth.

»Melanie? Natürlich liebe ich sie. Sie ist das sanftmütigste Wesen auf der Welt.«

»Sie ist deine Frau, nicht deine Mutter.«

»Weiß ich, weiß ich doch.«

»Dann bestraf sie nicht für Fehler anderer«, sagte Ruth nur und ging nach vorne.

Wilson hatte viel Werbung gemacht, hatte kleine Flyer drucken lassen, ein paar Plakate aufgehängt. Aber seine beiden Tanten, Schwestern seines Vaters, hatten die Hauptarbeit geleistet – Mundpropaganda. Sie hatten jedem, der es hören wollte, und auch allen, die es nicht hören wollten, von dem neuen »Red Door Salon« berichtet, den ihr lieber Herbie aufmachte. Und natürlich hatten sie nicht vergessen zu erwähnen, dass es etwas zu trinken geben würde – umsonst.

Die ganze Nachbarschaft, so schien es Ruth, stand Punkt vier Uhr vor der Tür. Die Tür in dem typischen Rot der Arden Company hatte Herbert geschlossen. Im Schaufenster hing ein Vorhang im selben Farbton und verbarg die Sicht nach innen. Nur durch einen Spalt konnten sie auf die Straße spähen.

»Grundgütiger«, sagte Ruth. »Ich weiß nicht, ob wir genug zu trinken haben und ob die Cracker reichen werden.«

»Die Cracker sind egal, aber Sekt werden wir wohl noch brauchen«, meinte Rachel.

Zum Glück gab es eine Tür zum Hof. Herbert fand drei der Nachbarsjungen, die dort draußen ihre Zeit vertrieben, und drückte ihnen Geld in die Hand. Bald schon kamen sie mit weiteren Flaschen wieder.

Inzwischen war auch Melly da. In dem türkisfarbenen Kleid mit den hochhackigen Pumps wirkte sie ganz anders.

»Es fehlt noch ein wenig Farbe in deinem Gesicht«, sagte Ruth. »Aber das machen wir gleich. Du siehst bezaubernd aus.«

»Ihr auch«, sagte Melly und lächelte unsicher.

»Verdammt, bist du eine Schönheit«, sagte Herbert. »Es wird Zeit, dass jeder sieht, was ich mir geangelt habe.« Er wirkte stolz, und Ruth atmete erleichtert auf.

Der Nachmittag nahm seinen stürmischen Lauf. Jeder wollte sehen, was für einen feschen Laden Herbert Wilson da aufgemacht hatte. Die Vorführung an Melanie war Gold wert. Sie sah vorher schon gut aus, das Haar frisch gewaschen und gelegt, die Fingernägel lackiert, die Haut rein. Aber nachdem Ruth ihr Make-up aufgelegt und sie geschminkt hatte, wirkte sie fast wie ein Star.

An diesem Tag redeten sich Ruth und Rachel den Mund fast fusselig, sie erklärten die Lotionen und Anwendungen, teilten Pröbchen aus, zogen Lidstriche und empfahlen Lidschatten. Herbert hatte den großen neuen Kalender auf dem Tresen liegen und trug einen Termin nach dem anderen ein.

Zum Schluss kam die Verlosung, und drei Glückliche hatten Freibehandlungen gewonnen.

Es war schon dunkel, als sie die Tür wieder schlossen und sich umsahen.

»Der Teppich muss gereinigt werden«, sagte Ruth bedauernd.

»Und wir müssen wieder alles wischen.« Melly kicherte und nahm sich ein Glas Sekt. Jetzt stießen auch Ruth und Rachel mit an.

»Und diese ganzen Gläser müssen gespült werden«, seufzte Rachel.

»Das machen meine Tanten«, sagte Herbert. Er holte drei Wäschekörbe aus dem Hof herein und stapelte die Gläser in den Körben. »Darum müsst ihr euch nicht kümmern. Gleich kommt meine Cousine zweiten Grades und putzt hier durch.«

»Grace?«, fragte Melly erstaunt.

»Ja, ich habe ihr dafür versprochen, dass sie eine Haarbehandlung bekommt. Und um meine Tanten müsst ihr euch auch kümmern.«

»Das bekommen wir sicher hin«, sagte Ruth und unterdrückte ein Gähnen.

»Morgen haben wir vier Behandlungen«, sagte Rachel. »Und eine Wasserwelle. Und du hast drei Termine zum Haareschneiden, Herbert.«

»Ja, da müsst ihr zuschauen. Es ist nicht schwer«, sagte er. »Ihr seid so clever, ihr lernt das schnell.«

Sie räumten noch auf, als es an der Tür klopfte. Herbert öffnete mit den Worten: »Die Party ist vorbei. Morgen haben wir wieder auf.«

»Guten Abend. Ich wollte meine Verlobte abholen«, sagte Andrew. »Andrew Silberstein. Ich möchte zu Rachel Schwartz. Sie ist doch hier?«

»Andy! Liebster!«, rief Rachel überrascht und glücklich. »Was machst du denn hier?«

»Ich wollte sehen, wo du arbeitest, und dich dann nach Hause bringen.« Er grinste breit und schob sich an Herbert vorbei in den Salon. »Wow. Das ist wirklich schön hier«, sagte er.

Ruth sah an ihm vorbei zur Tür, aber da war niemand sonst. Eddie war wohl nicht mitgekommen. Eine große Enttäuschung machte sich in ihr breit. Zusammen mit der Erschöpfung nach diesem Tag fühlte sie sich plötzlich ganz elend.

»Braucht ihr noch lange?«, fragte Andrew und schaute auf seine Uhr.

»Ihr dürft gehen«, sagte Herbert großzügig. »Wir sehen uns dann morgen früh.«

Schnell gingen Ruth und Rachel ins Hinterzimmer und zogen sich um. Rachel sah Ruth an.

»Ich bin mir sicher, es gibt einen Grund, warum Eddie nicht da ist. Und der Grund bist nicht du. Er liebt dich, das sieht und merkt man.«

»Ich liebe ihn auch«, sagte Ruth. »Aber das weiß er noch nicht«, fügte sie leise hinzu.

»Er wird es spüren. Und deine Unsicherheit auch. Eddie ist nicht dumm, er weiß, was du mitgemacht hast, und hat Verständnis dafür.«

»Woher willst du das wissen?«

»Ich bin schließlich auch nicht dumm«, sagte Rachel lachend.

Als sie endlich auf dem Heimweg waren, sah Andrew Ruth an. »Ich soll dich von Eddie grüßen. Er hat heute keinen Ausgang bekommen.«

»Warum nicht?«

»Nun, Eddie hat oft seinen eigenen Kopf. Unterordnen ist nicht immer sein Ding, aber bei der Army zählt Gehorsam mehr als individuelles Denken und Handeln. Das wird er wohl noch lernen müssen, jedenfalls meint das unser Vorgesetzter.«

Als sie aus der Hochbahn stiegen, um die letzten Meter bis zu ihrem Block zu gehen, kam plötzlich jemand aus einem Hauseingang hervor. Er hielt eine Rose in der Hand.

»Eddie!«

»Es tut mir leid, ich wollte zu eurem Salon kommen …«, entschuldigte er sich betreten.

»Du darfst gar nicht hier sein, Mann!«, sagte Andrew entsetzt.

Eddie zuckte mit den Schultern. »Das ist mir egal. Ich wollte mein Mädchen sehen und ihr zu dem ersten Arbeitstag im neuen Job gratulieren.« Er drückte Ruth an sich, küsste sie. Ruth schloss die Augen und erwiderte den Kuss, der lang und innig war.

Es fühlte sich gut und richtig an. Ich bin angekommen, stellte sie voller Freude fest.

Sie nahm die Rose. »Das ist so lieb von dir, aber du solltest so etwas nicht tun. Geh schnell wieder zurück, bevor du noch mehr Ärger bekommst.«

»Es war mir wichtig, dich zu sehen«, sagte er. »Wichtiger als irgendetwas bei der Army.«

»Und wenn sie dich feuern?«

»Das können sie sich nicht leisten«, sagte er selbstbewusst.

»Da könntest du tatsächlich recht haben«, meinte Andrew. »Eddie ist unglaublich. Er kann mit den neuen Rechenmaschinen umgehen, als hätte er sein Lebtag nichts anderes getan. Für uns sind es zum Teil Bücher mit sieben Siegeln, aber er kann sie programmieren wie nichts.«

»Was sind das für Maschinen?«, fragte Rachel neugierig.

Eddie legte seinen Zeigefinger auf die Lippen. »Ssssht«, machte er. »Ihr dürft gar nicht wissen, dass es sie überhaupt gibt.«

»Sie sind unsere Zukunft«, meinte Andrew. »Sie werden später einmal unser Leben sehr verändern, davon bin ich überzeugt. Falls jemand rausbekommt, wie man richtig damit umgeht, damit es funktioniert. Und ich wette, Eddie wird einer dieser wegweisenden Männer sein.«

»Du auch?«, fragte Rachel.

»Ich? Weiß nicht, ich bin nur Fußvolk«, sagte er lachend. »Ich bin nicht annähernd so gut wie er, was Algorithmen angeht.«

»Algo… was?«

»Vergiss es einfach«, sagte Eddie. »Das ist nichts für dein hübsches Köpfchen, Rachel.«

»Auch wenn wir Frauen sind«, sagte Ruth ein wenig spitz, »bedeutet das nicht, dass wir nicht denken und verstehen können.«

Eddie sah sie einen Moment lang nachdenklich an, dann nickte er. »Das stimmt. Trotzdem darf ich nicht mit euch darüber sprechen. Mit niemandem – aber mit euch besonders nicht.«

Ruth verstand. »Weil wir aus Deutschland sind.«

Eddie nickte traurig.

»Ist es euch verboten, uns zu treffen?«, fragte Rachel besorgt.

»Das nicht. Aber wir müssen die Geheimhaltung einhalten.«

Am nächsten Morgen gingen Ruth und Rachel, die beiden Rs, wie Herbert sie immer scherzhaft nannte, wieder zum Salon. In den ersten Tagen hatten sie viel zu tun, aber die meisten Frauen kamen nur aus Neugierde und buchten nur wenige Dinge – Maniküre oder eine Maske. Doch im Laufe der nächsten Wochen kamen immer mehr, und bald schon hatten sie eine kleine Stammkundschaft.

Am Ende des Sommers machte der Salon auch endlich so

viel Gewinn, dass sich Herbert tatsächlich die beiden Angestellten leisten konnte. Vorher hatte er aus eigener Tasche dazugezahlt – aber es hatte sich gelohnt.

Die Arbeit war nicht leichter als die in der Schuhfabrik, aber abwechslungsreicher. Ruth liebte es. Sie genoss die Gespräche mit den Kundinnen, dass der Tagesablauf nie gleich war und dass es immer etwas Neues zu tun gab.

An manchen Abenden war sie so müde, dass sie erschöpft ins Bett fiel, aber am nächsten Morgen ging sie wieder mit Freude zur Arbeit.

Mit Eddie traf sie sich regelmäßig. Oft kam er zu ihrem Feierabend in den Laden und holte sie ab. Manchmal gingen sie essen, manchmal fuhren sie an den See oder in einen der Parks. Sonntags trafen sie sich oft zum Tanzen. Martha lud Eddie öfter zum Essen ein, und Karl freute sich immer schon auf die Gespräche mit ihm.

»Du darfst ihn treffen«, sagte Martha, »solange er hier in der Stadt ist. Er ist nett, und er tut dir gut. Doch irgendwann wirst du den Richtigen treffen, jemanden, der zu dir passt, mit dem du eine wirkliche Beziehung eingehen kannst.«

Ruth starrte ihre Mutter mit offenem Mund an. »Und warum kann das nicht Eddie sein?«

»Ach, Kind«, sagte Martha lachend. »Eddie Elcott ist nett, aber er kommt aus einem ganz anderen Kreis als wir. Du würdest nie mit ihm glücklich werden.«

Zum Glück, dachte Ruth, behielt das aber für sich, entscheide ich über mein Leben und nicht du.

Kapitel 20

Krefeld, Februar 1942

»Ich wünschte, Doktor Hirschfelder wäre noch hier«, sagte Hedwig Simons. Ihr Gesicht war grau und eingefallen. »Er wusste immer, was zu tun ist.«

»Das wusste er nicht«, sagte Hans, ihr Sohn. Der Einundzwanzigjährige war dürr und müde. »Denn sonst hätte er sich nicht im Oktober umgebracht.«

»Doch, er wusste es«, sagte Omi. »Er wusste, dass Selbstmord der letzte Weg war. Er wäre in den Osten abtransportiert worden – wie die anderen auch.«

»Selbstmord ist doch keine Lösung.« Hedwig seufzte. »Wir können uns doch nicht alle umbringen. Gott will nicht, dass wir Hand an uns legen.«

»Wenn wir es nicht tun, werden es die Nazis machen«, sagte Omi und senkte den Kopf.

»Was hat sie gesagt?«, fragte Opi, der so gut wie nichts mehr hörte. »Was?«

Hedwig winkte ab. »Nicht, Vater, es ist nicht wichtig«, rief sie ihm zu.

»Was ist wichtig?«

Aber Hedwig schüttelte nur den Kopf.

Im Oktober des letzten Jahres waren die ersten Briefe gekommen. Nur noch etwa sechshundert Juden gab es in Krefeld, die meisten wohnten in sogenannten Judenhäusern, zusammengepfercht in Wohnungen, die viel zu klein für so viele Leute waren. Seit dem letzten Jahr waren alle jüngeren Gemeindemitglieder und so auch Hedwig und Hans zum Arbeitseinsatz abgeteilt worden. Sie mussten in Uerdingen für die IG Farben arbeiten, da immer mehr Arbeiter zum Wehrdienst eingezogen wurden. Lohn bekamen sie nicht; die Arbeit war hart und anstrengend. Doch im Oktober ergingen die ersten Aufrufe für den Osttransport der Juden in Krefeld. Auch Dr. Hirschfelder, der sich geweigert hatte, die Stadt zu verlassen, solange es noch Juden in Krefeld gab, hatte so eine Aufforderung erhalten.

In den Osten – das hieß in die Ghettos oder die Konzentrationslager dort. Man hörte nichts Gutes über die Bedingungen, auch wenn nur unter der Hand darüber gemunkelt wurde. Harte Arbeit, noch härter als hier, menschenunwürdige Verhältnisse, kaum Essen und Baracken, in denen sie zu Hunderten eingepfercht wurden. Auch von Erschießungen und anderen Gräueln wurde berichtet.

»Er hat keinen Ausweg gesehen, und er wollte nicht, dass die Nazis ihn töten, da hat er es lieber selbst gemacht«, sagte Omi nun wieder. »Und ich glaube, das ist der richtige Weg.«

»Du willst dich umbringen, Mutter?«, fragte Hedwig entsetzt. »Dir das Leben nehmen?«

»Bevor ich in ein Lager gehe, ja«, sagte Omi. »Und ihr solltet das auch tun.«

»Das ist nicht Gottes Weg«, sagte Opi. Erstaunt sah Hedwig ihn an. Ihr Vater war fast taub, selten bekam er etwas von den Gesprächen mit, die sie in dem kleinen Haus in der Klosterstraße führten. Meist saßen sie alle zusammen in der Küche, dem einzigen Raum, den sie noch mühevoll beheizen konnten. Anrecht auf Kohlen hatten sie kaum, und auch die Lebensmittelmarken waren wieder und wieder beschränkt worden. Die Lebensmittel reichten nicht zum Leben, waren zum Sterben aber zu viel. Immer noch bekamen sie Konserven, Brot und andere Dinge heimlich von Hans Aretz, dem ehemaligen Chauffeur von Karl. Aretz arbeitete als Mechaniker in einer Fleischfabrik und bekam oft doppelte Rationen oder Fehlproduktionen. Doch nun, wo alles immer mehr rationiert wurde, hatte auch er Schwierigkeiten, genügend Essen für seine Familie zu bekommen, und konnte somit auch nur weniger abgeben und mit ihnen teilen.

»Ich werde mich nicht suizidieren«, sagte Emilie Meyer. »Wenn es Gottes Plan ist, dass wir unter solchen Bedingungen leben, dann ist es sein Plan, und ich werde ihm folgen.«

»Du würdest auch in ein Lager gehen?«, fragte Omi die Mutter ihrer Schwiegertochter, die sie seit Kriegsbeginn bei sich aufgenommen hatten. »Im Osten?«

»Wenn es mir so bestimmt ist.«

»Ich nicht!«, sagte Omi wieder entschieden. »Das nicht auch noch. Die Nazis haben uns schon viel angetan, aber das lasse ich nicht mit mir machen. Ich lasse mich nicht noch mehr entwürdigen. Dann gehe ich lieber Isidors Weg.«

Hedwig wischte sich die Tränen von der Wange. »Noch haben wir ja keine Aufforderung bekommen. Vielleicht haben sie die Transporte ja wieder eingestellt. Vielleicht ist es ja auch in den Lagern nicht so schlimm. Die alten Leute – so wie du und Vater, die sollen nach Theresienstadt gebracht werden. Das ist ein Lager für ältere Leute. Dort soll es zwar Baracken geben, aber es ist eine Art Seniorenwohnstadt für ältere Juden, habe ich gehört.«

Hans sah sie an, sein Blick war voller Zweifel. »Warum sollten die Nazis so etwas tun?«, fragte er leise. »Warum sollten sie die Alten dort durchfüttern? Wenn sie uns in den Osten bringen, dich und mich, dann, damit wir dort arbeiten. Das können wir. Umbringen werden sie uns wohl nicht, sie brauchen ja Arbeitskräfte. Aber Omi und Opi? Großmutter Emilie?«

»Ich habe das so gehört. Sie bringen sie dorthin, damit sie die Wohnungen hier haben für die Ausgebombten. Sie wollen den Wohnraum hier, aber nicht ihr Leben.«

»Glaubst du das?«, fragte Omi. »Glaubst du das wirklich? Isidor hat es nicht geglaubt, sonst hätte er sich nicht umgebracht. Er wollte ihnen zuvorkommen.«

»Würdest du wollen, dass ich mich und Hans umbringe?«

Omi sah Hedwig nachdenklich an. »Wenn ich mir etwas wünschen dürfte, dann wäre es unser früheres Leben. Das Leben ohne Nazis. Oder meinetwegen das Ende des Krieges mit der Niederlage der Nazis. Das würde ich mir wünschen. Dass wir hier in Ruhe leben dürften, bis Gott uns zu sich holt. Aber es sieht nicht so aus, als wären das Gottes Pläne. Ich weiß nicht, was er beabsichtigt. Ich weiß nur, dass es mir graust, wenn ich an die Transporte denke, daran, unser Heim aufzugeben und in Barracken mit vielen anderen zu hausen. Mein Leben ist sowieso bald zu Ende. Ich werde im Sommer achtundsiebzig Jahre. Ich habe Kriege gesehen, im Kaiserreich gelebt und danach in der Weimarer Republik. Jetzt haben wir dieses Tausendjährige Reich, das hoffentlich nicht so lange währen wird. Aber ich sehe wenig Hoffnung, dass sich in meiner Lebenszeit noch etwas zum Guten wendet.«

»Du hast meine Frage nicht beantwortet«, sagte Hedwig bitter. »Möchtest du, dass Hans und ich uns auch umbringen?«

»Ich kann die Frage nicht beantworten. Das ist nicht meine Entscheidung, sondern deine. Und die von Hans.« Sie sah zu ihrem Enkel. »Ich würde mir für euch ein langes und glückliches Leben wünschen. Aber ich weiß nicht, wie die Zukunft aussieht.«

»Es ist doch gar nicht gesagt, dass ihr oder wir die Stadt verlassen müssen, Omi«, sagte Hans. »Und Hitler hat den USA den Krieg erklärt, sie greifen jetzt ein und werden die Nazis ganz sicher besiegen.«

»Auch gegen die Sowjetunion, gegen Stalin hat Hitler keine Chance. Es ist nur eine Frage der Zeit, wann er besiegt wird«, fügte Hedwig hinzu.

Omi sah sie nur an und schwieg dann.

Hedwig seufzte und zog die dünne Jacke enger um sich. Das kleine Feuerchen im Ofen konnte den Raum nicht wirklich erwärmen, es war bitterkalt in diesem Winter.

»Ich werde den Weg gehen, den Gott für mich bestimmt hat«, sagte Großmutter Emilie so fest sie konnte, dann wischte sie sich mit der Hand über den Mund, der links schief hing, ein dünner Faden Speichel blieb an ihrem Handrücken hängen. Sie hatte schon zwei Schlaganfälle gehabt, und ihr Zustand wurde immer kritischer, doch es gab kein Krankenhaus mehr für Juden, keinen Arzt, der sie behandelte, seit Doktor Hirschfelder sich umgebracht hatte.

Obwohl Hedwig sich jeden Tag sagte, dass sie der Deportation ja entgangen sei und alle Juden, die wegsollten, schon im Oktober und Dezember abtransportiert worden waren, schaute sie dennoch ständig voller Angst in den Briefkasten und zuckte bei jedem Klingeln zusammen.

Am 17. Februar 1942 kam sie abends zusammen mit Hans nach Hause. Sie durften nicht mehr Fahrrad fahren und auch die Straßenbahn nicht benutzen, sondern mussten vor und nach der langen Schicht zu Fuß gehen. Auf ihren Mänteln prangte seit einem Jahr schon der große gelbe verhasste Stern, der sie als Juden auswies. Ihn nicht zu tragen war bei Strafe verboten, und wenn man erwischt wurde, kam man ins Zuchthaus.

Selten traf sich Hans in diesen Tagen mit Rita Aretz. Es war zu gefährlich für Rita, denn es galt als Rassenschande, sich mit einem Juden einzulassen. Wenn sie sich doch trafen, dann heimlich, und manchmal legte Hans seinen Schal so geschickt um den Hals, dass das Tuch den Stern überdeckte.

Meist aber war er zu erschöpft, um noch irgendetwas zu tun. Er musste schwer arbeiten und bekam nur einen Topf mit Wassersuppe zur Mittagszeit und manchmal einen harten Kanten Brot.

Sie hatten seit Kriegsbeginn nichts von Karl, Martha und den Mädchen gehört. Angeblich hatten die vier es bis nach Amerika geschafft, aber sicher war die Nachricht nicht. Es kamen keine Briefe an, auch keine Antworten auf ihre Briefe zu den Freunden und Verwandten in den Niederlanden. Es war fast so, als sei alles Leben um sie herum erloschen oder durch eine dicke, undurchdringliche Mauer von ihnen getrennt.

Als sie das kleine Haus in der Klosterstraße betraten, kam ihnen Valentin weinend entgegen. »Mutter«, sagte er, schluchzte und zeigte zur Treppe. »Meine Minnie, mein Mienchen …«

Hedwig schrie auf und lief die schmale Treppe nach oben. »Mutter!«, rief sie. »Mutti!«

Hans eilte ihr nach, blieb aber in der Tür vom Schlafzimmer seiner Großeltern stehen. Omi, Wilhelmine Meyer, lag im

Bett, sie hatte die Augen verdreht und Schaum vor dem Mund und röchelte. Es war ein furchtbares Geräusch.

»Schnell!«, rief Hedwig. »Lauf zu Aretz, hol Finchen.«

»Aber …«

»Los! Tu, was ich dir sage!« Sie drängte ihn zur Seite, rannte ins Badezimmer, er hörte Wasser rauschen. Dann drehte er sich um und lief die Treppe wieder hinunter, rannte nach draußen und eilte, so schnell er konnte, zu Aretz.

Er klingelte. Rita öffnete ihm die Tür. »Hans«, sagte sie erstaunt. »Was machst du denn … was ist passiert?« Sie sah ihn an und begriff, dass etwas Schreckliches passiert sein musste.

»Deine Mutter«, stammelte Hans. »Tante Finchen …«

Josefine Aretz kam aus der Küche. »Hans? Was ist denn?«

»Omi … etwas ist mit Omi. Mutti sagt, du musst sofort kommen.« Er war bleich, seine Augen waren vor Schrecken und Kummer geweitet, seine Hände zitterten. Hans wusste, dass etwas ganz Furchtbares gerade passierte.

Josefine überlegte nicht lange. Sie nahm ihren Mantel vom Haken, zog ihn über, ohne die Schürze auszuziehen, nahm ihre Handtasche. »Sag Vati, wo ich bin.« Dann folgte sie Hans.

»Was ist mit Omi?«, fragte sie, als sie gemeinsam zur Klosterstraße liefen. »Ist sie krank? Gestürzt?«

Hans schüttelte den Kopf. »Sie … ich weiß nicht. Es sah aus, als hätte sie einen Anfall.« Er versuchte zu beschreiben, was er gesehen hatte, aber er konnte es nicht, der Schrecken machte ihn sprachlos.

Als sie in der Klosterstraße waren, hielt sich Josefine nicht mit Begrüßungen auf. Opi saß am Küchentisch und schluchzte wie ein kleines Kind, Großmutter Emilie saß in ihrem Sessel, ihr Blick war wie versteinert.

Josefine, die sich im Haus auskannte, rannte die Treppe nach oben. Hans wusste nicht, ob er ihr folgen sollte, tat es aber dann doch.

Seine Mutter hockte neben dem Bett, wusch Minnie das Gesicht immer wieder ab und versuchte, ihr Wasser einzuflößen. Doch Wilhelmines Mund war verzerrt; die Kiefer schien sie fest aufeinander gepresst zu haben. Sie atmete noch, doch sie schien niemanden zu sehen, und ihr Körper zuckte immer wieder.

»Hat sie was genommen?«, fragte Josefine und legte Hedwig sanft die Hand auf die Schulter.

Hedwig zeigte auf das Nachttischchen. Dort lagen drei oder vier leere Tablettenröllchen, und daneben stand ein Glas, in dem noch ein Rest milchiger Flüssigkeit war.

»Sie hat in der letzten Zeit immer wieder davon gesprochen«, sagte Hedwig mit rauer Stimme. Ihr Gesicht war aufgequollen, aber sie weinte nicht mehr. Entsetzen stand in ihren Augen.

»Hast du versucht, ihr den Finger in den Hals zu stecken?«

»Ja, aber ich bekomme die Zähne nicht auseinander. Und dann … sie will es so. Sie will nicht mehr leben.« Jetzt schluchzte Hedwig doch.

»Kann man noch etwas machen?«, flüsterte Hans.

Josefine sah ihn an, ihr Gesicht war voller Mitgefühl. »In anderen Zeiten könnte man sie in die Klinik bringen. Aber ob das Erfolg hätte? Ich weiß es nicht.«

»Und … jetzt? Was passiert jetzt?« Hans spürte die Tränen, seine Augen brannten, und er konnte nichts dagegen tun. »Omi … meine Omi …«

»Wir müssen warten«, sagte Josefine sanft. »Aber es ist gut, dass wir bei ihr sind. Dass sie nicht alleine ist.«

»Hans, geh runter zu Opi. Vielleicht kannst du eine Brühe kochen? Irgendetwas Heißes?«, fragte Hedwig.

Hans nickte und ging hinunter. Opi sah ihn an, sein Gesicht war eingefallen, die Augen waren rot und klein. Er schaute nur, sagte nichts, und Hans schüttelte den Kopf, setzte sich neben seinen Großvater und umarmte ihn.

»Sie will sterben«, sagte Opi. »Sie hat das alles nicht mehr ertragen. Sie will das nicht mehr. Und sie will auf keinen Fall in den Osten. Aber … sie kann mich doch nicht alleine lassen? Mein Mienchen, meine geliebte Wilhelmine.«

Es war eine schreckliche Nacht. Hans fand nur wenige Dinge – Kartoffeln und Möhrenschalen, ein wenig Blumenkohl, der schon ganz grau und weich war, einen Rest Dosenfleisch. Er tat alles zusammen in einen Topf mit Wasser und Salz, kochte es auf. Kraft hatte die Brühe nicht, aber wenigstens schmeckte sie nicht nur nach heißem Wasser.

Irgendwann – Hans hatte jedes Zeitgefühl verloren – klopfte es an der Tür. Aretz war gekommen. Hans brauchte nicht viel zu sagen, Aretz verstand, was passierte. Er hatte ein Glas Hühnersuppe mitgebracht und ein paar Würste. Die Würste tat Hans in den Eisschrank, die Hühnersuppe in den Topf.

Aretz ging nach oben.

»Es dauert noch«, sagte Josefine. »Wir können nichts tun.«

»Ich bin mit dem Auto da. Sollen wir sie ins Krankenhaus bringen oder versuchen, einen Arzt zu holen?«

»Nein«, sagte Hedwig. »Das würde ihr Leiden nur verlängern. Sie will nicht mehr leben, und so schwer es auch ist, wir müssen ihren Wunsch respektieren.«

»Fahr nach Hause«, meinte Josefine. »Ich bleibe heute Nacht hier.«

»Ist gut.«

Es dauerte noch Stunden. Erst im Morgengrauen des 18. Februar wurde der Atem langsamer, die Krämpfe ließen nach.

Valentin war nach oben gekommen, sie saßen um die Sterbende.

Plötzlich stand Valentin auf. »Sie will sterben, damit ihr die Würde nicht genommen wird«, sagte er. »Und das ist rechtens, auch wenn Gott der Einzige sein soll, der über den Zeitpunkt des Todes bestimmt.« Er sammelte sich, legte die rechte Hand über die Augen.

»Höre Israel«, sagte er, »Gott ist einzig, deshalb sollst du ihn lieben, mit ganzem Herzen, ganzer Seele und ganzer Kraft.«

Es war das Schma Israel, was Valentin sprach. Hedwig und Hans schlossen sich ihm an.

»Diese Worte, die ich dir heute gebiete, sollen in deinem Herzen geschrieben stehen, und du sollst sie deinen Kindern erzählen und davon, wenn du zu Hause sitzt oder unterwegs bist, wenn du dich schlafen legst und wenn du aufstehst.

Du sollst sie als Zeichen um dein Handgelenk binden und sie sollen ein Merkzeichen auf deiner Stirn sein.

Du sollst sie auf die Türpfosten deines Hauses und an deine Tore schreiben.

Gott ist einzig, darum sollst du ihn lieben mit ganzem Herzen, mit ganzer Seele und mit ganzer Kraft!«

Sie schwiegen für einen Augenblick, dann sammelte sich Hedwig.

»Unter Gottes Schutz …

Wer unter dem Schutz des Höchsten wohnt, der kann bei ihm, dem Allmächtigen, Ruhe finden.

Auch ich sage zum Herrn: Du schenkst mir Zuflucht wie

eine sichere Burg! Mein Gott, dir gehört mein ganzes Vertrauen.« Sie schloss die Augen, sagte die nächsten Verse nur stumm. Dann fuhr sie fort.

»Mit eigenen Augen wirst du sehen,

wie Gott es denen heimzahlt, die ihn missachten.

Du aber darfst sagen: Beim Herrn bin ich geborgen!

Ja, bei Gott, dem Höchsten, hast du Heimat gefunden.

Darum wird dir nichts Böses zustoßen,

kein Unglück wird dein Haus erreichen.

Denn Gott hat seinen Engeln befohlen über dir,

dass sie dich behüten, auf allen deinen Wegen.

Dass sie dich auf den Händen tragen, und du deinen Fuß nicht an einen Stein stoßest.«

Wieder hielt sie inne.

»*Gott sagt:* Sie liebt mich von ganzem Herzen,

darum will ich sie retten. Ich werde sie schützen, weil sie mich kennt und ehrt. Wenn sie zu mir ruft, erhöre ich sie.

Und …«, Hedwig schluckte, »und … wenn sie keinen Ausweg mehr weiß, bin ich bei ihr. Ich will sie befreien und zu Ehren bringen. Ich lasse sie meine Rettung erfahren und … und …«

Hedwig brach ab. Die letzte Zeile des Psalms konnte sie nicht sagen, denn sie lautete: Ich gebe ihm ein langes und erfülltes Leben.

Wilhelmines Atem wurde ruhiger. Schließlich blieb ihr Herz stehen.

Hedwig beugte sich über sie, schloss ihr die immer noch nach oben verdrehten Augen, deckte das Gesicht mit einem weißen Tuch zu. Valentin nahm nun die Hand seiner Frau, denn Sterbende soll man nicht berühren, um ihren Weg nicht aufzuhalten. Erst nach Eintritt des Todes waren Berührungen wieder erlaubt. »Nun bist du bei Gott«, sagte er mit krächzender Stimme, die ganz wund klang nach all dem Wehklagen. »Nun bist du endlich bei Gott.«

Hans öffnete das Fenster, und Hedwig zündete eine Kerze an.

Es war Mittwochmorgen. Hedwig und Hans hatten keine Wahl, sie mussten nach Uerdingen zur Arbeit. Fehltage oder Urlaub gab es nicht.

Aretz kam in der Frühe. Er hatte Brot mitgebracht und Margarine, Aufschnitt und ein Stückchen Käse – Dinge, die für sie inzwischen eine Seltenheit waren.

»Ich fahre euch nach Uerdingen«, beschloss er.

»Das ist verboten«, sagte Hedwig leise. Sie war vollkommen erschöpft – körperlich, aber auch emotional.

»Du bleibst zu Hause«, sagte Hans entschieden. »Ich werde sagen, dass du krank bist.«

»Aber …«

»Hans hat recht«, sagte Josefine. »Geh ins Bett. Du musst ein wenig schlafen. Dein Vater auch. Und ich ebenso. Aber ich komme nachher wieder und helfe dir.«

Aretz brachte Hans nach Uerdingen. Er ließ ihn ein Stück weit entfernt von dem Fabrikgelände in einer ruhigen Straße aussteigen. »Wir sehen uns nachher«, sagte er und legte Hans die Hand auf die Schulter. »Du musst jetzt stark sein, auch wenn es schwer ist. Du musst für deine Mutter stark sein.«

»Ich weiß.«

Es gab nicht mehr viele verantwortliche Mitglieder der Gemeinde. Der Rabbiner hatte 1939 auswandern dürfen, und inzwischen waren nur noch ein paar alte Männer da, die notdürftig die Gemeinde betreuten und unterstützten. Dennoch kamen einige Frauen und Männer am späten Vormittag und halfen, Wilhelmine zu waschen und anzuziehen. Sie wurde in einen schlichten Sarg gelegt. Die Beerdigung würde noch an diesem Abend sein.

Als Hans nach Hause kam, waren alle Spiegel und Uhren verhängt. Der Sarg mit Omi stand in der Küche auf einem Karren. Eilig machten sie sich auf zum jüdischen Friedhof.

Es war nur eine kurze Andacht, denn Versammlungen waren verboten. Und mehr als einmal sahen sie über ihre Schultern, ob Polizei oder Gestapo schon warteten.

Danach saßen Opi, Großmutter Emilie und Hans zusammen in der Küche. Aretz hatte weiteres Essen vorbeigebracht, aber sie spürten keinen Hunger, nur eine große Leere.

»Ich werde Karl schreiben, auch wenn ihn der Brief vermutlich nicht erreicht«, sagte Opi.

»An welche Adresse willst du den Brief senden?«, fragte Hedwig. Ihr Gesicht war verquollen, immer wieder kamen ihr die Tränen.

Opi sah sie voller Verzweiflung an. »Das weiß ich nicht«, gestand er dann hilflos. »Aber ein Sohn muss doch wissen, dass seine Mutter gestorben ist.«

»Dann schick den Brief zu den Kruitsmans nach Amsterdam. Vielleicht haben sie eine Möglichkeit, ihn weiterzuleiten. Und vielleicht einen zweiten zu Koppels in Slough. Aber von beiden Familien haben wir ja auch nichts mehr gehört.«

»Ich schreibe beiden«, beschloss Valentin.

Er brauchte einige Tage, um den Brief zu schreiben, verwarf immer wieder seine Entwürfe, doch schließlich brachte er die schlimmen Nachrichten zu Papier.

Seit Wilhelmines Tod schien er nur noch ein Schatten seiner selbst zu sein, und Hedwig fürchtete jeden Tag mehr um sein Leben.

Doch die Wochen vergingen, der März kam und ging, und im April schien überwiegend die Sonne und brachte Hoffnung. Hitlers Feldzug im Osten schien zu stagnieren. Aber etwas tat sich. Die ersten Ostarbeiter kamen in Krefeld an und begannen bei der IG Farben zu arbeiten. Sie stammten aus den besetzten Gebieten der Ukraine und Weißrusslands und mussten eine Armbinde mit der Aufschrift »Ost« tragen, die sie von den Zwangsarbeitern aus Polen unterschied.

Am Montag, dem 20. April 1942, wurden Hedwig und Hans ins Büro des Personalchefs gerufen.

»Hedwig Simons, geboren am 30. Juni 1892?«, fragte er.

Hedwig nickte.

»Und Hans Simons, geboren am 23. Mai 1921?«

Auch Hans nickte. Der Mann mit der verhassten Uniform gab jedem einen Brief. »Sie können gehen«, sagte er und wandte sich ab.

Erst vor dem Büro öffnete Hedwig den Brief, las ihn und sackte in sich zusammen.

»Mutti!«, rief Hans erschrocken und kniete sich neben sie. Hedwig biss sich auf die Lippen, reichte ihm das Schreiben. Er las, öffnete den Brief, den er bekommen hatte – in beiden stand das Gleiche. Sie hatten sich am Morgen des 22. April – also in zwei Tagen – um acht Uhr auf dem Bahnhof in Krefeld einzufinden. Sie waren einem Arbeitstransport in den Osten zugeteilt worden. Mitnehmen durften sie einen kleinen Koffer.

»Jetzt ist es so weit«, sagte Hedwig, dann sprang sie auf, lief nach draußen und übergab sich. Hans folgte ihr, seine Knie schlotterten.

»Was machen wir jetzt?«, fragte er sie. »Was sollen wir nur tun, Mutti?«

Hedwig schüttelte den Kopf. »Ich weiß es nicht«, antwortete sie stumpf. »Ich weiß es wirklich nicht.«

»Lass uns fliehen, lass uns versuchen, über die Grenze nach Holland zu kommen.«

»Dort sind sie doch auch, Junge. Sie sind überall.« Verzweifelt und mutlos sah Hedwig ihren Sohn an.

»Mutti, es ist ein Arbeitslager. Wir sind jung, wir schaffen das. Ob wir hier hungern und arbeiten oder da …« Er wusste, dass sie wusste, dass er log. Natürlich war es ein Unterschied. Alles, was sie aus dem Osten hörten, war grauenvoll. »Aber ich würde auch versuchen, mit dir zu fliehen. Über die Grenze und dann durch die Ardennen und bis ins freie Frankreich. Es gibt Leute, die das machen.«

»Hast du von jemandem gehört, der es geschafft hat?«

Niemand hatte das.

»Man hört doch gar nichts von jenseits der Grenzen, der besetzten Gebiete. Wir hören auch nichts von Onkel Karl und Tante Martha.« Er stockte. »Vielleicht … vielleicht, wenn wir irgendwo hinkommen, wo die Nazis nicht sind – Südfrankreich, die Schweiz –, vielleicht können wir dann Kontakt mit Onkel Karl aufnehmen. Er wird uns retten.«

»Ach, Junge. Mein lieber, lieber Sohn.« Hedwig senkte den Kopf. »Ich weiß nicht, ob ich das schaffen würde.«

»Wir haben zwei Tage … na ja, einen Tag. Am Mittwochmorgen müssen wir am Bahnhof sein.«

»Und wenn wir es nicht sind, was machen sie dann mit Opi? Und mit Großmutter Emilie?«

Daran hatte Hans überhaupt nicht gedacht. Wenn sie nicht kämen, würde die Gestapo sie suchen. Und sie würden Opi und Großmutter Emilie verhören. Das würden die beiden sicherlich schlecht verkraften, wenn sie es überhaupt überlebten. Die Verhörmaßnahmen Juden gegenüber wurden immer drastischer.

Er half seiner Mutter auf. Langsam gingen sie zurück in das Fabrikgebäude. Der Vorarbeiter sah sie kommen und schenkte ihnen einen mitleidigen Blick. »Nehmt eure Sachen und geht nach Hause.«

»Aber es ist noch nicht Feierabend«, sagte Hedwig unsicher.

»Geht«, sagte er. »Geht mit Gott. Ich habe gehört, dass sie euch in den Osten schicken.« Er senkte den Kopf. »Ich weiß nicht, was das soll. Jetzt schicken sie uns die Fremdarbeiter, die kaum ein Wort verstehen und denen man alles genau zeigen muss, und die deutschen Arbeitskräfte, die eingearbeitet sind und gute Arbeit leisten, sollen gehen. Es hat keinen Sinn. Ich habe versucht, für euch ein gutes Wort einzulegen … aber … es gibt halt Befehle.«

»Danke«, sagte Hans. »Danke, dass Sie es wenigstens versucht haben.«

»Bleibt stark. Und esst, wann immer ihr könnt. Alles. Esst und wehrt euch nicht. Mehr an Rat weiß ich auch nicht.« Er zog bedauernd die Schultern hoch. »Wer weiß, wohin dieser Weg noch führen wird. Das Land geht keinen guten Weg.« Er hatte es nur gehaucht, drehte sich um und ging.

Hans holte schnell ihre Sachen, und dann verließen sie das Betriebsgelände. Sie lasen die Briefe noch einmal, aber es war kein Ort angegeben, kein Ziel. Nur dass es ein Arbeitstransport in den Osten war.

»Wir dürfen Sachen mitnehmen«, sagte Hedwig, die sich an jeden Strohhalm klammerte. »Sie würden uns doch nicht erlauben, Sachen mitzunehmen, wenn sie uns direkt umbringen wollten?«

»Das denke ich auch«, log Hans. Er hatte gehört, dass allen sofort die Koffer abgenommen wurden. Nicht selten hatte der eine oder andere das letzte bisschen an Wertgegenständen oder Schmuck, das letzte Bargeld in das Futter des Koffers eingenäht. Die Koffer wurden aufgeschlitzt, um die letzten Schätze zu finden.

»Es wird alles gut werden«, sagte er. »Wir bleiben zusammen, und alles wird gut werden.«

Es war sehr schwer, die Lage Opi zu erklären. Er hatte sich gerade ein wenig erholt, und nun würde der nächste Schlag kommen.

»Wer wird sich um die beiden kümmern?«, fragte Hedwig, und schon wieder kamen ihr die Tränen. »Wer wird sich um meinen armen, alten Vater kümmern, wenn ich nicht mehr da bin? Wenn wir beide nicht mehr da sind? Was sollen die beiden Alten bloß machen?«

»Da ist noch Sarah Rubinstein von der Gemeinde. Und Isaak Hirsch.« Hans dachte nach. »Und die Aretz'.«

»Die Aretz' haben schon so viel für unsere Familie getan. Mit jedem bisschen mehr machen sie sich strafbar. Sie können sich jetzt nicht ganz um Opi und Großmutter kümmern.«

»Aber sie können hin und wieder nach ihnen schauen«, gab Hans zurück. »Das werden sie auch tun.«

Sie waren zur Innenstadt gekommen. »Ich gehe zu Aretz' und sag es ihnen.« Er schluckte. »Ich will mich auch von Rita verabschieden.«

»Ich habe dich das nie gefragt – aber liebst du sie?«

Hans senkte den Kopf. »Erst war sie für mich wie Ilse – eine kleine Cousine. Aber in der letzten Zeit – ich weiß es nicht.« Er stockte. »Ja, ich glaube, ich liebe sie. Doch das darf ja nicht sein. Und der Gedanke … dass ich sie nie, nie wiedersehe.« Plötzlich standen ihm die Tränen in den Augen. »Diese Zeit, in der wir leben, ist so schrecklich. Warum tut uns Gott das an?«

Hedwig blieb stehen, nahm seine Hände. »Das weiß ich nicht. Er wird es wissen. Vielleicht, weil wir es ertragen können, weil wir Juden danach stärker aus der Krise erwachsen können.«

»Ich wäre lieber nicht stark, aber ohne diese Qualen und Sorgen. Warum können sie uns nicht einfach in Ruhe leben lassen?« Er schüttelte den Kopf und drehte sich um, ging in die Innenstadt zur Wohnung der Aretz'.

Unzählige Male war er dort hingegangen. Hatte sich dort oder in der Nähe mit Rita getroffen. Er wusste, dass sie in ihn verliebt war, hatte es immer von sich weggedrängt. Aber Rita war ein wichtiger Gesprächspartner für ihn geworden. Eine Vertraute, jemand, bei dem er so sein konnte, wie er war. Je länger das andauerte und je älter sie beide geworden waren, umso mehr hatte sich sein Gefühl ihr gegenüber verändert. Früher war sie die Kleine gewesen, war immer mit dabei – schon als Kinder hatten sie viel Zeit miteinander im Haus von Onkel Karl verbracht.

Oft hatten sie zusammen Urlaub gemacht – die Meyers und die Aretz', und sie hatten Hans mitgenommen.

Aus der Kleinen war ein großgewachsenes junges Mädchen geworden. Fünfzehn Jahre war sie jetzt, und man sah schon die Formen, die sie als Frau haben würde.

Sie war immer da gewesen, hatte immer mit ihm geredet, hatte nie Vorurteile gehabt, hatte ihn genommen, so wie er war. Sie jetzt zu verlassen tat mehr weh, als er befürchtet hatte. Es war ein grauenvoller Gedanke.

Es ist Krieg, und ich muss gehen und weiß nicht, ob ich jemals wiederkomme, sie jemals wiedersehe. Seine Eingeweide zogen sich zusammen, und auf einmal wurde ihm schlecht. Es hatte schon Abtransporte in den Osten gegeben. Auch aus anderen Städten. Genaue Berichte gab es nicht, und kaum jemand hatte etwas von den Verwandten gehört, die abtransportiert worden waren. Aber es gab schreckliche Gerüchte.

Ich werde sterben, dachte Hans nun in einer seltsamen Klarheit. Diese Fahrt geht in den Tod. Ich werde niemals wiederkommen.

Er ging die Straße entlang und sah die Häuser, die Fassaden, den Bürgersteig. Er sah die Menschen, die an ihm vorbeigingen, als wäre es ein Tag wie jeder andere auch. Aber das war es nicht.

Ich sehe dieses Haus zum letzten Mal, ich werde es nie wiedersehen. Meine Füße werden nie wieder über dieses Pflaster gehen. Nie wieder, nie, nie wieder werde ich vor diesem Haus stehen und auf diesen Klingelknopf drücken.

»Aretz« stand auf dem Schild. Hans las es, als würde er es zum ersten und zugleich letzten Mal sehen. Unzählige Male hatte er hier gestanden, aber nie hatte er dem Schild eine Beachtung geschenkt. Nun aber sah er es an, prägte sich die Schrift ein, die schon ein wenig verwittert war. Er ging die Treppe hoch, die ausgetretenen Stufen, die er schon so oft gegangen war, sah die Tür, an der die Farbe abblätterte.

Rita öffnete. »Hans«, sagte sie strahlend und dann musterte sie ihn. »Was? Was ist los? Komm rein.« Sie zog ihn mit sich.

In der Küche stand Josefine und bereitete das Abendbrot vor. Es duftete köstlich. Ja, es duftete immer köstlich in dieser Küche. Johann Aretz hatte eine Stelle als Mechaniker in einer Fleischfabrik und bekam oft Abfälle und Fleisch unter der Hand, etliche Konserven, die beschädigt waren, und andere Dinge. Dafür reparierte er das Auto des Chefs und die Geräte der Vorabeiter, half ihnen bei technischen Dingen. Er hatte schon immer seine zusätzlichen Lebensmittel mit den Meyers geteilt. Sein Sohn Helmuth fuhr zweimal die Woche nachts zum Haus in der Klosterstraße und brachte ein Netz mit Lebensmitteln, hängte es an das kleine Törchen des Hintereingangs, das etwas versteckt lag. Es wurde immer weniger, was Aretz teilen konnte, und es wurde immer gefährlicher, es zu tun, aber Aretz gab es nicht dran.

Tante Finchen, wie Hans sie von klein auf nannte, drehte sich um und lächelte. »Hallo, Hans, bleibst du zum Essen?« Dann sah sie seinen Gesichtsausdruck. »Was ist passiert?«

»Mutter und ich sind auf einem Transport. Übermorgen«, brachte er hervor. »In den Osten.«

»O nein!«, schrie Rita und fiel ihm um den Hals. »O nein, o nein, o nein!«

Hans konnte sich nicht rühren, er konnte seine Hände nicht heben, konnte Rita weder umarmen noch wegschieben.

»O Hans, nein«, sagte Josefine auch erschüttert. Sacht zog sie Rita von ihm, schloss sie in die Arme. »Was können wir tun?«

Hans schüttelte den Kopf. »Nichts. Mutti und ich können nicht fliehen, sie würden sich an Opi rächen, nicht wahr?«

Josefine blinzelte, aber sie konnte die Tränen nicht aufhalten. Unwirsch fuhr sie sich mit dem Handrücken über die Wange.

»Und wohin sollten wir auch fliehen? Es gibt keinen Weg.«

»Wohin? Wo schicken sie dich hin?«, schluchzte Rita und befreite sich aus der Umarmung ihrer Mutter. Sie lief wieder zu Hans, und diesmal schaffte er es, sie in die Arme zu schließen.

»In den Osten. Mehr weiß ich nicht.«

»Du kommst wieder. Ganz sicher kommst du wieder«, sagte Josefine mit fester Stimme.

»Es ist noch nie jemand wieder zurückgekommen.«

»Aber sie werden den Krieg verlieren, die Nazis werden verlieren. Sie können nicht gegen Stalin und Amerika gewinnen. Und dann, wenn alles vorbei ist, kommst du wieder. Du musst nur durchhalten. Du musst stark sein und durchhalten.«

»Ja«, sagte Hans. »Ja, das werde ich.« Seine Stimme klang blechern und hohl. Sie sahen sich an, Josefine und er, und beide wussten, was der andere dachte.

»Bitte«, sagte Josefine tonlos. »Bitte.«

Hans verstand, was sie meinte, und strich Rita über das Haar.

»He, Kleines«, flüsterte er ihr ins Ohr, »ich werde stark sein, und du musst tapfer sein. Ja?«

»Geht in Ritas Zimmer«, sagte Josefine. »Aber nicht zu lange. Ich packe inzwischen ein paar Sachen für dich.«

»Ich darf nur einen Koffer mitnehmen.«

»Immerhin.«

Sie gingen in Ritas Zimmer. Es war klein, aber sie hatte es sich gemütlich gemacht. Nur wenige Male war Hans hier gewesen. Er sah sich um, prägte sich alles ein. Das Bett mit dem Überwurf aus verschiedenen bunten Stoffen, den Omi ihr genäht hatte, das Filmplakat an der Wand, das Bücherregal – wie hatten sie es geliebt, über Bücher zu reden, zu streiten oder zu diskutieren. Ihr Schreibtisch, der Stuhl. Am Boden ein kleiner handgeknüpfter Teppich – damit hatte sie etliche Winterabende verbracht.

Rita hielt seine Hand, nun umarmte sie ihn. »Hans, ich liebe dich.«

»Ich weiß«, sagte er und zögerte. »Ich liebe dich auch«, sagte er dann, und es war, als würde eine Wand einbrechen, die er gezogen hatte. Er zog sie an sich, küsste sie. Vorsichtig und sanft erst. Er spürte die Wärme ihrer Lippen, schmeckte den Geschmack ihres Mundes. Vorsichtig erkundeten sie einander, sacht. Der Hunger auf mehr lauerte, aber beide wussten, dies war nicht die Zeit dafür. Es war nicht die Zeit für Leidenschaft, es war die Zeit des Abschieds.

»Ich liebe dich, Rita. Ich werde dich nie vergessen.«

»Ich liebe dich, Hans, so lange ich denken kann.« Sie sah ihn an, ihre Augen schwammen in Tränen. »Du kommst wieder, du musst wiederkommen. Versprich es!«

»Ich werde wiederkommen.« Er schloss die Augen. Herr, hilf mir. Langsam löste er sich aus der Umarmung. »Ich muss nach Hause … meine Mutter. Und Opi … Opi und Großmutter Emilie werden ganz alleine sein.«

»Ich werde nach ihnen schauen. Ich verspreche es.«

»Das darfst du nicht. Du darfst dich nicht in Gefahr bringen. Bitte! Bitte, pass auf dich auf.« Er nahm ihr Gesicht in die Hände, sah ihr in die Augen. »Wir werden uns wiedersehen. Vielleicht in einem anderen Leben, in einer anderen, besseren

Zeit. Leb wohl, liebste Rita.« Noch einmal küsste er sie. Er schmeckte sie, spürte ihre Wärme, sog ihren Duft ein und wollte diese Erinnerung für immer behalten. Dies war seine Glückseligkeit, diese Erinnerungen würden ihn durch die dunklen Stunden bringen, hoffte er. Er würde daran festhalten, sich daran erinnern.

»Ich komme mit dir«, sagte Josefine. Sie hatte eine Tasche, die schwer wog. Hans nahm die Tasche. Er sah sich nicht mehr um, auch wenn er Ritas Rufen hörte. »Hans! Mein Hans!«

»Geh weiter«, sagte Josefine und fasste seine Hand, drückte sie. »Geh einfach weiter.«

Erst kurz vor der Klosterstraße sah sie ihn an, brach das Schweigen. »Sie liebt dich und du sie auch. Ich weiß es, bin ja nicht blind. Sie wird dich weiter lieben, auch wenn du weg bist, zweifle nicht daran.«

»Das weiß ich«, sagte Hans zögerlich und blieb stehen. »Für eine Weile ist es gut. Aber dann … dann muss sie sich davon lösen. Sie darf es nicht zu lange. Wenn ich nicht wiederkomme … Rita soll ihr Glück finden. Ihr konnte ich es nicht sagen. Aber dir – sie soll glücklich werden.«

Josefine nickte, blinzelte die Tränen weg. »Vielleicht ist der Krieg bald zu Ende. Rechtzeitig. Du musst durchhalten, hörst du? Du bist wie ein Sohn für mich. Du musst durchhalten.« Sie sahen sich an, in ihren Blicken war der Abschied für immer und keine Hoffnung. Aber das sprachen sie nicht aus.

»Wir werden uns kümmern«, sagte Josefine und umarmte Hedwig. »Um Valentin und um Großmutter Emilie. Ich verspreche es. Und du versprichst mir, dass du tapfer bist, stark. Dass du versuchst durchzuhalten.«

»Ja.«

Josefine hatte Dosenfleisch mitgebracht. Und Schokolade – Schokolade war selten und kostbar. Ein wenig echten Kaffee und Zigaretten.

»Das Fleisch ist für euch. Kaffee und Schokolade sind wie Geld, vielleicht könnt ihr euch etwas erkaufen.« Sie hatte auch dicke Wollsocken eingepackt und zwei warme Pullover. »Hier ist etwas Geld. Es ist nicht viel …«

»Das können wir nicht annehmen«, sagte Hedwig.

»Ihr müsst«, antwortete Josefine. »Wenn ich könnte, würde ich euch verstecken, würde alles tun …«

»Das geht nicht. Wenn wir nicht zum Transport kommen, wird Opi dafür büßen müssen.« Hedwig flüsterte die Worte.

»Was hast du gesagt? Was?«, fragte Valentin aufgeregt. »Ich verstehe dich nicht. Sprich lauter.« Dann sackte er in sich zusammen. »Was soll nur werden? Was wird werden?«

»Alles wird gut, Vater. Es wird alles wieder gut, glaub mir.«

Am Morgen des 22. April 1942 fanden sich etwa hundert Personen auf dem Hauptbahnhof ein. Sie alle trugen einen gelben Stern auf ihren Mänteln. Sie mussten in die Wagen der dritten Klasse einsteigen, die anschließend von außen verschlossen wurden.

»Wo fahren wir hin?«, fragte Hedwig einen der Soldaten, die den Zug begleiteten.

»Erst einmal nach Düsseldorf. Von da gehen die Sammeltransporte ab.« Er sah sie an, sein Gesicht war ohne Rührung. »Vermutlich geht es nach Izbica. Oder nach Lodz. Aber genau weiß ich das nicht, und es ist auch egal.«

Hans sah sich noch einmal um, sah den Bahnhof. Dort oben in den gusseisernen Streben des Glasdachs saßen die Tauben und gurrten. Daran will ich mich erinnern, dachte er, als der Zug abfuhr.

Josefine und Rita hielten ihr Versprechen. Alle paar Tage schauten sie nach Valentin und Emilie, die nun alleine in dem Haus in der Klosterstraße lebten. Valentin ging kaum noch vor die Tür. Zweimal die Woche kaufte er etwas ein, aber ihre Rationen wurden immer kleiner und kleiner. Er bemühte sich, daraus etwas Nahrhaftes zu kochen. Nicht immer gelang es ihm. Emilie, die sich nach dem zweiten Schlaganfall kaum rühren konnte, versuchte mit ihm zusammen den Haushalt zu führen. Sie hatten beide ihre Betten in das Erdgeschoss gebracht und schliefen nun in der Wohnküche. Valentin rechts vom Herd, Emilie links.

Die Familie Aretz bemühte sich, ihnen zu helfen, aber sie konnten meist nur abends kommen und mussten immer vorsichtig sein. Die Bombenangriffe nahmen zu, doch Valentin hörte den Alarm fast nie, und Emilie schaffte es nicht mehr in den Keller. So harrten sie in der Küche aus.

Von Hedwig und Hans gab es keine Nachricht, auch wenn Valentin täglich den Briefkasten kontrollierte. Auch aus den Niederlanden oder gar aus Amerika kam kein Brief, kein Telegramm, nichts. Und dann, Ende Juli, lagen doch zwei Briefe im Briefkasten. Die Kuverts waren im amtlichen Grau, das Papier dünn.

Valentin legte die Briefe ungeöffnet auf den Küchentisch und schaute Emilie an. »Was machen wir nun?«, fragte er.

»Öffne sie. Lies vor«, sagte Emilie.

Es war die Aufforderung, zum Transport zu kommen. Am 25. Juli 1942 hatten sie sich mit einem Koffer am Bahnhof einzufinden.

»Nun wir«, sagte Emilie.

»Sollen wir Wilhelmine folgen?«, fragte Valentin unsicher. »Doktor Hirschfelder hat ihr mehr als genug gegeben. Sie hat nicht alles gebraucht.«

»Mein Leben endet, wenn Gott es bestimmt«, nuschelte Emilie. »Ich werde nicht Hand an mich legen. Aber wenn du es tust, dann geh mit Gott. Ich bin mir sicher, er wird dich empfangen.«

»Was hast du gesagt?«, fragte Valentin.

Emilie seufzte auf. »Zumindest werde ich von dem Tauben erlöst, wenn ich gehen muss«, sagte sie bitter. Dann schrie sie: »Mach, was du willst!«

Valentin nickte. »Was ich will«, murmelte er. »Ich will nichts mehr. Mein Leben liegt in Gottes Hand. Möge mein Ende gnädiger und schneller sein als das meiner armen Frau.«

Abends kam Josefine. Sie sah die beiden Briefe und musste sich erst einmal setzen. »Ihr Lieben. Ihr armen Lieben, was machen wir denn nun?«, fragte sie verzweifelt.

»Wir fügen uns«, sagte Großmutter Emilie. »Etwas Anderes bleibt uns ja nicht übrig.«

Josefine packte die beiden kleinen Koffer. Wieder besorgte sie Kaffee, Schokolade, Dosenfleisch, ein paar warme Sachen und etwas Geld.

Irgendwie machte es Aretz möglich, dass er an dem Morgen des 25. Juli erst später zur Arbeit musste. Er fuhr mit dem Adler zur Klostergasse 6 und half den beiden alten Leuten in den Wagen. Josefine war auch dabei. Sie fuhren zum Bahnhof, halfen den beiden zum Gleis, trugen die beiden kleinen Koffer.

»Wer sind Sie?«, fragte der wachhabende Soldat. »Was machen Sie hier?«

»Unsere Nachbarn wurden hier herbefohlen«, sagte Johan Aretz grantig. »Aber sehen Sie sich die beiden an – alleine hätten sie es nicht geschafft. Wir haben sie also gebracht, damit Sie sie nicht abholen müssen. Ein Dienst für das Reich.«

Die Ironie in Aretz' Stimme entging dem Wachtmann. »Gut so«, sagte er. »Heil Hitler.«

Aretz nickte nur. Diese Grußworte kamen ihm gerade hier nicht über die Lippen. Er stellte die Koffer ab, drückte Valentin an sich, reichte Großmutter Emilie, die immer distanziert gewesen war, die Hand.

»Ich würde mir wünschen, dass wir uns alle wiedersehen«, sagte er.

»Leben Sie wohl«, antwortete Valentin. »Sie sind ein guter Mensch, einer der Besten.«

Josefine umarmte beide, es war ein Abschied für immer, das wussten sie alle, und dafür gab es keine Worte.

»Danke«, sagte Valentin. »Danke, dass es so Menschen wie Sie gibt. Schade nur, dass es so wenige sind.«

Ein älterer Mann mit einem kleinen Köfferchen schlurfte an ihnen vorbei, den Hut tief ins Gesicht gezogen, den Judenstern auf dem Revers des Mantels. Valentin musterte ihn.

»Richard?«, fragte er dann. »Richard Merländer?«

Der Mann blieb stehen, wandte sich um und sah Valentin an. »Ja, das war ich mal. In einem früheren Leben. Jetzt bin ich wohl nur noch der Jude.«

»Wurden Sie auch einbestellt?«

Merländer nickte. »Wo auch immer sie uns hinbringen werden.« Er kniff die Augen zusammen. »Ich kenne Sie. Woher kenne ich Sie?«

»Mein Sohn Karl war Ihr Nachbar.«

»Karl Meyer? Wo ist Karl?«

»Er konnte ausreisen. Wir hoffen, dass er in Amerika ist, aber wir wissen es nicht genau.«

Der Zug fuhr ein, und sie mussten einsteigen. Valentin, Emilie, Merländer und viele andere mehr. Dann pfiff der Schaffner, und der Zug rollte an, fuhr ab.

»Wir werden die Lieben nie wiedersehen«, sagte Aretz traurig.

Kapitel 21

Chicago, Herbst 1942

Der Sommer in Chicago war heiß und stickig gewesen. Aber es gab den Lake Michigan und seine Strände, die großen Parks und auch einige Resorts außerhalb der Stadt, zu denen die Meyers an den Wochenenden oder ihren freien Tagen fuhren. Es war alles nicht so komfortabel wie früher, als sie nur Aretz Bescheid geben mussten und er sie fuhr. Und sie hatten auch kein Wochenendhaus mehr an den Niepkuhlen, wo sie ihre freie Zeit verbringen konnten. Doch Ruth konnte ins öffentliche Schwimmbad gehen, an die Strände. Sie konnte ins Kino gehen, in Cafés und auch in jeden Laden. Nirgendwo fragte jemand danach, ob sie eine Jüdin sei. Nach all den Jahren der Suppression war es befreiend, sich so bewegen und agieren zu können, fand Ruth.

»Früher sind wir in die Sommerfrische gefahren«, sagte Ilse voller Bedauern, als sie in der Sommerhitze am Strand des Michigansees lagen. Die Schwartz' waren mit den Meyers hier, und auch Eddie und Andrew durften sie begleiten.

Ilse hatte gerade ihren High-School-Abschluss gemacht und wusste noch nicht so recht, was sie nun tun sollte. Zu gerne hätte sie studiert, aber das war nicht möglich.

»Was ist die Sommerfrische?«, fragte Eddie.

»Urlaub. Man fährt weg für ein paar Tage, Wochen. Ans

Meer oder in die Berge. Ins Hotel oder in ein Ferienhaus«, versuchte Ruth zu erklären. »Macht man das in Amerika nicht?«

»Vacation«, sagte Andrew und lachte. »Ja, das gibt es hier auch. Gerade in New York. Da fährt man in die Catskills, nicht wahr, Eddie?« Er zwinkerte seinem Freund zu.

»Hmmm«, machte Eddie und stand auf. »Ruth, kommst du mit ins Wasser?«, fragte er.

»Nein«, sagte Ruth träge. »Ich mag mich nicht bewegen. Die Woche war so anstrengend.«

Rachel räusperte sich. Sie lag auf einem großen Badetuch neben Ruth. »Ich habe mit Herbert gesprochen«, sagte sie, ihre Stimme klang belegt.

»Ach ja?«, sagte Ruth matt.

»Ja. Er hat mir die erste Septemberwoche freigegeben.«

»Was?« Überrascht schob Ruth ihre Sonnenbrille hoch und sah ihre Freundin an. »Wieso?«

»Nun, Andrew und ich werden heiraten«, sagte Rachel und lächelte nervös. »Am ersten September. Wir haben gerade das Aufgebot bestellt, und er hat die Genehmigung seines Vorgesetzten bekommen. Wir haben zwar nicht viel Geld«, fuhr sie hastig fort, bevor Ruth etwas sagen konnte, »aber für eine Woche Honeymoon wird es reichen.« Sie räusperte sich wieder. »Und danach werde ich meine Stunden reduzieren.«

»Was? Wie bitte?« Rachel setzte sich auf. »Du … was?«

»Wir sind schon ein paar Monate verlobt«, sagte Rachel. »Das weißt du doch.«

»Ja, ja. Ich wusste auch, dass ihr heiraten wollt. Aber so schnell.« Sie musterte ihre Freundin. »Müsst ihr?«, flüsterte sie dann.

Rachel lachte. »Nein. Doch – aber nicht aus dem Grund.«

»Warum dann?«

Rachel schaute sich um, aber Andrew war Eddie in den See gefolgt. Die beiden planschten und schwammen lauthals johlend.

»Wie kleine Jungs«, sagte Rachel amüsiert, dann runzelte sie die Stirn. »Eddie hat es dir noch nicht gesagt?«

»Was denn?« Allmählich wurde Ruth unruhig.

»Nun ja. Auf Grund der Kriegslage wird ihre Ausbildung verkürzt, und im Oktober werden sie abkommandiert.«

»Abkommandiert?«

»Ja, noch nicht an die Front, da werden sie wohl erstmal nicht hinkommen, aber an einen anderen Standort. Dort werden sie weiter ausgebildet – glaube ich.« Rachel biss sich auf die Lippen. »Wir wollten vorher heiraten. Andrew wird dann befördert, und mit einer Ehefrau bekommt er bessere Bezüge.«

»An welchen Standort denn?«

»Das steht noch nicht fest. Hat Eddie dir wirklich nichts gesagt?«

Ruth schüttelte den Kopf. »Nein. Kein Wort.«

»Nun, dann wird er es noch. Jedenfalls heiraten wir.«

»Aber du bleibst in Chicago?«

»Erstmal schon. Doch ich werde weniger arbeiten.«

»Warum?«

»Weil … weil ich dann verheiratet bin.«

»Und Andrew wird in irgendeiner Kaserne sein. Warum musst du dann weniger arbeiten?«

»Wir werden sehen, wohin er versetzt wird. Eventuell gehe ich mit. Falls nicht, wird er an seinen freien Tagen und am

Wochenende hierherkommen. Dann werden wir uns eine kleine Wohnung suchen, und um den Haushalt muss ich mich dann ja kümmern.« Rachel schob das Kinn nach vorne. »Ist doch klar, oder?«

»Ja«, sagte Ruth. »Ja, natürlich.« Sie schluckte. »Und was sagen deine Eltern?«

»Sie sind hin und weg. Natürlich können sie keine große Hochzeit ausrichten, aber das erwartet Andrew auch gar nicht. Wir werden im kleinen Kreis heiraten. Ihr seid natürlich eingeladen. Eddie soll Andrews Trauzeuge werden. Willst du meine Trauzeugin sein?« Ihr Augenaufschlag war allerliebst, und Ruth konnte ihr den Wunsch nicht abschlagen.

»Ach, Rachel«, sagte Ruth und schlang die Arme um ihre Freundin. »Ich freue mich so sehr für dich. So, so sehr. Endlich gehen alle deine Wünsche in Erfüllung.«

»Nicht alle«, sagte Rachel leise. »Noch immer ist Krieg. Und ich hoffe sehr, dass er schnell zu Ende geht. Denn … ich heirate einen Soldaten.«

»Wann wolltest du es mir sagen?«, fragte Ruth Eddie.

»Ich habe auf den richtigen Augenblick gewartet, aber ich fürchte, für so etwas gibt es keinen richtigen Augenblick«, gestand er. »Ich wusste nicht, wie ich es dir beibringen sollte.«

»Probleme lösen sich nicht, wenn man sie einfach ignoriert«, meinte Ruth verärgert. »Wann musst du Chicago verlassen?«

»In zwei Wochen.«

»Und wohin wirst du versetzt?«

»In irgendein Army Camp – wahrscheinlich in Florida. Dort werden wir unsere militärische Ausbildung abschließen …«

»Und dann?«

»Du weißt, was dann ist. Ich werde abkommandiert werden. Ich werde auf ein Schiff kommen, vermutlich im Pazifik.«

»Du wirst an die Front müssen«, sagte Ruth und spürte das Entsetzen in ihrem Bauch.

»Ja und nein. Ich werde nicht kämpfen müssen, jedenfalls nicht an Land. Andrew und ich wurden für diese neuen Radargeräte ausgebildet – die sind auf einem neuen, hochtechnisierten Schiff. Dieses Schiff nimmt nicht an Kampfhandlungen teil, wir werden Feindbeobachtung machen, werden Funksprüche abfangen und entschlüsseln. Damit können wir vielleicht entscheidend zum Sieg über Japan beitragen.«

»Bisher gewinnt Japan alles. Sie nehmen immer mehr Land ein, und wir verlieren.«

»Wir haben im Juni die Schlacht um Midway gewonnen.«

»Die Japaner haben euch von den Philippinen vertrieben.«

»Wir werden die Philippinen zurückerobern«, sagte Eddie voller Überzeugung.

»Um welchen Preis?«

»Ruth, Liebes, ich bin nun mal Soldat, was soll ich machen?«, fragte er sie und nahm ihre Hand.

»Was wird aus uns?«, fragte sie leise.

»Was soll aus uns werden? Du bist mein Mädchen, und das bleibst du auch.«

»Wenn du in Florida bist und ich hier in Chicago?«

»Wir werden uns schreiben. Und wir werden uns auch sehen können. Ich habe ja auch freie Tage.«

»Florida ist wie weit weg?«

Eddie schwieg. Dann sah er sie an. »Willst du mich nicht mehr? Ich liebe dich, ich möchte mit dir zusammenbleiben.«

»Ich liebe dich auch, Eddie«, sagte Ruth traurig. »Aber ich

weiß, was große Entfernungen mit einer Liebe machen. Entfernungen sind tödlich für die Liebe.«

Bisher hatten sie noch nicht über die Zukunft gesprochen. Es gab keine Anzeichen dafür, dass Eddie ihr einen Antrag machen würde. Und wenn Ruth ehrlich mit sich selbst war, wusste sie auch nicht, wie sie antworten würde.

»Du hast mir von deinem Freund Kurt erzählt«, sagte Eddie. »Und ich weiß, warum du so denkst, wie du es tust. Aber damals warst du noch ein junges Mädchen, jetzt bist du eine Frau. Meinst du nicht, dass unsere Liebe anders ist als die mit Kurt?«

»Doch, sicher. Dennoch weiß ich auch, was Entfernungen mit einem machen. Was es bedeutet, wenn man sich nicht sieht und sich nur schreiben kann.«

»Wir können telefonieren. Ihr habt jetzt einen Telefonanschluss.«

»Das Telefon steht im Wohnzimmer«, sagte Ruth und verdrehte die Augen. »Meine Eltern werden jedes Wort mithören. Das ist keine besonders romantische Vorstellung.«

Eddie lachte, er beugte sich zu ihr und küsste sie. »Nein, das ist es nicht. Aber … wir werden Wege finden.«

Die Zeit eilte dahin, es war wie in diesen komischen Zeichentrickfilmen, wo sie Zeitraffer einsetzten und plötzlich alles schneller war als bisher, als normal.

Ruth kamen die Vorbereitungen für Rachels Hochzeit sehr übereilt vor. Es war auch nur eine Hochzeit im kleinen Rahmen, nur die Familie, die engsten Freunde. Rachel hatte sich ein weißes Hochzeitskleid gekauft, es war günstig gewesen, passte aber nicht richtig. Ruth änderte es in einigen Nachtschichten im Laden ab. Sie hatte ihre Nähmaschine dort hingebracht, so konnte sie in Ruhe nähen, ohne die Familie zu stören.

»Hätte ich mehr Zeit gehabt«, seufzte sie und steckte zum dritten Mal die Nähte ab, damit das Kleid auch wirklich richtig saß, »hätte ich dir ein Kleid genäht. Ändern ist immer mehr Arbeit irgendwie, als es von vorneherein richtig zu machen.«

»Die Zeit reichte nicht«, sagte Rachel voller Reue, aber auch um sich zu rechtfertigen. »Ich bin dir so dankbar, dass du mir hilfst.«

»Ich mache es ja gerne, aber nicht unter Druck. Dann passieren Fehler, die man dann wieder korrigieren muss.« Sie richtete sich auf, begutachtete ihr Werk. »Jetzt müsste es passen«, sagte sie zufrieden. Dann sah sie ihre Freundin an. »Bist du sicher, dass du das Richtige tust?«

»Andrew zu heiraten? Natürlich! Ich liebe ihn.«

»Hmm.«

»Was ist mit dir und Eddie?«

Mit der Frage traf Rachel einen wunden Punkt bei Ruth. Eddie beharrte darauf, dass sie ein Paar blieben, aber erklärt hatte er sich bisher nicht. Sie trafen sich, sie gingen zusammen aus, manchmal kam er nach ihrer Arbeit in den Salon. Hier gab es das Hinterzimmer mit der Liege. Dort küssten sie sich – aber sie waren bisher noch nicht intim geworden. Ruth war sich nicht sicher, an wem es lag. Sie spürte Eddies Begierde, seine Leidenschaft, doch er ging nie über diese eine Grenze. Er küsste sie, streichelte sie, sie fassten sich an, und Kleidungsstücke fielen, aber dann richtete er sich auf, um sich anzuziehen. Ganz der Gentleman. Es gab Abende, da Ruth froh war, dass er so standhaft blieb; es gab hingegen auch Abende, an denen sie es verfluchte. Es gab Abende, an denen sie weitergehen wollte. Sie sehnte sich so sehr nach ihm, nach seiner Nähe und Wärme, wollte eins sein mit ihm – aber nicht so, nicht ohne klare

Worte. Wenn er in ihr nur »das Mädchen« sah, das er traf, das »sein Mädchen« war – dann wollte sie nicht bis zum Letzten gehen. Und sie spürte, dass er zögerte, obwohl sie wusste, dass er sie liebte.

»Mit Eddie und mir ist alles wie immer«, antwortete Ruth deshalb Rachel leichthin.

»Aber … werdet ihr euch nicht verloben, bevor er geht? Es ist ja nicht mehr lange, nur noch eine Woche, dann muss er nach Florida.«

Andrew hatte durch die Hochzeit einen Aufschub bekommen, er durfte die Woche nach der Trauung für die Flitterwochen freinehmen und danach noch zwei Wochen in Chicago bleiben. Dann allerdings musste auch er in ein Army Camp ziehen. Noch war nicht sicher, wohin sie ihn abkommandieren würden – Kalifornien oder Florida, aber ein Hafen würde es werden. Andrew und Eddie waren nun der Navy überstellt worden.

»Ich verstehe das nicht«, jammerte Rachel, »sie sind ja bei der Army und nicht bei der Navy.«

»Im Prinzip ist es doch egal – sie sind Soldaten und dienen ihrem Land. Tatsächlich ist es aber so, dass Amerika eher einen Seekrieg führt als einen an Land. Im Moment zumindest. Das, was sie machen – diese Technologien –, wird auf Schiffen gebraucht, nicht an Land. Deshalb werden sie auch auf Schiffen eingesetzt werden.«

»Der Gedanke ist so furchtbar. Was, wenn das Schiff torpediert wird?«

»Rachel – egal, ob sie auf einem Schiff sind oder an Land an Manövern teilnehmen, alles ist furchtbar. Sie könnten getötet werden. Darum geht es nämlich im Krieg – andere zu töten.«

»Wie kannst du das so aussprechen?«, fragte Rachel entsetzt.

»Weil es so ist. Wie siehst du das denn?«

»Ich mag gar nicht darüber nachdenken.«

Einen Tag vor der Trauung blieben die beiden Freundinnen nach der Arbeit im Laden. Ruth schloss die Tür und zog die Vorhänge im Schaufenster zu. An den Küsten – Ost und West – gab es inzwischen auch ein Verdunkelungsgebot, und Ruth war froh, in der Mitte des Landes zu wohnen. An beiden Küsten hatte es Angriffe von feindlichen U-Booten gegeben, aber kein U-Boot würde im Michigansee auftauchen. Hätten sie auch hier die Fenster verdunkeln müssen, wäre es Ruth weitaus schlechter gegangen, denn damit wäre der Krieg auch hier greifbar gewesen.

Natürlich hatte sich einiges verändert, es gab sogar Beschränkungen. Zivile Automobile wurden nicht mehr gebaut, einige Dinge wurden nicht mehr hergestellt, weil die Produktion auf kriegswichtige Güter umgestellt worden war. Es gab sogar einige Rationierungen, aber das war alles nichts im Vergleich zu dem, was Ruth in England erlebt hatte.

An diesem Abend zogen sie jedoch die Vorhänge aus anderen Gründen zu. Rachel setzte sich in den bequemsten Stuhl, Ruth legte ihr eine Maske an.

»Ich mach erst das Gesicht, dann den Hals, dann das Dekolletee. Deine Hände können jetzt schon in der Lotion baden, ich werde die Nägel anschließend machen«, sagte Ruth und ging ihre Liste durch. »Deine Haare … während die Maske einwirkt, wasche ich dir die Haare und lege eine Kur auf. Die kann dann einwirken. Dann zupfe ich dir die Augenbrauen.«

»Ich kenne die Liste«, sagte Rachel. Sie klang nervös. »Mach einfach.«

Ruth schmunzelte. »Bist du aufgeregt?«

»Wärst du das nicht?«

»Aber warum bist du aufgeregt?«

»Ich werde morgen Andrews Frau.«

»Ja, aber was daran macht dich nervös? Ich meine ... du musst doch nicht die Hochzeitsnacht fürchten, so wie unsere Großmütter und vielleicht unsere Mütter – ihr habt es doch schon gemacht.«

»Ja, wir haben es schon gemacht, nein, davor habe ich keine Angst«, sagte Rachel. »Aber mein ganzes Leben wird sich ändern. Ich werde Mrs. Andrew Silberstein sein.«

»Ich finde das albern«, sagte Ruth nachdenklich. »Du wirst Mrs. Rachel Silberstein sein. Du heiratest ihn, nimmst seinen Nachnamen an, aber du gibst dich doch nicht auf. Für mich wirst du weiterhin Rachel sein, nicht Mrs. Andrew. Das klingt ja fast wie in der Sklaverei, als die Schwarzen wie ihre Herren hießen.«

»Du weißt doch genau, wie ich das meine.«

»Nein«, murmelte Ruth, »tatsächlich weiß ich das nicht.«

»Eddie liebt dich, er wird dich fragen«, versuchte ihre Freundin sie zu besänftigen.

»Und was, wenn nicht?«

»Wie lange wirst du warten?«

»Das weiß ich nicht. Nächste Woche muss er nach Florida abrücken. Ich weiß nicht, was dann wird.«

»Er liebt dich.«

»Vielleicht liebt er mich nicht genug«, sagte Ruth traurig. Aber sie drängte ihre Gefühle beiseite und tat alles, damit ihre beste Freundin am nächsten Tag die schönste Braut der Welt sein würde.

Und das war sie dann auch. Das Kleid passte perfekt, Rachels Haare lagen, ihre Haut strahlte, und Ruth hatte sie dezent geschminkt und alle Vorteile wie die hohen Wangenknochen perfekt hervorgehoben.

»Du bist eine wunderschöne Braut, ich hoffe, Andrew sieht das und wird sich immer daran erinnern«, hauchte sie ihrer Freundin zu.

Der Rabbiner sprach die Segensworte, und Andrew zerstampfte das Glas, das in einem Tuch eingehüllt vor ihn auf den Boden gelegt worden war. »Masseltov!«, riefen alle begeistert.

Andrews Eltern waren aus dem Vorort von New York gekommen. Sie waren das erste Mal in Chicago und sahen auch das erste Mal ihre Schwiegertochter und deren Familie.

Sarah Schwartz hatte die beiden Nächte vor der Trauung kaum geschlafen, so aufgeregt war sie gewesen. Aber als sie jetzt Milly Silberstein sah und sprach, war jede Aufregung wie weggeblasen. Die beiden Frauen verstanden sich blendend. Und auch Rachels Vater hatte viel mit Andrews Vater zu bereden.

»Ist das nicht schön?«, sagte Martha zu Ruth, als sie einen ruhigen Augenblick hatten. »Ich freue mich so für beide Familien. So sollte das sein – man wächst zusammen, und aus zwei Familien wird eine.«

Ruth schluckte. Immer noch wusste sie nur wenig über Eddie und seinen Hintergrund. Geschickt wich er jeder Frage aus, daher hatte Ruth aufgehört zu fragen.

»Du wirst auch so einen Mann treffen, Ruth. Ganz sicher wirst du das«, sagte Martha und tätschelte den Arm ihrer Tochter.

Ich habe ihn schon gefunden, dachte Ruth, sprach es jedoch nicht aus. Sie suchte Eddie in der Menge. Natürlich fand sie ihn auf der Tanzfläche, wo er von den Mädchen umringt wurde. Jede wollte mit ihm tanzen.

Er sagt, er liebt mich, aber warum bittet er dann nicht um meine Hand?, fragte sich Ruth. Sie biss die Zähne zusammen und lächelte. Niemand sollte ihren Kummer sehen und schon gar nicht Eddie.

Sie feierten bis zum Morgen, und die meisten Tänze tanzte Eddie mit Ruth. Als er sich verabschiedete, drückte er sie in eine dunkle Ecke, küsste sie leidenschaftlich und wild. Dann löste er sich von ihr.

»Übermorgen muss ich fahren. Ich komme noch vorbei und gebe dir meine neue Adresse. Ich liebe dich, Ruth. Ich liebe dich sehr.«

Und …, dachte Ruth … ist das alles? Komm schon, Eddie Elcott, komm schon … aber er küsste sie nur wieder, diesmal sanft und zärtlich. Dann ging er.

Das war es, dachte Ruth enttäuscht und auch überrascht. Sie hatte gehofft, dass er sich an diesem Abend erklärte, wenigstens einen Grund nannte, warum es nicht so war. Wie versteinert ging sie nach Hause. Sie liebte Eddie, alle Zweifel waren weg, seit sie wusste, dass er gehen musste. Vielleicht aber gerade deswegen? Weil er ging und sie ihn behalten wollte? War es wirklich Liebe oder liebgewonnene Gewohnheit? Nein, sie liebte Eddie. Sie wollte ihr Leben mit ihm verbringen, aber er schien Zweifel zu haben. Warum? Warum nur?

Am nächsten Tag waren Rachel und Andrew zu ihren Flitterwochen aufgebrochen. Martha, Ruth und Ilse halfen Sarah beim Aufräumen. Immer wieder schaute Ruth zur Tür, aber

Eddie ließ sich nicht blicken. Erst am späten Nachmittag waren sie fertig und gingen nach Hause.

»Hat Eddie angerufen?«, fragte Ruth ihren Vater hoffnungsvoll.

»Nein, aber vorhin ist ein Brief für dich abgegeben worden«, meinte Karl und stellte dann das Radio wieder lauter.

Es war ein lauer Abend im Frühherbst. Der Mond stand schon blass am Himmel, obwohl die Sonne noch nicht untergegangen war. Ruth nahm das Briefchen und setzte sich auf die Bank in den Hof. Martha und Ilse brachten die Reste vom Festessen in die Küche.

Liebste Ruth, las sie. Es war Eddies Handschrift. Bisher hatte er ihr kleine Zettelchen oder kurze Notizen geschrieben, aber noch nie einen Brief.

Liebste Ruth,

ich wollte heute zu Dir kommen und in Ruhe mit Dir sprechen, aber mein Vorgesetzter hat es nicht erlaubt. Ich muss meine Sachen packen und morgen in aller Frühe ausrücken – es geht nach Florida, wie ich schon gedacht habe.

Das darf ich Dir eigentlich nicht sagen – Du solltest das alles für Dich behalten, Liebste.

Es fällt mir schwer, diese Zeilen zu schreiben. Aber es wäre mir auch schwergefallen, mit Dir zu reden. Ruth seufzte enttäuscht und atmete tief ein. Sie hatte das Gefühl, dass ihr die nächsten Zeilen nicht gefallen würden. Aber dann las sie weiter.

Ich habe Dich zum ersten Mal in der jüdischen Organisation gesehen, beim Tanztee. Alle haben sich darum gerissen, mit mir zu tanzen, doch Du nicht. Ich habe Dich gesehen, Dein spöttisches Gesicht … Spöttisch, dachte Ruth empört. Das war nicht spöttisch. Es war … schlimmer, gestand sie sich plötzlich ein, es war herablassend. Ich fand, er hat sich damals wie ein gefälliger Affe benommen. Sie nahm den Brief wieder auf, ihre Wangen brannten heiß.

Du wolltest nicht mit mir tanzen, und alles, was ich von dem Moment an wollte, war, Dich kennenzulernen. Ich glaube, in diesem Augenblick schon habe ich mich in Dich verliebt. Du bist so eine bezaubernde Frau, und ich konnte es gar nicht fassen, dass Du dann doch mit mir getanzt hast. Und wie gut Du es kannst – die meisten Mädchen trampeln mir auf den Füßen herum und lächeln. Lächeln, mit der Überzeugung, dass sie wunderbar wären. Aber Du – Du bist anders. Du hast Dich auf die Schritte konzentriert, auf den Tanz. Und so ist es mit allem, was Du machst – Du machst es mit Herz und Seele. Du machst es, um es gut zu machen, und nicht, um Eindruck zu schinden. Du bist so ganz anders als alle Mädchen und Frauen, die ich kenne.

Und ich kenne viel Mädchen und Frauen, aber dazu später.

Später, dachte Ruth empört. Was ist das denn für eine Aussage – dazu komme ich später. Das macht doch nur jemand, der ablenken will. Sie nahm einen Bleistift aus ihrer Handtasche, sie hatte immer einen Stift und einen kleinen Notizblock dabei und unterstrich den Satz, und sei es nur, um sich daran zu erinnern.

Du hast Dich mit mir getroffen, erst zögerlich, dann aber wohl doch – so hoffe ich zumindest – um meinetwillen.

Deine Eltern luden mich zum ersten Mal zum Essen ein. Ich war so aufgeregt, so nervös. Ich wäre beinahe nicht gekommen, weil ich wusste, was passieren wird – ich würde mich blamieren, auf die eine oder andere Art und Weise.

Ich würde mich blamieren, weil ich eure Manieren kaum kenne, die Art des Umgangs, eure Art zu leben.

Andrew hat mir viel erzählt, aber gehobene Mittelschicht in Amerika ist doch Klassen unter der hohen Mittelschicht in Deutschland, das wussten wir beide.

Besteck zu benutzen kann man lernen, aber eine Selbstverständlichkeit über Dinge des Lebens, die Dich und Ilse von Geburt an begleitet haben, lernt man nicht. Wie mag es sein, mit Köchin und Kindermädchen, mit Zugehfrau und Personal aufzuwachsen? Ich weiß es nicht, und ich kann es mir auch nicht vorstellen.

Ja, es gibt auch solche Familien in Amerika. Die Rothschilds, die Vanderbilts, die Astors und Stuyvesants, es gibt die reichen Farmer im Süden, die mit ihren Sklaven Millionen gescheffelt haben und sicherlich noch mehr Personal hatten als die Königin von England.

Es gibt überall Arroganz und Emporkömmlinge, und es gibt Familien wie Deine – die nicht prangen und prunken wollen, für die das Leben nicht unbedingt hart, aber selbstverständlich war. Etwas, was mir und meiner Familie völlig fremd ist. Ich weiß nicht, ob Du verstehst, was ich sagen will, und ich hätte es Dir auch lieber gesagt, aber diese schweren Zeiten erfordern schwere Opfer.

Ruth las die letzten Zeilen mehrfach, und sie wusste, er log nicht. Er wollte keinen Eindruck schinden, er wollte keine Entschuldigungen hervorbringen. Es war so, wie er es sagte – sie trennten mehr als nur das Geburtsland. Amerika war das Land der Freiheit und der unbegrenzten Möglichkeiten, das hatte sie seit ihrer Kindheit immer wieder gehört und geglaubt. Aber nun, da sie hier lebten, wusste sie, dass es auch ein Land mit

Vorurteilen und Unterschieden war. Man konnte – und das vielleicht leichter als in Europa – diese Unterschiede durch Fleiß und Geschick, manchmal auch durch Glück überwinden, aber diese Grenzen gab es trotzdem. Die meisten Armen aus der Unterschicht blieben arm. Und nur wenige aus der Mittelschicht kämpften sich nach oben. Hier galt ein Name nicht so viel wie in Deutschland, aber es gab durchaus Unterschiede.

Weiße, die einen englischen Namen hatten, die ihre Herkunft bis zur Mayflower oder Concord zurückverfolgen konnten, waren viel mehr wert als der Schwarze, der seinen Namen von seinem Herren bekommen hatte oder »Brown« hieß. Es gab unzählige jüdische Auswanderer aus dem Osten Europas, die hier in Armut lebten. Es gab Italiener, die in ihren italienischen Konklaven lebten und wenigstens da Aufstiegsmöglichkeiten hatten, weil sie sich gegenseitig unterstützten. Es gab große Unterschiede, aber auch große Möglichkeiten – nur, diese zu finden war gar nicht so leicht. Ruth und Ilse waren behütet aufgewachsen, hatten Bildung auf ihren Lebensweg mitbekommen und ja – auch Manieren, die hier unbekannt waren. Ihr Leben vorher war ganz anders gewesen als ihr Leben hier, aber die Grundzüge ihrer Erziehung ließen sich nicht verleugnen, sie waren immer noch da.

Über Eddies Familie wusste sie nicht viel. Immer war er den Fragen ausgewichen. Russische Einwanderer, jüdisch. Das war so gut wie alles, was sie wusste.

Warum hast du nie mit mir darüber gesprochen?, fragte sie sich. Warum? Dann nahm sie den Brief wieder hoch, las weiter.

Ich habe Dich kennengelernt, habe mich in Dich verliebt. Ich habe Zeit mit Dir verbracht und wusste immer, es ist nur eine geborgte Zeit, eine geliehene Zeit. Es ist nichts für die

Ewigkeit. Uns trennen Welten. Und trennen ganz viele Welten.

Ich liebe Dich und würde alles geben, um den Rest meines Lebens mit Dir zu verbringen, aber das geht nicht.

Ruth schloss die Augen und stieß wütend den Atem aus. Er machte Schluss. Mit einem Brief. Einfach so. Hätte er nicht wenigstens den Mut haben können, es ihr ins Gesicht zu sagen?

Ich liebe Dich, aber Deine Eltern würden mich nie akzeptieren.

Ruth schluckte. Woher nahm er diese Sicherheit? Und woher wollte er wissen, dass es für sie eine Rolle spielte? Er hatte recht – aber sollte sie nicht darüber entscheiden?

Deine Eltern würden mich nie akzeptieren, und ich fürchte, Du würdest aus Trotz zu mir stehen und dann immer unglücklicher werden. Das will ich nicht, denn ich liebe Dich.

Tränen stiegen in Ruths Augen, ärgerlich wischte sie sie weg und las weiter.

Ich liebe Dich sehr, und ich möchte, dass Du glücklich bist. Ich weiß, jetzt, wo Du diese Zeilen liest, bist Du wütend, Du bist verärgert, Du verteufelst mich. Wenn Du aber später darüber nachdenkst, wirst Du mir recht geben.

Es gibt einige Dinge, die Du nicht von mir weißt, weil ich nie darüber gesprochen habe. Ich konnte es nicht. Ich brachte es nicht über mich.

Zu gerne wäre ich der Amerikaner gewesen, der die neue Amerikanerin trifft, sie verlieben sich ineinander und leben fortan gemeinsam miteinander. In einem noch jungen Land, in einer Gesellschaft, die Grenzen öffnet.

Das wäre schön.

Aber jeder trägt seinen eigenen Rucksack an Geschichte.

Ich bin der Sohn von russischen Einwanderern. Mein Vater hieß Kolja Elkonikoff. Er änderte den Namen bei der Einwanderung zu Elcott. Meine Mutter, Dora, war sehr jung, als sie heirateten, und folgte ihm in die Staaten. Aber diese Ehe war nicht glücklich. Ich habe noch eine Schwester, sie ist zwei Jahre jünger als ich. Sie heißt Irina. Wir haben unser Elternhaus verlassen und sind nach Greenwich Village gezogen, haben uns da eine kleine Wohnung genommen. Das klingt jetzt sehr abenteuerlich – das war es auch. Und eine Wohnung in Greenwich Village hat nichts mit einer Wohnung zu tun, so wie Du sie kennst.

Ruth atmete tief durch. Endlich erfuhr sie, was ihn die ganze Zeit belastete.

Ina – also meine Schwester – und ich haben uns durchgeschlagen. Warum haben wir die Familie verlassen?, fragst Du Dich vielleicht. Unsere Eltern haben sich getrennt. Sie sind geschieden. Scheidung!

Ruth biss sich auf die Lippen. Sie wollte sich nicht ausmalen, was ihre Eltern dazu sagen würden.

Ich weiß, was Du jetzt denkst. Das machen nur ganz reiche Leute, denen es egal ist, oder ganz arme Leute, die keinen Anstand kennen. Meine Mutter ist meine Mutter, und Gott sagt, man soll die Eltern ehren. Manchmal fällt mir das schwer. Sie ist wieder verheiratet. Mein Vater ist inzwischen verstorben. Dazu gäbe es noch viel zu sagen, aber ich denke, wir sind am Ende unserer Geschichte. Du erkennst, wir können nie auf immer ein Paar sein. Wir kommen aus verschiedenen Welten.

Ich liebe Dich, Ruth, ich liebe Dich sehr, aber wir haben keine gemeinsame Zukunft.

Du hast eine innere Verbindung zu Deinen Eltern – das sieht und spürt man, die ich nie zu meinen Eltern hatte und haben werde.

Deine Eltern und Du auch – Ihr habt Maßstäbe, denen ich nie gerecht werden könnte. Ich bin ein einfacher Junge aus ganz einfachen Verhältnissen. Durch Zufall und nicht durch familiäre Sitten weiß ich, wie man Messer und Gabel halten sollte. Aber viele andere Dinge weiß ich nicht. Ich wusste nicht, dass man nicht nach dem Nachtisch fragt, der angekündigt wurde. Ich habe es erst nach dem Essen erfahren. Keine Ahnung, was Deine Mutter von mir denkt. Als einen adäquaten Partner für Dich sieht sie mich jedenfalls nicht.

Meine Mutter, meine Mutter, dachte Ruth wütend. Du überlegst, was sie denkt, aber fragst dich nicht, was ich fühle?

Sei's drum. Ich möchte Dich nicht in einen Konflikt bringen. Ich möchte Dich nicht vor die Wahl stellen – Deine Eltern oder ich. So wie ich Dich einschätze, sagst Du gerade: Aber ich will Dich, Eddie. Ich will Dich. Und dann? Du würdest es später bereuen. Du brauchst Deine Familie und ihren Rückhalt, ihre Liebe. Du kannst das nicht aufgeben, weil sie das Letzte sind, was Du noch hast. Und das weiß ich.

Ich gebe Dich frei. Ich gebe Dich frei, weil ich Dich liebe.

Ich hoffe, eines Tages wirst Du das verstehen.

Dein Eddie.

Weil du mich liebst? Ruth wollte schreien. Sie wollte etwas zerschmettern, kaputtmachen. Sie wollte ihn schlagen, ihn bestrafen für seine Worte, die sie bis ins Innerste trafen.

Ruth stand auf, lief durch den Innenhof, sie war aufgewühlt, verletzt, beleidigt.

Wie konnte er ihr die Entscheidung abnehmen? So abnehmen? Wir konnte er es wagen, über ihren Kopf hinweg zu entscheiden? Eine Entscheidung für sie beide zu treffen? Wie konnte er sie einfach so fallen lassen, wenn er sie doch angeblich liebte?

Die Wut in ihr war groß, die Enttäuschung noch größer. Und dann kam die Trauer, das Gefühl des Verlusts.

Ich werde ihn nie wiedersehen. Nie, nie wiedersehen. Meinen Eddie. Die Liebe meines Lebens. Es war ein schreckliches, grausames Gefühl, und sie krümmte sich zusammen, brach in ein Schluchzen aus und weinte haltlos.

»Ruth? Ruth?«, hörte sie etwas später eine zaghafte Stimme. »Ruth?«

Es war Ilse. Ilse fand ihre Schwester auf der Seite liegend im Hof. Immer noch liefen die Tränen über Ruths Wangen. Ilse setzte sich neben sie, umarmte sie sanft. »Was ist mit Eddie?«, fragte sie leise.

»Woher willst du wissen, dass etwas mit Eddie ist?«, schluchzte Ruth.

»Weil … du ihn liebst. Und er dich. Und es nichts gibt, was dich sonst so zu Boden werfen würde.«

Ruth drehte sich um, drückte Ilse an sich. »Er liebt mich nicht. Er will mich nicht. Er hat Schluss gemacht.«

»Eddie hat Schluss gemacht?«, fragte Ilse ungläubig.

»Ja! Er will mich nicht, er will mich nicht, weil wir nicht zusammenpassen, weil die Eltern ihn nie akzeptieren werden und weil er sich nicht zwischen sie und mich stellen will.«

»Oh«, sagte Ilse und strich ihrer Schwester beruhigend über den Rücken. »Das hätte ich ihm nicht zugetraut.«

»Was?«, fragte Ruth.

»Nun ja, dass er dich liebt, ist eine Tatsache. Dass ihr beide aus verschiedenen gesellschaftlichen Kreisen kommt, auch. Aber ich finde, er hat das bisher ganz gut gemeistert. Er ist alles andere als dumm«, sagte Ilse nachdenklich und sachlich.

Ruth setzte sich auf, wischte sich mit dem Handrücken über die verweinten Wangen. »Und? Er hat trotzdem Schluss gemacht.«

»Ja, weil er weiß, in welchen Konflikt er dich sonst bringt, denn die Eltern werden ihn nicht akzeptieren. Er könnte vor Vati knien und um deine Hand bitten. Vati würde es nicht erlauben. Eddie weiß, dass wir nur noch uns haben. Er hat begriffen, wie wichtig wir uns sind.« Sie sah Ruth an. »Du weißt, was man sagt – in manchen Familien passt kein fremdes Papier dazwischen.«

»Ich liebe ihn. Ich liebe auch Mutti und Vati – aber anders.«

»Dass du ihn liebst, weiß ein Blinder mit dem Krückstock. Dass du die Eltern liebst, auch. Jetzt ist es an dir.«

»Aber was soll ich nur tun? Er will mich ja nicht mehr. Er wird nach Florida versetzt. Ich kann ihn noch nicht einmal mehr treffen, um mit ihm zu sprechen.«

»Mal angenommen, du würdest zu ihm gehen, sagen wir, du würdest mit ihm durchbrennen – die Eltern würden das verurteilen. Wie ginge es dir dann? Nicht in der ersten Woche, sondern in zwei Jahren. Kannst du dir das vorstellen?«

Ruth dachte nach, fühlte in sich hinein. »Schlecht«, gab sie dann zu. »Ich könnte den Kontakt zu den Eltern nicht ganz verlieren. Niemals.«

Ilse nickte. »Ja, ich weiß, das könntest du nicht. Es würde dir das Herz brechen.« Sie holte tief Luft. »Und stell dir jetzt vor, du würdest Eddie nie, nie wiedersehen? Erst tut es weh, aber das hat es bei Kurt ja auch. Und irgendwann, hast du gesagt, ließ der Schmerz nach. Kannst du dir das bei Eddie auch vorstellen?«

»Bei Kurt war das anders«, sagte Ruth. »Das war eine andere Art der Liebe. Die erste Liebe – die ist so voller Illusionen, voller Hoffnungen, voller Träume.« Sie dachte nach. »Die erste Liebe ist wie Seide. Schillernd und glatt. Man hat keine echten Probleme, man macht hin und wieder einen Knoten in den Seidenschal, aber das ist selbstgemachter Kummer. Die erste Liebe ist wie ein Seidenschal im Wind – er schwingt hoch und runter, verfängt sich, löst sich, und irgendwann kann man das Tuch nicht mehr halten, der Wind trägt es davon.« Ruth seufzte. »Die echte Liebe ist wie ein Traum aus Samt – dicker und griffiger, wärmend. Sie schmiegt sich um dich, an dich. Sanft und weich und geschmeidig. Nicht ganz so glatt und schillernd, aber beständiger. Omi hatte so einen Samtkragen an ihrem Mantel, erinnerst du dich?«

»Ja«, sagte Ilse. »An einigen Stellen war er rau, an anderen Stellen schon ganz abgetragen und glatt, aber immer noch schön und so weich.«

»Kurt war die Seide in meinem Leben. Eddie sollte der Samt sein. Aber er will mich nicht.«

»Unfug, Ruth. Natürlich will er dich. Aber er denkt über dich nach – über dich und dein Leben. Er will das Beste für dich. Und ohne die Eltern in deinem Leben wirst du nicht glücklich.«

»Aber sie werden ihn nicht akzeptieren.«

»Nein.«

»Und was mache ich nun?«, schluchzte Ruth. »Was soll ich nur tun?«

»Nichts«, sagte Ilse schlicht. »Edith sagte mal zu mir, dass

Geduld nicht zu deinen Kernkompetenzen gehört. Und damit hatte sie recht.«

»Edith Nebel?«

Ilse nickte. »Sie hat dich auch geliebt, auf ihre Art und Weise. Sie hat viel für uns getan. Und sie wusste, du wirst lernen müssen, geduldiger zu sein.«

»Eddie hat Schluss gemacht. Er will mich nicht mehr. Da hilft auch keine Geduld.«

»Doch. Er liebt dich. Er gibt dir Zeit, nachzudenken. Und vielleicht braucht er die Zeit auch für sich. Um herauszufinden, wie weit er gehen wird, um für dich zu kämpfen.«

»Ich soll das einfach hinnehmen und abwarten?«

»Aber nicht doch.« Ilse lachte und nahm ihre Schwester wieder in den Arm. »Dann wärst du doch nicht Ruth Meyer. Du wartest nicht kampflos ab. Nein, natürlich nicht. Schreib ihm, schreib ihm, dass du ihn liebst. Du kannst gut mit Worten umgehen, du wirst das schon schaffen.«

»Das ändert nichts an den Tatsachen.«

»Du liebst ihn, oder?«

»Ja.«

»Obwohl er der ist, der er ist.«

»Vielleicht gerade deshalb.«

»Also?«

»Was ist mit Mutti und Vati?«

»Die Zeit macht wunderliche Dinge mit Menschen, Ruth. Das solltest du doch besser wissen als ich. Du liebst Vati und Mutti – aber sie lieben dich auch. Sie lieben dich sehr. Sie werden empört sein, entsetzt, vielleicht auch verzweifelt ... aber sie werden dich nie, nie, niemals ganz und für immer fallen lassen. Sie brauchen dich ebenso sehr wie du sie.«

Ruth sah ihre Schwester an und sah, dass sie recht hatte. Es würde Zeit brauchen, und vielleicht hatte sie diese Zeit nicht. Es war Krieg, und der Krieg ging seltsame und furchtbare Wege. Aber es war eine Chance. Sie würde Eddie schreiben. Sie würde ihm klarmachen, dass sie sich nicht so einfach abschieben ließ.

Ob das zu einem Ziel führen würde, wusste sie nicht. Aber nun wusste Ruth, dass sie etwas tun konnte. Und allein der Gedanke war tröstlich.

Kapitel 22

Chicago, Dezember 1942

Mein lieber Eddie,

ich bin sehr traurig, dass wir uns nicht persönlich verabschieden konnten. Nun bist Du abgereist, nach Florida, habe ich erfahren.

Ich habe Deine Zeilen gelesen. Ich habe sie gelesen und war bitter enttäuscht. Ich habe auch geweint, und dann habe ich darüber nachgedacht.

Du gibst mich frei, fragst mich aber gar nicht, ob ich das will. Du triffst eine Entscheidung, die sowohl Dich als auch mich betrifft, besprichst das aber nicht mit mir – das hat mich sehr enttäuscht.

Ich denke, wir hätten darüber reden sollen. Von Anfang an. Wir hätten offener und ehrlicher miteinander umgehen sollen. Beide.

Du sagst, Dir wäre schnell klar geworden, dass wir aus zu unterschiedlichen Schichten stammen, aber dennoch hast Du Dich weiterhin mit mir getroffen. Warum?

Du sagst, Du liebst mich, siehst aber für uns keine Zukunft, keine gemeinsame Zukunft. Wann ist Dir das klar geworden, und warum hast Du nicht mit mir darüber geredet?

Ja, wir kommen aus unterschiedlichen Schichten, und in Deutschland hätten wir uns wahrscheinlich nie kennengelernt, weil wir uns niemals getroffen hätten. Oder falls doch, wäre es eine flüchtige Begegnung gewesen.

Wäre Deine Familie in Russland geblieben, hätten wir uns auch nie getroffen, selbst wenn ich – aus irgendeinem Grund – nach Russland gefahren wäre.

Hätte, hätte, Fahrradkette – hat mein Opi immer gesagt.

Mein Opi war Metzger. Ein einfacher Mann, der das Geld mit seiner Hände Arbeit verdient hat. Er kam aus einer Familie, die lange Fleisch verarbeitet hat – eine Reihe von Metzgern. Vorher waren ein paar Rinderzüchter dabei, glaube ich. Und mein Vater war Schuhverkäufer.

Jetzt verkauft er Besen – an der Haustür. Er verdient seinen Lebensunterhalt, aber reich sind wir nicht.

Du studierst, wirst vermutlich Ingenieur, das ist weitaus besser, als ein Besenverkäufer zu sein.

Aber ich verstehe Deinen Standpunkt natürlich. Wir haben andere Gebräuche, als Du sie kennst. Das mögen nicht nur Tischsitten sein.

Vermutlich haben Russen auch andere Gebräuche, als ich sie kenne – aber darum geht es Dir nicht. Es geht Dir um Servietten aus Stoff, um mehrere Gänge mit dem dazugehörigen Besteck – ich habe Deinen Blick gesehen, als Du das Fischbesteck entdeckt hast. Es sind Erbstücke, mein Vater hat sie irgendwie retten und nach Amerika bringen können. Sie sind wunderschön, aber Fisch kann man auch ohne diese Messer essen.

Stell Dir vor, wenn wir abends zusammen essen und keine Gäste haben, dann liegen Papierservietten auf dem Tisch, und es wird nur das gewöhnliche Besteck aus Blech verwendet – es gibt auch nur einen Gang, meistens. Und der Nachtisch wird sofort dazugestellt, damit niemand noch extra aufstehen muss.

Du hast Dich an dem Abend und an allen anderen folgenden auch immer von Deiner besten Seite gezeigt, aber glaub mir – meine Familie auch. Sie wollten Eindruck machen, und es ist ihnen besser gelungen, als sie gedacht haben.

Mein Liebster, wir sind nicht mehr in Europa, wir sind in Amerika. Wir leben nun in einem Land, das ein Schmelztiegel der verschiedenen Kulturen ist und in dem sich eine eigene, neue Kultur entwickelt hat und weiterentwickelt. So etwas ist ja kein Stillstand, sondern ein Prozess.

Du schreibst, Du kommst aus armen Verhältnissen, und das ist etwas, was in Amerika doch egal ist. Zumindest wollen alle, dass es egal sein soll. Das stimmt natürlich nicht, wer reich ist und einen Namen hat, kommt auch hier weiter, wie überall auf der Welt. Aber Du, der Sohn von armen Einwanderern, studierst. Du studierst neue Technologien, die es vor ein paar Jahren noch gar nicht gab. Du befasst Dich mit Dingen, die die meisten Menschen noch nicht einmal im Ansatz verstehen. Du bist nicht schlau, Du bist intelligent – und Du wirst, so Gott will, Deinen Weg gehen.

Deine Eltern sind also geschieden.

Das muss hart für Dich sein und ja – meine Eltern werden das seltsam finden. Vielleicht finden sie es sogar entsetzlich. Und schändlich. Aber ist das nicht egal?

Du willst doch nicht mit ihnen zusammen sein, sondern mit mir – das hoffe ich zumindest. Ich will mit Dir zusammen sein, ich will Dein Mädchen sein – mir tut es für Dich leid, was mit Deinen Eltern geschehen ist, aber es ändert Dich für mich nicht.

Ja, meine Eltern sind mir wichtig, das werden sie immer sein. Und vermutlich hier und jetzt noch mehr als früher in Deutschland. Tatsächlich sind sie und Ilse alles, was ich noch an Familie habe.

Dennoch lebe ich ja mein Leben. Und ich möchte über mein Leben selbst entscheiden. Ich möchte entscheiden.

Wenn Du für Dich nun entschieden hast, dass Du mich nicht genügend liebst, dass Du keinen Kontakt mehr zu mir willst – aus Gründen, die Dich betreffen, dann muss ich das hinnehmen.

Ich möchte Dich aber von Herzen bitten, mich nicht »freizugeben«, weil Du für mich die Entscheidung gefällt hast, dass es für mich besser so wäre. Was das Beste für mich ist, möchte ich selbst entscheiden.

Liebster Eddie – ich liebe Dich, und ich bitte Dich innig, dass du Deinen Beschluss gründlich überdenkst.

Ich hoffe, von Dir zu hören.

In Liebe

Ruth

Sie las den Brief, steckte ihn in einen Umschlag und dann ganz hinten in die Schublade ihres Nachttisches. Dann legte sie sich schlafen.

Ruth war nervös. Hatte sie die richtigen Worte gefunden? Würde sie ihn so erreichen können? Gleichzeitig aber war sie auch erleichtert, diesen Brief geschrieben zu haben. Sie wollte ihn einen Tag liegen lassen und dann noch einmal lesen. Wenn sich ihre Gefühle bis dahin nicht geändert hatten, würde sie ihn abschicken, beschloss sie.

Zwei Tage später brachte sie den Brief zur Post. Ihr Herz

klopfte, aber sie wusste, dies war der beste Weg – der einzige. Noch besser wäre es natürlich gewesen, nach Florida zu fahren; das war jedoch überhaupt nicht möglich.

Martha hatte versucht, mit Ruth über Eddie zu sprechen, denn die Eltern wussten, dass er nach Florida versetzt worden war, und wunderten sich, dass er sich nicht von ihnen verabschiedet hatte, aber Ruth war dem Gespräch ausgewichen.

Am Samstagabend saß sie mit ihren Eltern im Wohnzimmer und lauschte dem Radio. Samstagabends kam immer ein amüsantes Hörspiel, und wenn sie nichts anderes vorhatten, versammelten sich die Meyers um den Apparat. Martha machte Häppchen, und Karl mixte Drinks. Es gab das in Amerika so beliebte Popcorn und manchmal auch Mais- oder Kartoffelchips. Ilse hatte sich im Sessel zusammengerollt, eine leichte Wolldecke lag über ihren Beinen. Martha und Karl saßen auf dem Sofa, und Ruth hatte den zweiten Sessel belegt, Knie angezogen und die Arme herumgelegt. Es war ein lustiges Hörspiel, und immer wieder lachten sie gemeinsam auf. »Psst«, sagte Karl dann. »Psst.«

Plötzlich klingelte das Telefon. Der Apparat war so neu, dass sie sich noch nicht wirklich wieder daran gewöhnt hatten. Das Schrillen schreckte sie auf. Für einen Moment starrten alle auf den Fernsprecher, dann gab sich Ruth einen Ruck und nahm ab. Auch im Laden hatten sie nun ein Telefon, dort war es für sie selbstverständlich, abzuheben und Termine auszumachen.

»Ruth Meyer«, sagte sie ein wenig beklommen. Im Gegensatz zum Kosmetiksalon rief hier niemand an, um Termine auszumachen. Auch das Plaudern am Telefon, so wie sie es von früher kannten, hatte sich noch nicht wieder etabliert. In den letzten Jahren hatte ein Anruf meist eine schlechte Nachricht bedeutet; das steckte ihnen allen noch in den Knochen.

Es knisterte in der Leitung. Ruth hörte andere Stimmen – allerdings nur Gesprächsfetzen.

»Ruth?«, hörte sie endlich jemanden rufen, und es dauerte einen Augenblick, bis sie die Stimme erkannte. Sie biss sich auf die Lippen und blinzelte die Feuchtigkeit in ihren Augen weg.

»Eddie? Bist du das, Eddie?«

Karl warf seiner Tochter einen verärgerten Blick zu. Das Telefon war an der Wand angebracht, aber der Hörer hatte eine lange Schnur – sie reichte gerade eben bis in die Küche. Ruth huschte aus dem Raum und schloss die Küchentür hinter sich. Bis zum Tisch reichte die Schnur nicht, also ließ Ruth sich auf dem Boden nieder und lehnte sich mit dem Rücken an die Tür. »Eddie?«

»Ich habe deinen Brief bekommen«, sagte er langsam. »Und ich habe ihn gelesen. Mehrfach.«

»Ja?«

»Ich will nur dein Bestes. Aber du darfst an meiner Liebe zu dir nicht zweifeln.«

»Das tue ich nicht.«

»Gut. Ich werde dir schreiben, wenn ich darf. Und ich werde versuchen, nach Chicago zu kommen.«

»Ich liebe dich.«

»Das macht mich sehr, sehr glücklich, Liebes. Sehr!«

»Hey, Sergeant«, brüllte jemand im Hintergrund. »Es wollen noch andere mit ihrem Mädchen sprechen.«

»Ich muss auflegen, Liebste«, sagte Eddie und klang auf einmal sehr traurig. »Wir haben hier nur sehr kurze Telefonzeiten.«

»Du bist befördert worden«, stellte Ruth fest. »Du bist Sergeant.«

»Ja. Aber ich wäre lieber Korporal in Chicago als Sergeant in Florida.«

»Schreib mir.«

»Mach ich. Ich liebe dich.«

»Und ich liebe dich.«

Er legte auf; das Tuten der freien Leitung klang überlaut in Ruths Ohr. Langsam stand sie auf. Sie wollte tanzen, schreien, weinen, hüpfen – alles auf einmal.

Ihr war klar, dass die Beziehung zu Eddie auf einem sehr dünnen Fundament stand. Es war ein Versuch, den sie beide eingingen. Die Zeit würde zeigen, ob ihre Liebe Bestand haben würde. Aber immerhin hatten sie diesen Versuch.

Man merkt erst, wie sehr man jemanden liebt, wenn man ihn verliert, dachte Ruth. Das war damals bei Kurt ganz genauso.

Von diesem Tag an schrieben sie sich. Es waren am Anfang nur kurze Briefe, ein vorsichtiges Herantasten. Eddie konnte und durfte nicht viel von dem erzählen, was er machte, es unterlag der Geheimhaltung; zudem war Ruth noch keine amerikanische Staatsbürgerin. Erst in ein paar Jahren konnten die Meyers den Antrag auf Staatsbürgerschaft stellen, solange hatten sie nur eine Aufenthaltsberechtigung. Das Deutsche Reich hatte ihnen die Deutsche Bürgerschaft entzogen – Rechte hatten sie seit den Nürnberger Gesetzen ohnehin nicht mehr gehabt. Das Reich hatte mit ihrer Auswanderung auch alle im Land verbliebenen Werte und Vermögen eingezogen. Sie hatten darüber ein Schreiben bekommen. Das Haus in der

Drießendorfer Straße war enteignet worden, und das letzte Konto, das Karl noch gehabt hatte und von dem ein monatlicher Betrag seinen Eltern überwiesen werden sollte, war aufgelöst worden.

Von Omi und Opi, von Großmutter, Hedwig und Hans hatten sie nichts mehr gehört. Kein Wort. Auch von Aretz' hatten sie kein Lebenszeichen erhalten.

Jeden Tag ging Ruth in den Salon. Nach ihren Flitterwochen kam Rachel wieder, aber sie machte ernst und arbeitete nur noch halbe Tage, obwohl auch Andrew nun versetzt worden war. Ihn hatte man nach Kalifornien abkommandiert.

»Vielleicht bleibt er dort auf der Basis«, sagte Rachel. »Dann werde ich zu ihm ziehen.«

»Nach Kalifornien?«

»Es muss traumhaft dort sein.«

»Aber was machst du dann da?«

»Ich werde ein kleines Apartment nehmen und dort leben.«

»Aber … Andy ist bei der Army. Er muss doch in der Kaserne bleiben.«

»Andy und Eddie sind bei der Navy. Und sie sind Unteroffiziere. Ein verheirateter Unteroffizier kann seine Frau besuchen – abends und am Wochenende. Und es gibt Wohnungen auf dem Gelände für Ehepaare und Familien.«

Ruth musste sich eingestehen, dass sie sich bisher nicht wirklich mit der Armee und allem, was damit zusammenhing, beschäftigt hatte.

»Navy, natürlich. Sie werden ja auf Schiffen eingesetzt.«

»Und nur die Navy hat hier in Chicago eine Ausbildungsbasis für Offiziere«, glänzte Rachel mit ihrem Wissen.

»Du willst wirklich nach Kalifornien?«, fragte Ruth immer noch ungläubig.

»Ich will mit Andrew zusammen sein. Egal wo.« Rachel sah Ruth an. »Und was ist mit dir und Eddie?«

»Was soll mit uns sein?«, fragte Ruth leichthin und begann, Handtücher zu falten. »Wir schreiben uns, telefonieren manchmal. Ich hoffe, er kann zu Weihnachten ein paar Tage kommen.«

»Falls Andrew nicht versetzt oder eingesetzt wird, fahre ich zu ihm.«

Ruth spürte einen gewissen Neid, wollte sich das aber nicht anmerken lassen.

Andrew blieb auf dem Stützpunkt in San Diego, und Rachel fuhr Mitte Dezember zu ihm.

Chanukka fiel in diesem Jahr auf Anfang Dezember. Die Meyers feierten das Lichterfest mit ihren Freunden. Eddie schickte Ruth zum achten Tag ein Armband aus Silber. Er konnte nicht zum Lichterfest kommen, jüdische Feiertage zählten in der Navy nicht, aber zu Weihnachten erhielt er ein paar Tage frei.

Aufgeregt rief er Ruth an. »Ich fahre erst nach New York, zu meiner Mutter und meiner Schwester. Aber mit viel Glück kann ich danach noch nach Chicago kommen.«

»Das wäre wunderbar.« Ruth konnte ihre Tränen kaum zurückhalten. »Ich weiß gar nicht mehr, wie du aussiehst«, versuchte sie zu scherzen.

Ruth wartete am Bahnhof, es war kalt und windig, der Schnee, der fiel, war hart und brannte auf der Haut wie eisige Sandkörner. Eddie hatte angerufen und gesagt, dass er kommen würde. Viel Zeit hatte er nicht, er musste wieder zurück nach Florida.

Der Zug hatte Verspätung. Ruth trat unruhig von einem Bein auf das andere. Sie hatte ihrer Mutter gesagt, dass es später werden würde, aber zu spät durfte sie auch nicht kommen.

Ihre Eltern nahmen die Briefe und die seltenen, kurzen Telefonate zur Kenntnis, äußerten sich nicht groß dazu, aber eine gewisse Missbilligung spürte Ruth. Seit Eddie fort war, ging Ruth nicht mehr zu den Tanzveranstaltungen der Jüdischen Organisation, obwohl Martha sie immer wieder dazu aufforderte.

»Du tanzt so gerne«, sagte Martha. »Geh doch wieder hin.«

»Rachel geht auch nicht mehr.«

»Sie ist ja jetzt auch verheiratet. Es gibt doch noch andere nette Mädchen dort. Und nette Soldaten. Wir könnten ja mal wieder jemanden einladen.«

Ruth hatte ihre Mutter nur angesehen und den Kopf geschüttelt.

Nun stand sie hier und wartete auf Eddie. Hatte er sich verändert? Hatte sich ihr Gefühl für ihn verändert? Sie schrieben sich, aber immer noch schien da eine Distanz zwischen ihnen zu sein – wie eine unsichtbare Grenze. Wie würde es sein, ihn wiederzusehen? Es waren nur ein paar Monate gewesen, aber sie erschienen Ruth als lang. Ihre Sehnsucht nach ihm war groß, vielleicht, weil sie sich darüber klargeworden war, was er ihr bedeutete.

Endlich fuhr der Zug in den Bahnhof ein. Viele Menschen stiegen aus; Ruth sah sich unsicher um. War Eddie in dem Zug gewesen? Sie konnte ihn nicht finden, entdeckte ihn nirgendwo. Etliche Soldaten stiegen aus, aber Eddie war nicht dabei.

»Hallo, Schönheit«, sagte plötzlich jemand hinter ihr. Sie drehte sich um. Eddie.

Zuerst sahen sie sich nur an, musterten sich, neugierig, aber auch unsicher. Dann schloss Ruth kurz die Augen und legte ihre Arme um seinen Hals, zog ihn an sich und küsste ihn.

»Endlich.«

Der Kuss war lang und hungrig. Eddie hielt sie fest an sich gedrückt und wollte sie gar nicht mehr loslassen. Doch schließlich befreite sich Ruth sanft aus seiner Umarmung.

»Und jetzt?«, fragte er unsicher.

»Wie viel Zeit hast du?«

»Nur bis morgen. Dann muss ich zurück.«

Zu ihren Eltern wollte Ruth ihn nicht mitnehmen. Dort würden sie keine Zeit für sich allein haben. Und Zeit war so kostbar.

»Komm«, sagte sie. »Wir nehmen die Hochbahn.«

»Und dann?«

»Dann gehen wir in den Laden, dort sind wir ungestört. Ich habe einen Schlüssel.«

Sie nahm seine Hand, und gemeinsam gingen sie zur Bahn. Eddie sah sie die ganze Fahrt über an, strich immer wieder mit der Hand über ihre Wange, ihr Haar.

»Ich habe dich so vermisst.«

»Ich dich auch. Weißt du schon, wie es weitergeht?«

»Noch bin ich in Florida stationiert. Wie lange, weiß ich nicht.«

»Andrew ist in San Diego.«

»Ja, ich weiß. Dort bauen sie große Radaranlagen, um die Küste zu schützen. Allerdings sind die U-Boote, mit denen die Japsen kommen, damit nicht zu orten. Sie versuchen jetzt etwas Neues, und das soll Andrew wohl mit aufbauen.«

»Wird er dann nicht auf dem Pazifik eingesetzt werden?«

»Das weiß keiner von uns. Das entscheiden die ganz oben.«

»Es wäre schön, wenn du auch im Land bleiben könntest.«

Eddie senkte den Kopf. »Ich fürchte, das wird mir nicht vergönnt sein. Es ist nur eine Frage der Zeit.«

»Was glaubst du, wie lange der Krieg noch dauern wird?«

»Wenn ich das wüsste, wäre ich ein reicher Mann. Wir haben inzwischen einige kleinere Erfolge, und die Rüstungsindustrie läuft auf Hochtouren, aber insgesamt sind die Achsenmächte noch zu stark. Hitler verliert Boden im Osten, doch die Engländer kommen noch nicht gegen ihn an.«

Sie hatten die Haltestelle erreicht und stiegen aus. Eddie trug seinen Seesack über der Schulter, den anderen Arm hatte er um Ruth geschlungen.

»Du musst mich loslassen, sonst kann ich nicht aufschließen«, sagte Ruth lachend. Sie öffnete die Tür, verschloss sie hinter sich wieder und führte Eddie durch den dunklen Raum in das Hinterzimmer. Dort stellte sie die kleine Gasheizung an. Es gab eine winzige Lampe, die eine Lichtpfütze auf den Boden goss. Ein angenehmeres Licht als die große Deckenlampe. Eddie stellte den Seesack in die Ecke und öffnete ihn.

»Ich habe dir etwas mitgebracht.«

»Was denn?«

Er reichte ihr einen Umschlag. Darin waren zwei Fotos von ihm. »Damit du nicht vergisst, wie ich aussehe.«

Ruth lachte leise. Dann sah sie ihn an. »Ich liebe dich.«

»Und ich dich.«

Sie küssten sich, erforschten sich mit den Zungen, den Lippen, den Händen. Ruth hatte ihren Mantel ausgezogen, ließ ihn achtlos zu Boden gleiten. Eddies Hände fanden den Weg unter ihre Bluse, und Ruth erschauerte bei der Berührung. Sie knöpfte sein Hemd auf, zog ihn zu der kleinen Liege.

Eddie sah sie an. »Bist du dir sicher, dass du das wirklich willst?«, fragte er mit rauer Stimme.

»Ja.«

Der Schmerz, als er in sie eindrang, war nur kurz, sie schob sich ihm entgegen, zog ihn an sich, spürte seine Nähe, seine Wärme, die zur Hitze wurde, und hörte seinen Atem. Seine Haut an ihrer Haut, Lippen, die sich gierig küssten.

Zum Glück gab es eine Wolldecke, die sie danach über sich zogen. Engumschlungen und noch mit keuchendem Atem lagen sie nebeneinander, schauten sich an.

»Ich liebe dich«, flüsterte Eddie. »Ich will, dass wir immer zusammenbleiben. Auf ewig.«

»Ist das ein Antrag?«

Eddie schloss die Augen. »Es wäre einer, wenn ich wüsste, dass du ja sagen könntest. Aber deine Eltern werden es nie erlauben.«

»Willst du mich heiraten?«

»Ja. Ich will mein Leben mit dir verbringen.«

»Gut, ich will nämlich auch mein Leben mit dir verbringen. Mit dir und nicht mit meinen Eltern.«

»Aber …«

»Kein Aber.« Ruth lächelte. »Es wird schon werden, irgendwie. Vertrau mir.«

Später liebten sie sich noch einmal, diesmal langsamer. Ihre Blicke tauchten ineinander, alle Fragen waren verschwunden.

»Hast du irgendwo ein Zimmer?«, fragte Ruth.

»Ich könnte in die Kaserne. Es ist nur schon ziemlich spät, und ich habe mich nicht angemeldet. Offiziell bin ich in New York bei meiner Mutter.«

»Du kannst hierbleiben. Wir haben bis Montag geschlossen. Morgen kommt kein Mensch, es ist ja Feiertag. Drüben im Raum ist ein kleiner Kühlschrank und eine Herdplatte mit einem Kaffeekocher. Ich komme morgen, sobald ich kann.«

»Ruth, ich danke dir«, sagte Eddie. »Ich danke dir, dass du mir das geschenkt hast. Und mach dir keine Sorgen, ich habe mich … geschützt.«

»Ich weiß«, sagte Ruth und lachte leise. »Rachel hat mir alles erklärt«, sagte sie kokett. Sie schaute auf die Uhr und seufzte. Zu gerne wäre sie bei ihm geblieben, wäre neben ihm eingeschlafen und wieder aufgewacht. Aber das musste noch warten – jetzt musste sie nach Hause. Sie wusch sich schnell, brachte ihre Haare und ihr Make-up wieder in Ordnung, zog sich an und hob den Mantel vom Boden auf.

Auch Eddie zog sich an.

»Was machst du?«, fragte Ruth verwirrt. »Du kannst doch hier bleiben.«

»Ich lasse doch meine zukünftige Frau nicht nachts alleine durch die Stadt gehen.«

Und so brachte Eddie sie nach Hause, aber natürlich kam er nicht mit hinein. Sie wollten nicht direkt einen Eklat provozieren.

»Du warst aber lange weg«, sagte Martha und musterte ihre Tochter. »Hast du dich mit jemandem getroffen?«

»Ja«, sagte Ruth und spürte, dass sie rot wurde. Schnell ging sie in ihr Zimmer. In der Tür drehte sie sich nochmal um. »Ich bin morgen früh auch verabredet.«

»Ach?« Martha schmunzelte und zog die Augenbrauen hoch. »Wie heißt er denn?«

Ruth überhörte die Frage.

Er will mich heiraten. Wir werden heiraten, dachte sie, als sie im Bett lag. Das Glück füllte ihren Bauch, kribbelte im Magen. Sie wusste, dass es richtig war. Eddie war der Mann, den sie liebte.

Es würde ein wenig schwierig werden, es ihren Eltern beizubringen, aber in diesem glücklichen Moment wollte sie nicht darüber nachdenken.

Am nächsten Morgen verließ sie früh das Haus. Ihre Mutter war noch im Bad, Vati und Ilse schliefen. Es waren die Weihnachtsfeiertage, und ganz Amerika träumte von einer weißen Weihnacht. Das Lied »White Christmas« von Bing Crosby wurde im Radio rauf und runter gedudelt und auch in den Geschäften dauernd gespielt. Chicago brauchte davon nicht zu träumen, als Ruth an diesem Morgen auf die Straße trat, war alles weiß. Es war zum Glück ein leichter Puderzuckerschnee und nicht der feuchte, dicke Schnee der vergangenen Tage, der noch an den Straßenrändern lag. Nur wenige waren schon unterwegs gewesen, fast noch unberührt sahen die Bürgersteige aus, was sich änderte, je näher sie dem Stadtzentrum kam.

Auch wenn heute Weihnachten war, hatte die eine oder andere Bäckerei geöffnet. Der Dampf der Öfen strömte auf die Straße; mit ihm kam der Duft des frischen Brots. Ruth kaufte Brötchen, die zwar nicht so waren wie in Deutschland, aber nun noch warm, herrlich frisch und deshalb auch knusprig.

Sie hatte Eddie letzte Nacht den Schlüssel gegeben und ging

nun durch den Hinterhof zum Salon. Zaghaft klopfte sie an. Was, wenn er noch schlief?

Doch Eddie war schon wach und öffnete die Tür, er sah sie freudig an, aber auch mit Sorge.

Ruth lachte, küsste ihn. »Guten Morgen, mein Liebster. Hast du gut geschlafen?«

Er biss sich auf die Lippen, atmete aber auch erleichtert aus.

»Was denn? Hattest du etwa Sorge, dass ich es mir über Nacht anders überlege?«

»Ja«, gestand er und senkte den Kopf. »Davor hatte ich riesige Angst.«

»Ab jetzt darfst du das nicht mehr. Wir haben uns gegenseitig die Treue versprochen – für immer und ewig. Und ich für meinen Teil werde mich daran halten, Eddie Elcott.« Sie küsste ihn. Dann legte sie die Tüte mit den Brötchen auf den Tisch, zog Eddie an sich. »Das … gestern … das, was wir gestern gemacht haben …«

»Oh, Ruth, ich weiß, für Frauen ist das am Anfang …«

»Sssht.« Sie schüttelte den Kopf. »Du musst lernen, mich ausreden zu lassen«, sagte sie leise. »Bitte.«

»Natürlich.«

»Also … das gestern … das sollten wir wiederholen. Jetzt.« Sie lachte und zog ihn zur Liege.

Sie schafften es, noch einen Kaffee zu trinken und ein Brötchen zu essen, die restlichen schmierte Ruth für Eddies Fahrt zurück nach Florida.

»Wir schreiben«, sagte er. »Und ich rufe dich an, wenn ich kann.«

»Ich hasse Abschiede«, gestand Ruth, als sie am Bahnhof

standen. »Lass es uns bitte kurz und schmerzlos machen. Überhaupt hasse ich Bahnhöfe.«

»Warum?«, fragte er, aber dann fuhr sein Zug ein. »Wie das so ist – wenn man noch Zeit braucht, sind sie pünktlich. Aber wenn man unbedingt ankommen will, haben sie Verspätung.«

»Wir schreiben!«

»Wo warst du?«, fragte Martha, als Ruth wiederkam.

»Ich habe doch gesagt, ich war verabredet. Ich habe dir heute Morgen sogar einen Zettel hingelegt.«

»Aber du warst in aller Frühe weg.« Sie sah Ruth an. »Es ist ein Junge, nicht wahr?«

Ruth erwiderte den Blick. »Ja.«

Martha klatschte in die Hände. »Oh, wie schön! Wie heißt er? Wo habt ihr euch kennengelernt? Wie lange kennst du ihn schon? Wann werden wir ihn treffen?«

»Mutti?«

»Nun, du bist in einem Alter, wo Freundschaften ernst werden sollten. So wie bei Rachel. Er ist doch auch Jude?«

»Ja, er ist Jude.«

Martha seufzte erleichtert auf. »Und wo hast du ihn kennengelernt?«

»Beim Tanztee«, sagte Ruth. Sie hatte überlegt, es ihren Eltern schonend beizubringen, aber die Reaktion ihrer Mutter zeigte ihr, dass das nicht möglich war.

»Aber du warst doch schon lange nicht mehr da.«

»Richtig.« Ruth schluckte, dann sah sie Martha an. »Es ist Eddie. Eddie Elcott – ihr kennt ihn. Ich kenne ihn auch schon eine Weile, und er ist natürlich auch Jude.«

»Eddie? Aber der ist doch weg …«

»Er ist in Florida stationiert. Über Weihnachten hat er seine Mutter in New York besucht, und auf dem Rückweg war er kurz hier. Wir haben uns gesehen.« Ruth hob die Hand. »Ich weiß, was du sagen willst, aber sag es einfach nicht, Mutti. Bitte. Ich liebe Eddie, und Eddie liebt mich. Wir wollen zusammenbleiben. Ich weiß«, sagte sie und schluckte, »du hast andere Vorstellungen von dem Mann, den ich heiraten sollte – aber ich muss das ja entscheiden.«

»Heiraten?« Martha tastete nach dem Stuhl, setzte sich. »Ihr wollt heiraten?«

»Ja.«

»Habt ihr euch verlobt?«, fragte Karl. Er war die ganze Zeit im Wohnzimmer gewesen. Ruth hatte ihn nicht gesehen und nicht geahnt, dass er ihnen zuhörte. Nun kam er zu ihnen in die Küche.

»Nein«, sagte Ruth. »Wir haben uns noch nicht offiziell verlobt. Dafür reichte die Zeit nicht.«

»Hmm. Dann ist ja noch alles offen. Eine Verlobung ist rechtlich bindend, ich hoffe, das weißt du.«

»Ja, Vati.« Ruth seufzte.

»Und ich hoffe, er weiß es auch«, brummte Karl.

»Ist das alles, was du dazu sagen willst?«, fragte Martha.

Karl sah sie an. »Ja. Wenn die beiden eine Entscheidung getroffen haben, dann müssen wir das akzeptieren, und es gibt schlechtere Männer als Eddie.«

»Seine Eltern sind aus Russland und geschieden.«

»Sie heiratet doch ihn und nicht seine Eltern«, sagte Karl. »Deine Eltern wollten mich auch nicht anerkennen. Vor allem deine Mutter nicht. Weißt du noch, Liebes? Aber wir wollten heiraten, hatten uns gefunden.« Er sah Ruth an, dann wieder

Martha. »Kinder kommen selten auf andere Leute. Sie ist deine Tochter.«

Ruth gab ihrem Vater einen Kuss auf die Wange. »Danke, Vati. Danke.«

Nach den Weihnachtstagen ging Ruth beschwingt wieder zurück in den Salon. Es war Montag, der 28. Dezember, und sie hatte bis Donnerstagmittag noch viele Termine. Die meisten Frauen wollten Silvester frisch gestylt und frisiert feiern. Überrascht stellte sie fest, dass Herbert schon im Salon war. Er hatte die Heizung angestellt und die Lichter angemacht.

»Wir öffnen erst in einer halben Stunde«, sagte Ruth und schaute sich verstohlen um. Hatte sie alle verdächtigen Spuren von Eddies Besuch beseitigt? Aber Herbert schien etwas ganz Anderes umzutreiben. Er wirkte nervös, fast schon ein wenig beschämt.

»Ich wusste, dass du früh kommst, und wollte mit dir reden«, sagte er. »Es ist nämlich so – ich bin eingezogen worden.«

»Bitte was?«, fragte Ruth entsetzt.

»Ich bin eingezogen worden und muss mich nächste Woche bei der Army melden. Ich werde Soldat … wie so viele andere auch.« Er seufzte. »Ich will ja auch meinen Dienst für mein Vaterland leisten, nur … der Laden …«

»Du wirst ihn schließen«, hauchte Ruth.

»Es läuft so gut. Wer hätte das gedacht? Aber es läuft wirklich gut. Unsere Bücher sind gefüllt.«

»Jetzt, vor den Feiertagen und vor Silvester …«

»Ja, aber die Frauen kommen wieder. Ich bin über Weihnachten die Bücher wieder und wieder durchgegangen. Es müsste schon ein massiver Einbruch in den Buchungen geschehen, damit wir Probleme hätten. Doch die Buchungen nehmen zu, und wir haben jeden Monat neue Kundinnen.«

»Und jetzt? Was machen wir jetzt?«

»Deshalb wollte ich mit dir reden. Ich muss fort, und ich wollte dich fragen, ob du den Salon weiterführst?«

»Bitte?«

»Nun, du kannst es. Du kannst die Bücher führen, du weißt, wie viele Termine man annehmen kann, du bist Spitze, was die Behandlungen angeht, und du hast gelernt, wie man Haare schneidet.«

»Nur die einfachen Schnitte ...«

»Ja, aber das kannst du. Führst du den Laden weiter, während ich weg bin? Du würdest natürlich auch eine Lohnerhöhung bekommen.«

»Oh.«

»Und ... nun ja, ich hoffe, Rachel kehrt zurück und unterstützt dich. Aber da ist noch Melly ... ich hätte da eine Bitte – würdest du Melly unterrichten? Ihr alles beibringen?«

In den letzten Wochen war Melly immer mal wiedergekommen und hatte im Laden geholfen. Sie stellte sich sehr geschickt an, hatte ein Händchen für Kosmetik und ein gutes Auge für Farben.

»Natürlich«, sagte Ruth.

»Dafür würde ich dir auch eine Aufwandsentschädigung zahlen oder ein Ausbildergehalt – nenn es, wie du willst.«

»Gut ...« Ruth fühlte sich mit all diesen Informationen ein wenig überrumpelt.

»Wir haben nicht viel Zeit, müssen aber noch eine Menge Dinge arrangieren.«

»Was denn? Und wieso? Ich mache einfach weiter wie bisher …«

»Nein, Ruth. Ich bin dann nicht mehr da, erst mal«, versuchte Herbert ihr zu erklären. »Ich bin dann im Krieg. In Europa, Afrika oder im Pazifik – weiß der Henker, es gibt ja genügend Fronten. Du musst nicht nur den Laden aufschließen und abschließen, du musst auch … das Konto führen. Du musst dir und Rachel Lohn zahlen, die Einkäufe bestellen und zahlen – die ganzen Shampoos und Cremes. Du bestellst sie ja jetzt schon, aber nun musst du auch die Abrechnungen machen. Ich werde dir eine Vollmacht für das Geschäftskonto geben.«

»Aber … kann das nicht Melly machen?«

Herbert sah sie an. Ruth seufzte und gab sich selbst die Antwort. »Nein, kann sie nicht.« Sie seufzte wieder. »Vielleicht kann ich es ihr beibringen.«

»Das wäre wundervoll. Du machst es also? Hand drauf?«

Ruth schlug ein.

Zusätzlich zum Tagesgeschäft setzte sie sich die nächsten zwei Tage vor und nach der Arbeit mit Herbert zusammen, studierte die Bücher und Abrechnungen.

»Jetzt kann ich beruhigt fahren«, sagte er erleichtert und gab ihr einen Kuss auf die Wange. »Wie gut, dass es dich gibt.«

»Pass auf dich auf«, sagte Ruth und meinte es auch so. Trotz seiner manchmal ruppigen Art hatte sie Herbert als Freund ins Herz geschlossen.

Als sie ein paar Tage später mit ihrer Familie zusammen das neue Jahr begrüßte, war ihr bewusst, dass 1943 große Veränderungen mit sich bringen würde. Aber wohin die Reise ging, wusste sie nicht. Sie waren in Amerika, in Sicherheit. Dennoch gab es viele Unsicherheiten – wie würde der Krieg weitergehen, dieser Krieg, der so viel größer und gewaltvoller war als der Krieg zuvor, den alle schon den »Großen Krieg« genannt hatten?

Wie würde ihre Liebe mit Eddie sich entwickeln? Sie wollten heiraten – aber wann und wie?

Und was würde dann aus dem Salon werden? Da sie noch nicht offiziell verlobt war, hatte sie Herbert nichts von ihren Plänen gesagt. Denn wer wusste schon, was kommen würde.

Kapitel 23

»Ich werde nach Kalifornien versetzt«, sagte Eddie im März bei einem ihrer seltenen Telefonate.

Sie schrieben sich, aber es war schwer, die Worte für diese noch junge Leidenschaft zu Papier zu bringen, und deshalb blieben die Briefe oftmals nur kurz. Oft beschrieb Ruth ihm ihren Alltag, ihr Leben – aber es schienen ihr nur hohle Worte zu sein.

»Nach Kalifornien? Nach San Diego?« Dort war Andrew stationiert gewesen, bis er zu Rachels Entsetzen und Verzweiflung doch auf ein Schiff im Pazifik abkommandiert wurde. Ruths Freundin war nach Chicago zurückgekehrt und arbeitete nun wieder im Salon. Zum Glück, denn dort gab es mehr als genug zu tun. Rachel und Ruth brachten Melly alles bei, was sie wussten, und hofften darauf, dass Herberts Frau demnächst mitarbeiten konnte.

»Nein, in die Nähe von Los Angeles. Da gibt es dieses Camp …«, antwortete Eddie vage, und Ruth wusste, dass er nicht mehr sagen durfte.

»Wann musst du dorthin?«

»Ich weiß es nicht genau. Nächsten Monat vermutlich.«

»Und dann?«

Eddie schwieg. Es knisterte in der Leitung, und Ruth fürchtete schon, dass sie unterbrochen sei. »Eddie?«

»Ich muss dich sehen. Ich muss dich dringend vorher sehen.«

»Bekommst du noch frei?«, fragte sie.

»Ja, um Dinge zu regeln. Aber … ja, ich werde freibekommen, so oder so«, sagte er und atmete tief aus, so als hätte er eine Entscheidung getroffen. »Ich werde nach Chicago kommen.«

»Wann?«

»So schnell wie möglich.«

Dann legte er auf.

Das Gespräch war sonderbar gewesen, aber so vieles war in dieser Zeit sonderbar. Ruth hoffte auf einen weiteren Anruf in den nächsten Tagen, es kam jedoch keiner. Sie erhielt auch keinen Brief von Eddie, und langsam begann sie sich Sorgen zu machen. Manchmal wurden Einheiten schnell versetzt oder abkommandiert, so schnell, dass es kaum Möglichkeiten gab, die Familie zu informieren, und sie war noch nicht einmal Familie für Eddie.

Die Arbeit ließ ihr aber kaum Zeit zu grübeln. Die Bücher zu führen und den Einkauf zu koordinieren kostete Ruth mehr Zeit, als sie geahnt hatte. Penibel schrieb sie jeden Abend die Posten auf – Einnahmen und Ausgaben. Das Geschäft lief, darüber konnte sie sich nicht beklagen, es war allerdings kraftraubend.

Es war schon Ende März, der Schönheitssalon hatte inzwischen geschlossen, Rachel und Melly waren nach Hause gegangen, und Ruth saß noch über den Büchern, als es an der Hintertür klopfte. Erschrocken sah Ruth von den Büchern auf. Sie war ganz alleine, und es war schon spät. In den Hinterhöfen trieb sich hin und wieder Gesindel herum. Vorsichtig ging sie zur Tür, lauschte. Es klopfte wieder.

»Ruth? Ruth, bist du da?«

Fassungslos öffnete Ruth die Tür. »Eddie!« Sie umarmten sich, hielten sich fest, schließlich küssten sie sich.

»Was machst du hier?«, fragte sie ihn. Sie hatte Kaffee gekocht, es war noch etwas Brot und Aufschnitt da, zwei Äpfel. Eddie aß hungrig. »Bist du etwa … desertiert?«

»So ähnlich«, brummte Eddie. »Mein Vorgesetzter wollte mich nicht nach Chicago zu dir fahren lassen. Ich habe ihm erklärt, wie wichtig es sei, aber er hatte kein Einsehen.« Eddie zuckte mit den Schultern. »Ich musste dich aber sehen. Also bin ich ohne Erlaubnis gefahren. Ich habe nicht viel Zeit. Morgen muss ich zurück.«

»Werden sie dich einsperren?«

»Vielleicht. Vielleicht verliere ich einen Rang. Sei's drum, das ist mir egal. Kündigen können sie mir nicht. Sie brauchen mich, und das wissen sie genau.«

»Aber … warum bist du hier?«

»Weil ich dich liebe, Dummerchen.« Eddie lachte und wurde dann wieder ernst. »Weil ich dich liebe und ich dich sehen wollte. Ich musste dich sehen, dich ansehen, dich riechen, dich spüren … Ich musste wissen, ob das alles so ist, wie ich es in Erinnerung habe.«

Sie liebten sich in dieser Nacht, erneuerten ihr Versprechen.

»Ich brauche Papiere von dir«, sagte Eddie. »Ich brauche deine Geburtsurkunde, deine Aufenthaltsgenehmigung, Abschriften davon – aber sie müssen beglaubigt sein.«

»Weshalb?«

»Weil du … obwohl du Jüdin und staatenlos bist – immer noch als Feindin giltst, als mögliche feindliche Ausländerin. Und wenn wir heiraten, muss das alles geprüft werden. Es wird nicht einfach, aber wir müssen es versuchen.«

»Wann willst du denn heiraten?«, fragte Ruth. »Ich muss das erst mit meinen Eltern besprechen, sie werden die Feier ausrichten wollen und …«

»Ruth, liebste Ruth, meine Schönheit, mein Herz«, er schüttelte den Kopf, »ich glaube nicht, dass wir so eine Hochzeit feiern können. Nicht so wie Rachel und Andrew. Nicht so, wie du es dir erträumst. Ich schwöre, ich mache es irgendwann gut, aber jetzt, in diesen Zeiten geht das nicht.«

»Oh.«

»Ich werde nicht freibekommen. Ich werde kaum Zeit für Flitterwochen haben, Ruth.« Er sah sie an. »Es liegt bei dir, ob du das mitmachst oder nicht. Es ist deine Entscheidung.«

»Da haben wir wohl beide keine Wahl.« Ruth lachte leise und schmiegte sich an ihn. »Ich brauche kein Fest, ich brauche dich.«

»Und wenn ich im Pazifik eingesetzt werde?«

Ruth biss sich auf die Innenseite ihrer Wange. Sie kaute, bis es wehtat. »Das ist etwas, worüber ich nicht nachdenken mag, aber es muss wohl sein. Es ist Krieg. Du hast keine Wahl und ich auch nicht …« Sie schaute hoch, sah ihn an. »Es ist, wie es ist. Ich liebe dich. Ich werde damit leben müssen, irgendwie.«

Es war die erste Nacht, die sie zusammen verbrachten. Der erste Morgen, an dem sie gemeinsam aufwachten. Es war zu kurz, viel zu kurz. Eddie brach am frühen Morgen wieder auf.

»Versuch von allen Papieren beglaubigte Abschriften zu bekommen.«

»Ich gebe mein Bestes.«

Ruth rief in der Frühe bei ihren Eltern an.

»Kind, wo bist du?«, fragte Martha aufgelöst. »Ist etwas passiert?«

»Es tut mir leid, Mutti«, log Ruth. »Ich bin über den Büchern einfach eingeschlafen und erst in der Früh wieder aufgewacht.«

»Es ist unglaublich, was dieser Wilson mit dir macht, was er dir zumutet. Dann komm jetzt nach Hause.«

»Gleich kommen die ersten Kunden«, sagte Ruth müde. »Wir sehen uns heute Abend zu Hause.«

In den nächsten Tagen grübelte sie, wie sie an die Unterlagen kommen sollte, dann sprach sie ihren Vater an.

»Ich brauche die Bescheinigungen von der Einwanderungsbehörde, unsere Aufenthaltsgenehmigung und meine Geburtsurkunde, Vati.« Sie hatte sich Ausreden zurechtgelegt, aber die wollten nicht über ihre Lippen kommen.

»Ihr macht also ernst?« Karl nahm die Brille ab und massierte sich den Nasenrücken. »Ich hätte mir gewünscht, dass der junge Mann vorher noch mit mir spricht, so wie es sich gehört.«

»Das hätte er getan, wenn er gekonnt hätte. Aber die Lage ist angespannt, und er bekommt im Moment nicht frei.«

Karl nickte. »Das verstehe ich. Ich würde trotzdem gerne mit ihm sprechen. Gib ihn mir doch bitte, wenn er wieder anruft.«

»Das mache ich«, versprach Ruth.

Zwei Tage später war es so weit, das Telefon klingelte abends, es war Eddie.

»Hast du Ärger bekommen?«, fragte Ruth besorgt.

»Ja. Und wie. Ich bin degradiert worden. Vom Sergeant zum Korporal. Es tut mir leid.«

»Warum tut es dir leid?«

»Weil ich dadurch weniger Sold bekomme – weniger Geld auch für dich, wenn wir verheiratet sind. Hast du die Papiere?«

»Ich muss sie noch beglaubigen lassen«, sagte Ruth und schluckte. »Mein Vater will mit dir sprechen.«

»Jetzt?«

»Ja.«

Karl war schon zu ihr getreten und nahm den Hörer. »Hallo, Eddie, mein Junge«, sagte er. Dann ging er in die Küche und schloss die Tür. Ruth hörte nur noch Gemurmel. Schließlich kehrte Karl zurück, legte den Hörer auf und schaute Ruth an. »Er hat Chuzpe, dein Eddie. Und ich glaube, er liebt dich wirklich von Herzen.« Er blickte ihr in die Augen. »Du ihn auch? Wahrlich und wirklich? Auf immer und ewig?«

Ruth schloss die Augen, sah dann ihren Vater wieder an. »Ja!«

»Dann sei es so!«

Es war nicht so einfach, die Dokumente übersetzt, beglaubigt und verifiziert zu bekommen, vor allem, da es kein deutsches Konsulat und keine Botschaft mehr in Amerika gab. Aber Ruth hatte noch niemals aufgegeben, und auch bürokratische Hürden schreckten sie nicht. Die Zeit verging, sie hörte wenig von Eddie, was ihr mehr zu schaffen machte als alle anderen Schwierigkeiten. Endlich hatte sie alles zusammen und schickte es zu ihm nach Kalifornien, wohin er versetzt worden war.

Meine liebste Ruth, meine Geliebte, schrieb er ihr, *ich bin hier in Riverside, Kalifornien. Riverside ist ein nettes Städtchen voller Orangen- und Zitronenbäume, der Duft ist unbeschreiblich. Und es gibt diesen wunderbaren Fluss, der in den Pazifik mündet. Meer auf der einen Seite, auf der anderen sind die Berge mit ihren schneebedeckten Gipfeln. Und dazu die Farben. Der Himmel ist weiter und blauer, als ich es jemals zuvor gesehen habe, die Wüste ist trocken und rötlich-gelb.*

Der Fluss schimmert wie Bergwasser an manchen Stellen – an anderen, in der Nähe der Stadt, ist er leider etwas verschmutzt. Doch das Camp, Camp Haan, ist abseits der Stadt. Es sollte nur ein provisorisches Camp sein, aber es wächst, wird größer und größer. Es sind nur Hütten. Wenn es regnet, steht alles unter Wasser und wird schlammig. Die Sonne trocknet zum Glück schnell, aber dies ist kein Ort zum Verbleiben. Ich weiß auch nicht, wie lange ich hier sein muss. Wir programmieren und arbeiten an einer neuen Art von Flugabwehr, verbessern das Radar. Damit wollen wir so früh wie möglich feindliche Flugzeuge erkennen können, denn Kalifornien ist ein Ziel, das die Japaner vor Augen haben, so viel ist sicher.

Ich habe Deine Papiere eingereicht, versuche die Heiratserlaubnis zu bekommen, aber es ist nicht so einfach. Du giltst als feindliche Ausländerin, und ich arbeite in einer Gruppe, die der Geheimhaltung unterliegt. Doch ich werde es schon schaffen. Sag, liebst Du mich noch?

Ich denke an Dich, ständig und immerzu.

Dein Eddie

Mein Liebster, mein Geliebter,

Deine Zeilen haben mich bewegt. Ich würde es gerne sehen, dies Kalifornien. Es gehört zu den Vereinigten Staaten, aber es ist so weit weg von uns hier in Chicago. Hier ist der Himmel auch weit, aber das scheint mir eine andere Weite zu sein. Sag, ist der Pazifik anders als der Atlantik? Ich kenne nur den Atlantik, ein Meer, das mich beeindruckt, aber mir auch Furcht eingeflößt hat.

Als wir von England kamen, war irgendwann jede Küste gleich weit weg – und das war weit. Unter uns war das tiefe,

tiefe Meer. Das war eine Art der Einsamkeit, der Entfernungen, wie ich sie noch nie zuvor erlebt habe. Und immerzu die Angst, dass ein U-Boot uns erspäht und angreift. Was wäre dann geworden? In der Mitte des Atlantiks, in der Mitte des Nirgendwo gab es keine Ufer, keine Hilfe und keine Rettung. Ich habe die Gedanken versucht, von mir wegzuschieben, aber es ist mir nicht immer gelungen. Manchmal hatte ich einfach nur Angst. Aber dann kam das rettende Ufer näher. Vertrauen in den Atlantik habe ich aber nicht mehr. Ist der Pazifik anders? Für mich schon, weil ich ihn nicht kenne und nicht mit Schrecken für mich verbinde.

Aber wie ist es für Dich? Irgendwann – machen wir uns nichts vor, es wird passieren – wirst Du auf eins der Schiffe müssen. Und im Pazifik sind die U-Boote der anderen Achsenmacht, da sind die Japaner. Sie sollen grausam sein, ohne Mitleid und Gnade, hört man.

Pazifik – das bedeutet doch »das friedliche Meer«, aber das ist es nicht, nicht, solange dort Kämpfe toben. Wie sehr hoffe ich auf das Ende des Krieges. Wie sehr sehne ich mich nach Dir und einem friedlichen Leben mit Dir.

Ich liebe Dich mehr, als ich schreiben kann.

Innigste Grüße

Deine Ruth

Anfang Juni klingelte das Telefon. Es war ein Samstagabend. Ruth hatte ein langes Bad genommen, sich selbst eine Gesichtsmaske angelegt und ihre Hände eingeölt. Ihre Eltern waren bei den Gompetz' zu Besuch. Sie und Ilse waren alleine zu Hause.

Ilse ging an den Fernsprecher. »Ruth«, rief sie. »Ruth, es ist Eddie.«

Hektisch suchte Ruth ein altes Handtuch, um das glitschige Öl von ihren Händen zu reiben, fand keines und nahm eins der guten.

»Eddie?« Sie konnte den Hörer nur schlecht an ihr Ohr pressen, ihr Gesicht war voller Creme und Gurkenscheiben, ihre nassen Haare, auf die sie eine Packung gemacht hatte, waren unter einem Handtuchturban versteckt. »Eddie?«

»Ik will dick heyratn, jetzt«, sagte er in gebrochenem Deutsch. »Du musss kommen hierrrherr.«

»Heiraten?«, stammelte Ruth. »Jetzt?«

»So ssnell wie gejht!«

»So sprich doch Englisch mit mir«, tadelte Ruth ihn, aber sie war sehr gerührt.

»Du musst hierher kommen. So schnell es geht. Ich muss nächste Woche ausrücken, muss zu den Philippinen.«

»O nein!«

»Ruth, wir wussten es. Willst du mich trotzdem heiraten? Dann komm! Ich werde alles vorbereiten. Bitte komm!«

»Ich komme. Ich werde alles daransetzen. Wie kann ich dich erreichen?«

Eddie gab ihr eine Telefonnummer.

Ruth ging zurück ins Bad, sie nahm die Gurkenscheiben ab, wusch die Maske vom Gesicht und die Packung aus den Haaren. Dann wusch sie die Haare noch einmal, rubbelte sie trocken und frisierte sich sorgfältig. Das machte sie automatisch, während ihre Gedanken ratterten. Ich muss nach Kalifornien. Das war eine Zugfahrt von mindestens zwölf Stunden. Ich brauche eine Zugfahrkarte, ich muss einen Koffer packen. Ich muss das irgendwie meinen Eltern beibringen.

Es war schon nach Mitternacht, als ihre Eltern endlich nach

Hause zurückkehrten. Ruth war aufgeblieben und hatte auf sie gewartet.

»Eddie hat angerufen. Er wird auf ein Schiff in den Pazifik versetzt. Nächste Woche. Er hat alle Papiere zusammen. Ich muss zu ihm. Wir wollen heiraten.«

»Du willst was?«, fragte Karl verdutzt.

»Ich muss nach Kalifornien, um Eddie zu heiraten.«

»Wann?«, fragte Martha.

»So schnell wie möglich, bevor er weg muss.«

»Das muss ich aber doch alles erst organisieren«, sagte Martha. »Wo sollen wir denn da wohnen? Und Karl muss sich doch frei nehmen. Das geht nicht so schnell.«

»Mutti – ihr könnt nicht mit. Ich muss alleine fahren. Wir können das nicht organisieren. Ich muss jetzt dahin, bevor er weg ist.«

»Gute Güte, Kind! Du kannst doch nicht ohne uns heiraten.«

»Und vor allem kannst du nicht alleine nach Kalifornien fahren. Die Fahrt dauert ja mindestens einen halben Tag, wenn nicht noch länger. Nein, er kann herkommen, und ihr heiratet hier.«

»Vati!« Ruth sah Karl an. »Eddie kann nicht kommen. Er darf nicht kommen. Er wird versetzt – auf ein Schiff bei den Philippinen. Ins Kampfgebiet. Nächste Woche! Ich muss zu ihm.«

»Alleine? Im Zug?« Karl schüttelte den Kopf. »Das erlaube ich nicht.«

»Ich muss zu ihm!«, schrie Ruth. »Ich muss unbedingt. Ich will ihn heiraten, bevor er weg ist und niemals wiederkommt.«

»Nein!« Karl drehte sich um und ging ins Schlafzimmer.

Ruth sah Martha flehend an. »Mutti, bitte!«

»Du hast deinen Vater gehört. Das ist eine Schnapsidee. Wenn Eddie dich heiraten will, dann soll er nach Chicago kommen.«

»Aber …«

»Kein Aber«, unterbrach Martha ihre Tochter. »Nein.«

»Warum denn nicht?«, rief Ruth. »Wir lieben uns. Wir wollen heiraten, den Bund der Ehe schließen. Vielleicht ist es das Letzte, was wir gemeinsam tun können. Er geht in den Krieg, er könnte sterben … Wir wollen vorher heiraten.«

»Wenn du ihn so sehr liebst, kannst du auch warten, bis er Heimaturlaub bekommt oder der Krieg zu Ende ist.«

»Das ist so gemein. Nur weil er nicht euren Vorstellungen entspricht. Aber es ist mein Leben, und ich liebe ihn.«

»Wenn ihr euch wirklich liebt, werdet ihr das aushalten.« Es war Marthas letztes Wort zu der Sache; sie folgte Karl ins Schlafzimmer.

In dieser Nacht weinte sich Ruth in den Schlaf, wobei sie nicht viel schlief. Immer wieder kreisten ihre Gedanken um Eddie. Wie mochte es ihm gehen? Würde sie ihn noch einmal sehen, bevor er auf das Schiff musste? Und wie lange würde er wegbleiben?

Sie war kurz davor, einfach ihren Koffer zu nehmen und zu fahren, aber das konnte sie nicht. Das konnte sie ihren Eltern nicht antun.

Am nächsten Tag rief sie Eddie in einem unbeobachteten Moment an, zum Glück bekam sie ihn schnell an den Fernsprecher. »Sie lassen mich nicht«, sagte Ruth hastig. »Sie wollen mich nicht fahren lassen.«

Eddie schwieg erst. »Ich finde einen Weg. Es wird dich Schlaf kosten.«

»Das ist mir egal. Ich will zu dir. Ich will bei dir sein, und wenn es nur für ein paar Stunden ist.«

»Pack deine Sachen. Wir haben nicht mehr viel Zeit.« Dann legte er auf.

Was hatte er vor? Ruth hatte keine Vorstellung, keine Idee. Aber er hatte zuversichtlich geklungen. Er würde einen Weg für sie beide finden, da war sie sich plötzlich sicher.

Sie ging beruhigt zur Arbeit und am Abend ins Bett; mit ihren Eltern wechselte sie nur die nötigsten Worte.

Es war morgens um vier, als das Telefon schrillte. Um diese Zeit konnte das nur eine schlechte Nachricht sein. Alle schreckten hoch, alle liefen ins Wohnzimmer, sahen sich erschrocken an. Karl hob den Hörer hoch. »Karl Meyer«, sagte er. Dann verzog er das Gesicht, reichte den Hörer wortlos an Ruth.

»Hallo, Liebste«, sagte Eddie. »Habe ich alle geweckt?«

»Ja.« Ruth wusste nicht, ob sie lachen oder weinen sollte. »Ist etwas passiert?«

»Nein, ich wollte dich nur sprechen. Wollte wissen, ob es dir gutgeht.«

Sie redeten nicht lange, verabschiedeten sich voller Hoffnung.

Auch in der nächsten Nacht rief Eddie an und in der übernächsten.

Nach vier Nächten gab Karl auf. »In Gottes Namen, dann fahr. Fahr zu deinem Eddie und heirate ihn. Geh mit Gott und unserem Segen. Aber pass auf dich auf.«

Ruth hatte schon nach Zugverbindungen geschaut. Sie hatte ihren kleinen Koffer gepackt, viel brauchte sie nicht, sie würde ja nach der Hochzeit wieder nach Chicago kommen. Nun rief sie Eddie an.

»Ich fahre heute Abend mit dem Nachtzug. Er geht durch bis San Bernardino. Aber er fährt langsam, ich bin erst morgen Nachmittag da.«

»Ich hole dich am Bahnhof ab und werde alles vorbereiten. Wir haben nicht viel Zeit, am Dienstag geht mein Einsatz los.«

»Dienstag? Heute ist Donnerstag«, sagte Ruth entsetzt.

»Ja. Wir haben drei Tage. Drei gemeinsame Tage. Sobald du ankommst, werden wir heiraten. Hier gibt es eine jüdische Gemeinde, der Rabbiner wird uns trauen, ich habe schon mit ihm gesprochen.«

Drei Tage, dachte sie, das war nicht lang. Aber es war alles, was sie hatten.

Martha weinte beim Abschied. »Nun heiratet meine Tochter, und ich bin nicht dabei. Das habe ich mir nicht so vorgestellt.«

»Ich auch nicht, Mutti, aber es ist nicht zu ändern. Nächste Woche bin ich ja wieder hier.« Sie umarmte ihre Eltern und ihre Schwester, machte sich dann auf den Weg. Vorher hatte sie noch Rachel gebeten, den Salon so lange weiterzuführen, bis sie zurück war.

Sie hatte nur einen Sitz im Liegewagen, denn die Schlafwagenabteile waren zu teuer. Aber das macht nichts, dachte sie. Ich bin vermutlich sowieso zu aufgeregt, um zu schlafen.

Der Zug setzte sich in Bewegung. Wie oft, dachte sie, habe ich mich schon in einen Zug gesetzt und am Ende der Fahrt wurde mein Leben ein anderes? Als ich damals über die Grenze gefahren bin, von Krefeld nach Amsterdam, hat mein Leben neu begonnen. Dann bin ich von Frinton-on-Sea nach London gefahren, zum Bloomsbury House – das hat das Leben meiner Familie gerettet. Von Frinton nach Slough bin ich gefahren, um wieder mit meiner Familie vereint zu sein. Gemeinsam sind wir von New York nach Chicago gefahren, um unser neues Leben in den USA zu beginnen. Und nun fahre ich zu meinem Liebsten. Wenn ich zurück nach Chicago fahre, werde ich verheiratet sein. Das Gefühl war unbeschreiblich, aber es war auch zwiespältig.

Drei Tage würde sie mit Eddie haben, und dann würde er abkommandiert werden. Auch wenn er nicht an die Front kam, wenn er nicht zur kämpfenden Truppe gehörte, so war sein Leben dennoch in Gefahr. Immer wieder wurden Schiffe versenkt, und der Pazifik konnte tückisch sein. Vielleicht würde sie bald nicht nur verheiratet, sondern auch Witwe sein. Und selbst wenn nicht, wenn alles gutging – wie lange würde sie ihn nicht sehen können? Wochen? Oder gar Monate? Die Zukunft für sie beide war ungewiss. Dennoch war sie sich sicher, dass dieser Schritt der richtige war. Sie liebte Eddie und wollte ihn unbedingt heiraten, auch wenn sie ihre Ehe nur ein paar Tage führen konnten.

Ihr Sitz ließ sich nach hinten kippen, so dass sie nicht aufrecht sitzen musste, aber richtig liegen konnte sie auch nicht. Der Schaffner hatte Decken und Kissen verteilt, und Ruth versuchte, es sich so bequem wie möglich zu machen. Es war schon nach Mitternacht, als sie ein wenig eindöste, dann wurde sie wieder wach, sackte wieder weg. Draußen zog die Nacht vorbei. Immer wieder hörte sie die schrillen Glocken, wenn der Zug einen Bahnübergang überquerte.

Langsam dämmerte der Morgen, der Himmel wurde grau, dann kam das erste Licht, und es war so, als hätte jemand die Farben angeknipst – verhalten zu Anfang und dann immer leuchtender und leuchtender. Der Tag erwachte und mit ihm die Welt, schien es Ruth. Die ersten Autos fuhren auf den Straßen, die Lichter in den Häusern gingen an, dann sah sie Leute auf der Straße, die zur Arbeit gingen, Bauern, die ihre Kühe zum Melken zusammentrieben. Meistens fuhr der Zug durch Felder, Weiden oder Wiesen. Und durch die Prärie – Land, ohne ein Anzeichen von Menschen, die dort lebten. Nur in wenigen großen Städten hielt der Zug. Kansas City war eine davon. Kansas schien nur aus Maisfeldern zu bestehen, der Mais spross gerade erst, aber die grünen Blätter, Tausende und Abertausende, so schien es Ruth, wogten im Wind. Es gab kaum Wälder, keine Berge, nur Hügel, der Blick konnte in die endlose Ferne streifen. Dann kamen die Ausläufer der Rocky Mountains in Sicht, die Landschaft veränderte sich, und es schien bergauf zu gehen.

Da es einen Speisewagen gab, konnte sich Ruth Kaffee holen und einen Bagel, eine Art Brötchen mit einem Loch in der Mitte. Meistens waren die Bagels herzhaft belegt oder nur pur. Sie ging zurück zu ihrem Abteil, der Schaffner hatte inzwischen die Decken und Kissen wieder eingesammelt. Die Fahrt würde noch etliche Stunden dauern, also machte es sich Ruth wieder bequem und bewunderte die Landschaft. Doch kurz vor Trinidad, Colorado, wo der Zug Halt machen sollte, gab es plötzlich Unruhe, der Zug wurde langsamer und langsamer, blieb dann mitten im Nirgendwo stehen. Sie waren nicht weit von der Grenze zu New Mexico, und auf der Karte war es nun gar nicht mehr so weit, zumindest die Hälfte der Fahrt hatten sie hinter sich gebracht. Doch jetzt gingen die Schaffner durch die Abteile.

»Es tut mir leid«, sagte der Schaffner zu Ruth. »Es gibt eine Verzögerung. Wir mussten anhalten.«

Ruth schaute nach draußen. »Das habe ich gemerkt.« Sie lächelte. »Weshalb denn?«

»Da kommt ein Truppentransport durch Albuquerque. Er hat Vorrang. Darauf müssen wir warten.«

»Und wie lange?«

Der Schaffner zuckte mit den Schultern. »Das weiß ich nicht.«

»Passiert das öfters?«

»In der letzten Zeit schon. Viele Truppen werden von der Ost- an die Westküste verlegt. Das Militär hat immer Vorrang.«

»Das verstehe ich«, sagte Ruth nachdenklich. Sie würde sich verspäten. Aber sicherlich würde das in San Bernardino bekannt gegeben werden, und Eddie würde Bescheid wissen.

Doch die Stunden vergingen. Es wurde Mittag, dann Nachmittag, und noch immer stand der Zug nun in der sengenden Sonne.

Ruth suchte den Schaffner. »Wissen Sie schon mehr?«, fragte sie.

»Nein. Das kann noch dauern.«

»Aber wie lange denn?«

»Das letzte Mal haben wir achtzehn Stunden warten müssen.«

»Was? So lange?«, fragte Ruth verzweifelt. »Mein Verlobter wartet auf mich in San Bernardino. Wir wollten heute Abend heiraten. Er ist Soldat und muss am Dienstag zum Einsatz.«

»Bis Dienstag sind wir da«, versuchte der Schaffner sie mitleidig zu trösten.

»Aber …«

»Es gibt nichts, was ich tun kann, Miss. Es tut mir leid.«

»Kann man nicht aussteigen und zur nächsten Stadt gehen? Um wenigstens eine Nachricht zu schicken?«

Der Schaffner sah nach draußen. Dort war nur Prärie oder Weideland. »Ich weiß gar nicht, wo hier die nächste Stadt ist. Albuquerque ist eine Stunde mit dem Zug entfernt … zu Fuß wäre das sicher ein Tagesmarsch. Und selbst wenn hinter dem nächsten Hügel ein Dorf sein sollte, was einen Telefonanschluss hat – was hier nicht unbedingt der Fall sein wird –, wenn der Bescheid zum Weiterfahren kommt, fahren wir. Da warten wir nicht auf Leute, die irgendwo ein Telefon suchen.«

»Das kann doch nicht wahr sein«, jammerte Ruth. Es war das erste Mal seit langer Zeit, dass sie richtig und wirklich verzweifelt war. Sie setzte sich wieder an ihren Platz, sah das Licht und die Farben verblassen. Aus dem Nachmittag wurde Abend, und aus dem Abend wurde Nacht. Zum Glück war der Zug nicht voll besetzt, und der Speisewagen hatte genügend Vorräte, um eine Suppe für alle zu kochen. Lecker war sie nicht, aber sättigend und wärmend.

Was, wenn Eddie nun glaubte, dass sie gar nicht käme? Dass sie nicht kommen wollte? Dass sie es sich anders überlegt hätte? Was, wenn er eher einrücken müsste, wenn sie ankäme, und er wäre schon weg? Was, wenn sie noch viel länger hier warten müssten? Warten und warten?

In den Gräsern der Prärie heulte ein Coyote. Vielleicht war es auch ein Wolf. Noch zirpten die Grillen, aber nach und nach wurde es ruhiger. Je dunkler es wurde, umso kälter wurde es auch. Eine empfindliche Kälte, die vom Boden hochzog. Der Schaffner kam, verteilte wieder Decken und Kissen. Neuigkeiten hatte er nicht.

Ruth konnte die Tränen nicht mehr aufhalten. Trotz der Suppe war sie hungrig, trotz der Decke war ihr kalt, trotz der langen Zeit im Zug war sie völlig erschöpft und müde. Außerdem war sie auch noch verzweifelt. Was sollte Eddie bloß von ihr denken? Was würde werden? Irgendwann fiel sie in einen unruhigen Schlaf. Wach wurde sie, als sich der Zug wieder in Bewegung setzte. Draußen war schwarze Nacht. Sie fuhren in Albuquerque ein, aber sofort weiter, so dass Ruth nicht aussteigen konnte, um Eddie zu kontaktieren. Auch die nächsten Stopps konnte sie nicht nutzen. Es war schon Vormittag, fast einen Tag später als geplant, als sie endlich San Bernardino erreichten. Kurz zuvor war Ruth noch einmal im Waschraum gewesen, hatte sich frisch gemacht, auch wenn es sie Überwindung gekostet hatte. Der Waschraum sah heruntergekommen aus und war dreckig. Wenigstens Kaffee hatte sie schon getrunken, aber sie fühlte sich schmutzig und klebrig, ihr Kopf pochte, und ihr war schwindelig. Doch das alles war nichts gegen die Sorge, dass Eddie nicht da sein würde. Wie sollte sie ihn auf dem Stützpunkt in Riverside erreichen? Sie wusste noch nicht mal, wie weit der Stützpunkt vom Bahnhof entfernt war.

Sie nahm ihr Köfferchen und stieg aus, schaute sich unsicher um. Der Bahnhof war voll, ein einziges Kommen und Gehen – Eddie entdeckte sie nicht.

»Da bist du ja, meine Liebste! Da bist du endlich.« Er hatte sich durch die Menge geschlängelt, war von hinten an sie herangetreten und nahm sie nun in die Arme. »Ich habe schon befürchtet, du kommst nicht mehr.«

Nun brachen die Dämme bei Ruth, sie weinte haltlos. »Das … ha… habe … ich auch … be… fürchtet«, schluchzte sie. »O Eddie, es war furchtbar. Wir mussten einen Truppentransporter vorlassen. Wir haben Stunden in der Prärie gestanden.«

Er wischte ihr vorsichtig die Tränen vom Gesicht. »Jetzt bist du ja hier. Endlich bist du hier.« Er sah sie an und küsste sie. »Unsere Hochzeit wäre gestern Abend gewesen«, sagte er und lächelte. »Ich hatte alles geplant und vorbereitet. Alles. Der Rabbi in der Synagoge stand bereit, die Gemeinde war bereit – sie hatten Kuchen gebacken und ein Büfett vorbereitet. Sie wollten für uns ein kleines Fest machen, aber dann … dann kamst du einfach nicht.«

»Ich saß in diesem Zug fest. Hat man nichts durchgegeben?«

Eddie schüttelte den Kopf. »Nein, wenn dein Zug wegen Truppenverschiebungen warten musste, wird das nicht öffentlich bekannt gegeben, damit es kein Spion mitkriegt oder es zu Sabotage kommt.« Er zog sie wieder an sich. »Aber nun bist du ja da, bist du ja bei mir. Jetzt können wir heiraten.« Er schluckte und grinste. »Allerdings wird die Feier wohl flachfallen. Die Gemeinde hat den Kuchen gestern alleine gegessen und den Wein ausgetrunken.«

»Mir ist nicht nach einer Feier. Ich will nur mit dir zusammen sein.«

Er führte sie direkt zum Rabbiner. Die Papiere lagen vor, alles war genehmigt worden, und sie wurden in trauter Zweisamkeit vermählt.

»Jetzt seid ihr vor Gott und der Welt Mann und Frau. Ihr dürft euch nun küssen«, sagte der Rabbiner. »Masseltov!« Er legte das Tuch mit dem Glas vor Eddies Füße. Eddie zertrat es krachend, dann küsste er Ruth. »Nun bist du Ruth Elcott, meine Frau.«

Ruth war ganz schwindelig, vielleicht vor Glück, vielleicht aber auch vor Hunger und Müdigkeit.

»Eine Sache müssen wir noch machen«, sagte Eddie. »Dann

können wir in die Pension. Ich habe uns ein Zimmer genommen. Es ist einfach, aber sauber.«

»Was müssen wir denn noch machen?«, fragte Ruth erschöpft.

»Ich muss zu meinem Vorgesetzten, ich muss ihm die Papiere bringen, damit meine Akte geändert wird.«

»Jetzt?«

»Ja, am besten sofort, dann haben wir es hinter uns. Sein Büro liegt auf dem Weg.«

Er nahm ihre Hand. »Wir nehmen ein Taxi«, sagte er mit Blick in ihr erschöpftes Gesicht.

»Wo ist denn die Pension?«, fragte Ruth und schaute aus dem Fenster. Sie fuhren aus der Stadt hinaus und durch Orangenhaine.

»Wir müssen nach Riverside. Da ist Camp Haan, wo ich stationiert bin«, erklärte Eddie. »Am Rande des Camps, aber auf der Base, sind kleinere Pensionen … für den Besuch der Ehefrauen.«

»Ach, so ist das.« Ruth hatte zwar seine Worte verstanden, aber sie war zu erschöpft, um weiter darüber nachzudenken. Ihr Kopf pochte.

Ich muss dringend etwas trinken. Und ich muss duschen. Und schlafen, schlafen muss ich auch. Nachher. Vielleicht auch etwas essen, dabei habe ich gar keinen Hunger, dachte Ruth.

Sie hielten vor einem hohen Maschendrahtzaun. Eddie musste sich ausweisen. Stolz zeigte er die noch frische Heiratsurkunde, unter der die Tinte gerade erst getrocknet war. Dann durften sie passieren. Das Taxi hielt vor einem funktionalen Flachdachgebäude. Eddie holte das Gepäck aus dem Kofferraum.

»Erst noch die formalen Dinge erledigen, dann sind wir unter uns.« Er führte sie in das Gebäude, klopfte an eine Tür und öffnete sie.

»Staff Sergeant Glimmich«, sagte Eddie schneidig und hob die Hand zum Gruß an seine Mütze, die er vorher aufgesetzt hatte. »Korporal Eddie Elcott meldet sich zur Aktenvorlage.«

»Rühren, Elcott«, sagte der Staff Sergeant und lächelte. »Ist Ihre Braut endlich eingetroffen?«

»Jawohl. Der Zug wurde wegen Truppenbewegungen aufgehalten.«

»Nun ja, das passiert.«

Ruth kannte die Stimme, auch wenn sie jetzt tiefer und erwachsener klang, als sie sie in Erinnerung hatte. Sie kannte auch den Mann. Seine Schultern waren breiter geworden, sein Gesicht mit Falten durchzogen. Für einen Moment schloss sie die Augen, dann öffnete sie sie wieder. Der Mann blieb der Gleiche.

»Kurt? Kurt Glimmich?«

Er sah sie an, kniff die Augen zusammen. »Du meine Güte«, sagte er dann auf Deutsch. »Du meine liebe Güte. Ruth? Ruth Meyer?«

Sie gingen aufeinander zu, musterten sich.

»Du bist es wirklich«, sagte Ruth. »Das ist doch nicht zu fassen.«

»Ich habe von meinen Eltern gehört, dass ihr es nach Amerika, nach Chicago geschafft habt. Ich hatte mir immer vorgenommen, mich bei dir zu melden, aber …«

»Ja, ich weiß«, sagte Ruth. »Ich wollte mich auch bei dir melden.«

»Geht es dir gut?«, fragte Kurt sanft.

Ruth nickte.

»Ich habe dich damals sehr geliebt.«

»Ja, Kurt, ich weiß. Ich habe dich auch geliebt.« Ruth fasste nach Eddies Hand. Er sprach nur gebrochen Deutsch. »Und jetzt bin ich verheiratet – mit Eddie.«

Kurt sah zu Eddie, dann wieder zu Ruth. »So wirklich vergessen habe ich dich nie.« Dann schluckte er, nickte. »Elcott, du hast eine gute Wahl getroffen. Die beste.«

»Ihr kennt euch«, sagte Eddie. Es war eine Feststellung, keine Frage.

»Ja. Wir kommen aus derselben Stadt in Deutschland. Aus Krefeld. Wir waren früher befreundet.«

Kurt ging zur Tür. »Korporal Sneider, kommen sie mal«, brüllte er. Dann nahm er eine Kamera aus seiner Schreibtischschublade. »Lasst uns ein Foto machen, als Erinnerung an diesen Moment.«

Sie nahmen Ruth in die Mitte, Sneider machte zwei Fotos.

»Ich nehme die Urkunden in die Akten auf«, sagte Kurt. »Und nun wünsche ich euch ein paar unbeschwerte Stunden. Du wirst nächste Woche abkommandiert, nicht wahr?«

Eddie nickte.

»Viel Glück.« Kurt sah Ruth an. »Leb wohl, Ruth.«

»Das war seltsam«, sagte Eddie leise, als sie das Gebäude verließen. »Du scheinst ihn gut zu kennen.«

»Nein, ich kannte ihn gut, in einem anderen Leben.«

Eddie blieb stehen. »Es ist *der* Kurt?«, fragte er verblüfft. »Deine Jugendliebe?« Seine Stimme wurde rau.

»Ja«, sagte Ruth. »Aber wir haben schon ewig keinen Kontakt mehr. Ich wusste noch nicht einmal, dass er in der Armee ist.«

»Er hat sich am Anfang des Krieges freiwillig gemeldet, stieg die Karriereleiter empor. Man kann auch zur Armee, wenn man nur eine Aufenthaltsgenehmigung hat. Dann bekommt man schneller die amerikanische Staatsbürgerschaft.«

»Kurt war schon immer clever, was diese Dinge angeht.«

»Ist er dir noch wichtig?«

Ruth sah Eddie an. »Das war er einmal. Das ist lange her. Jetzt bist du das Wichtigste in meinem Leben.« Sie küsste ihn.

Eddie nickte und grinste. »So wie du küsst, glaube ich dir. Oder bist du einfach nur hungrig?«

Ruth schmunzelte. »Auch.«

Sie gingen in die kleine Pension und verließen das Zimmer in den nächsten zwei Tagen nur, um etwas zu essen oder zu trinken zu holen.

Am Sonntagabend ging Ruth in das kleine Bad, das zu ihrem Zimmer gehörte. Sie fühlte sich seit ihrer Ankunft nicht gut, hatte das aber ignoriert, es auf den Stress geschoben, die Anspannung und all das Neue, was auf sie einstürmte. Doch nun musste sie zugeben, dass irgendetwas nicht stimmte. Ihr Mund tat weh, ihre Lippen fühlten sich geschwollen an, und das lag nicht nur an den vielen Küssen. Sie schaute in den Spiegel, öffnete den Mund. Es tat weh, und sofort sah sie zwei große Wunden am Zahnfleisch. Auch ihr Gaumen schmerzte, und die Zunge war weiß belegt.

»Eddie«, sagte sie und ging zurück ins Zimmer. »Eddie, ich glaube, ich bin krank.«

Eddie holte einen der Ärzte. Er untersuchte Ruth, schüttelte dann den Kopf. »Das ist eine schwere Mundhöhlenentzündung. Eigentlich haben so etwas nur Leute mit Mangelernährung. Aber es ist hochgradig ansteckend. Wo haben Sie das her?«

Ruth schüttelte den Kopf. »Ich weiß es nicht. Ist es schlimm? Was macht man dagegen?«

»Es dauert, es ist schmerzhaft, und es ist äußerst ansteckend«, sagte der Arzt und wirkte besorgt. »Ich muss sie auch untersuchen, Korporal.«

Eddie hatte bisher keine Anzeichen einer Entzündung im Mund- und Rachenraum.

»Obwohl es im Moment nur Ihre Frau betrifft, muss ich das melden«, sagte der Arzt. Wieder sah er Ruth an. »Und Sie wissen nicht, wo Sie sich angesteckt haben könnten?«

»Ich bin erst am Samstag mit dem Zug angekommen. Die Fahrt hat fast zwei Tage gedauert, wir hatten einen langen Zwischenstopp wegen … wegen …« Unsicher sah sie Eddie an.

»Ihr Zug musste Truppentransporte vorlassen und stand etliche Stunden auf freier Strecke.«

»Im Zug – Sie waren dort sicher im Waschraum und auf der Toilette.«

»Hinaus konnte ich ja nicht«, sagte Ruth lakonisch.

»Dann haben Sie es sich vermutlich dort geholt. Da reicht ein Reisender, der es hat, und alle im Zug können sich anstecken. Das ist leider so.« Er seufzte. »Ich werde Ihnen eine Tinktur verschreiben, die sie auf die Mundschleimhaut und die Wunden pinseln. Und dann noch etwas zum Gurgeln – nicht schlucken, nur gurgeln. Es dauert ein wenig, aber es ist nicht lebensgefährlich und lässt sich behandeln. Aber Sie müssen erst einmal im Zimmer bleiben, solange sie ansteckend sind.«

»O nein!« Ruth weinte, nachdem der Arzt gegangen war. »Wir haben nur noch einen Tag, und … ich will dich nicht anstecken. Ich darf dich nicht mehr küssen. Um ehrlich zu sein, will ich es auch nicht, es tut zu weh. Und wir dürfen das Zimmer nicht verlassen.«

»Es gibt Schlimmeres«, sagte Eddie und nahm sie in den Arm. »Immerhin sind wir noch zusammen.«

Der Arzt schickte Tinktur und Mundspülung – beides brannte, doch Ruth benutzte es tapfer.

Am nächsten Morgen klopfte es an der Zimmertür. »Korporal Elcott? Sie sollen zum Sergeant Major kommen. Sofort.«

Eilig zog Eddie seine Uniform an, prüfte den Sitz, nahm seine Mütze und ging. Es schien ewig zu dauern, bis er wiederkam.

»Und?«, fragte Ruth besorgt. »Hast du Ärger bekommen? Wegen mir?«

Eddie schüttelte den Kopf. »Nein. Ich darf nur nicht morgen mit auf das Schiff, das ausläuft. Diese Krankheit ist zu ansteckend. An Bord können wir keinen Abstand halten und im Angriffsfall auch keine Hygienemaßnahmen einhalten. Ich muss also hierbleiben, bis wir wieder gesund sind und das nächste Schiff ausläuft.«

»Du bleibst hier?«

»Ein wenig länger, Liebes, nur ein wenig länger.« Er grinste schief. »Bis wir wieder gesund sind.«

»Wir?«

Eddie nickte und öffnete den Mund. Auch er hatte nun eine blutende und entzündete Stelle am Zahnfleisch.

Die Tinktur und die Spülungen wirkten. Schon nach einer Woche waren die Wunden so gut wie abgeheilt, und die beiden durften die Pension verlassen. Da Eddie nun auf seinen nächsten Einsatz, auf das nächste Schiff warten musste, hatten sie viel Zeit. Es war die erste Zeit, die sie wirklich miteinander verbrachten. Tagsüber musste Eddie, als er wieder ganz genesen war, Dienst schieben, aber abends durfte er zu ihr. Sie schliefen gemeinsam ein, wachten zusammen auf. Oft fuhren sie zum Strand, dort verbrachten sie viele der freien Stunden und Tage. Manchmal fuhren sie auch in die nahen Berge oder wanderten durch die Zitrusfrüchtehaine, die am Rande der Berge wuchsen. Es war eine innige Zeit, die Zeit der Liebe. Doch der Tag des Abschieds schwebte über ihnen wie eine dunkle Wolke, und nach sechs Wochen war es so weit.

»Morgen muss ich los. Morgen fährt die Fregatte zu den Philippinen und bringt mich auf den Zerstörer, auf dem die neuste Technologie ist. Dort werde ich den Radar weiter entwickeln und an neuen Maschinen arbeiten müssen.« Eddie sah Ruth an. »Du wirst bei mir sein«, sagte er und legte die Hand auf sein Herz. »Hier. Hier bist du. Für immer und ewig.«

Ruth konnte die Tränen nicht zurückhalten. Sie klammerte sich an ihn, hielt ihn fest, wollte ihn nie wieder loslassen.

»Du hast es gewusst«, sagte Eddie. »Du wusstest, dass es dazu kommt – kommen wird.«

»Aber ich habe nicht gewusst, wie weh es tut und wie schwer es wird. In diesen letzten Wochen ist mir so wirklich klargeworden, wie sehr ich mein Leben mit dir verbringen will, und jetzt musst du gehen.«

»Ich komme wieder, ich verspreche es.«

Kapitel 24

Chicago, 1943–1945

»Du wolltest ein paar Tage bleiben. Ein paar Tage«, fauchte Rachel Ruth an. »Daraus wurden fast sieben Wochen.«

»Ich weiß«, versuchte Ruth ihre Freundin zu beruhigen. »Ich kann doch auch nichts dafür, dass ich krank geworden bin.« Sie beugte sich wieder über die Bücher, die Rachel nur notdürftig geführt hatte, und seufzte. »Wo sind denn die Einträge für die …?«

»Nein!«, unterbrach Rachel sie wütend. »Frag das nicht.« Dann seufzte sie und setzte sich neben ihre Freundin. »Ich bin froh, dass du wieder da bist. Und ich freue mich für dich und Eddie. Seid ihr glücklich?«

»Wir waren es. Gut sechs Wochen lang. Es war … traumhaft.« Ruth sah Rachel an. »Noch nie haben wir so viel Zeit miteinander verbracht.«

»Das freut mich sehr.« Rachel senkte den Kopf. »Ich habe dir wohl ein heilloses Durcheinander hinterlassen. Ich wusste einfach nicht, wie das alles geht. Woher weißt du das?«

»Herbert hatte es mir gezeigt«, sagte Ruth. »In den Ansätzen, den Rest habe ich mir zusammengereimt.«

»Melly hat geholfen, von Büchern hat sie mehr Ahnung als von Haaren.«

»Immerhin«, murmelte Ruth und versuchte, die Zahlen zu

verstehen, die Rachel aufgeschrieben hatte. Dann blickte sie in die Auftragsbücher, die gut gefüllt waren. »Nächste Woche – da haben wir am Montag noch nicht viele Termine. Die wenigen sagen wir ab. Und dann nehmen wir uns den Tag und gehen die Bücher durch.«

»Du kannst doch keine Termine absagen. Die Kundinnen werden entsetzt sein.«

»Doch, das kann ich. Schau, wir haben genug Termine schon diese Woche. So viele – wie habt ihr das gemacht?«

»Ich habe noch ein Mädchen eingestellt«, gestand Rachel. »Sie bekommt keinen vollen Lohn, sondern nur die Stunden bezahlt. Sie hat die Ausbildung abgebrochen.«

»Warum?«

»Weil … nun, sie kann nicht richtig lesen und schreiben. Aber sie kann gut mit Leuten umgehen und ist fleißig.«

»Das schaue ich mir auch an.«

»Bist du deshalb böse?«, fragte Rachel leise.

Ruth sah sie an und lachte. »Unsinn! Ich bin stolz auf dich. Du hast das gut gemacht. Phantastisch.«

Liebster Eddie, schrieb Ruth,

es war komisch, nach Chicago zurückzukommen und wieder mein »Mädchenzimmer« zu beziehen. Ich bin kein Mädchen mehr, ich bin jetzt Deine Frau. Aber was soll ich mit einer eigenen Wohnung, die ich nur alleine bewohne? Meine Eltern haben mich herzlich in die Arme geschlossen, auch wenn sie über den ganzen Verlauf nicht glücklich sind. Aber sie merken, dass wir uns lieben, und das ist alles, was zählt.

Ich vermisse Dich so sehr, ich vermisse Deine Nähe, Deine Wärme, Deinen Geruch – er ist einzig und wunderbar.

Ich vermisse Dein Lachen, Deine Scherze und die Art, wie Du Orangen schälst. Klingt das komisch?

Ich versuche, mich wieder im Salon einzuarbeiten. Vielleicht brauche ich noch ein paar Tage, und dann wird es wieder Gewohnheit sein.

Ruth schrieb Eddie. Sie schrieb ihm fast jeden Tag. Manchmal waren es nur kurze Briefe, nur kurze Gedanken. Manchmal waren es zwei oder drei Seiten. Sie schrieb und schickte die Briefe an die Adresse der Base. Von dort, das hatte man ihr versichert, würden die Briefe an ihren Mann weitergeschickt werden. Es gab keine Poststation dort, wo er war. Keinen Postboten. Aber die Armee versuchte, alles zu tun, damit die Soldaten regelmäßig Nachrichten und Briefe aus der Heimat erhielten.

Lieber Eddie,

Du wirst es nicht glauben – heute hat Rachel mal wieder die falschen Farben zusammengemixt. Die Kundin wollte ein schönes Braun … aber nun hat sie eher orangefarbene Haare. Rachel ist ein kleines Luder, statt entsetzt zu sein, nachdem die Farbpaste herausgewaschen war und sich das Dilemma gezeigt hatte, tat sie ganz begeistert. So begeistert, dass sich die Kundin anschloss, statt auf einer neuen Färbung zu bestehen. Und stell dir vor, heute kam die Freundin der Kundin und wollte genau den gleichen entsetzlichen Farbton. Die Wünsche unserer Kundinnen sind uns heilig, also haben wir es gemacht.

Liebster Eddie, heute war ich am Michigansee. Das ist nicht wie das Meer, aber es ist Wasser, und ich habe mir vorgestellt, dass wir Hand in Hand über den Strand laufen, so wie in Kalifornien. Das hat mich sehr glücklich und sehr traurig zu-

gleich gemacht. Noch habe ich keinen Brief von Dir bekommen, aber Du schreibst doch?

Jeden Tag schrieb Ruth, aber es dauerte über einen Monat, bis auch sie Post erhielt. Es war ein großes Päckchen. Auch Eddie hatte fast jeden Tag geschrieben. Ruth nahm die Briefe und ein Glas Wein und zog sich in ihr Zimmer zurück. Sie sortierte sie nach Datum, fing an zu lesen – einen nach dem anderen.

Liebste Ruth, meine Geliebte,

heute bin ich in See gestochen. Wie das klingt – als hätte man ein Messer und würde in die Wellen stechen … ich habe die Wellen übrigens unterschätzt. Mir war schlecht, mir ist immer noch schlecht, dabei beteuern alle, dass es ruhige See ist. Wenn Seegang aufkommt, werde ich vermutlich elendig zu Grunde gehen. Aber angeblich gewöhnt man sich daran. Ich werde berichten.

Ruth machte sich eine Notiz, dann las sie weiter, las den Brief zu Ende, nahm den nächsten. Auch beim nächsten machte sie sich Notizen. Immer dann, wenn sie etwas fand, wozu sie etwas schreiben wollte.

Liebster Eddie, mein Geliebter,

Deine Briefe sind nun alle gekommen. Nach vier langen Wochen. Es ist ein großes Päckchen, und ich habe sie alle gelesen. Du hast geschrieben, dass Du bei hohem Seegang elendig zu Grunde gehen würdest. Wage es nur nicht. Ich brauche Dich noch.

Was macht die zahme Ratte Deines Freundes Fred? Habt Ihr tatsächlich keine Katzen an Bord? Ich dachte, es gibt immer Katzen auf Schiffen. Auf der Scythia waren auch Katzen.

Einen Tropensturm mag ich mir nicht vorstellen, der Sommer in diesem Jahr ist recht sonnig.

An diesem Abend blieb sie in ihrem Zimmer, las die Briefe wieder und wieder. Sie war auf einmal sehr traurig und hätte die ganze Zeit weinen können. Überhaupt fühlte sie sich seltsam melancholisch. Sie vermisste Eddie und versuchte, ihren Kummer durch Arbeit zu verdrängen, aber in den letzten Tagen war sie unendlich müde gewesen.

Vielleicht habe ich mir zu viel zugemutet, dachte sie plötzlich. Vielleicht sollte ich etwas kürzer treten. Was bringt es, wenn ich zwölf Stunden am Stück im Salon bin?

Sie beantwortete Eddies Briefe, brachte ihren Brief am nächsten Morgen zur Post und ging zur Arbeit. An diesem Morgen wollten zwei Kundinnen die Haare gefärbt haben, eine weitere Kundin hatte eine Gesichtsmassage und Maske gebucht.

Ruth rührte die Farben zusammen, setzte Kaffee auf. Der Kaffee blubberte in der Maschine, und plötzlich stieg ihr der Geruch in die Nase. Sie schaffte es gerade noch bis zur Toilette.

Als Rachel kam, saß Ruth immer noch auf den Fliesen, hielt sich einen kalten Waschlappen gegen die Stirn.

»Bist du krank?«, fragte Rachel verwundert. »Du bist ganz blass.«

»Ich muss mir den Magen verdorben haben«, sagte Ruth.

»Dann geh nach Hause, ich rufe Melly an.«

»Nein, es geht gleich wieder.« Ruth stand auf, ging in den Hof. Die frische Luft tat ihr gut, und schon bald fühlte sie sich besser.

Am nächsten Morgen war Rachel vor ihr im Salon. Sie hatte schon Kaffee gekocht und reichte Ruth eine Tasse. Der Geruch stieg Ruth in die Nase, und sofort eilte sie wieder in das kleine Badezimmer, um sich zu übergeben.

»Es muss am Kaffee liegen«, sagte Ruth eine halbe Stunde später. Sie hatte sich ein Glas Wasser genommen, und nun ging es ihr schon besser. »Ich glaube, ich vertrage keinen Kaffee mehr.«

Rachel sah sie nachdenklich an. »Wann hattest du das letzte Mal deine Tage?«

»Bitte?«

»Du weißt schon – deine Tage, deine Blutungen. Wann hattest du sie zuletzt?«

Ruth dachte nach. »Ich weiß nicht mehr. Vor ein paar Wochen.«

»Vor wie vielen Wochen? Hattest du sie, als du in Kalifornien warst?«

»Kurz davor«, sagte Ruth nachdenklich.

»Tja«, sagte Rachel, »da hast du dir wohl ein kleines Andenken mitgebracht.«

Ruth sah sie verwirrt an. »Wie meinst du das?«

»Ruth!« Ihre Freundin lachte. »Es ist doch offensichtlich. Du bist schwanger. Du bekommst ein Kind.«

Ruth musste sich setzen. Jetzt, nachdem Rachel es ausgesprochen hatte, wurde ihr klar, dass ihre Freundin recht haben könnte. Sie hatte ihre Blutung nicht mehr gehabt, ihre Brüste taten weh, ihr war übel, und sie war oft unendlich müde.

»Du solltest zum Arzt gehen und es abklären lassen.«

Ruth nickte. »Wenn das stimmt … Wie bringe ich es bloß Eddie bei?«, fragte sie dann.

»Er ist doch der Vater, oder nicht?«

»Natürlich«, sagte Ruth empört. »Was glaubst du denn?«

»Reg dich nicht auf. Ich weiß das doch. Aber … du warst ja so lange in Kalifornien. Und hattest deinen Eltern diese Fotos geschickt. Mit Kurt – erinnerst du dich?«

»Ja und?«

»Du hattest nur eine Karte beigelegt.« Rachel lachte. »Darauf stand: ›Endlich sind wir verheiratet!‹ Und dann das Bild. Natürlich haben sie Kurt erkannt. Aber sie haben auch jedem das Bild gezeigt und alle gefragt, ob es wirklich Kurt Glimmich ist.«

Ruth schaute Rachel an. »Was haben sie gemacht?«

»Na ja, deine Eltern waren sich erst nicht sicher, wen du denn nun geheiratet hast – Eddie oder Kurt. Das war auf dem Bild nicht wirklich zu erkennen.«

»Grundgütiger!« Ruth seufzte. »Sie hatten doch nicht wirklich Zweifel?«

»Vielleicht war es Wunschdenken, du weißt, wie sehr deine Mutter Kurt gemocht hat.«

»Ja«, sagte Ruth und klang ein wenig bitter. »So sehr wird sie Eddie wohl nie mögen.«

»Warte ab und gib ihr Zeit. Das wird schon. Ein Blinder mit dem Krückstock sieht, wie sehr du ihn liebst.«

Ruth umarmte ihre Freundin. »Danke, dass du wenigstens zu mir hältst.«

»Wenn du jetzt wirklich schwanger bist, was ich nicht bezweifle, dann werde ich neidisch sein«, sagte Rachel ernst. »Ich hätte auch gerne ein Kind von Andrew. Wenigstens ein Kind – falls sie nicht zurückkommen.«

»So etwas darfst du noch nicht einmal denken«, sagte Ruth barsch.

Aber natürlich dachte sie es auch. Sie ging zum Arzt, und er bestätigte ihr die Schwangerschaft. Entgegen ihrer Befürchtungen waren Martha und Karl nicht entsetzt, sondern freuten sich unglaublich.

»Die Familie lebt weiter«, sagte Karl stolz. »Ich hoffe, es wird ein strammer Junge.«

»Ich hoffe, es wird ein Mädchen«, erwiderte Ruth leise. »Frauen müssen nicht in den Krieg ziehen.«

»Ach, ist das schön!«, sagte Martha begeistert. »Endlich wieder ein Baby in der Familie. Aber jetzt kannst du nicht mehr arbeiten gehen. Du musst dich ausruhen. Ich habe mit Sofie gesprochen. Sie fahren über den Sommer in die Catskills, vielleicht können wir das auch?«

»In die Sommerfrische«, brummte Karl. »Das ist zu teuer, das können wir uns nicht leisten.«

»Aber es würde Ruth sicher guttun. Schau doch nur, wie blass sie ist.«

»Wir leben hier am Michigansee. Da kann man sich auch wunderbar erholen. Jede Menge Leute kommen hierher, um Urlaub zu machen.«

Martha schnaufte beleidigt. »Aber in den Bergen soll es so wundervoll sein«, murmelte sie.

»Mutti, ich bekomme ein Kind, ich bin nicht krank. Natürlich werde ich weiterhin arbeiten. Was soll denn sonst aus dem Salon werden?«

Liebster, mein Geliebter,

wir hatten eine so schöne Zeit zu zweit in Kalifornien. Niemals werde ich das vergessen. Es war so wunderschön mit Dir. Nur Du und ich. So eine Zeit werden wir nicht mehr haben. Denn wenn Du zurückkommst, werden wir zu dritt sein. Du hast ein Geschenk hinterlassen, was uns von nun an für immer verbinden wird …

Liebste, meine Süße,

ich bin über das Deck getanzt und habe gefeiert. Oh, wie glücklich Du mich machst. Ein Kind – unser Kind – ein Zeichen unserer Liebe wächst in Dir. Das ist so ein unglaubliches Wunder, ich kann es gar nicht fassen …

Mein Geliebter,

ich kann mir gut vorstellen, wie Du über das Deck getanzt bist – aber wer war Deine Tanzpartnerin? Du bist ein Meister, ein Genie, ein Naturtalent, was Tanzen angeht. Im Moment könnte ich nicht mit Dir über die Tanzfläche wirbeln, ich werde immer schwerfälliger. Aber wenn das Kind geboren ist, wenn Du endlich wieder da bist, dann werden wir tanzen.

Meine Mutter will immer noch mit mir nach New York fahren, in die Catskills, um da Urlaub zu machen. Vermutlich nur, weil die Gompetz' dorthin fahren. Mich zieht hier nichts weg. Ich liebe die Abende am See. Dann stelle ich mir vor, es wäre nicht der See, sondern der Ozean und irgendwo dort hinten am Horizont wärst Du …

Meine Geliebte,

ich hoffe, es geht Dir gut. Wundere Dich nicht – ich schicke Dir all die Briefe zurück, die Du mir geschrieben hast. Ich kann sie hier nicht gut aufbewahren, aber das will ich. Ich will diese Briefe haben und bewahren. Ich will sie lesen können, wieder und wieder. Sie sind ein Zeichen unserer Liebe. Und … falls … das Schiff einmal torpediert werden sollte, sollen diese Briefe nicht verloren sein.

Es ist wunderschön in den Catskills, in den Hügeln vor New York. Ich muss es wissen, denn ich habe jahrelang dort meine Sommer verbracht. Dort gibt es kleine Pensionen, dort gibt es Zeltlager, Bungalows, die man mieten kann, und große Hotels. In den vergangenen vierzig, fünfzig Jahren hat sich dort eine wahre Urlaubslandschaft entwickelt. Und viele reiche Juden verbringen dort ihren Sommer. Viele ärmere Juden ebenso und auch die ganz armen – so wie ich es war. Ich habe da allerdings keinen Urlaub gemacht, sondern dort gearbeitet. Es war immer eine gute Chance, um Geld zu verdienen. Und da ich in New York tanzen gelernt und auch schon auf der Bühne gestanden hatte, nahmen mich die großen Hotels und Ferienanlagen mit Kusshand. Sie bieten nämlich auch immer ein Unterhaltungsprogramm, Tanzshows und auch Tanzstunden an.

Ich tanze gerne, aber im Laufe der Jahre wurde es immer mehr zur Qual. Da kommen die verwöhnten Frauen der reichen Männer und verbringen dort die Sommermonate in der erfrischenden Kühle der Berge, während New York zwischen den Hochhäusern schwitzt und nach Luft ringt. Die reichen Männer kommen am Wochenende dazu – aber sie treffen sich dann zum Kartenspielen und Trinken. Die Frauen sind gelangweilt und nehmen Tanzstunden. Aber sie wollen nicht nur Tanzstunden, sie wollen mehr. Sie wollen Aufmerksamkeit, Beschäftigung … und manche wollen sogar noch mehr. Sie zahlen gut, es war deshalb immer verführerisch, aber es fühlt sich nicht gut an. Sie wollten mich kaufen, mich benutzen. Ich brauchte Geld, aber nicht um jeden Preis. Ich weiß, ich habe Dir das nie erzählt. Vielleicht, weil ich mich immer geschämt habe, so arm gewesen zu sein. Ja, ich habe mich verkauft, aber nicht bis zum Äußersten …

Mein Allerliebster,

nachdem ich Deinen Brief gelesen habe, ist mir sämtliche Lust vergangen, in die Berge zu fahren. Auch Mutti hat eingesehen, dass das nicht unsere Welt ist. Wir haben jetzt eine kleine Hütte am Ufer des Sees gemietet und verbringen dort viel Zeit.

Rachel stellt sich gelehriger an, als ich erwartet habe. Ganz sicher wird sie den Laden führen können, wenn ich ausfalle. Aber bis dahin ist ja noch Zeit. Das Kind kommt ja erst im nächsten Jahr. Und auch dann werde ich zusehen, dass ich schnell wieder arbeiten kann. Mutti wird sich um das Baby kümmern, sie freut sich schon darauf …

Meine Liebste,

ich wünschte, Du würdest nicht arbeiten. Du musst es nicht. Mein Lohn wird Dir doch überwiesen. Ich brauche hier kaum Geld. Auf dem Schiff hat man keine Möglichkeit, es auszugeben. Und wir kommen nur selten an Land. Immer erst dann, wenn die Kämpfe vorüber sind, die Schlachten geschlagen. Auch wenn ich nicht an der Front bin, die Dinge, die ich hier sehe, sehen muss, sind furchtbar. Die Japaner haben eine seltsame Einstellung, egal, wie hoffnungslos die Lage für sie ist, sie kämpfen weiter, bis in den Tod. Sie wollen lieber sterben, als aufzugeben. Ich für mich möchte lieber leben. Mit Dir und dem Baby. Ich hasse es, dass ich nicht bei Dir sein kann. Gerade in dieser Zeit …

Liebste, Geliebte,

geht es Dir gut? Ich warte und warte und warte auf Deine Nachricht. Im Moment erreicht uns die Post nur schlecht, nicht mehr alle zwei Wochen, nein, einmal im Monat nur. Dann ist es immer ein ganzer Packen Briefe von Dir, und ich gehe, sobald ich kann, in meine Koje, ziehe den Vorhang vor und lese, lese, lese. Dein Leben ist mir so nahe, Du bist mir nahe. Ich habe Dich vom ersten Moment an geliebt, aber nun liebe ich Dich noch inniger, noch mehr, je vertrauter wir uns werden. Deine Briefe sind wie Gespräche, die wir am Kamin führen. Bei Gott, ich hoffe sehr, dass wir irgendwann in aller Ruhe abends zusammensitzen können. Zusammensein und reden – oder auch schweigen. Ich sehne mich so sehr nach Dir.

Auch diesmal schicke ich Dir wieder Deine Briefe zurück. Sie sind ein wenig feucht geworden – aber ich konnte sie trocknen …

Liebster, mein Geliebter,

was ist mit den Briefen passiert? Es sieht nicht so aus, als hättest Du ein Glas Wasser darüber verschüttet. Was also hast Du mit ihnen gemacht? …

Liebste, meine Süße,

ich wollte es Dir nicht schreiben, aber Du hast nun schon zweimal gefragt, und vielleicht hat Andrew ja auch Rachel geschrieben.

Ja, unser Schiff wurde torpediert und angegriffen. Es ist gesunken. Wir konnten uns retten … na ja, wir haben Schwimmwesten und sind ins Wasser gesprungen. Es hört sich alles schlimmer an, als es war. Aber weil dies immer passieren kann, für den Fall der Fälle, habe ich Deine Briefe immer in einer kleinen, wasserdichten Tasche bei mir. Immer. Bis ich die Möglichkeit habe, sie zurückzuschicken. Und auch diesmal hat es geklappt. Nun ja, ganz wasserdicht ist die Tasche wohl nicht gewesen, aber ich habe schon besseren Ersatz.

Mach Dir keine Sorgen, mir geht es gut …

Liebster Eddie,

Andrew hat geschrieben. Acht Stunden wart Ihr im Wasser? Im Pazifik? Auf hoher See, bevor sie Euch gerettet haben? Acht Stunden? Wie grauenvoll. Wann kommst Du endlich nach Hause? …

Mein Geliebter, mein allerliebster Mann,

Du bist Vater, wir sind Eltern. Wir haben eine kleine Tochter. Sie ist gesund und wunderschön. Ich habe alles gut überstanden. Du hast mir ja die Wahl bei den Mädchennamen gelassen, und ich habe mich für Diane entschieden. Unsere Prinzessin heißt also Diane Elcott. Ich lege ein Foto bei, aber natürlich ist sie noch viel hübscher. Sie wartet sehnsüchtig auf ihren Daddy …

Liebste, meine allerliebste Ruth,

ich kann gar nicht ausdrücken, was ich empfunden habe, als ich endlich den ersehnten Brief bekam. Und dieses Bild von einem Baby – alle an Bord haben es gesehen, und das mehr als einmal. Ich bin vor Stolz gewachsen.

Dieser Krieg dauert an, und ich bin es müde, die japanischen Funksprüche abzuhören und zu entschlüsseln, das Radar auszuwerten, die Kämpfe zu sehen. In Europa geht es zum Glück voran. Irgendwann werden wir die Achsenmächte besiegen, und dann komme ich nach Hause …

Anfang 1944 wurde Diane geboren. Am achten Mai 1945 endete der Krieg in Europa mit einer vollständigen Kapitulation Deutschlands. Am sechsten August warfen die Amerikaner eine Atombombe auf Hiroshima, zwei Tage später eine weitere Atombombe auf Nagasaki. Am fünfzehnten August verkündete der japanische Kaiser Hirohito die Niederlage seines Landes.

Ruth verfolgte die Nachrichten am Radio. In der Wochenschau hatte sie Bilder von den Atombombenabwürfen gesehen. Sie wusste, Eddie war immer noch auf den Philippinen und nicht in der Nähe Japans. Dennoch hatte sie Angst um ihn.

Alle hatten das Kriegsende herbeigesehnt, und nun war es so weit. Dennoch dauerte es, bis alles geregelt war. Und nicht alle Truppen konnten sofort nach Hause zurückkehren. Es war ein qualvolles Warten.

Ruth saß in ihrem Zimmer auf dem Boden und spielte mit Diane. Das kleine Mädchen war nun eineinhalb Jahre alt. Sie lief durch das Zimmer, zeigte auf Dinge und nannte deren Namen.

»Stuhl. Bett. Teppich. Bild. Daddy.«

»Wo ist Daddy?«, fragte Ruth lachend, und Diane zeigte auf das Foto, das eingerahmt auf der Kommode stand. »Daddy!«

»Richtig«, sagte Ruth. »Und wo ist der Hase?«

Diane lief zu ihrem Kinderbettchen, dort lag der Stoffhase, den sie so sehr liebte. »Hase.«

»Und wo ist der Tisch?«

»Tisch!«

Dann sah Diane sich um, blickte zum Fenster. Sie runzelte die Stirn, schien zu überlegen, aber dann hob sie ihr kleines Händchen und zeigte nach draußen. »Daddy. Dort. Daddy!«

Ruth drehte sich um.

Eddie stand am Fenster und beobachtete sie. Er lächelte.

»Ich liebe dich«, sagte er tonlos, aber sie verstand ihn. »Ich bin zu Hause.«

Epilog

Los Angeles, November 2019

»Herzlichen Glückwunsch, Daddy. Heute bist du einhundert Jahre alt geworden.«

»Ruth? Bist du es, Ruth?« Eddie kniff die Augen zusammen, lächelte aber. »Ich habe heute Geburtstag, nicht wahr?«

»Daddy, Mommy ist schon seit Jahren tot. Ich bin es, Diane, deine Tochter. Und schau mal, da sind auch David und Steven, deine Söhne.«

»Und wo ist meine Ruth? Kommt sie noch? Ich habe sie so lange nicht gesehen.« Eddie runzelte die Stirn. »Der Krieg ist doch vorbei, oder? Ich darf nach Hause, nach Hause zu meiner Frau und zu meiner Babytochter. Sie wurde geboren, während ich im Krieg war. Sie ist schon fast zwei Jahre alt, und ich kenne sie gar nicht.«

Diane streichelte seinen Arm. »Möchtest du einen Kaffee? Und ein Stück Kuchen? Es ist ein Marzipankuchen.«

»O ja, gerne«, sagte er.

»Schau mal, all deine Enkel und Urenkel sind auch da. Sie wollen alle mit dir feiern.«

»Was feiern wir denn? Ach ja, ich habe Geburtstag.«

»Komm, Daddy, setz dich hier an den Tisch.«

»Der Krieg war so schrecklich.« Eddie beugte sich zu der Frau, die neben ihm saß. »Kennen wir uns?«

»Ja, ich bin deine Enkelin. Und dies hier ist mein Sohn, dein Urenkel. Ich bin Dianes Tochter.«

»Diane – so hieß meine Tochter. Es war so schön, als ich endlich wieder in Chicago war, weißt du? Ich hatte so lange warten müssen. Fast drei Jahre war ich fort. Es war eine schlimme Zeit.« Er schaute sich um. Sein Blick fiel auf eine Statue – eine ältere Frau, die auf einem Stuhl saß und ihre Handtasche auf dem Schoß in den Händen hielt. Die Handtasche war aus einem Stück Kristall gestaltet. »Hmm, wie seltsam, diese Figur sieht aus wie Mutti.« Er sah seine Enkelin an. »Weißt du, wer Mutti ist? Das ist meine Schwiegermutter, eine sehr starke Frau, sehr liebenswert. Sie musste aus Deutschland fliehen, wegen der Nazis. Ist Mutti auch hier?«

»Nein, Grandpa, sie ist schon lange nicht mehr unter uns.«

»Ach so. Hast du sie gekannt? Sie und Vati – Ruths Vater – haben in Chicago gewohnt. Wir sind nach Kalifornien gezogen. Das wollten wir, seit den ersten Tagen unserer Ehe. Und dann haben wir das gemacht. Ruth wollte immer, dass ihre Eltern auch hierherkommen, und Vati hat immer gesagt: ›Wenn einer von uns beiden stirbt, zieht Mutti zu euch.‹ Er ist Ende der fünfziger Jahre gestorben, hat sein Leben lang hart gearbeitet. Er hat mich immer beeindruckt. Mutti ist dann zu uns gezogen. Und Ilse und ihr Mann sind kurze Zeit später auch hierhergekommen. Ist Ilse hier?«

»Tante Ilse ist doch letztes Jahr gestorben, Grandpa.«

»Ach? Hat mir das jemand gesagt?«

»Ja, Daddy«, sagte Diane, die ihm nun Kaffee und Kuchen brachte. »Marzipankuchen, den magst du doch.«

»Wir mögen alle Marzipan. Ruths Großmutter hat Marzipan selbst gemacht. Davon hat Ruth immer geschwärmt. Kommt

Ruth noch? Sie liebt Marzipan.« Er überlegte. »Ruths Großeltern haben es nicht geschafft. Die Nazis haben sie ermordet. Alle aus der Familie, alle wurden in den Konzentrationslagern umgebracht. Wir haben das erst nach dem Krieg erfahren. Es war schrecklich. Mutti hat so gelitten. Karls Mutter hat vorher wohl Selbstmord begangen«, sagte er nachdenklich. »Das hat uns der ehemalige Chauffeur erzählt. Wie hieß der noch?«

»Aretz, Daddy, Hans Aretz.«

»Richtig. Von ihm hat Ruth immer gesprochen. Er war wie ein zweiter Vater für sie. Was ein Jammer, dass sie ihn nie wiedergesehen hat. Er hat den Krieg überlebt, aber sein Sohn nicht. Der wurde eingezogen, als er gerade mal achtzehn Jahre alt war. In Russland ist er gefallen. Kanonenfutter nannte man das. Die Mutter hat schwer darunter gelitten, sie ist kurz nach dem Krieg verstorben. Finchen«, sagte er nachdenklich, »Tante Finchen hast du sie genannt, nicht wahr, Ruth?« Er sah Diane an.

Diane nickte nur. Es hatte keinen Zweck, ihm zu erklären, wer sie war. An Dinge aus der Vergangenheit erinnerte er sich noch gut, aber alles, was vor fünf Minuten war, vergaß er sofort wieder.

»Und der Chauffeur hat auch nicht mehr lange gelebt. Ich glaube, er hatte Krebs. So ein tapferer Mann, hat sich immer für die Familie eingesetzt. Ihm waren die Nazis egal.« Dann sah Eddie wieder die Figur an. »Das ist doch Mutti?«

»Ja, das ist Mutti«, sagte Diane. »Siehst du, was sie in den Händen hält?«

»Ihre Handtasche. Ja, so hat sie immer gesessen, hatte immer die Handtasche dabei, und darin waren immer die wichtigsten Papiere – falls etwas passiert, etwas Schlimmes. Sie hat die Flucht aus Deutschland und England nie wirklich verwunden.«

»Schau genau hin, Daddy. Woraus ist diese Handtasche?«, fragte Diane wieder.

»Glas. Das ist ein Stück Glas.«

»Ja, das ist ein Stück Glas. Es ist von der Kristallschüssel. Mutti hat diese große, geschliffene Schüssel so sehr geliebt.«

»Ein wundervolles Stück, echte Handarbeit. Das hatte sie zur Hochzeit bekommen«, erzählte Eddie. »Sie war immer sehr stolz darauf. Sie haben die Schüssel nach England mitgenommen, dann nach Amerika. Sie hat alle Umzüge überstanden. Aber das große Wunder war, dass sie die Pogromnacht überstanden hat. Du hast das Geschirr versteckt, Ruthchen, meine Liebe, das war sehr klug von dir.«

»Ja, die Schüssel hat alle Umzüge überstanden«, sagte Diane nun traurig. »Und als Mutti starb, meinte Mommy, dass sie bei mir im Haus auf der Kredenz besser zur Geltung käme als bei euch im Haus. Das war vielleicht ein Fehler.«

»Warum?«

»Da war doch das große Erdbeben 1994. Kannst du dich daran erinnern?«

»O ja, das war schrecklich. Da ist viel kaputtgegangen.« Er sah sie an und nickte. »Auch Muttis Kristallschale. Wir waren alle entsetzt.«

»Das war ich auch. Ich habe die Scherben aufgehoben«, sagte Diane leise und nachdenklich. »Und einige Monate später hatte ich diese Eingebung. Ich bin zu einem befreundeten Bildhauer gegangen, und er hat diese großartigen Skulpturen von Mutti gemacht, vierzehn Stück – und jede hat eine Scherbe der Kristallschüssel als Handtasche eingearbeitet. Mommy und Tante Ilse haben jede eine Skulptur bekommen, wir Enkelinnen und Davids Frau und einige mehr. So hat die ganze Familie ein

Stück dieses Familienerbes. Und wir werden es weiter und weiter vererben, an die Generationen nach uns. Damit die Geschichte der Familie Meyer nicht vergessen wird.«

Eddie sah Diane an. »Das war deiner Mutter immer wichtig. Es war ihr wichtig, dass nie vergessen wird, was passiert ist, Diane.« Er hatte einen der seltenen klaren Momente. »Und es darf nie, nie wieder geschehen.«

Nachwort

Wie auch bei den drei Büchern zuvor beruht dieses Buch auf der wahren Lebensgeschichte der Familie Meyer aus Krefeld. Ruth Meyer schrieb ihr Leben lang Tagebuch, außerdem haben sie und ihr Mann Eddie Elcott sich während des Krieges über zweitausend Briefe geschrieben. Eddie schickte Ruths Briefe an sie zurück, damit sie nicht verlorengingen. Die aktuellen Briefe seiner Frau hatte er in einer wasserdichten Tasche – das war auch gut so, denn einmal wurde das Schiff, auf dem er seinen Dienst im Pazifik leistete, torpediert und sank. Eddie schwamm acht Stunden lang im Ozean, bis er gerettet wurde – und mit ihm die Briefe.

Vieles in diesem Buch ist wahr und beruht auf Schrift-, Ton- und Bilddokumenten, die mir Ruths und Ilses Familien zur Verfügung gestellt haben.

Einiges ist fiktiv – denn dies ist ein Roman und keine Biografie.

Wahr ist:

– Dass die Familie mit der Scythia von England nach New York reiste.
– Dass Karl Meyer auf zwei Betrüger hereinfiel, einmal auf denjenigen, der ihm und vielen anderen das schnellere Ver-

lassen des Schiffes zusicherte, und dann auf denjenigen, der ihm die Zugfahrkarten verkaufte. Beide nahmen dafür nicht wenig Geld.

– Dass eine Verwandte in New York lebte. Sie war verwitwet und hatte zwei Töchter. Sie konnte keine Bürgschaft übernehmen, aber das Verhältnis war doch freundschaftlicher, als von mir gezeichnet.
– Dass Freunde zuvor nach Chicago gekommen waren, dass sie sich um das Affidavit für die Familie gekümmert und eine Wohnung angemietet hatten.
– Dass Ruth schnell einen Job in einer Kleiderfabrik fand, die vermutlich »Fancy Frocks« hieß. Dort gab es auch die italienischen Freundinnen, die sie über Deutschland ausfragten und sehr erstaunt waren, als sie die Fotografien sahen. Wie diese Freundinnen hießen, weiß ich nicht, und auch ansonsten habe ich dort etwas dazuerfunden.
– Dass Karl Vertreter für »Fuller Brush« wurde. Wie lange er allerdings als Straßenvertreter gearbeitet hat, weiß ich nicht.
– Wahr ist die Geschichte um die HIAS-Prüfung, die Ruth mit Auszeichnung bestand. Sie hätte jede Ausbildung machen können, aber tatsächlich ist es auch wahr, dass Karl es ihr verbot. Er wollte keine Almosen, sagte er, aber wahrscheinlicher ist, dass die Familie auf Ruths Einkommen angewiesen war.
– Wahr ist, dass Ruth eine Ausbildung zur Kosmetikerin machte. Ob die von der Firma Elisabeth Arden ausgeführt wurde, weiß ich allerdings nicht. Tatsächlich aber hat die Arden Companie Ausbildungen dieser Art angeboten und eine Art Franchising-System betrieben. Komplett erfunden

habe ich die Freundin Rachel und ihre Familie. Und auch Andrew habe ich mir ausgedacht.

- Wahr ist ebenfalls, dass Ruth Eddie im jüdischen Club beim Tanzen kennengelernt hat, dass sie ihn angeberisch fand und nicht mit ihm tanzen wollte, dass er sich aber sofort in sie verliebte und nicht lockerließ. Allerdings habe ich die Geschichte um ein halbes Jahr nach vorne gezogen. Über Eddie und seine Familie hätte ich noch so viel mehr schreiben können – aber auch mir sind Grenzen der Zeit gesetzt.
  Eddie war ein begnadeter Tänzer und hat tatsächlich in den Sommern in den Catskills als Tänzer und Tanzlehrer gearbeitet. Wer wissen will, wie das da so war und aussah, sollte den Film »Dirty Dancing« ansehen – aber bitte im Hinterkopf behalten, dass der Film etliche Jahre nach Eddies Zeit dort spielt.
- Wahr ist ebenfalls, dass Eddie an den neusten technischen Geräten ausgebildet wurde und eine besondere Rolle im Krieg gespielt hat. Er hat die ersten Computer mit entwickelt. Eddie studierte in Chicago und machte dort seinen Abschluss. Dann ging die Familie nach Riverside, Kalifornien. Er wurde dort Lehrer an einer High-School, später Dozent an einem College.
- Ruth und Eddie haben sich im Juni 1943 verlobt, im September 1943 geheiratet – und zwar so überstürzt, wie ich es geschrieben habe. Tatsächlich hatte Ruths Zug fast einen Tag Verspätung, weil die Truppentransporte Vorrang hatten. Die Gemeinde glaubte nicht mehr, dass sie noch kommen würde, aber Eddie hat auf sie gewartet.
- Tatsächlich traf Ruth ihre Jugendliebe in Kalifornien wieder – es war Eddies Vorgesetzter, und auch das Foto und die

Irritation bei ihren Eltern stimmen so. Und Ruth hatte wirklich diese Entzündung »Trench mouth« – eine schwere und sehr ansteckende Entzündung im Mundbereich. Deshalb durfte Eddie nicht auf das Schiff, sondern konnte sechs Wochen mit ihr in Kalifornien verbringen.

- Wilhelmine Meyer hat sich mit Tabletten umgebracht, genauso wie Dr. Hirschfelder – ein renommierter, jüdischer Arzt. Er hat allen Mitgliedern der Gemeinde in Krefeld, die nach Kriegsausbruch noch da waren, Tabletten angeboten. Einige – wie eben auch Omi – haben sein Angebot angenommen. Hirschfelder selbst hat sich das Leben genommen, bevor er deportiert werden konnte.
- Hedwig, Helmuth, Valentin und Großmutter Emilie wurden in verschiedene Konzentrationslager gebracht. Ihr Weg verliert sich dort – entweder sind sie an Krankheiten, Hunger oder Verletzungen gestorben, oder sie wurden vergast.

Der Epilog ist erfunden. Aber tatsächlich hat Eddie Elcott am neunten November 2019 seinen hundertsten Geburtstag im Kreis seiner Familie gefeiert. Er war zu diesem Zeitpunkt schon schwer dement. Die Dialoge könnten so stattgefunden haben, aber sie sind erfunden – ihr Inhalt allerdings nicht. Es gibt diese Skulpturen von »Mutti« – Martha Meyer – mit jeweils einem Stück des Glases der Kristallschüssel – und sie werden von der Familie in Ehren gehalten.

Tatsächlich war es für Ruth und Ilse immer eine Herzensangelegenheit, dass die Geschichte – nicht nur die Geschichte der Familie Meyer, sondern die aller Juden – nicht vergessen wird. Niemals. Nie sollte so etwas wieder geschehen.

Mit meinen Büchern hoffe ich, dass ich einen Teil dazu beitrage. Dennoch – in der Zeit, als ich dieses Buch geschrieben habe, ist George Floyd in Amerika durch einen brutalen Polizeieinsatz ermordet worden. Als Folge dessen ist die Diskussion über Rassismus und Diskriminierungen in den Fokus gerückt. Zu Recht, wie ich einerseits finde – aber gleichzeitig finde ich es furchtbar, dass es solche Diskussionen und Demonstrationen, dass es all dies überhaupt noch gibt in unserer Welt.

In Deutschland hat der Antisemitismus, den es leider immer gab und immer noch gibt, wieder zugenommen, erschreckend zugenommen. Es gibt Attentate auf Synagogen und auf jüdische Gläubige. Gleichzeitig gibt es auch immer mehr Fremdenfeindlichkeit, nicht nur Juden gegenüber.

All dies sollte es nicht mehr geben. Während ich dies schreibe, existiert noch der Begriff der »Rasse« im deutschen Grundgesetz, ein Wort, das aus unserem Sprachgebrauch getilgt werden sollte. Es gibt keine Rassen – es gibt nur Menschen, die bunt und unterschiedlich sind. Aber am Ende des Tages sind wir alle Menschen.

In den dreißiger und vierziger Jahren des vergangenen Jahrhunderts gab es eine erschreckende Art des Nationalismus in einigen Ländern – das hat zu dem verheerenden Zweiten Weltkrieg geführt. Inzwischen gibt es in etlichen Ländern wieder eine erschreckende Tendenz zu einer Art von Nationalismus, die nicht gut ist, nicht gut sein kann. Wir sind alle Menschen.

Als ich dieses Buch schrieb, gab es auch die erste Pandemie, die ich erlebt habe. Ein einschneidendes Ereignis, etwas, was ich nie zuvor erlebt habe und hoffentlich auch nie wieder erleben werden. Der Coronavirus ist nicht nationalistisch, nicht rassistisch, er unterscheidet nicht – er greift alle Menschen überall an – auf jedem Fleck der Erde. Dem Virus ist Hautfarbe, Herkunft und Religion egal. Und das sollten wir daraus lernen – wir sind alle gleich, alle gleich betroffen, alle gleich verletzlich. Nur gemeinsam, nur solidarisch können wir solche Krisen überstehen. Und das am besten weltumgreifend.

Noch ist das nicht in allen Köpfen angekommen, und ich fürchte um die Demokratie in manchen Ländern. In manchen mehr als in anderen … Ich hoffe, wir können und werden diese Krise überwinden – überall auf der Welt. Ich hoffe sehr, dass wir nicht das erleben müssen, was Ruth und Ilse erlebt haben – eine Autokratie in mächtigen Ländern, Bürgerkrieg oder gar Weltkrieg.

Ich hoffe, wir können Rassismus in jeglicher Form überwinden und die bunte, multikulturelle Welt als das erleben, was sie ist – bunt, vielfältig, aufregend und wunderbar. Ruth und Ilse würden es sich wünschen, da bin ich mir sicher.

Dieses Buch ist ein Roman, der auf Tatsachen beruht. Ich habe viele, viele Informationen von vielen verschiedenen Menschen bekommen – dafür bin ich sehr dankbar.
Trotz akribischer Recherchen wird sich der ein oder andere Fehler eingeschlichen haben – und die Fehler gehen allein auf meine Kappe. Ich bitte sie zu entschuldigen.

Danksagungen

Wie immer wenn ich ein Buch schreibe, geht das nicht ohne Hilfe. Diesmal brauchte ich ganz besondere moralische Unterstützung, aus sehr eigenen Gründen. Diese Unterstützung hat mir auf grandiose Weise der wunderbare Reinhard Rohn, Verlagsleiter des weltbesten Aufbau Verlags, gegeben, und ich hoffe, ich habe ihm nicht graue Haare beschert.

Lieber Reinhard, danke für deine Unterstützung, dein Vertrauen, dein Mut-Machen und dein Dasein – auch für nächtliche Telefonate.

Die andere Person ist Conny Heindl, meine Agentin. Liebste, beste Conny – danke, danke, danke für all deine Unterstützung, für dein Agieren im Hintergrund, für die Mails und Telefonate und all deine guten Gedanken. Und wie immer bedauere ich es sehr, dass Augsburg hier in der Nähe nur ein Gartencenter ist und die Stadt Augsburg so weit entfernt liegt, denn wir müssten und sollten uns viel öfter sehen.

Aber das werden wir. Bald schon.

Weil ich einmal bei der Agentur bin, denke ich natürlich sofort auch an Gerald Drews, der sie gegründet und mich unter Vertrag genommen hat. Ohne dich wäre ich nicht da, wo ich jetzt bin. Bussi.

Dieses Buch, alle Bücher dieser Reihe, hätte ich nicht schreiben können, wenn mich die Familien Elcott und Wolfson – also die Familien von Ruth und Ilse – nicht so wunderbar, so ausführlich, geduldig und freundlich unterstützt hätten.

Danke, Diane, für deine Mails, die mich oft zum Nachdenken gebracht haben.

Vielen Dank, David, für die Mails und Telefonate. Wir wollten uns im August treffen, aber Corona machte uns einen Strich durch die Rechnung. Ich hoffe, es klappt aber bald. Ich finde es wunderbar, wie du über deine Eltern schreibst, ich liebe und schätze deine Mails. Vor allem den immer gleichen letzten Satz.

Und Larry – Larry und Dave. Uns verbindet inzwischen eine Freundschaft, die ich sehr schätze. Ihr müsst wiederkommen, alle beide. Und wir brauchen mehr Zeit. Mehr Zeit, um zu reden, mehr Zeit in der Küche, um zu quatschen, kochen, probieren und experimentieren. Wie war das noch mit der selbstgemachten Schokolade? Und überhaupt – ich habe eine neue Küche, die müsst ihr sehen!

Mein Dank gilt natürlich auch Ingrid Schupetta, der ehemaligen Leiterin der Villa Merländer, der NS-Dokumentationsstelle in Krefeld. Ohne dich, Ingrid, wäre diese Buchreihe gar nicht entstanden. Dank auch an Wolfgang Reinke, deinen Mann, und ja, wir müssen uns dringend wieder treffen.

Ebenso möchte ich mich bei Sandra Franz, der jetzigen Leiterin der Villa Merländer, bedanken. Danke für dein offenes Ohr, deine Hilfsbereitschaft auch spät in der Nacht, deine Infos, weitergeleiteten Nachrichten und überhaupt – für alles. Sollten wir uns nicht wieder einmal treffen? Und ich hoffe, hoffe, hoffe, dass irgendwann auch wieder normale Lesungen möglich sind, dann bin ich sofort in der Villa.

Durch Sandra bekam ich auch Kontakt zu Sabine Reimann vom Erinnerungsort Düsseldorf, die mir die Informationen zu den Transporten der Juden aus Krefeld schickte. Herzlichen Dank.

Eine Freundin schrieb mir mal: *Danksagungen, das sind diese ewigen Aufzählungen an Hinz und Kunz?*

Ja, genau, das sind sie. Und wer das nicht lesen mag, kann ja das Buch jetzt zuschlagen.

Aber ich bin ja nicht alleine. Ich habe Familie und Freunde. Und alle sind wichtig für mich. Ich könnte nicht so schreiben, wie ich schreibe, wenn sie mich nicht so unterstützen würden, wie sie es tun.

Deshalb jetzt:

Ich schrieb das Buch, und dann kam Corona. Wir konnten uns nicht mehr treffen, nicht mehr sehen – jedenfalls nicht physisch. Aber ihr wart da, immer. Und das hat mich weitergetragen. Dieses Buch hatte seine Tücken, das wisst ihr, und ihr habt mir Rückhalt gegeben. Danke!

Liebe Marlene – dich möchte ich auch erwähnen, weil du nur um die Ecke bist, weil ich weiß, dass du immer ein offenes Ohr hast und weil ich dich so sehr schätze. Und deinen Günter auch.

Wir haben uns lange nicht gesehen, aber gesprochen und geschrieben, und ich weiß, es gibt euch noch – Michael und Bärbel – wie schön, dass es euch gibt, und ich hoffe, euch gefällt Foxi.

Wir haben uns wenig geschrieben, aber telefoniert und vor Kurzem – hurra! – gesehen – Susanne und Fred.

Liebe Claudia, dein Weg durch die Krise freut mich, weil du so unglaublich positiv bist. Das finde ich super.

Andrea – was soll ich sagen? Du bist meine Andrea. Wir kennen uns schon so lange, und es hat sich nichts verändert. Es ist einfach gut, dass es dich gibt. In allen Krisen – meinen wie deinen wie die der Welt.

Kirsten und Klaus – ja. Ihr seid irgendwie Teil der Familie. Ohne euch wäre alles viel schwerer. Aber ohne euch geht gar nichts mehr. Ich freue mich auf den Urlaub. Ich bin froh, dass es euch gibt. Und Kirsten, du bist immer noch mein Max. »Und jetzt, sagte Max, machen wir …« Wir machen. Zum Glück.

Es gibt noch mehr Freunde – seid alle herzlich umarmt und gegrüßt und gebussit.

Dann ist da noch meine Familie.

Meine Schwiegermutter – liebe Regina, diese Zeit hat ganz viel von dir gefordert. Wir haben uns nicht sehen können, aber du weißt, wir sind da. Immer. Und du bist für uns da. Danke.

Ina – schwere Zeiten auch für dich. Aber du trägst es tapfer. Fühl dich gedrückt.

Mein allerliebster Lieblingsbruder Christian. Auch wenn du in der Ferne bist und ruhig und so – bist du da. In der Not sofort, das weiß ich. Und für die Kinder immerzu. Und dafür liebe ich dich sehr. Sehr.

Liebste Ela, wenn du nicht wärst, wäre Christian nicht so, wie er ist – glücklich. Und dafür liebe ich dich.

Meine Eltern – ohne euch gäbe es mich nicht. Ohne euch wäre ich nicht so, wie ich bin, auch wenn euch das manchmal nicht gefällt – Kinder kommen selten auf andere Leute.

Danke, dass es euch gibt, danke, dass es mich gibt. Ich liebe euch.

Und dann mein vierblättriges Kleeblatt – Philipp, Lisa, Tim und Robin. Ich bin ganz, ganz stolz auf euch. Auf alles, was ihr schafft. Wie ihr das Leben meistert, auch wenn es manchmal ganz schön viele Steine im Weg gibt. Ich liebe euch sehr. Alle vier. Und ich bin sehr gespannt, wie es mit euch weitergeht.

Und dann ist da noch Claus. Mein Mann, mein Liebster, mein Zuhörer, mein Masseur, mein Krauler, mein Chauffeur, mein Testesser, mein Computerfachmann, mein Supporter, mein bester Handwerker (die Liste kann ergänzt werden) … mein Ein und Alles. Bisher stand hier immer ein Lied, dieses Mal war ich unschlüssig. »Alles, was ich habe, ist meine Küchenschabe« von Reinhard Mey? »Killing in the Name« von Rage Against the Machine?

Aber ich komme immer wieder auf Gene zurück. Also, lass es mir dir mit Gene sagen:

Save me, I am yours
Don't turn the light off and leave me
Without love I am empty …
… I need you to save me